La dama del velo

books4pocket

John Harwood

La dama del velo

Traducción de Toni Hill Gumbao

EDICIONES URANO

Argentina - Chile - Colombia - España
Estados Unidos - México - Uruguay - Venezuela

Título original: *The Ghost Writer*
Copyright © 2004 by John Harwood

© de la traducción: Toni Hill Gumbao
© 2005 by Ediciones Urano
Aribau, 142, pral. – 08036 Barcelona
www.edicionesurano.com
www.books4pocket.com

1ª edición en Books4pocket mayo 2009

Diseño de la colección: Opalworks
Imagen y diseño de portada: Opalworks

Impreso por Novoprint, S.A.
Energía 53
Sant Andreu de la Barca (Barcelona)

Fotocomposición: Books4pocket

ISBN: 978-84-92516-62-9
Depósito legal: B-15.279-2009

Impreso en España – *Printed in Spain*

Para Robin y Deirdre

PRIMERA PARTE

Vi la fotografía por primera vez una calurosa tarde de enero en el dormitorio de mi madre. Ella dormía —al menos eso creía yo— en la galería cubierta, situada en el extremo opuesto de la casa. Entré sin hacer ruido por la puerta entreabierta, disfrutando de la sensación de estar irrumpiendo donde no debía, mientras aspiraba los aromas a perfume, polvos de maquillaje y lápiz de labios, además de otros olores propios del mundo adulto: bolas de naftalina para las polillas e insecticida para los mosquitos, de los que los mosquiteros nunca parecían ser capaces de librarnos. Los visillos estaban corridos, la persiana medio bajada; desde la ventana lo único que se veía era la desnuda pared de ladrillo de la casa de la señora Noonan, la vecina de al lado.

Me acerqué al tocador de mi madre y me paré a escuchar bajo la tenue luz. La casa estaba en silencio, a excepción de los crujidos amortiguados que, según mi padre, se debían a que el calor dilataba las planchas de cinc del tejado, no a que alguien se arrastrara por la oscura cavidad que formaba el cielo raso. Probé todos los cajones, uno por uno, tres a cada lado. Como siempre, el único cerrado con llave era el cajón inferior de la izquierda. Finas planchas de madera separaban un cajón de otro, de manera que no se podía ver el contenido del cajón de abajo extrayendo el de arriba. La última vez había buscado entre el montón de tubos, tarros y botellas amontonados en el cajón superior de la derecha. Ese día empecé por el de en medio y revolví el interior de una caja de zapatos llena de agujas y botones, carretes de hilo de colores y ovillos de lana, cuyos extremos se habían liado formando un nudo descorazonador.

Para ver si había algo detrás de la caja, tiré con fuerza del cajón. Se atascó, pero luego salió disparado del tocador y chocó contra el suelo con un fuerte golpe. Intenté volver a introducirlo, pero no había forma. Esperaba oír los pasos de mi madre en cualquier momento, recorriendo el pasillo, pero todo siguió en silencio. Incluso los crujidos del techo se habían desvanecido.

No parecía haber ninguna razón para que no entrara de nuevo. Excepto por la presencia de algo duro y frío pegado en la parte inferior, junto al borde de atrás. Una pequeña llave de latón. Ya la había arrancado, la había despojado de la cinta adhesiva y había abierto el cajón cerrado antes de empezar a darme cuenta de la gravedad de mis actos.

Lo primero que vi fue un libro, cuyo título no lograría recordar después durante años. *¿El carillón? ¿El chemillón? ¿El calimón?* Una palabra que me era desconocida. La cubierta gris estaba arrugada por los bordes y salpicada de manchas amarillentas. No tenía dibujos, y parecía viejo y aburrido.

No encontré nada más. Después vi que el papel que cubría el fondo del cajón era en realidad un sobre marrón muy grande, con una dirección escrita a máquina y los sellos puestos; un extremo había sido cortado con un cuchillo. Otra decepción: sólo había un grueso manojo de páginas mecanografiadas en su interior, atadas con una ajada cinta negra. Al sacarlo del sobre, una fotografía cayó sobre mi regazo.

Nunca antes había visto a la mujer de la foto, y sin embargo tuve la sensación de reconocerla. Era joven y hermosa, y a diferencia de la mayoría de la gente que ves en fotos, no te miraba directamente, sino que sus ojos se desviaban hacia un lado y la barbilla se inclinaba ligeramente hacia arriba, como si no se estuviera percatando de que alguien la observaba. Y no sonreía, al menos no lo parecía. Pero al seguir contemplándola, empecé a distinguir el levísimo rastro de una sonrisa, justo en las comisuras de los labios. Su cuello era increíblemente largo y fino, y aunque la foto era en blanco y negro, intuí los cambios de color en su piel en los lugares donde la luz caía por detrás del cuello y le tocaba la frente. El cabello, abundante, estaba recogido en la nuca formando una larga trenza, y su toga —estoy seguro de que ése era el nombre que merecía un vestido tan maravilloso como aquél— estaba hecha de un material oscuro y aterciopelado, con los hombros fruncidos como si fueran las alas de un ángel.

Había aprendido en algún sitio que todos los chicos creían que sus madres eran hermosas, pero yo sospechaba que ése no era el caso de la mía. Parecía más vieja y más delgada que la mayoría de madres del colegio, y se preocupaba por todo, sobre todo por mí. Últimamente se la veía incluso más preocupada. Tenía bolsas debajo de los ojos; las arrugas que le cruzaban la frente y le rodeaban la boca parecían más profundas, y el cabello, que antes era castaño oscuro, estaba veteado de gris. Yo temía que mi mala conducta fuera la causa de ese agotamiento; mi intención siempre era ser mejor, y sin embargo aquí estaba, registrando su cajón secreto. Pero también sabía que aquella mirada ansiosa y sombría podía aparecer en sus ojos sin que yo hubiera hecho nada malo. Mientras que la mujer de la foto era tranquila y bella y *viva*, más viva que cualquier otra persona que hubiera visto alguna vez en una foto.

Aún estaba arrodillado delante del cajón, absorto en la fotografía, cuando oí un silbido procedente de la puerta. Mi madre estaba en el umbral, con los puños apretados y el semblante furioso. El cabello alborotado y las pupilas a punto de salírsele de las órbitas. Durante un segundo largo y petrificado no se movió. Después avanzó hacia mí de un salto y empezó a pegarme, a pegarme, a pegarme, acompañando con gritos cada golpe, dado al azar, hasta que conseguí librarme y corrí llorando por el pasillo.

De la anciana señora Noonan aprendí que si te estremecías sin motivo aparente, es que alguien estaba andando sobre tu tumba. La señora Noonan era delgada y cargada de espaldas, y tenía las manos finas y retorcidas con extraños bultos en torno a los nudillos; despedía un rancio olor a lavanda y tenía frío incluso en verano, sobre todo cuando tomaba el primer sorbo de té. A mi madre no le gustaba que lo dijera, de manera que la señora Noonan se acostumbró a estremecerse en silencio cuando bebía una taza de té en la cocina de nuestra casa, pero yo sabía qué quería decir. Cuando mi mala conducta no era la causa de la expresión sombría de mi madre, imaginaba que alguien había encontrado la tumba de ella, un hombre vestido de oscuro con el semblante muy pálido que se ocultaba tras los sepulcros cuando te veía venir, para que no lo pillaras. Por eso a mi madre la asaltaban aquellos sobresaltos sin motivo alguno. Había días en que podías decir que él saltaba hacia atrás y adelante, hacia atrás y adelante, sobre su tumba.

A veces pasábamos junto al cementerio de Mawson, pero nunca había estado en su interior porque no teníamos a ningún pariente allí. Los padres de mi padre estaban enterrados en Sydney, y tenía una hermana casada en Nueva Zelanda que nos mandaba una postal por Navidad, pero nunca vinieron a vernos. Toda la familia de mi madre estaba enterrada en Inglaterra, y era allí donde yo imaginaba que estaría su tumba.

Mawson es una ciudad campestre que ha crecido mucho y se ha extendido a lo largo del borde del Gran Océano del Sur. Antes se llamaba Leichhardt, en honor de cierto explorador sin fortuna que nunca regresó del Dead Heart, el Corazón Muerto, hasta, según me explicó mi padre, que el alcalde decidió cambiar su nombre por otro más alegre. No hay mucho que ver aparte de los restos del centro de la ciudad antigua, sólo centros comerciales y gasolineras, y kilómetros y kilómetros de extensos barrios idénticos. Playas al sur, montañas al norte; en el centro, el Dead Heart. Era el lugar donde acababas si cruzabas la estrecha franja de tierra de cultivo más allá de las montañas y seguías conduciendo en dirección norte, a través de la interminable salina bordeada de maleza arenosa, hasta llegar al desierto. En verano, cuando soplaba el viento del norte, nubes de fino polvo rojo cubrían la ciudad. Incluso en el interior de las casas, la arena se te metía entre los dientes.

Las historias que contaba mi madre sobre su infancia en el campo inglés estaban llenas de cosas que no existían en Mawson: pinzones, cachipollas, dedaleras y espinos, toneleros y herradores, y el anciano señor Bartholomew que repartía leche y huevos frescos de casa en casa con su carro y su caballo. Cuando no estaba en el internado, mi madre vivía con su abuela Viola, una cocinera y una doncella, en una casa llamada Staplefield, con escaleras y buhardillas y más habitaciones de las que podías contar, y tenía una amiga llamada Rosalind que iba a pasar con ella las vacaciones de verano. Mi madre podía describir sus paseos favoritos de una forma tan vívida que te sentías allí, siempre que no la interrumpieras. Me gustaba oír los detalles de uno en particular, que cruzaba campos llenos de pacíficas vacas hasta llegar a algo llamado cancilla, desde la que se ascendía por un bosque de robles, donde si te movías muy despacio podías ver fácilmente liebres y tejones, hasta llegar a un claro donde se alzaba —de algún modo siempre parecía una sorpresa— una glorieta, que una vez mi madre dibujó para mí. Era como una versión reducida del quiosco de música de nuestro Memorial Park, pero recién pintada, en colores crema, azul y verde oscuro, con cojines para los asientos de madera pulida. Nadie las molestaba nunca, de manera que se quedaban allí durante horas, hablando, leyendo o contemplando el paisaje: podían ver incluso los barcos anclados allá lejos, hacia el sur, en el puerto de Portsmouth.

En Staplefield, mi madre y Rosalind podían ir adonde se les antojara sin peligro alguno, mientras que los chicos que deambulaban por Mawson corrían el riesgo de ser metidos en coches extraños, secuestrados y asesinados, eso si las bandas callejeras no habían acabado antes con ellos. Nuestra casa era un bungalow de ladrillo rojo situado en el límite de lo que era la vieja ciudad, pero, como mi padre no se cansaba de repetir, construido con paredes de doble ladrillo, no revestidas con esa imitación de ladrillo con la que se construía hoy en día.

Como todas las demás casas de la calle, la nuestra alzaba su planta cuadrada sobre un cuarto de acre de terreno llano y yermo (de unos treinta metros por lado). Había un escalón que separaba el porche y el vestíbulo, siempre oscuro cuando se cerraba la puerta. Teníamos paredes de yeso, color crema mezclado con un extraño tono marrón, y una moqueta estampada en verde oscuro que despedía un leve olor a perro, aunque nunca habíamos tenido alguno. A la derecha estaba el dormitorio de mi madre, el mayor de los tres, luego la salita (a la que nunca había que llamar «el salón»). A la izquierda estaba la habitación de mi padre, seguida de la mía, la cocina con su piso de linóleo gris y armarios de aglomerado pintado de verde, una mesa y sillas de fórmica, y una vieja nevera amarilla que se abría con una manija. De noche oías sus crujidos cuando se ponía en marcha el motor. Cruzabas una puerta y llegabas al cuarto de baño, el lavadero y un cuarto pequeño al que llamábamos estudio, a la izquierda frente a la galería. La propia galería era una extensión hecha de cemento y aglomerado, el único lugar de la casa que disfrutaba de luz durante todo el día.

A medida que me hacía mayor, los terrenos del final de la calle se convirtieron en zonas edificables y después en parcelas, mientras los barrios hechos con esa imitación de ladrillo nos invadían, pero nosotros seguíamos inmutables. En lugar de cachipollas teníamos los ciempiés portugueses, incontables ejércitos de ellos, que salían de los cubos de basura con las lluvias de otoño, armados, segmentados, buscando la luz. En invierno, si mi padre se olvidaba de rociar los senderos, los muros internos se volvían negros en una noche. Tenías que coger la escoba, barrerlos de las paredes, recoger la asquerosa masa con la pala y llevarla al cubo de la basura. No eran peligrosos, pero mi madre odiaba esa sensación húmeda y viscosa. Si aplastabas ni que fuera uno solo, un olor amargo y punzante parecía seguirte por toda la casa.

En verano los ciempiés se refugiaban bajo tierra y aparecían las hormigas, una interminable columna negra que ningún veneno lograba mantener lejos de la despensa durante más de unas horas. Las hormigas de cocina no mordían, al menos en teoría, pero si te quedabas descalzo durante un rato cerca de una de sus rutas, notabas el cric cric de sus diminutas mandíbulas. En el patio había unas feroces hormigas cuya mordedura era como si te clavaran una aguja ardiendo. Cada temporada había que soportar dos nidos de esos temidos seres menudos. Media docena podían llevarte al hospital; resbalar y caerse cerca del grupo podía matarte. Lo mismo sucedía si eras lo bastante tonto como para dejar una lata de refresco abierta sin vigilancia: una abeja se metería por la abertura, te picaría en la garganta cuando bebieras y morirías asfixiado. Arañas de espalda roja tejedoras de redes se escondían en la pila de madera de detrás del cobertizo; tenías que ponerte gruesos guantes de goma para coger los leños, hasta que nos pasamos a las bombonas de gas licuado, y pisar con fuerza cuando te acercabas por si había una serpiente letal, como la que mató al gato de la señora Noonan, compartiendo la pila de madera con las arañas.

En Staplefield no hacían falta rejas y podían dejar las ventanas abiertas en las noches de verano. En Mawson teníamos finas mosquiteras en todas las puertas y ventanas, para mantener alejadas a las moscas negras que formaban nubes alrededor de la puerta trasera cuando se acercaba alguien, metiéndose en los ojos y en la nariz, penetrando en las orejas, y a las enormes moscas zumbonas que, según mi madre, vomitaban lo último que habían comido sobre los alimentos en cuanto les dabas la espalda. Pero ninguna red, por fina que fuera, podía alejar a las hormigas voladoras que se unían en enjambre la primera noche calurosa de primavera, serpenteando entre la malla hasta convertirse en una nube espesa alrededor de cualquier bombilla. Por la mañana, cuerpecillos que se agitaban débilmente yacían en un charco de alas cortadas.

De no haber sido por las historias de mi madre, quizá Mawson —pese a las bandas callejeras, a los ciempiés y demás— podría haber sido simplemente mi hogar. Pero desde

donde me alcanzaba la memoria, siempre me había preguntado por qué no nos íbamos a vivir a Staplefield. Sin embargo,
preguntarle los motivos no sólo interrumpía el flujo de recuerdos, sino que provocaba el efecto contrario. No era sólo
que Staplefield hubiera sido vendido hacía mucho tiempo a
otras personas, o que posiblemente no pudiéramos permitir-
nos una casa como aquélla hoy. También Inglaterra se había
degradado. Donde antes cantaban los pinzones, ahora se acumulaban montañas de basura por todas las esquinas, alimen-
tando a ratas gigantescas que se comían a los bebés y eran in-
munes a los venenos más fuertes. Se habían acabado los
largos veranos soleados: ahora llovía once meses al año, y
podías quedarte sin carbón o electricidad durante semanas.
Cuando cumplí los siete u ocho años, ya había aprendido a no
preguntar, pero las dudas seguían allí. Nadie en nuestra calle
tenía una habitación en el piso superior, ni mucho menos una
cocinera, y resultaba difícil comprender para qué necesitabas
a una persona sólo para asar costillas, hervir verduras y abrir
latas de fruta. Pese a todo, no podía evitar ver nuestra falta de
escaleras y sirvientes como una consecuencia más del oscuro
infortunio que nos había llevado hasta Mawson.

Me pasé toda la tarde en el garaje, escondido detrás de un
montón de madera, esperando otra paliza. Pero no me llamó,
y al final el hambre y la sed me impulsaron a entrar y enfrentarme a un largo interrogatorio. No, le dije varias veces
(«Mírame a los ojos, Gerard»), no había hecho *nada* excepto
mirar la foto de la mujer. Quería preguntarle quién era, pero
no me atreví, ni entonces ni luego.

—Espiar entre las cosas privadas de los demás es un pecado terrible —sentenció mi madre finalmente («pecado» no

era una palabra habitual en su vocabulario)—, como abrir sus cartas, leer sus diarios o escuchar detrás de las puertas. Prométeme que nunca, nunca, nunca volverás a hacer algo así.

Lo prometí, lo que no me impidió entrar a hurtadillas en su habitación en cuanto tuve oportunidad, sólo para encontrarme con el cajón cerrado de nuevo, y con que la llave ya no estaba en su escondrijo.

Hacia el final de las vacaciones de verano mi madre parecía haber olvidado mi intrusión. Pero algo se había perdido entre nosotros, algo que no pude identificar hasta que me di cuenta de que desde el día en que me pilló con la foto, no había vuelto a mencionar ni una sola vez Staplefield o a Viola. Intenté sonsacarle el tema una y otra vez, pero todo fue en vano; ante la menor insinuación, parecía sufrir un ataque de sordera y adoptaba una mirada de incomprensión absoluta hasta que yo cambiaba de tema o me marchaba.

Parecía un doble castigo. Hablar de Staplefield había sido la única vía más o menos segura de suavizar las arrugas de preocupación que le surcaban la frente. Ahora no sólo me había revelado demasiado malvado para poder entrar en ese mundo encantado: también la había privado del consuelo de hablar de él. Me movía por la casa, intentando ser bueno, o al menos fingirlo, pero no varió nada. Mi padre se mantenía más al margen de lo habitual.

Poco a poco llegué a comprender que mi madre no me quería menos; en realidad, si algo varió a medida que yo crecía, y cambiaba el colegio por el instituto, y la infancia por la adolescencia, fue un aumento de su nerviosismo por mi bienestar. A diferencia de la mayoría de mis compañeros, a mí nunca me habían permitido campar a mis anchas, pero tampoco lo deseaba; el mundo que se abría más allá de las tiendas cercanas era un lugar siniestro, preñado de amenazas desconocidas de las que las telarañas, las bandas callejeras y los hombres bien vestidos de aspecto corriente que se dedicaban a raptar chicos eran sólo las señales más visibles. A sus ojos, incluso el hombre del Departamento de Estadística que llamó un día a la puerta era un secuestrador en potencia. Si mi padre no hubiera estado en casa, ella se habría negado a contestar ni una sola pregunta. Necesitaba saber dónde me hallaba cada minuto del día; si llegaba a casa de la escuela con media hora de retraso, la encontraba acurrucada junto a la mesita del teléfono del recibidor. Sabía que yo era el centro de su existencia, pero en relación con su pasado —no sólo Staplefield, sino toda su vida antes de que llegara a Mawson para casarse con mi padre— el hábito del silencio creció entre nosotros.

Teníamos fotos de los padres de mi padre, de su hermana, su marido y sus hijos, pero no había ninguna de mi madre anterior a su boda, y muy pocas posteriores a ésta. La foto de la boda, tomada en las escaleras de las oficinas del Registro de Mawson en mayo de 1963, es en blanco y negro: los dos solos, sin confeti. Mi madre lleva un traje de chaqueta, y esa clase de zapatos cuya mejor descripción es que son cómodos. Treinta y cuatro años (como averigüé por mi propio certificado de nacimiento), treinta y cuatro años de ser Phyllis May Hatherley acababan de terminar sin dejar rastro al lado de Graham John Freeman. Mi padre tiene el brazo izquierdo doblado para que ella se aferre a él, algo que hace con torpeza. El puño cerrado de él se aprieta contra sus propias costillas. La cabeza de ella roza el pañuelo que sale del bolsillo de la solapa del novio. Un traje que no acaba de sentarle bien: las mangas son demasiado cortas y le cuelgan los hombros. Podrías confundirle fácilmente con el padre de la novia, aunque sólo tiene once años más que ella. La parte baja de su rostro ha adoptado ya ese aspecto hundido, ligeramente simiesco, que te hace pensar que alguien no lleva puesta la dentadura postiza. Y pese a la insistencia de mi madre de que brillaba el sol, a ambos se los ve fríos y desnutridos, como si en realidad fuera un día de invierno en la Inglaterra de hace diez o más años, en plena época de racionamiento.

No creo que mi padre supiera más que yo de la vida de mi madre antes de que se conocieran. Parecía un hombre nacido sin el menor atisbo de curiosidad. Su propio padre procedía de una familia de ingenieros de Southampton, que había emigrado a Sydney en la década de los años veinte, se había casado, sobrevivido a la Depresión y a la guerra como mecánico en la Fuerza Aérea, y después había instalado su propio negocio, dedicándose a perpetuar los más altos niveles de la habilidad británica, con un retrato del monarca reinante en la pared de la oficina. Por lo que a mi padre se refería, la historia completa de su familia podía expresarse en lecturas de micrómetro, coeficientes de expansión, y la capacidad de trabajar con tolerancias situadas no sólo en milésimas sino en diezmilésimas de pulgada. Como delineante debía haber dominado el nuevo sistema métrico, pero en casa sólo usábamos el imperial. Creyeran lo que creyeran en el instituto de Mawson, yo sabía que la realidad se medía en libras y onzas, pies y pulgadas, cadenas y estadios, acres y millas, y extrañas cantidades bíblicas como codos.

Cuando salía del trabajo el único objetivo aparente de mi padre era pasar por la vida de la forma más tranquila y desapercibida posible. Hasta donde me alcanzaba la memoria, mis padres siempre habían dormido separados, aunque es de suponer que, al menos una vez, compartieron cama. La habitación de él era tan austera como la celda de un monje.

Suelo de madera, cama individual, mesilla de noche, armario y cajonera. Y una silla de respaldo alto. Ningún secreto por ese lado. Sobre la cajonera había una foto enmarcada de mi madre, una de las pocas que teníamos, de pie frente al porche con su conjunto de jersey y chaqueta y los cómodos zapatos, haciendo esfuerzos por sonreír. Como si en lugar de estar al otro lado del recibidor estuviera al otro lado del mundo. Utilizaban la palabra «querido» para llamarse el uno al otro, y jamás los oí discutir. Todas las mañanas él cogía el paquete de comida que ella le había preparado y se dirigía al Departamento de Demarcación del Suelo. Cultivaba las verduras del jardín, reparaba el coche y se encargaba de los arreglos de la casa. El resto del tiempo lo pasaba con sus trenes.

Al principio fueron nominalmente míos: el modelo más pequeño, de escala 1:76, montado sobre una base de seis por cuatro pies [1,80 T 1,20 m] en una de las esquinas del garaje. Una vía ovalada con un giro interno, una vía muerta, dos estaciones y un túnel que cruzaba una montaña de cartón piedra. Me aburrí al cabo de unas pocas horas; él dobló la longitud de la vía; tras unas horas más volví a perder el interés. Todos seguíamos hablando de los «trenes de Gerard» durante años, mientras la base se engrandecía y las vías se triplicaban y cuadruplicaban bajo las señales; y los pórticos, las torres hidráulicas y los motores y accesorios se multiplicaban hasta relegar al coche al exterior del garaje para siempre, pese a la amenaza de oxidación. Compró una estufa de queroseno para el invierno y un aparato de aire acondicionado de segunda mano para combatir el calor feroz del verano. La base creció hasta dejar sólo un estrecho pasillo a ambos lados que le permitía llegar hasta el cuadro de mandos, situado en el extremo opuesto, donde tenía el banco de trabajo, el termo, una vieja silla de cuero e incontables filas de interruptores, palancas y cuadrantes, todos etiquetados según un código que él se sabía de memoria. Todo en las vías estaba electrificado: no sólo los trenes, sino las luces, los puntos de cruce, las señales, los puentes, incluso las campanas en miniatura. Compraba las piezas —cajas enteras de recambios, solenoides, reóstatos e interminables rollos de cables multicolores— en las rebajas de los almacenes del ejército y en las subastas del Gobierno, y las intercambiaba con otros aficionados a los trenes. Cuando no estaba en marcha el aire acondicionado podías oír el zumbido de los transformadores.

Cada línea tenía su propio horario, y todas las estaciones tenían nombres de pueblos ingleses como East Woking o Little Barnstaple, pero la red no era un mapa ni seguía ningún modelo; era un mundo independiente, ordenado a la perfección, diseñado a escala, meticulosamente, hasta el más mínimo detalle, excepto por el hecho de que no contenía figuras humanas. Algunos aficionados tienen cuadrillas de gente en miniatura esperando en los andenes, campos llenos de diminutas vacas de porcelana pintadas a mano: el universo de mi padre estaba habitado exclusivamente por trenes. Si no hubiera sido por «lo nerviosa que se pone tu madre», creo que también él se habría mudado al cobertizo; tal y como estaban las cosas, devolvía el último tren al depósito a las 22.27 h cada noche, y se retiraba obedientemente a su dormitorio. Él y yo siempre íbamos a mantener «una breve charla sobre cosas», pero no habíamos llegado a hacerlo nunca cuando, la víspera de cumplir dieciocho años, él no entró en casa a las 22.30, ni a las veintitrés, y mi madre lo encontró muerto en la silla del cuadro de mandos, con un solo tren corriendo a toda velocidad, sin parar de dar vueltas por la vía exterior.

* * *

Es posible que ver fotos de Staplefield hubiera sofocado las imágenes que me dibujaba en la mente, rebosantes de profundidades y sutilezas de color desconocidas en Mawson. Los recuerdos de Staplefield, ya sólo míos, fruto de las historias de mi madre, me habían dejado una sensación visual del lugar tan aguda que podía recorrerlo mentalmente, centrar mi atención dondequiera que me apeteciera —la forja del pueblo; o Viola, erguida, elegante y con el cabello plateado, sentada frente a su escritorio de nogal; las dos buhardillas con los ventanucos, y los oscuros suelos de madera cubiertos por alfombras persas; las vistas que se extendían al sur, por encima de los campos, desde la glorieta—, y ver el lugar con diáfana claridad. Dichos recuerdos se convirtieron en mi refugio principal cuando llegaron los momentos amargos del Instituto Superior de Mawson. Hasta que conocí, podríamos decir a falta de una palabra mejor, a mi amiga invisible, Alice Jessell.

La carta llegó una mañana encapotada, tórrida y sofocante a finales de las vacaciones de verano. Yo tenía trece años y medio. Mis últimos días de libertad se esfumaban. Durante semanas el calor había sido demasiado intenso para hacer nada más que tumbarme en la cama a leer, o simplemente escuchar los crujidos y zumbidos del ventilador a medida que giraba, entregado alternativamente a deseos de que pasara el tiempo y de que, por otro lado, las vacaciones no acabaran nunca. No había nada que esperar, excepto un nuevo año inmerso en el grupo de los perdidos: los empollones, los gallinas, los patosos en deportes. A través de la ventana llegó a mis oídos el leve rumor de la moto del cartero y bajé hasta el buzón, sólo por entretenerme.

Dejando a un lado las facturas y circulares comerciales, mis padres recibían muy poca correspondencia, y aún menos del otro lado del océano, a excepción de alguna invitación esporádica para hacerse socio de algún club del libro o el disco. Hasta ese día no creo que hubiera visto nunca una carta dirigida a mí. Ésta llevaba mi nombre completo: Señor Gerard Hugh Freeman. Deslicé la carta en el bolsillo de los shorts justo antes de que mi madre apareciera en la puerta y le di el resto de la correspondencia que había traído el cartero.

Penfriends International, decía el membrete en la parte superior del sobre. Apartado de correos 294, Mount Pleasant, Londres WC1. Correo aéreo. En el interior había una carta, también escrita a máquina, encabezada por «Querido Gerard», preguntándome si querría tener un amigo por carta, y, de ser así, si preferiría una chica o un chico. Lo único que tenía que hacer era escribir a la secretaria, la señorita Juliet Summers, hablándole de mí mismo para ayudarla a encontrar a mi amigo ideal, y enviar la respuesta en el sobre adjunto.

Sabía con exactitud qué diría mi madre. Pero el nombre de Juliet Summers sonaba cálido y simpático, y acabé escribiéndole varias páginas —le hablé incluso de Staplefield— pidiéndole que me encontrara una amiga por carta. Lo hice a toda prisa, sin tener tiempo para pensar, de manera que fue sólo al regresar de la oficina de correos cuando me di cuenta de que mi madre vería la respuesta antes que yo.

Y así fue. Cuando llegué a casa el viernes de la primera, y lúgubre, semana de clases, la encontré acurrucada en el recibidor, apretando con las manos un sobre. La piel en torno a la nariz parecía ajada y brillante.

—Hay una carta para ti, Gerard —dijo en tono acusador—. ¿La abro?

—No. ¿Me la das, madre?

La respuesta habitual a esta pregunta habría sido «No, *gracias, madre*» (mi madre odiaba la palabra «mamá» y no la permitía en casa), seguida de un enfático: «*¿Te importa dár-*

mela, madre?». Pero ese día se limitó a permanecer allí, llevando la mirada alternativamente de mí al sobre, que seguía agarrando para que no pudiera ver qué ponía.

De repente comprendí que, por primera vez en mi vida, la razón estaba de mi parte.

—¿Te importa darme la carta, por favor, madre? —repetí.

Me la entregó despacio, con reticencia. «*Penfriends International*». La parte del sobre que habían apretado sus dedos estaba fuertemente arrugada.

—Gracias, madre —dije, retirándome a mi habitación. Pero ella no había terminado conmigo.

—Gerard, ¿has dado nuestra dirección a alguien?

—No, madre.

—¿Entonces cómo sabían adónde enviarla?

Estaba a punto de decir que lo ignoraba cuando vi hacia dónde se encaminaba todo esto. Coger una carta del buzón y contestarla sin decírselo, incluso aunque fuera una carta dirigida a mí, contaría como un acto subrepticio y deshonesto. Pude notar cómo la razón se resquebrajaba bajo el peso de la culpa.

—Lo vi... Lo vi en el tablón de anuncios del colegio —improvisé—. Amigos por carta.

—¿La señora Broughton te dio permiso para que les escribieras?

—No, madre, yo... yo sólo quería escribirme con alguien.

—Así que les *diste* nuestra dirección.

—Supongo que sí, sí... —murmuré, optando por lo que parecía ser el menor de los males.

—No tenías ningún derecho a hacerlo. No sin consultármelo antes. ¿Y de dónde sacaste el sello?

—Lo compré con mi paga.

—Ya veo... Gerard —dijo con la voz de mando de un celador—, quiero que me enseñes esa carta.

Temí que, si lo hacía, nunca volvería a verla.

—Madre, siempre has dicho que las cartas son privadas... ¿por qué no puedo leerla yo, si es mía? —Mi voz se quebró al llegar a la última palabra.

Enrojeció; me miró, giró en redondo y se marchó.

La carta estaba mecanografiada, pero no era de la señorita Summers.

Querido Gerard:

Espero que no te importe, pero la señorita Summers me hizo llegar la carta que escribiste (envió muchas más, pero la tuya fue la única que me gustó de verdad) y pensé que te parecías tanto al amigo que siempre he deseado tener que le pregunté si podía escribirte directamente. ¡Por supuesto, no tienes por qué contestarme si no te apetece!

Me llamo Alice Jessell, cumpliré catorce años el próximo marzo y, como tú, soy hija única, aunque mis padres han muerto: los tres sufrimos un accidente de coche. Sé que tal vez no debería incluir esta parte así, de sopetón, pero quiero quitármela de encima. En cualquier caso, quizá no quieras seguir leyendo; es justo, siempre y cuando sepas que no busco compasión y que lo último, de verdad, lo último que quiero es que sientas lástima por mí, sólo que seas mi amigo por carta. Así que, como iba diciendo, mis padres murieron en el accidente, que sucedió hace unos tres años. Sobreviví porque iba en el asiento de atrás, pero la columna vertebral me quedó dañada, así que no puedo caminar. Los brazos los tengo bien: mecanografío esta carta sólo porque mi letra es muy difícil de leer, y a máquina escribo mucho más rápido que a mano. Como no teníamos parientes ni nada, tuve que ir a una residencia: sé que esto debe de sonar terrible y fue, por supuesto, increíblemente desagradable al principio. Pero se trata de un lugar realmente encantador, en el campo, en Sussex. El seguro paga mi estancia aquí, tengo incluso profesores particulares para no tener que desplazarme hasta la escuela, y una hermosa habitación toda para mí, desde la que se ven campos y árboles y cosas.

Ahora ya lo he dicho. Te repito que, de verdad, no busco compasión, quiero que pienses en mí, si puedes —y sólo si quieres ser mi amigo por carta, claro—, como en una persona normal que sólo quiere compartir las cosas habituales. No veo la tele ni escucho música pop, pero me encanta leer, y me pareció que a ti también, y me encantaría tener a alguien de mi edad con quien hablar de libros. (La mayoría del resto de la gente de aquí es muy amable, pero son mucho mayores que yo.) Y, de algún modo, formar parte de la vida de alguien, ser su amiga. Bueno, ya está bien.

Ahora hay nieve sobre los campos, pero brilla el sol, las ardillas corretean arriba y abajo por el gran roble que hay frente a mi ventana, y los pajarillos de la ventana cantan tan fuerte que sus trinos apagan el ruido de la máquina de escribir. En realidad el sitio donde estoy se parece al lugar donde creció tu madre: una gran casa de ladrillo rojo en el campo, rodeada de praderas y bosques. ¡Mawson parece tremendamente caluroso y seco! Siento si eso ha sido un poco grosero, quiero decir que seguro que es precioso, pero tan distinto a esto...

En cualquier caso, lo mejor será que pare y le dé la carta a la supervisora (es casi como una tía, de verdad) para que la remita a la señorita Summers, porque Penfriends International es una especie de organización benéfica que se hace cargo de los gastos de envío. Así que, si quieres, escríbeme a través de la señorita Summers, y entonces cada vez que me mande una de tus cartas incluirá algunos sellos: así no tendrás que comprarlos. Nuestras cartas serán totalmente privadas.

Ahora sí que debo parar. Antes de que me entre el pánico y tire la carta a la basura convencida de que estoy quedando como una imbécil.

Con cariño,
Alice

P. S. Encuentro que Gerard es un nombre precioso.

Me tumbé en la cama y leí la carta de Alice una y otra vez. Me pareció increíblemente valiente, más de lo que podía imaginar, y sin embargo no sentí lástima por ella. Simpatía, sí; pero, aunque ser huérfana en una silla de ruedas me parecía una cosa terrible, su carta me hizo sentir como quien se resguarda de la oscuridad en una noche de ventisca, sin saber el frío que ha pasado hasta que siente el calor del fuego.

Leer las cartas ajenas es un pecado terrible. Pero eso no me había detenido en mis intentos de volver a abrir el cajón.

Busqué con la mirada un escondrijo. ¿Debajo del colchón? ¿Encima del armario? ¿Detrás de los libros de la estantería? No había ningún lugar seguro. Pensé de nuevo en lo valiente que Alice debía de ser, y de repente me avergoncé de tener trece años y medio, estar empezando el segundo año de instituto, y todavía tener miedo de decirle a mi madre que sí, tenía una amiga por carta, y no, no pensaba dejársela leer.

Pero aquella noche, durante la cena, al enfrentarme con la corriente de desaprobación de mi madre, también tuve que enfrentarme, por enésima vez, al hecho de que no era más que un cobarde.

—Madre, quiero... Quiero decir, por favor, ¿puedo escribir a...?

—No vas a escribirle a *nadie*, Gerard. Todavía estoy esperando que me des esa carta.

—Madre, siempre me has dicho que está mal leer las cartas de los demás... —De nuevo me traicionó la voz. Mi madre estaba visiblemente agitada. Notando que el volcán estaba a punto de entrar en erupción, mi padre se concentró en la costilla de cordero.

—*Voy* a leer esa carta porque *tú* me la vas a dar. ¿Y quién es este amigo por carta, de todos modos?

—Amiga... Es...

—¿Una *chica*? No te escribirás con ninguna chica, Gerard, no hasta que yo haya visto esa carta y escrito a su madre en persona.

—¡No tiene *madre*! —le espeté—. Es huérfana, vive en una residencia. —Me sentí como si estuviera traicionando a Alice, pero comprendí que ahí radicaba mi única posibilidad.

—¿Y dónde está esta residencia?

—En... en el campo.

—La carta venía de Londres —repuso ella.

—Ellos se encargan de enviarlas, Penfriends International, y pagan los gastos... para niños que... niños como Alice que no tienen padres.

—¿Quieres decir que es una *obra de caridad*?

Asentí con fuerza. Mi madre se quedó en silencio durante un momento. Parecía levemente incómoda.

—Oh. Bueno, tendré que escribirles antes, claro... pero supongo que... Va, tráeme esa carta, por favor. Luego ya veremos.

Justo cuando creía que me había soltado del anzuelo.

—Madre... —empecé a decir sin ninguna esperanza.

—La carta es suya, Phyllis.

Mi madre no se habría quedado más atónita si le hubiera hablado a mi favor la bandeja de la fruta. Abrió la boca, pero de ella no salió sonido alguno. Mi padre parecía igual de sorprendido.

—Iré a buscar la dirección —dije en un momento de inspiración, sabiendo que no cejaría en su empeño hasta haber escrito como mínimo a Juliet Summers.

Mi madre asintió en silencio y los dejé, contemplándose mutuamente en un profundo estado de estupefacción.

Después de secar los platos salí al garaje y pregunté a mi padre si podía tener una caja con cerradura para guardar algunas cosas. Parecía decidido a portarse como si nada hubiera ocurrido, pero me dio una sólida caja de herramientas, metálica, y un brillante candado con su correspondiente llave, y pasamos un buen rato jugando a los trenes. Estoy seguro de que sabía por qué le estaba agradecido de verdad.

Aquella misma noche empecé mi primera carta para Alice y continué durante la mayor parte de la semana, páginas y páginas escritas en el mismo tono que habría usado si hubiera estado hablando con ella, contándole todo el enfrentamiento con mi madre, explicándole los horrores del colegio, lo que me gustaba y lo que no, y más cosas sobre Staplefield, lo mucho que significaba para mí y la negativa de mi madre a volver a hablar del tema después de que yo encontrara la foto en su cuarto. Escribí de forma compulsiva, como si me lo dictaran, sabiendo que no debía releer lo que había dicho o plantearme demasiado lo que estaba haciendo. Pasé el siguiente fin de semana atormentado por el miedo y la esperanza, hasta que llegó su respuesta y supe seguro que todo iba bien.

Mi madre nunca llegó a decirme si había escrito a Juliet Summers. Actuaba como si las cartas que encontraba en mi escritorio cuando llegaba a casa del colegio se hubieran materializado sin que ella lo supiera. Parte de mí deseaba recuperar su aprobación, pero también sabía que si hablaba sólo una vez de Alice, no podría parar hasta que todos los detalles hubieran sido expuestos y sometidos a su escrutinio en la mesa de la cocina.

De manera que nuestro silencio sobre Staplefield se extendió hasta Alice. Pero ahora tenía a Alice a quien escribir, y ella nunca se cansaba de oír cosas de Staplefield. O, al parecer, de nada que tuviera que ver con mi vida. Era siempre como si ella me escribiera *desde* Staplefield, ya que el paisaje que se veía desde su ventana me recordaba a todas horas la vista que mi madre solía describirme: el cuidado jardín, con altos árboles cuyas ramas llegaban hasta la ventana, después el entramado de campos verdes, que conducía hasta los bosques de las empinadas montañas a corta distancia.

Yo quería saber dónde estaba exactamente, para poder mirarlo en el atlas. Pero, desde el principio, Alice fijó ciertas reglas.

Gerard, necesito que comprendas por qué no quiero hablar de mi vida previa al accidente. Amo a mis padres, pienso en ellos a todas horas. A menudo siento que están muy cerca, observándome, por extraño que esto suene. Pero para sobrevivir he tenido que dejar atrás todo aquello que tenía antes del accidente. Mis amigos, todas mis cosas, todo. Lo único que traje conmigo fue mi foto favorita de mis padres; está aquí, sobre el escritorio, mientras escribo esto. Como si —y esto te sonará tremendamente raro, lo sé—, como si yo hubiera muerto con ellos y estuviera en una especie de otra vida, sólo que aquí en la Tierra, como una reencarnación, pero distinto. Sabía que si intentaba esconderme bajo un manto de piedad me ahogaría. Y al quitar el manto tuve que despojarme de todo.

Si tuviera hermanos, hermanas y parientes no tendría elección, claro. Pero en ese caso sería la lisiada de la familia, y no creo que quisiera seguir viviendo. Así soy sólo una chica que necesita la ayuda de una silla de ruedas para moverse. No una lisiada, una parapléjica o una inválida, sólo yo. Tengo movilidad, de hecho lo hago todo sola. Y la gente de aquí es fantástica: dejando a un lado al fisioterapeuta y el personal médico, todos te tratan como si fueras completamente normal.

Pero he estado muy sola, y tus cartas marcan la diferencia. Iluminan mi vida.

Ahora vayamos a la parte difícil. No quiero contarte exactamente dónde estoy porque... (aquí he hecho una pausa larga de verdad: mientras me preguntaba cómo decírtelo me ha dado tiempo a observar a un chico y a una chica que parecen de nuestra edad, caminando tomados del brazo por los campos, desde el sendero que sale de nuestro jardín hasta el extremo del bosque), bien, por la misma razón por la que no quiero enviarte una foto mía. (Para empezar no tengo ninguna, pero ésa no es la causa.) Y no es porque esté tremendamente desfigurada ni nada de eso, en realidad no tengo ninguna cicatriz.

No, es porque una foto mía tendría que ser una foto de mí en la silla o, en cualquier caso, de alguien incapaz de caminar, y no quiero que me veas así. Me temo que sentirías pena por mí. Espero que lo entiendas, aunque —y es totalmente injusto, lo sé— me encantaría tener una foto tuya (y de tus padres, y de la casa donde vives, sólo si te apetece, por supuesto). A cambio, intentaré responder con sinceridad a tus preguntas sobre mi aspecto.

Si por algún milagro consigo volver a andar, te enviaré una foto. Pero hasta entonces prefiero ser

Tu amiga invisible
Con amor, Alice

P. S. Es una verdadera muestra de vanidad, lo sé. Pero acabo de caer en la cuenta de que quizá creas que peso una tonelada, y estoy cubierta de acné o algo parecido. En realidad estoy delgada y... bueno, no soy del todo fea.

P. P. S. Si te soy sincera, ésa no es la única razón, para no mandarte la foto quiero decir. No quiero es-

tar *condenada* por una foto. Piensa en mí como
quieras, eso es lo que me gustaría que hicieras.

Yo había estado evitando el tema de las fotos, porque la
idea de que Alice viera mis orejas de soplillo y los aparatos de
los dientes era demasiado humillante para poder soportarla. De
manera que le aseguré que la entendía (lo que sólo era verdad a
medias); y que también yo era muy sensible con mis aparatos,
de manera que ambos podíamos conformarnos con descripciones escritas (con la esperanza de que, al escribir esto, ella no siguiera interrogándome sobre otros temas como las orejas, el
pelo, las pecas, las manchas, las rodillas, los dientes, o, en definitiva, nada que guardara mucha relación con mi aspecto físico).

Lejos de compadecerla, a menudo me descubría olvidando todo lo referente a la silla de ruedas y la pérdida de sus padres, comparando la belleza de su entorno con la vacía desolación suburbana del mío, deseando apasionadamente poder
estar con ella allí, dondequiera que se encontrara ese «allí» en
el condado de Sussex. Tras aquellas primeras cartas, la mayor
parte del tiempo me escribía como si la herida no existiera,
como si fuera una joven heredera que vivía sola en una gran
mansión con tutores privados, que la llevaban de excursión,
como ella lo llamaba, siempre que hacía buen tiempo. No cabía duda de que disponían de una maravillosa biblioteca, porque daba igual el libro que yo mencionara, si no lo había leído
ya, lo hacía antes de que llegara su siguiente carta. Además,
nuestras situaciones eran, en cierto sentido, notablemente
parecidas. Mis padres nunca habían tenido televisión, no leían
revistas, y compraban el periódico sólo los sábados, por los
anuncios. No se tomaban el menor interés por la política, o las
noticias que sucedieran fuera de los confines de Mawson. De
vez en cuando mi madre escuchaba música clásica por la ra-

dio. Pero la mayor parte del tiempo tanto ella como yo leíamos en silencio.

Que era exactamente como Alice pasaba sus días, cuando no tenía clases en el jardín: leyendo y mirando por la ventana. Con sólo catorce años parecía haber superado los intereses normales de la adolescencia, mientras que yo ni siquiera había empezado a sentirlos. Justo antes de conocernos —la palabra que yo siempre preferí— me había tomado la molestia de interesarme por la música rock. Pero tan pronto como me enteré de que a Alice no le gustaba ninguna música pop —decía que el sonido de la batería la hacía sentir como si hubiera bebido demasiado café— abandoné el empeño. Dejé de intentar llevarme bien con alguien. En lugar de arrastrarme patéticamente por el patio del colegio, intentando evitar que alguien me golpeara, pasaba la hora del almuerzo en la biblioteca, haciendo los deberes, para así poder dedicar la tarde a escribir a Alice. Poco a poco me fui dando cuenta de que nadie se metía conmigo tanto como antes; y, pese a la cantidad de tiempo que invertía en las cartas de Alice, mis notas mejoraron.

Mi vida exterior estaba tan constreñida como la suya, limitada por el temor patológico de mi madre a lo que pudiera sucederme si me salía del estrecho sendero que iba de casa al colegio (y a la oficina de correos) y viceversa. Pero ahora que tenía a Alice ya no me sentía encerrado: mirando por mi ventana, me descubría a mí mismo contemplando no la oxidada escalera de metal apoyada en el enorme cobertizo del señor Drukowicz, sino los bosques y praderas de —como a menudo imaginaba, para mi sorpresa— Staplefield.

Pero, como es lógico, empecé a querer más, mucho más: ver a Alice, oír su voz, abrazarla. Le dije que rezaba todos los días (aunque me parecía que no creía en Dios) para que su columna se curara o los médicos hallaran algún remedio. «Me alegro de que lo hagas —me contestó—, pero no debo pensar en ello. Me dijeron que nunca volvería a caminar y lo he aceptado.» De manera que seguí rezando, sin decírselo. De buena gana habría invertido todos mis ahorros en una llamada telefónica, pero ella tampoco me lo permitió. Al principio no animaba mis manifestaciones ni muestras de amor que fueran más allá del «Querida Alice» o «Con amor, Gerard», y sin embargo me decía, en casi todas sus cartas, que yo era la persona más importante y más cercana de toda su vida.

Sí cumplió, sin embargo, su promesa de responder con sinceridad a cualquier pregunta mía referida a su aspecto físico, aunque confesaba que le daba vergüenza y que temía que la encontrara vanidosa. Admitió que tenía el pelo largo y rizado (ensortijado, lo llamaba ella), y fuerte, de un «color entre castaño y rojizo», que su piel era muy pálida, sus ojos castaño oscuro, y «una nariz que parece ligeramente respingona, pero en verdad es recta». Y aunque yo era demasiado tímido para preguntar, siguió contándome «sólo para zanjar el tema» que tenía las piernas largas, la cintura estrecha, y que «en otras circunstancias, supongo que la gente diría que estoy muy desarrollada para mi edad, y ahora ya he pasado suficiente vergüenza para una carta, me arde la cara y no pienso añadir nada más».

En otras palabras tenía aspecto de diosa. Una diosa que solía llevar tejanos y camisetas, pero que a veces, sólo para variar, se ponía un vestido largo «como el que llevo hoy, que es de un tejido sedoso, de color blanco, recogido en la cintura y con un estampado de pequeñas flores violeta bordadas en el corpiño». Dejando a un lado el hecho obvio de que era increíblemente hermosa, de sus cartas aprendí también la imposibilidad de capturar el rostro de alguien sólo mediante palabras. La imagen que me hacía de ella siguió siendo dolorosamente vívida y atormentadoramente difusa.

Un día, estando en la biblioteca del colegio durante la hora de la comida, encontré un libro de fotos, la mayor parte en blanco y negro, pero con una sección de láminas a color en el centro. Acababan de catalogarlo, así que las mujeres de las fotos aún no habían sido provistas de barbas, bigotes, pechos monstruosos y genitales grotescos pintados con rotulador: los libros de arte no se prestaban, pero eso no los salvaba del vandalismo. Pasé la lámina titulada *The Last of England*, y ahí estaba *La dama de Shalott*, que contemplé, aguantando la respiración, durante varios minutos: así debía de ser Alice.

Antes de que sonara el timbre que indicaba el comienzo de las clases había descubierto a los pintores prerrafaelitas, y encontrado al menos una docena más de Alices. Parecía haber posado como modelo para toda la Hermandad, pero no todos eran igual de buenos a la hora de pintarla. Rosetti sabía hacer el pelo, pero la había dotado de una boca demasiado estrecha; Burne-Jones dibujaba bien su rostro, pero el cabello se le escapaba, y además la había pintado desnuda, saliendo de un árbol, por algún motivo, con los brazos en torno a sus partes igualmente desnudas: sólo me atreví a mirarla una vez y pasé la página, temeroso de que la señora McKenzie, la bibliotecaria, me pillara. *The Bridesmaid* de Millais se acercaba mucho, pero mi atención siguió fija en *La dama de Shalott*, pensando que, si sólo fuera una imagen un poco menos trágica, el parecido sería perfecto.

Se lo conté a Alice aquella misma noche, y cuando llegó su siguiente carta resultó que ya conocía el cuadro, y sí, suponía que se parecía un poco a la Dama de Shalott, excepto en que su cabello era más oscuro, y, por supuesto, la Dama era mucho más bella; sin embargo yo estaba convencido de que la realidad era al revés. Invertí la mayor parte de mis ahorros en un libro de imágenes de Waterhouse, que conseguí colar en casa después de una de las raras visitas que hacíamos al Centro Comercial de Mawson. El sexo no era sólo un tema tabú en casa; siempre habíamos vivido según la premisa —posibilitada por la ausencia de televisión y revistas— de que era algo que no existía. Y aunque las ninfas desnudas de Waterhouse entran en la categoría de arte, sabía que mi madre no las vería de ese modo, no más que yo.

Y entonces tuve el sueño. Fue a finales del verano, dos años después de que empezáramos a escribirnos. Me desperté —o eso creí— en la cama de mi habitación; todo estaba igual, a excepción de que el brillo de la luna penetraba por la ventana. Una luna extraña, porque su luz era suave y dorada, como la de una vela, y cálida. Una luna imposible, porque la ventana daba al sur y el cielo quedaba oculto por la parte lateral del cobertizo del señor Drukowicz, pero en el sueño parecía absolutamente normal y auténtica. Me quedé tumbado durante un rato, sintiendo el calor de sus rayos, hasta darme cuenta de que la fuente de ese calor, que ahora llenaba todo mi cuerpo, estaba mucho más cerca que la luna.

Giré la cabeza en la almohada. Alice yacía mirándome, sonriendo con la más encantadora de las sonrisas, una sonrisa llena de alegría y ternura y amor. Tenía la cabeza a sólo unos centímetros de la mía, el cabello castaño rojizo derramándose sobre la almohada iluminado por la tenue luz de la luna; nuestros cuerpos no se tocaban y, durante una breve eternidad, me quedé allí, flotando en un estado de felicidad absoluta. No era idéntica a la Dama, o a ninguna de las mujeres de los cuadros; era simplemente Alice, hermosa: el calor de su cuerpo fluyó hasta el mío cuando nuestros labios se unieron y desperté con el pijama húmedo, solo, bajo la familiar luz de neón de la farola que se proyectaba sobre la pared del cobertizo del señor Drukowicz. Era la 1.30 de la madrugada.

Antes, siempre que fregaba el pijama o las sábanas manchadas a la luz de la linterna, lo único que sentía era vergüenza y temor a que, esta vez —dado que las manchas resultaban terriblemente visibles por la mañana— mi madre dijera algo. Pero aquella noche pasé por la misma rutina casi sin pensar, rezando para volver flotando al mismo sueño, con una radiante Alice a mi lado.

En su lugar me quedé despierto durante mucho rato, esforzándome en vano por recuperar su rostro tal y como lo había visto, el resplandor que se iba desvaneciendo hasta dejar sólo los semblantes de los cuadros. Enterré la cara en la almohada y lloré.

Cuando por fin logré dormirme tuve otro sueño: yo mismo, cuando era muy pequeño, sentado sobre la rodilla de mi madre, que me leía un cuento en el sofá a la luz de la lámpara. Mi madre iba en bata, lo que indicaba que era muy tarde, y me leía de un libro sin fotos, un relato que yo no llegaba a comprender, pero que escuchaba con interés de todos modos, siguiendo la cadencia de su voz. Lo observaba desde el exterior, como si estuviera sentado en el sofá entre ellos. Entonces vi que mi madre lloraba en silencio mientras leía. Las lágrimas rodaban por sus mejillas y caían sobre mi pijama azul celeste, pero ella no hacía el menor intento de secárselas; seguía leyendo y las lágrimas seguían cayendo hasta que desperté de nuevo para descubrir la almohada todavía húmeda de las lágrimas que había derramado por Alice.

El sábado por la mañana, después del sueño, me encontré solo en casa. Mi padre estaba en la reunión de aficionados a los trenes que se celebraba al otro lado de la ciudad; mi madre había salido corriendo porque llegaba tarde a la peluquería. Salí al pasillo cuando oí cerrarse la puerta principal, y vi que se había dejado la puerta de su dormitorio abierta, algo poco habitual. Al acercarme, mi mirada recayó en el cajón que había abierto aquella bochornosa tarde de enero.

El pacto no hablado con mi madre me había mantenido lejos de su habitación hasta entonces. No me meteré en tus cosas si tú no te metes en las mías. Pero la puerta estaba abierta, y Alice estaba tan fascinada por Staplefield y Viola y todo cuanto pudiera recordar sobre la foto que había encontrado...

El cajón seguía cerrado a cal y canto, y no encontré ninguna llave de latón en ninguno de los lugares más obvios. Entonces recordé que la lengüeta —o como quiera que se llamara la parte que abría la cerradura— no era más que una simple placa de metal con una ranura en el extremo frontal. Así que recorrí toda la casa recogiendo y probando llaves de otros muebles hasta que encontré una que funcionaba.

La cerradura se abrió. Arrodillado en semipenumbra, aspirando las bolas de naftalina e insecticida y el débil olor perruno de la moqueta, vi mi incómodo reflejo contemplándome desde las profundidades del espejo del tocador. *Gerard se parece tanto a su madre.*

El sobre y la foto habían desaparecido. Lo único que había en el cajón era el libro encuadernado con un ajado papel gris, moteado de manchas marrón rojizo. *El camaleón* —seguía sin saber qué era eso, pero reconocí la palabra—, *Revista de Artes y Letras.* Volumen I, número 2, junio 1898. Editado por Frederick Ravenscroft. Artículos de Richard Le Gallienne y G. S. Street. Poemas de Victor Plarr, Oliver Custance y Theodore Wratislaw. Intenté abrirlo y vi que las páginas estaban unidas por los bordes. Excepto las correspondientes a una sección. «Seraphina: relato», de V. H.

SERAPHINA

A Lord Edmund Napier le gustaba que todo su entorno fuera hermoso y amable, y, dado que era rico, apuesto, soltero, y propietario de una espléndida mansión en Cheyne Walk, el mundo se apresuraba a complacerle. En realidad había contribuido a ello —salvo por una excepción desagradable, como sabremos enseguida— casi desde el momento de su nacimiento, acontecido unos cuarenta años antes de la tarde en la que le hallamos observando el espacio en blanco que hay en la pared de su galería privada.

Aunque el vestíbulo principal y la escalera de su casa estaban adornadas, como cabía esperar, con retratos de antepasados de la familia Napier, esta galería sólo era visitada por los amigos más íntimos de Lord Edmund. Se trataba de una estancia larga, abovedada y decorada con artesonado, cuyas proporciones recordaban un lugar de oración, pero iluminada para captar tanta luz natural como fuera posible y, al mismo tiempo, excluir cualquier brillo directo. Una simple mirada a las paredes, sin embargo, revelaba a Lord Edmund como, por decirlo de algún modo, un admirador de la forma femenina, profusa y variablemente ilustrada por un centenar de lienzos que ocupaban ambos lados de la galería en toda su longitud, y complementada por numerosas esculturas de bronce, mármol, jade, ébano y otros preciados materiales; todo, debería señalarse, de un gusto exquisito, el más exquisito que el dinero podía comprar. Pero describir a Lord Edmund como un adorador del altar de la Belleza sería, si no totalmente incierto, sí al menos levemente desconsiderado. Un caballero predestinado a lucir en la cúspide de la sociedad no puede evitar ser consciente de sus propias perfecciones; y sería más justo decir que Lord Edmund y la Belleza llevaban mucho tiempo manteniendo una íntima relación. Y esto, por paradójico que parezca, era la fuente de una cierta insatisfacción por su parte, y la razón por la que la pared del extremo norte de la galería, la más alejada de las grandes puertas dobles que se abrían a toda su abovedada longitud, el lugar que debía albergar la flor más bella de su colección, se obstinaba en permanecer vacía. Durante esos años había probado en ese lugar de honor numerosos lienzos, pero ninguno había respondido a la idea de perfección que él, casi sin querer, exigía a dicha obra.

Ni el mismo Lord Edmund podría haber justificado su soltería que, sin embargo, siguió siendo un tema de candente interés para cualquier anfitriona de moda con hijas casaderas a su cargo. Más de una matrona se había llevado una amarga decepción al creer que su hija favorita estaba ya comprometida con dicho caballero, sólo para descubrir, cuando ya lo creía atrapado entre sus redes, que la presa se había escabullido, y lo había hecho con tal destreza que ni siquiera le dejaba el consuelo de iniciar acciones por incumplimiento de promesa. Lo cierto es que el corazón del caballero sólo había estado comprometido en una ocasión, muchos años atrás, cuando él contaba sólo veinticuatro años. La unión era imposible: la señorita Eleanor Brandon, aunque de belleza innegable y personalidad dulce (y, sin duda, mucho más educada y culta que el joven Edmund) no poseía ni estirpe ni fortuna; y, lo que es peor, albergaba ambiciones artísticas, aceptando cualquier oferta, ya fuera para decorar o para alguna tarea parecida, en los estudios de Chelsea. En la época en que se conocieron, la rondaba un admirador sin un céntimo, unos diez años mayor que ella, un retratista incapaz por naturaleza de cumplir con ninguno de los escasos encargos que se le ofrecían; pero a quien, sin embargo, ella estaba a punto de entregar su afecto. Pero la juventud y el encanto prevalecieron; con tanta fuerza que Edmund no pudo evitar dejarse arrastrar por la intensidad del amor de ella hacia él. No creía —al menos con la distancia que da el tiempo— haberse declarado explícitamente a la joven; pero habló en privado con su padre, el conde, quien prohibió no sólo el enlace sino cualquier otro contacto de su hijo con la señorita Brandon.

Edmund era mayor de edad, y único heredero, y como tal podría haber desafiado a su padre, pero, sin duda, dicho enfrentamiento habría conllevado una drástica reducción de sus rentas y una gran cantidad de incomodidad. ¿Qué podía hacer un joven en su situación? Debía, como mínimo, una explicación a la señorita Brandon; pero dicha conversación habría sido sin duda una fuente de amargura para ella, y por tanto también para él, así que ¿en qué beneficiaba a ninguno de los dos? Y si su padre llegara a enterarse... No: una carta era la solución más obvia, pero resultaba tan condenadamente difícil de redactar que se vio obligado a abandonar la tarea. Un emisario: una gran idea, por fin; un buen amigo en cuya delicadeza y discreción pudiera confiar él en términos absolutos; conocía, además, al hombre adecuado para llevar a cabo dicha misión. Pero el hombre en cuestión estaba tan afectado por el disgusto de la señorita Brandon como para acusar a su amigo de comportarse de manera cruel e impropia de un hombre; lo cual condujo, inevitablemente, a una ruptura de relaciones entre ellos y dejó el tema sin resolver. Quizá debiera verla en persona, y que fuera lo que Dios quisiera...; y si sólo el humor de su padre, imprevisible en sus mejores momentos, no hubiera sido tan terrible últimamente, estaba seguro de que lo habría hecho.

De manera que los días se convirtieron en semanas, sin que emprendiera acción definitiva alguna, hasta que, una tarde en que el joven acababa de concluir una agria discusión con su padre relativa al tema de sus desembolsos y se disponía a salir en busca de nuevas distracciones, un lacayo le informó de la presencia de una «joven persona» en la puerta principal, que se negaba a aceptar que Edmund no se encontrara en casa e insistía en hablar con él. Con el corazón en un puño descendió la escalera, seguido de cerca por su padre. El semblante pálido y demacrado de Eleanor era una visión terrible; todavía fue peor la alegría momentánea que transfiguró su expresión al verlo. Ella se acercó con los brazos abiertos, pero, paralizado por la siniestra sombra que se cernía sobre su espalda, él tropezó y retrocedió, hasta que la puerta se cerró ante la muchacha. Aquella tarde Edmund se enteró de que una joven había saltado desde el puente de Battersea y se había ahogado en el río. Era Eleanor; y la investigación del juez, al saber que la muchacha estaba encinta, dictó un veredicto de suicidio por perturbación de sus facultades mentales.

El nombre de Edmund no se citó en conexión con la tragedia. Lo enviaron al extranjero de inmediato, donde permaneció durante unos meses hasta que su padre decidió terminar con todas sus diferencias irreconciliables muriendo de apoplejía. Al principio le remordía la conciencia, pero como cualquier otro joven rico y de noble cuna, aprendió a suavizarla a través de una agotadora búsqueda del placer, hasta que todo lo que le rodeaba volvió a ser agradable y hermoso. El rostro de Eleanor, oculto tras tantos otros, se desvaneció de su memoria hasta dejar sólo un vago recuerdo de sus rasgos. En su cuarenta aniversario llevaba años sin pensar en ella.

Se habría calificado como el más afortunado de los hombres, de no haber sido por una cierta inquietud, un cierto... no exactamente aburrimiento, sino más bien la sensación de que el mundo había perdido parte de su encanto. En los últimos tiempos a menudo se había descubierto inmune a los obvios hechizos de sus obras de arte en favor del muro vacío, como si mediante un esfuerzo de intenso escrutinio pudiera adivinar, más allá del brillo leve de la madera de roble, aquellas líneas de cara y cuerpo que todavía se le escapaban. Se sentía tan absorbido por dicha empresa que se despertaba, como aquel día, y descubría que había pasado más de una hora, quedándose inquieto y nervioso, incapaz de apreciar toda la voluptuosidad que le rodeaba, con la única idea de huir de la galería y de la casa y perderse en la gran ciudad, caminando durante horas, hasta que llegaba el momento de volver y vestirse para sus compromisos vespertinos.

Así fue como, en la tarde que nos ocupa, Lord Edmund salió por la puerta principal, giró, como era su costumbre invariable, por Cheyne Walk y emprendió mecánicamente el camino hacia Royal Hospital Road, con la vaga intención de subir por Ebury Street y girar a la altura de Green Park. Hacía un brillante y claro día de primavera; una ligera brisa, fresca y vigorizante, arañaba la superficie del río. Inmerso en sus tristes pensamientos —sin saber exactamente por qué— casi había alcanzado su destino cuando su atención recayó sobre una silueta solitaria al otro lado de los malecones, unos cincuenta pasos por delante de él y moviéndose en la misma dirección.

Una silueta alta, delgada y femenina, obviamente joven, a juzgar por cierta sinuosa libertad de movimientos, enfundada en lo que parecía ser un vestido suave y claro, ribeteado en azul marino o violeta oscuro, y coronado por —sin duda, pese a la distancia— una extraordinaria nube —ninguna otra palabra podía describirla mejor—, una nube extraordinaria de cabellos rojizos que parecía flotar y enredarse a su alrededor con cada uno de sus pasos.

Hay que admitir que ésta no era la primera vez que, en circunstancias parecidas, Lord Edmund abandonaba la ruta prevista; aceleró el paso por los malecones con la intención de alcanzar a la joven dama en cuestión, colocarse a su lado y después ver qué sucedía. Pero, pese a sus esfuerzos y sin ninguna aceleración visible por parte de ella, la distancia entre ambos se negaba inexplicablemente a reducirse. Nada en ella revelaba que fuera consciente del interés del caballero; la abundancia de la nube cobriza era tal que él no podía discernir adónde se dirigía su atención, pero era cierto que ella no había vuelto la cabeza en dirección a él en ningún momento. Aparentemente mantenía el mismo paso cómodo, sinuoso y natural, y, sin embargo, cuando cruzaron el puente de Chelsea, él oscilaba entre el paso rápido y el poco digno trote; acalorado, con el semblante enrojecido, y pese a ello cautivado. Así siguieron todo el camino que baja Grosvenor Road hasta el puente de Vauxhall, donde, para sorpresa del caballero, ella giró, cruzando el río con el mismo paso engañoso, todavía rodeada hasta tal punto por la radiante nube de cabello que, pese a haberse alterado el ángulo de visión, él seguía sin atisbar el más mínimo detalle de su rostro.

Lord Edmund cruzó la calle y la siguió a lo largo del puente, advirtiendo al hacerlo que la marea estaba muy baja. Perplejo y desazonado vio que la distancia entre él y su presa no sólo no se había reducido sino que había aumentado. De haber estado solos él habría echado a correr, pero había más gente en el puente y, dejando al margen lo ridículo de dicha actuación, el espectáculo de un caballero persiguiendo acalorado a una joven dama solitaria podía desembocar en peores humillaciones. No obstante, pese a apresurarse al máximo, pudo ver con claridad que perseguía una causa perdida. No estaba ni a medio camino, y sin embargo ella ya alcanzaba el extremo opuesto; él era incapaz de conciliar aquel avance tranquilo con la velocidad con que lo eludía. ¿Y qué diantre podía llevarla a girar, tal y como parecía indicar el camino que tomaba, en dirección a Lambeth, un destino de lo más inadecuado para una joven como aquélla?

La nube cobriza se perdió de vista, y se sintió abrumado por una amarga desolación, más afilada y dolorosa que cualquier otra emoción que recordase haber sentido. No, no pensaba rendirse: estaba decidido a verle la cara y a hablar con ella. Buscó desesperado un coche de caballos, pero no había ninguno. Inmune a las miradas curiosas, echó a correr. Mientras cruzaba el final del puente pensó —casi con absoluta seguridad— que la había visto desaparecer en Vauxhall Walk. Empezó así una cacería que le adentraba más y más en zonas malolientes y callejones desconocidos, siempre atraído por lo que con toda seguridad era un centelleo de muselina blanca y un torbellino de cabello brillante que flotaba cual llama por el aire insalubre, pero al mismo tiempo siempre decepcionado hasta que, por fin, vencido y agotado, con los pies doloridos, se encontró apoyado en un muro vacío al final de un húmedo callejón de adoquines sin salida. A medida que se le calmaba el latido en las sienes, fue prestando atención al incómodo silencio que lo rodeaba. No se veía ni oía a nadie, ni siquiera el lejano ladrido de un perro; la harapienta multitud con la que se había cruzado durante el camino parecía haberse quedado a más de cien kilómetros. Las puertas y ventanas de ambos lados del paseo estaban cerradas a cal y canto; una observación más atenta reveló que había una excepción: un escaparate sombrío sobre cuyo umbral hueco colgaba el triple símbolo que identificaba a los prestamistas.

Débilmente, hizo acopio de fuerzas y se dirigió a la tienda, con la esperanza de conseguir un coche o incluso de encontrar algún refresco que le saciara la sed. Sus pasos resonaban con fuerza sobre los adoquines; el silencio era realmente extraño. Al acercarse al escaparate, advirtió que el cristal estaba cubierto de una capa de suciedad tan espesa que no permitía la visión del interior. La puerta, sin embargo, estaba ligeramente entornada. La empujó, con la esperanza de que el silencio quedara roto por el crujido del dintel o el tintineo de un timbre, pero ésta se abrió con suavidad y sin hacer el menor ruido.

Se detuvo en el umbral, indeciso, ajustando la mirada a la oscuridad reinante. Gracias a la luz que penetraba por la puerta abierta pudo discernir contornos de mesas y sillas y otros muebles amontonados, unos sobre otros, formando altas pilas que llenaban ambos lados de la estancia y dejaban sólo un estrecho pasillo central que se adentraba en la oscuridad. Aromas a madera antigua y telas mohosas, a papel podrido y metal helado, a polvo, óxido y humedad, flotaban en torno a él. En nada respondía a la idea que él tenía del establecimiento de un prestamista; no había mostrador, ni señal alguna de un propietario; sólo la pila de muebles y el pasillo artificial, apenas lo bastante ancho para él, cuyas profundidades estigias seguía observando en vano. Lord Edmund era, por supuesto, un hombre acostumbrado a mandar; en su entorno natural nunca se le habría ocurrido que el menor de sus deseos no fuera satisfecho al instante y sin réplica, casi sin necesidad de expresarlo en voz alta. Pero esto no era Cheyne Walk, ni Napier Hall, ni siquiera uno de los barrios populosos de la ciudad donde el oro podía comprar los servicios de cualquier hombre... o mujer. Permaneció mudo, incapaz de avanzar o retroceder, abrumado por la oscuridad y el silencio.

No sabría decir cuánto tiempo siguió así, hasta que una luz empezó a brillar débilmente en el fondo del pasillo, o túnel, como le indicó el creciente resplandor: la abertura no estaba sólo enmarcada sino también techada por las pilas de muebles. Cual víctima de un hechizo hipnótico, Lord Edmund se dejó arrastrar por el pasillo, que se prolongaba hasta una distancia sorprendente dadas las escasas proporciones de la fachada y el callejón. Cuando emergió de los confines del túnel, quedó deslumbrado por la luz de un simple farol que sostenía una figura inmóvil situada unos pasos a su izquierda.

—Por favor, pase, señor —dijo una voz grave e inesperadamente educada—, y dígame en qué puedo ayudarle.

La figura se convirtió en un hombre de edad indeterminada, algo más bajo que Lord Edmund y más delgado, afeitado y enfundado en un traje oscuro y barato como si de un criado se tratara. La luz revelaba un rostro largo, pálido y melancólico, en el que se apreciaban los indefinibles estragos que causa una prolongada enfermedad o sufrimiento: los ojos hundidos bajo una frente prominente, la nariz delgada y aquilina, los labios casi exangües. Pese a la acuciante penumbra resultaba obvio que el hombre no suponía amenaza alguna para el caballero, que sólo deseaba pedir un coche de caballos y algo de beber, cuando su atención se posó en una gran estructura rectangular, un poco a su derecha y más alta que él. Como si se anticipara a la pregunta, el dueño —¿quién podía ser si no?— elevó el farol hacia el objeto, llevando a cabo, al mismo tiempo, algún ajuste que provocó que la luz se hiciera más intensa. Lord Edmund, siguiéndola con la vista, vio que se trataba en realidad de un lienzo apoyado contra un marco; era un cuadro de unos dos metros de altura. Cuando la luz bañó por completo la superficie, se quedó sin aliento.

No se parecía a ningún otro cuadro que hubiera visto, ya que la ilusión de estar mirando *a través* del marco, de la misma forma que mira uno por una ventana abierta para contemplar la vista, era, a la luz de la linterna, total. Tenía ante sus ojos, o mejor dicho en ellos, un estanque en el bosque rodeado de una densa maleza, y de este estanque, con los brazos extendidos hacia él, emergía una maravillosa mujer desnuda, con esa belleza sobrenatural que él hacía tiempo había renunciado a encontrar. Para colmo de las maravillas, su cabello, aunque mojado por la reciente inmersión en las aguas translúcidas que se arremolinaban contra su cintura, y que por tanto le caía cual cortina sobre los hombros en lugar de flotar como llamas en el aire, era exactamente del mismo tono milagroso del de la mujer que había perseguido en vano esa misma tarde. No habría podido asegurar si se trataba o no de la misma mujer; de lo que no albergaba duda alguna era de que se trataba de la mujer que llevaba tanto tiempo buscando. La expresión de su rostro, a primera vista, parecía solemne y espiritual; pero sutilmente adornada con la más débil de las sonrisas, una insinuación tiernamente irónica, casi sensual. Presintió que podría pasarse la vida entera contemplando los abismos sin fondo de aquellos ojos oscuros, mientras la luz revelaba las gotas de agua que caían por su piel reluciente. ¿Acaso respiraba? ¿No era un latido lo que se advertía en aquella vena azulada que le surcaba el cuello? Emocionado, en trance, y ajeno por completo al lugar donde se hallaba, incluso a la figura silenciosa que sostenía la lámpara, avanzó un paso para reclamar su premio, y al hacerlo la mujer se convirtió en un remolino de texturas y colores ininteligible. Retrocedió, y el milagro se repitió; se acercó una vez más y de nuevo la visión se disolvió ante sus ojos.

—¿Quién es? —preguntó en tono subyugado, más para sus adentros que para su compañero.

—Seraphina —replicó la voz grave a su espalda. La luz se acercó y descendió en silencio, iluminando una pequeña placa de bronce colocada en la base del marco y con ese nombre grabado en simples letras itálicas.

—¿Y... en vida? —preguntó el lord, todavía incapaz de apartar los ojos del cuadro.

—En eso no puedo ayudarle, señor.

—Pero con toda seguridad ella debe de ser... ¿Quién pintó la obra?

—También en eso soy incapaz de aportarle información, señor, salvo que, hasta donde sé, falleció dejando tan sólo una única obra terminada: ésta.

—Entonces dígame, por favor, ¿se halla en venta?

Lord Edmund había deseado proseguir con sus investigaciones antes de sacar el tema de la adquisición, pero la ansiedad y la impaciencia, el temor de que tal vez no pudiera tomar posesión de lo único que anhelaba su corazón, lo habían dominado.

—Sí, señor.

—¿Y... su precio?

—Doce guineas, señor.

Lord Edmund no pudo evitar un gemido de sorpresa. Conocía muy bien los peligros de juzgar una obra bajo luz artificial, pero la autenticidad estaba fuera de cuestión, era sólo un anónimo milagro del pincel; si el hombre le hubiera pedido doce mil, habría mandado llamar a un mensajero para que fuera en busca de un talón bancario.

—¡Doce guineas! —repitió con incredulidad—. ¿Está seguro...? Es decir, sí, me lo llevo. Ahora mismo, si no le importa; de hecho, llevo esta suma en mi poder. —Lord Edmund no era uno de esos nobles que consideraba una muestra de poco estilo llevar dinero encima; más bien era de la opinión de que un espíritu aventurero nunca sabía cuándo unas monedas de oro podían sacarle de algún apuro.

—Muy bien, señor. Si se molesta en seguirme por aquí, tal vez me permitirá que le ofrezca algo de beber mientras realizo los preparativos necesarios.

Apenas capaz de despegar la mirada del cuadro, Lord Edmund aceptó con reticencia que el hombre le guiara, no por el pasillo que había cruzado al entrar, sino en dirección opuesta, sobre lo que percibía vagamente como un suelo enlosado, pasando al costado de varios objetos cubiertos, y bajando por otro corredor hasta llegar a un pequeño despacho en el que un poco de luz natural se filtraba por un ventanuco polvoriento. Había, por supuesto, una docena, un centenar de preguntas que formular, pero sin saber cómo se encontró solo, acomodado en una silla y con una copa de coñac en la mano antes de —por su propia insistencia— completar la transacción y tomar posesión del recibo. En un tiempo notablemente breve, o eso le pareció, su estado de ensoñación quedó perturbado, no por el propietario, sino por un hombre de aspecto más rudo que entró por la puerta de la calle —en apariencia el establecimiento se prolongaba hasta llenar la distancia completa entre una calle y la otra— para informarle de que su compra estaba envuelta y lista para ser trasladada. Lord Edmund miró hacia la otra puerta, donde le había dejado el dueño de la tienda; lo llamó varias veces, pero no recibió respuesta. El silencio siguió impenetrable; no había ni rastro de luz en la oscuridad del corredor. Lo llamó una vez más, dio unos pasos ineficaces hacia la penumbra, retrocedió y cejó en su empeño. Tenía el cuadro en su poder, eso era lo importante, y volvería para satisfacer su curiosidad por la mañana.

Sin embargo, de camino a casa, a Lord Edmund le acechaba el temor de que el cuadro resultara una decepción, o algo peor, una desilusión completa, ya que la extraña experiencia de aquella tarde no se manifestó por completo hasta que ambos caminaban por el Albert Embankment. Fue sólo mediante un extremo esfuerzo de la voluntad que se reprimió para detener al cochero y rasgar la envoltura del cuadro a plena luz del día. Fue calmándose poco a poco, aunque no conseguía librarse del todo de la sensación de haber caído en un sueño y regresado al mundo real, y fue con el corazón desbocado y una sensación de mareo que vio cómo el paquete pasaba de las manos del cochero a las manos enguantadas de sus propios criados. Ya había decidido que, si no quedaba decepcionado, nadie más que él pondría sus ojos sobre Seraphina; sería suya, y sólo suya. En consecuencia, dio indicaciones a sus hombres para que colgaran el cuadro, todavía envuelto, en el sitio de honor de la galería, y se retiraran, dejándole como único poseedor... ¿pero de qué? Con dedos temblorosos deshizo los nudos, pero se vio obligado a usar un cuchillo, aterrado de que un simple descuido pudiera dañar el lienzo. Cuando retiró la última capa de papel estaba al borde del desmayo y se apartó un paso del cuadro.

No hubo decepción. En realidad, aunque hasta ese momento habría creído que era imposible, el hechizo era aún mayor que antes. Toda la conciencia de lo que le rodeaba se desvaneció cuando sus sentidos se posaron una vez más en Seraphina. De nuevo lo invadió la sensación de contemplar una mujer viva, que respiraba; podía jurar que el agua que le acariciaba el fino talle se movía de verdad; de nuevo sus sentidos lo empujaron hacia delante, y una vez más ella se desvaneció como si hubiera caído una cortina, interponiéndose rápida y silenciosamente entre ambos. Avanzó aún más, atrapado por aquel amasijo inescrutable de arrugas y remolinos de pintura. Una inspección minuciosa reveló que la superficie del cuadro era realmente muy desigual; en algunos lugares la textura del lienzo resultaba claramente visible; en otros la pintura parecía haber sido arrojada a puñados, toscamente, formando manchas abigarradas, sin revelar el menor rastro de la extraordinaria, mejor dicho, de la inaudita habilidad que debía de haber guiado la mano del artista. ¿Cómo diantre lo había hecho? Fijó la mirada en una mancha de color y retrocedió lentamente. Un paso... dos... tres, y la superficie permaneció opaca; cuatro, y el lienzo parecía disolverse por arte de magia en aquellos remolinos de agua, la profundidad verde del bosque y la gloriosa Seraphina con los brazos abiertos como si le invitara a abrazarla con aquella débil pero irresistible y sugerente sonrisa. Lord Edmund se obligó a retroceder un paso más, y luego otro, pero ella no se desvaneció; la ilusión de estar viendo desde el marco, como si una ventana se hubiera abierto en la pared de la galería, permanecía tan fuerte como siempre, sin que importara la lejanía o el ángulo que adoptara.

No fue hasta que estuvo a punto de caerse al tropezar contra un plinto sobre el que se alzaba una diminuta Afrodita, a la que siempre había considerado especialmente agradable, incluso para los niveles de excelencia de su colección, cuando pudo por fin apartar los ojos de Seraphina y recuperar cierta conciencia de dónde estaba. Algo le llamó la atención de un modo evidente: ella borraba cualquier otro objeto de la sala, de la misma forma que el brillo de la luna llena apaga el de las estrellas más hermosas. Los lienzos que habían provocado su admiración en el pasado se revelaban ahora como insulsos e indignos; al lado de la perfección de sus carnes, sus más delicadas estatuas, como la Afrodita que había estado a punto de derribar, parecían ásperas como piedra. Supo al instante lo que debía hacer. La galería debía ser vaciada, enseguida. No volvería a poner los ojos sobre Seraphina hasta que se hubiera realizado, hasta que el menor rastro de sus nimias rivales (aunque hablar de rivalidad resultaba absurdo; como preguntar si una lámpara de gas puede rivalizar con el sol) hubiera sido borrado, y después, tal vez... no estaba del todo seguro. Sacudió la cabeza en un esfuerzo por aclarar las ideas. Amortajarla con aquel áspero envoltorio era impensable. Pediría una funda del terciopelo más fino, la cubriría con la reverencia y esmero que merecía, y después pondría a todo el servicio a despejar la sala a la mayor velocidad. ¿Pero dónde debía indicarles que almacenaran su contenido? Bien, eso apenas importaba; la sala de baile podría servir de momento; no tenía ninguna intención de dar un baile ahora que... de nuevo se le fue la cabeza. Quizá, tras tanta excitación, necesitaba un poco de aire; tan pronto como el cuadro estuviera convenientemente cubierto, daría las órdenes oportunas y se entretendría paseando por el río mientras los criados las ejecutaban.

El fresco aire nocturno consiguió, al principio, aclararle las ideas de forma maravillosa, y se dejó llevar por una oleada de autocomplacencia. Pero la perspectiva de los malecones, y el tranquilo río que fluía debajo, le devolvió la persecución de aquella tarde con toda la fuerza del recuerdo. Aquel cabello llameante, la gracia sinuosa de sus movimientos; la irresistible velocidad con que ella le había eludido... seguro que «ella» había servido de modelo para Seraphina, ¿cómo si no podría haberle guiado hasta el lugar exacto donde le aguardaba el cuadro? Aunque, al reflexionar sobre ello, tampoco podía afirmar con certeza que le hubieran guiado; más allá de la entrada de Vauxhall Walk no podía jurar con seguridad haberla seguido. ¿Era todo, al fin y al cabo, una mera coincidencia? ¿O había sido víctima de un engaño de forma misteriosa? No; eso no tenía ningún sentido; tenía el cuadro en su poder y a buen recaudo... aunque no parecía ser capaz de pensar con total claridad; quizá sus aventuras se cobraban un mayor precio sobre sus facultades de lo que él había creído. La idea que no debía olvidar, a ningún precio, era que el cuadro, por milagrosa que fuera su ejecución, no era más que un lienzo que, sin duda alguna, había sido pintado copiando un modelo que vivía y respiraba; sí, con toda seguridad, la mujer que había seguido aquella tarde. Lo único que faltaba, pues, era encontrarla, y el inicio más obvio era... hacer de una vez lo que debería haber hecho antes de llevarse el premio: retomar el interrogatorio del propietario. Bajó a la calzada y paró un carruaje que se acercaba.

Aquí, sin embargo, surgió el primer obstáculo. Él había supuesto que la dirección aparecería impresa en el recibo que había doblado y guardado, sin mirar, en su libro de bolsillo. Pero al inspeccionarlo resultó ser una factura toscamente impresa, que tan sólo rezaba «Recibí por: "Seraphina"; La suma de: Doce guineas», a lo que seguía una firma completamente ilegible. El viaje de Lord Edmund se reveló igualmente infructuoso, pese a la inversión de más dinero del que había pagado por el propio cuadro; la ayuda solicitada, según le pareció, la mitad de la población de Lambeth; y el deseo expreso del cochero de conducir toda la noche e investigar todos los callejones sin salida del distrito, si esto complacía al lord. Pero a medida que caía la noche fue creciendo en el caballero cada vez con más firmeza la futilidad de este proceder hasta que, sintiéndose más fatigado que el desgraciado caballo, ordenó al cochero que volviera a casa.

Unos dos meses después, un poco antes de las doce en una suave noche de verano, podía verse a Lord Edmund escabulléndose en silencio de una residencia palaciega de Hyde Park, tras haber presentado sus excusas basadas en el dolor de cabeza y una indisposición general. Todo visiblemente cierto, pero tremendamente inapropiado para el semblante ojeroso y cadavérico que iluminaban las farolas de la calle, para la mirada fija y hundida de los ojos, en torno a los cuales parecía haber sido arrancada toda la carne. Seraphina todavía le aguardaba en la galería, dispuesta por centésima, o tal vez milésima vez, a embelesar sus sentidos hasta lograr convencerle de que estaba viva, hasta que él no podía evitar dar aquel último paso adelante, como un hombre atraído por el vértigo hasta más allá del borde del precipicio, traicionado una vez más por aquellas indescifrables manchas y arrugas de la pintura. Una y otra vez se veía inmerso en esta atormentadora danza, y, no obstante, sin que importara la frecuencia con que daba esos pasos, seguía totalmente entregado a la convicción de que *en esta ocasión* tomaría por fin posesión de aquella cálida y latente carne, sentiría la presión de aquellos labios perfectos sobre los suyos; y así sus sentidos eran llevados hasta un estado de tal airada privación que ni el propio Tántalo podría haber soportado.

Lord Edmund no estaba, por supuesto, en la misma situación de un hombre muriendo de sed en el desierto, pero bien podía haberlo estado, ya que al lado de Seraphina todas las demás mujeres eran algo odioso para él; el mero recuerdo de algunas de sus anteriores conquistas le hacía estremecer como un hombre bajo los efectos de un veneno. Y cuando por fin conseguía apartar sus ojos de los de ella, y escapar de su desnuda galería en dirección a los malecones, al instante lo asaltaba la convicción opuesta: que la radiante visión que acababa de abandonar era una mera sombra pintada de la Seraphina de carne y hueso que, con toda seguridad, sin ninguna duda, debía encontrarse en algún lugar cercano. Nunca, al menos despierto, había vuelto a vislumbrar aquella figura sinuosa de cabellos color de fuego a quien había perseguido, o eso le parecía, tanto tiempo atrás. En su lugar él se había convertido en una figura patética, blanco de bromas y tema de apuestas en todas las calles de Lambeth. Podía afirmar con justicia que había recorrido cada pulgada de terreno, preguntado en todos los puestos callejeros, visitado todos los establecimientos de prestamistas del distrito y más allá: todo en vano; tal y como en vano había agotado su mente en un esfuerzo por recordar el camino que había tomado aquella tarde fatal. Sólo en sueños conseguía seguir sus propios pasos, y en ellos siempre, al llegar al umbral del húmedo y silencioso callejón, sentía la presencia de ella a su espalda, que desaparecía en cuanto él se daba la vuelta, y retomaba su búsqueda, hasta que sus gritos de «Seraphina» lo devolvían al mundo de la vigilia, y a su galería.

Incluso así, no podía odiarla, ya que ella era demasiado hermosa para inspirar odio; pero la fuerza de su deseo sólo quedaba igualada por el aborrecimiento de la superficie toscamente pintada que tan a menudo, y tan inútilmente, había observado. Parecía volverse más fea y tosca cada día; convertirse de un modo total en la antítesis de la radiante perfección que ocultaba. Más de una vez, Lord Edmund se había descubierto a sí mismo en la actitud de una bestia que se repliega para atacar, con los dedos doblados como garras dispuestos a romper y rasgar el lienzo. Sólo el pánico de perderla para siempre le reprimía, pese a la intensidad de su tormento, pero sabía que su destino cercano era la locura, o la muerte.

En la noche del solsticio de verano en que lo reencontramos, algún residuo del instinto de supervivencia le ha persuadido a cumplir con un compromiso para cenar, algo que no había hecho desde hacía semanas. En cualquier sentido normal, la noche ha resultado ser un desastre: se ha sentido objeto de una preocupación horrorizada y universal, casi rozando la repulsión, y apenas ha podido pronunciar un par de frases por su cuenta: la cabeza había empezado a dolerle desde el momento de su llegada, y hacia el final de la velada las punzadas eran tan fuertes como si tuviera un arnés de hierro clavado en ella. Sin embargo, la ocasión había agudizado la conciencia de su situación hasta llevarlo a tomar una medida desesperada: iría directamente a casa, entraría en la oscura galería y destruiría el cuadro, ya que, fueran cuales fueran los tormentos que seguirían a ello, no podían, con seguridad, ser peores que los que ahora le asaltaban.

Tenía la intención de parar un cochero, pero la perspectiva de verse encerrado le resultaba insoportable, así que inició el camino a pie. La noche estaba cubierta al principio, pero, en cuanto giró hacia Royal Hospital Road, la luna se abrió paso entre las nubes, y cuando llegó al malecón, brillaba en su plenitud sobre la tranquila superficie del río. El dolor de cabeza no había disminuido, pero había cambiado de forma, como si la banda de acero clavada en sus sienes se hubiera convertido en un alambre candente, colgado en un punto justo encima del ojo derecho y tensado hasta que el interior de la cabeza vibraba con una nota aguda y estridente. Cuando llegó a la puerta de su casa, había alcanzado una altura intolerable. Tras coger una daga antigua que colgaba en el vestíbulo, avanzó a trompicones hacia la galería y, cubriéndose los ojos con un brazo alzado, empujó las grandes puertas.

Había supuesto que la galería estaría totalmente a oscuras, pero tras el brazo protector pudo ver cómo la luna brillaba sobre el suelo de mármol. Le temblaban las rodillas al acercarse a la tela que cubría el cuadro, consciente de que una sola mirada a Seraphina sería su perdición, pero más horrorizado que nunca ante la enormidad del acto que estaba a punto de cometer. No, no podía; debía verla por última vez; bajó el brazo.

A la luz de la luna, la convicción de estar contemplando una mujer viva era más intensa que nunca. *Vio* cómo sus pechos ascendían y descendían, el sutil cambio en su expresión al percatarse de su presencia; *sabía* que esos brazos se abrían para abrazarlo. Las aguas chocaban contra su cintura; la daga resbaló entre sus dedos y cayó contra el suelo de mármol; avanzó un paso. En ese momento una nube pasó delante de la luna, o eso le pareció; en cualquier caso, la luz se desvaneció por un instante. Algo le cogió del pie y lo derribó; a cuatro patas se arrastró rezando hacia ella. Pero sí, por fin, lo había conseguido; se había producido el milagro; ahí estaba ella, emergiendo como Venus de las aguas, sin ningún marco que los separara, aunque más lejos de lo que él había imaginado desde el otro lado. Incapaz de apartar los ojos de ella, perdió pie y resbaló por una ladera rocosa. No importaba; ella seguía allí, más cerca ahora; él veía cómo la luz de la luna centelleaba sobre el agua a su alrededor. El estridente chillido de su cabeza se había suavizado hasta convertirse en una nota alta y dulce, como la de un violín perfectamente afinado, tocado por manos exquisitas. Su sonrisa nunca había sido más hechicera. Alcanzando el punto álgido de la pasión, llegó al borde del estanque y saltó, sin vacilar, cayendo en sus brazos. ¿Pero qué era aquel sabor a barro que le atragantaba, por qué no podía respirar? Intentó pedirle que le soltara los brazos, pero los pulmones se le llenaron de una negra agua fría y se hundió en la expectante oscuridad.

En la encuesta un cochero dijo al juez que había visto a un caballero, sin sombrero, corriendo sobre el puente de Battersea, desde el que, a medio camino, había saltado al río. La marea subía con fuerza, y cuando el testigo alcanzó la orilla, no se veía nada. El cuerpo fue arrastrado a la orilla unos cien metros más abajo, envuelto en un trozo de red. En deferencia a la elevada posición en sociedad de Lord Edmund, el jurado, pese a alguna prueba en sentido contrario, aceptó el argumento de que la luna podía haber causado en el lord la falsa impresión de que alguien necesitaba su ayuda en el agua, y dictó un veredicto de muerte accidental.

Sólo queda añadir que, cuando los abogados del lord accedieron a su galería privada, se preguntaron perplejos por qué su último ocupante había retirado tantas obras de arte en favor de un único lienzo que no parecía tener mérito alguno. El título tampoco daba, ciertamente, pista alguna del tema; en realidad, resultó imposible determinar siquiera qué había querido plasmar el artista. Un miembro del grupo conjeturó que eran nubes; su colega afirmó que le recordaba una densa niebla, y el más joven y más susceptible del trío creía poder discernir, en la parte superior del lienzo, los rasgos de un rostro femenino, con una sonrisa débil dibujada en sus labios, pero aceptó que fácilmente podía estar equivocado.

Leí la historia vorazmente, llevado por una especie de arrebato nervioso, acurrucado junto al cajón abierto, y volví directamente a mi habitación, tan pronto como *El Camaleón* estuvo a buen recaudo de nuevo, para contarle mi descubrimiento a Alice. Pero por algún motivo nunca envié la carta. El parecido de Seraphina con Alice tal y como había aparecido en mi sueño era tan inquietante que, escribiera lo que escribiera, parecía que la estuviera acusando de algo —no sabía bien de qué—, y cuanto más tardaba en decírselo, más difícil me resultaba explicar por qué no había mencionado el relato antes.

La mañana posterior al sueño me había despertado temprano y le había contado a Alice todo lo que podía recordar (excepto las consecuencias pegajosas), y le había dicho que la amaba, la adoraba y no podía vivir sin la esperanza de verla tan pronto como ganara lo suficiente para costearme el billete de avión y persuadiera a mis padres de que me dejaran ir. Y cuando, dos semanas después, rasgué el sobre con su respuesta y vi por primera vez «Queridísimo Gerard», por un momento pensé que había ganado.

Queridísimo Gerard:
Tu sueño fue maravilloso, estoy muy contenta de que me lo contaras, y me gustaría decir muchas co-

sas más sobre lo feliz que me hizo tu carta y lo mucho que significa para mí. Y antes que nada: sí, yo también te amo, de verdad. Y pienso en ti, y sueño contigo... De hecho tuve un sueño en el que salías, como el tuyo, tiempo atrás, pero fui demasiado tímida para contártelo. Ahora lo haré, pero antes

Siempre me pasa lo mismo cuando llego a un fragmento difícil, me he quedado mucho rato mirando por la ventana, a los restos de nieve de la semana pasada que se funden en las laderas de la montaña, donde estaría la glorieta si esto fuera realmente Staplefield. Desde el interior de mi cálida habitación el paisaje resulta sugerente: el cielo es azul y brilla el sol, puedes ver una fina niebla flotando sobre la hierba mojada, y oigo cómo berrean las vacas —sus mugidos siempre me suenan a eso—, no sé, demasiado bobas o rústicas... Creo que las vacas tienen unos ojos de lo más expresivos.

Gerard, te olvidas de que nunca podré andar. No dudo que me quieras pero

Veo a una chica montando a caballo en el paseo, vestida con un elegante traje de hípica que le sienta muy bien, en colores crema y tierra, está realmente preciosa, y eso me lleva a lo que tengo que decir

Más pronto o más tarde encontrarás, quiero decir te enamorarás, de una chica que pueda andar y nadar y bailar contigo; y no sólo una, tal vez montones de ellas. Sé que no lo crees, estás seguro de que me amarás para siempre, pero hay que ser sensatos, realistas. Todas esas palabras odiosas...

Si fuera más valiente intentaría fingir que no siento lo mismo, para ponerte las cosas más fáciles.

Pero no soy tan valiente. Te amo, Gerard, y sé que sentiré celos cuando te enamores de otra persona. En realidad casi preferiría que no me lo contaras cuando suceda —ves, ya me estoy preparando— porque no quiero que dejemos de escribirnos pase lo que pase, y si supiera que estás enamorado de otra los celos podrían hacer que no volviera a escribirte. Ahora parece como si te estuviera pidiendo que me mientas, cuando *no es* eso lo que quería decir

Lo volveré a intentar. Si pudieras verme, verías a la chica en la silla de ruedas, a la parapléjica, a la inválida. Todas las etiquetas. No creo que pienses en mí así ahora, pero si me vieras no podrías evitarlo. No es tu compasión lo que más temo. Es tu decepción. Que nos conociéramos y luego cortáramos. No podría soportarlo.

¿Sabes lo que le sucede en el poema a la Dama de Shalott? Vive sola en su torre, satisfecha, tejiendo su mágica red de colores. Pero tiene un espejo mágico que le muestra el camino hacia Camelot, caballeros, damas y jóvenes amantes que van y vienen, y un día ve a Lancelot montado a caballo, el más apuesto de todos los caballeros, y se enamora de él. El espejo mágico se quiebra, la red se rompe, ella yace en su barca flotando por el río hacia Camelot, cantando hasta morir.

Quizá mi ventana sea un espejo mágico. Creo que sólo podemos estar satisfechos con lo que tenemos. Es algo que podríamos guardar para siempre. Dirás, o al menos pensarás, que soy una cobarde y tal vez sea así. Pero por favor trata de entenderme y continúa amándome tal y como estamos.

Ahora te contaré *mi* sueño. Fue después de comer, estaba muy cansada así que me eché en la cama y me dormí. Entonces soñé que despertaba y podía mover las piernas —a menudo puedo hacerlo, en sueños— y tú estabas tumbado a mi lado. Se te veía tan bello —es la única palabra que parece adecuada— y tan gozoso de verme. Entonces empezamos a besarnos, y de repente caí en la cuenta de que ni tú ni yo llevábamos ropa. Por eso me dio vergüenza contártelo, pero en el sueño no la sentí. Me pareció totalmente normal. Para ser sincera me pareció maravilloso, tan maravilloso que... bueno, da igual, que me desperté y lloré durante horas porque tú ya no estabas allí.

Espero que lo entiendas. Siempre seré, con todo mi corazón,

Tu amante invisible,

Alice

P. S. Tal vez mi sueño sucediera el mismo día que el tuyo, sólo que el mío fue por la tarde y el tuyo de noche. ¿No sería increíble?
Y dos semanas después:

... Qué tonta soy, se me olvidó decírtelo. Estaba tan preocupada por el resto de la carta. Sí, *fue* el martes 3 de marzo cuando tuve el sueño —*nuestro* sueño— y tienes razón, claro, sobre la diferencia de horarios, las tres de la tarde para mí son la una y media de la madrugada para ti. Es tan mágico. Soy, de verdad, con todo mi corazón

tu amante invisible

Alice

Al principio pensé que esperaba que la convenciera. ¿Cómo podía la silla de ruedas marcar alguna diferencia ahora que habíamos estado juntos en un sueño? Debía de saber lo mucho que la adoraba. Con cariño y amabilidad recibía cada una de mis súplicas con la misma respuesta. Tal y como estaban las cosas, nuestro amor por el otro era libre, igual y absoluto, pero si llegara a conocer a la chica en silla de ruedas, ya dejaría de serlo de verdad; y si llegaba a desenamorarme de ella, tal vez me quedara a su lado, por obligación. Etcétera, etcétera.

Pero en mis sueños y fantasías, Alice se negaba a permanecer en la silla de ruedas. Podía empezar en la puerta de su habitación; o era yo quien entraba procedente del jardín, por el sendero de grava, subiendo los escalones delanteros, entre las dos enormes puertas de madera abiertas. Nunca había nadie más alrededor: la casa estaba envuelta en un silencio tenso y expectante. Por el vacío corredor, subía tramo tras tramo de escaleras hasta llegar a su puerta, que, como la principal, estaba siempre abierta para mí. La veía sentada en su escritorio, que sabía que era viejo y hecho de cedro rojo, parecido al color de su pelo, con un tapete de suave piel verde bajo la máquina de escribir. Ella miraba por la ventana, un alto ventanal en saledizo con el escritorio en el centro de la alcoba, vestida con el largo traje blanco bordado con flores violetas, la barbilla apoyada en la palma de la mano izquierda, tan absorta en sus pensamientos que por un instante ni siquiera advertía mi presencia en el umbral. Y entonces empujaba la silla de ruedas desde el escritorio, se volvía hacia mí con aquella sonrisa encantadora que tantas y tan infructuosas veces había luchado por recordar, y se incorporaba con gracia, sin el menor esfuerzo... y enseguida, si yo estaba solo y a salvo en mi habitación, los dos nos abrazábamos sobre la blanca colcha de su cama, sus largas piernas entrelazadas con las mías, en un momento de éxtasis, hasta que yo alcanzaba la solitaria e inevitable conclusión.

Lo intenté todo, incluso el chantaje. ¿No ardía ella en deseos de abrazarme y besarme tanto como yo a ella, de materializar nuestro amor en lugar de mantenerlo sólo en sueños? Sí, claro que sí, pero entonces ya no seríamos libres, iguales... y además, añadía ella, dando la vuelta al juego con un sutil movimiento, ¿realmente sentía yo que estábamos juntos *sólo* en sueños cuando para ella suponía un éxtasis máximo y profundo? ¿No sentía yo lo mismo?

Cuando cumplí los diecisiete, ella había aprendido una técnica llamada «sueño dirigido»: empezabas aprendiendo a visualizar tus manos en sueños, y a hacer cosas simples como cerrarlas y tocarte la cara, pero poco a poco desarrollabas la habilidad de moverte en sueños conscientemente, y al final de volar hacia dondequiera que quisieses ir. Era como un viaje astral, según ella, pero sin la necesidad de creer en cuerdas de plata, cuerpos astrales ni nada de eso, sólo tenías que practicar los ejercicios mentales antes de acostarte hasta poder hacerlo mientras estabas soñando. No tardamos mucho en entregarnos a apasionadas sesiones de amor en sus sueños —en los que ella siempre estaba curada y se movía con total libertad— mientras yo practicaba y practicaba sin llegar a ninguna parte.

Soñando, quiero decir. En vez de ello, yo utilizaba sus sueños como guión de mis fantasías con las diosas prerrafaelitas que imaginaba como Alice —nunca había sido capaz de recordarla tal y como había aparecido aquella noche mágica— fingiendo mientras tanto que había aprendido a soñar igual que ella. Sin saber qué hacer, tomé sus cartas como modelo para las mías: no eran nunca explícitas físicamente, sino tiernas, extasiadas, eróticas. No me atrevía a confesar mi estrepitoso fracaso en el sueño dirigido; conocía las palabras que usaban en el colegio, y me encontré hundiéndome en el abyecto y vergonzoso mundo de las obscenidades escritas en los lavabos públicos, mientras Alice ascendía más y más hacia la luz dorada del paraíso, en un estado de bendición puro, inocente y orgásmico.

Que ella creía que compartíamos. La idea de perder su confianza era insoportable, aunque sabía que ya no la merecía. Hasta entonces mis cartas salían sin esfuerzo, como si estuviera hablando: cuando sentía que no había dicho lo que de verdad quería decir, me limitaba a seguir escribiendo hasta conseguirlo. Ahora empecé a elaborarlas, releyéndolas ansioso, rompiendo páginas enteras como nunca había hecho antes, con la mente cada vez más en blanco, como la página que tenía ante mí. Y, al poco tiempo, ella lo notó.

Tengo la sensación de que algo no va bien, tus cartas ya no son tan largas como antes, y parecen... No sé... ¿Un poco artificiales? En cualquier caso algo ha cambiado en ellas. Dímelo, por favor. Odiaría pensar que hay *algo* que no puedes contarme: aunque sea que ya no estás enamorado de mí. Lo digo en serio, de verdad. Siempre te adoraré con todo mi corazón.

Tu amante invisible,
Alice

Atormentado, destruí una respuesta tras otra mientras los días seguían su curso implacable, y comprendí que la única opción que tenía era decir la verdad, al menos la parte de ella que me atreviera a confesar. De manera que le dije que los sueños que le había descrito eran sólo fantasías que imaginaba despierto, aunque probaban lo mucho que la quería y adoraba: simplemente no había sido capaz de controlar mis sueños y no me había atrevido a contárselo antes por miedo a que creyera que no la amaba tanto como ella a mí, cuando mi amor por ella era auténtico y desesperado. Y que me sentía desgraciado porque lo que más necesitaba en el mundo era estar a su lado, porque no podía seguir viviendo tan lejos de ella, y por lo tanto —en el caso de que no decidiera cortar conmigo ahora mismo, como sabía que me merecía—, si todavía me quería, ¿podría decirme que algún día estaríamos juntos? No me importaba lo que tuviera que esperar. Seguí así, llenando muchas más páginas con frases incoherentes y deslavazadas, que envié inmerso en una profunda desesperación, y me arrastré hasta casa con el ánimo de un prisionero que vuelve a la celda de los condenados.

Durante las siguientes dos semanas comprendí el significado de la palabra angustia. Mi semblante estaba entumecido y rígido por culpa de lo infeliz que me sentía; apenas hablaba. El hambre se había desvanecido, la lengua reposaba en mi boca como si fuera una abotagada sustancia alienígena, y sin embargo el corrosivo hueco que tenía en el estómago me hacía sentir continuas náuseas. Mi madre me suplicaba que le contara qué me sucedía. Mi tutor llamó a mis padres; vino el médico de cabecera; me los quité de encima con aquel apático «no pasa nada» propio de la adolescencia, mientras me preguntaba cuántas aspirinas hacían falta para morir de una muerte indolora, y si inhalar gas embotellado te derribaría y acabaría con tu vida antes de que el olor te hiciera vomitar. Las cartas de Alice siguieron llegando, incluso después de que le hubiera contestado yo por última vez, pero hubo una en la que se preguntaba con ansiedad y gentileza si me hallaba enfermo o me sentía infeliz, y me decía que me amaría siempre, pasara lo que pasara. Incapaz de escribir, releí todas sus cartas desde el principio varias veces, a la espera del final.

Cuando por fin llegó la carta, tardé una hora en reunir el valor suficiente para abrirla.

Queridísimo Gerard:
Siento tanto, tanto haber sido tan egoísta e insensible. He estado tan atrapada en mi propia felicidad —la felicidad que tú me das— que no me he dado cuenta. Has sido muy valiente al contármelo, lo mismo habría hecho yo si la situación hubiera sido al revés. ¿Podrás perdonarme algún día?

Además, tampoco yo he sido del todo sincera porque no siempre estaba dormida. Cuando imaginaba que hacía el amor contigo, quiero decir. Temía que la verdad te sorprendiera. Soy una cobarde, debería haber confiado en ti como tú lo has hecho en mí.

Pero ahora al menos sabemos que ninguno de los dos tiene por qué sentirse incómodo o avergonzado por desear hacer el amor. Lo que he dicho antes iba en serio: nada entre nosotros estará nunca mal, y para demostrártelo, todos los días a partir de hoy, a la una y media, me tumbaré en la cama y cerraré los ojos, y me imaginaré a mí misma haciendo el amor contigo en cuerpo y mente. Y si hicieras lo mismo cada noche a las diez en punto, en tu cama, podrás decirme exactamente cómo te gustaría hacer el amor conmigo, en un día especial, digamos dentro de cuatro semanas, para que pueda contestarte, y así los dos sabremos, ese día, que todo lo que nos hemos contado está sucediendo de verdad.

Y, por otro lado... ¿hasta qué punto importa la distancia cuando estaré tan cerca de ti como lo están tus sueños, el latido de tu corazón?

Tu invisible (pero muy apasionada amante)
Alice

Y así nos convertimos, a nuestro modo extraño y solitario, en amantes. Ella me enseñó a no avergonzarme de lo que hacíamos juntos —como insistía siempre que lo estábamos—, pero yo vivía en el continuo terror de que mi madre abriera al vapor una de sus cartas, hasta que descubrí que, a cambio de unos cuantos dólares, podía disponer de mi propio apartado de correos con mi propia llave. Poco a poco, con sutileza y ternura, Alice me ilustró acerca de su cuerpo —aquel cuerpo que yo nunca había visto—, lo que le gustaba, lo que amaba y lo que adoraba. Sin embargo, a veces, después, mientras yacía despierto contemplando la pared del cobertizo del señor Drukowicz, ella parecía estar más lejos que nunca. No importaba la elocuencia que pusiera en mis súplicas, ella seguía inflexible: no nos veríamos hasta que estuviera curada. Al menos había empezado a añadir ese «hasta». Yo no podía aceptar, ni siquiera comprender, pero llegué a notar que mis súplicas sólo servían para agobiarla. Abandoné el tema y me guardé el plan para mí mismo. Tan pronto como hubiera ahorrado lo suficiente para el billete, me montaría en el primer avión que fuera a Inglaterra; la buscaría por todo lo ancho y largo de Sussex hasta encontrarla. En mis más tenebrosas fantasías, me veía rechazado con un severo «la señorita Jessell no desea verle». Pero seguí ahorrando hasta el último centavo para el billete y rezando para no morir sin haber visto a Alice Jessell cara a cara.

. . .

A finales de mi tercer año en la Universidad de Mawson, inicié los trámites para solicitar el pasaporte. Todavía vivía en casa, con mi madre, guardando el dinero extra que ganaba de ordenar los libros de la biblioteca, junto con cada centavo que arañaba de la beca de mis estudios de biblioteconomía, pero pese a todo todavía me faltaban unos mil dólares para alcanzar la suma que me llevaría a Inglaterra y a Alice.

Desde hacía casi siete años mi madre y yo habíamos fingido que las cartas de Alice eran tan invisibles como ella misma. Al principio, siempre que, al volver a casa del colegio encontraba una carta esperándome en el escritorio de mi habitación, solía examinar el sobre de cerca en busca de alguna señal de que hubiera sido abierto. (Había oído hablar de abrir cartas al vapor, pero nunca había visto cómo se hacía.) Pero nunca encontré ninguna. Sabía que a mi madre le causaba dolor, y si ella hubiera roto una sola vez su silencio sobre Staplefield, yo me habría sentido mucho peor por hacerle lo que antes me había hecho a mí. Sus «nervios» habían empeorado ligeramente, incluso antes de la repentina muerte de mi padre. Odiaba quedarse sola cuando oscurecía. Incluso ahora, si yo llegaba a casa con más de media hora de retraso del turno de tarde en la biblioteca, la encontraba rondando la mesita del teléfono, preguntándose cuándo empezar a llamar a todos los hospitales.

Sin las cartas de Alice, la vida en casa habría sido intolerable, pero sin Alice yo no habría seguido viviendo allí. Ni en Mawson. Mis notas habían sido lo bastante buenas como para ganarme una plaza en una gran universidad del este, pero —al margen de que eso habría significado tener que enfrentarme a los miedos patológicos de mi madre— eso habría implicado la imposibilidad de ahorrar para irme a Inglaterra. Mientras que la Grace Levenson Memorial Library Studies Bursary se hacía cargo de todos mis gastos y me concedía una paga mensual, y, si mis esperanzas se cumplían, me buscaría un trabajo en Inglaterra en menos de un año.

Y a Alice le complacía saber que no había abandonado a mi madre. Poco después de empezar a escribirnos, Alice y yo habíamos jurado que, pasara lo que pasara, nunca traicionaríamos los secretos del otro, ni dejaríamos que nadie leyera nuestras cartas: al margen del cartero, nadie fuera de mi casa conocía la existencia de Alice. Ella tenía fotos de mis padres, de nuestra casa y sus alrededores, e incluso, desde hacía muy poco, de mí, para ilustrar la tediosa crónica cotidiana de mi vida en toda su monotonía; aunque Alice a menudo me aseguraba que nada relacionado conmigo, por trivial que fuera, le parecería nunca aburrido. Pero le inquietaba el distanciamiento que yo mantenía con mi madre, y era demasiado perspicaz para no darse cuenta de que ella formaba parte de las causas. Al mismo tiempo, comprendía mi temor: si yo rompía el silencio, mi madre insistiría de manera incansable hasta forzar una nueva discusión. «Sé que resulta duro —había escrito Alice recientemente—, pero debes cuidarla, Gerard; no sabrás lo mucho que la quieres hasta que la hayas perdido. Sólo desearía que comprendiera que no significo ninguna amenaza: lo último que quiero es apartarte de ella.»

Alice lo decía con absoluta sinceridad, porque seguía aferrada a la convicción de que, a falta de una curación milagrosa, nunca debíamos vernos. Pero yo albergaba otros planes.

Hasta formalizar la solicitud para el pasaporte, nunca había visto una copia completa de mi partida de nacimiento. La versión reducida que había usado hasta el momento no me había aportado ningún dato sobre mi madre, a excepción de que su nombre de soltera era Hatherley. Ahora descubrí que Phyllis May Hatherley había nacido el 13 de abril de 1929, en Portman Square, Marylebone, Londres W1. Padre: George Rupert Hatherley; ocupación: Caballero; madre: Muriel Celia Hatherley, de soltera Wilson.

No debería haber supuesto ninguna sorpresa para mí. Ella nunca había *afirmado* —al menos no que yo recordara— haber nacido en Staplefield, lugar que, tras años de infructuosa búsqueda en atlas y libros de consulta, yo creía por fin haber encontrado. El Collins' Road Atlas of Britain mostraba un pequeño pueblo —el único Staplefield del índice— en el borde sur del bosque de St. Leonard en West Sussex. Era tan sólo un diminuto punto negro en una carretera secundaria amarilla llamada B2114, pero algo me decía que se trataba del lugar, aunque ni siquiera dejándose llevar por la imaginación más desatada podía alguien esperar ver barcos en Portsmouth, a ochenta kilómetros al suroeste. Alice opinaba que era muy normal que una gran casa de campo adoptara el nombre del pueblo más cercano. Y, sin embargo, yo aún no le había preguntado a mi madre sobre esto, ni sobre nada de su vida antes de Mawson. ¿Por qué siempre había pensado que sus padres habían muerto siendo ella muy joven? ¿Era algo que ella me había contado, o sólo fruto de mi imaginación? ¿Por qué, sobre todo, llevaba yo tantos años aceptando su silencio? ¿Acaso no tenía derecho a conocer mi propia historia?

Aquella noche, mientras estábamos en la sala después de cenar, le di mi partida de nacimiento. Le echó un vistazo y me la devolvió.

—¿Para qué la quieres? —Su voz sonó amenazadoramente tensa.

—Voy a sacarme el pasaporte.

—¿Por qué?

—Porque me voy a Inglaterra. Tan pronto como pueda permitírmelo.

En apariencia la atención de mi madre estaba fija en el radiador de gas apagado que ocupaba el lugar de la antigua chimenea. No le veía la cara con claridad debido a la lámpara de pie que se alzaba entre los dos sillones, pero su luz caía sobre sus manos apretadas, que de repente me recordaron los dedos retorcidos y los nudillos hinchados de la anciana señora Noonan, las uñas bañadas en sangre.

—Quieres decir, para quedarte —dijo por fin.

—Aún no lo sé, madre. En ese caso, me gustaría que tú también vinieras a vivir conmigo.

—No puedo permitírmelo.

—Yo podría ayudarte.

—No te dejaría hacerlo. Además, no podría soportar los inviernos.

—Pero si odias el calor, madre.

—El frío sería peor.

Hablaba mecánicamente, como si apenas fuera consciente de lo que decía.

—Madre, no te lo he enseñado para disgustarte. Pero ha llegado el momento de que hablemos... de nuevo. Sobre tu familia. Porque también es la mía.

El silencio se mantuvo hasta que ya no pude resistirlo más.

—¿Madre, has oído lo que...?

—Te he oído.

—Entonces dime... —Me interrumpí, sin saber qué preguntar—. Es que... Mira, todavía recuerdo todo lo que me contabas, cuando era... antes de... todo lo de Staplefield, y tu abuela, y quiero saber... por qué dejaste de hablar de ello, por qué no sé nada... —Sentí que me fallaba la voz.

—No hay nada que contar —dijo ella tras otra pausa prolongada.

—Pero tiene que haberlo. Tus padres. ¿Qué les sucedió?

—Los dos murieron antes de... Cuando yo tenía meses. No recuerdo nada de ellos.

Dejó caer las manos a los lados del sillón, fuera de mi vista.

—Sí que vivías con tu abuela, Viola. ¿Era madre de tu padre o de tu madre?

—De mi padre. Te conté todo cuanto recordaba cuando eras pequeño.

—Pero, ¿por qué dejaste de hacerlo después de que...? ¿Fue su foto la que vi aquel día?

—No recuerdo ninguna foto.

Su voz parecía más átona e inexpresiva a medida que avanzaban las respuestas.

—*Tienes* que acordarte, madre. Te pusiste furiosa. Te hablo de la foto que me pillaste mirando, aquella tarde en tu habitación.

—Siempre estabas metiendo la nariz en mis cosas, Gerard. No pretenderás que recuerde todas y cada una de las veces que te encontré allí.

—Pero... pero... —No alcanzaba a creer que esto sucediera—. Después de ese día no volviste a mencionar Staplefield...

—Lo que yo recuerdo, Gerard, es que a medida que crecías, dejaste de preguntar. Y me parece bien. No se puede vivir en el pasado.

—No, ¿pero por qué no quieres hablar de ello?

—Porque se ha *ido* —espetó—. Hubo... Hubo un incendio. Después de que nos fuéramos. Durante la guerra. La casa ardió hasta los cimientos.

—¡Nunca me lo habías dicho!

—No... No quería decepcionarte. Es por eso... Por eso dejé de hablar del tema.

—Ojalá me lo hubieras contado, madre. Todos estos años he esperado... esperado... —No pude continuar.

—Gerard, ¿no pensarías que era *nuestra*?

—No, por supuesto que no. Sólo quería verla.

Pero claro que había considerado que Staplefield era mío, sin nunca admitirlo para mí mismo. El heredero perdido, desterrado en Mawson, a la espera de que los abogados de la familia le hicieran volver a casa. Ridículo, absurdo. Me escocían los ojos.

—Lo lamento, Gerard. Me equivoqué. Desearía no haberte mencionado nunca ese lugar.

—*No*, madre. Ojalá no hubieras parado. ¿Por qué te fuiste? ¿Qué provocó el fuego?

—Fue... una bomba. Estábamos... estaba fuera, en el colegio. En Devon. Lejos de los bombardeos.

Por un instante su arrepentimiento me había parecido auténtico. Ahora sonaba a evasiva.

—¿Y Viola?

—Me cuidó. Hasta su muerte. Justo después de la guerra. Entonces tuve que ponerme a trabajar.

—Pero era una casa grande, teníais criados. ¿No estaba asegurada? ¿Viola no te legó nada?

Otra larga pausa.

—Todo se fue en el entierro. Quedó lo suficiente para pagarme un curso de mecanografía. Hizo cuanto pudo por mí. Eso es *todo*.

—Madre, eso no es todo y lo sabes. ¿Qué me dices de «Seraphina»?

—No sé de qué me hablas.

—El relato de Viola. En el cajón con la foto.

—No recuerdo ningún relato.

Abrí la boca para protestar, pero me di cuenta de que no podía presionarla más.

—¿*Por qué* no quieres hablar del pasado?

—Por la misma razón que tú nunca hablas de tu... *amiga*, supongo. No es asunto de nadie más. Ni siquiera tuyo.

Por primera vez en siete años mi madre había reconocido la existencia de Alice.

—No, no es lo mismo. Alice... Alice no tiene nada que ver contigo.

—Te ha alejado de mí.

—¡Eso no es justo! En cualquier caso, tengo casi veintiún años, la gente se casa y se marcha de casa...

—¿Así que piensas casarte? Vaya, gracias por mencionarlo...

—¡No he dicho eso!

—Bueno, ¿vas a hacerlo o no?

—¡Aún no lo sé!

Estábamos casi gritando.

—No quiero hablar de ella, madre —dije, más tranquilo.

—Pero vas a ir a verla.

—No... No quiero hablar de ella.

—Gerard —dijo con fuerza, tras un prolongado silencio—, sé que crees que estoy celosa. Que soy una de esas madres celosas que no sueltan a sus hijos. Nada de lo que te diga te hará cambiar de opinión. Pero recuerda: he intentado protegerte.

—¿Protegerme de qué, madre?

Pero lo único que dijo fue:

—Me voy a la cama.

—Entonces, dime una cosa —dije—. No te preguntaré nada más. ¿Dónde estaba Staplefield exactamente? La casa, quiero decir. ¿Estaba en el pueblo de Staplefield?

Su silla crujió. Se incorporó y se movió lentamente hacia la puerta. Creí que saldría sin contestar, pero en el umbral se dio la vuelta y los cristales de sus gafas centellearon por la luz.

—Ir en busca de Staplefield sería malgastar el dinero. No queda nada. Nada.

Soltó la última palabra por encima del hombro. Se quedó prendida en el aire, como el olor a papel chamuscado, mientras sus pasos se alejaban por el pasillo.

Siempre había imaginado el Dead Heart como una monótona extensión de arena sahariana. A treinta y cinco mil pies de altitud observé los dibujos que se formaban debajo de las alas, fantásticas espiras, sombras y estrías, en amarillos ocres, marrones tierra, púrpuras y profundos rojos oxidados, hasta que la azafata me preguntó si no me importaría correr la cortina para que los demás pasajeros pudieran ver la película. Me importaba, la verdad, ya que era la primera vez que montaba en un avión, pero la corrí de todos modos y permanecí en mi asiento, sujetando un libro intacto.

Veintidós horas hasta Heathrow. No podía creer en serio —¿verdad que no?— que tras ocho años de adoración imperecedera, Alice se negara a verme. Sus cartas desprendían la misma ternura apasionada de siempre. Le había escrito para decirle que me hospedaría en el Hotel Stanhope, Sussex Gardens, Londres W2, que me sonaba a un lugar imponente y frondoso, pese a que el folleto lo calificaba de «oferta». Al fin y al cabo estábamos en enero, así que tampoco podía esperarse demasiada vegetación, pero estaba seguro de que encontraría una carta esperándome en cuanto llegara. Desde el hotel llamaría a Penfriends International, cuyo número debía aparecer en la guía, aunque yo sólo tenía el número de su apartado de correos. Quizá debería haber escrito de antemano a Juliet Summers, pero, después de darle muchas vueltas, había decidido que era mejor presentar mi alegación en persona.

Desde que dejé de insistir a Alice para que cambiara de opinión, ninguno de los dos había mencionado la posibilidad de un encuentro. Su visión de que yo me instalara en Inglaterra tampoco variaba las cosas: le encantaría sentirme mucho más cerca, pero sólo si conseguía convencer a mi madre de que viniera conmigo. Alice y yo fingíamos creer que, aunque sería maravilloso estar como mínimo en el mismo país, el propósito de mi visita era buscar algún lugar donde mi madre se aviniera a vivir. Y, en el caso de que mi madre se hubiera inventado lo del fuego, visitar Staplefield. Pero ¿cómo podía dudar Alice de que iría en su busca? Y dado que no me había hecho prometer no hacerlo, debía de estar esperando que fuera a verla, ¿no?

El ejecutivo del asiento de al lado había guardado sus papeles y se había dormido. Yo ya sabía que no me daba miedo volar. ¿Entonces a qué venía aquella sensación de entumecida aprensión, como si algo frío y pesado se me hubiera instalado en la boca del estómago y se negara a disolverse, no sólo desde el despegue sino desde los días previos al viaje?

Quizás estaba más preocupado por mi madre de lo que deseaba admitir. Se había comportado como si, en lugar de una excursión de tres semanas a Londres, lo que me acechara fuese una enfermedad terminal. Sin mencionar que tenía que estar de vuelta en febrero para empezar mi trabajo como ayudante de bibliotecario en la Universidad de Mawson. No podía imaginar cómo me separaría de Alice, pero mis ahorros no daban para más de tres semanas; tendría que regresar a ahorrar más dinero y solicitar la residencia permanente. Si mi madre no soportaba la idea de vivir sin mí, tendría que avenirse a superar su miedo patológico al retorno, o al viaje, o a lo que fuera. No importaba cuántas veces le repitiera que era mil veces más probable que muriera en un accidente de automóvil que en uno de avión; todos mis intentos de tranquilizarla no eran más que interrupciones sin sentido. Advertí que cada vez toleraba peor el ruido: no soportaba que estuviera la radio encendida, y cuando oía el timbre del teléfono, reaccionaba como si fuera una alarma de incendios. Parecía escuchar —o buscar— sonidos inaudibles para el resto del mundo.

Desde aquella noche, hacía más o menos un año, que me explicó que Staplefield se había consumido por las llamas, no me había vuelto a mencionar el nombre de Alice. Habíamos reanudado nuestra vida cotidiana como siempre, como si no existieran áreas prohibidas. Yo aprendí a cocinar, a pesar de sus protestas, aunque seguía sin dejar que me acercara a la lavadora o a la plancha, ni que contribuyera a los gastos de la casa con mi dinero. Pero el equilibrio entre ambos se había alterado. Ahora era ella quien parecía estar a la defensiva. Su silencio venía a decir: no volveré a mencionar a tu *amiga*, por lo que no me preguntes nada sobre mi pasado.

Me sorprendió mi propia reacción a la pérdida de Staplefield. Mi parte racional observó asombrada mi dolor por la desaparición de un lugar como si lo hubiera visto arder con todos mis objetos queridos dentro. Saber que ese sentimiento era absolutamente ilógico no parecía ayudar a mitigarlo. Hasta que una noche, en mitad de una de las cartas para Alice, me asaltó la idea de que todas mis fantasías felices a su lado se desarrollaban en su habitación, como si se hubiera incorporado por arte de magia a Staplefield, del que yo era legítimo heredero. Y ahora ya no podríamos vivir allí porque no quedaban ni los cimientos. A este inquietante descubrimiento —que me abstuve de comentar con Alice— le siguió una turbadora visión en la que yo estaba solo, contemplando desde su ventana un paisaje devastado y ennegrecido, sintiéndome de algún modo culpable por el desastre.

Pero al mismo tiempo —y esto hacía que mi turbación fuera aún más irracional— todavía sospechaba que el fuego había sido una invención espontánea para cerrar definitivamente el tema de Staplefield por razones que escapaban a mi imaginación. Pese a sus reticencias a criticar a mi madre en ningún aspecto, Alice confesó con sinceridad que creía que no andaba errado. «Tal vez», me había escrito,

se produjo alguna disputa familiar, después de la muerte de tu bisabuela, y tu madre fue desheredada: sin que lo mereciera en modo alguno, por supuesto. Pero sé cómo se siente una cuando se ve obligada a desprenderse de todo cuanto ama. Tal vez a tu madre le resulte más fácil decir que la casa se convirtió en humo que admitir que hay otras personas viviendo en ella. De haber existido un fuego, lo más lógico habría sido que te lo comentara de pequeño, aunque fuera sólo para no dar alas a tus esperanzas, ¿no crees? Me refiero a las esperanzas de vivir allí algún día. Tal vez, cuando eras un niño, ella todavía creía posible recuperar Staplefield para ti, y después sucedió algo, algo definitivo que implicaba que ya nunca sería suya, ni tuya, y por eso dejó de hablarte de ella.

En realidad esto me recuerda algo.

Más tarde: he estado releyendo tus cartas, las primeras que me escribiste, y acabo de encontrar esto: «Madre dijo que no podemos ir a vivir allí porque se vendió hace mucho tiempo y no tenemos suficiente dinero para recomprarla». Tal vez cuando dijo eso, todavía esperaba que algún día *llegaras* a comprarla. Antes de que sucediera algo que le hizo perder las esperanzas para siempre. ¿Qué opinas?

Me pareció que era bastante lógico. También eso me hizo acordarme de la foto que había encontrado en el dormitorio de mi madre. Yo siempre había inferido que ella había abandonado el tema de Staplefield para castigarme. Pero quizás ambas cosas no tuvieran ninguna relación: quizá la mala noticia coincidió con mi travesura. Quizá... Pero aquella furia propia de la Medusa... No, tenía que existir alguna conexión. A lo mejor verme con la foto en la mano había provocado que mi madre emprendiera alguna investigación sobre Staplefield, algo que había traído malas noticias, fueran cuales fuesen. Preguntarle era perder el tiempo. «¿Foto? ¿Qué foto?» Más concretamente: ¿de quién era la foto? No de Viola, seguramente: mi madre siempre había hablado de Viola con afecto. ¿No era lógico que la foto de Viola estuviera sobre la chimenea, al menos durante la época en que a mi madre no le importaba hablar de Staplefield?

Y tampoco le había dicho nada más a mi madre en relación con «Seraphina», así que todavía no podía afirmar con certeza que «V. H.» fuera mi bisabuela. Había vuelto a abrir el cajón, pero lo había hallado vacío. Después, al saber más cosas sobre la biblioteca, me enteré de que podía pedir prestados ejemplares de *El Camaleón* a otros centros, plantárselos a mi madre delante de las narices como si no tuviera ni idea de quién podía ser V. H. y ver cómo reaccionaba. Sólo había un problema: no había un solo número de *El Camaleón* en todo el hemisferio sur. El Catálogo de la Biblioteca Británica informaba de que sólo habían publicado cuatro números, de marzo a diciembre de 1898. La única forma de verlos era asegurarme un permiso como lector; la carta de presentación la llevaba en el bolsillo.

El parecido de Seraphina con Alice seguía perturbándome. Desde un punto de vista racional, sabía que no había nada extraño en ello. Con toda seguridad Viola habría asistido a exhibiciones de pintores prerrafaelitas. Podía haber contemplado en persona a la Dama de Shalott cuando el cuadro se exhibió por vez primera en la Royal Academy. Sin embargo, Seraphina no me había recordado a la Dama, o a ninguno de los rostros que había tomado prestados de Burne-Jones, Millais, Waterhouse y compañía, sino a la Alice que aparecía en mi sueño. El recuerdo se había evaporado tan rápidamente como había surgido, pero nunca había conseguido librarme de la idea supersticiosa de que, al abrir el cajón por segunda vez, había aceptado los términos de una herencia, sin tener la menor idea de lo que eso implicaba.

El avión se estremeció e inició un vaivén parecido al de un autobús cuando cruza una franja de grava en la calzada. Faltaban veintiuna horas y media. El peso de una ansiedad sometida, medio narcotizada, no había disminuido. Tal vez leer la desalojaría. Cogí el libro de Henry James: *Una vuelta de tuerca y otros relatos*.

«¿Dónde está Miss Jessel, cariño?»* La frase se repetía una y otra vez, durante la noche interminable e incómoda a bordo del QF9. Los motores tocaban interminables variaciones rítmicas de la misma letra: dum dadadda dada, dum dadada dum, dum dadadadadada. No importaba que Alice escribiera su apellido con dos eles. De vez en cuando aumentaban el ritmo a Miss Jessel Miss Jessel Miss Jessel Miss Jessel, sólo para asegurarse de que me hallaba lo bastante despierto para alucinar. ¿Dónde está Miss Jessel, cariño? Esperando en la habitación de Alice, por supuesto. Sabía que nunca me quitaría el nombre de la cabeza. Una vez lo había buscado en la guía de teléfonos de Mawson. No había ningún Jessell, lo escribieras con una ele o con dos. Con una sola mirada, Alice llegaría a la conclusión de que había algo sorprendente e irrevocablemente equivocado. No podría mirarla sin pensar en Miss Jessel. Miss Jessel con el semblante de una palidez mortal y el largo vestido negro. Como el hombre del cementerio, saltando sobre la tumba de mi madre, ¿sabía usted, señor, que su madre se hallaba profundamente perturbada últimamente?, mientras fuera del garaje los trenes seguían pasando puntuales, en torno a Miss Jessel y dónde está Miss Jessel, cariño, despertando con una sacudida frente a las luces de las torres de Heathrow mientras la lluvia chocaba contra el ala.

No había caído que todavía sería de noche cuando el autobús del aeropuerto me dejó junto a la estación de Paddington. Ni que el Stanhope —cuando por fin accedieron a darme alojamiento— fuera una madriguera claustrofóbica, que olía a pelo húmedo de animales, a fritos rancios y a moho. Las escaleras crujían con cada paso, y la única ventana de mi habitación, o mejor dicho de la celda que me habían asignado en el segundo piso, daba a una especie de callejón con vistas a muros ennegrecidos y oxidadas escaleras de incendios.

Y no había carta alguna de Alice, aunque le había enviado la dirección dos semanas antes de partir. Esforzándome por combatir la depresión que parecía agolparse en torno a mí como una densa niebla negra, descendí con torpeza las escaleras hasta el teléfono de pago de recepción.

Del servicio de información obtuve el dato de que el número de Penfriends International no constaba en la guía. Había docenas de entradas de Summers, J. en la guía telefónica, pero ninguna daba el apartado de correos de Mount Pleasant como dirección. Y cuando por fin se me ocurrió llamar a la oficina de correos de Mount Pleasant, se limitaron a confirmar que Penfriends International tenía el apartado de correos 249. El resto de detalles eran estrictamente confidenciales, señor, lo lamento pero no puedo añadir nada más, aparte de que valoro mi empleo, señor, lo siento señor, pero no puedo ayudarle.

Me arrastré por la desvencijada escalera, me tumbé en la cama y me sumergí de cabeza en un abismo de oscuridad.

Era todo cierto, todo lo que mi madre había dicho, había montañas de bolsas de plástico negras que esparcían su basura sobre la acera adondequiera que ibas. Mendigos harapientos se alineaban en los subterráneos, envueltos en cartón gastado, tumbados entre indescriptibles charcos de suciedad. No podía andar dos manzanas entre la lluvia y el aguanieve sin perderme, o detenerme a luchar con mi *Londres, de la A la Z* sin ser empujado a la cuneta por la multitud arrolladora. Bajo la nieve se escondían excrementos de perro, medio congelados pero furiosamente adherentes. Los pinzones se habían transformado en escrofulosas palomas.

Cada mañana, hasta que llegaba el cartero, me instalaba en la deprimente recepción del Stanhope, a la espera de una carta que nunca llegó. Entonces partía en dirección al Museo Británico bajo la semipenumbra grisácea, para ocupar la sala de lectura hasta que llegara la hora de cerrar, en busca de algún rastro de Alice. Sabía que debía sentirme abrumado por la imponente visión del museo: las inmensas columnas de piedra, el atrio siempre mojado por la lluvia y rebosante de turistas, el Babel de idiomas desconocidos que se elevaba desde los escalones frontales, la propia sala de lectura, en la que la biblioteca completa de la Universidad de Mawson habría cabido sin problemas. Contemplaba la cúpula azul y dorada sobre las galerías con gradas e intentaba sentir algo, cualquier cosa, pero era como contemplar el sol a través de una densa humareda. Notaba que pares de ojos me seguían cuando subía o bajaba las escaleras; en más de una ocasión estuve seguro de haber pillado a alguien mirándome con horror, como si pudiera ver la niebla negra de depresión que me envolvía.

Algunos de mis compañeros de lectura no presentaban mucho mejor aspecto: la anciana menuda con el sucio impermeable gris que se pasaba el día entero sentada en la fila L, con media docena de bolsas rotas apiñadas a sus pies, murmurando al tabique que tenía delante; o el hombre sentado al final de la fila C, de pelo blanco y mirada salvaje, que protegía su libro con los dos brazos cuando se le acercaba alguien. Y, en una ocasión, una mujer de avanzada edad, alta y demacrada, que despedía un fuerte olor a naftalina y llevaba un velo negro tan impenetrable que no veías ni siquiera las líneas de su rostro, vino a sentarse a mi lado durante horas mientras yo llevaba a cabo mis pesquisas en un montón de directorios. Tenía *The Times* abierto ante ella, pero presentí que estuvo observándome durante todo el rato.

El tercer día desafié el aguanieve bajando por Kingsway hasta Catherine House, el registro de nacimientos y bodas. Un lúgubre búnker de cemento, húmedo y frío, que apestaba a folios grasientos y a ropa usada. Los libros de registro —enormes volúmenes con refuerzos de acero, rojos para los nacimientos y verdes para las bodas (las muertes ocupaban el otro lado de Kingsway)— se alineaban en fila sobre viejos estantes metálicos. Enjambres de buscadores de caras tristes ocupaban todas las filas, luchando por abrirse paso, sacando sin consideración alguna los tomos de los estantes. Las parejas discutían y gritaban en los pasillos; el ruido era ensordecedor. Me acerqué a la zona donde estaban los años sesenta y esperé unos minutos antes de intentar hacerme un hueco entre la gente. Alguien me clavó el borde metálico de un archivador en los riñones; un codo me golpeó en las costillas; una mano anónima agarró el volumen correspondiente a «J-L. Enero-marzo, 1964» por encima de mi hombro y se lo llevó. Comprendí que encontrar la partida de nacimiento de Alice no contribuiría en nada a encontrarla a ella. Aturdido, tembloroso, me rendí sin presentar batalla.

En la relativa calma de la sala de lectura, busqué direcciones de residencias en Sussex y gasté moneda tras moneda en incontables llamadas telefónicas: no había ninguna Alice Jessell. Alice no deseaba ser encontrada.

El quinto día desperté con la cabeza espesa y la garganta irritada, pero en lugar de quedarme mirando el oscuro callejón me arrastré de nuevo al museo.

En un directorio de Sussex de los años treinta busqué el nombre de Staplefield. Aparecía una Mansión Staplefield, pero el propietario era un tal coronel Reginald Bassington. No constaba ninguna Viola, ni ningún Hatherley, como residente, ni allí ni en ningún otro pueblo o ciudad vecina. Tampoco encontré nada relativo a Viola Hatherley. Pedí los cuatro números de *El Camaleón*, pensando al hacerlo cuán terriblemente profético había resultado ser «Seraphina».

Pero de los cuatro números, sólo el cuarto y último llegó a mis manos: las tarjetas pidiendo los otros tres volvieron con la etiqueta de «Destruidos por los bombardeos durante la guerra». Sin demasiada esperanza o ni siquiera interés ojeé el índice. *El Camaleón*. Volumen I, número 4, diciembre de 1898. Ensayo de Ernest Rhys. Historia de Amy Levy. Poemas de Herbert Horne y Selwyn Image... y «El don de volar: Relato», de V. H.

EL DON DE VOLAR

En mi opinión, la sala de lectura del Museo Británico no es el primer lugar al que uno acudiría en busca de consuelo cuando se halla sumido en el dolor, y aún menos en invierno, cuando la niebla penetra en la gran bóveda y cuelga como un halo húmedo sobre las luces eléctricas. Ni son siempre los demás lectores la compañía más deseable, dada la escasa exigencia de algunos en temas de atuendo y aseo personal, mientras otros, al parecer al borde de la locura, mantienen conversaciones en susurros con fantasmas, o se acurrucan inmóviles durante toda una tarde con la vista fija en la misma página. Otros acaban adoptando una postura poco digna en actitudes de abandono, desesperación o fatiga, roncando durante horas con las cabezas apoyadas en tomos de incalculable valor hasta que los ayudantes vienen a echarlos. Hay también, por supuesto, muchas almas hacendosas profundamente concentradas u ocupadas en copiar textos, de forma que en la bóveda parece resonar, a veces, el débil sonido de un millar de plumillas rascando el papel al unísono: un rumor que, para una mente intranquila, puede evocar fácilmente al de las uñas de los prisioneros clavándose sobre la piedra.

Eso, al menos, era lo que creía Julia Lockhart, y sin embargo la atraía hasta ese lugar la convicción de que la biblioteca contenía un libro en concreto que consolaría directamente su pena. Sería como encontrar un nuevo amigo, uno cuyas percepciones armonizaran con las suyas de una forma tan sutil y delicada como para escudriñar en el interior de su corazón más de lo que ella misma era capaz de hacer. Pero, dado que no tenía la menor idea de qué clase de libro se trataba o de quién lo había escrito, pasaba gran parte del tiempo hojeando perezosamente las páginas del catálogo, o contemplando la superficie de piel negra de la mesa absorta en sus pensamientos, o deambulando por el contorno del laberinto: ésa era la imagen que más a menudo se le ocurría, dadas las catacumbas llenas de estantes y estantes de libros que ella imaginaba extendiéndose en la oscuridad por debajo del suelo.

Habían pasado ya muchos meses desde su separación de Frederick Liddell, y sin embargo la capa de dolor no se había desvanecido en modo alguno; al revés, se había oscurecido convirtiéndose en algo que jamás había experimentado antes. Era como si un velo denso hubiera caído entre ella y el mundo; se sentía apartada, no sólo de su familia y amigos, sino de sí misma. No podía trabajar, pues toda su capacidad de concentración la había abandonado. Su esposo mantenía su círculo de actividades habitual, que iba de sus aposentos al club y de éste al sillón junto al fuego, tranquilamente ajeno a la existencia de problema alguno; su hija Florence estaba interna en un colegio en Berna; y las charlas con los amigos, en las que Julia había tomado parte con tanto entusiasmo en el pasado, le sonaba ahora como el parloteo ininteligible de los muertos en el limbo. Y, no obstante, de cara a la galería ella se había limitado a hacer lo que tantas mujeres unidas a maridos apáticos habían hecho antes. Contaba entre su círculo de amigas con mujeres que pasaban con alegría y frivolidad de un amante a otro, y conocía casos donde los hijos de tales uniones eran aceptados por el citado marido apático sin aparente escándalo. El código parecía ser que, mientras se mantuvieran más o menos las formas, las mujeres, al igual que los hombres, podían hacer lo que les viniera en gana. A Julia, en cambio, el hecho de tener un amante le había parecido un paso de gran trascendencia. Había ansiado la intimidad con alguien a quien pudiera entregarse con todo su corazón; que liberara algo que sentía atrapado en sí misma; diera rienda suelta a su imaginación que parecía haberse hinchado y cerrado a cal y canto. Pero hasta el día que conoció a Frederick Liddell se había mantenido convencida de que moriría sin haberlo ni siquiera encontrado.

El matrimonio con Ernest Lockhart había supuesto la gran decepción de la vida de Julia. Y, sin embargo, nada tenía que reprocharle, al margen de una absoluta ausencia de pasión, e incluso en ello no podía decir que él la hubiera engañado: ella se había engañado a sí misma. Con veinte años se había dejado llevar por la fantasía romántica de casarse con un hombre dieciséis años mayor, tan seguro de sí mismo y culto al lado de, por ejemplo, el joven Harry Fletcher, que enrojecía y tartamudeaba cada vez que le dirigía la palabra, pero que, aunque de esto se había dado cuenta demasiado tarde, le profesaba una absoluta adoración. Sus padres no la habían obligado a hacerlo; al contrario, todavía recordaba a su padre preguntándole ansioso si estaba segura, y se oía a sí misma respondiendo con un sí alegre, confiada en que la reserva de Ernest Lockhart escondía una irrefrenable pasión. Y después descubrir que su marido era tan... bien, tan inepto y desganado, y a la vez tan aferrado a las manifestaciones y modos del matrimonio, y tan incapaz de comprender su infelicidad. De no haber sido por su hija, nacida un año después de la boda, le habría abandonado; tal y como fueron las cosas, se había refugiado en la escritura y en la vida social, incapaz de odiar a su marido por ser como era, pero sintiendo, con más fuerza a medida que los treinta quedaban atrás, una ira sorda y subterránea ante el inexorable desperdicio de su vida.

Y entonces, una cálida tarde de primavera en la casa de un distinguido hombre de letras, le habían presentado a Frederick Liddell, cuya última colección de poemas había leído justo una semana antes, y enseguida entablaron una profunda conversación en un tranquilo rincón del jardín del distinguido propietario, donde se sentaron en un banco a la sombra de un roble y hablaron hasta que ella perdió la conciencia de qué hora era. Él no sobrepasaba en demasía los treinta, y parecía incluso más joven, ya que su tez era sonrosada y suave como la de una mujer, y sus ojos oscuros capaces, en opinión de Julia, de transmitir una sutileza bastante femenina. Incluso la abundancia de su indomable cabello castaño resultaba expresiva: caía sobre una frente ancha y alta, enmarcando un rostro que se estrechaba hasta llegar a una barbilla redonda y marcada. Sus cambios de humor se reflejaban en todos sus rasgos; en reposo, su expresión más característica era una amable melancolía, una leve tristeza que Julia hallaba irresistible, más aún porque Frederick parecía carecer totalmente de astucia. Estaba acostumbrada a lidiar con las atenciones de seductores expertos, como las de Hector, el marido de su desgraciada amiga Irene, con quien, se decía, ninguna mujer estaba a salvo si permanecía a solas con él durante cinco minutos, pero cuyo semblante grasiento siempre recordaba a Julia el del señor Chadband. Pero a lo que no estaba acostumbrada era a que la escucharan con semejante concentración. Cuando descubrió que él había leído y admirado el único relato que ella había conseguido publicar, Julia estuvo segura de que había hecho un amigo para siempre.

Aquella tarde hablaron largo y tendido de religión, o mejor dicho de la imposibilidad de ninguno de ellos de creer en ninguna de sus formas prescritas, o de vivir sin alguna aspiración más allá de lo material, sin que llegaran a ninguna conclusión definida excepto que sus sentimientos parecían estar enteramente de acuerdo. En poesía estaban divididos ante la preferencia de Julia por Keats contra la de él por Shelley, pero esto sólo abrió la feliz perspectiva de una lectura conjunta de los fragmentos favoritos de cada uno en alguna futura ocasión. De allí avanzaron con naturalidad hacia el tema de los sueños, y Julia se decidió a contar a Frederick un sueño que se le había repetido al menos media docena de veces. Solía empezar en un agradable anochecer de verano, en campo abierto, sobre una leve pendiente tapizada de larga hierba verde. Empezaba a correr colina abajo, dando pasos cada vez más largos, hasta sentir que sólo rozaba la hierba con la punta de los pies y recordar, llevada por un arrebato de alegría, que había nacido con el don de volar. Entonces estiraba los brazos y planeaba sobre los campos, sintiéndose absolutamente cómoda en el aire hasta que la conciencia de que era un sueño empezaba a pesar sobre ella. Siempre luchaba por aferrarse al sueño; durante un momento mágico, gozoso, creía que había despertado y seguía volando, hasta que el mundo se disolvía a sus pies y se hallaba sola y afligida en la oscuridad, cual caballero armado que despierta sobre la fría ladera de la montaña. Era algo que jamás había revelado a nadie, por miedo a que si no lo guardaba en secreto, el sueño la abandonaría para siempre. Sin embargo, con Frederick abordó el tema de manera espontánea, y al terminar vio que él estaba muy conmovido.

Frederick le contó que, años atrás, se había enamorado de una bailarina llamada Lydia Lopez: ése no era su verdadero nombre, ya que había nacido y crecido en Londres, pero era el único por el que la había conocido, de la misma forma que existía un único recuerdo que ella había dejado en su poder, aunque no especificó de qué se trataba. Había ido a verla al teatro todas las noches, y algunas veces la había llevado a cenar después de la función. Frederick no le ofreció una descripción muy completa de Lydia: se limitó a decir que era muy menuda y ligera, tanto que podría tomársela como una niña de doce o trece años.

Una escena singularmente elaborada —la favorita del público— implicaba que la joven fuera provista de alas y que planeara, colgada de un cable, a una altura considerable del escenario. Frederick se hallaba en primera fila la noche que el cable cedió y Lydia cayó de los falsos cielos pintados; todavía podía oír, dijo estremeciéndose al recordarlo, el golpe sordo de su cuerpo al chocar contra el suelo de madera. Se corrió el telón al instante; sin embargo, para alivio y sorpresa de la concurrencia, apareció en escena media hora después, con aspecto aturdido pero aparentemente intacta, e hizo una reverencia que provocó un enardecido aplauso en la sala de butacas. Pero el alivio se reveló prematuro: pocas horas más tarde quedó inconsciente, y murió dos días después de hemorragia cerebral.

Frederick confesó que, antes de Lydia, se había enamorado de una mujer cada semana, pero que desde entonces había sido incapaz de querer a nadie como la había querido a ella. «No supe lo mucho que significaba para mí hasta que la perdí», dijo, la mirada fija en los ojos de Julia con tanta sinceridad, tan desprovista de afectación, que despertó su compasión al instante; hasta tal punto que se encontró cogiendo la mano del joven entre las suyas. Al darse cuenta del gesto no sintió más que una extraña tranquilidad; él aceptó su invitación para tomar el té en su casa de Hyde Park Gardens con tantas ganas, y le dijo con tanta calidez lo encantado que estaba de haberla conocido, que ella volvió a casa más contenta de lo que recordaba estar desde el primer día que sostuvo en sus brazos a su hija recién nacida.

Julia supo que estaba enamorada de Frederick desde esa primera tarde, pero pasaron muchas semanas antes de que se atreviera a esperar que sus sentimientos fueran correspondidos, ya que cuando volvió a verle en sociedad, se preguntó si no se comportaría con todos sus conocidos como el mismo oyente atento y ardiente. No obstante, él fue aceptando todos los encuentros que ella sugirió, pese a que no disponía de mucho tiempo libre —tenía una pequeña renta privada, que complementaba con muchas horas de trabajo redactando críticas—, con tanto entusiasmo que la imaginación de ella se desbocaba sin que pudiera hacer nada por reprimirla. Julia no se atrevió a invitarle a su casa con excesiva frecuencia, ya que no soportaba la idea de que sus relaciones se convirtieran en tema de cotilleo, así que se encontraban en parques y galerías de arte, y a veces en la sala de lectura, siempre con el pretexto de hacer una cosa u otra tan pronto como hallaran la oportunidad. Siempre parecían tener más cosas que decir que tiempo disponible, y a medida que pasaban los días sus menciones de Lydia se hicieron más distantes; pero no fue hasta que la primavera se convirtió en verano cuando ella, con el corazón desbocado, se halló frente a la entrada de un edificio señorial que se alzaba sobre una estrecha calle de Bloomsbury, asistiendo a la primera invitación por parte de él a tomar el té en su casa.

Le había advertido sobre las escaleras, disculpándose por preferir vivir a tanta altura de la calle como fuera posible, pero eso no disminuyó en ella la sorpresa al comprobar el número de tramos, y aunque el día era fresco y nublado, cuando él la hizo pasar al salón, Julia estaba deslumbrada por la luz. Había altos marcos a ambos lados de las puertas vidrieras, a través de las cuales Julia observó la barandilla de acero de un pequeño balcón. No era una estancia de grandes dimensiones; los dos sillones y el sofá dispuestos sobre una alfombra persa ocupaban gran parte del suelo, y el resto de paredes estaban forradas de estantes llenos de libros. A Julia le hubiera gustado curiosear un poco, pero Frederick la invitó a tomar asiento de inmediato; sus maneras eran más formales de lo habitual, y esa frialdad la afectó, así que en lugar del sofá ocupó el sillón derecho, mientras Frederick se disculpó diciendo que iba a preparar el té y la dejó sola en la sala.

De ello dedujo que, tal y como esperaba, ella era la única invitada, y se sentó haciendo esfuerzos por controlar su nerviosismo y sentirse más cómoda. Mientras sus ojos se ajustaban a la intensa luz, cayó en la cuenta de que no estaba, en realidad, del todo sola, ya que en un escritorio apoyado bajo la ventana más próxima a su silla había una foto enmarcada, un retrato de medio cuerpo de una joven que sólo podía ser Lydia. Era a la vez parecida y distinta a la Lydia que había imaginado Julia: a primera vista su rostro parecía redondo y aniñado, sobre todo en la parte del labio inferior y la barbilla, pero desprendía a la vez una sensualidad controlada que se hacía más evidente cuanto más se contemplaban los ojos oscuros que miraban con tanta intensidad, los ojos de una mujer consciente de su capacidad de seducir... o hipnotizar. «Para siempre te amará, y te será fiel»: las palabras resonaron de repente en la memoria de Julia, dejándola deseosa de no haberlas recordado.

Todavía estaba absorta en la contemplación del retrato de Lydia cuando regresó Frederick con la bandeja del té. Pero no pareció advertirlo, y en su lugar se embarcó en el relato de cómo aquella mañana había leído y revisado cuatro largas novelas sin cortar una sola página, entregado su copia, y vendido las cuatro en condiciones óptimas en Fleet Street antes de comer. Julia sintió una cierta comezón al pensar en un juicio tomado tan a la ligera sobre todos esos meses o años de dura labor autoral, pero se recordó con severidad que Frederick estaba obligado a ganarse la vida gracias a su pluma, y no podía permitirse los mismos lujos de los que disfrutaba Ernest Lockhart gracias a sus doce mil libras anuales, lo que provocó una comezón de otro tipo. Iniciaron otros temas de conversación, pero ninguno pareció prosperar; quizá fuera el efecto de la mirada fría y fija de Lydia, a la que Julia no podía desterrar por completo de su conciencia ni aludir de forma directa; en cualquier caso la incomodidad entre ambos fue creciendo hasta embargarla por completo y despertar en ella el deseo de no haber ido. También la estancia estaba muy cerrada; ella podía notar cómo iba ruborizándose por el calor a medida que aumentaba su infelicidad, hasta que tuvo que pedir a Frederick que abriera una ventana. Él saltó de la silla en un mar de disculpas y abrió las puertas vidrieras, permitiendo que entrara una bienvenida corriente de aire. Incapaz de soportar un instante más la presión de los ojos de Lydia, Julia se levantó y fue a unirse a él, junto a la ventana.

Nunca había estado —al menos ésa fue la sensación que tuvo— en un lugar tan elevado por encima del suelo. El balcón le pareció no más grande que una jardinera de ventana, con un pequeño suelo en forma de semicírculo de metal prensado, y dos barandillas negras horizontales en forma de arco que se curvaban sobre el espacio vacío. La más alta de las dos le quedaba ligeramente por encima de la cintura. Incluso desde el umbral, parecía estar mirando directamente al abismo. Julia había estado en el borde de un precipicio sin sentir el temor que la asaltaba ahora; el escarpado y vertiginoso foso que se abría a sus pies parecía atraerla hacia el borde sin que pudiera evitarlo; en un segundo más saltaría de cabeza por encima de la baranda y se precipitaría al vacío. Todas estas impresiones cruzaron su mente en menos de un instante, durante el cual fue también consciente de que Frederick se volvía hacia ella con la boca abierta, como si se dispusiera a hablar, pero ridículamente despacio, tanto que le recordó a un gran pájaro que lentamente abriera el pico. Con la misma lentitud absurda, se vio a sí misma buscando su brazo para no caer, debatiéndose entre el pánico y unas extrañas ganas de reír ante la visión de Frederick atrayéndola entre sus brazos con tanta calma que le dio tiempo a familiarizarse con todos y cada uno de los rasgos de su expresión, antes de sentir, por fin, la presión de los labios de él sobre los suyos. La sensación de vértigo persistió; quizá habían caído al abismo, pero no parecía importar, ya que se sentía ligera, y habría podido flotar tanto hacia arriba como hacia abajo.

Aquella tarde caminó sola por los jardines del Serpentine, y sintió que el mundo era un lugar bendito. Sabía, vagamente, que la separación entre su situación actual y la vida que se imaginaba junto a Frederick podía revelarse infranqueable, pero ya no podía dejarle; quizá su marido se doblegaría ante lo inevitable; mientras tanto se dejó acunar por la suave calidez de los apagados rayos del sol vespertino junto con la seguridad de que Frederick la amaba, y volvería a decírselo antes de que se pusiera el sol al siguiente día. Pero con el correo de la mañana llegó una nota que sólo decía: «Querida señora Lockhart, lamento mucho verme obligado a cancelar la cita prevista para esta tarde; sólo puedo añadir en mi descargo que asuntos inesperados de la máxima urgencia me impiden mantenerla, y rezar para que acepte mis más humildes excusas. Créame, sinceramente suyo, Frederick Liddell».

Julia siempre había apreciado su tacto y discreción, pero la formal brevedad de la nota, y aún peor, la ausencia de indicación alguna de cuándo, o incluso si, podía esperar noticias suyas, la helaron hasta la médula. En vano se debatió para tranquilizarse, sabiendo que Frederick debía, al fin y al cabo, ganarse el pan como podía; pero si tales demandas no habían evitado con anterioridad que la viera, ¿cómo podía suceder precisamente ahora? Pasó el resto del día invadida por una nube cada vez más oscura de aprensión y desesperación. Tras una noche de atormentado insomnio, Julia no pudo soportarlo más; tan pronto como su marido se marchó a las cámaras, envió a Frederick una nota anónima diciéndole que iría a su casa a las tres en punto.

La esperaba en la puerta de la calle cuando llegó el coche con Julia. Una mirada a su rostro confirmó sus peores miedos. En silencio ascendieron los inacabables escalones hasta la estancia que había sido testigo de tan extrema pasión. Mientras se dejaba llevar por el recuerdo, Julia se giró hacia Frederick, como implorándole que la despertara de una pesadilla. Para su horror, él retrocedió antes de reaccionar con una cortesía tan forzada y mecánica que significó la puntilla de la humillación. La brillante luz del sol penetraba burlona a través de las altas contraventanas; las puertas vidrieras estaban cerradas.

—Dime qué ha pasado, Frederick.

Julia tenía los labios tan paralizados por el dolor que apenas logró pronunciar las palabras.

—Me temo... Me temo que no soy libre —tartamudeó él—, es decir... que mis afectos están comprometidos después de todo... Creía haberlo superado... que no sería... pero veo que no puedo... —Su voz fue esfumándose desesperadamente.

—¿Quieres decir... que hay alguien más?

—Sí. —Sus ojos parecían los de un muerto.

—¿Entonces por qué no me lo dijiste antes?

—Lo hice. Pero albergaba la esperanza de que...

Ella no le comprendió hasta que cayó en la cuenta de que señalaba el retrato que había junto a la ventana. Durante un instante Julia permaneció paralizada ante la gélida e implacable mirada de Lydia, sin querer entender lo que acababa de oír.

—Está muerta, Frederick. Mientras que yo... —Pero no pudo continuar.

—Para el mundo, sí, pero ¡Dios, no para mí!

—¿Y te sientes como si la hubieras traicionado? —dijo Julia débilmente.

—Sí —dijo Frederick—. Lo lamento muchísimo...

Julia ya no pudo reprimir las lágrimas: a ciegas salió de la estancia y le dejó inmerso en su sentimiento de culpabilidad.

Con el transcurso de los meses, Julia se sintió más y más inexorablemente aislada de la vida que había llevado con anterioridad. La necesidad de comentar su dolor se mantuvo tan aguda como antes, pero no había nadie, ni siquiera su amiga más íntima, Marianne, en cuya discreción tenía ella confianza plena. Quizás era el orgullo lo que hacía que hablar del tema le resultara insoportable; más en concreto, la idea de que cualquiera llegara a saber que su vida había quedado arruinada por un rechazo que, para otras mujeres que conocía, habría significado poco más que perder una partida de croquet. La propia Julia estaba atónita ante la enormidad de la desolación que la asaltaba; era como deambular por las ruinas abandonadas de una ciudad antes próspera. Y, sin embargo, desde su punto de vista, la mayoría de sus amigos parecían no darse cuenta del cambio que se había producido en ella. Resultaba muy raro mirarse al espejo y ver la misma cara y el mismo cuerpo que Frederick había encontrado bellos, más pálidos y más delgados, pero aparte de eso sin mayores cambios.

El sueño de volar no había regresado; en su lugar se había visto visitada varias veces por la pesadilla de encontrarse encaramada en un gastado muro de piedra, cual abadía en ruinas cuyo tejado se hubiera desmoronado tiempo atrás. A lo lejos, montañas de ladrillos caídos y cascotes se amontonaban sobre los cimientos y los restos de otros muros, llenos de hierba y maleza. Al principio la parte más alta del muro donde ella estaba arrodillada era relativamente amplia, aunque desigual, pero al buscar un camino seguro de descenso se daba cuenta de que el camino iba haciéndose más estrecho e inseguro poco a poco, y la piedra se le deshacía en las manos, hasta descubrir que se había arrastrado hasta el extremo de un arco roto donde sólo podía agarrarse a una lengua de tierra erosionada, petrificada por el miedo de caer en picado sobre los grandes cascotes y fragmentos de mampostería, sintiendo cómo la tela de la que estaba hecho su mundo se disolvía entre sus dedos.

Sin duda, de haber sido capaz de sincerarse con alguien, no estaría en esos momentos vagando por la sala de lectura, convencida de que en algún lugar del laberinto se ocultaba un libro, cualquiera que fuese: no una obra de filosofía o teología, ya que Julia no disfrutaba demasiado de lo abstracto incluso en días más felices, y en éstos no habría conseguido descifrar un tratado filosófico más que una parrafada en sánscrito. Imaginaba una voz hablándole llana y directamente desde el foso donde había caído; alguien tenía que haberlo superado antes que ella, y encontrado la sabiduría de la que ella dolorosamente carecía.

Para ser del todo sincera consigo misma, la atraía también a la biblioteca la esperanza de ver a Frederick. Pero la esperanza había resultado en vano hasta el momento. Hacía poco, mientras consultaba un catálogo, había oído una conversación entre dos hombres, sin duda conocidos de Frederick, en la que uno señalaba que Liddell se había convertido en un auténtico recluso estos días, a lo que su compañero replicó que el pobre Freddy debía de estar concentrado en la composición de una gran obra. Ambos se habían reído del comentario, de un modo que a Julia le resultó preocupante, así que había regresado a su lugar, donde permaneció sentada durante un rato indefinido contemplando sin verlo el volumen que tenía delante.

La verdad era que todavía le amaba, aunque habría deseado que no fuera así. Sus intentos de odiarlo acabaron naufragando; ni siquiera podía odiar a Lydia, ya que ¿cómo culpar a una mujer muerta por lo sucedido? En realidad, Julia empezó a encontrarse rodeada cada vez de más gente que prefería la compañía de los fallecidos a la de los vivos. Su esposo, a medida que pasaba el tiempo, iba sintiéndose si cabe más fascinado aún por sus antepasados difuntos; también estaba la pobre tía Helen, quien se había pasado la vida de sesión en sesión en busca de mensajes de su adorado prometido Lionel que había sucumbido a la fiebre durante la guerra de Crimea casi medio siglo antes. Ahora últimamente Julia había acompañado a su tía a varios encuentros de esa clase, quedando deprimida ante la mezcla de credulidad y fraude, por no mencionar a todos aquellos que recorrían la gran ciudad persiguiendo fantasmas. Y ahora estaba Frederick, perdido en el recuerdo de Lydia; y no podía decirse que Julia estuviera mucho mejor. A menudo el egoísmo la impulsaba a desear haberse caído desde el balcón aquella tarde; habría muerto feliz en lugar de verse condenada a languidecer en un mundo donde, tal y como lo veía, tantos vivos se movían cual espíritus entre quienes buscaban a los muertos.

Ésos eran sus pensamientos aquella sombría tarde de finales de febrero, cuando la bruma que envolvía la bóveda parecía más densa que nunca. Julia estaba a punto de recoger sus cosas para marcharse cuando un libro fue dejado frente a ella, aunque no pudo ver quién lo depositaba allí. No se trataba, sin embargo, de la edición de poemas de Clare para la que había rellenado una solicitud, sino un tomo simple de cubiertas negras; tan sencillo, de hecho, que no llevaba ni título ni autor impresos en el lomo. Perpleja, lo abrió para encontrarse con el encabezamiento: «Capítulo uno», aunque no había señal aparente de que fuera defectuoso o le faltaran páginas. Parecía una novela; en realidad, una novela ambientada en Bloomsbury, ya que empezaba con la descripción del furioso altercado entre dos cocheros que tenía lugar en Great Russell Street. Uno de los hombres llevaba un pañuelo de cuello rojo y sucio; el otro, uno blanco. Como la disputa iba creciendo en intensidad, los dos hombres descendieron de sus respectivos pescantes a la acera y empezaron a empujarse, para acabar emprendiéndola a golpes, hasta que ambos se vieron obligados a ceder el paso ante «la aparición de una mujer inmensa, vestida enteramente de negro, que llevaba en brazos lo que parecía ser, por su forma, el ataúd de un niño, incongruentemente

111

envuelto en papel marrón y sujeto mediante cuerdas»... Pero cuando Julia fue a pasar la página, se encontró con que ésta estaba pegada a la siguiente. Curiosa por saber cómo seguía la narración, buscó a un ayudante con la mirada. De repente un hombre alto e indescriptible al que no recordaba haber visto antes se le acercó; había sido testigo, sin duda, de su problema, ya que con un «Permítame que la ayude, señora» murmurado en voz baja cogió el libro y desapareció por una puerta lateral.

Julia permaneció unos minutos en su asiento, aguardándole, pero él no regresó, y su curiosidad fue deshaciéndose por momentos. La capa de melancolía volvió a caer sobre ella; recogió sus pertenencias y abandonó la sala de lectura. En el exterior, el cielo estaba oscuro y encapotado; daba la sensación de que la lluvia, o incluso la nieve, harían su aparición en cualquier momento, de manera que se apresuró a cruzar el patio y pidió al conserje de la puerta que le consiguiera un carruaje. No había ninguno a la vista cuando ella salió a la acera de Great Russell Street, pero entonces vio a dos que venían por la esquina con Montague Street. Oyó silbar al conserje; el coche que estaba más lejos aceleró e intentó rebasar al que llevaba delante; los vehículos se rozaron, y al segundo siguiente los dos cocheros estaban enfrascados en un furioso intercambio de insultos. Uno bajó del pescante; el otro lo imitó; Julia creyó ver el reflejo de algo rojo en el cuello de uno de ellos, pero no fue hasta que una mujer gigantesca, oculta tras pesadas capas de tela negra, emergió de un portal con un gran paquete de extraña forma y obligó a los dos hombres a separarse para dejarla pasar mientras cruzaba la calle, cuando el impacto de lo que acababa de presenciar sacudió a Julia con la fuerza de un golpe físico. En ese mismo instante oyó al conserje llamándola y, de reojo, vio que un tercer coche había salido por Museum Street y se había detenido justo a su espalda.

—Será mejor que suba, señora —dijo el conserje—. Yo me ocuparé de ese altercado.

Paralizada, Julia obedeció. Cuando el cochero hizo dar media vuelta al caballo, tuvo tiempo de ver a los otros dos hombres regresando a sus respectivos carruajes ante la llegada del conserje, y la inmensa espalda de la mujer que se alejaba en dirección a Southampton Row.

A las diez en punto de la mañana siguiente se encontraba de nuevo en la sala de lectura, aunque nunca antes había llegado cuando acababan de abrir las puertas. Hacía un día crudo y neblinoso, y la calefacción apenas conseguía disipar el frío que había penetrado en sus huesos durante el trayecto, pero la conciencia de Julia estaba fijada en la necesidad de recuperar el anónimo libro negro, lo que implicaba encontrar al hombre que se lo había llevado, ya que no recordaba que tuviera signatura alguna. Desde su temprano despertar tras una noche agitada habían hecho presa en ella las dudas de si la lectura de la escena de la calle había sido real, o había caído víctima de un impactante ejemplo de lo que los franceses denominan *déjà vu*. Como muchos de sus conocidos, alguna vez, al oír y pronunciar ciertas frases, había experimentado la sensación de que la conversación le resultaba extrañamente familiar, pero nada de lo acontecido en el pasado podía compararse con la situación vivida el día anterior.

La búsqueda del alto e indefinido ayudante se reveló, no obstante, inútil. Comprobó que le resultaba imposible describirlo con un mínimo de exactitud, excepto en lo relativo a la altura y a que iba vestido, creía recordar, con un traje gris; su memoria se negaba a evocarle más que como una silueta borrosa. Los ayudantes de servicio hicieron cuanto pudieron por ella; tres candidatos posibles fueron llamados al sótano, sin resultado. Se mantenían firmes, sin embargo, a la hora de afirmar que la entrega de un libro sin signatura era algo imposible; podía concebirse que no figuraran ni el título ni el autor, pero un libro sin signatura, señora, era como un alma sin nombre el día del Juicio: nunca podría levantarse, y se perdería para toda la eternidad. Julia podía ver la fuerza del razonamiento; podía ver, al mismo tiempo, que persistir en su empeño sólo serviría para confirmar la creencia de quienes la atendían de que el libro le había sido entregado sólo en sueños (ella no había dicho nada, desde luego, de lo sucedido en la calle), así que regresó, perpleja, a su asiento.

Sentada en el mismo lugar que había ocupado la tarde anterior disipó las dudas que la habían acechado durante la noche; el libro le había sido entregado; podía visualizar las palabras al pie de aquella primera página, verse a sí misma intentando pasar a la siguiente y encontrándose con que no había sido cortada. Recorrió varias veces el contorno de la sala, en busca del ayudante de gris, pero sin éxito. La niebla que colgaba de la bóveda parecía aún más densa que el día anterior, y había menos lectores de los habituales; dejando a un lado a la figura inmóvil que estaba a unos asientos de distancia del suyo, a su izquierda, tenía toda la fila para ella. Para sosegar su mente, se dispuso a poner por escrito un relato completo de su experiencia, concentrándose profundamente en el intento de recordar y transcribir cada detalle. El aire húmedo se hizo más cercano y pegajoso; podía sentir el calor que se elevaba del tubo que corría por debajo de la mesa mientras escribía, medio hipnotizada por el firme arañazo de la pluma sobre el papel. Después de un intervalo de tiempo indefinido cayó en la cuenta, al ir a mojar la pluma en el tintero, que ese arañazo se había convertido en el único sonido que podía oír y levantó la vista para encontrarse totalmente rodeada de niebla.

Su primera idea fue que alguien debía de haberse dejado una puerta o una ventana abierta, pero eso era simplemente absurdo: nunca había visto una niebla de tal intensidad en el interior de un edificio; tenía que deberse a algún capricho de la naturaleza. Sobre su asiento la lámpara eléctrica derramaba un pequeño haz de luz, que formaba, como es habitual, un cierto halo de sombras, pero el borde del banco de niebla le llegaba a poco más de medio metro por cada lado, y también por arriba. Sus retazos fríos se entrelazaban por encima de la mesa, desprendiendo un olor extraño, ceniciento, entre sulfúrico y salado, como el de un monstruo marino que de repente emergiera de las profundidades. Estaba —o al menos lo había estado— a dos tercios del camino de salida partiendo del círculo central donde se guardaba el catálogo; lo único que tenía que hacer era levantarse y avanzar con cuidado hacia la izquierda, y luego seguir en esa dirección en torno a la circunferencia de la sala hasta alcanzar la puerta principal. Pero, ¿y qué haría entonces? La niebla debía de ser aún más impenetrable en el exterior, y además, había algo en ella que le resultaba profundamente desazonador, algo que la volvía reticente a abandonar su pequeño círculo de luz. Quizá debería llamar a alguien, pero ¿por qué no oía a nadie más pidiendo ayuda? Había visto a otros lectores en las filas vecinas, ¿y acaso no era obligación del personal acercarse y tranquilizar a aquellos que, dadas las circunstancias, podían dejarse llevar por el pánico? Y, sin embargo, no oía más sonido que el débil y sofocado susurro del banco de niebla.

¿Pero acaso la niebla *hacía* alguna clase de ruido? Aquel suave susurro a su izquierda no era la niebla; era alguien que se acercaba a hurtadillas por su misma fila de asientos. Julia escuchó, conteniendo la respiración. El murmullo se hizo más próximo y después cesó; el remolino de niebla mantuvo su profunda opacidad; fue entonces cuando oyó el débil sonido que hacía una silla al ser arrastrada —le pareció que se trataba de la silla que tenía justo a su izquierda—, seguido del casi inaudible crujido del asiento cuando alguien, o algo, se dejó caer en él.

Regresó el silencio. Julia intentaba convencerse de que era sólo otro lector, perdido en la niebla y decidido a sentarse hasta que aclarara. Pero el temblor de sus manos la traicionaba. Muy despacio, con los ojos fijos en el banco de niebla que flotaba entre ella y su compañero invisible, Julia empezó a incorporarse de la silla, con la esperanza de escabullirse silenciosamente en dirección contraria, hacia el catálogo. La silla emitió un fuerte crujido, y al hacerlo el muro de niebla a su izquierda se elevó como si se tratara de un telón.

En una primera ojeada Julia se sintió aliviada, aunque sorprendida, al comprobar que la silla contigua estaba ocupada por una niña, de no más de ocho años, con rizos rubios y mejillas sonrosadas, ataviada con un almidonado vestido blanco y enaguas. La tranquilidad le duró sólo un instante. Había algo fijo y anormal en el rostro radiante y sonriente que se volvía hacia Julia, y sobre todo en los ojos, que habían permanecido ligeramente entornados, pero que de repente se abrieron con un clic audible. Eran ojos redondos de muñeca; el rostro parecía tan duro y rígido como si estuviera hecho de porcelana; y sin embargo la criatura estaba viva, ya que movía las piernas con la intención evidente de saltar de la silla y acercarse a Julia.

A Julia se le erizó el vello de todo el cuerpo; o ésa fue al menos la sensación. El clic de los ojos al abrirse pareció insertarse en su propio cuerpo con una sacudida visceral de terror mayor del que habría creído posible que un ser humano lograra soportar. Sabía que si aquella sonriente y monstruosa muñeca la tocaba, moriría; era incapaz de gritar, porque el miedo la ahogaba. Los zapatitos de satén tocaron el suelo; Julia saltó, derribando al hacerlo su propia silla, y huyó penetrando en el muro de niebla. Tropezando de silla en silla, sin encontrar rastro de ningún otro ser humano, retrocedió hasta chocar dolorosamente con lo que, creyó, era el estante circular que albergaba el catálogo, buscó a tientas el camino agarrándose del borde y se introdujo en lo que esperó fuera otro pasillo de escritorios, donde se detuvo y trató de recobrar el aliento y serenar el pulso lo suficiente para escuchar el susurro de la tela del vestido de su perseguidora.

Desde el instante en que Julia abandonó su asiento, la niebla se había cerrado, formando un cerco impermeable en torno a ella. Si levantaba la mano tan cerca de su rostro que sus dedos lo rozaban, conseguía ver el contorno de éstos, pero más allá de esa distancia podía haber estado inmersa en lana blanca, a través de la cual se filtrara una débil, uniforme y amarillenta luz. Incluso en circunstancias normales, la sala de lectura presenta un aspecto laberíntico; hay quien la ha comparado a una tela de araña; pero dado que es posible ver por encima de las filas de pupitres y entre los estantes centrales, estas siniestras posibilidades permanecen básicamente latentes. Si se extinguiera toda fuente de luz, uno podía imaginar que la regularidad de su construcción, con las filas de pupitres saliendo del centro como radios de una rueda, aseguraban una escapada relativamente simple. Pero, de hecho, con sólo detenerse a escuchar, Julia descubrió que había perdido toda orientación. El extraño olor a criatura marina le confundía los sentidos, y las sienes le latían con fuerza. No podía oír nada, y sin embargo sabía que correr a ciegas sería fatal; el ruido de su vuelo la traicionaría. Además —por mucho que intentó extinguir la idea, no pudo— la criatura la había encontrado a pesar de la niebla. Julia empezó a temblar de modo incontrolable.

El ruido podía resultar fatal, pero quedarse a la espera de que una mano de porcelana se insinuara entre las suyas le parecía aún más insoportable. Dio un lento paso atrás y tropezó contra una silla, que rascó el suelo; huyó en lo que supuso era la dirección correcta, y se topó con una superficie fría y vertical que no logró identificar, y de allí viró hacia un espacio vacío, perdiendo incluso el sentido de subir o bajar. Se sintió caer; alargó los brazos para salvarse y se agarró a una estrecha repisa, que al principio parecía sólida, pero que de repente cedió emitiendo un sonido áspero y cayendo a sus pies con un ruido sordo. La criatura estaría allí en cuestión de segundos; Julia se tambaleó sobre el vacío, y esta vez consiguió avanzar, apoyándose de silla en silla a lo largo de toda la hilera. El ruido era terrorífico, pese al efecto amortiguador de la niebla; varias sillas cayeron a su paso, pero ella siguió adelante, y cuando, tras alargar la mano, ésta no halló nada en que apoyarse, se arrojó hacia adelante con los brazos extendidos hasta chocar con lo que, rezó, fuera la librería que ocupaba el contorno de la sala de lectura. El instinto le indicó que si seguía la curva hacia la izquierda, acabaría llegando a la puerta principal, donde seguramente hallaría ayuda.

Julia se detuvo a escuchar de nuevo, pero su respiración no se calmaba. El terror no había dejado espacio para nada más que un frenético deseo de escapar; huyó de nuevo, tan rápido como le permitía el atrevimiento, con la mano derecha rozando la curva de los estantes y la izquierda extendida ante ella. En un sorprendentemente breve intervalo de tiempo llegó a una abertura, que, se dijo, debía de ser la entrada; siguió adelante, avanzó insegura por otro espacio vacío, y chocó contra una pared. No, una puerta, ya que se abrió bajo su peso, y la cruzó, incapaz de visualizar el vestíbulo con suficiente detalle como para decir si estaba en él o no. Avanzó unos pasos más, pero el suelo no parecía firme bajo sus pies; había en él algo hueco, esquelético; entonces rozó una superficie fría y vertical que no guardaba relación alguna con sus recuerdos del vestíbulo. Pasando la mano por la superficie metálica que tenía a su lado, Julia comprendió que se trataba del extremo de la librería. Al tocarla, derribó un volumen que cayó con un fuerte impacto, y de repente comprendió dónde estaba. Se trataba de la Biblioteca de Acero, un enorme laberinto de estantes atestados de libros. Si no conseguía encontrar la puerta por la que había accedido allí, se perdería irremediablemente.

Pero quizá la ansiada ayuda estaba más cerca de lo que había creído, ya que ¿no era eso que oía el débil eco de unas voces? Y bastante cercanas; tal vez fuera sólo el sofocante efecto de la niebla lo que las convertía en susurros. Dio un paso adelante, manteniendo una mano en la superficie de metal a su izquierda, y percibió el sonido con mayor claridad, aunque con una cadencia extrañamente repetitiva, como si alguien murmurara la misma palabra una y otra vez. Su mano avanzó hasta alcanzar el final de otro estante; y sí, la voz procedía del pasillo que circulaba entre los estantes; parecía subir del suelo mientras la niebla se despejó una vez más para revelar aquella sonrisa de porcelana de la niña-muñeca, los ojos redondos como botones planos, los dedos pintados buscando el borde del vestido de Julia y la boca sonrosada abriéndose y cerrándose mecánicamente, susurrando «Julia... Julia... Julia...».

Empezó entonces un terrorífico juego del escondite, que llevó a Julia a internarse aún más en las tenebrosas profundidades de la Biblioteca de Acero. La niebla era más fina, de manera que podía ver desde el final de un pasillo hasta el siguiente, pero eso sólo acrecentaba el pavor de ver de nuevo la sonrisa pintada apareciendo tras un recodo, o peor, acercándose a ella cuando se detenía a preguntarse por dónde debía proseguir su huida. Aunque la cabeza de la criatura no le llegaba ni a la cintura, la idea de toparse con ella o intentar apartarla de un golpe de su camino le provocaba un intenso espasmo de pánico; sabía que no podría soportar ni el más ligero roce, y así sólo pudo descansar cuando llegó a la escalera de acero que se perdía en círculos ascendentes en la neblinosa oscuridad del techo.

Su perseguidora no se hallaba a la vista en ese momento, pero tampoco tenía otro camino que seguir. Estremeciéndose al pensar en la imagen de la niña-muñeca acechándola en algún lugar, Julia inició el ascenso. Pero no pudo evitar que la escalera crujiera bajo sus pies; sus pasos resonaban sobre el banco de niebla que ahora se extendía por debajo, de manera que no podía ver ni oír si la criatura la seguía. Pasó una salida que daba a una estrecha galería de metal y siguió subiendo, más y más, con la niebla formando remolinos que se agitaban caprichosamente en torno a sus rápidos pies.

Pronto no pudo subir más; la última vuelta la depositó en otra galería, cuyo suelo, como el resto de los que formaban la Biblioteca de Acero, era una especie de reja que permitía ver lo que había debajo. A un lado tenía un empinado muro oscuro, al otro una barandilla sobre la que, al apoyarse a descansar y preguntarse qué dirección tomar, pudo notar un tamborileo rítmico, como de pasos que se acercaban ligeros y veloces desde la parte inferior. Julia se refugió en la galería tan rápidamente como le permitía el miedo, sin dejar de mirar por encima del hombro. Todavía no se veía rastro de la niña-muñeca; pero comprobó que se estaba metiendo en una ratonera sin salida: no había nada más allá, excepto el final de la baranda. No había más escaleras.

Una fría corriente de aire se elevó a su alrededor; el muro de niebla se replegó y pareció disolverse al instante, y Julia se encontró mirando al vacío desde una altura considerable, hileras e hileras de esqueléticos suelos metálicos que se hundían en la oscuridad. El vértigo la asaltó como lo había hecho al mirar desde el balcón de Frederick. Al mismo tiempo, la niña-muñeca apareció en la galería y corrió deliberadamente hacia ella, la sonrisa pintada haciéndose más amplia, la amenaza más acuciante con cada paso que daba. Atrapada entre el terror de caer y el temor al acercamiento de la criatura, Julia se apoyó con fuerza contra el muro. Los brazos de porcelana se extendieron hacia ella, los ojos se abrieron con el escalofriante ruido mecánico. Mientras un grito de repulsión pugnaba por salir de la garganta de Julia, sus dedos hallaron un tirador. Parte del muro cedió con un crujido, permitiéndole el acceso a otra galería, más allá de un semicírculo inmenso y acristalado que recogió su grito y lo envió acrecentado por el eco contra las paredes de la sala de lectura, por encima de un mar de rostros que la contemplaban atónitos.

A la tarde siguiente, por extraño que parezca incluso a sus propios ojos, Julia se encontró de nuevo en la biblioteca. La entrevista con el encargado había sido larga y humillante: la había mirado con tal perplejidad cuando mencionó la niebla que, a partir de entonces, sólo se atrevió a decir que había girado por el sitio equivocado y se había visto perdida en la Biblioteca de Acero. Cuando le preguntó por qué había subido aquella escalera, sólo pudo contestar que la había confundido con el camino de salida. Pero él parecía obviamente insatisfecho: le dijo con severidad que había quebrantado varias reglas, hecho caso omiso de numerosos avisos, provocado disturbios en la sala de lectura y puesto a sí misma en un serio peligro. Habría que informar a la Dirección, y cabía la posibilidad de que le retiraran el permiso de entrada.

Lo que había ocurrido de verdad seguía siendo un misterio insondable. Quien había seguido a Julia hasta la galería de la sala de lectura no era la niña-muñeca, sino un ayudante que había visto a una mujer subiendo por la escalera de caracol de la Biblioteca de Acero. La única explicación racional que se le ocurría era la del sonambulismo, pero no podía llegar a creérsela. Existía, por supuesto, la sombría posibilidad de que su mente estuviera experimentando los efectos de la tensión nerviosa fruto de su prolongado pesar. Y, sin embargo, no podía desprenderse de la sensación de que aquel extraño libro negro y el encuentro en la niebla mantenían alguna relación. Además de lo cual había descubierto, en el curso de otra noche de desasosiego, que el temor a nuevas visitas de la niña-muñeca la había seguido a su hogar. Hasta que descubriera el significado de estos acontecimientos, no se sentiría segura, y el instinto le decía que la respuesta se hallaba en la sala de lectura, a la que en consecuencia regresó, cubierta con un espeso velo y disfrazada en la medida de lo posible.

En el exterior la tarde era radiante y clara, la bóveda se inundaba de luz y se hallaba totalmente libre de niebla, lo que al menos implicaba que se vería a salvo de una reaparición de los terrores del día anterior. Pero aunque una inspección de la galería superior confirmó que había estado demasiado por encima de las mesas de los lectores para que éstos pudieran distinguir sus rasgos con facilidad, el temor a ser reconocida la incomodaba. Pedir de nuevo el anónimo libro negro se revelaba imposible. Pero, un momento: había, al fin y al cabo, una parte del catálogo dedicada a las obras anónimas, y bien podía consultarla en lugar de permanecer sentada, preguntándose si era el tema de conversación de las voces que murmuraban al otro lado de la separación.

Bajo el epígrafe de «anónimos», sin embargo, aparecía un listado de obras más prolífico de lo que había previsto. Había empezado la búsqueda basándose en el juego infantil de «caliente o frío», rellenando una solicitud por cada título que le sonara remotamente prometedor. Pero consciente del cartel que desanimaba a los lectores de pedir un excesivo número de ejemplares de una sola vez, y su posición aún precaria en la sala de lectura, halló que su progreso —o la falta de él— era tan lento que la luz se desvanecía de la bóveda antes de que hubiera revisado tan siquiera una parte de los títulos que empezaban por *A*. Resultaba obvio que la tarea llevaría semanas o meses, sin ninguna seguridad de éxito... pero, ¿qué era esto?

Auténtico y completo relato de los extraños acontecimientos que culminaron con la muerte del poeta Señor Don Frederick Liddell, la noche del martes 2 de marzo de 1899. En octavo. Londres. 1899.

La fecha citada era la de hoy, o mejor dicho, la de esta noche: algo imposible, pero ahí estaba, desafiando a la razón ante la atónita mirada de Julia. La entrada impresa, que parecía haber sido añadida hacía muy poco, tenía la forma habitual e iba acompañada de una signatura que, junto con las primeras palabras del título, Julia había copiado con torpeza en una solicitud y depositado en el mostrador antes de que la trascendencia de las palabras hubiera ni tan siquiera empezado a penetrar en ella. Una voz interna no dejaba de repetir que debía de tratarse de otro Frederick Liddell, pero en el fondo ella sabía que no era cierto; había buscado su nombre en el catálogo demasiadas veces, al principio por el placer de verlo y posteriormente por el dolor que le causaba leerlo impreso allí. Cualquier otro lector que se enfrentara a la misma entrada la habría atribuido a un error burocrático, o, a lo sumo, a una elaborada broma de pésimo gusto; para Julia, sin embargo, esas palabras, ahora fijas en su cerebro, eran como una declaración de lo inevitable.

Pasaron quince minutos, y luego media hora. Se encendieron las luces eléctricas; las ventanas de la bóveda se ensombrecieron lentamente; Julia aguardaba con creciente ansiedad mientras los pensamientos daban vueltas en su cabeza como si estuvieran en las aspas de un molino. ¿Acaso debería ir a sus aposentos a ver si estaba allí, para avisarle al menos? Pero, ¿avisarle de qué? Para saber con exactitud dónde y cuándo corría peligro tendría que ver el libro... pero entonces la parte racional de su mente se alzaba en señal de protesta, sólo para ser dominada a su vez por el vivo recuerdo de la inmensa mujer que llevaba el paquete en forma de ataúd, de manera que permaneció en su asiento, paralizada entre estas dos facciones en guerra, hasta que un ayudante se acercó a decirle que no había registro alguno de ese volumen. Julia acudió de inmediato al catálogo; podía visualizar la posición de la entrada con bastante claridad, en el cuadrante superior de una página derecha, pero, al ver que no aparecía en el lugar esperado, cayó en la cuenta de que no guardaba el menor recuerdo de lo que la rodeaba. Dado que las entradas iban anotándose de forma constante, el orden no era siempre estrictamente alfabético, pero fue pasando páginas en todas direcciones sin hallar lo que buscaba. Este hecho, sin embargo, tan sólo contribuyó a aumentar sus presagios de algo terrible. En el exterior había caído ya la noche; no podía retrasarlo más, fuera cual fuese la humillación que pudiera acarrearle. Pero, por otro lado, si no volvía a casa enseguida, incluso su marido podía preocuparse lo bastante como para iniciar una búsqueda. Tras garabatear una nota en la que le advertía de que cenaría en casa de Marianne, Julia recogió sus cosas y salió apresuradamente de la sala de lectura.

El aire de la noche era quieto y húmedo, y flotaban retazos de bruma alrededor de las farolas, cuando Julia llamó al timbre de la puerta de la calle del piso de Frederick. Se produjo una larga espera, acrecentada aún más por aquella sensación, mezcla de malos presagios y dolorosos recuerdos, antes de que un anciano portero abriera la puerta.

Su aprensión aumentó con cada uno de los interminables tramos de escaleras, y se vio obligada a descansar aún más de lo necesario para recobrar el aliento antes de reunir el valor suficiente para llamar a la puerta de Frederick. Durante el camino todo había estado en silencio, una quietud que pareció intensificarse con sus débiles golpes para que le abrieran; se oyó entonces un ruido sordo, seguido por el rumor de unos pasos rápidos y el crujido que hacen las llaves y los pestillos al ser girados y corridos. Casi peor que el temor a lo que pudiera encontrar era la reaparición de una esperanza tanto tiempo reprimida, una esperanza que se afianzó sin medida al ver por primera vez su rostro, tan pálido, ojeroso y gastado, súbitamente iluminado por una incontrolable alegría. Ella había cruzado el umbral, le había abrazado —advirtiendo al hacerlo lo tremendamente delgado que se había quedado en ese tiempo— y besado con toda la pasión del renacido amor cuando percibió que el nombre que él pronunciaba en un susurro tierno era, sin lugar a dudas, «Lydia».

Julia se soltó de sus brazos y retrocedió, buscando alguna señal de reconocimiento en aquella cara que ella tan bien recordaba. Era, y a la vez no era, el Frederick de antes: sin afeitar, vestido con una camisa arrugada, pantalones y unas zapatillas viejas de andar por casa, con un gastado batín verde sobre los hombros, el cabello aún más largo y desordenado, pero carente de su brillo habitual. Su expresión de adoración no había cambiado, pero no parecía dirigir la mirada a su rostro, sino a través de él. Por un momento Julia temió que se hubiera quedado ciego, hasta que resultó evidente que veía la puerta abierta, ya que extendió el brazo para cerrarla. Tras hacerlo, una expresión de asombro le surcó el rostro; miraba de ella —o, mejor dicho, de la persona que veía en su lugar— a la puerta, y viceversa.

—Todo ha terminado, y has venido —dijo en un extraño tono de abstracción—, pero esperaba... creía que habrías...

Se calló, fijando la mirada en las puertas vidrieras, que Julia vio que permanecían abiertas a la noche. Pese al fuego que ardía en la chimenea, sintió el frío que penetraba por el balcón. No quiso comprender lo que él quería decir, ni deseaba creerle loco. ¿Era quizá sonámbulo? Y si estaba, como parecía, en mitad de un sueño donde aparecía Lydia, ¿tal vez lo mejor fuera no despertarlo...? Pero cuando abría la boca para exclamar soy Julia, no Lydia, la futilidad del acto la abrumó. Dormido o despierto, Frederick había entregado todo su corazón a una mujer muerta, y no quedaba en él lugar para los vivos; ese amor eran cenizas, que no volverían a prender.

Además, había leído u oído alguna vez que no debía despertarse a los sonámbulos de manera brusca, sino devolverlos a la cama y vigilarlos hasta que caían en un sueño profundo, del que despertarían sin recordar nada de la noche anterior. Centelleó en ella la convicción de que comprendía las profecías de los últimos días, ya que de no haber ido a verle esa noche, Frederick bien podía haberse precipitado a la muerte. Por tanto, el primer paso consistía en cerrar las puertas vidrieras; no, antes debía acostarlo, después se ocuparía del balcón.

—Frederick —dijo, cogiéndole amablemente del brazo—, estás muy cansado y debes reposar un rato.

—Sí. Estoy muy cansado —repitió él—. Pero ya no me abandonarás, ¿verdad, Lydia? ¿Nunca más? —Su voz subió de tono, quebrándose en las últimas palabras.

—No, Frederick —dijo Julia con tristeza—, no te abandonaré. Pero ahora debes meterte en la cama, y dormir.

Con esas palabras le condujo lentamente por la estancia, manteniéndose tan lejos como le fue posible de aquellas puertas abiertas a las tinieblas de la noche, y recorrió con él el pasillo que llevaba a su habitación, ahora tremendamente maloliente y desordenada. Él la siguió sin oponer resistencia, como un niño, mientras ella estiraba las sábanas lo mejor que podía; como un niño obediente se sentó en el borde de la cama y se quitó las zapatillas y el batín, para tumbarse y quedarse dormido al instante. Sus ojos se habían cerrado antes de que Julia le hubiera tapado con la colcha, y en un minuto el ritmo de su respiración se hizo más profundo y pausado. Le observó durante unos minutos más, recordando cuántas veces había ardido en deseos de contemplar a Frederick mientras dormía. Ahora su plegaria había sido atendida, y lo único que sentía era una profunda debilidad de espíritu. Su respiración era cada vez más lenta; a Julia le habría gustado abrir la ventana, pero tuvo miedo de molestarle, así que apagó la luz de gas y regresó a la sala.

Su intención era cerrar las puertas vidrieras al instante, pero el mal olor del dormitorio parecía haberla seguido por el pasillo, y, al fin y al cabo, tampoco hacía tanto frío; cerraría un lado y dejaría el otro abierto por el momento. Pero en el camino su atención se posó en el escritorio que había bajo la ventana derecha. Una lámpara ardía junto al retrato de Lydia, colocada de manera que también alumbrara un amasijo de páginas, inmóviles sobre la mesa gracias a un pisapapeles de cristal. Julia tuvo la incómoda sensación de hallarse ante una especie de ofrenda. La primera página presentaba dos estrofas escritas con la pequeña y precisa letra de Frederick:

Acosó la lámpara la nocturna mariposa,
la mágica ventana se abrió de par en par;
oí, por fin, el suave batir de alas
de mi novia al regresar;

y, al asomarme más y más
a la irresistible noche, sentí
que mi amada se cernía muy cerca,
extasiada con el don de volar.

La tinta parecía fresca, como si se tratara de la última página de una copia que todavía no había sido ordenada como correspondía. Julia retiró la silla y tomó asiento, con la intención de examinar el resto del manuscrito, pero la mirada fría e inquisitiva de Lydia, que a la luz de la lámpara parecía más desafiante que nunca, la intimidó. Se llevó una mano al rostro para proteger sus ojos del retrato, pero al inclinarse hacia delante, su pie chocó contra algo hueco que había bajo el escritorio. Lo cierto es que apenas quedaba sitio suficiente para poner los pies, así que se agachó para ver qué era ese objeto. ¿Una persiana? No; demasiado baja, y le había parecido que se movía. Pero sus proporciones le resultaban vagamente familiares. Era una caja negra, rectangular, de menos de un metro de longitud. ¿Un instrumento musical, tal vez? La curiosidad la impulsó a apartar la silla y sacar aquel misterio de su escondite. Resultó ser sorprendentemente ligera para su tamaño. Sin duda estaba cerrada; pero el primero de los tres cierres de plata se abrió con sólo tocarlo, y los otros dos le siguieron, de manera que no podía haber ningún mal en levantar la tapa.

Cualquiera que fuese su contenido estaba, sin embargo, oculto bajo una tela aterciopelada de color púrpura. Julia estaba arrodillada junto a la caja, y cuando se apoyó para apartar la tela, perdió un poco el equilibrio: su mano derecha se hundió bajo el terciopelo púrpura y chocó contra algo duro. Brilló algo blanco en su interior; intentó apartar la mano, pero algo la agarró con fuerza provocando una sensación punzante y cálida. La niña-muñeca se incorporó y abrió los ojos.

Los dedos de porcelana la agarraban cual afilados dientes de serpiente; con la mano libre Julia intentó zafarse de la criatura, pero ésta abandonó la caja tirando de Julia hacia las contraventanas hasta derribarla contra la barandilla del balcón. Sentía cómo la criatura intentaba arrastrarla; por un instante la muñeca se mantuvo, suspendida en el aire, sonriendo, hasta que Julia, con un esfuerzo sobrehumano, consiguió desasirse de su mortal abrazo y la arrojó volando al vacío; pasaron largos segundos antes de que Julia la oyera hacerse pedazos contra la acera.

Permaneció agarrada a la baranda hasta recuperarse un poco de la impresión. Pero la punzante sensación en su mano derecha no desaparecía; uno de los dientes de serpiente debía de haberse quedado prendido en ella. Con un escalofrío levantó la mano hacia la luz y descubrió que la causa del dolor era, en realidad, un alfiler de sombreros, profundamente clavado en la palma. Pegados a la cabeza del alfiler había varios fragmentos de tela blanca. Apretando los dientes se arrancó el alfiler y lo arrojó a la calle; después se incorporó y se inclinó para ver si discernía los restos de la muñeca a la luz de la farola que alumbraba la calle. Estaba demasiado arriba para distinguir nada con claridad, pero tras unos instantes, la luz bañó el contorno de una silueta menuda que pareció detenerse a mirar algo que había en el suelo.

Julia cayó de repente en la cuenta de dónde estaba, pero el vértigo no hizo aparición. Presentía que podía quedarse allí, apoyada en la baranda, tanto tiempo como quisiera. Pero no había nada por lo que quedarse, y la mano le dolía mucho. Regresó a la sala, cerró las puertas, devolvió la caja vacía a su lugar y lanzó una última mirada al retrato de Lydia. Los ojos habían perdido su fuerza; de hecho, la imagen parecía haberse apagado, haberse convertido simplemente en la fotografía de una joven que intenta quedar lo más bella posible ante la cámara. Al darse la vuelta, Julia se preguntó si llegaría a ver el poema impreso alguna vez, pero iba dirigido a Lydia, no a ella; lo único que le faltaba por hacer era asegurarse de que viniera un médico. Contemplando a Frederick por última vez, Julia comprobó que sonreía débilmente en sueños. Le dejó soñando con los muertos, y descendió con lentitud las escaleras para regresar al mundo de los vivos.

Salí de la historia con la sensación, terroríficamente helada, de despertar de un sueño en el que yo era Julia, y la sala de lectura había soltado amarras y flotaba en el océano. La bóveda giraba de modo patente; podía sentir el balanceo de las olas mientras luchaba por subir desde las profundidades, sólo para encontrar que ya estaba despierto, con la frente ardiendo y un escalofrío doloroso por todos mis huesos. De regreso a la estación de metro de Russell Square, temblaba tanto que tuve que apretar los dientes para evitar que castañeteasen. Desde la multitud de cuerpos que se apretujaban en el ascensor, una desolada voz masculina anunciaba al mundo en general: «No soy feliz. Me siento mal. Estoy deprimido». «¿Acaso no lo estamos todos, joder?», murmuró un hombre a mi espalda. Atrapados en nuestra sucia jaula de metal, sumergidos en el olor familiar a ropa sudada, nos hundimos en silencio en la tierra.

Durante los siguientes diez días temblé, sudé y tosí, entrando y saliendo de sueños en los que la niña-muñeca aparecía varias veces. Lo peor de todo era una pesadilla recurrente en la que perseguía a una figura esquiva, que podría o no ser Alice, a través de un laberinto de calles desiertas y edificios abandonados. Normalmente se esfumaba; una vez la acorralé en un callejón sin salida y se volvió a mirarme con la cara de piedra. En el exterior la lluvia caía sobre la capa de hielo, que yo tenía que recorrer para ir a la farmacia en busca de medicinas, o al restaurante cercano más barato a tomar otra indigesta comida india. El escándalo Westland se frustró y murió. La cápsula espacial explotó en el aire. La Dama de Hierro seguía adelante.

Tres días antes de la fecha de partida, se me ocurrió tomar un tren desde Waterloo a Balcombe, un pueblo a unos seis kilómetros al nordeste de Staplefield. Lo menos que podía hacer era visitar el pueblo y preguntar. Pero mientras volvía a contemplar el diminuto círculo negro marcado en la B2114, lo único que sentí fue «¿para qué?». Intenté recobrar aquella vieja sensación de consuelo y refugio, pero era como intentar notar la presencia de un diente caído. Sin Alice —en este momento ya había llegado a la conclusión de que no volvería a saber de ella—, Staplefield estaba muerto y enterrado.

El último día, un domingo, amaneció con un sol que presagiaba lluvia. Cogí un autobús hasta Hampstead Heath y ascendí hasta el final de Parliament Hill, donde por fin sentí cierta admiración por la gran metrópolis que se extendía a mis pies. Pero el viento era intenso y cortante, y tan frío que me empezaron a doler hasta los empastes. Descendí hacia los estanques, estremeciéndome ante la visión de la verdosa agua helada en la que una loca se había echado a nadar. Entre cochecitos y bicicletas, deambulé por los embarrados senderos de grava hasta llegar al Vale of Health y regresé por la carretera circundante.

Nunca había imaginado que recibiría de buena gana el calor y el brillo del verano en Mawson. Cuando salí del aeropuerto, mi madre me abrazó como si hubiera vuelto de entre los muertos.

—Qué *delgado* estás, Gerard. ¿Qué te ha pasado?

Le conté lo de la gripe, y admití que debería haber ido a ver a un médico. No parecía haber mucho más que decir. Después de desayunar, nos sentamos con el café bajo un gomero en flor del patio trasero. Filamentos carmesí flotaban sobre la hierba; el cielo era de un azul intenso. Respirando el seco y penetrante aroma de los eucaliptos, no pude evitar pensar que era mejor estar desolado y con calor, que desolado y con frío.

—... te sentías demasiado mal para hacer algo, querido? —decía mi madre.

Lo único que se me ocurría era el paseo por Hampstead Heath. Como mi atención estaba puesta en un par de azucenas mientras hablaba, no pude prepararme para el estallido.

—¿Cómo *pudiste* ser tan descuidado, Gerard? ¡Podrían haberte matado!

Mi madre tenía la frente perlada de sudor, aunque sólo unos minutos antes estaba seca.

—Era sábado por la tarde, madre. Había gente por todas partes.

—En esos lugares hay secuestros a cualquier hora. Y nunca se vuelve a saber de ellos. Lo he leído. Te podría haber sucedido cualquier cosa.

Intenté tranquilizarla, pero no me escuchó, y poco después anunció que se retiraba a descansar.

C/o Penfriends International,
Apartado de Correos 294, Mount Pleasant PO,
Londres WC1
31 de enero de 1986

Queridísimo Gerard:
Lo siento muchísimo, acabo de recibir tus cartas (las

que escribiste durante tu estancia aquí), porque he estado en el hospital. No te preocupes, ahora todo va bien: maravillosamente, para ser exacta. ¡Existe una posibilidad real de que, en un par de años, vuelva a caminar! Llevo años en la lista de espera del señor MacBride —un neurocirujano—, y creía que todavía me faltaban meses, pero tuvo una cancelación el día de Año Nuevo y me trasladaron a Guy's Hospital en una ambulancia. No sabía dónde te hospedabas porque la carta que enviaste desde Mawson que incluía la dirección del hotel debió de sufrir algún retraso: me esperaba junto a las otras cuando volví ayer.

Debería haberte escrito antes, pero surgieron complicaciones con el líquido que me inyectaron en la médula para someterme a rayos X (Dios, esas horas interminables tumbada en el escáner, intentando no moverme, ni siquiera respirar), en cualquier caso me puse terriblemente enferma y pasé dos semanas con suero porque no podía comer nada. Tenía un dolor de cabeza monstruoso que no paraba, y la visión se me nubló tanto que creí que me quedaba ciega (es algo que al parecer puede suceder con las inyecciones de médula), pero ya todo ha vuelto a la normalidad. Pensaba en ti a todas horas pero estaba demasiado enferma para escribir.

Te habría hablado antes de las pruebas, pero no podía soportar la idea de darte esperanzas (ya sabes lo supersticiosa que soy) hasta saber con certeza que había algo que esperar. Y lo hay, de verdad. El señor MacBride está trabajando con una nueva técnica mediante láser para implantar nervios sanos que remplacen a los dañados, y cree que en un par de años (dice que le hace falta avanzar más con el láser) ¡podrá operar con un noventa y nueve por ciento de posibilidades de éxito!

Quiero que esta carta salga en el correo de hoy; les he pedido que la manden urgente. Lamento mucho el lío de cartas y que lo pasaras tan mal en Londres: prometo compensártelo.

Más, mucho más, mañana.

Te amo y adoro con todo mi corazón, y me muero por tener noticias tuyas.

Tu amante invisible,
Alice

Si me hubiera dicho entonces que tendríamos esperar otros trece años... pero nunca se habló de trece años, sólo «uno o dos, a lo sumo». Y cuanto más duraba la espera, más tenía que perder por no esperar sólo unos cuantos meses más. Alice terminó la carrera por la Universidad Abierta y empezó a dar clases de inglés por correspondencia para chicos inválidos. En algún momento, poco antes de que pasaran cinco años, me prometió que estaríamos juntos después de la operación, tuviera éxito o no. ¿Entonces por qué no ahora? «Quiero correr a tus brazos —me decía—, y ahora que hemos llegado hasta aquí, ¿no podríamos esperar un poco más, por favor?» Cuando logré convencerla de proseguir el contacto a través del correo electrónico, nos habíamos enviado unas cuatro mil cartas a través de Penfriends International.

Yo tenía una vida, en cierto modo, y amigos, hasta cierto punto. Pero nunca hubo intimidad real; más pronto o más tarde todas las amistades chocaban contra el muro detrás del que se escondía Alice. Si la mantengo en secreto, me decía para mis adentros, se curará, estaremos juntos. Como en esos cuentos de hadas en los que todo saldrá bien mientras cierta pregunta no se formule jamás, o no se desobedezca una determinada prohibición. Nunca entres en mis aposentos después de la puesta de sol.

En todo este tiempo mi madre y yo nos atuvimos a nuestro acuerdo tácito: ella no preguntaba por Alice, y yo dejaba en paz su pasado. No parecía merecer la pena salir de casa porque nunca pensé que la espera durara trece años. El personal de la biblioteca estaba convencido de que yo era gay, pero demasiado tímido para salir del armario: o al menos eso pensaba yo que creían ellos. Tranquilo, educado, todavía viviendo en casa con su madre, nunca sale, nunca habla de sí mismo: no podía haber, suponía yo que decían, alguien más aburrido. Ni siquiera Gerard. Seguí trabajando en la biblioteca y en casa con mi madre, mientras el anhelado avance en microcirugía brillaba en el horizonte, siempre en el plazo de otro año.

No abandonar a mi madre con su legión de terrores llegó a ser parte de mi trato con Dios, un Dios en el que no creía, pero un trato de todos modos: cuidaré de madre si te aseguras de que Alice se cure. Cuidar de la madre significaba, por encima de todo, no dejarla sola por las noches. Su convicción de que el peligro acechaba *a la puerta*, como la serpiente de la pila de leños, nunca se había debilitado. Había soportado, más que vivido, cerca de cuarenta años en Mawson, pero yo nunca la había visto aburrida; había estado demasiado absorta en su vigilancia, demasiado concentrada en descubrir el más ligero susurro de una serpiente por encima de la madera. Puede llamarse paranoia, síndrome de ansiedad crónica, desorden obsesivo-compulsivo o vulgar fobia a los jardines; no importa las etiquetas que le cuelgues, para ella la serpiente era real. A medida que se acercaba su septuagésimo cumpleaños advertí que perdía peso y color, y que su piel había adquirido un tono macilento. Pero se negó a visitar al médico. Siguió escuchando sonidos inaudibles, hasta que el tumor se hizo demasiado grande para pasar desapercibido.

Dos semanas después de que el oncólogo me dijera que no podía hacer nada más, el señor MacBride puso a Alice en lista de espera. No le dije nada a mi madre. En sólo dos meses, si todo iba bien, Alice saldría del hospital andando. Sería la última semana de julio, más o menos al mismo tiempo que se esperaba que mi madre muriera.

—Has sido un buen hijo para mí, Gerard.

No me sentía como un buen hijo. Muy a menudo había lamentado su devoción, y había reaccionado con amargura ante ella. Hablábamos, como siempre, mediante clichés, cuanto más gastados mejor. El silencio entre nosotros siempre había sido más profundo que cualquier cosa que dijéramos. Ahora llenaba la casa como el rumor de un cableado defectuoso.

Durante el día estaba instalada en una cama en la galería, con un libro abierto sobre la manta, mirando hacia el jardín. Montones de hojas secas se reunían en torno a los troncos de los árboles, contra el muro del garaje, a lo largo de la valla negra. En la misma época del año anterior, se habría empeñado en barrerlas todas. El sol de la tarde se reflejaba en el suelo; yo ya había cerrado la ventana para dejar fuera el frío que se acercaba.

Había cogido la baja en la biblioteca y estaba en casa, encargándome de cocinar la poca comida que necesitábamos.

Ahora que le hacía falta morfina para dormir por la noche, mi madre no aceptaba nada sólido, sólo sopa, zumo de frutas y bebidas calientes. Cuando caía la noche, la ayudaba a desplazarse al dormitorio. Todavía andaba, pero con dificultad.

Sentado al lado de su cama, extendí la mano y la puse sobre la suya. No apartó la mirada de la ventana, pero sus fríos dedos se cerraron en torno a los míos, y permanecimos así durante un rato, observando las hojas carmesí agitándose bajo el árbol en llamas. Me asaltó, y no por primera vez, la idea de que quizá habría sido más feliz sin tener un hijo.

Los dedos se aflojaron; la vencía el sueño. Con la otra mano cogí el libro, para que no cayera al suelo y la despertara. Era una gastada edición de bolsillo de Pan: *To Love and be Wise*, de Josephine Tey. Debía de haberlo leído una docena de veces. De las mesas de ofertas y los almacenes en rebajas había amasado una vasta colección de novelas de detectives, todas inglesas y ninguna posterior a los años cincuenta: Agatha Christie, Dorothy Sayers, John Dickson Carr, Marjorie Alligham, Josephine Tey, Freeman Wills Crofts, Ernest Brahmah, J. J. Connington, y muchos más. Las alternaba con cualquier cosa, desde Daphne du Maurier a Elizabeth Bowen o Henry James, pero más allá de comentarios al estilo de «creo que te gustará, querido» o «no es tan bueno como ése o aquél», nunca discutía sus lecturas, que —o al menos eso suponía yo a veces— habían acabado refiriéndose cada vez más a ese mundo perdido de casas de campo donde había pasado su infancia con Viola.

El sol se hundía sobre el toldo de nuestro gomero en flor, el más alto de los árboles que habíamos plantado. Recordaba el patio trasero como una especie de escenario polvoriento aquel verano en que las reservas de agua de la ciudad amenazaron con secarse y se prohibieron los riegos con manguera. La hierba seca se había esfumado antes del fin de las vacaciones. Nuestros parterres, rodeados de vallas metálicas para cerrar el paso a los conejos, se mantenían vivos gracias a furtivos cubos de agua. Mi madre echaba alguna cabezada aquí por las tardes, con las persianas bajadas para amortiguar la luz y el ventilador de pie zumbando junto a la puerta; solía decir que quizá hiciera más calor que en su dormitorio, pero que al menos corría un poco de aire.

Los dedos aferrados a los míos apretaron de nuevo. Su rostro seguía sin volverse hacia mí. Tal y como había estado aquella tarde cuando entré de puntillas para ver si dormía. Sentado junto a mi madre, día tras día, había intentado en varias ocasiones evocar la cara de la foto. A veces estaba seguro de recordarla a la perfección, con la luz que le caía sobre el cuello, la masa de cabello castaño oscuro... ¿Pero cómo podía saberlo si la foto era en blanco y negro? Entonces la certeza se difuminaba y me quedaba sólo con la impresión de vivacidad que emanaba de ella más que con la cara en sí misma. Como con Viola y Staplefield: había una gran casa, y una glorieta en una colina, una amiga llamada Rosalind, un pueblecito de postal, y eso era cuanto podía recordar. Ah, y una cancilla, fuera lo que fuese. Y un paseo que avanzaba entre el bosque con tejones y algún otro animal... ¿Conejos? ¿Liebres? Y un viejo con un carro que traía... ¿leche? ¿Huevos? Seguro que había más cosas, muchas más.

Y luego dejó de contarme esas historias. Miró hacia lo alto de la puerta del dormitorio, el cabello flotante cual Medusa, incandescente de furia. ¿Por qué, madre? ¿Por qué nunca quisiste hablarme de Viola?

—Yo la amaba —dijo mi madre.

Se me erizó el vello de la nuca. Su rostro seguía sin mirarme. ¿Había hablado yo en voz alta? ¿Hablaba ella en sueños?

—¿Querías a Viola? —pregunté, en voz muy baja y con la mano aún cogida entre las suyas.

—Sí... Ella también me quería.

—Entonces... entonces ¿por qué no hablamos un rato de ella, tú y yo?

Los dedos de papel se tensaron un poco.

—Tenía que protegerte.

—Mamá, estoy bien. Estoy aquí, contigo.

Suspiró; su cabeza se volvió lentamente hacia mí. Los ojos permanecían cerrados, su expresión conservaba la calma.

—Pues habla conmigo ahora —dije, tras una pausa—. De Viola... —Pero, ¿qué podía preguntarle? Se me había quedado la mente en blanco—. Dime... ¿Vivió siempre en Staplefield?

La turbación le ensombreció el rostro. Me quedé inmóvil y aguardé a que volviera la calma.

—Viola escribía relatos. Háblame de ellos.

—Cuentos de fantasmas. Escribía cuentos de fantasmas.

La voz iba cobrando animación. Abrió los ojos, me miró directamente y volvió a cerrarlos.

Entonces dijo algo que sonó como «uno se hizo realidad».

—¿Has dicho que uno se hizo realidad? ¿Cómo? ¿A qué te refieres?

No hubo respuesta.

—Madre, ¿qué se hizo realidad?

Su mano se aferró aún más a las mías. Las pestañas aletearon, se le aceleró la respiración. Tampoco hubo respuesta.

—Madre, ¿quién era la mujer de la fotografía que encontré? ¿Era Viola?

Sus ojos se abrieron, alterados.

—¡NO! —La respuesta fue como un chillido agudo. Se incorporó de un salto. Los ojos se clavaron en mi cara sin verla—. Gerard, ¿qué haces aquí?

—Madre, tranquila... tenías una pesadilla...

—No deberías estar aquí. *Ella te verá...*

Su rostro temblaba de nuevo.

—¡Madre, despierta!

Por fin me reconoció y se hundió sobre la almohada.

—Gerard.

—Estabas soñando, madre.

Se quedó en silencio durante un rato, respirando áspera-
mente.

—Madre, ¿qué significa que ella me verá? Lo dijiste
mientras soñabas.

Me lanzó una mirada rápida, furtiva.

—¿Cómo lo has sabido?

—Hablabas en sueños.

—Soñaba que me hacías preguntas, como solías hacer
cuando eras... ¿Qué más dije?

—Dijiste... dijiste que la mujer de la foto no era Viola.
¿Quién era?

No contestó. Un horror distinto le enturbiaba las facciones. Como cuando todavía no crees que hayas podido hacer
algo tan increíble. El gas abierto, un niño solo en casa.

—Gerard, estoy muy cansada. Quiero que me devuelvas
a mi cuarto, ahora. —Su tono era tenso, como si hablara a través de una máscara.

—¿Te duele mucho?

—Sí. —Pero no parecía dolor físico. Nos dirigimos lentamente hacia el vestíbulo.

—Gerard —dijo ella cuando la hube acostado—, tráeme
la escalera de la cocina.

La miré, atónito.

—La escalera de la cocina. Por si acaso... Por si acaso tengo que levantarme.

—Mamá, tienes el timbre, ¿qué vas a hacer con...?

—*Limítate a traerla.*

—Si insistes. Pero debes prometerme que...

—*¡Gerard!*

Sin salir de mi asombro fui a buscarla: tres peldaños de aluminio con un astil vertical para sujetarte cuando subías.

—Gracias, querido. Déjala al lado de la mesita de noche.

Su cama seguía donde siempre había estado, el cabezal centrado frente a la chimenea. Desde el suelo hasta el techo se habían construido estantes a ambos lados de la chimenea. La mesita de noche estaba en el lado derecho de la cama, el más cercano a la puerta.

—Madre, si necesitas que te alcance algo...

—No, querido. Lo que sí me gustaría, si no estás demasiado cansado, es que prepares un poco más de esa deliciosa sopa de verduras para los dos. Ahora quiero dormir. Cierra la puerta cuando salgas.

Se la veía enormemente fatigada. Abandoné la habitación con paso reticente. Pasé varios minutos con la oreja pegada a la puerta. Ni un sonido. Giré el pomo y miré. Respiraba con fuerza por la boca. Me quedé allí, vigilando, durante lo que creí que eran varios minutos más, pero ella no reaccionó.

Algo debió de alertarme, puesto que ya salía de la cocina y corría hacia su cuarto cuando oí el golpe. La encontré sobre la alfombra, junto a la escalera volcada. La puerta del estante superior estaba entreabierta.

En el hospital me informaron de que tenía una fractura en el cráneo, justo sobre el ojo izquierdo. Lo único que podían hacer era colocarle un vendaje y esperar a que recobrara la conciencia. Me senté junto a la cama, con su mano apoyada en la mía, y le hablé mientras las enfermeras entraban y salían, y la noche iba pasando. Una o dos veces pensé que sus dedos secos, finos como el papel, apretaban un poco los míos en señal de respuesta. Por la mañana debí de echar una cabezada, y de repente advertí que su mano se había enfriado y que la única respiración que se oía en esa habitación era la mía.

Una semana después del funeral me puse a registrar los papeles del estudio. Los muebles no se habían cambiado desde que murió mi padre: un armario con cinco cajones de un tono verde militar, un escritorio muy pequeño con tres cajoncitos y una silla de madera llenaban todo el espacio.

Yo seguía de baja. Los compañeros de la biblioteca llamaban para preguntar si podían pasar a verme, y les preparaba té o café, asintiendo a que todo era muy duro para mí teniendo en cuenta lo unido que había estado siempre a mi madre, lo buena persona que había sido ésta, mientras me sentía culpable por estar contando los días que me faltaban para estar junto a Alice.

Toda la ropa y los zapatos de mi madre habían sido entregados ya a una tienda de beneficencia. Los libros fueron empaquetados y guardados. Tan pronto como se verificara el testamento, pondría la casa en venta. Ya había registrado las habitaciones frontales, empezando por el dormitorio de mi madre, y siguiendo por la galería cubierta, sin hallar un solo rastro de sus treinta y cuatro años en Inglaterra. Pero algo perteneciente a ella realizaría el viaje de regreso. Había decidido esparcir sus cenizas —sus «restos», como insistía en llamarlos el director de la funeraria— en Staplefield. Intentaba convencer a Alice de que me acompañara en este momento, pero ella creía que era algo que debía hacer solo.

* * *

A mi regreso del hospital había ido directamente al dormitorio de mi madre para encontrar lo que ella intentaba coger antes de morir. Pero en ese estante no había más que polvo acumulado durante años y los caparazones desecados de los ciempiés. Cada uno de los espacios poseía una puerta, estilo guardarropa, que daba acceso a la zona de colgadores. Los altillos estaban llenos de cajas. Miré en el de enfrente, pero también ése estaba vacío. No encontré nada en el suelo o debajo de la cama, y nada más que ropa en los armarios del otro lado. Ni en el cajón inferior de la cómoda, donde había encontrado la foto y después el relato de «Seraphina»: estaba abierto y vacío. Si había conseguido sacar algo del armario antes de caerse, debía de habérselo tragado.

Deliberadamente había dejado para el final el momento de abrir el mueble archivador; así mantenía la esperanza de encontrar algo. Había papeles, claro. Montones de ellos. Resultaba evidente que mi padre había archivado todas las cartas que había recibido en su vida, los recibos de todas las cuentas que había pagado; y mi madre había seguido su ejemplo religiosamente. Treinta y seis años de facturas de la luz, selladas, abonadas y archivadas en estricto orden cronológico. Una carpeta llena de avisos, que se remontaban al 4 de enero de 1964, en que se advertía al propietario de que el suministro eléctrico quedaría cortado a tal hora del día. Lo mismo para el agua y los impuestos, el seguro, las declaraciones de renta, las facturas del coche, matriculación, permisos de conducir, facturas médicas. Recibos, folletos de instrucciones, garantías, y la hoja de mantenimiento de cualquier electrodoméstico que hubiera pasado por casa. Todas mis cartillas de notas del colegio. Etcétera, etcétera. Parecía como si los únicos papeles que mi madre no hubiera guardado fueran las cartas personales, suponiendo que hubiera recibido alguna. O algo que pudiera indicar que había vivido alguna vez en otro sitio que no fuera Mawson.

Pasé al escritorio. Papel de cartas en el primer cajón; lápices, bolígrafos y plumas en el segundo; sobres en el tercero. Y, en la parte de atrás del cajón de los sobres, un paquete de radiogramas sin usar tan viejo que podría haber sido incluido en un museo. Australia. Nueve peniques. Entre ellos había un sobre azul, sin sello, que también parecía muy viejo; el pegamento marrón oscuro de la solapa estaba escamado, roto.

En el interior del sobre había una foto en blanco y negro de mi madre conmigo, cuando yo no tendría más de unos meses, apoyado en sus rodillas vestido con uno de esos diminutos monos que llevan los bebés, sonriéndole y moviendo una mano gordezuela en un obvio estado de emoción. No reconocí la habitación, ni el sofá donde ella se sentaba. Mi madre me sonreía, con un aspecto increíblemente juvenil, mucho más joven de lo que aparecía en la foto de su boda. Y distinta. Para empezar, llevaba el cabello mucho más largo de lo que yo se lo había visto nunca, más largo, y más rizado y abundante. Su vestido... Bueno, yo no entendía lo bastante de moda como para asegurarlo, pero era más elegante que cualquier otro que recordara verle puesto, y sin mangas, algo muy raro en ella, incluso en verano.

Y había otra cosa inhabitual, al margen de que se la viera tan extraordinariamente joven y despreocupada. En los álbumes de la sala teníamos innumerables fotos mías en cualquier momento de mi desarrollo, pero en casi todas aparecía yo con mi padre, o solo. El disgusto de mi madre a aparecer en las fotos se extendía incluso a dejarse fotografiar conmigo; en las únicas que salíamos los dos, ella siempre apartaba los ojos de la cámara, de manera que no se le veía la cara. De todas las fotos de ella, de los dos, que yo había visto, ésta era con mucho la más alegre. ¿Por qué la había escondido en el fondo de un cajón?

Revisé los paquetes de sobres con mucho más cuidado, pero no había nada más en el cajón. Con la foto en mi poder, salí del estudio y volví a su dormitorio, sin saber muy bien por qué. Me acerqué de nuevo a la cómoda, sacando todos los cajones y revisándolos por todos lados. Nada excepto polvo, y un carrete de hilo blanco que se había caído dentro del mueble archivador.

La escalera de cocina seguía donde yo la había dejado, junto al armario de la derecha. ¿Acaso buscaba esta foto? Recordé cómo el horror le había invadido el semblante, aquella última tarde en la galería cubierta.

Tenía que mantenerte a salvo.

¿De quién? ¿De qué?

No deberías estar aquí. Ella podría verte.

¿Quién podría verme? Me descubrí observando la puerta con aprensión. No estaba hablando de Viola... No podía recordar cuáles habían sido sus últimas palabras.

Llévame a mi cuarto, Gerard. Tráeme la escalera. Vete a preparar un poco de sopa.

Subí a echar otro vistazo al armario superior. Había unas débiles marcas de arañazos en el suelo. Pero, aparte de eso, el polvo seguía imperturbable. La base era sólo una delgada plancha, no, dos medias planchas de contrachapado, que por el dorso formaban el techo del ropero. Tiré del borde de la mitad derecha y éste se salió de las guías.

Sólo que lo que tenía debajo no era el ropero, sino un hueco. En él había un sobre cerrado. Dentro del sobre, un montón de páginas mecanografiadas. *El aparecido.* Debajo del título, en el extremo derecho de la página, «V. H. 4 dic. 1925», escrito con letra clara y picuda. Volví a revisar el sobre y encontré una breve dedicatoria. *Con los mejores deseos de la autora.*

Todavía subido a la escalera, empecé a hojear el manuscrito. Y, cuando iba a bajar, una foto se deslizó de entre sus páginas y cayó al suelo.

Había supuesto que si volvía a verla, la reconocería de forma instantánea y sin lugar a dudas. Pero no fue del todo así. El vestido descubierto en los hombros y con lazos que flotaban como alas de ángel, la inclinación casi de cisne de su cabeza, la barbilla ligeramente elevada, ladeada a la izquierda, la densa mata de cabello oscuro recogido en lo que ahora reconocía como un moño: todo parecía idéntico, y sin embargo tenía la seguridad de que algo había cambiado. Bueno, por supuesto que parecía diferente, me dije a mí mismo, *yo he cambiado.* Cuando la vi por última vez, yo tenía diez años. En esa época no sabía nada de moños, ni de huesos finos, ni de rasgos de proporciones clásicas: no hablábamos así en la escuela de Mawson. Ni me había chocado entonces que no llevara joya alguna, ni collar ni pendientes. La espalda del vestido estaba sujeta al cuello por un simple lazo de terciopelo.

Claro que entonces tampoco conocía a Alice. Esta mujer no se parecía a la Alice que yo tenía en mi mente; era hermosa, pero de un modo más espiritual, menos sensual. Y, sin embargo, me recordaba a alguien; alguien a quien había visto hacía muy poco tiempo.

La foto del sobre azul. Una al lado de otra, el parecido familiar saltaba a la vista. Un parecido que debió de esfumarse rápidamente, ya que no constaba en ningún recuerdo mío de mi madre. Y, dado que la mujer del retrato no era, obviamente, mi madre, ¿quién podía ser sino Viola?

Giré la foto y vi que había algo escrito en el dorso: una débil inscripción en lápiz.

«GREENSLEEVES»
10 MARZO 1949

¿Greensleeves?* Si ésa era la fecha de la foto, era evidente que no podía tratarse de Viola. Pero no podía imaginar que este rostro inspirara horror a nadie. Ni siquiera a mi madre. Durante todos esos años había supuesto que me pegó por haber mirado la foto. Pero ella nunca lo dijo. Y dado que ella se había ocupado de hacer desaparecer *El Camaleón* (a menos que también estuviera escondido por casa), cogí *El aparecido* y volví a hojearlo con más cuidado. Pero no había nada más oculto entre sus páginas. Se trataba sólo de un manuscrito, una copia en cuartillas sin correcciones ni anotaciones.

Una se hizo realidad. Llevé el manuscrito hasta la ventana y me instalé en el suelo, con la espalda apoyada en la pared, con la historia que había llevado a mi madre a la muerte en su empeño de que no llegara a leerla.

---

* Literalmente, Mangas verdes. Es el título de una melodía medieval inglesa, muy popular en Gran Bretaña. *(N. del T.)*

EL APARECIDO

PRIMERA PARTE

Aunque Ashbourn House se alzaba a sólo unos cientos de metros del pueblo de Hurst Green, la maleza que la rodeaba era tan espesa y los árboles tan altos, que Cordelia a menudo se había imaginado a sí misma viviendo en las profundidades de un bosque encantado. De niña, asomada a su ventana favorita en lo más alto de la casa, había pasado días enteros soñando que era Mariana, la Dama de Shalott, y otras melancólicas heroínas de novelas románticas. Hasta el momento no había aparecido ningún príncipe azul, posiblemente porque el rótulo que había a la salida del pueblo hacía que la vereda pareciera un acceso privado. Justo detrás de la casa, a la izquierda, la vereda se convertía en un sendero lodoso. Era, en realidad, una servidumbre de paso que permitía cruzar el bosque, pero la gente del pueblo apenas la usaba, y no sólo por el barro. Cordelia había descubierto más adelante que, según la leyenda local, la casa no era sólo un lugar poco afortunado sino afectado por la aparición de una mujer tocada con un velo negro: el fantasma de su propia abuela, Imogen de Vere.

Era una casa alta, de estilo palaciego, de unos cien años, construida sin duda, como tía Una no se cansaba de señalar, por alguien con una pasión por subir escaleras. Desde la parte trasera de la casa, el terreno dibujaba una pendiente, y desde las ventanas de arriba se podía contemplar el jardín y, más allá de las copas de los árboles, los verdes pastos y la vegetación de las colinas. Pero, enfrente, había sólo una estrecha extensión de grava, seguida de la vereda, más allá de la cual se erguían unos árboles que habían crecido hasta rebasar la altura de la casa. Cuando cumplió dieciséis años, Cordelia había pasado del asiento al pie de una ventana al desván del segundo piso, donde pasaba horas leyendo en las tardes de verano. Tía Una no soportaba verla asomada a la alta ventana —tan cerca del borde que se podía ver la alta pared vertical hasta la grava allá abajo— sin un irreprimible gemido de temor. Pero a Cordelia las alturas no le provocaban miedo alguno.

De los fantasmas no estaba tan segura. Cuando tenía siete u ocho años, ella y su hermana Beatrice habían disfrutado de muchos ratos felices jugando a fantasmas con la ayuda de una sábana gastada que les había dado la señora Green, el ama de llaves, arrastrándose por los tenebrosos pasillos y ocultándose en habitaciones vacías, causándose mutuamente paroxismos de agradable terror, hasta que una tarde a Cordelia se le ocurrió sorprender a Beatrice disfrazándose como si fuera el fantasma de la abuela. El único recuerdo que conservaba de ésta, que había muerto antes que Cordelia cumpliera los cinco años, era el de una figura silenciosa, siempre oculta tras el velo, sentada junto al fuego o paseando por el jardín. Mencionar el velo era una falta de educación. Tía Una le había explicado en privado que la abuela siempre lo llevaba puesto porque había estado muy enferma y la luz le hacía daño en la piel.

La habitación de la abuela permanecía intacta desde el día de su funeral. La puerta siempre estaba cerrada. Pero Cordelia había descubierto hacía poco tiempo que las llaves de las puertas de los dormitorios eran todas iguales. Creyéndose a salvo, convencida de que su padre se encontraba en el estudio de la primera planta, se introdujo en la estancia, que desprendía un fuerte olor a alcanfor, y empezó a abrir cajones y armarios para ver qué encontraba. En el último cajón de la cómoda halló el velo negro de la abuela, cuidadosamente doblado. Lo sacó y apretó el frío material contra su rostro; olía a alcanfor y a medicinas, mezclado con una débil fragancia a perfume. Cuando se lo puso, la parte delantera del velo le cayó hasta la cintura, mientras que la trasera —caía por todos los lados, como si fuera un tocado— casi rozaba el suelo. Podía ver a través de él, no con demasiada claridad, pero cuando se miró en el largo espejo, su rostro permanecía prácticamente oculto, y desde esa perspectiva parecía que el velo flotara solo.

Llevada por el pánico, huyó hacia el pasillo, sólo para chocar con una oscura y enorme figura que le impedía el paso a las escaleras. Su propio chillido quedó ahogado por un áspero grito de terror, que resonó en torno a ella mientras se despojaba del incómodo velo y veía que la oscura figura era en realidad su padre. Peor que su propio temor, peor incluso que la somanta que recibió a continuación, fue el recuerdo de ese grito, y del rostro paterno, momentáneamente paralizado por el horror antes de que la ira le alterara el semblante. Más tarde él se disculpó por haberle pegado: dijo que había perdido los estribos al verla vestida con el velo de la abuela. Aunque se trataba de un hombre de natural indulgente, Cordelia pensó que la disculpa era inquietante: sabía que se había portado muy mal y que merecía el castigo, y le pareció como si Papá intentara ahora convencerla —y tal vez convencerse también a sí mismo— de que no se había asustado. Ella sabía que Papá, que había sido soldado, era valiente como un león; tía Una siempre lo decía, así que no se atrevió a preguntarle qué le había alarmado de tal forma. Se acabaron los juegos de fantasmas, y ella sufrió durante meses una pesadilla en la que era perseguida y finalmente acorralada por una figura malévola y amortajada, que aparecía bajo varias guisas distintas, pero siempre, en el instante anterior a que despertara aterrada, se convertía en la abuela levantándose el velo.

Al mismo tiempo, había estado fascinada por el retrato —la única semblanza disponible de Imogen de Vere— que veía colgado en el descansillo del segundo piso desde que le alcanzaba la memoria. Mostraba a una mujer de gran belleza, en apariencia de veintipocos años, aunque debía de haber tenido unos treinta y cinco cuando lo pintaron, sobre un fondo oscuro y neutro. Su rostro, iluminado desde arriba, se hallaba parcialmente en la sombra, lo que acentuaba la profundidad de sus grandes y luminosos ojos. Llevaba un vestido verde esmeralda, de cuello alto; sus cabellos densos y cobrizos aparecían débilmente sujetos con alfileres, con unas cuantas mechas sueltas que se le rizaban sobre la frente. El artista (que no había firmado el retrato) había capturado una cierta cualidad en su mirada —una intensa serenidad, o quizás una serena intensidad de sentimientos— que hacía que no pudieras dejar de mirarla.

Aunque Cordelia no dudaba de que la mujer del retrato era, o había llegado a ser, su abuela, asociar esos rasgos que tanto la seducían con la figura oculta tras el velo de su sueño, o pesadilla, le costaba un curioso esfuerzo. Cuando ya era una mujer adulta, Cordelia sólo tenía que detenerse delante del cuadro para sentir que recobraba una intimidad muda que la había acompañado durante toda su infancia. De algún modo la sensación de comunión con el retrato se había entrelazado con sus sentimientos por su madre fallecida, a la que nunca había conocido: Frances de Vere había muerto de fiebre puerperal unos días después de haber dado a luz a Beatrice. No era una cuestión de parecido físico, ya que la fotografía de la cómoda de Cordelia era la de una joven tímida y rubia que intentaba sonreír ante la cámara. Parecía tener dieciséis años, y había muerto antes de cumplir los veinticuatro.

La propia Imogen de Vere había muerto cuando no tenía más de cincuenta. Con los años, Cordelia había ido reuniendo fragmentos sobre la historia de su abuela; había deducido que Imogen debió de separarse de su marido más o menos al mismo tiempo en que cayó enferma, y que se había trasladado a vivir a Ashbourn House con su único hijo Arthur (el padre de Cordelia), que a la sazón contaba con doce o trece años, con el primo de Imogen, Theodore Ashbourn, y la hermana de éste, Una. La enfermedad —una virulenta dolencia cutánea que ningún doctor consiguió diagnosticar jamás— había resultado mucho más grave de lo que Cordelia creía de niña. Imogen de Vere se había pasado los últimos quince años de su vida en Ashbourn, siempre oculta tras el velo y sufriendo constantes dolores. Dormía mal, y deambulaba por la casa al amanecer. Tío Theodore la había visto a veces paseando por el jardín a la luz de la luna; al parecer, hallaba alivio en el movimiento, y caminaba kilómetros todos los días hasta su enfermedad final. De manera que no podía considerarse demasiado sorprendente que los habitantes de Hurst Green juraran haber visto una figura tocada con un velo, atisbando desde una de las ventanas de la casa, o deslizándose entre los árboles del bosque de Hurst, mucho después de que Imogen de Vere hubiera sido enterrada en el cementerio local.

Una tarde fría y gris de finales de febrero, poco después de cumplir los veintiún años, se hallaba Cordelia frente al retrato, enfrascada en sombrías reflexiones. Con bastante lógica, dado el mal tiempo, Beatrice había declinado dar un paseo con ella, pero poco después Cordelia la había visto perderse por el sendero enfundada en un impermeable y provista de botas de agua. De niñas habían jugado juntas a todas horas, pero esa íntima relación no había sobrevivido a la muerte de su padre, quien, tras mantenerse incólume durante cuatro años de guerra, había perdido la vida a sólo un mes del armisticio. Cordelia, que entonces tenía trece años, había intentado consolar a su hermana, pero Beatrice había rechazado cualquier clase de consuelo. No hablaba nunca de su padre, ni permanecía en una habitación si se pronunciaba su nombre, y, si lloraba por él, lo hacía en privado. Tampoco toleraba que nadie le preguntara por sus sentimientos, que parecían oscilar entre la apatía total y una ira sorda y concentrada hacia todos los que la rodeaban.

Ése había sido su estado durante muchos meses, y Cordelia creía que su hermana nunca se había recuperado del todo; o, cuando menos, las relaciones entre ambas nunca habían vuelto a ser las mismas. Quizá simplemente se habían ido alejando, incluso en los detalles más pequeños: por ejemplo, ambas eran ávidas lectoras, pero Cordelia no vacilaba en cambiar el libro por una conversación, mientras que Beatrice, que sólo leía novelas, se había vuelto cada vez más intolerante a las interrupciones. En el juego de las comparaciones animales que a Cordelia le gustaba jugar en la intimidad de su imaginación, su hermana siempre había sido un gato. Beatrice había heredado los ojos almendrados de su madre; su rostro se estrechaba de forma notable hasta culminar en una barbilla pequeña y decidida que exageraba aún más la prominencia de los pómulos. Ahora, a los diecinueve años, era más que nunca el gato que camina por su cuenta: vigilante, silencioso, altivo, desdeñoso de las caricias, la clase de felino que sólo se instala en el regazo que le viene en gana. En más de una ocasión Cordelia se había acusado a sí misma de aferrarse a un ideal romántico de intimidad fraternal; sin embargo, no conseguía sacudirse de encima la sensación de que la muerte de Papá había cerrado una puerta entre ambas, una puerta que no había vuelto a abrirse.

Beatrice no admitía que se hubiera alterado nada entre ellas, pero había algo en la pasividad con que había aprendido a evadir los intentos de acercamiento de su hermana que parecía decir: «Me has causado una profunda herida, aunque manifiestas no comprender lo que has hecho; así que no voy a discutir, no tendría sentido; seguiremos siendo amigas, por supuesto, pero no volveré a confiar del todo en ti. En cuanto a la puerta que me acusas de cerrar, te equivocas: eres tú quien la ha cerrado; o tal vez nunca existió esa puerta, sólo un muro vacío, que es exactamente lo que te mereces». Cordelia había indagado entre sus recuerdos y su conciencia; en privado había preguntado a sus tíos si sabían de algo que ella hubiera podido hacer para ofender a su hermana, pero no, Beatrice no había dicho nada en su contra.

—No te lo tomes de un modo personal —le había dicho tío Theodore hacía poco tiempo—. Tu hermana tiene un carácter muy distinto al tuyo; ella se vuelve hacia dentro, se aleja de los demás, mientras que tú eres más abierta. Creo que nunca se ha recobrado de la muerte de tu padre. No debes culparte de algo que no es en absoluto culpa tuya.

Volvió a oír esas palabras mientras estaba en el helado descansillo. La mención de su padre —unida a una cierta inquietud en los ojos fatigados, amables pero ligeramente inyectados en sangre (los ojos de un labrador o un sabueso, nunca lo había decidido del todo) de su tío Theodore— habían despertado la antigua y oscura sospecha de que su muerte era, de algún modo, la causa del alejamiento. Como si la intensa y sombría mirada de Imogen de Vere los convocara, sus pensamientos recorrieron un camino del que siempre había querido alejarlos, de la misma forma que en el pasado había evitado el pasillo que pasaba frente al dormitorio de su abuela.

Papá había culpado a Beatrice de la muerte de la madre de ambas. No de una forma consciente, estaba segura; y quizá «culpar» fuera una palabra demasiado fuerte. No le cabía duda de que él se habría mostrado sorprendido si alguien le hubiera enfrentado con la idea. Pero, al igual que siempre había sabido que era la favorita de Papá, también había llegado a advertir una cierta contención en la manera como trataba a Beatrice. Siempre que volvía a casa de permiso, las dos niñas le esperaban, si no estaban en el colegio, en la puerta principal, y corrían por el sendero a saludarle en cuanto aparecía por el recodo. Cordelia, al ser la mayor, siempre llegaba la primera y saltaba a sus brazos; él la hacía volar por los aires y la subía sobre sus hombros. Pero con Beatrice no era nunca tan espontáneo; a veces incluso parecía retroceder un instante, aunque la reacción desaparecía enseguida, y a Cordelia le parecía que nunca buscaba a Beatrice, mientras que a menudo salía en su busca si le apetecía jugar un rato (por eso la había pillado aquella tarde con el velo de la abuela). El resto de habitantes de la casa, incluida la señora Green, habían contribuido a mimar a Beatrice, y sin embargo Cordelia nunca se había sentido menos querida; al contrario, estaba orgullosa de saberse incluida en una especie de conspiración adulta para mimar a Beatrice (aunque nadie lo había dicho con esas palabras), sobre todo cuando Papá estaba de servicio con su regimiento. Habían mantenido esa conspiración durante cuatro ansiosos años de guerra, hasta que la llegada de la carta de la Oficina de la Guerra y aquel oscuro invierno de luto habían provocado que Beatrice se hundiera en ese silencio profundo lleno de resentimiento.

La sospecha de que su padre, aunque fuera de un modo inconsciente, culpaba a Beatrice de la muerte de su madre no empezó a preocupar a Cordelia hasta después del fallecimiento de él. Cuanto más luchaba contra la idea, más firmemente se asentaba, hasta que se sintió impelida a preguntárselo a su tía. Pero en lugar de ofrecerle la ansiada tranquilidad, tía Una la había mirado muy seria y hablado de lo mucho que Papá había amado a su madre, y cómo se había casado con ella en cuanto ambos cumplieron los veintiún años y ya no necesitaban el consentimiento familiar (aunque la abuela, había añadido enseguida, les había dado su bendición); habían contraído matrimonio en Ashbourn House... y, por supuesto, perderla tan joven había resultado un golpe terrible para Papá, pero Cordelia siempre debía recordar que él las había querido mucho, tanto a ella como a Beatrice, e intentar alejar esos inquietantes pensamientos.

Años más tarde, se enteró, gracias a tío Theodore, de que la razón por la que nunca habían visto a sus abuelos por parte de madre, y la razón por la que Papá nunca los había mencionado, no era porque hubieran fallecido, sino porque nunca le habían perdonado por la muerte de su única hija. En otras palabras, le habían culpado como él había culpado a su vez a Beatrice.

Pero ¿por qué Beatrice se había vuelto en su contra tras la muerte de Papá? Porque era eso lo que había sucedido, Cordelia estaba segura. Aquella sutil nota acusadora... como si ella hubiera traicionado a su hermana de algún modo; ¿pero por qué? ¿Por haber sido su favorita? ¿O acaso había adivinado Beatrice la razón que se escondía tras la reserva de su padre y había cargado sobre sus hombros con el peso de la muerte de Mamá, asumiendo que también Cordelia la consideraba responsable de ella? Una carga tan pesada... ¿pero por qué asumirla? ¿Y sin ninguna duda? *No es justo; ¿por qué me odia así?*

De repente Cordelia cayó en la cuenta de dónde se hallaba, advirtiendo que había pronunciado esas palabras en voz alta. El semblante de Imogen de Vere parecía arder sobre el fondo oscuro, radiante como si se iluminara por dentro. «No, no es justo —imaginó que replicaba el retrato—, ¿pero te parece justo que mi belleza se esfumara en una sola noche?» Por supuesto que no; como tampoco lo era la muerte de Papá; pero saber que la mitad de las familias del reino habían perdido padres, maridos, hijos y hermanos no había hecho que su propia pérdida fuera más fácil de soportar. No había sido justo para Papá que los padres de Mamá le echaran la culpa de su muerte. O que se negaran a conocer a sus propias nietas debido a ello. «Hasta la tercera generación...» Pero Papá no había cometido pecado alguno; y además, los restos de sus creencias —al menos en el Dios omnipotente de las Escrituras— habían muerto con él.

Tía Una y tío Theodore se habían esforzado por hacer las cosas lo mejor posible, asegurándose de que ella y Beatrice fueran bautizadas y confirmadas, pero Cordelia tenía la sensación de que ninguno de ellos tenía realmente fe. Ni siquiera el señor Gathorne-Hyde, el vicario actual, parecía creerse sus propios sermones sobre los caminos misteriosos del Señor y el don del libre albedrío. Un don envenenado y maléfico que permitía que los hombres se mataran unos a otros. O que un niño muriera de hambre. Beatrice se había negado a poner el pie en la iglesia desde el día que llegó la carta del Ministerio de la Guerra. Sin embargo, Cordelia seguía asistiendo de vez en cuando. Más a menudo, se deslizaba en el interior de Santa María cuando estaba vacía y permanecía un rato rodeada de ese oscuro silencio, que parecía despertar ecos incluso cuando la iglesia estaba completamente vacía, respirando los olores que emanaban de la piedra y la madera vieja, las sotanas raídas, la cera encendida y las flores secas, «con la esperanza de que sucediera algo», sin ni siquiera saber qué podría ser ese *algo*.

El pasado otoño había acompañado a tío Theodore a visitar a Percival Thornton, el padre de uno de los compañeros fallecidos de Papá. Robert Thornton había muerto sólo unos meses antes que Arthur de Vere, y las familias habían mantenido el contacto. Sus visitas, aunque inevitablemente dolorosas, significaban mucho para el señor Thornton, un hombre viudo que vivía solo. Cada vez que le veían, su aspecto era peor: más delgado, más gris, más viejo; era obvio que el pesar lo consumía. Las medallas de Robert, siempre brillantes, se exhibían en una vitrina de madera de la sala; el uniforme de gala, impecablemente cepillado, colgaba junto a la cama en su antigua habitación, y la casa estaba llena de fotos de Robert en todos los periodos de su breve vida, la mayoría tomadas por el señor Thornton.

Dichas visitas seguían un ritual establecido. Empezaban con una inspección de varios recuerdos, seguida del té —que Cordelia siempre insistía en preparar— y de un paseo por el jardín, siempre que el tiempo lo permitiera. Pero en esta ocasión, Cordelia tuvo la sensación de que el hombre se esforzaba por ocultar una ansiedad indeseada y casi febril. Advirtió, también, que desde su última visita las manos se le habían cubierto de unas curiosas manchas oscuras. Cuando terminaban el té, el caballero les preguntó, dubitativo, si les podía mostrar una fotografía.

Esperaban ver un nuevo retrato de Robert, naturalmente, pero la foto que trajo mostraba sólo un banco vacío que se alzaba frente a un seto vivo en la parte trasera del jardín del señor Thornton, junto a una fuente ornamental: estaba formada por varias capas de piedra, que se ensanchaban hacia la base, y por un querubín en la parte superior, aunque hacía ya tiempo que el agua había dejado de manar. Las capas estaban cubiertas de hojas secas. La amortiguada luz del sol, filtrándose entre las ramas de un árbol cercano, caía sobre el banco.

Cordelia se había sentado en el brazo del sillón que ocupaba su tío; el señor Thornton permaneció al otro lado. Pudo notar cómo aumentaba el nerviosismo de su anfitrión a medida que pasaban los segundos, y ni ella ni tío Theodore encontraban nada que decir.

—¿No lo veis? —dijo, por fin, el señor Thornton en un tono desoladoramente suplicante. Un dedo manchado y tembloroso señalaba el extremo del banco más cercano a la fuente. Observándola de más cerca, Cordelia vio de repente que si tomabas un reflejo de luz en forma de semicírculo, que caía directamente donde habría estado la cabeza de un ser humano sentado, como la parte inferior de un rostro humano, el confuso conjunto de luces y sombras que surgía debajo podía sugerir la forma de un cuerpo: el cuerpo de un hombre, si tomabas las sombras de (es de suponer) dos ramas verticales por las piernas...; y si después volvías a la «cara», había confusos juegos de sombras que parecían dibujar la boca y la nariz, y sí, dos débiles puntos de luz más o menos donde tendrían que estar los ojos... y debajo, atisbos del cuello, el hombro, la solapa...

Robert Thornton, tal y como ella le había visto nueve años atrás, con la gorra de oficial, la chaqueta del uniforme, espuelas y botas, se había materializado en aquel banco. Con el vello de la nuca erizado, miró a su tío, cuya expresión de perplejidad no se había alterado; después levantó la vista hasta el ansioso e implorante rostro del señor Thornton, y volvió a centrarla en la foto.

La figura se había desvanecido. No había más que el banco vacío, y las sombras mezcladas de hojas y ramas. De nuevo fijó la vista en la «cara», pero no consiguió evocar la imagen por segunda vez; no pasó de ver un punto de luz en el respaldo. Algo la hizo apartar la mirada de la fotografía a las fotos enmarcadas que se alineaban sobre la chimenea; había un hueco cerca del extremo izquierdo, donde estaba segura de haber visto una foto de Robert Thornton de uniforme, sentado en este mismo banco, la última vez que vinieron a tomar el té.

Oyó una respiración temblorosa. La mirada del señor Thornton había seguido la misma dirección que la suya.

—Entonces es verdad. Estaba allí. —Sonreía y las lágrimas le rodaban por las mejillas.

—Sí —afirmó ella sin vacilar, aunque la figura, o mejor dicho el recuerdo de la otra foto, no había regresado y tío Theodore parecía más perplejo que nunca—. Sí, estoy segura de que estaba allí.

Cordelia se levantó a abrazar al anciano, que sollozaba de dolor y alegría.

—Creí que debía... quitar la otra... para no influiros. Era su lugar predilecto del jardín, ¿sabéis? —añadió, sonriendo a tío Theodore, quien no veía nada de nada.

—Es Robert, tío —dijo Cordelia, volviendo rápidamente a su sitio para indicar dónde había estado la «cara»—, aquí, en el banco, junto a la fuente.

—Oh... este... sí... Sí, por supuesto. Ahora estoy seguro de verlo. Dime, Percival, ¿cuándo sacaste esta foto?

—La semana pasada, querido amigo.

—¿La *semana* pasada? Vaya... Es de lo más extraordinario. Es decir, es maravilloso...

—Sí —dijo el anciano—. No me atrevía a creérmelo del todo hasta que Cordelia también lo vio. Temía que estuviera engañándome a mí mismo. Y después de tanto tiempo... Casi había abandonado la esperanza.

Se movió despacio hacia un gabinete en el otro lado de la estancia, y regresó con un archivador que depositó ante ellos. Estaba lleno de fotos. Al ojearlas, Cordelia contempló con una sensación parecida al horror que todas eran del banco vacío, todas tomadas desde el mismo ángulo, en todos los grados de luz, desde el sol de mediodía al anochecer, cientos y cientos de ellas.

—Leí algo sobre esto aquí, ¿sabéis? —El señor Thornton, con los ojos todavía húmedos de la emoción, les pasó un grueso volumen. *Fotografiar lo invisible, estudios prácticos sobre fotografías de espíritus, retratos de espíritus y otros fenómenos extraños*, de James McIntyre—. Como veis, la cámara a veces consigue detectar lo que el ojo desnudo no puede. —Pero a Cordelia, al pasar las páginas, le pareció que la mayor parte de lo que había detectado la cámara era simplemente un fraude: caras fantasmales, convenientemente envueltas en una especie de halo jabonoso, flotando en retratos de grupo o apareciendo en lo alto de escaleras sin ningún apoyo visible. Resultaba evidente que su tío estaba haciendo un esfuerzo por ocultar su escepticismo. Y, sin embargo, la ilusión que ella misma había vivido había sido enormemente convincente. Pese a saber lo que la había causado, el recuerdo era aún tan fuerte que comprendía a la perfección la reacción del señor Thornton.

—Ahora me ocupo en persona del revelado —prosiguió él—. El señor McIntyre dice, o cuando menos insinúa, que los revelados comerciales no siempre son de fiar. La Iglesia, como sabéis, está en contra. Y ya casi había desesperado, después de tantos intentos. Pero ahora... Estoy tan contento de que tú también le hayas visto.

Poco después salieron al jardín. Aunque hacía un suave y tranquilo día de otoño, Cordelia no pudo reprimir un ligero estremecimiento cuando se acercaban al famoso banco. No creo que pueda volver a sentarme en él, se dijo a sí misma; sería como... una intrusión, como tentar al destino. ¿Pero por qué considerarlo siniestro? Simplemente debería alegrarme por el pobre señor Thornton.

Pero a medida que las muestras de emoción de éste no remitían, ella se dio cuenta de que no estaba tan contento como afirmaba. Reapareció la anterior ansiedad; les preguntó varias veces si estaban completamente seguros de haber visto a Robert en la fotografía. Con cada repetición, las afirmaciones de tío Theodore sonaban menos convincentes, las suyas más forzadas. Su ánimo fue hundiéndose con el paso de la tarde, hasta que la presión de la frenética y escrutadora mirada del señor Thornton se hizo insoportable, y pese a la calidez de su despedida, se marchó con la triste sensación de que su visita había hecho más mal que bien.

—¡Ojalá nunca hubiera visto ese libro! —dijo ella apasionadamente cuando volvía con su tío a la estación—. Lo que quiere de verdad es que Robert no haya muerto en la guerra; tenerlo cerca, vivo, respirando, y eso es imposible, y no puede soportarlo: la foto sólo sirve para atormentarle.

—Cierto. Pero... ¿cómo sabías, querida, qué quería que viéramos exactamente?

Ella explicó la ilusión a su tío. Éste replicó:

—Ya veo... es decir, no lo vi. ¿Así que crees que fue sólo fruto de tu recuerdo de la otra foto?

—Supongo que eso debió de ser —replicó ella, insegura, recordando que el señor Thornton no había sacado al final la otra foto para comparar—, sólo que, durante un instante, de verdad vi a Robert, allí sentado, de uniforme...

Con un sobresalto, Cordelia salió de sus recuerdos al darse cuenta de que tío Theodore estaba junto a ella en el descansillo, contemplando el retrato sobre el que sus propios ojos habían estado clavados.

—Lo siento mucho, querida. No pretendía sobresaltarte. Parecías tan ensimismada que no quise interrumpir.

—No, me alegro de que lo hicieras. Recordaba nuestra última visita al pobre señor Thornton.

Cuando estaba nervioso, tío Theodore tenía la costumbre de pasarse las manos por sus gruesos, indomables y grises cabellos, que hoy parecían más despeinados que nunca. Menudo y delgado (con su metro setenta, era sólo un poco más alto que Cordelia), siempre había parecido mucho más joven de lo que era. Pero ese día parecía cargar con el peso de sus sesenta y siete años; su rostro había adoptado un tono gris, y las líneas que cruzaban verticalmente sus mejillas tenían más que nunca el aspecto de cicatrices finas o marcas de arañazos. Y sus ojos inyectados en sangre expresaban una importante indecisión o ansiedad que le recordó de repente al señor Thornton.

—¿Algo te preocupa, tío? —preguntó ella, cuando no le respondió de inmediato.

—No exactamente... Lo que sucede, querida, es que tengo algo que decirte, y no sé por dónde empezar.

—Bien —sonrió ella—, deberías seguir el consejo que tú siempre solías darme: empieza por el principio, y continúa hasta que llegues al final.

—Ah, el principio... —murmuró él, sus ojos fijos en el semblante de Imogen de Vere—. ¿Sabías —prosiguió en un tono casi casual— que tu abuela y yo estuvimos una vez comprometidos para casarnos?

—No —dijo Cordelia, sorprendida.

—Ah. Pensaba que quizás Una te habría comentado algo.

—No, nunca.

—Ya.

Hizo una pausa, como si buscara ayuda en el cuadro.

—Como sabes, pasé casi toda mi infancia en Holland Park; sólo veníamos aquí en verano en esa época. La casa de su padre estaba a sólo unos metros de la nuestra, pero era mucho más grande. Era un hombre de la City: acciones, pedidos y directrices, toda esa clase de cosas, y se ganaba muy bien la vida. Mientras que nosotros vivíamos cómodamente, sí, pero no éramos ricos.

Se entretuvo un poco en explicar esa época, narrando el lento declive de la firma de importación fundada por su abuelo, y el crecimiento de la amistad entre él mismo, su hermana (Una era dos años más joven que Theodore) e Imogen Ward.

—Imogen y yo fuimos tan lentos en darnos cuenta de que estábamos enamorados —el sentimiento era mutuo— que no sabría decirte cuándo empezó. Debíamos de tener dieciocho o diecinueve años cuando nos declaramos. Pero una vez que lo hubimos hablado, estuvimos seguros —es decir, yo lo estaba— de que nos casaríamos tan pronto como ella hubiera cumplido los veintiuno.

»Sabíamos que a su padre no le gustaría. Para empezar, nunca conté con el beneplácito de Horace Ward; pensaba, con bastante justicia, que me faltaba ambición; además de la diferencia de fortuna, se oponía con violencia al matrimonio entre primos. Éramos primos segundos, y la relación venía por parte de madre, no de la suya, pero esto no significaba nada para él. Cualquier parentesco era ya excesivo. Desde el primer día en que ella planteó el tema, se me prohibió el acceso a su casa, y el de ella a la mía, bajo amenaza de desheredarla. Para hacerle justicia, debo reconocer que la quería mucho; creo que estaba sinceramente convencido de que si consentía, habría estado haciendo una especie de sacrificio humano de su única hija, para quien ni un príncipe habría estado a la altura... dejando a un lado su manía contra las bodas entre parientes. Ella conseguía cuanto quería sólo con pedirlo; todo, menos yo.

Theodore seguía hablando como si lo hiciera al retrato de Imogen de Vere.

—¿Por qué tienes que ser tan razonable, tío? —dijo Cordelia con ternura—. Pareces un hombre absolutamente horrible.

—Supongo que ser capaz de ponerse siempre en el lado del otro es una especie de defecto. Hay veces en que uno debería limitarse a actuar... De haber sabido lo que sé ahora, habría esperado y le habría pedido que huyera conmigo el día en que cumpliera veintiún años. Seguimos viéndonos en secreto, pero, como era inevitable, él se enteró; se repitieron las escenas y las amenazas... Supuso una tensión terrible para ella... hasta que empecé a temer si no estaría arruinando su vida. Al final, Imogen y yo llegamos al acuerdo de que me iría a Calcuta, como había esperado mi padre, a ocuparme del negocio, permanecería dos años, y entonces, si nuestros sentimientos no habían cambiado... Acababa de cumplir los veinte cuando me fui.

»Su carta informándome de su compromiso con el banquero de cuarenta años Ruthven de Vere llegó tres meses antes de la fecha en que tenía previsto volver a casa. Me quedé allí durante quince años.

Apartó la mirada del retrato, hacia la ventana al final de la escalera, y observó los campos invernales. Restos de la nieve de la semana anterior todavía bañaban las cumbres de las montañas.

—Pero, tío, no lo entiendo. ¿Cómo pudo venir a vivir contigo, después de todo eso?

—¿Lo dices porque te parece impropio?

—No, no, lo que quiero decir es ¿cómo pudo aceptar, después de lo que te había hecho?

—No te enfades con ella, querida. No por mí. Estaba gravemente enferma; sus padres habían muerto; de Vere controlaba todo su dinero, el que le quedaba; no tenía adónde ir. Nos habíamos mantenido en contacto, ¿sabes? Otro exceso de comprensión por mi parte; sin duda muchos lo calificarían de falta de espíritu.

—Yo no. Tuvo mucha suerte de disponer de un espíritu tan generoso hacia quien volverse —dijo Cordelia, tomándolo del brazo—. ¿Pero por qué abandonó a su marido precisamente cuando cayó enferma? ¿Papá volvió a ver a su padre alguna vez? ¿Por qué nunca habló de él? ¿Ni tía Una? ¿Ni tú tampoco? ¿Llegaste a conocerle? A Ruthven de Vere, me refiero.

—No, querida. Debes recordar que yo estuve en India hasta el año anterior... a que sucediera; si mi madre hubiera vivido más, yo no habría estado aquí. Y las cartas de Imogen se habían centrado sobre todo en Arthur. Tenía entendido que poseían una gran casa en Belgrave Square, fue una de las primeras de la calle en estar equipada con luz eléctrica, decorada con gran esmero, pero ella apenas mencionaba nada de eso. Ni de su marido. Le escribí, por supuesto, para hacerle saber que había vuelto, y me contestó que le encantaría traer a Arthur a vernos y lo mucho que sentía enterarse de lo de mi madre.

»Fue lo último que supe de ella hasta recibir el telegrama...

Se volvió hacia el retrato, estremeciéndose ante algún recuerdo doloroso.

—¿Y por qué diantre se casó con él, para empezar? —gritó Cordelia en tono enojado.

—Porque estaba enamorada de él, supongo. Era apuesto, culto y encantador, tal y como Una, que asistió a la boda a instancias mías, se vio obligada a admitir. Y un marido de lo más atento... Todo el mundo lo decía...

—Tío, ¿te importa dejar de defenderle, *por favor*? No te crees ni una sola de tus palabras. El tono como has pronunciado «atento» ponía la carne de gallina; lo único que consigues es que le desprecie aún más.

—Me malinterpretas, querida. Te aseguro que nada más lejos de mi intención que defenderle; sólo intento explicarte cómo debió de parecer el matrimonio a los ojos del mundo. Incluso al final.

—No me importa la opinión del mundo, quiero saber qué sucedió de verdad. Por qué no volvió a ver a Papá. Por qué Papá no lo mencionó jamás. Tío, ¿me has estado ocultando algo que consideras demasiado horrible para mis oídos? Ya tengo veintiún años, soy una mujer adulta. Además, no podría ser peor que algunas de las cosas que he imaginado.

—¿Estás segura? —preguntó él con voz queda y los ojos todavía fijos en el cuadro. Algo en su tono de voz volvió a erizarle el vello, aunque intentó no demostrarlo, y durante un breve tiempo ambos se quedaron en silencio.

Debatiéndose por reconciliar la ira por la mujer que había traicionado a un amante sincero y leal para casarse por dinero (porque seguramente nunca habría aceptado a de Vere si éste hubiera sido pobre, ¿no es así?) con el rostro que tenía delante, Cordelia se dio cuenta de que simplemente no era capaz de hacerlo. Esta mujer —la Imogen que el pintor había visto y plasmado con tan increíble sutileza— parecía inmune a la crueldad, el engaño o la avaricia. Parecía tan... *intacta*, es decir... tan absolutamente centrada... esa mirada serena y resignada daba la impresión de comprender a la perfección lo que había en tu corazón... una quietud completa, sí, pero viva, vibrante, con el temblor de quien está a punto de hablar. «La inviolada novia de la serenidad»: las palabras llegaron a su mente sin reflexión previa; y con ellas la conciencia de que la ira se había fundido.

—Ya veo por qué no pudiste enfadarte con ella —dijo Cordelia, por fin.

—Me alegra que lo veas, querida. El parecido es bastante real. Su nombre era Henry St Clair... Me refiero al pintor.

—Pero tío, tú siempre me habías dicho que no sabías quién lo pintó.

—Dije que era la obra de un artista desconocido, lo que, en esencia era y sigue siendo cierto. Pero sí, mentí. Cuando tu querido padre murió, decidí no cargarte con nada de... nada de lo que ahora debemos hablar, hasta que fuera necesario hacerlo. Sin embargo, ahora que has cumplido los veintiuno y eres una mujer adulta, ya no puedo evitarlo.

De nuevo buscó consejo en el retrato.

—Ella conoció a Henry St Clair en una galería de Bloomsbury. Una pequeña exhibición de paisajes que incluía una obra suya frente a la que se encontraron ambos. Debes comprender que esto es lo que me dijo el único día que abordamos el tema. Le describió de un modo muy vivo: pecoso y bronceado de una reciente excursión en busca de paisajes, a pie, durmiendo bajo los árboles, ya que no podía permitirse ni una cama en la posada del pueblo; delgado, con una de esas caras juveniles y frescas que hacen que un hombre parezca años más joven de lo que es, ojos castaños, cabellos castaños y rizados que llevaba muy largos: una especie de estudio en castaño vivo, dijo ella, porque él llevaba una chaqueta aterciopelada de ese color, manchada de pintura, y pantalones de pana marrón.

»Imogen compró el cuadro; salieron juntos de la galería, y caminaron hasta llegar al Heath, donde se sentaron y estuvieron charlando durante horas. Me dijo que aquella primera tarde fue como salir de una oscura caverna y ver la luz, tal era el brillo que irradiaba el carácter del pintor... No hace falta que frunzas el ceño por mí, querida; fui yo quien la animé a hablar con libertad. Él le advirtió que era de natural melancólico, pero durante todo el tiempo que le trató, su humor se mantuvo radiante y animado. Y si las cosas no hubieran terminado de un modo tan asombroso, me habría alegrado de verdad, te lo aseguro... pero no debo avanzar acontecimientos.

»Él tenía un estudio sobre un restaurante en una de las calles traseras del Soho; creo que la familia que se ocupaba del negocio apenas hablaba inglés. Le dijo que le gustaba estar rodeado de personas comunicándose en idiomas que no entendía; encontraba estimulante el ruido de la cocina, y podía comer abajo prácticamente a cambio de nada. Y, tras años de vivir con una mano delante y otra detrás, una moderada herencia de un pariente lejano le había liberado —o al menos eso dijo— de la lucha diaria por la supervivencia.

»El cuadro que ella compró —por sólo dos guineas, ya que él no quiso aceptar más que el precio que pedía la galería— fue el primero que había vendido en su vida. Llevaba varios años en Londres, trabajando sin descanso en sus cuadros siempre que no tenía que ganarse la vida (según él, el trabajo había sido siempre el mejor antídoto contra su melancolía), nunca satisfecho con los resultados, siempre luchando por superarse. Había exhibido lienzos anteriormente, en arrebatos de entusiasmo, pero siempre los había retirado cuando le asaltaba el inevitable desánimo habitual en su carácter, y su tendencia a la autocrítica más inmisericorde ganaba la mano. Pero su (ella insistió en llamarlo amistad) su amistad, y el indulto que obtuvo en su abatimiento, le dieron el ímpetu necesario para trabajar en una exhibición propia, y para empezar el retrato que ves ahora.

»Había practicado el retrato con tanta intensidad como la que había dedicado a los paisajes, utilizando como modelos a varios miembros de la familia del restaurante, pero todos los intentos previos a éste habían sido desechados. Al principio ella estaba preocupada de que dedicara tanto tiempo a un cuadro que, obviamente, jamás podría ser mostrado. Acudía a su estudio siempre que tenía oportunidad, siempre que su marido estaba —o eso creía ella— ocupado en la City. Pero a medida que pasaban las semanas notó que él se tranquilizaba, mostrándose más sereno, más seguro de sí mismo, hasta, según me dijo, que la sutil transformación que tenía lugar en él llegó a ser tan fascinante como el progreso del retrato en sí mismo. Mientras trabajaba, apenas cruzaban una palabra, pero esos días de comunión silenciosa fueron, según ella, unos de los más felices de su vida...

—¡No es correcto que te contara esas cosas precisamente a ti! —dijo Cordelia.

—Hay pocas cosas en la vida que sean correctas. Henry St Clair significaba para Imogen Ward lo mismo que ella significaba para mí. Esos sentimientos no se eligen, querida: ellos nos eligen a nosotros. Ella acudió a mí en el peor momento de su vida; ésa fue suficiente recompensa. Lo que yo más quería era entender. Y, como enseguida te darás cuenta, había ciertas cosas que yo debía saber.

»Por lo que se refería a la relación con su marido, y aunque se guardó muchas cosas para sí, la verdad era suficientemente evidente. Ruthven de Vere no era, ni había sido nunca, un marido cruel o negligente; al contrario, se enorgullecía muchísimo del aspecto de su esposa; pero había una frialdad esencial en el fondo de este aprecio: la valoraba como un coleccionista valoraría una rara piedra preciosa.

»Resultaba obvio que ella había dejado de amarle, y que la relación entre ambos estaba en crisis desde mucho antes de que conociera a Henry St Clair. Verás, De Vere había sido el protegido de su suegro en la City. Horace Ward le dispensaba una confianza plena, de manera que los términos de la boda le permitieron hacer más o menos lo que quisiera con la fortuna de Imogen, y, pocos años después, con toda la herencia que le legó su padre. De Vere siempre le había concedido todos sus caprichos, pero lo había hecho de un modo que casi todo lo que ella había comprado era, ante la ley, propiedad de su marido, incluso la ropa y las joyas, tal y como ella misma descubrió la primera vez que planteó el tema de la separación. Él le aseguró que, si le abandonaba, tendría que marcharse sin dinero y sin su hijo, por quien de Vere se tomaba muy poco interés; ella me confesó que su marido parecía carecer por completo de instinto paternal, lo que aún empeoraba más la amenaza. Así que se quedó.

»Hasta el día que conoció a Henry St Clair ella había ido representando su papel con una especie de indiferencia resignada, planeando marcharse cuando Arthur fuera lo bastante mayor. Pero a partir de ese día, ella jugaba por su vida. Cuando estaba con St Clair, nunca se planteaba nada más allá de ese momento; lejos de él, los planes, las fantasías, las esperanzas, los deseos y los miedos se agolpaban en su mente de forma incontrolable. Sin embargo, por fuera, tal y como ella deducía de los cumplidos de sus amistades, nunca había tenido un aspecto más sereno.

»Estaba segura de que su marido no sospechaba nada. Me dijo que era como andar de puntillas en torno a un carcelero dormido, día tras días, siempre arreglándoselas para regresar a su celda antes de que él abriera los ojos. Ella sentía que todo debía esperar hasta que se terminara el retrato. Durante la primavera y el verano la sostuvo la convicción de que si St Clair conseguía terminar el cuadro antes de que fueran descubiertos, todo saldría bien.

»En septiembre se vio obligada a ir con su marido a pasar dos semanas a una gran casa de campo. El día después de su regreso a la ciudad —era domingo, pero ella no podía esperar más—, se escabulló de la casa y se dirigió al estudio, donde halló a Henry St Clair contemplando el retrato acabado. Ella estaba frente al cuadro, con el brazo de éste en torno a su cintura, cuando algo la hizo mirar por encima del hombro. Ruthven de Vere los observaba desde la puerta.

»Se oyó decir a sí misma, con un perfecto control, aunque sabía que era inútil: "Ruthven, te presento al señor Henry St Clair, el artista que, como puedes ver, acaba de terminar mi retrato. Era una sorpresa para ti. Henry, mi marido, el señor Ruthven de Vere".

»St Clair se quedó paralizado. De Vere no reconoció su presencia ni siquiera arqueando levemente la ceja. Ofreció el brazo a Imogen como si estuvieran los dos solos. Ella se dejó conducir al exterior por la estrecha y desvencijada escalera hasta el taxi que los esperaba a la puerta, sin que ninguno de los dos pronunciara una sola palabra.

»Llegaron a Belgrave Square en completo silencio. Ella había decidido no responder a pregunta alguna, no reaccionar ante ninguna amenaza, no ofrecer ni la menor explicación. Pero con Arthur —que a la sazón tenía sólo trece años, aunque por suerte se hallaba interno en el colegio— como rehén, su ánimo no tardó en claudicar. Además, temía por su vida. Podría haber resistido su ira y sus insultos, pero la frialdad de De Vere resultaba terrorífica. Había en su forma de hablar un siseo que le recordaba el vapor que emite un motor, y cuando el gas le alcanzaba la mejilla, hervía como si fuera ácido.

»Esa única imagen vista desde la puerta del estudio había puesto en marcha un tren de sospechas que avanzó durante horas de interrogatorio y acusaciones hasta alcanzar una insana conclusión. Estaban solos en su despacho; él había ordenado a los criados que no dejaran pasar a nadie y permanecieran en sus dependencias. Tomándose cada negativa como una admisión, la obligó a afirmar que había conocido a St Clair mucho antes de que el encuentro hubiera tenido lugar hasta convencerse a sí mismo que habían sido amantes antes de que él, De Vere, la hubiera conocido; de lo que, inexorablemente, dedujo que Arthur no era hijo suyo.

»Hasta ese momento ella se había negado a admitir que St Clair fuera nada más que un amigo. Entonces se dio cuenta, aunque ya era demasiado tarde, de que sus negativas habían impulsado a su marido hacia una fantasía aún más peligrosa. Llegados a ese extremo, creyó que la única manera de salvar la vida de Arthur era sacrificar la suya; si su marido la estrangulaba o la mataba a palos, la policía le detendría y Arthur estaría a salvo.

»De manera que le contó la verdad —aunque no me dijo cuál era exactamente esa verdad, ni yo se lo pregunté— esperando que la abofeteara sin piedad. En lugar de eso, él se calmó; pero insistió e insistió en que ella admitiera que St Clair había sido su amante durante todo su matrimonio, hasta que, presionada hasta más allá de lo soportable, ella dijo: "No, pero me habría gustado que lo fuera".

»Él se incorporó mientras ella hablaba. Imogen esperó el golpe, pero, sin decir una palabra más, él dio media vuelta y salió del despacho, cerrando la puerta con llave.

»Ella hizo sonar el timbre repetidas veces, pero nadie contestó. Pasaron las horas; dio vueltas por la estancia, dejándose llevar por las imaginaciones más horrendas. Era casi medianoche cuando su marido volvió a entrar.

»"He decidido —le dijo—, que debes marcharte de esta casa mañana por la mañana. Sacarás a tu hijo del colegio (él tampoco es bien recibido en esta casa) y harás con él lo que te plazca. Pero con una serie de condiciones.

»"En primer lugar, me cederás todas tus propiedades: cada penique que tu padre no me asignó; todas las joyas, hasta la más nimia bagatela, todo salvo la ropa que llevas puesta.

»"En segundo lugar, firmarás una declaración confesando tu adulterio con St Clair.

»"En tercer lugar, te comprometerás por escrito a no volver a ver ni comunicarte con St Clair en modo alguno.

»"Y, por último, te comprometerás a no volver a comunicarte con ninguna de nuestras amistades. Te marcharás de Londres para nunca volver. Deseo fingir que tú y tu hijo os habéis esfumado de la faz de la Tierra.

»"Desobedéceme en el más mínimo detalle y perderás a tu hijo. Temo que lo has consentido en exceso, pero nunca es demasiado tarde para remediarlo. Te llevaré a los juzgados acusada de adulterio y demandaré legalmente a St Clair por abuso de confianza hasta dejarlo en la ruina.

»—¿Por qué debería confiar en ti? —preguntó ella—. Ya que pretendes mostrarte despiadado en todos los demás aspectos, ¿por qué no vas a quedarte con Arthur para castigarme aún con más crueldad?

»—Porque mientras estés con tu hijo, vivirás con el miedo de perderlo. Como te sucederá, si no te atienes a las cláusulas de nuestro acuerdo. Y en cuanto a la confianza, deberás fiarte de mi palabra de caballero, y esperar que yo sea más fiel a ella de lo que lo fuiste tú a tus votos matrimoniales.

»Ya había preparado los documentos. Fue colocándolos ante ella uno por uno. Ella los firmó de manera mecánica, sumisa, sin apenas atreverse a leer lo que había escrito, y después anunció que se marcharía de la casa inmediatamente. Pero él insistió en que se quedara esa noche, sola en su dormitorio, con el fin de tener "tiempo para reflexionar". Le dijo que el timbre había sido desconectado, pero que encontraría una cena fría esperándola.

»Mareada de hambre y de fatiga, ella se arrastró hasta sus aposentos y cerró con llave. Existía una puerta que comunicaba su dormitorio con el de su marido. Ya estaba cerrada, pero no encontró la llave.

»Pese a su agotamiento, no tenía ninguna intención de dormir, pero minutos después de dar cuenta de la cena se sintió asaltada por una somnolencia irresistible. Había drogas en la comida. El temor le dio la fuerza suficiente para colocar un pesado arcón contra la puerta que separaba ambas habitaciones. Cayó en la cama y se hundió en un abismo de oscuridad, del que emergió a la mañana siguiente con la sensación de que la cabeza le ardía. En el espejo descubrió que su rostro y su cuello habían adoptado un lívido tono violáceo.

»Lo primero que se le ocurrió fue que su marido había llevado a cabo una terrible venganza. Pero la puerta seguía cerrada por dentro; el arcón estaba donde ella lo había dejado, bloqueando el acceso; la ventana seguía cerrada por dentro, y desde el antepecho hasta el suelo allá abajo había un salto de casi diez metros. La estancia estaba intacta, la almohada sin mácula. Incluso si un espíritu corrosivo se hubiera introducido de algún modo en la habitación, no podría haberle provocado unas heridas tan terribles sin dañar la ropa de cama.

»Se le ocurrió entonces que tal vez había sido envenenada con la comida. Al margen de la sensación de fuego en el rostro, se sentía bien, pero ¿cuánto tiempo duraría? Enferma de horror, se vistió, se puso un velo para ocultar su rostro y, pese a las amenazas de su marido, cogió algunas joyas que le había legado su madre, además del dinero que tenía en su armario.

»Hasta el momento no había oído el menor ruido procedente de la habitación de su marido. Escuchando por la otra puerta, haciendo acopio del valor necesario para abrirla y enfrentarse a él (ya que estaba convencida de que él la acechaba fuera), cayó en la cuenta de que los ruidos cotidianos de todas las mañanas brillaban por su ausencia. Con gran cuidado giró la llave y salió al corredor. Éste estaba vacío, no se oía ni el zumbido de una mosca. Esperó que él saliera a su encuentro durante todo el camino hasta la puerta principal, pero nadie apareció; a juzgar por las señales de vida, la casa podía haberse quedado desierta. Se escabulló hacia la calle y paró un taxi.

Theodore se quedó en silencio. Había llegado a estar tan absorto en su relato que siguió con la mirada clavada en el retrato, casi atravesándolo con ella, hasta que Cordelia le cogió del brazo; entonces se volvió despacio hacia su sobrina como quien despierta de un sueño.

—Lo siento mucho, querida. Temo que te he contado más cosas de las que pretendía. Lo cierto es que he vuelto al estudio de abajo, donde, hace treinta años, escuché las palabras de Imogen. Incluso su voz estaba alterada por la enfermedad: la recordaba como una vibrante contralto, y se había convertido en un tono áspero y susurrante, carente de cualquier expresión...

—Tío, ¿por qué lo llamas enfermedad? *Seguro* que él la envenenó.

—Lo sé, lo sé; y eso creyó siempre tu padre. Pero consulté a un especialista en privado, que me aseguró que no había nada en la naturaleza capaz de provocar tal efecto. Un médico dijo que debía de ser el Fuego de San Antonio; otro afirmó que parecía un caso grave de escaldamiento, pero su estado empeoró en lugar de mejorar, en las siguientes semanas; teníamos una enfermera viviendo en casa. Drogada o no, se habría despertado al instante si algo la hubiera quemado... Además, cualquier ataque físico quedaba descartado. Nadie pudo entrar en aquella habitación.

—¿Por qué has dicho «ataque físico» en ese tono? ¿Insinúas que pudo ser atacada de alguna otra forma?

—No, a menos que creas... pero no, no... Creo que debemos achacarlo a una extraña infección tremendamente virulenta, fruto de la tensión de los acontecimientos.

Cordelia quería preguntar qué iba a decir, pero advirtió que la idea perturbaba a su tío de tal modo que no quiso insistir.

—¿Y qué fue de Henry St Clair? —preguntó—. ¿Volvieron a verse? Supongo que así fue, dado que el retrato está aquí.

—No, querida, no volvió a verle. Y no fue St Clair quien lo trajo aquí. Lo que me lleva a la parte del relato que te concierne.

Cordelia tenía los pies helados; su respiración llenaba de vaho el aire frío, pero no quería romper el hilo de la historia. Serena, inalcanzable, tranquila, Imogen de Vere la contemplaba mientras tío Theodore rememoraba sus recuerdos.

—Ella ansiaba hacerle saber lo sucedido, por supuesto. Pese a mi consejo, le escribió al día siguiente de su llegada, pero ante mi insistencia no le dio esta dirección. De Vere no sabía nada de mí, y yo temía que la más leve brecha podía hacer que se precipitara sobre nosotros. Intenté averiguar el paradero de Henry St Clair de manera indirecta, pero sin resultado alguno, y pronto la tremenda enfermedad de ella ocupó todos nuestros esfuerzos.

»Durante casi dos meses —que parecieron una vida entera— deliró de dolor, pese a cuanto hacían los médicos. Pero cuando empezó a recuperarse me di cuenta de que la ansiedad por St Clair se cobraba su precio, así que accedí a desplazarme a Londres para encontrarlo.

»Estábamos a mediados de invierno, el tiempo era gris y deprimente. Cogí un taxi desde la estación Victoria y me senté deseando no haber oído nunca el nombre de Henry St Clair, mientras nos deslizábamos por el frío suelo y las calles se hacían más estrechas y más oscuras. En el restaurante —que era pequeño y estrecho, y olía con fuerza a ajo— me informaron de que St Clair se había marchado hacía semanas, y que nadie sabía adónde. Creí que tal vez estuvieran protegiéndole hasta que, con la ayuda de la hija del dueño como intérprete, me enteré de que todas las pertenencias de St Clair, incluido todo lo que contenía su estudio, habían sido confiscadas por los acreedores. Pasé el resto de la tarde confirmando mis temores. St Clair estaba en deuda con varios prestamistas; el «legado» que afirmaba haber recibido había sido evidentemente sólo el último préstamo de toda una cadena. De Vere se había apropiado de todas sus deudas y las había ejecutado, llevándole a la bancarrota y quedándose con todo lo que poseía, incluido el retrato.

—Entonces, ¿cómo llegó hasta aquí? —preguntó Cordelia—. ¿Se lo compraste?

—No, querida, no fue así. Intenté encontrar a St Clair, sin el menor éxito. No volvió a saberse nada de él; simplemente se desvaneció. Lo único que le dije a Imogen (por cierto, debería haberte dicho que ella sólo quería saber que él estaba sano y salvo, ya que al margen del riesgo de perder a Arthur, ya sabía entonces que estaría desfigurada para siempre...) fue que la gente del restaurante había perdido la dirección que les dio el pintor. Nunca se enteró de lo que le había hecho De Vere.

»Como sabes, tu padre recibía clases particulares aquí. Cuando cumplió los dieciséis años, ya había crecido tanto que De Vere no se habría atrevido a tocarle; y si Imogen no hubiera hecho jurar a Arthur que nunca se acercaría a su padre, creo que se habría producido algún ajuste de cuentas.

»Pero debo llegar al punto importante. Imogen vivió, aunque sería mejor decir soportó, el resto de su vida aquí, sin salir nunca de los límites de la finca. Nunca volvimos a saber nada de De Vere, ni de ninguno de sus conocidos previos: también ellos debieron de creer que Imogen se había desvanecido de la faz de la Tierra. A petición suya no insertamos ni una esquela, ni un aviso del funeral, en ningún periódico. Los compañeros de armas de tu padre supieron que su madre había muerto, pero si la noticia de su fallecimiento llegó a su antiguo círculo, nada salió de ello.

»Como comprenderás, la pobre Imogen no tenía nada que legar a tu padre. Él tenía su sueldo en aquellos días, pero la paga de un oficial sin graduación es pequeña, y mi fortuna había dado un vuelco para empeorar. El negocio daba sus últimos coletazos. Hipotequé esta casa y estaba pagando los intereses con lo que quedaba del capital. Daba la impresión de que no tardaríamos en tener que vender y trasladarnos a un lugar mucho más modesto. Con la ayuda de tu padre, me las arreglé para resistir un año más, pero el suelo se abría bajo nuestros pies.

»Y entonces llegó una carta comunicándonos que Ruthven de Vere había muerto, nombrando a Arthur único administrador de toda su fortuna.

»A primera vista uno podría atribuirlo a un arrepentimiento tardío. Pero pronto aparecieron dudas. En ningún punto del testamento —que había sido redactado tan sólo unos meses antes de la muerte de De Vere— se reconocía a Arthur como su hijo: el rédito de la fortuna se legaba simplemente a "Arthur Montague de Vere, de Ashbourn House, Hurst Green, Sussex". Resultaba inquietante saber que había estado al corriente de donde vivíamos. Pero había más condiciones.

»En resumen: el rédito de la herencia (alrededor de unas quinientas libras al año; también él había perdido una gran parte de su fortuna) iba a parar a Arthur, siempre que éste accediera a hacerse cargo de los contenidos que se hallaban en una habitación de la casa de De Vere. El testamento no especificaba de qué contenidos se trataba; enseguida llegaré a ello. El rédito seguiría siempre que se mantuvieran dichos objetos, juntos e intactos, en "la residencia habitual de Arthur". Si algo se vendía, trasladaba, abandonaba, destruía o regalaba, la asignación iría a parar a un pariente lejano que vivía en el norte de Escocia. De otro modo, pasaría, a la muerte de tu padre, a su primogénito, y así sucesivamente...

—... hasta la tercera generación —murmuró Cordelia.

Theodore la miró con una expresión parecida al miedo.

—¿Cómo lo sabías?

—¿Saber qué, tío?

—Que ésas eran las palabras del testamento.

—No lo sabía. Simplemente se me ocurrieron, hace tiempo, mientras pensaba en... otra cosa. ¿Y qué sucederá, a la tercera generación?

—La asignación llega hasta tu hijo mayor. Cuando ese hijo muera, pasará a los descendientes del pariente lejano de Escocia. Como ya habría sucedido si Arthur no hubiera tenido hijos.

—Y... ¿el contenido de aquella habitación?

Theodore no contestó. En su lugar se movió hacia una puerta que había en el zócalo de madera, unos cuantos pasos a la izquierda del retrato. Debido a la disposición de la escalera, el descansillo era relativamente largo, yendo desde la ventana hasta la entrada del pasillo que conducía a las habitaciones de las niñas. La puerta que su tío intentaba abrir quedaba justo a la derecha de esa entrada. Era la puerta del «almacén»; Cordelia pasaba ante ella varias veces al día, pero hacía tiempo que había llegado a la conclusión de que, dado que nunca se abría, no podía albergar nada de interés.

La cerradura cedió; crujieron los goznes; su tío empujó la puerta y la invitó a entrar.

La luz gris de la tarde se filtraba a través de dos ventanas muy sucias que había en la pared derecha. La estancia mediría unos cuatro metros por tres, pero estaba tan abarrotada que daba la sensación de ser mucho más pequeña. Varios muebles ocupaban el centro del suelo, apilados uno contra otro para aprovechar al máximo el espacio. El armazón de una cama y una mesa, ambos colocados al final, formaban el espinazo del conjunto. Desde la puerta, Cordelia distinguió los respaldos de dos sillas, un armario de madera, un arcón de metal, varias cajas más, y diversos bultos amontonados unos sobre otros. Todas las paredes de la estancia estaban llenas de cuadros, colocados sin orden ni concierto, algunos sobre tabla, otros sobre lienzo; debajo de éstos, obras inacabadas, pedazos de tela, marcos vacíos, rollos de lienzo y otros enseres se hallaban apoyados contra las paredes, dejando un estrecho pasillo de polvoriento suelo entre ellos y los muebles dispuestos en el centro de la sala. El aire era sorprendentemente seco, cargado de olores a barniz y pigmento, madera y lienzo, piel y crin, y restos de algo dulce y aromático que le recordó a un panal abandonado.

—Tienes ante ti —dijo Theodore— todos los bienes materiales de Henry St Clair. Esta mañana me he tomado la libertad de subir las persianas.

Cordelia dio unos pasos hacia el interior. El polvo se acumulaba en gruesas capas por todas partes, levantándose en pequeñas bolas a medida que ella se movía, cayendo sobre sus pies cuando se detenía frente a un lienzo que plasmaba una extensión de agua tranquila que se perdía a lo lejos entre la bruma, con varias barquitas en primer plano y las tenues sombras de otras más alejadas, un promontorio o una ladera cubierta de hierba a la derecha, y la gran bóveda celeste elevándose desde el horizonte, una cúpula de un azul más pálido atravesada por madejas o filamentos de nubes. El artista había conseguido capturar a la perfección aquella cualidad de la luz que parece flotar por encima de las corrientes de agua. Todo se mantenía suspendido, incluso los detalles en primer plano, suaves y borrosos, y sin embargo sugería una delicadeza de trazo tras la habilidad extrema del dibujante.

—Pero, tío, éste es hermoso. ¿Por qué los has tenido guardados durante tanto tiempo?

—Enseguida llegaremos a eso. Pero antes echa un vistazo.

El lienzo que seguía a ése era muy distinto. Mostraba el sendero de un bosque bajo la vaga y verdosa luz de la luna que se asomaba entre árboles altos, esqueléticos, de ramas retorcidas en forma de arco. En mitad del sendero se acercaba una figura solitaria, levemente encorvada. No se podía decidir si se trataba de un hombre, una mujer o un niño, ni ver sus rasgos bajo aquella pálida luz, pero toda su postura expresaba una profunda inquietud, la de alguien que estuviera intentando correr sin que se notara. A unos quince metros por detrás, al final del sendero, algo encapuchado y jorobado —¿o tal vez sólo un arbusto? ¿o un pequeño montículo de rocas de la estatura de un hombre?— parecía salir de los matorrales.

—¿*Éste* también es suyo?

—Creo que sí.

Al recorrer la sala, Cordelia vio al menos una docena de paisajes extraordinariamente parecidos al del río tranquilo que tanto la había impresionado. Incluso en una inspección preliminar podía decirse que constituían la obra de un hombre fascinado por el juego de la luz sobre el agua en todas sus múltiples formas, no sólo líquida, sino en forma de hielo o escarcha, vapor y neblina, bruma y niebla y cualquier variedad de nube, un hombre que perseguía una visión celestial en la que el aire y el fuego, la luz y el agua formaban un todo. Pero, intercaladas entre ellas, se encontraba un número parecido de cuadros que sólo podían describirse como estudios de la oscuridad: desprendían una sensación tan melancólica, incluso en algunos casos maligna, comparable a la alegría que transmitían sus escenas de luz, un mundo de bosques oscuros y ruinas laberínticas y deslavazadas, cargadas de una insidiosa amenaza.

—Imogen me dijo que los pintaba cuando su melancolía alcanzaba su punto más negro —dijo Theodore mientras ella examinaba otra escena nocturna—. Los llamaba exorcismos.

Éste mostraba una serie de elevados arcos de piedra, algunos completos, otros parcialmente derruidos, todos incluidos en el arco frontal y retrocediendo en la distancia sobre un suelo lleno de escombros. Los restos derruidos de lo que habían soportado los arcos en el pasado yacían por todas partes; la luz que iluminaba los cascotes adoptaba un tinte verdoso y fosforescente. Cordelia no podía mirarlo sin sentirse vertiginosamente atraída hacia el cuadro. De nuevo halló difícil de creer que el lienzo siguiente, un estudio de la luz del día sobre un banco de niebla al amanecer, procediera de la misma mano. Incluso bajo esa luz gris e invernal, la luminosidad de la niebla era extraordinaria.

—No lo comprendo —dijo ella por fin—. Si Ruthven de Vere odiaba tanto a Henry St Clair, ¿por qué conservó sus cosas? ¿Y por qué nos las legó? De la forma en que lo dijiste, creí que «el contenido de la habitación» sería algo espantoso.

—Eso creí yo también, querida, cuando leí el testamento. Estaba redactado como si la condición fuera una trampa, o una maldición, con la renta como anzuelo. Por eso fui a ver al señor Ridley, el abogado de De Vere, en nombre de Arthur.

»Por una afortunada coincidencia, una de las pocas en este tenebroso asunto, el padre del señor Ridley y el mío habían sido amigos; nunca nos habíamos visto, pero eso me dio una cierta ventaja. Y desde el principio deduje que no había sentido un gran aprecio por De Vere, y que había algo en el testamento que lo incomodaba.

»Hacía un día frío, y el fuego ardía en la chimenea de su despacho. En lugar de hablarme desde el otro lado de la mesa, me invitó a tomar asiento frente al fuego, y en poco tiempo hablábamos como si fuéramos viejos amigos.

»—No puedo decirle lo que desea saber —me dijo—, es decir, el objetivo que se oculta tras la condición, porque no me fue revelado. Pero me temo que no anda desencaminado al sospechar que se trata de una intención malévola.

»Entonces me preguntó qué conclusiones había sacado del informe de su muerte. Le dije que ni siquiera sabía que se hubiera llevado a cabo una investigación. Y, tras una leve vacilación, me contó todo lo que sabía.

La mención del fuego hizo que Cordelia cayera en la cuenta de que estaba temblando de frío. Cerraron la habitación y, cruzando el lóbrego corredor, se trasladaron al salón, situado en el extremo opuesto de la casa, donde los restos encendidos del fuego seguían ardiendo.

—Tras la separación —prosiguió Theodore, una vez que hubieron avivado las llamas—, De Vere mantuvo su acostumbrada ronda de cenas y grandes recepciones. Hizo saber a todos que Imogen había decidido de repente emprender un retiro religioso y no deseaba más contacto con el mundo. El chico recibía educación privada en el campo. De Vere incluso llegó a decir: «Ha tomado el velo», algo profundamente perturbador, incluso en perspectiva; me alegré de no haberme enterado en ese momento. Sin duda su caballeroso comportamiento despertó una gran admiración entre sus amistades.

»Así siguió durante otros diez años, hasta que la gente empezó a percatarse de que no se mostraba tan encantador ni atento como antes; parecía preocupado, abstraído, inquieto. En la City se rumoreaba que De Vere había perdido fuelle; lo que era cierto, sin duda alguna, es que perdía dinero. Cuando murió Imogen —muerte de la que, según el señor Ridley, él estaba enterado— ya había vendido sus acciones del banco, se había retirado por completo de la vida social y retenía a su lado sólo a tres criados. También su aspecto había sufrido una profunda alteración. Quien antaño había personificado la elegancia en el vestir y el acicalarse recibió al señor Ridley, en los últimos meses de su vida, en su casa de Belgrave Square, con un traje arrugado, zapatillas, y un batín manchado de grasa sobre los hombros. Su blanco cabello, que poco tiempo atrás había sido de un gris acerado y siempre pulcramente peinado, era ahora largo y escaso; había perdido la mayor parte de los dientes, y tenía el rostro macilento y ajado. Había cumplido sesenta y siete años, y parecía veinte años más viejo.

»Pregunté al señor Ridley si, en su opinión, De Vere estaba cuerdo cuando se redactó el testamento.

»"Cuerdo —recuerdo que me dijo, chasqueando los dedos así—, no sé si lo calificaría como tal. Ante los ojos de la ley, sí: conocía el significado de las palabras; sabía exactamente qué quería e insistió en obtenerlo. Preferiría no añadir nada más."

»Según el señor Ridley, había maldad en él, maldad pero también miedo, una morbosa ansiedad tan palpable como el aberrante testamento. De Vere tenía la silla apoyada en la pared, frente a la puerta, y durante toda la conversación no dejó de escrutar furtivamente hacia todas partes. Y ésa fue la última vez que el señor Ridley le vio hasta que, como albacea, recibió una nota del médico diciendo que De Vere había muerto debido a una caída desde una de las ventanas de la planta superior e invitándole a acudir a la casa.

»La habitación de la que había caído De Vere era la que contenía todas las pertenencias de Henry St Clair.

»El valet de De Vere, aunque no puede decirse que tuviera mucho trabajo como tal, afirmó en la encuesta que, por lo que él sabía, las posesiones de St Clair habían permanecido intactas en la buhardilla hasta el año anterior, cuando por casualidad había visto al señor De Vere abriendo la puerta. A partir de ese momento, las visitas de su señor se habían hecho más y más frecuentes, hasta que llegó a pasarse horas en ella todos los días, o mejor dicho todas las noches, ya que era por la noche cuando subía más a menudo, siempre cerrando la puerta tras de sí. El señor De Vere había dejado claro desde el principio que nadie debía molestarle mientras estaba encerrado. En cuanto al porqué pasaba tanto tiempo en aquel cuarto, o lo que allí hacía, el valet, cuyo nombre era William Lambert, no supo decirlo. A veces, al pasar frente a la puerta, oía ruido de golpes o arañazos, como si arrastraran las cosas, pero la mayoría del tiempo el silencio era absoluto.

»La noche de su muerte, De Vere se había encerrado en el desván a las diez en punto. Era finales de otoño, una noche fría y tranquila. Alrededor de la medianoche, William se había quedado dormido, totalmente vestido, en la buhardilla del piso superior (el señor había tomado por costumbre pedir algún refrigerio a primera hora de la mañana, para luego dormir hasta muy tarde), cuando le despertó el ruido de un cristal al romperse seguido de un golpe sordo que procedía del exterior. Bajó corriendo y halló al señor De Vere muerto sobre las losas del patio.

»Sospechando alguna clase de juego sucio, el médico hizo llamar a la policía y se forzó la puerta del desván. Pero no había nadie dentro, ninguna posible vía de escape, y ninguna señal de lucha al margen de la ventana rota por la que Ruthven de Vere había efectuado su última salida. Una investigación más profunda insinuó que había corrido con todas sus fuerzas hacia la ventana y se había precipitado a través del cristal.

»Según el servicio, no había recibido ni una sola visita desde que dictara el testamento. La doncella y el ama de llaves pasaban la mayor parte de su tiempo abajo, de manera que el valet se convirtió en el testigo principal de las últimas semanas de la vida de De Vere. William explicó al señor Ridley en privado que en ocasiones había observado, sin ser visto, cómo su señor se acercaba al desván: de ellas sacó la impresión de que De Vere era arrastrado hasta allí casi en contra de su voluntad, cual hombre vencido por la afición a la bebida, o asesino impelido, como afirma la creencia popular, a regresar al escenario del crimen. Esto nunca salió a la luz durante la encuesta, en la que el juez, por razones que sólo él conocía, interrumpió los fugaces intentos del valet de describir el estado mental de De Vere e impuso su criterio ante el jurado hasta llegar a un veredicto de muerte accidental.

»En opinión del señor Ridley, el veredicto debería haber sido suicidio en un momento de enajenación mental. Insistí entonces en la cordura de De Vere cuando se redactó el testamento.

»—Si cree que los términos pueden revocarse con esa base —replicó él—, no quiero darle esperanzas. Las instrucciones de ese hombre fueron precisas; preguntó con atención cómo redactarlo; no había nada caprichoso o repugnante (es decir, incoherente con la ley) en los términos que planteaba. Hablando en confianza, no me cabe duda de que su intención era malévola, pero basada en un engaño: es decir, al legar los efectos personales del señor St Clair a su sobrino, creía estar echando una maldición sobre él y sus descendientes. Así que, en realidad, no hay nada que objetar: la intención de hacer daño era sin duda real, pero el peligro es, casi con toda seguridad, fantasmal.

»Pregunté por qué había dicho "casi con toda seguridad".

»—Cautela profesional, supongo. Uno nunca sabe del todo... Hay tantas cosas... Uno podría preguntarse si ese hombre había ocultado algo peligroso entre los efectos del señor St Clair. ¿Qué clase de peligro, dirá usted? Bien, por citar otra autoridad, dejaría de ser un peligro si supiéramos la respuesta. Y es de lo más improbable, por supuesto. Mil a uno a que el hombre estaba loco. Desde luego, si descubriera la existencia de algún peligro entre los contenidos de la habitación, tal vez pudiera exigir, legalmente, que esas posesiones permanecieran *in situ*. Pero si yo fuera su sobrino, aceptaría el legado, cogería el dinero, lo guardaría todo cerrado a cal y canto, y no pensaría más en ello.

»Si no hubiéramos necesitado tanto el dinero —dijo Theodore—, tu padre lo habría rechazado sin duda alguna. Detestaba la idea de ceder a los deseos de su padre, incluso aunque hubiera muerto, e insistió en que yo recibiera toda la renta hasta que tú cumplieras los veintiún años; de eso hemos vivido durante los últimos siete años. Mi consuelo era la idea de que, en realidad, estábamos recobrando un dinero que había pertenecido a Imogen. Pero ahora que ya tienes veintiún años, la renta, y la responsabilidad, son del todo tuyas.

—Me gustaría que las cosas siguieran como están —dijo Cordelia sin vacilar—. Lo único que no me has contado es por qué sacaste el retrato y dejaste el resto de cuadros encerrados.

—Simplemente porque no resistía pensar en ella, en su retrato, encerrada en la oscuridad. En cuanto al resto, fue decisión de tu padre.

—¿Hiciste lo que sugirió el abogado, mirar si... supongo que debo llamarle mi abuelo, había escondido algo peligroso en la habitación?

—Bueno, vigilé el traslado de los enseres de St Clair del carruaje hasta casa (tu padre os había llevado a ti y a tu hermana a pasar el día fuera), y no vi nada siniestro. Pero no era yo quien debía examinar esas cosas de cerca.

Cordelia atizó el fuego, con aire pensativo.

—Creo que me gustaría sacar algún otro cuadro —dijo un rato después—. ¿Me está permitido hacerlo? ¿Los términos del testamento lo impiden? ¿Cómo se enterarían?

—El testamento está en poder de tres caballeros de la City. El sucesor del señor Ridley, un tal señor Weatherburn, ejerce de albacea. El señor Ridley se jubiló poco después de nuestro encuentro. Tu obligación es escribir al señor Weatherburn una vez al año para asegurarle que las condiciones no han sido alteradas. Él o un delegado suyo pueden presentarse en cualquier momento para comprobar que todo sigue en orden. En realidad, nos han visitado sólo dos veces: una poco después de que llegara todo, y otra después de que les comunicara por escrito la noticia de la muerte de tu padre. Una vez que hayas decidido qué quieres hacer, supongo que volverán a enviar a alguien: hay papeles que tendrás que firmar. Podrías preguntárselo a quien venga en su nombre.

—Ya lo he decidido, tío; acepto. Pero... supongamos que dijera que no quiero el dinero, ¿qué sucedería con los cuadros?

—Todo sería retirado y almacenado por los albaceas hasta que tu primogénito alcanzara los veintiún años; entonces debería contestar a la misma oferta. Si declinara, el contenido de la habitación sería reducido a cenizas, ésa es la frase literal, bajo la supervisión del albacea. Como sucederá, en cualquier caso, si no hay descendientes, o tras la muerte de tu primogénito.

—¡Qué horror! Eso me convence aún más a sacarlos a la luz... Bien, quizá no los exorcismos, pero sí todos los demás, para que la gente pueda admirarlos. Y... ¿qué pasa si Henry St Clair sigue vivo? ¿Cuántos años tendría ahora?

—Unos sesenta, supongo.

—En ese caso... ¿No crees que deberíamos intentar encontrarlo? Me refiero a que todo esto es suyo; mi abuelo se lo robó, de la misma forma que robó el dinero de Imogen. Aunque, por supuesto, si se lo devolviéramos, perderíamos la renta, ¿verdad?

—No solamente eso, querida. Legalmente esos cuadros son propiedad de los albaceas; suponiendo que encontráramos a St Clair y se los devolviéramos, podrían acusarnos de robo.

—¡Qué hombre tan perverso! Odio pensar que es mi abuelo. Supongo que así debió de sentirse Papá, peor, tal vez... De manera que no podemos hacer nada, a largo plazo, para salvar esos cuadros de ser quemados.

—Me temo que no, querida.

—¿Y Beatrice? —dijo Cordelia después de una pausa—. ¿Cuánto debería contarle?

—Eso es algo que debes decidir tú.

—Sólo conseguiré alejarla aún más —dijo Cordelia, con desesperación.

—Lo sé —replicó Theodore con un candor poco habitual—, pero tenemos que hacer las cosas lo mejor posible. Le diré, si te parece bien, que la administración de la renta que nos mantiene... si decides seguir aceptándola, claro...

—Estoy segura de eso.

—... ha pasado a ti, por ser la mayor. No hace falta que sepa nada más, a no ser que tú decidas lo contrario.

—Gracias, tío. Dime, y por favor no finjas, ¿por qué *crees* que me odia tanto?

—Envidia, me temo, pero no le digas a tu tía que yo te lo he dicho: te envidia tu buen humor, tu natural afectuoso y... para ser totalmente sincero, el hecho de que fueras la preferida de tu padre.

—No creo que mi carácter sea tan maravilloso como lo pintas, tío. Pero incluso aunque lo fuera... no es justo que me culpe de ello. No pude evitar nacer antes...

Rompió a llorar, oyendo de nuevo el eco de su queja —mucho rato después— desde el descansillo. Tío Theodore se inclinó y le acarició el hombro, pero aparte de eso su respuesta fue tan muda como la del cuadro, y permanecieron un rato sentados en silencio, observando cómo las ascuas ardían y centelleaban mientras la oscuridad se cernía sobre la ventana.

SEGUNDA PARTE

Unos dos meses después, a las tres de la tarde de un cálido día de primavera, Cordelia se hallaba sentada en su lugar predilecto junto a la ventana que daba a la vereda, fingiendo leer pero en realidad esperando la llegada de un visitante. Aunque la vereda ya estaba cubierta de sombras, ella quedaba bañada por una luz del sol tan deslumbradora que apenas alcanzaba a ver nada más allá del patio. Pero a la vez estaba segura de que esa luz intensificaba la blancura cremosa de su vestido, y el brillo de su denso cabello rubio, que se había lavado aquella misma mañana. El secretario del señor Weatherburn le había informado que los albaceas estarían representados por el «joven señor Beauchamp», a quien ella esperaba convencer para que la dejara sacar a la luz varios cuadros más. Tío Theodore se había llevado a tía Una y a Beatrice a pasar el día en Londres, así que disponía de toda la casa para ella sola.

Como era previsible, Beatrice se había negado a escuchar ni una palabra sobre todo este tema: afirmó que tío Theodore le había contado todo lo que necesitaba saber. Ni siquiera entraba en la habitación donde se almacenaban «los cuadros de Cordelia», como ella insistía en llamarlos. (También tía Una se había negado a verlos, pero su negativa se debía a las escaleras; había trasladado su habitación del primer piso a la planta baja hacía poco tiempo.) Dejando a un lado el dolor ya familiar que provocaba el rechazo, Cordelia se había visto obligada a admitir que, en realidad, se sentía aliviada; no podía evitar un sentimiento de propiedad sobre la estancia. Girar la llave en la cerradura y penetrar en ella cuando no había nadie alrededor le proporcionaba una emoción infantil de placer, como quien redescubre un escondrijo secreto. Se sentía absolutamente a sus anchas allí, sobre todo por las mañanas cuando la luz del sol iluminaba sus paredes. Lo cierto es que cuanto más tiempo pasaba allí, más cuesta arriba se le hacía considerar lo que contenía como propiedad de los albaceas. Anhelaba disponer los muebles en los lugares que habían ocupado treinta años antes, la primera vez que su abuela visitó el estudio de Henry St Clair, pero se dijo que antes de hacerlo debería al menos consultarlo. Mientras tanto había limpiado las ventanas, quitado el polvo de los muebles y barrido el suelo tan concienzudamente como pudo sin tocar nada.

Al final de la vereda una silueta emergió de las sombras y avanzó arrancando crujidos de la grava. Un hombre joven, que no tenía aspecto de abogado en absoluto, ya que llevaba una camisa azul de cuello abierto y una bolsa de lona cargada sobre el hombro. Pero cuando la descubrió en la ventana, la saludó con tal alegría que ella no pudo evitar devolverle el saludo, ni bajar corriendo los cuatro tramos de escaleras pese a las advertencias de tía Una relativas a las alfombras resbaladizas y los cuellos rotos, de manera que, cuando abrió la puerta, estaba casi sin aliento.

De cerca, el atuendo del joven parecía aún más informal. La camisa azul estaba desteñida; llevaba pantalones de pana marrón, y unas maltrechas botas del mismo color que pedían a gritos un buen cepillado. Además de la bolsa, llevaba una gabardina caqui, con filas de botones de latón en las que había águilas grabadas, doblada sobre el brazo. Era delgado, no mucho más alto que la propia Cordelia, con el cabello entre castaño y cobrizo, rizado, la tez colorada, y un rostro largo y risueño, que se iluminó con una irresistible sonrisa en cuanto la vio. Ella sintió una atracción inmediata, y una extraña y ligeramente inquietante sensación de familiaridad, como si alguna voz interior le dijera: *Te conozco*, aunque estaba totalmente segura de que no lo había visto nunca.

—¿Señorita De Vere? Soy Harry Beauchamp, de Weatherburn y Hall.

—Oh, sí, pase. Pero llámame Cordelia, por favor.

—Entonces llámame Harry. Eres... Es una casa preciosa. Uno nunca adivinaría su existencia. Creía que me había equivocado de camino, hasta que salí del bosque y te vi en la ventana, saludándome.

—Creo que fuiste tú quien saludó primero. ¿Te apetece una taza de té?

—Me encantaría, pero ¿podemos antes echar un vistazo a los cuadros y los objetos? Si dispones de tiempo, claro. Así sentiré que me merezco el té.

—Oh, sí, tengo mucho tiempo —dijo Cordelia, ruborizándose un poco ante su entusiasmo—. Sígueme. Debo decirte que no pareces abogado.

—De eso mismo se queja siempre mi tío. Él es Hall. Como le dijiste al pasante que el camino desde la estación solía estar embarrado, pensé que este calzado sería más apropiado... Espero que no te moleste.

—En absoluto. Esperaba que no fueras un remilgado.

—Para serte sincero —prosiguió él mientras se alejaban del vestíbulo (a ella no le pasó desapercibido que los pasos del joven eran ligeramente vacilantes y que se inclinaba un poco hacia la derecha al andar)—, me interesa mucho más la pintura que la ley. Es otra de las razones que me granjean el desprecio de tío Timothy. Ojalá pudiera decir que estoy aquí porque entiendo algo de cuadros, pero, para no faltar a la verdad, es porque creyó que ni siquiera yo podría meter la pata en algo tan sencillo como redactar un inventario de propiedades y pedirle que firme unos documentos.

—Bueno, pues me alegro —replicó ella—, porque a mí me importan los cuadros, y espero que a ti también.

Cuando comenzaron a subir por la escalera, ella vio que la rodilla derecha de su acompañante no se doblaba del todo, de forma que tenía que detenerse cada dos peldaños para subir la pierna hasta el siguiente.

—Herencia de guerra —dijo él, en respuesta a una pregunta no formulada—. Totalmente ignominiosa, me temo. Una noche que llegaba tarde a los barracones sufrí una caída de la moto. Pasé el resto de la guerra con muletas, desempeñando tareas de oficina en Londres. De otro modo, quizá no estaría aquí. Ninguno de mis amigos lo está. De antes, quiero decir.

—Sí. Perdí... Perdimos a nuestro padre un mes antes de que terminara.

—Qué horror. Eso es peor... Haber llegado hasta ese momento... Lo siento, he tenido muy poco tacto.

—No, no es cuestión de tacto, es la verdad. Creo que la verdad nunca duele... O al menos no debería doler —añadió Cordelia, pensando en Beatrice.

—Vaya, ¿quién es? —exclamó él cuando llegaron al descansillo y se detuvieron frente al retrato.

—Imogen de Vere, mi abuela.

—Es precioso. Realmente precioso. ¿Quién lo pintó?

—Henry St Clair... ¿No conoces la historia?

—¿Quieres decir que esta obra pertenece al *fideicomiso*? Buen Dios, no; sólo he leído el testamento. Una petición de lo más extraña... Bastante demente, si se me permite decirlo. ¿Por qué diantre...?

—Sí, también yo creo que estaba loco. Y era malvado.
—Reprimiendo la tentación de explicarle toda la historia, mantuvo a Imogen al margen, limitándose a decir que Ruthven de Vere había llevado a la bancarrota a Henry St Clair «en un arrebato de locura» y había escondido sus cuadros. Harry Beauchamp la escuchó con atención, mientras observaba el retrato. En un par de ocasiones su mirada se posó en Cordelia, como si comparara ambos rostros.

—De modo que realmente, quiero decir moralmente —concluyó ella—, pertenecen a Henry St Clair, aunque sé que la ley dice algo distinto.

—Así es, por desgracia... Pero entiendo lo que quieres decir. Cuanto más observo la obra, más me extraña no haber oído hablar de él. Los ojos son extraordinarios... ¿Podemos ver el resto?

Aunque la estancia ya le resultaba familiar, Cordelia no podía traspasar el umbral sin sentir un estremecimiento de anticipación. Guiar a su primer visitante al otro lado de la puerta —sobre todo a alguien tan agradable como Harry Beauchamp— añadía un estremecimiento adicional, y la reacción del joven no la decepcionó. Empezó recorriendo lentamente la estancia, yendo de cuadro en cuadro, mientras ella le observaba desde la puerta, recordando sus propios pasos aquella primera tarde de invierno. Tan absorto estaba que, cuando volvió a pasar ante ella e inició la segunda vuelta, bien podría haber estado andando en sueños. Al fin se detuvo delante del primer «exorcismo» —la figura solitaria que iba corriendo por el bosque nocturno— y se volvió hacia ella.

—Lo siento —dijo él—. No tenía ni idea... Hasta que vi el retrato esperaba una sala llena de acuarelas de un aficionado o algo parecido. Pero estas obras son de una calidad notable. Ésta, por ejemplo, me recuerda mucho a Grimshaw... ¿Le conoces? No, ahora no está muy en boga. Trabajó mucho la luz de la luna. Un excelente pintor. Pero en este hombre hay una sensación de amenaza...

—Él los llamaba exorcismos —dijo Cordelia, reuniéndose con él—. Para la melancolía.

—Ya... Y éste... —dijo él, pasando a otra escena nocturna—. ¡Es una especie de broma!

Para un ojo poco adiestrado el cuadro no tenía nada cómico. La parte superior del lienzo mostraba una casa alta, adusta, enmarcada en una tracería de ramas desnudas. Una luz anaranjada brillaba desde una de las ventanas de arriba, acentuando las líneas oscuras de los marcos dándoles el inquietante aspecto de dientes apretados. Las hojas y arbustos se acumulaban sobre un sendero de piedra: todo el lugar desprendía un aire descuidado, desolado. El sendero descendía, gracias a una serie de escalones, hasta una puerta entre pilares de piedra. Pero ahí terminaba todo parecido con la realidad, ya que justo después de los pilares el terreno se cortaba en un precipicio abrupto y rocoso, que se hundía en un abismo insondable. Unas piedras sobresalían en precario equilibrio del borde del precipicio, formando un corte dentado frente al muro principal de la casa. Surcos de tierra y follaje brillaban bajo la luz de la luna.

Al principio, el precipicio que dominaba la parte inferior parecía carecer de rasgos, Cordelia lo había contemplado con anterioridad, sin discernir nada más que líneas difusas. Pero ahora, como si sus ojos se hubiesen acostumbrado a la penumbra, la imagen empezó a tomar forma. Tenía delante la boca de una gran caverna, atestada de difusas figuras que podían ser o no humanas, los ojos materializándose en diminutos puntos de luz rojiza, como si reflejaran el brillo feroz de la ventana de la casa.

—Extraordinario, ¿verdad? —dijo Harry—. Esa casa es puro Grimshaw, y sin embargo... mira esto. —Señaló algo que Cordelia había tomado por una grieta del lienzo: una línea fina y dentada de un blanco puro que cruzaba la boca de la caverna—. Un relámpago, ¿no crees? El loco Martin hecho realidad.

—Me temo que no...

—Lo siento, no debería llamarle así. John Martin. Principios del siglo pasado. Era su hermano el que estaba loco, pobre hombre. Inmensos apocalipsis: vi uno en venta no hace mucho. Se vendió por diez libras; lo habría comprado yo de haber tenido donde colgarlo. Pero juntarlos así, parece una especie de comedia del exceso. Una ejecución notable. ¿Y qué me dices de éstos?

Avanzó hacia una serie de lienzos, todos versiones similares de la misma escena: la visión de un pájaro acuático de una densa selva de juncos que crecían junto a la ribera, pintada en intensos verdes y marrones y destellos de luz plateada, de manera que los juncos parecían altos como árboles. Entre ellos se escondían unas formas oscuras, moteadas y violáceas, que podrían haber sido crustáceos, o medusas, o sombras de criaturas cerniéndose sobre el marco. Cordelia no habría sabido decir qué eran, y sin embargo atraían la vista; siempre que intentaba concentrarse en algún otro aspecto de la escena, los juncos daban una desconcertante impresión de estar en movimiento.

—Éstos no me recuerdan a nadie —dijo Harry—. ¿Estás segura de que son del mismo...? Bien, aquí está su firma, de todos modos. Extraordinario. Y éste... —Se volvió hacia un cuadro, de al menos 1,20 T 0,60 m, que plasmaba a varias parejas de amantes desnudos flotando en un firmamento de azules, docenas, incluso cientos, algunos no mayores que mosquitos, pero todos intrincadamente detallados— parece pertenecer a otro artista. Pero aquí aparece de nuevo su firma. ¿Has dicho que tal vez siga con vida?

Apartándose de los amantes, que la hacían ruborizar, Cordelia le explicó todo lo que recordaba sobre Henry St Clair, sin mencionar el romance. No, se dijo, porque le importara que Harry Beauchamp estuviera enterado de ello, sino porque parecía un tema demasiado íntimo, hallándose los dos solos en la casa; y ya estaba teniendo bastantes problemas con el rubor.

—Sabes —dijo él, tras pensarlo por unos instantes—, en lugar de colgarlos separados por toda la casa, por bien que quedaran y aunque el testamento no especifica en ningún momento que deban permanecer todos juntos en una sala, creo que se podría montar una especie de exhibición, aquí o en otra habitación, si la consideraras más adecuada. Los objetos del centro podrían guardarse en otro lugar, si tienes espacio para ello, y entonces... imagina que Henry St Clair todavía *vive*. Si lográramos encontrarle, al menos podría venir a ver sus cuadros, saber que estaban a salvo... aunque no para siempre —añadió, mientras su semblante se ensombrecía—. Pero, si pudiéramos dar con él... Supongamos que tu abuelo hubiera hecho algo ilegal en la adquisición de esas deudas, quizá podríamos salvar los cuadros y... Perdón, lo lamento muchísimo, no tengo ningún derecho a...

—No, no, sigue, por favor. Es una idea maravillosa. Pero... supongo que no eres tú quien debería intentar salvarlos.

—Oh, no —dijo él alegremente—. Mi tío me pondría de patitas en la calle al instante si me oyera hablar así. Pero los cuadros son más importantes, ¿no crees? No hay ninguna cláusula que nos impida intentar encontrarle; y, además, lo haría en mi tiempo libre, no en el de la empresa. Si me das tu aprobación, por supuesto.

—Oh, sí, por favor —exclamó Cordelia, reprimiendo el impulso de saltar a sus brazos.

—Entonces... ehhh, ¿crees que podría volver otro día, para estudiarlo todo con más calma? Tal vez descubramos alguna pista que nos ayude... Tendría que ser durante el fin de semana, si no hay problema.

—Oh, sí, por favor —repitió ella, más ruborizada que nunca—. Podrías quedarte aquí, hay muchísimo espacio. Sé que a mi tío no le importará.

—Maravilloso... ¿Este sábado os va bien?

—Oh, sí, por... Perfecto... Vaya, ¿me disculpas un segundo? —soltó ella, antes de salir corriendo de la habitación.

¿Qué me está sucediendo?, pensó Cordelia mientras se echaba agua para apagar el rubor de sus mejillas. Pese a su relativo aislamiento, se había zafado ya de las atenciones de suficientes pretendientes para no considerarse una inexperta en esos temas. Nunca había conocido a alguien tan atractivo, o tan interesante, como Henry... No, Harry Beauchamp; suponía un alivio tan enorme no tener que disculparse por disfrutar con libros y cuadros, y la cojera no le importaba en lo más mínimo, tampoco le gustaba tanto bailar o jugar al tenis para no poder prescindir alegremente... *Detente un momento, ni siquiera sabes si le gustas*, se reprochó. Pero su corazón se negaba a escuchar; recorrió a toda prisa el corredor y le encontró examinando un imponente libro negro que había extraído, evidentemente, de los materiales que se acumulaban en medio de la sala.

—Espero que no te importe —dijo él—, pero me ha parecido interesante. ¿Lo has abierto alguna vez?

—No, no he querido tocar nada.

—Bien, como representante de los albaceas —dijo él con una sonrisa encantadora—, me complace informarte de que puedes revisar lo que quieras y cuando quieras. No hay nada en el testamento que te lo impida.

También había rescatado un elevado soporte de madera, una especie de facistol portátil, donde apoyó el libro. Ella observó que no se trataba de un libro normal, sino de un conjunto de tablas o placas, encerradas entre gruesas cubiertas y aseguradas mediante un cierre metálico deslustrado. No había ninguna inscripción visible, ni en la cubierta ni en el lomo.

Él tiró del cierre, pero éste no cedió.

—No veo ningún ojo de cerradura —dijo él—. Debe de tener algún truco... ah, ya está, maldita sea.

El cierre saltó con un fuerte chasquido y él retrocedió; unas gotas de sangre aparecieron en los dedos de su mano derecha.

—¿Quieres una venda? —preguntó ella, preocupada.

—No, es sólo un arañazo. —Envolvió la herida con el pañuelo y recogió el libro, que era, sin duda, muy pesado.

—¿Podemos sacarlo al descansillo? Creo que tal vez necesitemos el espacio.

Él sacó el libro y lo depositó en el suelo.

—Aquí mismo —dijo ella. Sin importarle el polvo, se arrodilló al lado de él, abrió la cubierta y sacó algo que parecía una especie de friso azul formado por una serie de paneles enlazados entre sí. Tenía que hacerse con mucho cuidado, porque los paneles parecían desdoblarse desde el fondo, de manera que tenía que irlos desplegando sobre el suelo, con Harry atento a cómo se desarrollaba la tarea.

Al principio todos los paneles parecían más o menos idénticos: nada más que la representación de un agua gris azulada, vista desde encima de la superficie del océano, de manera que partes enteras quedaban llenas por la plasmación de una sola ola, salpicada de espuma, y destellos ocasionales de un cielo bajo y tormentoso. Las secciones en sí mismas estaban hechas de una madera muy fina cubierta con tela, los ejes estaban tan bien disimulados que, una vez que la obra quedaba extendida sobre el suelo, las junturas apenas resultaban visibles. Pero a medida que avanzaba la escena, empezó a revelarse una amenazadora presencia justo bajo la superficie: una forma alargada y pálida, distorsionada y a veces oculta por la inmensidad del agua, pero haciéndose más palpable con cada sección que se abría.

Tras lo que parecía ser la última sección, había otro panel, fijo gracias a dos pequeños cierres deslizantes. Cordelia los destrabó y se echó hacia atrás, ahogando un grito de horror. Tenía ante sí el rostro de un hombre ahogado, de tamaño natural, con los dientes apretados, los ojos muy abiertos mirándola fijamente. Salía agua de su boca abierta, mientras una ola le elevaba; el cabello estaba empapado y sucio de algas. La forma que acechaba al fondo adoptó los rasgos de un torso desnudo, unos miembros inertes, y una mano blanca y muerta, con los dedos tensados agarrando la nada.

El rostro de un hombre joven; o al menos eso se dijo ella al principio. Pero cuando se acercó para observarlo mejor, la expresión del ahogado se alteró. No sólo su expresión, sino también la forma de la cara, que pareció envejecer a medida que ella se inclinaba más hacia el panel, hasta convertirse en la cara de un anciano, macilento, desdentado y calvo: todo el «cabello» eran algas; sólo la agonía permanecía inmutable. Volvió a echarse atrás, y la transformación se produjo en sentido contrario.

—Un efecto notable de *trompe-l'oeil* —dijo Harry, agachándose a su lado con torpeza—. Algo en la pintura, creo; ¿ves cómo atrapa la luz desde distintos ángulos? —Retrocedió toda la longitud del friso, examinándolo de cerca—. Mira esto.

Ella vio que él había soltado una página en blanco, como una solapa, que sin duda se había quedado pegada a la contracubierta. Inscrito en el extremo, con letra arcaica y negra, aparecían las siguientes palabras: «El ahogado».

—Interesante. No se ve, o al menos es muy improbable que se vea, hasta que has desplegado toda la obra —prosiguió él—. Y es lo único hasta el momento que incluye título.

—¿Todos los cuadros tienen título? ¿Es una especie de regla?

—Bueno, no es obligatorio, pero es raro ver una colección completa sin ninguno. Y —volvió a agacharse, retrocediendo con torpeza a todo lo largo de la obra, y empezó a doblar los paneles, examinándolos por detrás al hacerlo—, aparte de ser el único con un título, es lo único que he visto hasta el momento sin firma. Al menos, yo no la encuentro.

Sacó el friso por segunda vez.

—¿Qué crees que significa eso? —preguntó ella.

—Bueno... Parece obra suya, desde luego, aunque no podría afirmarlo con absoluta certeza con tan poco tiempo para examinarlo. Pero todo el libro, el objeto en sí, dejando a un lado el diseño, parece demasiado antiguo. Habría jurado que es del dieciocho, aunque no he visto nunca nada parecido. Me pregunto si lo encontró en blanco. Pintó su propio diseño, añadió el título... Pero, ¿por qué no firmarlo?

Harry se quedó en silencio, absorto en la contemplación de los distorsionados rasgos del ahogado.

—¿Y estás realmente segura de que te gustaría que yo volviera e intentara descubrir algo más sobre él? —dijo él por fin, como si se dirigiera al ahogado.

—Oh, sí, por favor.

—Me alegro... No, por favor, déjame a mí.

Él comenzó a plegar los paneles de nuevo. Cuando los tuvo doblados y ajustó el cierre, cargó con el pesado tomo hasta la habitación y lo depositó con solemnidad sobre el facistol. Como si fuera un libro de oraciones, pensó ella, pero su turbación quedó borrada por la calidez de la sonrisa de Harry cuando éste preguntó:

—Y ahora, ¿sigue en pie tu ofrecimiento de una taza de té?

—Por supuesto. ¿Prefieres quedarte un rato por aquí y bajar después?

—No, deja que te ayude... O al menos te daré conversación mientras lo preparas.

La cocina, a diferencia de otras muchas, era luminosa y alegre, las paredes llenas de cazos, sartenes y objetos de loza. Las puertas vidrieras daban a un patio enlosado, a partir del cual empezaba el frondoso jardín. Sentó a Harry junto a la impoluta mesa de madera que había en medio de la cocina y cogió un delantal, pensando que estaba bien que él se acostumbrara a verla con uno puesto. La idea cruzó por su mente con tanta naturalidad que tardó varios minutos en darse cuenta de lo que implicaba realmente.

—Vaya, es un lugar de lo más alegre —dijo Harry—. Y... ¿no tenéis ayuda de nadie?

—Nos encargamos de la comida desde el día que murió la señora Green. Fue nuestra ama de llaves durante años, casi un miembro más de la familia. Una chica del pueblo, Molly, viene a ayudarnos con la colada y la limpieza general, y el señor Grimes se ocupa del jardín.

Respondía a sus preguntas en un tono casi mecánico mientras trabajaba, impulsada por el cúmulo de emociones que la agitaban. No servía de nada que se repitiera a sí misma:

Si apenas le conozco o *Acabamos de conocernos*. Se sentía como si llevaran años de íntima amistad. Llevó la bandeja a su lugar favorito, en el extremo del parque, y allí se enteró de que él había crecido en Plymouth y que tenía una hermana, ya casada, que vivía en Canadá. Su padre había muerto antes de la guerra; su madre, cinco años atrás; desde entonces él había vivido en Londres y compartía un piso con un amigo en Coptic Street, cerca del museo. Acababa de cumplir los treinta y, según pudo deducir de sus indicaciones, no tenía compromiso alguno. La historia de ella fue llevando, de manera bastante natural, al relato sobre la vida de su abuela, y así, mientras las sombras crecían a su alrededor, Cordelia le contó todo lo que sabía sobre Imogen de Vere y Henry St Clair, y el dolor que había caído sobre ambos, seguida por la extraña historia del legado, rezando, mientras tanto, para que tío Theodore hubiera invitado a cenar a Beatrice y a tía Una en la ciudad. Aunque hacía ya rato que se había puesto el sol cuando Harry Beauchamp anunció, no sin reticencia, que suponía que había llegado la hora de marcharse, el aire seguía siendo cálido cuando ella le acompañó a la estación, donde siguieron hablando a través de la ventana abierta del vagón hasta que el tren abandonó el andén.

Cordelia fue absolutamente incapaz de ocultar el hecho de que le había sucedido algo trascendente, y antes de que Harry volviera confió sus sentimientos a sus tíos (aunque no a Beatrice, quien, por suerte, pasaba el fin de semana en Londres en compañía de una amiga del colegio). Para distraerse, pasó mucho rato en la habitación de los cuadros, pensando en el aspecto que debía de haber tenido el estudio de Henry St Clair cuando éste pintaba el retrato de su abuela en el verano de 1896.

Tío Theodore, con cierta aprensión pese a que ella le había asegurado que los albaceas no tenían nada que objetar a que el legado fuera repartido en dos estancias adyacentes, accedió a que guardaran parte de los muebles en el dormitorio vacío que había al lado. Se le veía preocupado, no sólo por la nueva relación que ella había establecido con el abogado que representaba a los albaceas, sino también por su determinación de, en sus propias palabras, restaurar el estudio.

—Siento que es algo que debo hacer —le dijo ella, esforzándose por explicar por qué le parecía tan importante—. Será... será como cuando Henry St Clair pintaba sus exorcismos. La habitación siempre ha permanecido tal como Ruthven de Vere habría querido: todo amontonado y encerrado a oscuras. Si conseguimos darle el aspecto de... Bueno, del lugar donde Henry podría volver a trabajar, iluminado, aireado y limpio, De Vere habrá perdido su poder sobre nosotros.

—Pero, querida, no *esperarás* que vuelva, ¿verdad?

—Si podemos encontrarle... Quiero decir, si sigue vivo, sí. ¿No crees que sería maravilloso? Y así compensaríamos algunas de las cosas que le hizo mi abuelo. Montar el estudio de nuevo sería un primer paso.

—Me temo que todo esto sólo traerá problemas. Este tal Henry Beauchamp...

—Harry, tío.

—Pues Harry... parece tomarse sus responsabilidades para con el legado de forma bastante caballerosa. Si perdiéramos, es decir, si perdieras la renta debido a alguna cláusula del testamento... Nos veríamos obligados a vender esta casa.

—Sé que Harry no nos dejará correr ningún riesgo, tío; ya lo comprobarás cuando le conozcas. Y, por favor, prométeme que te esforzarás por apreciarle.

—Claro que lo haré, querida, por ti. Pero desearía que dejaras esa estancia en paz.

El sábado por la mañana, cuando caminaba con Harry desde la estación, Cordelia se sintió abrumada por una repentina timidez; también él parecía incómodo, y ella hizo las presentaciones deseando no haber dicho ni una palabra sobre él. Aunque advertía que el joven estaba causando una buena impresión en sus tíos (le había comentado durante el camino que sería mejor dejar el tema de los cuadros para más adelante), su desazón fue creciendo con ellos delante, hasta tal punto que en varias ocasiones durante la comida se vio obligada a esconderse en la cocina, con el pretexto de dar los últimos toques a unos platos que en realidad tenía preparados de antemano.

Y, sin embargo, tan pronto como entraron en el estudio recuperaron la intimidad, como si no hubiera pasado ni un segundo desde que salieron de él cuatro días atrás. Sin que ella tuviera que darle demasiadas explicaciones, Harry pareció comprender a la perfección por qué deseaba restaurar el estudio, y se mostró totalmente de acuerdo con sus sugerencias de dónde debería ir cada cosa. Y no intentó evitar que ella trasladara los objetos, sino que trabajó a su lado de igual a igual. Cubrirse de polvo y suciedad mientras movían muebles de un lado a otro contribuyó también a disfrazar la renovada atracción que ella sentía por él; era lógico que sus mejillas se arrebolaran, y que se rozaran con frecuencia; y a medida que avanzaba la tarde, ella fue notando que sus sentimientos eran correspondidos. En un momento determinado se descubrió a sí misma pensando que si se casaban e instalaban en Londres, los cuadros irían con ella. Unos minutos más tarde,

Harry señaló, sin que viniera a cuento, que «si alguna vez tuvieras que trasladarte a Londres, los cuadros irían contigo; podrías tener una sala como ésta, ya sabes, una especie de galería privada, e invitar a gente para que los viera. No hay nada en el testamento que impida tal cosa». Lo dijo con tanto cariño que ella se sintió segura de que los pensamientos de ambos discurrían por los mismos cauces.

Al final del día, habían colocado todo lo que se amontonaba en el centro de la estancia. La cama se hallaba ahora bajo las ventanas; Cordelia se había quedado muy sorprendida al descubrir que el armazón, pese a treinta años de almacenaje, había esquivado los ataques de polillas, lepismas y carcoma, y estaba sólo un poco mohoso. Colocó la mesa y las dos sillas altas entre la cama y la puerta, y un sofá pequeño apoyado en la pared que se extendía a la derecha de la puerta. Un caballete vacío se alzaba en el centro de la habitación, con la paleta de Henry St Clair. Por supuesto, los tubos de pintura se habían secado hacía años, pero ella los puso igualmente, junto con los pinceles, las espátulas y otros instrumentos. Algunas obras inacabadas o rasgadas, junto con tablas, lienzos y marcos, fueron dispuestas a lo largo de las otras dos paredes, de manera que pareciera que se trataba de un estudio de verdad.

Habían realizado una selección preliminar de veinte cuadros terminados para que así las obras dejaran de estar todas juntas y amontonadas. Cordelia habría preferido confinar todos los exorcismos en la habitación de al lado, pero Harry la convenció de que la parte más oscura de su perspectiva del mundo también debía estar representada, así que escogieron varias escenas nocturnas, junto con «El ahogado», que seguía depositado sobre el facistol en la esquina opuesta a la puerta.

Ahora que todo estaba limpio y brillante, y que la luz bañaba la estancia, ella sintió que el malévolo espíritu de Ruthven de Vere había quedado alejado para siempre. Habían registrado todas las cajas, todos los objetos, sin encontrar nada siniestro; además de la ropa de cama, el resto de cajas sólo contenía material de pintura, incluyendo un juego de herramientas de carpintería, es de suponer que para colocar los marcos. Al margen de «El ahogado», el único objeto con el que Cordelia seguía sintiéndose levemente incómoda era una caja —o, mejor dicho, un cubo, porque no parecía haber forma de abrirlo— construida a base de paneles de brillante madera oscura, de unos 10 centímetros por lado. No pesaba mucho, y era obvio que estaba hueco. Los paneles cedían un poco a la presión, y si se balanceaba, uno podía oír —o al menos Cordelia estaba medio convencida de poder oír— un suave zumbido. Pero era de tan exquisita manufactura que decidió mantenerlo en la esquina más próxima al sofá.

Después de que se hubo bañado y se hubo puesto un vestido de seda color albaricoque que le sentaba especialmente bien, bajó a buscar a su tío para enseñarle lo que habían hecho. Harry, ahora vestido con un traje sorprendentemente elegante, había bajado antes que ella y estaba charlando con tío Theodore como si se conocieran desde hacía años.

Caía la noche, y bajo la débil luz la transformación resultaba aún más notable; daba la sensación de retroceder treinta años. La ilusión cobró más fuerza cuando Cordelia encendió las velas que había dispuesto de antemano. No había luz eléctrica en la estancia; las pertenencias de St Clair habían sido guardadas aquí antes de que la casa tuviera electricidad, y Theodore había preferido no hacer nada en aquel cuarto. A Cordelia se le ocurrió preguntarle, mientras su tío contemplaba el fruto de sus esfuerzos, si recordaba haber visto luz eléctrica en el restaurante del Soho aquella oscura tarde de invierno.

—No, querida, yo diría que no. De hecho, estoy seguro de ello. Recuerdo que había una lámpara de gas en la pared. La luz eléctrica todavía era un verdadero lujo, ya lo sabes; eran demasiado pobres. Y, ¿estás seguro —añadió, dirigiéndose a Harry— de que contáis con la aprobación de los albaceas para todo esto?

—Completamente, señor. Al fin y al cabo, es obligación nuestra, es decir, suya, asegurarse de que todo se mantiene en las mejores condiciones posibles, y esto sólo podría considerarse como una mejora.

Tío Theodore formuló unas cuantas preguntas más en esta línea, y pareció tranquilizado al oír las respuestas, lo que animó a Cordelia a expresar la petición que había estado formándose en su cabeza.

—Tío... ¿te importaría mucho si trajéramos aquí el retrato de Imogen y lo colocáramos en el caballete? Podríamos hacer otra llave, no creo que a Beatrice le importe, nunca lo mira, para que pudieras entrar a verlo... Bueno, tanto el retrato como el resto de cuadros —corrigió al recordar que Harry no sabía nada del amor que su tío había profesado a Imogen de Vere— siempre que quieras.

—No necesitas mi permiso, querida; la decisión es tuya. ¿Pero por qué quieres hacerlo?

—No lo haré a menos que cuente con tu consentimiento, tío. Quiero hacerlo porque... porque así la habitación tendría el mismo aspecto que antes.

—¿Antes? —preguntó él.

—Bueno, antes de que todo se estropeara —dijo ella, en tono indeciso, consciente de que pisaba un terreno delicado.

—Ya... No se puede deshacer el pasado, ¿lo sabes?

—Lo sé, tío. Sólo tengo la sensación de que eso sería lo correcto.

—Bien, querida, pues confío en tu presentimiento y acepto el ofrecimiento de la llave.

Cordelia notó que no se lo había tomado demasiado bien, pero creyó que acabaría por convencerlo cuando el retrato estuviera de vuelta en su lugar. Uno de los luminosos paisajes diurnos de Henry St Clair podía ocupar su lugar en el descansillo.

Aquella noche, durante la cena, Harry insistió en desempeñar el papel de ayudante, y jugaron a servir a su tía y su tío. En el bestiario privado de Cordelia, su tía siempre había sido, con todo el cariño del mundo, de naturaleza bovina: grande, plácida, amable, sin la menor malicia o culpa. Estos días le resultaba difícil andar, porque se le hinchaban las piernas y su corazón no era muy fuerte. Pero aquella noche llevaba su mejor vestido de seda gris perla y trataba a Harry como si él y Cordelia estuvieran ya prometidos. Tío Theodore había sacado un par de botellas de su mejor vino y, a medida que avanzaba la velada, Cordelia se dijo que todo el salón adoptaba un brillo más rico en matices. Harry y su tío llevaron el peso de la conversación; ella estaba satisfecha sólo con sentarse y contemplar a su adorado, bañado en un resplandor tan seductor que ella tuvo la sensación de que era la primera vez que veía la luz de las velas.

Dado que todas las propiedades de Henry St Clair habían sido requisadas sin aviso previo, ellos mantenían la esperanza de encontrar algunos papeles, cartas, tal vez incluso un diario. Harry —para descontento de su tío, como reconoció sin el menor asomo de pesar— había dedicado mucho tiempo a investigar sobre el pintor, pero sin resultado alguno: nadie, ni en las galerías de arte ni en las salas de venta, había oído hablar nunca de ningún St Clair, y aún menos le había visto en persona. Ni, hasta el momento, había la menor indicación de que siguiera trabajando bajo otro nombre. Empezaron el registro de sus pertenencias con muchas esperanzas; pero el domingo a última hora tuvieron que aceptar la derrota. No había libros, ni recibos, ni fotos, ni documentos de ninguna clase. La única pista de su identidad era la firma en los cuadros.

—No lo entiendo —dijo Cordelia, cuando hubieron guardado la última caja y regresado al estudio—. Si dejaron que se quedara con sus objetos personales, ¿por qué no con los útiles de pintura?

—Creo que De Vere —replicó Harry, ya que Cordelia le había dicho que no reconocía a éste como su abuelo— debió de destruir todas esas cosas.

Harry se hallaba ante el facistol, observando la cara del ahogado, como había hecho ya varias veces durante la mañana; parecía ejercer sobre él una fascinación especial. Sacando los cierres que sellaban el último panel, había conseguido mostrar la abertura final sin tener que desplegar el resto de la obra.

—En ese caso, ¿por qué conservar el resto?

—Bueno..., dejando a un lado la locura, parece como si se hubiera deshecho de cualquier objeto que pudiera darnos una pista sobre el paradero de St Clair. Lo que me sugiere que deseaba asegurarse de que nadie *encontrara* al pintor. Tal vez hubo algo ilegal en su modo de apropiarse de los cuadros...

»Y supón... supón que no hubiera despertado tu interés, y te hubieras limitado a dejarlo todo encerrado como estaba; a su debido tiempo todo habría sido quemado por los albaceas sin que nadie lo hubiera visto. De Vere se las habría arreglado para borrar todo rastro de la existencia de St Clair. "Yace aquí un hombre, cuyo nombre se escribió sobre el agua..."

Hizo una pausa, sin dejar de observar el rostro del hombre ahogado.

—Pero incluso ahora, si pudiéramos encontrarle, y tengo el presentimiento de que sigue vivo, podríamos alterar el futuro y, tal vez, salvar también los cuadros. Para siempre.

—Comprendo lo que quieres decir —dijo Cordelia—, pero suponiendo que le encontráramos, y resultara que todo le pertenece, la renta terminaría y mi tío tendría que vender esta casa. No te digo que no debamos intentarlo, hay que hacer lo que es correcto, pero le provocará una terrible ansiedad. Adora Ashbourn, y yo también, y odiaría ser la causa de que lo perdiera.

Le cruzó por la mente la idea de que su tío y su tía no siempre estarían allí. ¿Qué sería de Ashbourn entonces? Pero se trataba de una línea de pensamientos que no deseaba seguir.

—Después de leer el testamento, debo decirte que no tendría por qué suceder eso necesariamente. Además, St Clair se alegraría de ver sus cuadros aquí; no querría hacer nada para perjudicarte, precisamente a ti. Y para recobrar la posesión de los cuadros, tendría que iniciar acciones legales contra los albaceas, lo que seguro que le resultaría muy costoso. No, mi idea es que deberíamos cuidar de ellos tal y como indica el testamento, pero si pudiéramos establecer la base para la demanda de St Clair, tal vez podríamos convencer a los albaceas de que los cuadros no deberían ser destruidos; si fueran a parar al Estado, por ejemplo, no podría acusarse a nadie de aprovecharse del cambio.

A Cordelia le pareció que el razonamiento dependía de demasiadas condiciones, pero estaba demasiado encantada por el «deberíamos cuidar de ellos» para preocuparse de nada más. Cálidas fragancias de flores penetraban por la ventana abierta, donde ella se apoyaba, como solía hacer: sentada en el alféizar con los pies sobre la colcha de la cama. El retrato de Imogen de Vere, sereno y luminoso como siempre, descansaba sobre el caballete como si el artista acabara de guardar los pinceles. Sí, pensó ella, hemos expulsado los últimos restos de maldad; lo que se pensó como una maldición ha resultado ser una bendición. Sin los cuadros, nunca habría conocido a Harry; ahora esta habitación será nuestro lugar especial hasta que dispongamos de una casa propia. Harry había aceptado la invitación de tío Theodore para volver a reunirse con ellos el fin de semana siguiente, con tantas ganas que hacían desaparecer cualquier duda... Y, tal vez, algún día encontrarían a Henry St Clair y lo traerían aquí, y le mostrarían que su trabajo, pese a todo, no se había perdido. Era una pena que Henry St Clair no hubiera pintado un autorretrato; pero ella lo imaginaba con tanta intensidad que apenas importaba. Seguro que se parecía mucho a Harry... quien de nuevo estaba absorto en la contemplación de «El ahogado», moviendo la cabeza para captar aquel efecto que envejecía a la vez que rejuvenecía al hombre del cuadro.

—¿Qué hay en él que te fascina tanto?

Él levantó la vista y, durante un par de segundos, pareció no saber quién era ella.

—No lo sé... Me atrae, eso es todo. La forma como cambia... Es como si te recordara algo, y no fueras capaz de recordar a qué.

Plegó el panel y cerró la cubierta, recobrando su estado normal.

—¿Qué me dices de ese paseo? —preguntó—. Todavía falta mucho para que salga el tren.

—Claro —accedió ella, y el momento de tensión quedó olvidado.

• • •

Beatrice volvió a casa al día siguiente. Aunque Cordelia albergaba fuertes sospechas de que tío Theodore había hablado con
ella en privado y le había pedido que se comportara lo mejor
posible, Beatrice no reveló la menor conciencia de que sucediera nada fuera de lo normal; ni siquiera preguntó qué había
sido del retrato de la abuela. El siguiente sábado por la mañana, cuando acompañaba a Harry a casa desde la estación (con
su brazo sobre el de él, ya que la vereda estaba muy resbala-
diza tras varios días de lluvia), Cordelia le advirtió que su hermana tendía a mostrarse altiva y distante, de manera que no
debía sentirse herido si la notaba engreída, o incluso hostil.
Pero en esta ocasión Beatrice se comportó de un modo impropio de su carácter; su desprecio habitual se desvaneció en
cuanto le presentaron a Harry, y se volvió tímida y callada.
Durante la comida Cordelia notó que su hermana estaba muy
pálida; apenas probó bocado, y habló incluso menos de lo habitual, pero siguió la conversación con inusitado interés, cen-
trando la mirada alternativamente en Harry y Cordelia. Y
luego, mientras la ayudaba a quitar la mesa, Beatrice la sorprendió aún más pidiéndole, con bastante humildad, si le per-
mitían entrar con ellos al estudio para ver los cuadros.

Como no deseaba parecer desagradable delante de Harry,
Cordelia accedió, con la esperanza de que hubiera visto cuanto quería ver en quince minutos. Pero Beatrice se quedó durante casi dos horas. Hizo tantas preguntas, y escuchó con
tanta atención las respuestas, que antes de salir se había informado de gran parte de lo que tío Theodore había revelado
dos meses antes. Y, sin embargo, en ningún momento dio la
sensación de estar coqueteando con Harry. En todo ese tiempo su conducta fue la de una chica joven, agradecida por las

atenciones de una admirada hermana mayor y su pretendiente formal. Alabó la disposición que había realizado Cordelia del estudio, y admiró los cuadros uno por uno, demostrando una curiosidad auténtica, hasta tal punto que, pese a sus sospechas, Cordelia empezó a preguntarse si tal vez no conocía a su hermana tanto como había supuesto.

Beatrice pareció especialmente interesada en «El ahogado», cuyo rostro observó con detenimiento durante un buen rato antes de preguntar a Harry cómo explicaba el logro de esa extraña metamorfosis de juventud a vejez. Mientras ellos hablaban, Cordelia, que se mantenía a una cierta distancia a su espalda, se descubrió a sí misma llevando la vista de Beatrice al retrato, como Harry había hecho con ella aquella primera tarde. No se trataba de un parecido en el sentido ordinario —el rostro de Beatrice era más estrecho, sus ojos tenían distinta forma y su cabello era de un tono castaño oscuro en lugar de cobrizo—, y, sin embargo, había algo en su modo de mover la cabeza, una especie de aura, una atmósfera... Cordelia tuvo la sensación de que se había levantado un velo, no del retrato sino de Beatrice, que escuchaba con suma atención todo lo que decía Harry, sin el menor rastro de su habitual reserva vigilante. Pero la mayor parte del tiempo era a Cordelia a quien dirigía las preguntas, mientras Harry observaba y escuchaba, cada vez más perplejo al descubrir la gran parte de la historia familiar que era nueva para Beatrice. Como le dijo después a Cordelia, cuando ésta por fin consiguió llevárselo a dar un paseo por el bosque de Hurst, si no hubiera estado al corriente de lo contrario, habría jurado que ella y su hermana eran grandes amigas.

Aquella noche, Beatrice (que normalmente prefería turnarse con su hermana en la cocina) se ofreció a ayudarla a preparar la cena, y lo hizo con una cordialidad increíble. Pero después bajó ataviada con un deslumbrante vestido azul marino que Cordelia no le había visto nunca antes. Quizá se limitaba a obedecer las instrucciones de tío Theodore de comportarse lo mejor posible..., pero a Cordelia le pareció que los ojos de Harry se desviaban con demasiada frecuencia en dirección a su hermana, y se pasó la mayor parte de la noche despierta, temiendo lo peor, y acto seguido odiándose por ceder a los celos y la sospecha. El domingo por la mañana, durante otro paseo por el bosque (Harry insistía en que el ejercicio, y no el cuidado, era el mejor remedio para su pierna herida), ella luchó contra el impulso de decirle lo extraña que estaba siendo la conducta de Beatrice, y en su lugar observó:

—Mi hermana es muy hermosa, ¿no crees?

—Desde luego que sí —replicó él—, casi tan hermosa como tú. —Y entonces la besó, o tal vez fue ella quien le dio un beso, no habría podido asegurarlo después, de un modo que no dejaba lugar a dudas de cuáles eran sus sentimientos hacia ella.

Un observador casual habría llegado a la conclusión de que, a medida que avanzaba la semana, Beatrice retomaba su conducta habitual. La esperada reconciliación no fructificó; cada día parecía algo más retraída, aunque se trataba de un retraimiento distinto: preocupado, abstraído, menos egoísta. Era como si el muro que las separaba hubiera caído por fin hecho pedazos, pero sólo para revelar que no había nadie al otro lado. Su conducta durante la siguiente visita de Harry fue tan esquiva, que éste preguntó a Cordelia varias veces si había ofendido a su hermana de algún modo. Cordelia sólo pudo asegurarle que no se trataba de eso; la causa que intuía no era algo que deseara confiar en nadie, y a él todavía menos.

En opinión de Cordelia, Beatrice mantuvo este estado melancólico durante varias semanas, mientras el verano se acercaba y las visitas de Harry los fines de semana se convirtieron ya en algo fijo. Después, a principios de junio, Beatrice subió a Londres para pasar unos días con su amiga Claudia en Bayswater. La tarde de su regreso a Ashbourn anunció a su tío y a Cordelia (tía Una se había retirado ya a sus aposentos) que quería aprender mecanografía, con vistas a conseguir un empleo en Londres.

—La academia de la señorita Harrigay en Marylebone me aceptará, y la madre de Claudia me ha dicho que puedo quedarme en su casa sin problemas. Puedo subir a la ciudad los lunes por la mañana y volver los viernes. Quiero ganarme la vida, sobre todo ahora que Cordelia se casará pronto...

—Todavía no me lo ha pedido.

—Estoy segura de que no tardará en hacerlo. Y entonces necesitarás el dinero de los cuadros...

—No —repuso Cordelia con acritud—. Tío Theodore sabe que la renta seguirá con él; ha cuidado de nosotras durante toda su vida, y no soñaría en tocar ni un penique.

Cordelia y su tío ya habían hablado del tema. Él quería que ella cobrara al menos parte de la renta cuando (como todos preveían) se casara con Harry, pero ella se había negado rotundamente. Las acciones donde se había invertido el capital original habían bajado de valor, reduciendo la renta a menos de cuatrocientas libras al año, lo suficiente para mantener a su tío y a su tía en Ashbourn House con la ayuda extra que necesitarían si ella y Beatrice se marchaban. Ella adoraba Ashbourn, y tenía tan pocos deseos de ver la casa en venta como su tío. Por supuesto, ahora que Beatrice se iba... De repente se le ocurrió que su ideal sería vivir aquí con Harry y que cuando, como debía pasar forzosamente, la casa pasara a manos de ella y de Beatrice, tal vez podría usar su parte de la renta para comprar a su hermana su parte de Ashbourn. Pero

Harry estaba demasiado ligado a la ciudad y si, como ella esperaba, se decidía a dejar la abogacía y buscaba un empleo en una galería de arte o una casa de subastas, le resultaría aún menos práctico abandonar la capital.

—Querida, Beatrice acaba de decir que le costará tres guineas por semana, en conjunto, asistir a esta academia; y que el aprendizaje durará unas doce semanas. La pregunta es: ¿tienes algo que objetar?

—Si te refieres al dinero, tío, la decisión es tuya; si debo dar mi opinión, lo apruebo, por supuesto.

—Podemos permitírnoslo —dijo Theodore—, pero tendremos que economizar un poco.

—Entonces está hecho —dijo Cordelia. Mientras hablaba cayó en la cuenta de que Beatrice estaría sólo a un par de kilómetros de Harry durante la semana, mientras que ella quedaría mucho más atada a Ashbourn por la necesidad de cuidar de su tía. Pero ya era tarde para retirar lo dicho, y además, serían sólo tres meses; aunque, por supuesto, si Beatrice encontraba trabajo en la ciudad, ¿podría abandonar ella a sus tíos, dejando que se las arreglaran solos? Cordelia hizo cuanto pudo por fingir entusiasmo durante el resto de la velada, pero estas especulaciones deprimentes la siguieron hasta la cama.

Cordelia siempre se había imaginado una proposición matrimonial como una especie de transformación mágica: en un instante te preguntabas, tal vez, si él de verdad te quería; y al siguiente (siempre y cuando tú le amaras) eras la mujer más feliz de la Tierra. Cuando Beatrice anunció su intención de marcharse de casa, Harry hablaba como si su futuro juntos fuera ya un tema decidido; de lo que *haríamos* con los cuadros en *nuestra* casa de Londres, por ejemplo; o lo maravilloso que sería que Henry St Clair reapareciera y se convirtiera en *nuestro* amigo. Decía esas cosas casi sin pensar, pero pese a las múltiples oportunidades, no había llegado al punto de declararse, y ella había preferido no preguntarle directamente.

Por extraño que parezca, fue la continua fascinación que Harry sentía por «El ahogado» —que ella empezaba a considerar obsesiva— lo que provocó la petición. Cuando se hallaban en el estudio y él no estaba activamente enfrascado en una conversación, o examinando algún otro cuadro, empezaba a deambular en torno al facistol, para finalmente hundirse una vez más en esa hipnótica contemplación, moviéndose lentamente hacia delante y hacia atrás. A ella le recordaba la forma en que solía perder la conciencia del tiempo frente al retrato de su abuela; pero perderse en el rostro de un cadáver, encerrado en su agonía final, con los ojos inyectados en sangre a punto de salirse de las órbitas, rodeado de algas y agua que entraba y salía de su boca abierta... El hecho resultaba de lo más preocupante porque, cuando ella se aventuraba a distraerle, a veces detectaba una sombra de irritación, incluso de hostilidad, antes de que sus rasgos recobraran su habitual aspecto alegre. Fuera del estudio, él admitía que esa fijación podía ser insana, pero ella adivinaba que prefería no hablar de ello. No cesaba de repetir que aquel rostro le recordaba algo, algo que, estaba seguro, le ayudaría en su búsqueda de Henry St Clair, si consiguiera descifrar de qué se trataba. Pero muchas horas de concentración no parecían haberle acercado a la comprensión de lo que podía ser ese algo. Ella le había pedido en dos ocasiones si creía que se trataba de un autorretrato, pintado después de haber perdido a Imogen. Era posible, replicó él, pero no era eso lo que lo atraía. Y, hasta el momento, ninguna de sus preguntas a galeristas, ni las investigaciones en Somerset House, Chancery Lane, la sala de lectura del Museo Británico, y otros lugares que acumulaban registros y documentos, había contribuido a arrojar la menor luz sobre Henry St Clair.

El sábado posterior a que Beatrice anunciara su decisión, Cordelia y Harry se encontraban, una vez más, en el estudio, a instancias de él. Quería volver a mirar una de las marinas (como a ella le gustaba llamarlas) para intentar descubrir dónde se había pintado. Para Cordelia esto no era más que un agradable juego de especulación; sin la ayuda del título resultaba prácticamente imposible identificar lugar alguno, incluso si se diera la remota casualidad de que se tratara de un lugar que hubieras visitado. Pero accedió con diligencia, y con la esperanza de convencerle para que salieran a dar un paseo por el bosque antes que «El ahogado» le atrapara. En el exterior hacía una perfecta tarde de verano; ambos se habían tumbado en un banco de hierba junto al arroyo y él se había dormido, de forma que acercándosele un poco más ella había conseguido abrazarle. Y después, cuando despertó, estuvo un buen rato besándola antes de decir que tal vez tendrían que pensar en regresar. Aunque le amaba por el hecho de que se mostrara tan conservador de su virtud, ella se habría quedado allí felizmente para siempre; era como recibir las llaves del paraíso, y que después te dijeran que sólo podías entrar en él unas horas por semana.

En diagonal, justo debajo de la estancia donde se almacenaban los cuadros de Henry St Clair, había una habitación que había sido asignada a Harry desde el primer momento; tenía sus cosas esparcidas por ella, y durante todo el verano su impermeable caqui había estado colgado en el gancho que había detrás de la puerta. El dormitorio de Theodore se hallaba en el otro extremo del corredor de la misma primera planta (en uno de los cuartos centrales las cosas de la abuela seguían intactas, llenándose de polvo). Las dos chicas dormían en la planta de arriba; Cordelia junto a su salón preferido, y Beatrice a medio pasillo. Para llegar a la habitación de Harry sin que nadie se percatara, lo único que Cordelia tenía que hacer era pasar de puntillas frente a los aposentos de su hermana, cruzar el descansillo y bajar la escalera, evitando con cuidado las tablas que crujían. En varias ocasiones, siempre entre semana, cuando él se hallaba ausente, había irrumpido en su habitación por la noche, se había envuelto en el impermeable caqui y se había hecho un ovillo en su cama, deseando tener la fuerza suficiente para hacerlo cuando él estuviera en ella. En realidad, nada se lo impedía (tío Theodore tenía un sueño muy pesado), excepto el temor de que Harry se sorprendiera y la considerara demasiado «atrevida». ¿Y por qué no iba a hacerlo? Una chica bien educada no debía entrar furtivamente en el dormitorio de un joven a medianoche, por muy apasionados que fueran sus deseos de verle, tocarle, y sobre todo abrazarle: lo más increíble de estos deseos recién descubiertos era su absoluta incapacidad de avergonzarse de ellos.

El cuadro que Harry quería examinar estaba colgado justo a la izquierda de la puerta: la corriente trémula, con unos cuantos barquitos en primer plano, un promontorio verde y sombrío, bajo una imponente bóveda celeste. Él había comentado varias veces que estaba seguro de haber estado en un lugar exactamente como éste; pero la investigación de ese día no le acercó a decidir de dónde se trataba.

—¿Nos vamos? —preguntó Cordelia—. Hace demasiado buen tiempo para quedarnos encerrados en casa.

—Sí, claro —replicó él, mientras avanzaba hacia el facistol—. Sólo...

—No, por favor. ¿Acaso no prefieres...? —A Cordelia se le quebró la voz, para evitar el tono de súplica.

—Sí, claro —repitió él. Pero los pies le condujeron otro paso más cerca.

—¿Qué *es* lo que te atrae así?

—Debo... —Su voz sonaba amortiguada, como si llegara hasta ella en medio de un fuerte vendaval.

—No, no debes hacer nada. *Mírame, por favor.*

Reticente, él se giró hacia ella. Cordelia sintió de nuevo la extraña sensación de que él no la reconocía. «Como un hombre vencido por las ansias de beber», había dicho el valet de De Vere. De repente sintió miedo, y después mucha ira.

—Creo que te preocupas más por esa horrible cara que por mí. Te está dominando, y lo sabes, y sin embargo... prefieres contemplar un cadáver...

Ahogada por un nudo de lágrimas, salió corriendo de la estancia y bajó las escaleras. Pero, aliviada, no tardó en oír el eco de sus pasos por el suelo de madera, seguido por el ritmo irregular del avance de Harry cuando también él inició el descenso. Cordelia no volvió la vista atrás, sino que siguió bajando, rezando para no encontrarse con nadie, sobre todo con Beatrice, hasta llegar a la puerta de la cocina y salir hacia la vereda, perdiendo de vista la casa. Le esperó allí hasta que él la alcanzó, y, deshaciéndose en excusas y promesas de devoción, la cogió en sus brazos.

—Lo siento mucho —dijo él un poco más tarde—. Tienes toda la razón; me sienta mal; lo pondremos en la otra habitación y no volveré a mirarlo nunca más.

—Yo también lo siento. No quería decir eso. Pero... me gustaría saber... ¿Qué es lo que ves? ¿Qué sensación te provoca... que tanto te atrae?

—No sé... Es como un sueño, cuando despiertas en mitad de la noche y estás seguro de que no lo olvidarás, y después, por la mañana, se ha desvanecido... Y lo único que recuerdas es que quisiste recordar, y no puedes.

Cordelia sospechó que él le ocultaba algo, pero de allí se dirigieron al banco de hierba junto al arroyo, donde se tumbaron y abrazaron como ella había deseado, y donde, poco después, él la pidió en matrimonio, y el ahogado cayó en el olvido.

Una noche encapotada y bochornosa a finales de verano, Cordelia se encontraba de nuevo en su puesto de observación predilecto, la ventana del piso superior, esperando a que Harry doblara el recodo de la vereda. En el correo del día anterior había llegado una nota informándola de que aparecería el viernes por la tarde, entre las cinco y las siete y media, en función de la hora a la que saliera de la oficina.

El día había sido insoportablemente caluroso, el sol demasiado feroz para aventurarse a salir; al principio, las nubes supusieron un alivio. Pero, aun así, el calor lo cubría todo como una manta. El aire venía cargado del perfume de las rosas que trepaban por el porche, mezclado con el de otra docena de flores distintas, aromas de follaje, corteza y hojas secas, piedra caliente, madera y pintura aún blanda del calor del sol. Volvió a mirar, por enésima vez, el reloj de la chimenea. Las seis y ocho minutos.

Durante las primeras semanas de su compromiso, Harry había parecido absolutamente satisfecho. Una prolongada racha de buen tiempo les había permitido pasar mucho tiempo fuera, incluyendo varias horas paradisíacas en la orilla del río. Pero incluso entonces, cuando él no estaba allí, el tiempo había pasado muy despacio. Con Beatrice instalada toda la semana en la ciudad, Cordelia estaba completamente ligada a Ashbourn, en parte por motivos económicos y en parte porque a tía Una, tras visitar la consulta de un especialista del corazón londinense, se le había ordenado que evitara cualquier esfuerzo y descansara varias horas al día. Y, dado que no había teléfono en la casa, y Harry era, como reconocía sin rubor él mismo, un desastre con las cartas, ella nunca tenía noticias suyas desde la despedida del fin de semana anterior.

Harry era también incapaz por naturaleza de tomar un tren determinado, ya que siempre cabía la posibilidad de que entrara en el museo o en una galería, «sólo cinco minutos», y saliera una hora y media después. Y, más tarde, en Hurst Green, siempre podía quedarse charlando con el jefe de estación o con alguien que había conocido en alguna calle del pueblo, retrasando aún más su aparición en la casa, saludándola, eso sí, con el mismo entusiasmo de siempre. De manera que ella se había acostumbrado a instalarse en la ventana con un libro lo más temprano posible, aunque la verdad era que apenas leía. Su imaginación era demasiado activa, sus emociones demasiado agudas; y, con mucha frecuencia, sobre todo una vez pasada la hora en que lo esperaba, en su mente empezaban a sembrarse ideas teñidas de una ansiedad morbosa. *El tren se ha retrasado. Ha aceptado una invitación a otro lugar y simplemente se le ha olvidado contármelo. Se ha olvidado de venir. Ya no me ama. Ha conocido a otra mujer. Se ha producido un accidente. Ha chocado el tren. Está herido... está muerto. Nunca volveré a verle...* todo con el mayor detalle. Era como espantar mosquitos al amanecer: tan pronto como echabas a uno, otro entraba a picarte, en una rutina interminable, hasta que el saludo familiar y su voz desde la vereda ponían fin a todas las especulaciones.

Durante unas pocas semanas perfectas, aquel primer abrazo había supuesto para ella la alegría en su más pura esencia: se enroscaría en torno a él con el único deseo de poder abrazarle con la suficiente fuerza para eliminar toda separación entre ellos. Hasta que (no habría podido decir cuándo fue; cuanto más intentaba discernir dónde apareció la primera sombra, más parecía alejarse en el tiempo) se había dado cuenta de que la pasión de él no correspondía con la misma intensidad a la suya propia. Había intentado convencerse de que él simplemente se avergonzaba de ser objeto de excesivas muestras de cariño en público, pero incluso desde que aprendió a controlarse más, él le decía cosas como: «Tranquila, cosita mía», y desviaba la vista, nervioso, hacia las ventanas. Y después había empezado a hacer esa clase de comentarios en privado. Su convicción de que debía disfrutar de una perfecta y gozosa felicidad la había hecho seguir adelante, como quien ha decidido salir a pasear en un día nublado, demasiado absorto para advertir los finos retazos rasgados de vapor que flotan sobre su cabeza, la debilidad gradual de la luz, hasta que de repente mira hacia el cielo y se estremece, cayendo en la cuenta de que lleva mucho rato sintiendo frío.

Se estremeció, de hecho, aunque no hacía nada de frío aquella tarde. La casa estaba en el más absoluto silencio. Tía Una estaba descansando en su habitación; tío Theodore, sin duda, leía en su despacho; Beatrice todavía no había regresado de la ciudad. Las clases en la academia de la señorita Harringay solían terminar los viernes a las dos, y se suponía que ella volvía directamente a casa. Pero quizá Harry se había puesto en contacto con ella y le había sugerido la posibilidad de hacer el trayecto juntos, aunque esto no había sucedido nunca antes. Ante la insistencia de tío Theodore, Beatrice siempre había tomado el primer tren del lunes por la mañana en lugar de irse con Harry el domingo por la noche. Cuando empezó a estudiar en la academia de la señorita Harringay, Theodore le había dicho a Beatrice que sería mejor que abusara de sus amigos de Bayswater lo menos posible; pero Cordelia había sospechado que él comprendía lo mal que ella se habría sentido al ver a Beatrice y Harry saliendo juntos y le estaba agradecida por ello. Demasiado tarde se había dado cuenta de lo mucho a lo que estaba renunciando ella en favor de Beatrice. Los cuatro felices años que había pasado en Ashbourn desde que terminara el colegio parecían haberse transformado en una especie de ensoñación cómoda; también ella quería prepararse para ganarse la vida, como tenía planeado hacer en cuanto se casaran; y, además, en Londres habría podido ver a Harry todos los días.

Para hacerle justicia, Beatrice no había propuesto ni una sola vez la posibilidad de que Harry la acompañara. Sus maneras para con él se habían vuelto más cautelosas si cabe, pero eso suscitaba más de una interpretación. Cordelia no había sido capaz de dejar de preguntar a Harry, de vez en cuando, si por casualidad había visto a Beatrice en la ciudad; él siempre le aseguraba que no; pero, por otro lado, nunca le había preguntado cómo se le ocurría semejante idea, lo que sugería que sabía que era mejor no ahondar en el tema. Y en cuanto ella había empezado a dudar de la fuerza de los sentimientos de él, sus ansiedades se habían multiplicado y bullían por todo su cuerpo. Hasta que, tras dar vueltas y vueltas en la cama la noche del último sábado, decidió bajar a la cocina y prepararse una taza de cacao (y, tal vez, si se sentía lo bastante atrevida, ir a ver a Harry mientras éste dormía). A medida que se acercaba a la habitación donde habían almacenado el resto de las pertenencias de Henry St Clair, distinguió una luz por debajo de la puerta.

A diferencia del estudio, que poseía su propia llave, esta puerta se abría con la misma llave que todas las otras estancias del pasillo. ¿Acaso alguien se había dejado la luz encendida? ¿Pero por qué? Ella no había entrado allí desde hacía semanas; desde que desterraron allí «El ahogado» y cerraron la puerta con llave. Escuchó, conteniendo la respiración. No oyó el menor ruido, pero le pareció que había un latido muy débil, rítmico, en el charco de luz a sus pies. ¿Qué era peor: entrar a ver, o pasarse la noche en vela, con la imaginación desbocada? Agarró el pomo y abrió la puerta con cuidado.

Harry —todavía completamente vestido pese a que eran las dos de la madrugada— se hallaba frente al facistol, avanzando y retrocediendo lentamente. Cuando ella vio aquel objeto por última vez, estaba relegado a un rincón del cuarto, cubierto por un pedazo de tela. Ahora se alzaba en el centro de la estancia, justo bajo la luz. Si él hubiera levantado la vista, sus miradas se habrían cruzado, pero toda su atención estaba puesta en el facistol. Ella alcanzaba a ver el resplandor de sus ojos ensombrecidos, y le pareció que sus labios esbozaban una débil sonrisa. Esperó, deseando que él se volviera a mirarla, hasta que el suspense se hizo insoportable.

—¿Querido?

El ritmo de la respiración de Harry se alteró como el de alguien que duerme cuando está a punto de despertar, pero su concentración no mermó. ¿Cuánto tiempo llevaba introduciéndose allí a medianoche? Una gruesa capa de polvo cubría el suelo y los muebles, y sin embargo el facistol, por lo que ella podía ver, aparecía impoluto.

Dio otro paso hacia el interior, con la mano aún sujetando el picaporte. Pero el borde de su vestido quedó atrapado en un marco vacío, derribándolo contra el suelo al avanzar.

Él levantó la cabeza. Por un terrible instante, la miró como si se enfrentara a su peor enemigo; parecía tomar fuerzas para saltar en su contra. Lentamente llegó el reconocimiento; él tenía el aspecto de un ladrón pillado con las manos en la masa. Bajó la vista, cerró el panel y salió de detrás del facistol.

—Debo... debo de haber caminado mientras estaba durmiendo —murmuró él.

—No me mientas, por favor. Si tienes la necesidad de mirarlo, al menos confía en mí lo bastante como para decirlo.

—No quería que lo supieras.

—¿Que supiera *qué*? —gritó ella.

Pero la respuesta que él iba a dar quedó interrumpida por unos pasos que se acercaban a la habitación. Era Beatrice, con una bata verde por encima del camisón.

—¿Sucede algo? —preguntó ésta.

—Nada —replicó Cordelia—. Harry creyó oír a un ladrón, eso es todo. Siento que te despertáramos.

—Sí —dijo Harry—. Ha sido una... falsa alarma. Lo siento. Bien, buenas noches a las dos. —Le dio un beso rápido y se dirigió hacia la escalera.

Cordelia se mantuvo despierta hasta el amanecer, luego se durmió y bajó muy tarde y con dolor de cabeza. Un contrito Harry le propuso de inmediato que fueran a dar un paseo por el bosque de Hurst —algo que no había hecho durante semanas— y salieron hacia la orilla del río. Según le explicó mientras paseaban, no le había mentido cuando le dijo que había estado caminando en sueños: se había quedado dormido en el sillón de su cuarto y soñó que contemplaba «El ahogado», y que en sueños había visto, por fin, lo que la cara había estado intentando decirle. Entonces despertó, todavía con aquella sensación de entendimiento, pero sin conocer el hecho en sí mismo. De manera que había cogido la llave y había subido con la esperanza de recobrarlo.

—¿Y lo hiciste? —preguntó ella, deseando creerle pero sin estar demasiado convencida.

—No... Creí que... pero no. Me pierdo en él, y después, se va, como el sueño, cuando alguien me llama.

—Cuando tiré el marco al suelo me miraste como si me odiaras. —Su voz tembló al hablar.

—Lo lamento mucho... No era yo mismo.

—Entonces, ¿quién eras?

La miró, visiblemente incómodo.

—Quise decir que no sabía lo que hacía.

Ella se detuvo en medio del sendero, apoyó las manos en sus hombros y le obligó a mirarla cara a cara.

—Harry, mírame. No hay ninguna carga que yo no pueda soportar felizmente si es por tu bien. Pero no puedo casarme contigo si no confías en mí.

Él la abrazó y se deshizo en una cascada de disculpas. Había aprendido la lección; meterían «El ahogado» en una caja cerrada de la que ella, si quería, podría guardar la única llave, pero él nunca, nunca, volvería a mirarlo; la amaba, la adoraba, no podía vivir sin ella... todo muy reconfortante, pero al final ella no se encontraba más cerca de comprender la causa de esa extraña compulsión. Y cuando llegaron a la orilla, se descubrió esquivando sus besos, y buscando en su rostro la confianza absoluta que no habían logrado infundir sus palabras, mientras el dolor de cabeza se hacía más y más fuerte hasta el punto de verse obligada a volver a casa. Ni las aspirinas ni el descanso amortiguaron el martilleo que sentía en la cabeza, y cuando volvió a bajar, él se había ido, dejando sólo una nota en la que decía que no había querido molestarla.

A la tarde siguiente, Cordelia subió al cuarto donde se acumulaban los objetos descartados de St Clair y trasladó «El ahogado» y su facistol a su lugar original en el estudio. Si él no podía resistirlo abiertamente..., ella ignoraba qué sucedería a continuación, sólo sabía que no soportaba la idea de que se escabullera como un intruso en mitad de la noche para verlo; además, sólo su tío tenía la otra llave del estudio.

El día era frío y luminoso; una ligera brisa entraba por las ventanas abiertas, provocando que uno de los cuadros que colgaba en el muro de enfrente se balanceara y chocara un poco contra los paneles de madera. Terminó de barrer el suelo, después giró el caballete para que le diera la luz, se sentó en la cama e intentó perderse en el retrato. Resplandeciente, vibrante, con una compostura perfecta, Imogen de Vere la observó con íntima complicidad. A Cordelia se le ocurrió, y no por primera vez, que un observador podía suponer fácilmente que el retrato significaba para ella lo mismo que «El ahogado» para Harry. Había pasado otra noche en vela, y parte del día, reflexionando sobre las posibles causas del poder que ejercía sobre él. ¿Estaba relacionado, de algún modo, con su imperturbable determinación de localizar e intimar con Henry St Clair? Harry no había encontrado más evidencia que la que se acumulaba en estas dos habitaciones, pero su convicción de que Henry estaba vivo y, podría decirse, esperando que Harry llamara a su puerta, permanecía firme.

Habría sido mejor si se hubieran olvidado de todo; todo esto sólo nacía de su ocurrencia de reinstalar el estudio. Se había sentido tan segura de que la maldad se había desvanecido... pero en esos días ella no creía, ¿no es así?, en el poder de las maldiciones. No en una tarde soleada como ésta. Además, ¿qué sentido tenía? No fue De Vere quien pintó «El ahogado» sino St Clair. E incluso si creías en... esa clase de cosas que le venían a uno a la mente cuando se hallaba tumbado a oscuras, recordando, con absoluto detalle, los últimos días de De Vere, no había nada más en aquella estancia que pudiera...

Excepto la lustrosa caja de madera que estaba en el rincón, a los pies de la cama.

Pesaba más de lo que recordaba; claro que Harry le había ayudado a cargar con ella, y aunque esta vez no logró discernir crujido alguno, cuando la depositó sobre la cama creyó notar que algo se movía o agitaba en su interior. No podías deducir cómo se abría, si es que era posible: los seis paneles laterales parecían exactamente idénticos. Cada uno aparecía forrado con una lámina de madera brillante (cedro, o caoba, pensó ella) de forma que el panel auténtico quedaba oculto, con una roseta del tamaño de un florín cuidadosamente grabada en el centro. Mientras daba vueltas a la caja, se sintió atraída por una roseta en concreto, sin saber la razón, hasta que se le ocurrió la idea de contar los pétalos tallados. Todas las demás tenían doce pétalos mientras que ésta tenía trece. Animada por el descubrimiento, intentó apretar la roseta, y luego girarla, y sintió que se movía un poco. ¿Qué podía ser? No podía haber nada vivo allí dentro... La visión de unos enormes huevos veteados la hizo apartarse de la cama, con tal brusquedad que casi chocó contra el caballete. ¿Debía avisar a su tío? Éste le diría, y con toda la razón, que lo dejara en paz. Sí: devolverla al rincón, o mejor aún, encerrarla en el cuarto contiguo. Pero en su imaginación esos huevos habían empezado a abrirse. ¿Y si saltaban, como en las cajas de broma, tan pronto como la cogiera? Era mejor dejar que Harry la trasladara el sábado; pero eso significaba cinco días de imaginar a arañas monstruosas invadiendo el estudio, ya que la tapa podía salir volando en cuanto ella cerrara la puerta...

Una disputa entre mirlos en un roble cercano disipó estas terribles imágenes lo suficiente como para decidirla a coger el plumero. Sin darse tiempo para pensar, giró la roseta al máximo con su otra mano y volvió a tirar.

Una línea oscura había aparecido a lo largo del panel. Esperó, intentando escuchar por encima de los latidos de su corazón, pero no sucedió nada más. Con la ayuda del plumero intentó hacer saltar los goznes, pero la mano le temblaba tanto que lo que hizo fue desprender el panel por completo, que resbaló hasta caer en la cama.

Nada salió de allí. Acercándose más, vio que la parte superior de la caja estaba llena de páginas de periódico arrugadas. Empezó a sacarlas, lo que la hizo acercarse más a la caja mientras se esforzaba por desprender aquellas capas hasta que se empezó a revelar la presencia de algo verde... un objeto duro y redondo del tamaño de... un huevo de pava... envuelto en una bella tela verde esmeralda... no, un vestido verde esmeralda, lo deducía de las costuras... y lo de dentro no podía ser un huevo porque tenía una protuberancia en forma de bóveda en un extremo, con algo parecido a un pincho, tal vez, y cuando le dio un golpecito suave con el mango del plumero llegó hasta ella el sonido de un timbre ahogado. Con cuidado, palpó el contenido: fuera lo que fuera, no podía pesar mucho. Lo tocó con los dedos; demasiado duro para tratarse de un huevo. Parecía cristal.

Sacó el contenido, lo dejó en la cama y empezó, con suma cautela, a desenvolverlo. El objeto había sido colocado en el interior de la cintura del vestido, con el resto de tela que lo envolvía. Cordelia empezó a apartar el traje. Pero sus manos fueron presas de un súbito temblor; el objeto salió muy deprisa, y antes de que pudiera detenerlo, rodó hacia el borde de la cama y se hizo pedazos contra el suelo. La única impresión que retuvo fue la de algo parecido a una bombilla eléctrica estirada, con largos y finos tubos o pinchos de cristal en ambos extremos. Uno de los pinchos rotos tenía un cable, parecido a una aguja, saliendo de un extremo... y parte de otro; y un pequeño cuadrado de oscuro y fino metal, curvado como una hoja seca..., y un tercer fragmento de tubos de cristal, conectados por un cable a otro cuadrado metálico, del mismo tamaño pero plano, y con un baño de plata, como el del dorso de un espejo.

Su curiosidad quedó empañada por la conciencia de lo que acababa de hacer. Podían perder la renta, y la casa; y Harry, pese a su lealtad, era la última persona en quien podía confiar. Debía envolver los pedazos, devolverlo todo al interior de la caja y rezar para que nadie volviera a abrirla. Cuando se disponía a doblar el vestido sobre la cama, vio que se trataba, sin duda, del mismo que Imogen de Vere llevaba puesto en el retrato.

Y a continuación tenía que recoger todos los cristales rotos y esconderlos en el traje... De repente se descubrió apoyando el vestido sobre su cuerpo, como si quisiera comprobar la talla; parecía exactamente la suya. Aunque estaba tremendamente arrugado, sólo tenía unas ligeras manchas de moho. Y los bordes del cristal roto rasgarían el terciopelo... No, no podía hacerlo. El paquete había estado tan plano, cuando sacó la tapa; seguro que había permanecido intacto durante años. Dobló el vestido sobre la cama y cogió una de las páginas de periódico. *The Times*, viernes 3 de diciembre de 1896. Que, según los recuerdos de su tío, tenía que ser justo antes o muy poco después de que se confiscaran las pertenencias de Henry St Clair.

Pero él nunca habría tratado aquel vestido con tan poco cuidado, suponiendo que Imogen lo hubiera dejado en el estudio. Era obra de De Vere... razón de más para romper con sus designios. Un vestido verde que ella no se ponía desde hacía años serviría a la perfección para envolver los pedazos. Mientras tanto la asaltó la idea de que el lugar más seguro para el vestido sería el armario de la habitación de la abuela, donde no había entrado desde el día en que Papá la pilló probándose el velo; ni ella ni, por lo que sabía, ninguna otra persona. Pero si a tío Theodore se le ocurría precisamente entonces subir a su habitación, dos puertas más allá de la de la abuela... decidió ocultar el vestido en su propio armario por el momento, y esperar a que no hubiera moros en la costa.

Cuando hubo recogido los cristales y colocado la tapa en la caja, descendió la escalera y comprobó que su tío dormitaba en su despacho. Entonces, sin saber muy bien por qué, volvió al primer piso y penetró, sin hacer ruido, en los aposentos de su abuela.

Bolas de polvo saltaban a su paso mientras se dirigía a correr las cortinas. El aire mohoso y rancio seguía cálido debido al calor del día anterior. Los muebles parecían haberse reducido; el espejo colgado ya no estaba tan elevado. Un débil olor a alcanfor la recibió cuando abrió la puerta del armario, junto con el vivo recuerdo de sus juegos de fantasmas con Beatrice. En el interior colgaban varios vestidos, todos en tonos sombríos, todos tan «serios» como los recios zapatos del suelo. Recordó que Imogen había llegado a esta casa con la ropa que llevaba puesta. ¿Qué había sido del magnífico guardarropa que debía de haber tenido en Belgrave Square? ¿De sus joyas? ¿De sus libros, cartas y recuerdos personales? De Vere debía de haber destruido o vendido el resto.

Mientras deambulaba por la estancia, Cordelia cayó en la cuenta de que su costumbre de pensar en su abuela y en Imogen de Vere como en dos personas distintas no era recomendable. Hubiera provocado él o no la enfermedad —«su saliva quemaba como si fuera ácido», recordó que había dicho tío Theodore—, Imogen de Vere había muerto para el mundo, y quizá también para sí misma, aquella noche, y despertado convertida en la abuela, condenada a llevar siempre un velo... que Papá debía de haber devuelto al último cajón de la cómoda, ya que allí estaba, exactamente como ella lo había visto por última vez.

Aspirando aún los aromas de alcanfor, y alguna clase de salvia o bálsamo, mezclado con el débil resto de otra fragancia, Cordelia sintió la súbita necesidad de ponérselo, y, por segunda vez en su vida, se echó el velo negro por encima de la cabeza y se giró hacia el espejo.

Volvió a ella el verso de la dama que se reflejaba, oscura, en el cristal. No era de extrañar que se hubiera dado, a sí misma y a Papá, un susto del tal calibre. El vestido parecía incongruente bajo el velo, como si su propia cabeza y sus hombros hubieran sido remplazados por los de otra persona, cuya silueta podía captarse, gracias a la potente luz que procedía de la ventana, flotando en una negra niebla de gasa.

Crujió una de las tablas del suelo del pasillo. Se despojó del velo y contuvo el aliento, atenta, pero no se oyó nada más aparte del débil latido de su corazón, y cuando abrió la puerta y asomó la cabeza, el pasillo estaba vacío. Creyendo que estaría más seguro en su propia habitación, dobló el velo y lo llevó al piso de arriba donde lo escondió en el armario, junto al vestido verde esmeralda.

El reloj de la chimenea dio la media. Las nubes se habían hecho más densas, agolpándose en una capa baja y gris, como el interior de un banco de niebla, aparentemente inmóvil, justo encima de las copas de los árboles de la vereda. Si él hubiera cogido el tren de las seis, a esta hora ya estaría aquí; ahora tenía otra hora de espera por delante.

¿Por qué nunca podía ser puntual? Ella habría corrido desde Bloomsbury a la estación Victoria antes que sacrificar una hora de su compañía. Repentinamente enojada, bajó del alféizar de la ventana y descendió la escalera. Iría andando hasta el pueblo, solamente por si acaso, y después volvería

por el arroyo, donde, al menos, podría refrescarse los pies un rato.

La luz que se filtraba entre los árboles era muy tenue; no había el menor rastro de viento. Había avanzado unos cien metros cuando oyó ruido de voces, y se detuvo bajo la profunda sombra de un roble.

Harry y Beatrice aparecieron por el recodo, a unos treinta metros de distancia. Caminaban despacio, muy juntos, y enfrascados en una conversación. ¿Debía agitar la mano, o gritar su nombre? A medida que se acercaban, todavía sin verla, pese a que iba vestida de blanco —el mismo traje color crema sin mangas que se había puesto la primera tarde—, Cordelia empezó a sentirse incómoda. Estaban sólo a unos cuantos pasos cuando se plantó en mitad de la vereda.

[Aquí se trunca el relato, al final de la página]

SEGUNDA PARTE

HATHERLEY. Descendiente ansioso de averiguar historia familiar. Cualquiera que disponga de información sobre los primeros años de vida y antecedentes de Phyllis May Hatherley, nieta de Viola Hatherley, nacida en Marylebone, Londres, e1 13 de abril de 1929, casada con Graham John Freeman (1917-1982) en Mawson, sur de Australia, el 4 de mayo de 1963, fallecida el 29 de mayo de 1999, contacte por favor con su hijo, Gerard Freeman...

c/o Lansdown y Grierstone
Despacho de abogados
14A Bedford Row
Londres WC1N 5AB
12 de junio de 1999

Apreciado señor Freeman:

Le escribo en respuesta al anuncio que apareció esta mañana en el *Times*. Me resulta imposible escribirle por fax o e-mail, como usted sugiere, y espero que pueda descifrar la letra de una artrítica. Espero, también, que acepte el más sentido pésame de parte de una extraña por la reciente muerte de su madre.

Para ir directa al grano: debido a los avatares de la guerra, fui trasladada en 1944 a St. Margaret's School, en Devon, con el fin de completar mis estudios. Mi nueva profesora (que creía en el orden sobre todas las cosas) no permitía que las preferencias personales influyeran en los asientos del aula. Los pupitres se asignaban alfabéticamente en función del apellido, de manera que el mío estaba junto al de una niña llamada Anne Hatherley, que no tardó en convertirse en mi mejor amiga.

Anne Hatherley y su hermana menor Phyllis (a quien no llegué a conocer, aunque en una ocasión hablamos por teléfono) crecieron en Londres con su abuela, Viola Hatherley, y su tía Iris, la hermana soltera de Viola. Por tanto, al ver su anuncio tuve la absoluta certeza de que la madre de usted y la hermana de mi querida amiga debían de ser la misma persona. Para asegurarme del todo releí algunas cartas de Anne durante la mañana, que establecen que el cumpleaños de Phyllis era el 13 de abril. Anne nació el 6 de marzo de 1928, y dado que Phyllis era un año menor que su hermana, las fechas coinciden a la perfección.

Viola Hatherley murió justo después del Día de la Victoria, y Anne se vio obligada a dejar la escuela de inmediato y regresar a Londres. Yo permanecí en mi casa de Plymouth, pero Anne y yo mantuvimos correspondencia constante durante los siguientes cuatro años, y nos veíamos siempre que teníamos la oportunidad. Su tía Iris falleció en otoño de 1949, y poco después las cartas de Anne cesaron de manera abrupta. No he vuelto a saber nada de ella.

Por supuesto que estaré encantada de ayudarle en todo lo que pueda. Haga el favor de escribirme por correo certificado y con copia a mi abogado, el señor Giles Grierstone, quien se encarga de todos mis asuntos, incluida la correspondencia. Me pregunto —y espero que no se ofenda por lo que voy a pedirle— si le importaría aportar algún documento que demuestre su verdadera identidad, así como la de su madre, incluyendo, en caso de que sea posible, alguna fotografía. Cualquier cosa que llegue a mis manos será tratada con la más estricta confidencialidad.

Aunque usted no menciona a Anne en el anuncio, desearía que pudiera contarme qué fue de ella; nunca he dejado de preguntármelo.

Atentamente,
(Señorita) Abigail Hamish

c/o Lansdown y Grierstone
Despacho de abogados
14A Bedford Row
Londres WC1N 5AB
27 de junio de 1999

Apreciado señor Freeman:

Muchas gracias por su amable y detallada carta. Valoro en gran medida las molestias que se ha tomado para proporcionar al señor Grierstone tantos documentos y con tanta prontitud. La fotografía de su madre, en todo el esplendor de su juventud, acunando a su bebé (usted mismo), es de lo más conmovedora. Ciertamente aprecio un cierto parecido con Anne, tal y como la recuerdo. La aversión a las fotos debió de ser característica familiar, ya que Anne siempre se negó a darme ni una instantánea de sí misma.

Me impresionó mucho saber que su madre siempre habló de sí misma como si fuera hija única, aunque no puedo decir que me sorprendiera en exceso, por razones que no podía divulgar hasta que hubiéramos establecido, sin lugar a dudas, que su madre era la hermana menor de Anne. Temo que lo que voy a contarle a continuación le resulte algo inquietante, pero usted me ha pedido franqueza y haré lo que pueda por complacerle.

Poco puedo decirle sobre la infancia de su madre. Al igual que su madre (quizá será más fácil llamarla Phyllis), Anne casi nunca hablaba de la pérdida de sus padres: ella tenía sólo dos años cuando tuvo lugar el accidente. Fueron criadas por su abuela y su tía Iris en un entorno muy cómodo; tuvieron niñera, cocinera, doncella, y más tarde institutriz, y no habían conocido ninguna otra vida. Cuando la conocí, Anne había llegado a creer que su infancia no habría sido tan feliz si sus padres hubieran vivido. Si Phyllis compartía ese sentimiento, simplemente lo ignoro. La guerra supuso, por supuesto, un gran sobresalto: las niñas, como tantos otros, fueron evacuadas de Londres en cuanto empezaron los bombardeos. Iris y dos de sus amigas espiritistas —era una devota creyente de las sesiones, la tabla ouija, etcétera, etcétera, pese al desprecio que sentía Viola por esa clase de actividades (por extraño que resulte que Viola, que escribía relatos de fantasmas, fuera la escéptica)—, pero veo que estoy cayendo en una de esas divagaciones contra las que la señorita Tremayne (la maestra que creía en el orden sobre todas las cosas) siempre me advertía.

Iba a decir que Iris alquiló una casita de campo en Okehampton para estar cerca de las niñas, pero Viola se negó a salir de Londres, incluso en el punto álgido de los bombardeos. Afirmaba que no iba a consentir que los alemanes la echaran de su casa. Aunque nunca conocí a Viola, Anne me llevó a tomar el té con Iris en dos o tres ocasiones. «Tía Iris es un encanto —recuerdo que decía—, pero habla de espíritus como si fueran personas de carne y hueso que puedes ver. A mí no me importa, pero a Filly la saca de quicio.» Lo único que recuerdo de Iris es que era alta y ligeramente encorvada; suelo tener muy buena memoria para las caras, pero de la suya sólo conservo una vaga impresión de amabilidad. Tengo la sensación de que era muy corta de vista. Anne me contó después que Iris perdió a su prometido en la Gran Guerra y nunca se recuperó..., pero he vuelto a perder el hilo de lo que quería decir.

La razón por la que nunca conocí a Phyllis es que ella abandonó St Margaret's unos meses antes de mi llegada, para estudiar mecanografía y taquigrafía. Lamento no saber dónde. Sé que poco después de la guerra entró a trabajar para una firma de abogados en Clerkenwell. Viola creía que las chicas debían ser capaces de ganarse la vida, al margen de otras expectativas. Anne había albergado la esperanza de ir a Oxford, pero la muerte de Viola lo cambió todo. Iris se derrumbó, y dado que ella y Phyllis nunca se habían llevado muy bien, la mayor parte de la carga tuvo que recaer sobre Anne. Claro que no tenían ni idea de que a Iris le quedaban sólo unos años de vida tras la muerte de Viola.

Como creo que mencioné en la carta anterior, me vi obligada a quedarme en Plymouth con mi familia. Mi padre estaba muy enfermo (había servido como ingeniero en el Octavo Regimiento y tenía los pulmones afectados por el humo) y me necesitaban para cuidar de él. Quizás ése fue parte del vínculo que me mantuvo unida a Anne. En esos días nuestras circunstancias eran sorprendentemente parecidas. La fortuna de Viola había quedado muy mermada por la guerra, y en caso de que hubiera vivido más tiempo, habrían tenido que vender la casa para pagar las obligaciones fiscales por fallecimiento que impuso el señor Attlee. Y, por supuesto, todos lidiábamos con las exigencias del racionamiento, la escasez constante, etcétera, etcétera. Seguimos escribiéndonos, y Anne vino varias veces a pasar unos días en nuestra casa de Plymouth. Mi padre era un hombre muy estricto, y no me permitía ir a Londres sola, por mucho que me atrajera la idea.

Aún recuerdo esas visitas como los días más felices de mi vida. Anne era (o eso he pensado siempre) una joven de una belleza extraordinaria, carente de toda vanidad... Había en ella un aire de ligereza respecto a sí misma, una espontánea falta de timidez, o tal vez debería decir de egocentrismo... Pero será mejor que continúe.

En el verano de 1949 Añne conoció a un joven llamado Hugh Montfort. Ella se mostró atípicamente reticente a hablar de él (tal vez temiendo que me sintiera dolida por esta nueva relación), pero a medida que pasaban las semanas, su nombre empezó a surgir en las cartas cada vez con mayor frecuencia. Resultaba obvio que pasaba mucho tiempo en la casa. El 30 de julio escribió para decirme que la había pedido en matrimonio. Ella deseaba traerle a Plymouth para que yo le conociera tan pronto como él tuviera unos días libres. Pero no llegó a suceder. El 20 de septiembre todo había terminado. «Te prometo que te lo contaré todo, Abbie —me escribió—, pero aún no puedo.»

Entonces, el 1 de octubre recibí una nota escrita a toda prisa. «Ha sucedido algo terrible —decía Anne—. Tía Iris y Phyllis han tenido un altercado horroroso, no puedo decirte por qué, pero Filly se ha marchado. Hizo dos maletas y se montó en un taxi, no sabemos adónde ha ido, y la tía ha mandado llamar al Viejo Pitt» (se refería al señor Pitt, su abogado, con el apodo con que lo conocían familiarmente) «y creo que planea cambiar el testamento. Todo está manga por hombro. Te escribiré de nuevo en cuanto pueda, siempre tuya, Anne»

El 8 de octubre me envió una nota breve para contarme que su tía había muerto de repente de un fallo cardíaco. Iris tenía sólo sesenta y dos años. Supliqué a mi padre que me dejara subir a la ciudad, pero él se negó. Llamé a su casa varias veces (desde una cabina, ya que no teníamos teléfono en casa), pero nadie contestó a las llamadas, ni tampoco a mis cartas.

Al final decidí desafiar a mi padre. Con el dinero que tenía ahorrado cogí el tren hasta Paddington y desde allí, muy nerviosa, me dirigí hasta Ferrier's Close, en Hampstead. Debería haber comentado que la casa fue construida por un tío soltero de Viola. Ella era su sobrina favorita, y se la legó sin condiciones. Estaba a orillas del Heath, en el rincón más lúgubre del Vale of Health..., o eso me pareció. Anne había descrito la casa tantas veces y con tanta viveza que me sentía como si ya hubiera estado allí, pero en sus descripciones siempre brillaba el sol. Aquel brumoso y triste día de noviembre parecía más una cárcel. La parte superior de la valla frontal de ladrillos estaba llena de cristales rotos, y era tan alta que sólo alcanzaba a ver las ventanas del piso de arriba de la casa. Las persianas estaban bajadas, las cortinas corridas. No salía humo de las chimeneas. El único acceso era una puerta de madera que había en la valla de ladrillos. Anne me había dicho que esta puerta siempre permanecía abierta durante el día, si había alguien en casa, pero ahora continuaba cerrada. Me quedé en la senda de acceso, temblando de frío, durante casi una hora, hasta que se me ocurrió que lo único que podía hacer era dejar una nota en el buzón y emprender el largo camino de regreso a casa.

Cuando se les pasó el enfado, mis padres llegaron a la conclusión de que no era asunto nuestro.

Dijeron que era lógico que Anne no deseara quedarse allí sola; debía de haber ido a casa de algún pariente o amigo. Era una muestra de estúpido egoísmo por mi parte esperar que me escribiera en un momento tan delicado. Vi que la explicación era razonable, pero no me quedé convencida. Finalmente reuní el coraje necesario para buscar la dirección del señor Pitt (no se me ocurrió a quién si no podía recurrir) y escribirle. Contestó para decirme que llevaba tres meses sin tener noticias de Anne (estábamos en febrero) y pidiéndome que llamara a su oficina de Holborn tan pronto como me fuera bien.

La carta del señor Pitt era ya bastante alarmante, pero nada podía haberme preparado para el impacto que le siguió. El 26 de octubre (dos semanas antes de mi infructuosa visita al Vale of Health), Anne había ido a verle a su despacho. Tía Iris había cambiado su testamento una semana antes de morir, desheredando por completo a Phyllis y dejando todas sus posesiones a Anne. Anne insistió en hacer testamento, con el señor Pitt como albacea, legando toda su fortuna a «mi queridísima amiga, de toda confianza, Abigail Valerie Hamish».

Como más tarde admitió ante mí, el señor Pitt sospechó de la existencia de alguna influencia indebida, una calculadora joven que se aprovechara de una amiga transida de dolor, pero cuando vio lo impresionada que quedaba yo ante la noticia (cuyo recuerdo todavía me provoca mareos y falta de aire), sus maneras se suavizaron de manera perceptible.

¿Seguro que quería perpetuar la injusticia cometida por su tía hacia Phyllis?, le preguntó varias veces. A esto, Anne respondió, con absoluta seguridad, que *sabía*, por razones que prefería no discutir, que su hermana nunca aceptaría ni un penique que viniera de ella. Él le dijo que su estado nervioso no era el más adecuado para tomar decisiones (se la veía mal, y su rostro estaba hinchado por una especie de sarpullido), pero ella no quiso atender a razones. El hombre aportó todos los argumentos que se le ocurrieron, pero al final ella afirmó, exactamente como había hecho su tía unas semanas antes, que si él no hacía lo que le pedía, acudiría a otro abogado. «No puedo quedarme en Londres —recordó que le dijo—. Debo marcharme, y quiero que usted se ocupe de todo en mi lugar.» Él accedió, con todas las reservas del mundo. Ella firmó el testamento y prometió seguir en contacto con él.

Cuando fui a verle, el señor Pitt ya estaba preocupado por su paradero. Más extraño aún que su silencio era el hecho de que no se había retirado cantidad de dinero alguna de su cuenta. Alertó a la policía, y puso repetidos anuncios, pidiendo que cualquiera que supiera algo de Anne o Phyllis se pusiera en contacto con él, pero todo fue en vano. No sabíamos entonces, desde luego, que su madre había emigrado a Australia, lo cual explica su silencio. ¡Qué gran dolor, he reflexionado a menudo, salió de la pelea entre su madre y la tía de ésta...! Una pena, pero debo seguir.

A medida que pasaban los años sin tener noticias de Anne, yo mantuve el contacto con el señor

Pitt. Él había cumplido ya los sesenta cuando le conocí, y cuando la enfermedad le obligó a jubilarse, me convenció para que adoptara el papel de albacea. (No había ningún Pitt Joven, ¿sabe?, esto era parte de la broma.) Tras su muerte, llevé mis asuntos a un tal señor Urquhart, quien no me satisfizo, y después a Lansdown y Grierstone, a quienes, como puede ver, sigo confiando mis cosas. El señor Urquhart me aconsejó que, dado que hacía más de siete años que no se sabía nada de Anne, debíamos iniciar procedimientos para declararla legalmente muerta, y entrar en posesión de la herencia, una posibilidad que, por supuesto, siempre me negué a contemplar.

Debería haber mencionado que, cuando la policía efectuó el registro de la casa, no encontró nada raro, y concluyó que Anne había hecho las maletas, cerrado la casa y partido. Sé que el señor Pitt temía que hubiera puesto fin a su vida; nunca me he permitido creer tal cosa, de la misma forma que nunca he cesado de esperar que siga viva. Pero confieso que el no saber me ha provocado un gran tormento. Me parece que me he pasado la mayor parte de mi vida esperando noticias de Anne. Y ahora, de repente, soy ya una mujer mayor que debe pensar en su propio testamento, además de satisfacer mi deuda con Hacienda.

Estoy muy fatigada (son demasiadas emociones revividas) y debo poner punto final a esta larga carta. Escribirla ha estimulado, una vez más, mi apasionado anhelo de *saber*, con certeza, qué fue de mi más querida amiga, qué sucedió de verdad durante aquellos últimos y complicados meses previos a su desaparición: por qué rompió el compromiso con Hugh Montfort, y qué fue lo que (si me perdona la curiosidad) precipitó la desastrosa disputa entre su madre e Iris. Mi intuición siempre me ha dicho que las respuestas debían de buscarse en algún lugar de la casa junto al Heath. En los primeros años (después de aceptar el papel de albacea, que me posibilitaba la entrada legal en la casa) subí varias veces a la ciudad con la intención de llevar a cabo un concienzudo registro. Pero la casa es muy grande, por no decir laberíntica, y atemorizadora, incluso a la luz del día, para una mujer que oye un intruso en cada tabla que cruje... Han pasado años, muchos decenios, en realidad, desde la última vez que la pisé. Y por supuesto nunca me gustó la idea de emplear a un extraño.

Me pregunto, por tanto, dado que su estancia en Londres será muy breve, si, antes de que venga a verme, como espero que hará, sería tan amable de echar un vistazo a la casa por mí, sólo para comprobar si aparece algo en forma de cartas, libretas, diarios, etcétera. Dada su titulación como bibliotecario, estoy segura de que le interesará la biblioteca familiar de los Ferrier, que contiene varios miles de libros. Me temo que la electricidad se cortó hace muchos años, y que el jardín se halla tremendamente descuidado, pero cuando usted llegue será verano. El señor Grierstone tendrá las llaves a su disposición en Bedford Row. Y, por favor, no dude en seguir lo que le indique su instinto, le lleve adonde le lleve. Tal vez sea sólo la fantasía de una vieja, pero veo en todo esto la mano del destino, y creo que si hay alguien que logre descubrir las respuestas, ése será usted.

Espero con impaciencia su visita.

Atentamente,
Abigail Hamish

Lansdown y Grierstone
Despacho de abogados
14A Bedford Row
Londres WC1N 5AB
12 de julio de 1999

Apreciado señor Freeman:

Hemos recibido su carta dirigida a nuestra cliente, la señorita Abigail Hamish. Lamento informarle de que la señorita Hamish ha sufrido una leve embolia y se halla bajo tratamiento en un hospital privado. Tal vez transcurran algunas semanas antes de que se encuentre lo bastante recuperada para contestar a su carta, o para recibir visitas.

Mientras tanto, sin embargo, nos ha dado instrucciones de que pongamos a su disposición las llaves de la casa de Ferrier's Close 34, Heath Villas, Hampstead. Puede recogerlas en la dirección que aparece en el remite cuando le convenga, previa presentación de algún documento identificativo, como por ejemplo su pasaporte.

Atentamente,
Giles Grierstone

De: Parvati.Naidu@hotmail.com
Para: ghfreeman@hotmail.com
Asunto: Alice está bien y te manda todo su amor.
Fecha: Martes, 20 de julio 1999 20:12:46 +0100 (BST)

Querido Gerard:

Alice me ha pedido que te escriba lo antes posible (soy la enfermera de guardia) para informarte de que la operación ha sido un rotundo éxito. El señor MacBride dice que deberá guardar reposo absoluto durante las próximas cuarenta y ocho horas para que las heridas no se le abran. Dice que te escribirá tan pronto como le permitan incorporarse.

Espero que no te importe que te lo diga, pero todo me parece tan romántico... Habéis esperado tanto tiempo los dos. Alice es tan hermosa, todos la queremos. Estoy segura de que seréis muy felices juntos.

Debo irme,

Parvati

Desde el sendero que llevaba hasta ella, lo único que podía ver de Ferrier's Close era una exuberante masa de vegetación asomando por encima de un desvencijado muro de ladrillos. La valla tenía por lo menos tres metros de altura, y su parte superior estaba cubierta por una gran cantidad de ramas, acebos y budleias, y espesas zarzas. Una sólida puerta de madera, reforzada con cierres de acero, era la única entrada, tal y como había dicho la señorita Hamish. Más a mi derecha, el sendero quedaba cortado por el muro de piedra perteneciente a otra casa, con un tercero, pintado de blanco, al que yo daba la espalda. Aunque la mayoría de casas del Vale daban directamente a estrechas calles, los ocupantes de este rincón (en algún lugar del lado oeste: había perdido la orientación tras tantos giros, recodos y estrechos pasajes que me habrían conducido, dando vueltas, hasta este callejón sin salida) sentían un gran aprecio por la intimidad. Coches de lujo, manchados de savia y excrementos de insectos, aparcados sobre la acera, eran la única prueba de que alguien residía allí.

Eran las dos en punto. El camino desde la estación de Hampstead Heath había sido incómodamente caluroso, pero allí, bajo la bóveda de ramas, el aire era fresco y húmedo. Había estado sólo tres días en Londres, y ya me sentía más en casa de lo que nunca me había sentido en Mawson. La transformación era extraordinaria. El sábado por la tarde, tras instalarme en mi nuevo y limpio hotel de lujo cerca de St Pancras, había paseado durante horas, aspirando profundas bocanadas de aire cálido y vigorizante, como si estuviera en un balneario de alta montaña. La gente no evitaba el contacto visual con extraños. Las montañas de basura habían quedado reducidas a unos cuantos restos aislados. Incluso los perros parecían haber aprendido modales.

Caminé hasta el final del sendero y volví atrás, sopesando el grueso manojo de llaves que llevaba en la mano. Nadie sabría que había una casa oculta tras aquellos enormes árboles, algunos de dieciocho o veinte metros de altura. Me pregunté a qué altura habrían estado cuando Abigail Hamish los vio por primera vez, aterida de frío, hacía casi cincuenta años, a finales de otoño. La mayor parte de las ramas habrían estado desnudas.

Como me había informado la secretaria del señor Grierstone hacía sólo unas horas, la señorita Hamish estaba descansando y se pondría en contacto conmigo en cuanto su salud se lo permitiera. No podía recibir visitas, pero sí podía recibir flores; estarían encantados de encargarse de ello.

Y, por primera vez en toda mi vida, sabía exactamente dónde se encontraba Alice. En el Hospital Nacional de Neurología y Microcirugía de East Finchley, a menos de una hora a pie, a través del Heath, desde Ferrier's Close. Le había prometido no ir a visitarla, ni llamar al hospital: Alice pensaba que traía mala suerte. Quería venir a mí, sin avisar: «De otro modo, la situación sería demasiado formal y embarazosa». Como dos novios separados el día de la boda, que no pueden verse hasta la ceremonia. «Quiero conservar todos los momentos entre ahora y el día que nos conozcamos», había dicho en su último mensaje. Pasaba muchas horas en fisioterapia, ganando fuerza día tras día. «Mis pies no se han olvidado de andar. Me duele todo, pero es una sensación maravillosa. Ahora ya nada puede salir mal. Disfruta de tu casa» —Alice estaba convencida de que la señorita Hamish pretendía legarme la finca entera— «y de sus misterios, y pronto, tal vez antes de lo que crees, alguien llamará a tu puerta».

En el fondo, yo estaba de acuerdo con ella, pero no quería tentar al destino diciéndolo: la señorita Hamish podía sufrir otra embolia y morir antes de conocerme. En cuyo caso, es de suponer que la herencia iría a parar a obras de caridad o algún pariente lejano suyo; parecía estar bastante sola en el mundo. Tentara al destino o no, no podía evitar imaginarnos llegando a la casa de campo de la señorita Hamish, que en mi mente había crecido hasta convertirse en una casa alta e imponente con jardines cuidados y robles ancestrales: en definitiva, Staplefield.

Aunque la señorita Hamish no había respondido a ninguna de mis preguntas sobre Staplefield, dicha actitud bien podía atribuirse a discreción por su parte, la misma razón por la que no me había dado su dirección. La destrucción de Staplefield debió de ser un acontecimiento traumático de grandes dimensiones; Anne le habría hablado de ello. Mientras que si la casa hubiera sobrevivido, cabía dentro de lo posible que la señorita Hamish, una vez nombrada albacea de la herencia, hubiera decidido alquilar Staplefield. O simplemente vivir allí: como única beneficiaria del testamento de Anne, su única obligación legal era para consigo misma. Tal vez no quisiera decirme, hasta que llegara la hora de nuestro encuentro, que mi madre había mentido respecto al incendio.

De vuelta en Mawson, leyendo y releyendo la carta de la señorita Hamish en la gélida salita, una inusitada sospecha había surgido de esas páginas. Resultaba obvio que a la señorita Hamish nunca se le había ocurrido (en otro caso no habría podido escribir con tanta franqueza) que Phyllis Hatherley podía haber asesinado a su hermana. Todo encajaba a la perfección: Phyllis y su tía mantienen una violenta disputa; Phyllis es desheredada y abandona su hogar en un arrebato de furia; su tía muere de repente (y de manera muy conveniente) dejándole todo a la dulce Anne, que inmediatamente redacta un testamento legando sus posesiones a su mejor amiga, Abigail. ¿Por qué iba a hacer un testamento como ése una chica de veinte años, a no ser que tuviera miedo de su hermana? Pero Anne ignora dónde está Phyllis, así que no puede informarle del testamento. Hasta que, tal vez, ya es demasiado tarde. Phyllis descubre que ha matado a su hermana por nada, y eso es lo último que sabemos de ella hasta que reaparece en Mawson diez años más tarde.

La historia parecía terriblemente plausible, hasta que me di cuenta de que lo mismo debió de pensar la policía y el abogado. Ésa habría sido su primera línea de investigación. Y habrían interrogado a Abigail Hamish sobre Phyllis: habrían querido ver las cartas de Anne. De manera que tanto la policía, como el abogado, como la propia señorita Hamish, debieron de llegar a la conclusión de que Phyllis era inocente. De otro modo la señorita Hamish nunca me habría confiado las llaves de Ferrier's Close.

O al menos de eso me había convencido. Había al menos doce llaves: tres melladas Banhams de bronce; dos para cerraduras de muelle, y varias llaves normales, gastadas y oxidadas, para cerrojos de distintos tamaños. La misma puerta estaba curvada por arriba y hundida en el muro de ladrillo. Se había decolorado hasta alcanzar un pálido gris verdoso, salpicado de liquen; filas de musgo brotaban entre los goznes. Una placa descolorida, un buzón de bronce, cerrado u oxidado, un pestillo y una cerradura. Sin picaporte ni rejilla para darse a conocer; la única forma de hacer evidente la presencia de uno era golpear con los nudillos desnudos la desgastada madera de la puerta.

La segunda llave Banham entraba en la cerradura más baja: el chasquido que produjo al abrirse fue sorprendentemente fuerte. Levanté el pestillo y empujé, esperando encontrar resistencia. Para mi sorpresa la puerta se abrió en silencio.

Estaba en la entrada de un túnel de unos dos metros y medio de alto, formado por elevados marcos metálicos sobre los que habían crecido las ramas. Una leve luz se filtraba por aquel techo arqueado de densa vegetación; unos destellos de sol relucían sobre el suelo de piedra. En el extremo opuesto, a unos nueve metros, distinguí dos escalones que conducían a una segunda puerta. Entre las nudosas ramas habían crecido parras, enredaderas y rosas silvestres; los arcos de metal estaban fuertemente oxidados. Pero el interior del túnel había sido arreglado recientemente: el sendero definido, libre de maleza; las piedras, oscuras y manchadas de liquen, desnudas a excepción de algunas hojas secas.

Retiré la llave y solté la puerta de la calle. Se cerró tras de mí con un débil suspiro. Un chasquido indicó que había quedado cerrada del todo; sintiendo un repentino temor, tiré de ella para asegurarme de que no estaba atrapado.

El sendero había sido un lugar tranquilo, pero en él todavía se percibía el débil zumbido del tráfico de la carretera de East Heath, el aullido ocasional de alguna motocicleta que aceleraba, el distante y sordo rumor de los incontables aviones que descendían hacia Heathrow. Al cerrar la puerta, todos aquellos sonidos habían cesado. De repente, el tic-tac de mi pulso retumbaba. Recorrí el camino, acompañado por la agitación de hojas. Pájaros, pensé, aunque no veía ninguno. La vegetación circundante era de una densidad impenetrable.

En el extremo opuesto la maleza era algo más débil, lo suficiente como para que percibiera destellos de ladrillo rojo y piedra, y la luz era algo mejor. Aunque el túnel... ¿cómo se decía? ¿Se desplegaba? No, avanzaba hasta el porche, podías ver dónde terminaba la estructura original y dónde se había añadido una sección, mucho tiempo atrás, por el aspecto de las retorcidas ramas que la cubrían. Subí los dos escalones del porche, de sólo unos metros de profundidad, con sólidos muros de ladrillo a ambos lados. Parecía como si hubiera habido ventanas verticales rodeando la puerta, pero alguien hubiera sellado las aberturas. Tampoco había cristal en la puerta. La pintura verde oscuro estaba rascada y desvencijada.

En esta ocasión había tres cerraduras. Tras el chasquido de la segunda Banham tuve que aguardar a que el latido de mi corazón hubiera disminuido de ritmo lo bastante como para distinguirlo de pasos que se acercasen. Eché la vista atrás, hacia el túnel verde en penumbra, y giré la llave en la cerradura de muelle.

La puerta se abrió en silencio, hasta mostrar un vestíbulo débilmente iluminado. Paredes cubiertas con oscuros zócalos, un elaborado perchero justo a mi izquierda, y un desvencijado banco de madera. Una escalera enmoquetada conducía hasta el descansillo. La luz se filtraba a través de la puerta iluminando la parte izquierda de la escalera. Crucé el umbral, sujetando la puerta, que, como la de la calle, parecía querer cerrarse sola. Di otro paso adelante, dejé que la puerta se cerrara a mi espalda con el mismo débil e inquietante susurro.

El perchero estaba atestado de sombreros, abrigos y bufandas; había varios paraguas y al menos tres pares de botas.

La sensación de ser un intruso se volvió, de repente, abrumadora.

—¿Hay alguien? —Un eco sordo, no sabría decir de dónde, pareció darme una respuesta. Entonces advertí que los sombreros y abrigos, todos de mujer, eran increíblemente antiguos. Probé a coger uno de los paraguas. Se levantó una pequeña nube de polvo, y vi que la tela estaba agujereada.

Intenté moverme sin hacer ruido, pero las tablas de madera crujían a cada paso. En el extremo opuesto del vestíbulo encontré una puerta cerrada a la derecha de la escalera. Una abertura a mi izquierda conducía a un pasillo que cruzaba la casa hasta su parte trasera. Destellos multicolores brillaban a través de una puerta que había al final.

Al principio creí que había entrado en una capilla. Dos ventanas altas, estrechas, de cristal, relucían en la parte superior de la pared de la izquierda, con un elaborado diseño de hojas, parras y flores que ascendían sobre un fondo simple, plomado. Las sombras en movimiento de las ramas y hojas auténticas del exterior daban la sensación de que el dibujo había cobrado vida, verdes y dorados y brillantes carmesíes entrelazándose hacia la oscuridad.

Persianas altas de madera, cerradas por dentro, ocultaban las ventanas de la parte baja. Las robustas siluetas de los muebles cercaban la enorme chimenea que había frente a la puerta. A mi derecha, la parte inferior del muro trasero daba a lo que parecía ser un comedor. Se había construido una galería elevada sobre la abertura, que corría a todo lo ancho de la sala.

Me dirigí a las persianas, abrí la primera y me enfrenté a una caótica masa de ortigas, budleias y hojarasca, atravesada de hiedra y elevándose por encima de la altura de la cabeza. El sol se filtraba por el follaje. Las ventanas estaban protegidas por rejas metálicas casi carcomidas por el óxido.

Dejando a un lado la arcaica instalación eléctrica montada en la pared, era como si hubiera retrocedido a 1850. Las sillas y sofás de brocado, la mayoría en tonos limón y verde pálido, los arcones, cómodas y alguna mesa, estaban todos con marcas de golpes y gastados por el uso. El lustre de la madera se había perdido hacía ya tiempo; podías ver restos de manchas viejas en la enorme alfombra persa de hilo. Y, sin embargo, alguien debía de venir de vez en cuando a limpiar y airear el lugar, y a encender alguna fuente de calor en invierno, o la humedad y el moho lo habrían podrido todo.

Avancé hacia el comedor, cuyo oscuro artesonado, aunque seguía estando a más de tres metros de altura, era sólo la mitad de elevado que el del estudio. La abertura entre los dos podía cerrarse por una especie de biombo, que aparecía plegado, al estilo teatro, contra la pared derecha. La galería elevada recorría la parte superior: tenía una baranda de acero a la altura de la cintura, sujeta por barras verticales, y puertas en cada extremo.

Inquieto por una vaga sensación de extrañeza, recorrí el comedor, desplazándome entre una larga mesa de roble con sillas para una docena de personas, y otra mesita lateral sobre la que había la vajilla y varios candelabros. Con el estudio cerrado, la oscuridad de la estancia habría sido total. Pero cuando abrí las persianas, la luz inundó la habitación. Me encontré mirando a un patio enlosado, rodeado una vez más por un impenetrable y enmarañado follaje.

El terreno sobre el que se asentaba la casa dibujaba una acusada pendiente: la ventana estaba al menos a tres metros sobre el suelo, pero la vista más allá del patio quedaba ensombrecida por todos lados por la exuberante y frondosa vegetación. Los arbustos crecían entre las piedras. Abajo, a la derecha, se había construido un largo y estrecho pasaje paralelo a la pared trasera de la casa. Desde el extremo más alejado del patio, un sendero serpenteaba unos cuantos metros más, hacia lo que parecían los restos de una antiguo cobertizo o cenador, medio enterrado bajo un dosel de ortigas.

Apreté la cara contra el cristal, pero no pude ver nada más. No había rejas en estas ventanas, ni ninguna cerradura visible, pero tampoco podían abrirse. Salí por una puerta que había a la derecha de las ventanas a un descansillo desde el que descendía la amplia escalera. A medio camino, un escalón más estrecho daba a un segundo rellano, más pequeño. Una vez allí podías optar por varias puertas, pero seguí bajando, con la esperanza de encontrar un camino hacia el patio que me permitiera ver la casa desde el exterior.

Encontré una habitación pequeña, o saloncito para desayunos, justo por debajo del comedor, con puertas vidrieras cerradas que, en caso de abrirse —ya que en este momento se negaban a ceder— conducían al patio. Tras el saloncito había una cocina no muy grande —de los años veinte o treinta, pensé—, con una cocina de gas de tres fogones, un fregadero de porcelana, armarios y bancos de madera. La mezcla de loza, ahora descascarillada y rajada, parecía pertenecer a un juego de buena calidad. Unas cuantas tazas posaban su óxido sobre el armario de la comida, las etiquetas perdidas tiempo atrás.

La puerta principal junto al saloncito estaba pintada de un negro adusto. Parecía cerrada a cal y canto. A la derecha había otro juego de puertas vidrieras, también cerradas, que daban al invernadero. Atisbando a través del cristal, vi una gran mesa de caballete atestada de macetas y semillas de las que brotaban algunos tallos secos. Las paredes y los bancos estaban llenos de herramientas de jardinero. Un viejo carretón de madera bloqueaba el paso en uno de los tramos.

No había más puertas. Las escaleras seguían descendiendo, hasta llegar a la planta baja. La luz se escanciaba sobre ella iluminando una parte del suelo. Desde mi posición en la entrada, la cocina original se extendía a mi izquierda. Un antiguo fogón negro con un humero oxidado; paredes de ladrillo; una mesa rayada; utensilios ordenados de mayor a menor oxidándose en un estante. El aire aquí era más frío, y perceptiblemente húmedo; el techo estaba a sólo treinta centímetros de mi cabeza. Di unos cuantos pasos en la penumbra. En la pared de enfrente había una puerta, que se abría hacia la oscuridad.

Retrocedí hacia las escaleras y subí al descansillo, tomé la primera puerta a la derecha, la que estaba frente al comedor, y me recibió el cálido y levemente dulce olor del papel pintado y las alfombras, polvo, cuero y persianas viejas.

Éstas, de madera bruñida, sin pintar, daban a una biblioteca tan imponente como el estudio. Altos estantes se alzaban cual columnas entre las cuatro ventanas altas y estrechas de la pared trasera de la casa. A lo largo de las otras tres paredes corría una galería en voladizo, a poco más de dos metros sobre el suelo, permitiendo el acceso a una segunda hilera de estantes, con vitrinas que salían como pilares de los estantes de abajo, semiempotrados en la pared, de manera que los libros de la sección inferior quedaban alojados en una especie de nichos. En el extremo opuesto de la sala había una escalera de caracol que subía hasta la galería; y, bajo las ventanas, un sofá Chesterfield y dos ajados sillones de cuero marrón. El centro estaba ocupado por una mesa maciza cubierta por un gastado tapete verde, con cuatro sillas de respaldo alto dispuestas alrededor. En un extremo alguien había dejado varias láminas grandes de lo que parecía papel de estraza, un tablero de ajedrez plegado, y una especie de juguete infantil coronando el montón.

Deambulé entre los nichos, sacando volúmenes al azar. Libros del ejército, documentos parlamentarios, historias de regimientos, relatos de campañas militares y batallas navales, diccionarios geográficos, listados de oficina, listados legales, relatos del condado y otras obras de ese estilo ocupaban una pared entera. La biblioteca de un caballero del siglo diecinueve. Perteneciente a un tal J. G. Ferrier... y a G. C. Ferrier... y después a C. R. Ferrier, tal y como indicaba el nombre escrito en tinta gruesa y de color gris en la solapa de *A Narrative of Operations of a Small British Force Employed in the Reduction of Monte Video on the River Plate, 1807. By a Field Officer on the Staff* [Relato de las operaciones de una pequeña fuerza británica empleada en el sometimiento de Montevideo en el Río de la Plata, 1807. Escrita por un oficial de campo].

Avancé hacia la pared siguiente. Literatura; griego y latín, todo de J. G. Ferrier; los poetas ingleses clásicos, la mayoría ediciones del siglo diecinueve pertenecientes a J. G. y G. C... hasta que cogí uno de los varios volúmenes desgajados de Byron y vi el nombre, V. Ferrier/En. 1883, escrito en la cubierta con una letra clara y picuda. Y, en el siguiente nicho, en un manoseado ejemplar de *Illusions perdues* de Balzac, V. Hatherley/Oct.1901.

Media hora después, y aunque ni siquiera había empezado a revisar la galería en voladizo, ya sabía que Viola Ferrier se había convertido en Viola Hatherley en algún momento entre

1887 y 1889; que solía subrayar fragmentos de sus libros, pero que nunca añadía ninguna de esas anotaciones crípticas que la gente gusta de escribir al margen; que ella, o alguien con quien compartía sus libros, fumaba mucho —en muchas páginas de sus libros aparecían restos de ceniza y hebras de tabaco—, y que leía de forma ecléctica tanto en francés como en inglés. El sistema de ordenar los libros por autor y tema había sido gradualmente alterado, de manera que un libro escrito por un tal Georges Lakhovsky, *Le Secret de la vie: les ondes cosmiques et la radiation vitale*, marcado con la simple inscripción de VH/ Aug 1930, aparecía entre Richard Le Gallienne y Alice Meynell en un estante dedicado a los poetas y ensayistas de finales del siglo XIX. *American Martyrs to Science through the Roentgen Rays*, de Percy Brown, que parecía haberse caído en una bañera o haber sido dejado a la intemperie en un día de lluvia, estaba apoyado encima del de Lakhovsky.

Abrumado de repente por una acuciante sensación de cansancio, me senté en la mesa central. Hilos de polvo jugueteaban en la luz procedente de las cuatro grandes ventanas de mi derecha. *Pronto, quizás antes de lo que te imaginas...* Quizás Alice aparecería con su vestido blanco, sonriéndome desde la barandilla de la galería elevada... *Iré a tu casa.*

Desde la perspectiva donde me encontraba, la galería formaba una U elevada, con la escalera de caracol inmediatamente a la derecha de las ventanas. En el lado contrario, justo antes del muro trasero, una de las librerías parecía haber sido desplazada hacia la pared lateral formando un ángulo considerable. No; era un falso anaquel, que escondía una puerta estrecha y baja, como las que había en las galerías de la antigua Sala de Lectura Circular. Era extraño que no hubiera advertido antes su existencia.

Sin pensar, llevé la mano hacia la montaña de papel y cogí el juguete. Parecía un triciclo en miniatura, de unos diez a doce centímetros de largo, con dos ruedas en la parte trasera de una plataforma en forma de barco hecha de la misma madera oscura. Pero en el lugar que habría ocupado la rueda delantera había una mina de lápiz, apuntando hacia abajo, asegurada con una goma elástica.

Bajé el juguete y abrí el tablero de ajedrez. En realidad, no era un tablero de ajedrez. En lugar de cuadrados tenía un SÍ en la esquina superior izquierda, junto a un dibujo del sol, y un NO enfrente, junto a una luna, sobre las letras del alfabeto dispuestas en dos arcos en forma de herradura, después los números del 1 al 10, y bajo éstos, la palabra ADIÓS. The William Flud Talking Board, Set. John Waddington Ltd., Leeds y Londres, distribuidor autorizado de las marcas Ouija, William Flud y Mystifying Oracle.

Ahora ya sabía lo que era el triciclo. Ojeé las páginas de papel, pero todas estaban en blanco. Tras un poco de práctica con la plancheta, una de esas tablillas para escritura ouija, llegué a obtener palabras legibles. En una hoja de papel escribí:

¿QUÉ LE PASÓ A ANNE?

en grandes y finas letras, y dejé la plancheta bajo la Q, con los dedos ligeramente apoyados en la plataforma de madera.

No esperaba en serio una respuesta... ¿O quizá sí? Necesitaba al menos dos personas, de todos modos. Pero tenía que encontrar la respuesta yo mismo si podía. Porque resultaba evidente que la señorita Hamish me había proporcionado las pistas de una especie de examen. Para probar que era un digno heredero de Ferrier's Close y Staplefield. Casi lo había dicho en la última página de la carta. *Veo en todo esto la mano del destino... mi apasionado anhelo por saber, con certeza, qué fue de mi querida amiga... si alguien puede descubrir las respuestas, ése es usted.*

Pero supongamos, sólo supongamos, que descubriera que mi madre había asesinado a su hermana. Tendría que vivir con ello para siempre; envenenaría el momento en que me reuniera (a menudo pensaba en ese momento en esos términos, tal vez debido al sueño que compartimos) con Alice; y, desde luego, impediría que la señorita Hamish me legara su fortuna.

Claro que tampoco sabía que Anne Hatherley estuviera muerta. Tal vez hubiera... hecho las maletas, sufrido un ataque de amnesia y empezado una nueva vida bajo un nombre distinto. Tal vez se había unido a una orden religiosa sin contárselo a nadie. Tal vez había sido abducida por extraterrestres. Lo único que sabíamos con certeza era que nunca habían hallado su cuerpo. O, al menos, no había sido identificado.

La policía no encontró nada raro. Pero, ¿habían registrado a fondo la casa? ¿Habían excavado el jardín? ¿Y si la persona que había partido con las maletas de Anne no hubiera sido Anne?

Aquella conocida sensación de vértigo y temor volvió a invadirme. Solté la tablilla e intenté concentrarme en inspirar de forma rítmica y profunda. Relaja las manos. Concéntrate en respirar. Repite: si la policía y el abogado no hubieran estado seguros de que Phyllis era inocente, la señorita Hamish lo habría sabido, ya que era la principal testigo.

Y, en el peor de los casos, si llegara a desvelar algo en esa línea, contárselo a la señorita Hamish sería una absurda muestra de crueldad. En cambio, si diera por casualidad con una explicación más amable: al fin y al cabo, la amnesia seguía siendo una posibilidad que tener en cuenta, sobre todo tras tantos eventos traumáticos y tan seguidos... O una súbita conversión religiosa, una de esas experiencias que cambian el curso de una vida... Debía mantener la mente abierta y no sacar conclusiones que sólo podían disgustarla. Ni siquiera había visitado todavía la habitación del piso de arriba.

Había supuesto que al final de esta exploración preliminar habría obtenido una imagen clara de la casa y sus alrededores. Pero cuanto más subía, más me desorientaba. El aire se hacía más caluroso y denso. Probé a abrir varias ventanas de los pisos superiores, pero ninguna cedía: muchas de las que se extendían sobre la planta baja estaban cubiertas de una capa tan espesa de suciedad que cuando conseguía distinguir algún fragmento del paisaje del Heath sobre las copas de los árboles, no estaba nunca seguro de en qué dirección miraba. Y, sin embargo, el lugar desprendía una atmósfera extrañamente familiar.

Las vistas borrosas acentuaban la sensación de moverse en el tiempo, ya que si en el estudio se respiraba la época de 1850, el primer salón avanzaba hasta 1940: se trataba de una sala grande, iluminada y confortable, amueblada con un sofá estampado en flores verdosas, sillas tapizadas, un armario para el aparato de radio a la derecha de la chimenea y una librería llena de novelas: Galsworthy, Bennett, Huxley, las primeras obras de Graham Greene... Henry Green, Ivy Compton-Burnett... historias de detectives de las que nunca había oído hablar como *The Public School Murder*, de R. C. Woodthorpe, con la inscripción «V. H. Navidad 1932». La ventana daba al descuidado patio. Una puerta a la derecha de la ventana conducía a las escaleras traseras (parecía haber al menos dos formas de ir de una habitación a otra) y a un pasillo en forma de L con puertas que daban a la galería semicircular de la biblioteca, por un lado, y a la galería que sobrevolaba el estudio, por otro.

Aparte de la sala de la parte de atrás de la casa, en este piso había sólo dos habitaciones más: otra salita, mucho más pequeña, y un dormitorio, ambas orientadas al descansillo frontal. Los pisos superiores del estudio y la biblioteca, con sus respectivas galerías en voladizo, ocupaban el resto del espacio. Decidí que, con toda probabilidad, las dos habitaciones frontales habían pertenecido a Iris: el estante de la salita contenía largas filas de publicaciones espiritistas de los años veinte y treinta: *Light*, *The Medium*, junto con numerosos volúmenes sobre teosofía, tarot, budismo, astrología, viajes astrales, adivinación, reencarnación, etcétera. Advertí un ejemplar de *An Adventure* —una obra que había tenido la oportunidad de hojear en el pasado— sobre las dos mujeres que afirmaban haberse perdido en los jardines de Versalles y haber retrocedido hasta el siglo dieciocho. El armario seguía lleno de ropa que parecía haber pertenecido a una mujer alta y de edad avanzada; un pintalabios seco y varias cajas de cartón aparecían pulcramente dispuestas en la cómoda bajo una gruesa capa de polvo.

Subí las escaleras hasta el descansillo del segundo piso. Ante mí se extendía un oscuro pasillo que conducía a la parte trasera de la casa. Alfombras de hilo persa sobre suelos de madera manchada; papel de William Morris, arrugado y roto en los bordes.

Recorrí el pasillo e intenté abrir la primera puerta a la derecha. Una débil luz penetraba bajo las cortinas en el fondo de la estancia, que compartía pared con el descansillo. Un rancio olor a perro subía desde la alfombra a medida que me iba acercando a la ventana; por un momento, volví a mi infancia, cuando entraba subrepticiamente en el cuarto de mi madre. Descorrí las cortinas. Al contemplar una vista borrosa del sendero a través del denso follaje, advertí que esta habitación estaba justo sobre el estudio. Polvo y la tela de las cortinas —de un granate sucio— cayeron a mi alrededor. A la derecha de la ventana se hallaba una cómoda con un espejo de mano y un taburete de brocado; a la izquierda, un galán de noche de roble seguido de una pequeña librería. La cama, individual, con una colcha del mismo color que las cortinas, se alzaba con el cabezal apoyado en la pared frente a la ventana. Las otras tres estaban empapeladas: más William Morris raído.

Había un armario empotrado junto a la cama, cuya puerta estaba ligeramente entreabierta. Al acercarme, aparté la colcha y vi que la cama estaba completamente hecha. Una polilla salió de detrás de la almohada, soltando una diminuta estela de polvo al pasar junto a mi cara. En el interior del armario estaba colgado un único vestido blanco, o, mejor dicho, una túnica, ya de un blanco amarillento. Y en el suelo, bajo el vestido, una raqueta de tenis con el nombre de ANNE HATHERLEY grabado con mayúsculas en el mango.

El dormitorio contiguo era casi una réplica exacta del de Anne, excepto que la ventana se hallaba en el muro lateral. Contenía asimismo una cama individual, con el cabezal apoyado en el tabique común, y un armario empotrado en su espacio correspondiente a la izquierda de la cama. Las cortinas y la colcha eran verde oscuro, confeccionadas con la misma tela pesada. El armario estaba vacío. Al otro lado de la cama, cuatro libros. *A High Wind in Jamaica* [Viento impetuoso en Jamaica], *Rebecca*, *The Murder of Roger Ackroyd* [El asesinato de Roger Ackroyd] y *The Death of the Heart* [La muerte del corazón]. El de Agatha Christie no llevaba nombre. En los otros tres aparecía la inscripción «P. M. Hatherley» escrita en una pulcra y redondeada letra sobre la solapa.

Para alguien que había salido de casa con sólo un par de maletas, Phyllis Hatherley se había tomado la molestia de despejar a fondo su habitación. Aparte de las cuatro novelas, y de una manta mohosa en el último cajón de la cómoda, el cuarto estaba completamente vacío. Claro que también podía haber vuelto después, cuando la casa estuviera vacía... Era mejor no seguir por esa línea. De hecho, mi labor sería mucho más fácil si pensara en Phyllis Hatherley y mi madre como en dos personas distintas.

Y es que, la verdad, así había sido. Y cualquier cosa que hubiera hecho Phyllis Hatherley, Phyllis Freeman la había pagado con su vida en Mawson, una condena sin remisión por buena conducta. No podía imaginar a mi madre viviendo en esta casa.

Cuando me dirigía a cerrar la puerta del armario, me sorprendió que quedaba mucho espacio vacío en el tabique que separaba las dos habitaciones. Apreté uno de los paneles sobre la cama y noté que cedía; presioné con más firmeza y se abrió. Un altillo, de unos cincuenta centímetros, igual de profundo que el armario. También vacío. Excepto porque en algún momento había albergado un objeto pesado: profundos surcos paralelos se apreciaban en la base de madera. Un niño podía subir al interior con facilidad; imaginé a las niñas enviándose mensajes en clave por la noche, asustándose mutuamente con ruidos fantasmales.

Un sonido rotundo —¿o tal vez alguien que estaba llamando a la puerta?— resonó a través del tabique. Ya había cruzado la puerta y estaba a medio camino del descansillo, llevado por el pánico, cuando me di cuenta de lo que había percibido a través de la puerta abierta de la habitación de Anne: cortinas del color de la sangre seca, caídas en el suelo bajo la barra.

Advertí que estaba conteniendo la respiración, atento a identificar el más mínimo sonido. ¿Una rama rozando la pared? ¿Ratones en el tejado? Lo mejor era seguir avanzando.

Al regresar al pasillo, vi un fino rayo de luz que procedía sin duda de detrás de una puerta situada a lo lejos. La habitación frente a la de Anne estaba vacía, sin muebles, e inundada de polvo; la siguiente parecía haber pertenecido a Viola. Abrí un pequeño joyero de la mesita de noche y encontré un reloj de pulsera de oro, con la inscripción «Para V., de M. con amor/ 7.2.1913». Las iniciales V. H. aparecían en varios libros de los estantes, entre los que destacaba un ajado ejemplar de *La fuente sagrada*. Su ropa, o parte de ella, seguía colgada en el armario, protegida por los fantasmas de polillas viejas: desde las largas faldas de lana a los abrigos de pieles, pasando por varios vestidos de noche, sencillos pero de aspecto caro, incluyendo uno de una tela que brillaba como si fuera oro en polvo, con zapatos a juego. Pero seguía sin haber cartas, ni papeles, ni fotos.

El suelo crujía con más fuerza bajo cada paso, hasta que las tablas resonaban como si unos pies invisibles se movieran a mi alrededor. Tiré de la última puerta, pero se abría hacia dentro. La luz de dos ventanas altas se derramó por el pasillo. Había otra puerta más allá de la del cuarto de Phyllis: un trastero, con sólo una pequeña ventana en la pared. Baúles, maletas, bolsas, cajas de sombreros, un carrito de golf; más raquetas de tenis, palos de croquet, sillas con el respaldo roto, una casa de muñecas.

A mi derecha se abrían dos puertas hacia el descansillo: un cuarto de baño cercano al pasillo. Suelo de madera, lavamanos de porcelana; una imponente bañera con patas de acero, llena de manchas, con una toalla grisácea de baño tirada sin cuidado sobre un lado. En el armario sobre el lavamanos, un montón de pintalabios secos, tubos, botellas, pinzas del pelo. Todo lo que era de metal estaba seriamente oxidado, las etiquetas eran ilegibles.

Empujé la otra puerta. No era un armario, sino otra escalera, que se hacía ángulo hacia la izquierda. Comprobé la puerta para asegurarme de que no me quedaría atrapado allí e inicié la subida. Dos dormitorios abuhardillados, cada uno con una cama individual de metal; colchones y almohadas de lana, grisáceos por la antigüedad, pero sin sábanas. Muebles simples de madera, lavamanos con barreños de loza, suelos desnudos. Las ventanas se abrían como estrellas en los techos inclinados. Todos los armarios estaban vacíos.

De vuelta al descansillo, la sensación de familiaridad me invadió de nuevo. A través de la ventana alta de la escalera capté una visión borrosa del cenador en ruinas que se alzaba más abajo. Las escaleras subían por mi derecha, con un balcón sobre ellas, extendiéndose algo menos de cuatro metros hasta llegar al final bajo la ventana izquierda. Había sólo otra puerta, justo a mi izquierda, en la pared de madera que formaba el otro lado del balcón. Aunque la pared estaba desnuda, vi varios rectángulos más pálidos que evidenciaban la anterior presencia de cuadros. El más cercano de ellos era también el mayor, al menos un metro y medio de alto y quizá la mitad de ancho, justo a la derecha de la puerta.

Cuadros. La ausencia de fotos, o mejor dicho, de retratos. Eso era lo que me había extrañado en las habitaciones de abajo. El balcón no era el único lugar de donde se habían quitado los cuadros. En varias paredes de la planta baja había visto, sin darme cuenta, las siluetas de los marcos en las paredes, y en alguna ocasión incluso las escarpias desnudas de donde colgaban unos cuadros que, en algún caso, no eran precisamente pequeños. Pero no había retratos, ni fotos; ni una sola imagen de un rostro humano.

Probé la manija de la puerta. Cerrada.

Como la puerta del estudio de *El aparecido*. Con el retrato de Imogen de Vere junto a ella. La sensación de semejanza que me había perseguido durante todo este piso... ¿Cómo no me había dado cuenta? Si el jardín no hubiera sido tan frondoso, el parecido habría saltado a la vista desde el camino exterior.

Phyllis, Beatrice. Casi sonaban igual.

Pero eso no podía ser así, porque el relato estaba fechado en diciembre de 1925, dos años antes del nacimiento de Anne. Viola no podía haber sabido entonces que tendría dos nietas. Ni que su hijo y la esposa de éste fallecerían en un accidente. La señorita Hamish había olvidado contarme cuándo, o de qué clase de accidente se había tratado; debía de haber supuesto que yo estaba al corriente.

La fecha podía estar equivocada. Pero la historia estaba ambientada en 1925, siete años después del final de la I Guerra Mundial. Y si la hubiera escrito después del accidente, no es muy probable que Viola utilizara la situación de sus nietas de una forma tan obvia. Sabía ya lo bastante de ella como para no dudar de esto.

Y no podría haber sabido en ningún caso que, cuatro años después de su muerte, su nieta mayor se prometería a un hombre llamado Hugh Montfort.

Pero lo que yo ignoraba era el final de la historia. O cuántas páginas faltaban. Había registrado la casa de Mawson una y otra vez, había incluso arrancado la moqueta del dormitorio de mi madre, sin encontrar nada más.

Una se hizo realidad.

¿Y si tras esta puerta se ocultaban los cuadros de Henry St Clair? ¿«El ahogado» sobre el facistol, el cubo de madera con la roseta tallada? ¿Qué haría yo entonces?

Mi concentración quedó rota por un débil sonido rítmico que parecía, cuando fui consciente de él, llevar un rato oyéndose. Cuando me giré, crujió una tabla, y el ruido cesó al instante. Pájaros o ratones, sin duda (las paredes debían de estar atestadas de ellos), pero el ruido era como de un plumín arañando un pedazo de papel. Y bastante cerca.

De repente me hallé bajando a toda prisa la escalera trasera, mirando por encima de mi hombro e intentando no correr, hasta llegar a la maciza puerta pintada de negro que conducía al patio. Ninguna de las llaves parecía, ni de lejos, lo bastante grande. Entonces vi que la lengüeta, o como quiera que se llamara esa parte de la cerradura, había sido retirada. Lo cual resultaba extraño porque tenía, o al menos eso creía, la idea de haber estado allí hacía sólo un par de horas y haber visto la puerta abierta. Desfase horario, supongo. Empujé los goznes macizos y abrí la puerta, dejando que el aroma de las flores y la piedra caliente se filtrara en el interior.

El patio medía unos cuatro metros y medio de profundidad, y quizás el doble de anchura; era difícil de decir porque la vegetación circundante lo invadía por doquier. Pisé hojas secas y restos de maleza, pasé ante un banco carcomido y varios adornos de piedra, resquebrajados, rotos y cubiertos de liquen, hasta el sendero que había visto desde arriba, con la esperanza de encontrar un camino que cruzara la valla, dondequiera que estuviera.

El sendero, grava entre bordes de piedra, había sido bastante amplio en el pasado, pero las ortigas se habían comido tanto terreno que ahora tenía que apartarlas con una rama para evitar su roce. Mientras descendía hacia el cenador, me asaltó una aguda sensación de reconocimiento. Era una estructura corriente: un octágono de madera, de unos dos metros de diámetro, como un quiosco de los que albergan a las bandas de música en miniatura, con una baranda a la altura de la cintura y entradas en lados opuestos. La mayor parte del techo se había derrumbado, dejando sólo unas cuantas láminas de metal oxidado apoyadas en los restos de la estructura. Restos de pintura verde oscuro seguían pegados a las partes caídas.

Apremiado por aquella sensación de familiaridad, seguí aplastando y segando las ortigas hasta que, tras dejar la camisa empapada de sudor y llena de suciedad, y hacerme unas cuantas heridas, logré dibujar un claro alrededor del cenador. La pendiente aquí era bastante empinada, de manera que la entrada más cercana a la casa quedaba al mismo nivel que el sendero, mientras que la otra se elevaba al menos medio metro sobre el suelo, con escalones que cubrían la distancia. Asientos de madera, empotrados como ventanas, habían sido construidos en torno al lugar.

Mientras limpiaba los cascotes del techo derrumbado, descubrí que las secciones medias de los asientos de ambos lados del cenador estaban sujetos mediante goznes. La tapa de la derecha no cedía; la otra se levantó con un crujido metálico. Unas arañas pálidas e hinchadas huyeron de la luz. En la cavidad inferior había una cesta de picnic hecha pedazos, negra de suciedad, moho y llena de telarañas. Usé un palo para levantar la tapa; aparte de más suciedad y más arañas, sólo contenía otra caja, más pequeña: una anticuada caja de caudales, me dije, de unos veinte centímetros, no muy honda, con un asidero en el centro de la tapa. Los bordes estaban tan corroídos que el pestillo se me quedó en las manos.

En el interior había un abultado sobre, que no contenía joyas, ni billetes de banco, ni las escrituras de Staplefield, sino otro mohoso ejemplar de *El Camaleón*. Volumen I, número 1, marzo de 1898. Ensayos de Clement Shorter y Frederic Myers; poemas de Ernest Radford y Alice Meynell; y *La glorieta*, de V. H. Cuando abrí la primera página del relato de Viola, una breve nota saltó de ella. *Con los mejores deseos de la autora.* Y, en borrosa tinta negra, escrito en la letra picuda y clara de Viola: *Para Filly, si puede encontrarlo.*

LA GLORIETA

De todos los lugares del mundo, el predilecto de Rosalind Forster era Staplefield, una modesta casa de campo en el borde del bosque de St Leonard, en Sussex, y hogar, durante la mayor parte del año, de su mejor amiga, Caroline Temple. En ocasiones a Rosalind le daba por pensar que dondequiera que viviera Caroline le parecería el lugar más deseable de todos, pero eso no era óbice para reconocer la belleza de Staplefield, con sus estancias ventiladas y llenas de luz que, al sur, daban a las praderas y colinas arboladas y, hacia atrás, al frondoso bosque. Las dos chicas se habían hecho amigas con rapidez desde su primer encuentro en la ciudad hacía ya cinco años, cuando Rosalind tenía quince y Caroline uno menos; por extraño que parezca, la preferencia que ambas sentían por la soledad en lugar del deleite por la vida social había servido para atraerlas mutuamente; lo cierto es que nunca eran más felices que en compañía de la otra. Ambas eran hijas únicas, y ambas habían perdido a sus padres en fecha reciente —George Forster y Walter Temple habían muerto en el mismo año—, y el pesar compartido había fortalecido el vínculo entre ellas.

Al verlas juntas uno podía tomarlas fácilmente por hermanas, aunque Caroline era rubia y de rasgos delicados, mientras que la tez de Rosalind era morena, casi olivácea. Tenían un modo de andar despreocupado, y de dirigirse una a otra, en ocasiones, usando tanto un idioma compartido de gestos y expresiones faciales como el lenguaje verbal. Pero su situación era muy distinta. Caroline y su madre contaban sólo con unos cientos de libras al año, pero se contentaban con una tranquila vida campestre y alguna visita ocasional a la ciudad; y la casa, que desde la muerte de Walter Temple habían compartido con Henry, el hermano mayor, y viudo, de Walter, había pertenecido a la familia durante generaciones. Mientras que, aunque la madre de Rosalind, Cecily, vivía en Bayswater rodeada de un aparente esplendor, lo cierto era que estaba endeudada hasta las cejas, como Rosalind sabía a la perfección: hasta tal punto que el futuro de ambas parecía depender de la respuesta a la propuesta matrimonial de la propia Rosalind a un tal Denton Margrave. Era para considerar dicha proposición que había ido a pasar unos días al campo con su amiga, pero, aunque las dos solían ser inseparables, una aguda jaqueca había mantenido a Caroline encerrada en casa la tarde de otoño en que encontramos a Rosalind, disponiéndose a dar un paseo por los campos colindantes. Caroline había rechazado rotundamente que le leyeran en voz alta, y había insistido en que su amiga diera el habitual paseo por las dos, y, por una vez, Rosalind se había dejado mandar, ya que se sentía inquieta y preocupada, y creía que el aire fresco y el ejercicio la ayudarían a disipar la nube de opresión que flotaba por su mente y ensombrecía sus pensamientos.

El cielo estaba encapotado e inmóvil cuando salió de casa y emprendió el camino que cruzaba el patio de la cocina en dirección a los campos. Ella y Caroline tenían un paseo preferido que las llevaba a través de varios prados hasta llegar a la orilla del río, sembrada de sauces, pero ese día, dejándose llevar por un impulso, giró a la derecha en lugar de hacerlo a la izquierda, en dirección a una empinada y densamente arbolada colina a menos de un kilómetro. Incluso en el estado de turbación en el que se encontraba, ahora que estaba al aire libre, reapareció en ella el hábito que siempre había tenido por dramatizar: se descubrió a sí misma ensayando mentalmente escenas en las que rechazaba la propuesta del señor Margrave, primero basándose en que había decidido, de forma irrevocable, dedicar su vida al Arte; después porque su corazón pertenecía, con total seguridad, a Otro Hombre. Tales escenas surgían a todas horas en su imaginación juvenil con la mayor viveza; y, sin embargo, se negaban a manifestarse sobre el papel cuando se sentaba, como hacía a menudo, decidida a empezar el trabajo que por fin las liberaría, a ella y a su madre, de cualquier penuria financiera. Y en las escasas ocasiones en que lograba transcribir uno de esos diálogos tal y como lo había imaginado, éste no tardaba en revelarse como un texto tan banal y trillado que se apresuraba a destruirlo.

Había otra forma de composición, mucho más lenta y dolorosa, en la que luchaba por capturar la esencia de ciertos acontecimientos, reales o imaginados, con tanta precisión como fuera posible, y presentía que algún día llegaría a adquirir cierto dominio de ello si consiguiera hallar algún gran tema sobre el que escribir, algo que distinguiera su obra de la de los cientos de autores cuyas novelas inundaban las bibliotecas ambulantes y los puestos de libros, y pugnaban entre sí por aparecer en los suplementos literarios. Al menos media docena de veces se había lanzado, llena de esperanzas, al «Capítulo uno», convencida de que tenía el relato bien pensado, sólo para descubrir que una oscuridad iba cerniéndose sobre la página, manchando sus bien construidas frases hasta que los personajes se dejaban caer, por así decirlo, a un lado del camino y se negaban a continuar. Y entonces alguna persona de Porlock, normalmente en forma de su madre, la llamaba justo cuando veía el modo de salir de ese mal paso. Había algunas páginas, escritas como si le hubieran sido dictadas, con las que estaba totalmente satisfecha, pero tenía la sensación de que no eran suyas y, en cualquier caso, eran hojas sueltas. No; ciertamente la vida de un escritor no era fácil. Rosalind se había acusado a sí misma de indolencia, de una absoluta carencia de genio y de falta de experiencia, siendo quizá lo último excusable con sólo veinte años; no obstante, la edad no impedía que se enfrentara a una proposición matrimonial de Denton Margrave, y que de su respuesta dependiera no sólo su felicidad sino la de su progenitora, ya que ellas eran pobres y él era rico, y Rosalind temía acabar dando el sí más por el bien de su madre que por el suyo propio. Sin embargo, incluso mientras se debatía para decidir el verdadero estado de sus sentimientos por el señor Margrave, una parte de ella se quedaba al margen, observando, convencida de que si consiguiera convertir esa situación en material de ficción, obtendría las ganancias que le permitirían escapar de las fauces de su dilema.

Las dificultades habían comenzado unos dos años atrás, con la muerte de su padre. George Forster había sido un ilustrador famoso, pero sus ingresos apenas podían mantener el ritmo de vida de su esposa. Cecily Forster vivía exclusivamente para la vida social, y la gran decepción de su vida había sido que su hija saliera tanto a su padre: Rosalind prefería, sin dudarlo, quedarse en casa leyendo antes que acompañar a su madre a la ronda de almuerzos, veladas y cenas que daban sentido y propósito a la existencia de ésta. Padre e hija habían conspirado para pasar tranquilas noches en casa juntos, siempre que a él le quedaba tiempo libre; a medida que crecía, Rosalind a menudo se había preguntado si era apropiado que su madre saliera tan a menudo, pero la invariable respuesta de su padre a cualquier insinuación en esta línea había sido: «Tu madre necesita divertirse». Aunque sus padres casi nunca habían discutido en su presencia, el ejemplo aprendido en casa no era lo bastante feliz para que Rosalind tuviera ninguna prisa por seguirlo. Y cuando murió su padre, podría haber quedado suficiente dinero para una vida modesta en el campo, pero su madre prefería la muerte a la vida rural, excepto en el mes de agosto, y había insistido en mantener la casa de Bayswater. Rosalind había hecho todo lo posible por economizar, y un tío por parte de madre las había ayudado al principio, pero ahora la ayuda se había agotado (aunque seguía en pie la oferta de que ambas se trasladaran a vivir con él en la rectoría de un pueblecito de Yorkshire), y resultaba obvio que la ruina era inminente. De buena gana habría salido al mundo a intentar ganarse la vida, algo que estaba secretamente decidida a hacer si todo lo demás fallaba; el problema era que un trabajo de institutriz o de maestra evitaría que murieran de hambre, sí, pero seguiría implicando, para su madre, un descenso social intolerable.

Pese a que seguía añorando a su padre y llorando su pérdida, Rosalind había llegado a la evidente conclusión de que su madre debía volver a casarse. Un marcado desprecio por el ejercicio físico y el gusto por la buena comida no habían contribuido a mejorar la silueta de Cecily Forster, pero había conservado una hermosa piel, y con la ayuda de enérgicos corsés de encaje podía pasar más por su hermana mayor que por su madre. En realidad Rosalind se había visto obligada a adoptar el papel de progenitor de su propia madre, quien parecía haberse vuelto más infantil desde que murió su marido. «Cuida de la pobre mamá», había dicho George Forster a su hija justo antes de morir, y con ese fin, una vez concluido el período de luto, ella había empezado a escoltar a su madre a numerosos bailes; además, tenía que reconocer que en casa se sentía muy sola ahora. A Rosalind le gustaba bailar, pero los jóvenes del círculo de su madre no parecían tener más tema de conversación que los caballos y la caza, y sus nervios afloraban ante la mínima mención de literatura. Así que no podía decirse que albergara demasiadas esperanzas del baile que daba Lady Maudsley, pero por respeto a los deseos de su madre, empeñada siempre en dar la mejor impresión posible, había accedido a ponerse un vestido que le habían confeccionado a medida, aunque era más escotado de lo que Rosalind hubiera preferido, y la incomodaban las miradas de franca admiración que despertaba, por no hablar de la sensación de ser una especie de objeto en exhibición. Fue, sin embargo, en esta ocasión cuando conoció a Denton Margrave.

La primera impresión que tuvo de él, en esa mirada inicial que tanto nos dice del otro, no fue en modo alguno favorable: era alto y apuesto, pero su rostro era muy pálido y con leves marcas de viruela; la barba y el bigote enmarcaban unos labios demasiado rojos y demasiado grandes, y unos dientes descoloridos y curiosamente afilados; sus ojos eran de un castaño brillante, pero hundidos, subrayados por profundos círculos oscuros. Tenía el cabello casi negro, salpicado de vetas grises, peinado hacia atrás, formando un pico afilado sobre la frente y clareando en las sienes. Rosalind pensó que rondaría los cuarenta y cinco años, aunque él afirmó después tener treinta y nueve.

Pero todas estas reservas fueron dejadas de lado cuando se lo presentaron como *el* Denton Margrave, autor de *Una tragedia doméstica*, una novela «moderna» que ella había leído y admirado hacía poco sobre la seducción, el abandono y posterior suicidio de una criada, y se halló enfrascada con él en profunda conversación. Al principio Rosalind le habló de sus ambiciones en tono vacilante; para su sorpresa él se dirigió a ella como si fuera su igual, pareció más interesado en escuchar sus opiniones que en expresar las propias, y la tranquilizó hasta que ella se olvidó por completo de su timidez. Cuando ella le preguntó cuál sería el tema de su próximo libro, él exhaló un suspiro: su problema, afirmó, mirándola con una intensidad que ella encontró halagadora y, a la vez, un poco inquietante, era la falta de inspiración. Resultó ser viudo, su esposa había muerto hacía pocos años tras una prolongada enfermedad, dejándole solo y sin haberle dado hijos. Como es lógico, eso despertó la simpatía de Rosalind, y al final de la velada, él había sido presentado a su madre y había obtenido el permiso para visitarlas en su casa de Bayswater, de donde se convirtió en asiduo visitante.

En unas semanas se declaró ardientemente enamorado de Rosalind y pidió su mano, a lo que ella replicó que no podía abandonar a su madre, y que, además, se consideraba demasiado joven para dar ese paso. En ese caso, dijo el señor Margrave, él se conformaba con que le diera permiso para albergar esperanzas, asegurándole al mismo tiempo que comprendía su situación y que la suerte de su madre sería para él tan importante como la de ella. Rosalind creía haberle rechazado de forma inequívoca, pero antes de irse él le dio las gracias por darle esperanzas, y, por educación, ella no le contradijo. Aquella noche su madre la reprendió por jugar con los sentimientos de un caballero tan encantador, que, por añadidura, poseía una apreciable fortuna. Cecily Forster nunca pediría a su hija que se casara sin amor, pero estaba segura de que Rosalind aprendería a quererle, sobre todo cuando la alternativa era la de verse obligadas a abandonar la casa antes de fin de mes e irse a vivir de la caridad del tío de Rosalind en Yorkshire. Rosalind accedió a pensarlo, pero añadió, con bastante atrevimiento, que habría deseado que el señor Margrave se declarara a su madre en lugar de a ella, lo que provocó un manantial de lágrimas airadas y terminó con la promesa de Rosalind de reconsiderar su negativa. Denton Margrave renovó el ofrecimiento esa misma semana; Rosalind le pidió tiempo para darle una respuesta definitiva, y dijo a su madre que deseaba pasar unos días de calma a solas con Caroline en Staplefield. La expresión de Cecily Forster cuando su hija tomaba el taxi que la llevaba a la estación era como la del prisionero que aguarda la sentencia de muerte.

Por tanto, Rosalind se vio impulsada a reflexionar, mientras trepaba por una valla ante la mirada plácida e indiferente de las vacas del campo vecino, sobre cuáles eran exactamente sus objeciones ante el señor Margrave, ya que, dada la firmeza de su pasión, tampoco era justo para él prolongar ese estado de incertidumbre. Para Caroline era muy simple: ¿Rosalind estaba segura de amarle con todo su corazón? No. Muy bien, entonces no tenía por qué casarse con el señor Margrave. El problema era que Rosalind nunca había amado a ningún hombre, excepto a Papá, no creía sentir mayor aversión por el señor Margrave que por cualquier otro, y su conversación era bastante más interesante que la de cualquier joven de su edad. Era de lo más halagador oír que, teniéndola a su lado, él sería capaz de hacer grandes cosas, y que ella dispondría de tanto tiempo para escribir como quisiera: podían dividir el año entre su mansión en Belgravia y una encantadora casita de campo que poseía en Hampshire (ella todavía no había visto Blackwall Park, pero él le había asegurado que le encantaría). Quizá la fuerza del deseo que él sentía hacia ella acabaría superando todas sus reservas; y, por otro lado, ¿qué alternativa tenía? La idea de ponerse a trabajar estaba muy bien, pero sabía que odiaría ser institutriz o maestra, y aún más señorita de compañía; ya había tenido bastante de eso con su propia madre. La idea de acompañar a alguna frívola dama con quien no la unía más vínculo que el económico le resultaba intolerable: era como caer en la esclavitud, y además, sus ingresos no supondrían ninguna diferencia apreciable: todavía tendrían que dejar la casa de Bayswater y vender todo lo que aún no habían empeñado para pagar a sus acreedores. Rosalind temía de verdad que su madre cayera enferma, o, aún peor, se quitara la vida, si se veía sepultada en la casa de su hermano en Yorkshire. Ella era demasiado orgullosa para preguntárselo directamente, pero el señor Margrave había dejado claro que, si se casaban, el futuro de su madre en Londres estaba asegurado. Después, Rosalind se sintió como si hubiera estado negociando con él los términos de una transacción comercial, y no le gustó la sensación, ya que, ¿qué ganaba él al casarse con una chica de veinte años sin un penique, que, para colmo, aportaba a la unión una madre que dependía de ella? Si era sincera consigo misma, había algo que la turbaba: aparte del convencimiento de que ella le aportaría la inspiración que decía haber perdido, los deseos que él sentía de tocarla, cosa que hacía a la menor oportunidad, resultaban incómodamente evidentes. Había algo...: olía a tabaco y a licor, pero eso también podría haberse dicho de Papá...; era algo más: no sabía muy bien qué significaba «osario», pero era la palabra que se le ocurría siempre que, fuera por lo que fuera, se apartaba de su abrazo. Quizá tenía la imaginación desbocada; no había nada visiblemente sucio en él; pero el leve olor a decadencia no había dejado de repelerla.

Pero, por otro lado, ¿podía condenar a su pobre Mamá a la más absoluta miseria sólo por un exceso de exigencia por su parte? Eso se planteaba cuando cruzó la última pradera que la separaba del bosque que se cernía ante ella. Porque había algo más que sabía que debía tener en cuenta: que sus expectativas del amor podían ser completamente irreales, y debido a una razón concreta que situaba a todos sus pretendientes mortales en una total desventaja.

Era un sueño que había tenido poco después de cumplir los dieciocho años; un sueño distinto de cualquier otro que recordara, en el que despertaba para encontrar a un ángel de pie junto a su cama. Él —siempre había pensado en masculino al recordar a ese ser seráfico, aunque lo cierto era que parecía combinar en un solo cuerpo todas las perfecciones de las formas masculina y femenina— emanaba una luz radiante que llenaba la habitación, una luz de una dulzura tan palpable que traía a su mente la frase: «Jerusalén, de oro puro, bendecida con leche y miel». Y, sin embargo, no podía negarse que fuera de carne y hueso, una criatura que le sonreía con tanta calidez que ella se incorporó, fascinada por las grandes alas blancas y su perfecto equilibrio entre suavidad y fuerza, las curvas de los huesos y el dibujo de sus nervios ocultos bajo capas de nevado plumaje, tan hermoso que ella presintió que podría pasarse la vida entera contemplándolos. Él le tendió los brazos y ella se elevó sin esfuerzo hacia ellos, como si la hubiera dotado del don de volar, aunque podía sentir el suelo bajo sus pies, y el corazón del ángel latiendo contra su pecho cuando él la tomó en brazos y la besó. No pudo, ni entonces ni más tarde, pensar en él en sentido ortodoxo: sólo que le parecía tanto hombre como mujer, algo que era superior a ambos sexos, ya que la luz celestial y el brillo divino que despedía le otorgaba un aire cristiano, pero su intensa belleza y la pasión de su abrazo revelaban su lado pagano. Cuando le devolvió el beso, él plegó las alas en torno a ella, y ese gesto hizo que la luz penetrara por todos sus poros llenándola de una dulzura que se tradujo en un ataque de llanto; y con el sollozo despertó, sola en la habitación oscura, con el sabor a miel y leche en los labios.

Por mucho que lo había intentado, Rosalind nunca había podido revivir ese sueño. Nunca había hablado de él con nadie, ni siquiera con Caroline, ni lo había escrito, pese a que a menudo la asaltaba la tentación, y había aprendido, no sin dolor, a no esforzarse por convocar al ángel en su memoria sino esperar al momento en que el recuerdo volviera a ella con toda su fuerza y dulzura. Ese momento tuvo lugar ahora, en la tranquila pradera, con tanta viveza que no pudo reprimir las lágrimas ante esa belleza y supo, con certeza, que nunca podría casarse con Denton Margrave. Ni, en realidad, con ningún otro, ya que ¿qué hombre podía amarla como ella había amado y sido amada por el ángel? Y, sin embargo, si su destino era morir doncella, como decía la canción, rechazar al señor Margrave la enfrentaba al acuciante problema de cómo iban a sobrevivir ella y su madre; se descubrió murmurando una oración, sin saber a quién o a qué la dirigía, pero pidiéndole que le mostrara la salida de esas dificultades.

En este momento ya había llegado al muro de piedra que dividía la pradera del bosque de robles. Ella y Caroline habían seguido ese camino más de una vez, pero nunca habían visto sendero alguno entre los árboles: sólo matas de ortigas fuertemente enraizadas entre la vegetación, que las habían decidido a dar media vuelta. Pero ese día Rosalind descubrió una puertecilla justo en la esquina del muro, y al acercarse a ella, vio que había un camino estrecho que se adentraba en el bosque. Accionó el picaporte; la puerta se abrió con sólo tocarla, y pronto se alejó de la pradera, siguiendo los recodos del camino que ascendía bajo la débil luz que se filtraba entre las hojas de los árboles.

El sendero parecía haber sido limpiado en fecha reciente, ya que las matas de ortigas se mantenían a los lados, dejando espacio suficiente para que ella pasara sin rasgarse el vestido. Mientras avanzaba entre los altos y nudosos troncos de los robles, cayó en la cuenta de que en el bosque reinaba un absoluto silencio. Incluso los pájaros habían enmudecido, y Rosalind empezó a preguntarse si no sería más sensato volver atrás. ¿Y si se encontraba...? Bueno, con alguien que no debiera andar por allí. Un conejo o una liebre que cruzó a toda velocidad le aceleró los latidos del corazón, pero la curiosidad la empujó a seguir hasta que la pendiente se hizo menos acusada, terminando en un terreno llano; y, de repente, el sendero rodeó el tronco de un inmenso árbol y la sacó del fresco aire del bosque perfumado de helechos para llevarla a una colina verde y soleada. En realidad, podía decirse que era un parque, ya que la hierba estaba segada muy corta y a una misma altura, muy distinta a los montículos desiguales que alfombraban los campos que había cruzado antes. Hacia el sur se veían prados lejanos, con casitas, y las pendientes de otras montañas, y, con un poco de imaginación, incluso la línea del mar. El claro donde se encontraba ocupaba varios centenares de metros antes de que volviera a empezar el bosque; algún roble disperso ofrecía su sombra, y al dar un paso más, su atención se posó en algo situado a su derecha, que había quedado en parte oculto por el árbol más próximo.

Se trataba de una pequeña glorieta, de proporciones elegantes: una estructura octogonal, sencilla, pintada en suaves tonos cremas y azules, con un techo verde oscuro muy empinado. Una baranda a la altura de la cintura la recorría por completo, a excepción de los puntos donde las columnas sujetaban el techo. El terreno donde se asentaba era bastante escarpado, de manera que la entrada posterior quedaba a la altura de la hierba. Al acercarse vio que había otra entrada por delante, con unos escalones que descendían. A ambos lados, bajo la barandilla, se extendía un banco, lleno de cojines; el suelo era de madera lustrada, y lo mismo podía decirse de los lados del banco. Todo era nuevo y reluciente; tanto que todavía llegaban hasta ella restos de olor a barniz y pintura. Era extraño que Caroline no hubiera sugerido que fueran hasta allí, y que sus padres nunca hubieran mencionado el lugar. Quizá se había adentrado en los confines de la finca vecina; pero, incluso en ese caso, ella sabía que los Frederick eran amables y hospitalarios, y no les importaría que descansara un rato en un lugar tan agradable.

Rosalind se quitó los zapatos y se instaló en el banco de la izquierda, con vistas a la pendiente y las colinas. Ahora que había aparecido el sol, la tarde era muy cálida, pero una gentil brisa empezó a soplar a su alrededor. Tenía que esforzarse por mantener la concentración en el problema que la atormentaba, pero, de algún modo, resultaba imposible sentir ansiedad en aquel lugar; estaba como en su casa, y los cojines eran maravillosamente blandos y cómodos. La glorieta era como... bien, era como la soleada montaña redonda de «Kubla Khan», aunque sin cuevas de hielo; deseó tener un dulcémele que tocar, y tal vez vislumbrar un detalle del poeta con los ojos resplandecientes y el cabello flotante, lo que le recordó que ella también había probado el maná divino, y degustado las delicias del Paraíso, así que, con un profundo suspiro, se tumbó, para estar aún más cómoda, dejando que sus ojos se cerraran para oír mejor los trinos de los pájaros y sentir la ligera caricia del aire sobre la frente, hasta que, después de un período impreciso de tiempo, se dio cuenta de que la suave brisa era, en realidad, una mano que le rozaba el cabello. Su tacto era tan sereno que abrió los ojos sin ansiedad alguna; su primer pensamiento fue que Caroline la había seguido después de todo.

Pero aunque el parecido con Caroline era evidente, la mujer que se sentaba a su lado era mayor, más delgada, y su rostro estaba pálido y mostraba los estragos de alguna enfermedad. Rosalind advirtió que llevaba un vestido bastante formal, de un estilo que había estado de moda cuando ella era niña. Pese al aura de fragilidad y mala salud, la mujer sonrió a Rosalind con ternura maternal y le indicó que apoyara la cabeza en su regazo, lo que ella hizo de buena gana, como si hubiera vuelto a la infancia. Extrañamente, Rosalind no sentía necesidad de decir nada, y la mujer tampoco habló, sino que siguió sonriendo y acariciándole las sienes hasta que, como quien acaba de decidirse a hacer algo, cogió con la otra mano un objeto que tenía sobre el banco. Era un libro pequeño, cosido, en tonos tostados y dorados, y obviamente nuevo, ya que Rosalind percibió el característico olor del papel recién impreso. Sin abandonar la sonrisa maternal, la mujer abrió el libro por la primera página, y lo sostuvo para que Rosalind pudiera leer el título sin necesidad de mover la cabeza.

BLACKWALL PARK

por

Rosalind Margrave
Rosalind comprendió a la perfección lo que significaban estas palabras, y sin embargo no sintió la menor ansiedad o

sorpresa, sólo curiosidad ante lo que seguiría cuando la mujer apartó el libro de su vista, pasó unas cuantas páginas y empezó a leer en voz alta. Pero la lectura no se parecía en nada a las habituales, ya que daba la sensación de que las escenas se formaban ante sus ojos, y los personajes (sobre todo ella misma, su madre y Denton Margrave) se movían y hablaban como en la vida real. La sensación que tuvo Rosalind era precisa, aunque en absoluto fácil de describir: era como estar dentro y fuera de sí misma; como una actriz en un drama, pronunciando las palabras y sintiendo las sensaciones, y al mismo tiempo siendo consciente de que estaba a salvo en la glorieta, en una tarde soleada, con la cabeza en el regazo de la mujer, escuchando un relato que, al parecer, había escrito ella misma con su nombre de casada.

Comenzaba con su regreso a su hogar en Bayswater dos días después, decidida a rechazar al señor Margrave. Pero no había contado con la intensidad de reacción de su madre. Una vez agotados todos los argumentos posibles, Cecily Forster proclamó su intención de poner fin a su vida con láudano esa misma noche, antes que vivir con una hija tan fría y despiadada, tan egoísta como para sobreponer su absurda idea del amor (cuya duración, a diferencia de la de propiedades y posición social, nunca estaba garantizada), y empeñarse en no querer comprender lo que debía soportar, tanto por el bien de su madre como (y bien segura estaba de ello) por su propia felicidad futura.

La amenaza se pronunció con una solemne serenidad que despertó en Rosalind una vertiginosa sensación de derrota, ya que sabía que no podría seguir viviendo con la muerte de su madre en la conciencia. En la extraña visión doble que acompañaba al relato, presenció su propia capitulación, desde la aceptación de aquel pretendiente horriblemente eufórico, pasando por sus infructuosos intentos de suprimir la repulsión que le inspiraba cualquier contacto físico con él, hasta la propia boda. Allí quedó claro que Denton Margrave no poseía ni familia ni amigos, ya que su lado de la iglesia estaba completamente desierto, mientras que el de Rosalind estaba atestado de invitados, la mayoría extraños para ella, pero todos pálidos y mudos. Él no tenía ni padrino; llegado el momento sacó el anillo de su propio bolsillo. De algún modo el servicio tenía lugar en un silencio sepulcral; incluso el párroco parecía impresionado por el espectáculo, y cuando el señor Margrave la besó con sus brillantes labios rojos, sus sentidos fueron asaltados de nuevo por aquel olor a sepulcro, mientras Caroline, su dama de honor, lloraba en silencio a su espalda.

No hubo banquete. El señor Margrave la sacó de la silenciosa iglesia, pasaron ante los bancos vacíos por un lado y el tropel de invitados, aún inmóviles y blancos como estatuas, por el otro, hasta la puerta, donde los aguardaba un pequeño carruaje negro, que, explicó él con una sonrisa insinuante, la conduciría hasta Blackwall Park para pasar la luna de miel; él tenía asuntos urgentes que atender mientras tanto, pero estaría a su lado al caer la noche. La hizo subir; cerró la puerta; el cochero azotó a los caballos y partieron. Hasta donde sabía, la puerta no estaba cerrada con llave, pero no se le ocurrió intentar saltar; parecía haberse quedado sin el menor atisbo de voluntad, y se mantuvo sentada, yerma de pensamientos o sensaciones durante las horas que tardó el carruaje en cubrir el trayecto desde Londres hasta la campiña. Miró por la ventana, y vio lo que cualquier viajero esperaría ver, pero las vistas no significaban nada para ella, y el carruaje no se detuvo ni una sola vez en todo el viaje, hasta que, tras superar un tramo largo y desierto de carretera que cruzaba una serie de campos vacíos, giró por una puerta de un muro alto y se detuvo sobre la grava cerca de la puerta principal de una gran casa de piedra.

Rosalind oyó cómo el cochero descendía y se acercaba a abrirle la puerta; ella bajó como una autómata; sin decir palabra, el cochero plegó el escalón, cerró la puerta, volvió al pescante y azuzó a los caballos, que cruzaron el camino de grava hasta salir por la puerta de la verja. Allí se detuvieron de repente; el cochero bajó de nuevo y cerró las dos verjas desde fuera, que se unieron con un ruido sordo y el choque de los barrotes de acero. Ella oyó de nuevo el ahora amortiguado sonido de las ruedas y los caballos, cada vez más lejano, hasta perderse en la nada, dejándola sola en aquel silencioso patio.

La sensación la inundó como agua fría que cayera sobre una persona dormida. Toda conciencia de la glorieta había desaparecido; ella estaba allí y en ningún otro lugar, la esposa del señor Margrave, y por primera vez se vio vestida con un traje de novia que ya no era blanco sino de un apagado y polvoriento color negro. Tal vez siempre había sido negro; no podía recordarlo. El horror de su situación la sobrecogió hasta tal punto que temió que fuera a desmayarse. Había sido una loca al ceder a las amenazas de su madre: habría hecho mejor tragándose el láudano ella misma que verse aquí. Histérica, recorrió el patio, pero el muro alto y firme la rodeaba por tres lados, y la fachada de la casa por el restante. No había en el muro manecillas ni picaportes, ni nada sobre lo que pudiera apoyarse para subirlo. La casa se cernía sobre ella, con tres pisos de alto; las piedras, de un color amarillo pálido, eran demasiado suaves y las junturas de mortero demasiado niveladas para ofrecerle algún apoyo por donde subir. Vendrían a llevarla adentro en cualquier momento; en cualquier momento el propio señor Margrave estaría allí. Bajo un cielo encapotado, el día se desvanecía con rapidez.

Entonces advirtió que las persianas estaban cerradas en todas las ventanas de todos los pisos, y que la puerta principal estaba levemente entreabierta. Sin embargo, nadie salió; del interior no salía el menor ruido; la casa parecía desierta. Entrar era más de lo que se atrevía a hacer; estaba segura de que moriría de terror; pero, como una nueva revisión del patio indicó con patente claridad, no había allí ningún escondrijo, ni manera humana de saltar el muro. ¿Podría colocarse pegada a la pared, junto a las puertas, hasta que entrara el carruaje del señor Margrave y escapar mientras éstas seguían abiertas? No; el cochero la vería y el señor Margrave saldría a darle caza. Temblorosa, avanzó sobre la grava tan silenciosamente como pudo, hasta llegar al porche y a la pesada puerta de madera, y la empujó sin darse tiempo a pensar.

La puerta se abrió en la oscuridad; los goznes emitieron un quejido horrible. La casa olía a moho y humedad. Rosalind estaba aterrada. Gracias a la débil luz del patio pudo distinguir el principio de un corredor. Luchando contra pensamientos en los que era acorralada y golpeada, se recogió la falda y corrió a ciegas por la oscuridad hasta chocar con algo plano y blando que se apartó de ella: una puerta giratoria, se dijo a tiempo para tragarse el grito que pugnaba por salir de su garganta, y hacia una fina línea de luz que resultó ser, como había esperado, otra puerta, también entreabierta, que la llevó a lo que parecía ser un jardín trasero, igualmente vallado, esta vez con ladrillo rojo con macetas de cristal colocadas encima. Pero se trataba de un muro más bajo, y era posible que pudiera saltarlo, y posiblemente habría alguna puerta por algún lugar. El área, de unos diez metros por treinta, estaba descuidada y llena de maleza: toda, excepto un pedazo en el rincón derecho, al pie del muro del fondo. Todo esto lo captó en una rápida mirada, mientras procuraba calmar su corazón que latía tan violentamente que le dificultaba la audición.

Efectivamente, había una puerta en el muro que daba al exterior, en aquel apartado rincón a su derecha, apenas visible en la penumbra. Avanzó hasta él sobre la maleza, notando cómo su odioso vestido se enredaba y rasgaba sobre algo a medida que se acercaba al claro, Pero lo que la aguardaba allí no eran parterres: eran tumbas, todas bastante nuevas, y a la cabeza de cada montículo se alzaba una lápida. Incluso bajo aquella luz pudo leer los nombres de las seis primeras lápidas: todos eran nombres de mujer, y todas llevaban el apellido de él. La séptima estaba vacía, recién cavada, con la tierra apilada a su lado y la lápida ya colocada en su lugar: el nombre grabado en ella era el suyo propio.

El olor a tierra húmeda salía del foso; ése, unido a otro olor, la hizo apartar su atónita mirada de la tumba para posarla en el sendero que había recorrido... hasta descubrir a Denton Margrave, a menos de diez pasos. Iba vestido de negro, con algo que parecía una gran capa de viaje echada sobre los hombros, y sin embargo ella distinguió restos de tierra sobre la ropa: su rostro se iluminaba desde el interior con una luz azul pálido que resplandecía en el aire a su alrededor, encendiéndole las cuencas de los ojos y acentuando aquella terrible e insinuante sonrisa. Ella retrocedió; él no la siguió al instante, sino que extendió lo que ella creía que eran brazos antes de que el gran manto negro revelara que se trataba de alas, desplegando garfios y piel al abalanzarse sobre ella con un alarido que se agudizó en tono y volumen hasta chocar con su garganta y resonó como un eco en las colinas donde ella se descubrió, sola, sentada en la glorieta.

· · ·

Al principio Rosalind estaba demasiado sobrecogida por el pavor y el alivio para notar el menor cambio a su alrededor. Pero a medida que el corazón fue recobrando el ritmo normal, y la horrenda inmediatez del sueño (ya que debía de haber sido un sueño...) empezaba a desvanecerse, cayó en la cuenta de que la superficie donde se sentaba era muy dura, y que la barandilla estaba oxidada y rota en alguna parte, al igual que los postes que sostenían el techo, que tampoco era ya de un brillante color verde sino gris, ajado y cubierto de telarañas. Y algo le subía por el pie... Se incorporó súbitamente, sacudiéndose del vestido varios insectos, y vio que los cojines se habían convertido en harapos sucios de tela marrón. Las tablas del suelo estaban desvencijadas, y la hierba crecía entre ellas; el liquen se extendía por la madera de los bancos. Y la luz era mucho más débil, ya que los árboles en torno a la glorieta habían crecido, y habían brotado nuevas ramas, y el césped se había convertido en un salvaje entramado de hierbajos y ortigas.

Atónita, buscó los zapatos con la mirada y suspiró aliviada al ver que éstos, como mínimo, permanecían inalterados, ya que empezaba a sentirse como una de esas heroínas de cuento de hadas que despiertan para descubrir que han dormido durante cien años. ¿Dónde había empezado el sueño? Sólo había cerrado los ojos durante un minuto antes de que la mujer apareciera junto a ella..., y antes podía recordar con claridad haber salido del bosque y ver la glorieta nueva y reluciente sobre la pendiente soleada... No, eso no había sido un sueño, no era posible, había caminado desde casa de Caroline sin detenerse... y no cabía duda de que ahora estaba despierta. Rosalind se incorporó y miró a su alrededor. Maleza, hierba alta y ortigas cercaban la desvencijada glorieta; no había sendero alguno, y ni el menor rastro de escalones o puentes. Ella misma no podía haber llegado hasta allí sin dejar marcas en el suelo; y sin embargo ahí estaba.

El miedo la invadió, junto con una sensación creciente de pérdida y desolación; la ternura de la mujer había sido tan palpable, en el tacto, en su sonrisa; sin embargo aquella amable presencia la había obligado a enfrentarse a la dantesca visión de Margrave, y la había dejado sola en las ruinas de lo que antaño había sido hermoso. Rosalind miró hacia los árboles y vio que el cielo volvía a estar nublado; se dio cuenta de que temblaba no sólo de miedo, sino del frío que traía el aire de la tarde. No muy lejos había una rama rota que le serviría de bastón improvisado para abrirse paso entre las ortigas. Sabía que no podía enfrentarse al sendero del bosque, aunque lograra encontrarlo de nuevo; no mientras le durara el recuerdo de aquella maligna aparición. Pero, entonces, ¿cómo iba a hallar el camino de vuelta a casa? Su atención se posó en un débil rumor, al pie de la colina, que parecía ser una corriente de agua; si perteneciera a un arroyo, tendría que ser un afluente del río por cuyos márgenes ella y Caroline habían paseado tantas veces, y, por tanto, la conduciría al borde de la colina arbolada, a salvo. También podía extraviarse, por supuesto, pero no se le ocurría ninguna otra alternativa excepto esperar que la oscuridad lo invadiera todo.

Resultó que había un arroyo al pie de la colina, que marcaba el límite entre el bosque y los campos, del que salió llena de arañazos, con el vestido cubierto de hierbajos y semillas. Y aunque se trataba de un largo camino, siguiendo la dirección del agua consiguió, por fin, alcanzar un punto de la orilla que le era familiar, y desde allí avanzar mecánicamente hasta la casa. Pero la sensación de desolación al ver la derruida glorieta no la había abandonado; se sentía culpable por su decadencia, por absurdo que pareciera. Intentar recordar con exactitud dónde había empezado el sueño era como buscar una aguja en un pajar; no había habido nada raro en la glorieta cuando la había visto por vez primera, nueva y reluciente sobre la colina soleada. Llevó la mente hacia el sendero del bosque, hasta el campo donde había recordado el sueño del ángel; pero descubrió, con gran desengaño, que ahora era incapaz de pensar en él sin vincularlo a la vampírica figura de sugestiva sonrisa; era como derramar tinta negra sobre aquel blanco plumaje, sintiéndose a la vez responsable e incapaz de evitarlo. Al menos sabía con certeza que nunca podría casarse con el señor Margrave..., pero entonces recordó, con terrible claridad, la amenaza de suicidio de su madre, y la sensación de depresión que había provocado en ella. Y el nombre escrito en el libro era el de Rosalind Margrave: ¿significaba eso que estaba predestinada a casarse con él? Sin embargo, la mujer había sido tan amable, y le había sonreído con tanta ternura... Y así su cabeza siguió dándole vueltas a todo hasta llegar de vuelta a la casa, muy tarde, con los pies hinchados y obviamente alterada, para encontrarse a Caroline, ya recuperada, esperándola con impaciencia.

Rosalind se había imaginado que caería en brazos de su amiga y se lo contaría todo, pero descubrió que no podía. Siempre había sido sobreentendido entre ellas que la madre de Rosalind era «difícil», pero una mezcla de lealtad y orgullo había reprimido las confidencias de Rosalind en ese tema. Ni tampoco se había sentido capaz de revelar a Caroline la gravedad de su situación económica, o la inmediatez del desahucio que se cernía sobre la casa de Bayswater, por miedo a que creyeran que les pedía caridad por el bien de su madre. El principio del sueño, dondequiera que estuviera, parecía demasiado extraño, y el final demasiado horrible, para relatarlo. Y así, refugiándose en brazos de su amiga, Rosalind le confesó que había decidido definitivamente rechazar al señor Margrave, pero que estaba algo intranquila por cómo se tomaría su madre esta noticia, y que, llevada por esos pensamientos, se había equivocado de camino, alejándose más de lo que pretendía. A lo que añadió, durante la cena, que creía haber visto una pequeña glorieta en la cara más alejada de la colina, sin especificar su lugar exacto, ni si se había acercado a ella.

—¡Qué extraño! —dijo la señora Temple—. Debes de haber recorrido una gran distancia, Rosalind; y además, la última vez que caminé hasta allí, el bosque casi se la había tragado... Bueno, lo que quedaba de ella.

—Soplaba un poco de aire entre los árboles —comentó Rosalind, con la esperanza de que no percibieran el temblor de sus manos.

—Es curioso... Llevaba años sin pensar en ella. El querido Walter siempre se alteraba tanto que adopté la costumbre de no mencionarla nunca, por consideración hacia él... La glorieta fue construida para su hermana Christina, antes de que tú nacieras, Caroline. Christina se casó muy joven, y fue muy desgraciada —Rosalind creyó detectar una mirada dirigida a ella—, ya que su marido la trató con gran crueldad. Acabó convirtiéndola en una enferma, y entonces volvió a esta casa con su familia. El abuelo Charles hizo construir la glorieta porque a ella le encantaba la vista de la colina, que en esa época era mucho más despejada, y paseaba todos los días para sentarse en ella cuando lo permitía el tiempo... Hasta que su salud empeoró. Walter la adoraba, y se quedó tan perturbado por... su muerte, que no podía soportar que le hablaran de ese lugar, ni que se la recordaran: el dolor afecta así a algunas personas, sobre todo a los hombres. Y cuando murió el abuelo Charles, no mucho después de Christina, la glorieta cayó en desuso, aunque yo la habría aprovechado de buena gana de no haber sido por el pobre Walter.

—Rosy, estás muy pálida —dijo Caroline.

El hechizo se había roto, pero Rosalind subió a su habitación más inquieta que nunca. Caroline, advirtiendo que a su amiga le pasaba algo más de lo que estaba dispuesta a admitir, hizo cuanto pudo para sonsacarle algo a Rosalind, pero fue en vano. Pese al cansancio que sentía, Rosalind se quedó despierta durante lo que le parecieron horas, y cuando por fin se durmió, fue para encontrarse de nuevo en el patio de grava, contemplando un foso recien cavado de cuyas profundidades surgía algo que emitía un brillo azul fosforescente: se despertó con un grito de terror, y se quedó temblando hasta que una luz suave entró en la habitación. Por un instante Rosalind creyó que su ángel había vuelto a consolarla, hasta que vio que la figura de blanco era sólo Caroline, con una vela en la mano, pero su amiga se quedó a su lado, y ella se sintió reconfortada, lamentando haberse decepcionado al verla.

Dos días después, Caroline y la señora Temple dejaron a Rosalind en el tren que la llevaría a Londres; o eso creían. De hecho Rosalind había llegado a una resolución desesperada, por no decir absurda: visitar Blackwall Park y decidir si era o no el escenario de su pesadilla. Sabía que la casa estaba cerrada y vacía, ya que el señor Margrave estaba pasando una larga temporada en la ciudad (con la intención, temía ella, de asediarla) y no mantenía a dos equipos de sirvientes. Ella era consciente del peligro, pero el impulso había ido creciendo hasta convertirse en algo irresistible. Su recuerdo del sueño permanecía tan vivo como cuando había despertado en la glorieta derruida; era como si en su mente se hubiera abierto un umbral oscuro, que dejaba entrar una corriente helada del inframundo, que le impediría recobrar la paz hasta que hubiera encontrado la forma de cerrarlo.

La tarde anterior ella y Caroline habían salido en busca de la glorieta. Rosalind había propuesto que rehicieran el paseo que ella dio por los campos, sin decir exactamente qué esperaba encontrar: tras una detallada inspección, la puertecilla estaba en la esquina del campo, pero mucho más vieja y desportillada, y no había ningún sendero que condujera al otro lado del bosque, sólo un inmenso banco de ortigas. Entonces habían rodeado el pie de la colina, seguido el río y tomado el camino paralelo al arroyo que Rosalind había seguido aquel día, pero sin éxito. Había descuidado dejar señalado el lugar por donde había salido, y o bien la hierba había cubierto ya sus huellas, o... Pero la señora Temple había afirmado que había, o al menos la hubo en el pasado, una glorieta de verdad; no podía ser, pues, fruto de su imaginación. Sin embargo, no importaba lo mucho que se alejaran, la colina arbolada presentaba un aspecto denso y compacto. Rosalind notaba la preocupación de su amiga por su bienestar, y de nuevo la asaltó el deseo de confiarse a ella, pero la inhibición volvió a ganar la partida. Se dijo que temía que incluso Caroline llegara a poner en duda su cordura; en verdad, la duda pertenecía a la propia Rosalind. No importaba con qué frecuencia revisaba el sueño —y parecía ser capaz de retomarlo cuando quisiera—, el mismo estado de perplejidad la abrumaba, sin dejarle decidir qué había sido real y qué pertenecía al reino de la ilusión, o la aparición, una palabra que prefería olvidar, ya que todavía podía sentir la suavidad de los cojines de la reluciente glorieta, inhalar el fresco olor a barniz, sentir su cabeza apoyada en el regazo de la mujer, de Christina; y si Christina podía ser tan palpablemente humana y al mismo tiempo un fantasma, ¿por qué la infernal visión de Blackwall Park tenía que ser menos real?

Ésa era la cuestión que más turbaba a Rosalind, y la que creía que debía resolver antes de regresar a Londres. No creía que fuera a encontrar una hilera de tumbas; al menos estaba bastante segura de ello. Sin embargo, por extraño que parezca, sí esperaba que hubiera *alguna* similitud entre la auténtica Blackwall Park y el lugar de su sueño; alguna señal tangible, un hilo que la guiara en lo que sería, seguro, un enfrentamiento difícil y doloroso con su madre. El instinto de Rosalind le decía que la menor vacilación por su parte provocaría la clase de conducta que la había abrumado en el sueño; cuando pensaba en ello no creía que su madre fuera capaz de quitarse la vida, pero no confiaba en su capacidad de resistir la amenaza. Estos pensamientos ocuparon su mente durante el viaje a la estación de Bramley, en Hampshire, que transcurrió sin incidentes. El jefe de estación de Bramley pareció sorprendido, como es lógico, por la afirmación de aquella joven de que iba a reunirse con sus tíos en Blackwall Park, pero accedió a proporcionarle un carruaje conducido por un anciano canoso y taciturno que la acompañó en el último tramo de su viaje, no más de dos kilómetros, en absoluto silencio.

El cielo estaba encapotado, como en el sueño, pero las nubes eran más débiles. Aunque el camino no era el mismo, había algo en su atmósfera que le recordaba el suelo: era llano, y recto en su mayor parte, y cruzaba toda una serie de campos que parecían, por lo que veía entre los setos, bastante desiertos; pero quizá fuera sólo el silencio del cochero lo que la hacía sentir que había pasado antes por allí. Rosalind no dejó de buscar el amarillento muro de piedra durante todo el rato, de manera que cuando el cochero giró por una corta avenida sembrada de olmos y ella comprendió que acababan de entrar en Blackwall Park, su primera reacción fue una curiosa mezcla de alivio y desengaño. No había muro alguno; la casa era de piedra gris, no amarillenta; las ventanas estaban cerradas, pero tenía dos pisos, no tres. Se detuvieron sobre la grava, pero eso no era nada raro, como tampoco lo era que la puerta delantera estuviera enmarcada por un porche con columnas de piedra: no era la misma puerta y, por añadidura, no estaba entreabierta. Sin embargo, no pudo evitar una cierta aprensión. ¿Y si el señor Margrave hubiera vuelto a casa después de todo? Se colocaría a sí misma en una situación de lo más comprometedora: como si le estuviera espiando en secreto... ¿Cómo no había pensado antes en esto? Había sido una loca por venir aquí; y con ese pensamiento el recuerdo del sueño la presionó con tal fuerza que el olor a humedad y moho pareció elevarse de la grava sobre la que se encontró a sí misma diciéndole al cochero que la esperara.

Su mente le ordenaba que se marchara; pero sus pies la llevaron hacia la izquierda, a un lado de la casa, sin apenas advertir la extensión de césped y arbustos, hasta llegar a un camino enlosado que la llevó en torno a una galería y la situó en la parte de atrás de la casa, donde sí había un muro de ladrillo rojo, más bajo que en el sueño, que cercaba parte del huerto. Este jardín estaba bastante arreglado, en absoluto descuidado; había un sendero que bajaba en diagonal desde la parte trasera de la casa a través de los lechos de flores hacia el extremo opuesto del muro de ladrillo, y no pudo evitar que sus pies tomaran ese camino hasta que pudo ver con claridad que no había tumbas, ni lápidas. Rosalind se detuvo, confusa, y empezó a retroceder. Al hacerlo, el olor a tierra recién cavada llegó hasta ella de un parterre próximo; y algo se prendió de su vestido. Miró hacia abajo. Era un pepino, y en la esquina más cercana al sendero había un retazo de tela, no de la capa azul de viaje que ella llevaba, sino de un color negro parduzco. En ese mismo instante se dio cuenta de que no estaba sola.

Desde su ángulo de visión —ya que no se atrevía a moverse— vio a Denton Margrave justo en el mismo lugar donde había estado en el sueño, y por un momento le pareció que el cielo se oscurecía. Esperó que el suelo se le abriera bajo los pies; el sueño volvió a ella con tanta viveza que distinguió la luz azul que brillaba en torno a él, oyó el crujido de las alas al desplegarse, y después... era como mirar a un tren rápido que de repente ha cambiado de dirección: la silueta de Margrave se replegó en sí misma; Rosalind recorría todo el sueño, pero en sentido contrario, con todo lujo de detalles, pero a tal velocidad que no tuvo tiempo de respirar antes de verse en la soleada glorieta, con la mujer que le enseñaba el título del libro, y oír a la vez la voz de la madre de Caroline en la mesa y comprender, por fin, lo que Christina Temple había vuelto a decirle.

La visión se esfumó; la parálisis cesó; el corazón de Rosalind dio un vuelco al girarse para enfrentarse a su perseguidor, hasta que vio que no se trataba de Margrave, sino de un anciano vestido con un ajado traje negro de trabajo y pesadas botas, apoyado en una hoz y mirándola con cierta sorpresa. Permanecieron mirándose en silencio hasta que Rosalind se hubo recobrado lo bastante como para decir, tal vez sin aliento pero con una compostura que la sorprendió:

—Disculpe. Creo que me he equivocado de casa.

Contemplando los sombríos campos desde el tren que la llevaba de vuelta a Londres, Rosalind comprobó que sus pensamientos avanzaban hacia la inminente escena que mantendría con su madre. Yorkshire sería una especie de exilio para ella también, pero tendría trabajo que hacer. Tenía un relato que contar, y encontraría el modo adecuado de hacerlo. Derramaría mucha tinta negra; el blanco y puro brillo del ángel no alcanzaría nunca la perfección de su visión, pero ella seguiría siendo Rosalind Forster, y algún día ganaría suficiente dinero como para instalar a su madre en Londres, con una dama de compañía, y quedar libre para volver con Caroline a Staplefield. Eso se prometió, imaginando la glorieta restaurada y reluciente de pintura fresca y barniz, flotando bajo la luz del sol.

TERCERA PARTE

Me apoyé en la derruida baranda de la glorieta, mientras pensamientos como *incluso Staplefield era mentira* y *Alice se llevará un desengaño enorme* se agolpaban en mi cabeza. Pero mi madre no había mentido, al menos no exactamente: Ferrier's Close *era* Staplefield. Y Ashbourn House; y tal vez otros lugares de los que yo aún no sabía nada. ¿Por qué me crió con la versión ficticia —en el sentido más literal— de su infancia?

Porque no podía soportar alejarse de Viola, dijo la voz de Alice en mi mente.

¿Qué hizo allí que fuera tan terrible?

La voz no contestó. Desde aquí, la casa resultaba invisible; el sendero se curvaba hacia las ortigas circundantes. Cuando la vi por primera vez, la derruida glorieta desprendía un cierto encanto romántico. Ahora se la veía simplemente destrozada. Fragmentos oxidados y retorcidos de la cúpula del techo se acumulaban en el claro. De repente, la desolación reinante se me hizo intolerable.

Estás enfadado, me dije mientras regresaba a la casa; enfadado por sus mentiras. Ella escogió la versión del relato porque la habían desheredado, no porque asesinara a Anne.

La ira me condujo escaleras arriba hasta el segundo piso, donde realicé otro registro de los dormitorios. Esta vez hice tanto estrépito como pude, golpeando puertas, cerrando cajones con fuerza, deambulando por todas partes como si fuera un fantasma. Mi ruidoso progreso me hizo pensar en algo que un colega de la biblioteca me había dicho años atrás, sobre un internado encantado en el que las camas de acero corrían solas por un dormitorio vacío. Volví a revisar los profundos arañazos del suelo del altillo que había sobre la cama de Phyllis; parecían marcas de garras. Pero no encontré nada nuevo.

Volví a la biblioteca, con la intención de iniciar una búsqueda sistemática de documentos, pero en su lugar me dejé abatir por otra ola de fatiga, me tumbé en el sofá Chesterfield y me dormí al instante.

Desperté, o eso parecía, al anochecer. El cielo que se vislumbraba a través de las ventanas superiores mantenía un cierto brillo. Más arriba, el techo flotaba cual bóveda tenebrosa. Mi mirada deambuló por los estantes de libros hasta posarse en la falsa librería del final de la galería a media altura.

Pero no conseguía ver aquel falso mueble, porque alguien se mantenía inmóvil frente a él. Una mujer... Durante un instante horrible me pareció una mujer sin cabeza, hasta que vi que llevaba un velo negro, y un vestido elegante confeccionado con una tela pesada; distinguí el vuelo de su falda entre las barras verticales de la baranda. Un vestido verde oscuro, que dejaba los hombros al descubierto.

«Viola», pensé, y luego, «Imogen de Vere», y luego: «Se trata de uno de esos sueños donde sueñas que puedes ver a través de tus párpados». Normalmente me despierto en el mismo instante en que soy consciente de que estoy dormido, algo decepcionado al descubrir que no puedo ver con los ojos cerrados, de la misma forma que tampoco puedo volar. Pero la figura no se desvaneció. En su lugar pareció encogerse, como si buscara refugio en la sombra de la pared. Cerré los ojos con decisión y conté hasta tres. El falso anaquel había reaparecido. No había nadie en la galería.

Aquella noche dormí mal por primera vez desde mi llegada, soñando interminables escenas que sucedían en Ferrier's Close: cruzaba el umbral de la puerta una y otra vez, debatiéndome semidespierto, para luego destrozar repetidas veces partes del cenador, sorprendido ante los daños que provocaba pero impulsado a continuar; daba vueltas y más vueltas, como atrapado en un bucle eterno, pasando mil veces por corredores vacíos, subiendo y bajando escaleras... hasta que el amanecer me encontró completamente despierto, observando cómo la luz gris empezaba a clarear sobre los tejados lejanos.

No me cabía duda de que la mujer del velo pertenecía al mundo de los sueños. Me preparé una taza de té y volví a la ventana. Las 4.37 de la mañana. Sabía que no podría volver a dormirme, y tampoco me apetecía leer. El desayuno no se servía hasta las siete. Contemplé el grueso manojo de llaves que descansaba junto a mi ordenador portátil. Nadie había dicho nada sobre mantener horarios de oficina, ni ninguna clase de horario, en Ferrier's Close. Así que podría pasarme aquí dos horas y media cavilando.

O bien podría coger un taxi hasta la casa e intentar forzar la puerta del descansillo del segundo piso.

El cielo empezaba a brillar cuando el taxista me dejó en la entrada del Vale of Health, pero las largas ramas de los árboles oscurecían la vereda, y cuando la puerta se cerró a mi espalda, la penumbra era tal que no alcanzaba a ver la puerta principal. Tenía una caja de cerillas de la cafetería donde había cenado la noche anterior, pero no me atrevía a encender una por miedo a que todo ardiera como una hoguera si la cerilla caía donde no debía. *Recuerda, recuerda, la señorita Hamish es amiga tuya.* Las palabras vinieron flotando hasta mi cabeza y empecé a recitarlas con un ritmo marcado que puso mis pies en movimiento sobre las losas y contribuyó a enmascarar los aleteos, crujidos y sonidos varios que me acompañaron de camino al porche, donde necesité más de media caja de cerillas para abrir la puerta.

El suelo crujía bajo mis pasos: crucé el estudio y el comedor envuelto por la penumbra, y llegué al descansillo de la puerta trasera, más iluminado en comparación. La escalera entera pareció quejarse cuando la pisé, como si la casa bostezara en sueños. Las casas suelen crujir al amanecer y al anochecer, me repetí, mientras subía al segundo piso, donde los primeros rayos del sol entraban oblicuamente por las ventanas altas, alumbrando los rectángulos vacíos de antiguos cuadros y la puerta cerrada junto a la baranda.

La única posibilidad era la llave más pequeña de las cuatro. Giró sin demasiados problemas. Empujé la puerta, y una mezcla ya familiar de olores se esparció desde el interior. El mismo olor polvoriento y dulce de la librería de abajo. Un estudio perfectamente normal. Con un escritorio bajo la ventana: un escritorio de castaño, me dije en cuanto corrí las cortinas de un intenso color de bronce. Antes de que los árboles crecieran debía de haberse disfrutado de una vista clara hacia el este, el horizonte en las tierras altas más allá del Vale.

Sobre el escritorio reposaba una máquina de escribir portátil: una vieja Remington, con teclas circulares y un armazón negro, metálico, que en algunos puntos estaba reducido a puro metal. Frente a la ventana había una pequeña chimenea, con estantes para libros a ambos lados. Un sillón bajo, tapizado en descolorida piel gris, en la esquina detrás de la puerta. Y, a la izquierda del escritorio, un armario de cedro del tamaño de medio arcón para guardar mapas.

Lo único que había en el estante superior del armario era una foto. Un retrato de medio cuerpo de una joven ataviada con un oscuro traje de terciopelo, los hombros engalanados como alas de ángel. La misma que había traído conmigo desde Mawson.

Esto lo prueba, pensé: sólo puede ser Viola. Dispuesta aquí como homenaje, tras su muerte. Pero entonces recordé la inscripción en la parte de atrás de mi copia. «Greensleeves», y una fecha de 1949... el 10 de marzo. Saqué el marco y miré el dorso de ésta, pero estaba en blanco.

Revisé las bandejas del armario: todas vacías. Lo mismo que los cajones del escritorio, pero, al cerrar el cajón inferior, oí el débil crujido de un papel. Me arrodillé a mirar; el hedor a polvo y perro de la alfombra me llevó por un instante hasta Mawson, hasta aquella calurosa tarde de enero. Saqué el cajón del escritorio y vi que varias hojas de papel se habían quedado arrugadas en el hueco de atrás. Una nota manuscrita dirigida a Viola por una tal Edie, que evidentemente le devolvía algunas cartas después de la muerte de alguna amiga. Unas cuantas páginas, que es de suponer que pertenecían a esas cartas, escritas con letra menuda y picuda y firmadas por V. Una ajada cinta negra. Y una sola página mecanografiada, que sin duda constituía la parte que faltaba de «El aparecido».

«The Briars»
Church Lane
Cranleigh,
Surrey
Viernes 26 de nov.

Queridísima Viola:

Encontré estas cartas en el cajón de la mesita de noche de Mamá. Sé que nos dijiste que quemáramos todas tus cosas, pero no he podido hacerlo... Espero que no te importe. Ahora no dispongo de más tiempo, pero tengo muchas ganas de verte, pronto, espero.

Con todo mi amor,
Edie

... el miércoles pasado fuimos con Eva y Hubert al Lírico a ver «El jardín de las cerezas». Estos días sentir admiración por Chéjov parece casi una obligación, pero me aburrí y así lo dije, lo que creo que sorprendió bastante a H. Luego fue el turno de Wagner en el Covent Garden, las Valkirias en alemán, prefiero la ópera cuando no entiendo exactamente lo que cantan, pero me gustó más que cuando era joven. Antes de la guerra, supongo que quiero decir. Me descubrí a mí misma pensando en zepelines, y eso me recordó, por supuesto, a George. Pobre chico... encantador como siempre, aunque lo cierto es que estos días le vemos poco. Vivo con la esperanza de que siente la cabeza.

La semana próxima vamos a la casa que tienen los Fletcher (los de Holland Park) en Hythe. C. se vuelve más aburrida con los años, pero Lettie me cae muy bien. Si el tiempo aguanta daremos buenos paseos.

Estoy releyendo *La fuente sagrada*, no sé muy bien por qué: alguna fascinación de índole perversa.

A veces creo que HJ es simplemente Marie Corelli disfrazada (ya sabes a qué me refiero), pero después recuerdo los relatos: *The Way It Came*, *The Jolly Corner*, *The Altar of the Dead*... Nadie más podría haberlos escrito, y no olvidemos *La vuelta de tuerca*.

Siempre tuya,
V.

* * *

Ferrier's Close
25 de julio de 1934

Querida Madeleine:

Me alegra saber que no hará falta que te extraigan otra muela. Los dientes son la raíz de todos los males (y perdona la broma)... o al menos eso creo yo siempre que tengo que ir al dentista. No sé por qué lo llaman gas hilarante: nunca he sentido el menor impulso de reír mientras alguien me hurga en la boca. Bueno, cambiemos de tema.

Las niñas están muy bien. Anne se ha aprendido *La Belle Dame* de memoria (Iris cree que no es muy apropiado para una cría de seis años, pero yo no entiendo por qué). La señorita Drayton es muy buena con ellas: ambas la adoran y yo sólo espero que no se marche. Ayer recorrimos a pie todo el camino hasta Parliament Hill: fue un largo paseo para Phyllis, pero no se quejó. Nos encontramos con el capitán Anstruther cuando volvíamos y él les dedicó muchos cumplidos, como de costumbre.

Anne ha estado haciendo muchas preguntas sobre el accidente últimamente, pero no veo en ellas *señal* alguna de que se sientan huérfanas, o privadas de cariño. Si sólo la gente (en su mayoría adultos que deberían tener más sentido común) dejara de tratarlas como si *tuvieran* que ser desgraciadas... la triste verdad es que con nosotras disfrutan de una vida mejor de la que habrían tenido si George y Muriel hubieran vivido. Dudo que el matrimonio hubiera durado. Pobre George... La neurosis de guerra es algo tan horrible. Aunque, como bien me señaló una vez, si hubiera sido cabo en lugar de teniente le habrían fusilado por cobardía en lugar de darle la baja y enviarlo a casa. Eso le sucedió de verdad a un hombre de su regimiento y se le quedó grabado en la mente. Dijo que la humillación de perder los nervios (así lo veía él, sin importarle lo que dijeran los médicos) era peor que la más terrible de las pesadillas.

Al final no creo que vaya a Escocia este mes de agosto, así que si...

seguro, pero la semana que viene, si sigue haciendo este tiempo tan fantástico, iré a Devon para pasar unos días con Hilda.

Me preguntabas qué fue de la «máquina infernal» de Alfred: pues bien, la conservo como *memento mori*. Nunca olvidaré ese día en el Crystal Palace: pienso en él siempre que leo *The Relic*. Destruyó la ilusión de inmortalidad, la sensación de tiempo infinito que uno mantiene mientras es joven. Alfred estaba obsesionado: tenía que tener una. Pero a mí me parecía algo oscuro, esencialmente maligno. Creo que fue entonces cuando comprendí, sin lugar a dudas, que me había casado con un extraño. (Aunque supongo que la obvia pregunta es: ¿y quién no?)

Absurda juventud... *illusions perdues*. Pero sí, sospecho que, en cierto sentido perverso, me sigue fascinando. Unos años después de la guerra (creo que esto no te lo he contado nunca), la usé para una novela breve. Llevaba varios años sin escribir (parecía haber perdido las ganas), y de repente se me ocurrió la idea, y no paré hasta ponerla por escrito. Entonces, uno o dos años después (no pudo ser mucho más tarde) George se casó de repente. Aunque, como todo el mundo debió de comprender, tampoco tenía elección: Anne era un bebé demasiado grande para ser sietemesina. Y luego aquel choque espantoso... Pura coincidencia, por supuesto: la literatura está llena de niñas huérfanas criadas por parientes, pero había algo *unheimlich* en todo ello. Tuve la sensación de que sobre mí había caído alguna clase de don clarividente, y no me gustó nada. Así que guardé el manuscrito; nunca tuve fuerzas para destruirlo.

Es extraño cómo se puede escribir lo que una no se atrevería a *decir*. Espero que Edie esté mucho mejor.

Siempre tuya,
V.

Harry levantó el brazo, como si se protegiera de un asaltante. Beatrice soltó un grito de miedo, que se convirtió en furia en cuanto reconoció a su hermana.

—¿Qué estás haciendo, aquí escondida? —gritó, avanzando hacia Cordelia.

—Iba a recoger a Harry...

—Mentira. Lo que hacías era espiarme. Eres tan celosa... Ni siquiera puedo subir con él desde la estación. ¿Por qué crees que nunca le dirijo la palabra cuando tú estás cerca? Porque no lo soportas: sólo tengo que mirarle y ya vas con el cuento a tío...

—¿Y si nos tranquilizamos? —intervino Harry, nervioso.

—*No* estoy celosa —dijo Cordelia, apartándose del avance de su hermana.

—Entonces, ¿por qué nos espiabas?

—No estaba...

—Sí que lo hacías, o hubieras dado a conocer tu presencia en cuanto nos hubieras visto.

Beatrice no estaba dispuesta a ceder un ápice de terreno, y Cordelia tuvo que disculparse mientras Harry permanecía débilmente al margen, sin dejarle otra opción que retirarse. No se detuvo en la casa, sino que siguió andando hasta llegar a la ribera, acalorada, humillada y confusa. Estar enamorada, pensó, no me ha convertido en mejor persona como sucede en las novelas. Beatrice tiene razón; me he vuelto celosa, desconfiada y dependiente, y completamente desgraciada... Me odio... y si él no me sigue romperé el compromiso. La luz se desvanecía deprisa. Unos momentos después la quieta superficie del agua quedó rota por una gran gota de lluvia, a la que siguió otra. Después los cielos se abrieron con un resplandor y un trueno ensordecedor.

Leí y releí estas páginas sentado en el sillón de Viola, aunque en un par de ocasiones me distrajo la sensación, más que el sonido real, de los rítmicos arañazos o crujidos que había oído el día anterior. La *novella* que mencionaba sólo podía ser *El aparecido*: la página que tenía en las manos llevaba el número 82, y el manuscrito que se hallaba en mi habitación de hotel terminaba en la 81. De manera que... Fijé la vista en la fotografía, intentando imaginar lo que debía de haber sucedido: tal vez Phyllis entró corriendo aquí, mientras hacía las maletas para irse después de su pelea con Iris, forzó el cajón y desgajó el manuscrito... que, es de suponer, se hallaba con estas cartas sueltas. Pero la foto ya era otra cosa... Ella debía de tener su propia copia... Bueno, obviamente. Quizá fuera Viola realmente, y la inscripción no guardara ninguna relación con la imagen.

Y Phyllis tuvo que encontrar y leer el relato. Sobre dos hermanas que crecían en esta casa. Pero, ¿dónde estaban las páginas restantes? ¿Dónde estaban, además, el resto de manuscritos de Viola?

Uno se hizo realidad.

Seguí contemplando la foto hasta que ya no estuve seguro de si las dos fotos *eran* idénticas. Distinta postura, distinta luz, me dije; era fácil de resolver: en la próxima visita traería mi propia copia.

Pasé las dos horas siguientes registrando el estudio. Hojeé las páginas de todos los libros, saqué todos los cajones de las guías, moví los muebles, miré bajo las alfombras. Nada excepto polvo, y hebras de tabaco seco y una colección de puntos de libro, billetes de autobús, trozos de papel con anotaciones sueltas. Pero en varios libros hallé marcas que indicaban que entre sus páginas se habían guardado papeles doblados o sobres.

Alguien había revisado la casa, no a toda prisa sino con esmero, concienzudamente, llevándose cartas, manuscritos, cuadros, fotos... Y no podía tratarse de la señorita Hamish porque ella me había pedido que buscara esta clase de cosas.

Podría haber sido Anne, en sus últimas semanas de soledad tras la muerte de Iris. En caso de que se lo hubiera llevado todo consigo y hubiera muerto en un accidente (¿otro accidente?), que hubiera impedido su identificación... pero, ¿cómo no iban a identificarla si tenía todos los papeles familiares en su poder?

También pudo haberlo quemado todo (por amnesia o por un desequilibrio) y haber huido del país para empezar una nueva vida. Dejando atrás sólo una foto en el armario; que precisamente era la misma que yo había encontrado en Mawson.

De nuevo fui consciente del débil crujido, los arañazos que sonaban en algún lugar cercano, y de nuevo me hallé bajando a trompicones la escalera, regresando al comedor y al estudio, luchando con la cerradura de la puerta principal en la semipenumbra del porche, y saliendo al sendero, donde me apoyé en la pared para recobrar el aliento hasta que advertí la presencia de una mujer entrada en años con un perro, que me miraban con aire de sospecha. Moví ostensiblemente las llaves y me marché con tanta dignidad como pude.

Desayuno, me dije con firmeza. Necesitaba un sólido desayuno inglés, seguido de un sólido trabajo real en el Registro Civil. No corrí porque tuviera miedo. Tenía miedo porque corría. Siempre podía comprarme una radio de pilas, pero eso parecía un sacrilegio. O un teléfono móvil, pero ¿para llamar a quién?

Alice. La única persona en el mundo con quien quería hablar. La única persona con la que no podía hacerlo, ya que había prometido no llamarla. Descendí la pendiente hacia East Heath Road embargado por una extraña sensación de vértigo.

¿Cómo había aceptado durante tanto tiempo las condiciones de Alice? ¿O estado seguro, la mayor parte del tiempo, de que caeríamos uno en brazos del otro y viviríamos felices para siempre? Era una locura. Hundido hasta ahora, día tras día, en la agradable rutina de la biblioteca, la ración cotidiana de preocupación por mi madre... Esta noche llamaría al hospital para preguntar por Alice y decirle: no eres la única capaz de sorprender.

El nuevo Registro Civil de Clerkenwell era un lugar limpio (excepto por los archivadores más antiguos, que apestaban aún más de lo que yo recordaba), espacioso y, en horas de atención al público, relativamente tranquilo. La multitud se agolpaba a medida que avanzaba la mañana, pero para entonces ya había encontrado la mayor parte de datos que quería, sin enterarme de nada que, en esencia, no hubiera sabido ya gracias a la señorita Hamish o las cartas de Viola.

El neurótico hijo de Viola —George Rupert Hatherley— se había casado con Muriel Celia Hatherley, nacida Wilson, en el distrito de Marylebone en el tercer trimestre de 1927. Anne Victoria Hatherley había nacido el primer trimestre de 1928, y Phyllis May (sólo para asegurarme, aunque no sabía por qué me molestaba ya que mi madre no tenía ninguna razón para falsificar su propia partida de nacimiento) el segundo trimestre de 1929. Después, a mediados de 1930, George y Muriel habían muerto en el distrito de Brighton. George tenía treinta y ocho años y Muriel sólo veintisiete, cuando se produjo el accidente.

La idea de que habían muerto como los padres de Alice me asaltó mientras tomaba un té en la cafetería del Registro entre el rumor de discusiones genealógicas. Desde nuestras primeras cartas, Alice había insistido en escribir como si hubiera nacido, en lugar de casi morir, el día del choque. Rechazó, o ignoró, todos mis intentos de que me hablara de su familia, calificándolos de demasiado dolorosos, hasta que dejé de preguntar. Lo mismo que había hecho con mi madre, lo que convertía la actitud de Alice si no en algo normal, sí al menos en algo perfectamente comprensible. Ni siquiera sabía la fecha exacta de su nacimiento, sólo que había nacido en marzo. No celebrábamos cumpleaños ni Navidades, ni nos enviábamos ninguna clase de regalos: todo eso se mantenía a la espera de que empezara nuestra vida en común. Una locura, una locura. Pero ahora podría descubrirlo.

Me abrí paso entre la multitud que se agolpaba en Nacimientos, desde 1958 a 1970, sin encontrar una sola Alice Jessell.

Los fallecimientos no atraían tanto público como los nacimientos. Tardé menos de veinte minutos en establecer que nadie apellidado Jessell había muerto en ningún lugar de Inglaterra o Gales entre 1964 (el año del supuesto nacimiento de Alice) y la primera mitad de 1978, cuando me envió la primera carta.

Por supuesto, existía la posibilidad de que ambas cosas hubieran sucedido en Escocia, que tenía registro propio.

En información me dijeron que podía entrar en la página web de «Scots Origins» y llevar a cabo tantas búsquedas como me permitiera la tarjeta de crédito. Solicité los certificados y bajé caminando por Exmouth Market bajo la brillante luz del sol hasta encontrar un cyber café. Pero el sistema escocés no permitía búsquedas posteriores a 1924. De todos modos introduje los dígitos de mi tarjeta de crédito y tecleé «Jessell 1560-1924». No se han encontrado entradas con este nombre.

Abrí un e-mail para Alice, pero no supe qué escribir. Cuando tenía ocho o nueve años, una de mis lecturas favoritas había sido *Relatos del rey Arturo y sus caballeros de la Mesa Redonda*, de Roger Lancelyn Green. Contenía siniestras ilustraciones en forma de grabados que después me visitaban en sueños. Una de las historias versaba sobre un rey que desposaba a una hermosa princesa víctima de un encantamiento que la condenaba, en el plazo de siete años, a convertirse en un monstruo..., y había otra versión en la que vivirían felices mientras él no formulara pregunta alguna sobre el pasado de ella. Por supuesto, las preguntas le rondaban por la mente hasta que por fin él le exigía una respuesta, y entonces... No recordaba qué sucedía exactamente. Algo tenebroso e irrevocable.

Me desconecté sin enviar nada, terminé el café y me dirigí a la cabina de teléfonos que había junto a la puerta. Tenía el número del Hospital Nacional de Neurología y Microcirugía de East Finchley anotado en la libreta. No podía hacer ningún daño, ¿verdad?, llamar a recepción y preguntar por Alice Jessell. Y colgar antes de que contestara. Pero, por otro lado, era mejor dejarlo para la tarde. Recoger las fotos del hotel, tomar un taxi que me llevara hasta la casa y registrar la biblioteca. Concentrarme en los Hatherley e intentar no pensar en los Jessell.

La ventanilla del taxi no quería abrirse. Cada extensión de hierba que vimos de camino estaba llena de personas medio desnudas, empapadas de sudor, tomando el sol. Yo también sudaba cuando pagué al taxista en la entrada de la vereda. La una y media.

Llevaba bocadillos, una botella de agua, una linterna y pilas de recambio, tres cajas de cerillas. Pero cuando la verja se cerró a mi espalda, la luz del sol inundaba el espacio. Intenté zafarme de la sensación de que algo frío y metálico se alojaba en el centro de mi pecho, más o menos por donde solía flotar la imagen mental de Alice: una difusa figura de blanco resplandeciente, destellos de un rostro desde varios ángulos distintos, nunca enfocados del todo. Era tan mía como mi respiración. *Tan cercana a ti como el latido de tu corazón.*

Subí mi foto al estudio y la coloqué junto a la imagen enmarcada del armario de Viola. Eran sin duda la misma, pero yo seguía sin saber de quién se trataba. «Greensleeves», 10 de marzo de 1949. Justo cuatro días después de que Anne cumpliera veintiún años.

> *Alas my love you do me wrong*
> *To cast me out discourteously...*
> *Greensleeves was all my joy...* *

---

* Comienzo de la canción *Greensleeves. (N. del T.)*

Ay, mi amor, me has traicionado
al rechazarme tan bruscamente...
Greensleeves, eras toda mi alegría...

No descubría ninguna conexión con nada de lo que sabía
de ella. No podía tener nada que ver con la ruptura de su compromiso con Hugh Montfort, porque eso no había sucedido
hasta el verano de 1949. ¿Alguien escribió una obra basada en
la canción? ¿Una obra a la que ella se había presentado para
obtener un papel?

Una vez más leí las cartas de Viola que había dejado sobre el escritorio. Algo en el olor dulce y polvoriento del papel
volvió a recordarme aquella tarde calurosa en el dormitorio
de mi madre, el origen de todo esto. O así me lo parecía. Tal
vez el resto de papeles estuviera a buen recaudo en algún escondrijo que yo no había podido encontrar en la casa de Mawson. Claro que justo acababa de empezar el registro de ésta; ni
siquiera había bajado aún al sótano.

Escondrijos... el falso suelo del altillo. ¿Tal vez mi madre
había sacado de aquí la idea?

La casa estaba completamente en silencio. Dejé las dos
imágenes una junto a otra en el armario y recorrí el pasillo.

Incluso con las ventanas abiertas, la luz en la habitación de mi
madre era inquietantemente débil. Ya había mirado en la cómoda y el arcón, pero volví a revisarlos a la luz de la linterna. Aparté
la librería de la pared, arrastré la colcha, las sábanas y después el
colchón, dejando la cama sin nada, provocando que se elevara
una nube de polvo y de algunas polillas voladoras, posponiendo
deliberadamente la última y mejor opción: la pared de armarios
empotrados que dividía su habitación de la de Anne.

Como había advertido el día anterior, las camas de ambos dormitorios estaban centradas respecto al tabique común, con el espacio repartido de forma idéntica entre las dos, de manera que a cada lado del tabique había unos paneles fijos a la derecha de la cama, un armario sobre la mitad izquierda de cada cabezal, y después un espacio para colgar la ropa con un estante sobre la barra. Dirigí el rayo de luz de la linterna al altillo que había sobre la cama de Phyllis. Las grietas del suelo —cicatrices largas y curvadas, separadas por unos treinta centímetros— parecían perturbadoramente recientes.

El suelo del altillo estaba formado por dos planchas de madera, bastante flexibles, me parecieron, pero sólidamente fijadas. Una idea tonta desde el principio. Si ése *hubiera* sido un escondrijo, Phyllis difícilmente podría haber olvidado de llevarse lo que había ocultado en él. Se había acordado del manuscrito del estudio, al fin y al cabo.

Sólo para poder decirme a mí mismo —y a la señorita Hamish— que no había dejado nada por hacer, pasé al cuarto de Anne y repetí la operación, sin mejores resultados hasta que saqué el amarillento traje de tenis de la barra para ver si había algo en los bolsillos. Ni siquiera tenía bolsillo. Cuando volvía a colgarlo, el estante sobre la barra crujió un poco. Me subí a la cama para disfrutar de una mejor perspectiva. A la luz de la linterna, vi una débil línea oscura alrededor del panel más cercano.

En la cavidad que había debajo yacía un cuaderno pequeño, con líneas en las páginas y escrito a mano. Un diario.

25 MARZO 1949

Todavía hiela. Pretendía empezar esto por mi cumpleaños pero han pasado casi tres semanas. Toda una depresión cumplir los 21. De nuevo esa conocida y sofocante sensación, aunque todavía peor que antes. Me falta algo y no sé qué es. Como quien anhela comer algo que nunca ha probado pero que reconocería con sólo probarlo, para luego nunca volver a comer otro alimento. O descubrir que ya no puedes respirar el aire normal.

Sé lo que habría dicho la Abuela. Deja de quejarte, niña, espabila, búscate un trabajo. Iris se limita a sonreír con dulzura y a decir que debes hacer lo que creas mejor, querida, y después se vuelve al séptimo plano astral. Quizá fuera más feliz si tuviera un trabajo aburrido como Filly, pero entonces no tendría tiempo para mí. Pierdo demasiado tiempo, y luego me sabe mal no tener tiempo que perder. No quiero ser secretaria, ni niñera, ni maestra. Pero sé que podría escribir sólo con que tuviera algo interesante que *contar*.

29 MARZO

Anoche fui con Owen a una reunión del Partido Laborista. En un salón horrible y apestoso de Camden. Desde luego es terrible, los barrios pobres y todo eso, y sé que debería preocuparme, pero no lo hago. El secretario, un tal Ted creo, intentó que me uniera a ellos. Le dije que lo pensaría, pero pude leer sus pensamientos: otra niña rica jugando a la caridad. Owen debió de haber dicho algo. Y aquí estoy, haciendo cola para comprar cuello de cordero y contando los peniques. Estoy harta de Owen; se pasa el tiempo regañándome y no se entera de lo que llevo puesto.

5 ABRIL

Ayer tomé el té con Owen en High Street y le rechacé. Se marchó triste y suplicante, y yo me fui despreciándole y convencida de que me había portado con él de forma dura y cruel.

14 ABRIL

Iris recibió un aviso de Pitt el Viejo e insistió en que fuera yo en su lugar. Ya tienes veintiún años, querida, y estoy segura de que tienes mejor cabeza que yo para estas cosas. Está convencida de que va a morir pronto: es una de sus premoniciones. Claro que está mal del corazón, pero tiene sólo sesenta años, por el amor de Dios.

Me puse muy nerviosa a la hora de explicarle al señor Pitt que estaba yo en lugar de Iris. Pero él fue de lo más encantador y me alabó muchísimo. La señorita Neame nos trajo té, un pastelillo delicioso y unos bocadillos, y creí que él sólo quería charlar sobre cómo nos las arreglábamos y todo eso, hasta que me di cuenta de que quería decirme algo.

Yo tenía mis sospechas de que Iris había estado ocultándonos algo, pero aun así fue todo un impacto. Dice que nuestro capital se ha agotado y que vamos a tener que vender o bien la casa, o bien algunos cuadros, muebles, objetos de plata, o algo así. Al parecer ha advertido a Iris en varias ocasiones, pero ella no ha hecho nada al respecto.

Le pregunté qué creía que debíamos hacer y él dijo que dependía de lo mucho que deseáramos conservar la casa. Al parecer ahora no es buen momento para vender, debido a los derechos sucesorios y el impuesto suplementario y todo eso, y con la escasez de viviendas lo más probable es que la gente se decante por los pisos, y que quien la compre no esté dispuesto a pagar mucho. Pero por otro lado si sabemos que queremos irnos, quizá cuanto antes mejor.

Hasta ahora nunca había pensado en ello. Supongo que había creído que Filly y yo nos casaríamos, Iris se buscaría alguna acompañante y todo seguiría igual. Aunque nos sigamos congelando todos los inviernos y que el jardín se estropee, no me imagino la idea de no poder volver aquí.

15 ABRIL

Iris ha admitido, más o menos, que lo mantuvo en silencio porque Horus, o quien sea que le hablara a través de la tabla ouija, le había dicho que aparecería algo. Sí, casi le dije, los del desahucio, pero me mordí la lengua. No quiere irse, por supuesto. Y a Filly parece darle igual; dice que lo único que quiere es conseguir un piso para ella en cuanto pueda pagarlo. De manera que hemos acordado consultar al señor Pitt sobre vender algunos cuadros o las sillas buenas.

· · ·

18 ABRIL

El señor Pitt llamó esta mañana. Preguntó si teníamos una copia del inventario que había hecho la Abuela cuando redactó el último testamento; si no, haría que la señorita Neame la volviera a escribir para nosotras. Iris no lo sabía así que subí al estudio a echar un vistazo.

Incluso cuando entra el sol de la mañana, el estudio siempre parece un lugar encantado. Quizá sean los restos de olor a tabaco. Y algo crujía por el techo. No creo tener miedo a los ratones, pero no me gustaría que fuera algún bicho más grande.

No estaba en ningún cajón, así que empecé a buscar en el armario pequeño, pero después me distraje y me puse a leer los relatos de la Abuela. Y eso me hizo recordar cuando nos leyó *La glorieta* en la casa de verano antes de la guerra, o al menos entonces pensé que leía porque la convirtió en una historia distinta: Rosalind no se casaba y el señor Margrave no era ningún vampiro, ni, por supuesto, se mencionaba a ningún ángel. Era sobre cómo cambiaba la glorieta siempre que ibas a dormir en ella.

No encontré el inventario, pero en la parte trasera del armario bajo un montón de hojas mecanografiadas encontré una vieja caja de música, de cuero. En el interior había otra de sus historias, una más larga que yo no había visto nunca llamada *El aparecido*.

La sensación de terror empezó cuando miré la fecha. Tres años antes de que yo naciera, antes incluso de que se conocieran nuestros padres. Al principio me pregunté si habría puesto como fecha 1925 en lugar de 1935, pero no creo que lo hubiera escrito después del accidente. Por supuesto que hay montones de historias sobre hermanas huérfanas criadas por tías y tíos o abuelos. Y tampoco es que me haya sentido nunca como una huérfana. Sólo que hay tantas cosas que parecen encajar.

Para empezar, esta casa, aunque sólo esta planta, la verdad, y la vereda y el jardín. ¿Pero por qué convertir el cenador en la glorieta? ¿Porque F. y yo somos de la misma edad que Beatrice y Cordelia? Tenemos habitaciones contiguas, y el estudio está en el mismo lugar donde se halla el de la Abuela. Beatrice se va a trabajar y Cordelia se queda en casa, como yo. E Iris tiene el corazón débil. Pero lo mismo le sucede a mucha gente, y ella no está tan gorda como tía Una.

Y que no tengan dinero, y se vean obligadas a hacerse su propia comida.

Y que acabo de cumplir los 21.

Sigue helando.

19 ABRIL

Anoche volví a leer el relato. Me recuerda lo que sentíamos cuando jugábamos con la tabla ouija de Iris: la forma en que el cristal parecía cobrar vida y moverse. Nunca se me había ocurrido que Filly y yo nos hubiéramos distanciado, sólo que no estábamos muy unidas. Pero ahora empiezo a preguntármelo. De la misma forma que antes no me parecía extraño que ella y yo no hayamos hablado de nuestros padres durante años, y ahora sí.

25 ABRIL

Filly me recuerda a un gato. *Hay* en ella una cierta cautela y desconfianza. Cada día lo noto más.

Pero, ¿acaso el relato me hace ver cosas que no existen? Como cuando caminas al anochecer y crees ver a un hombre que te vigila desde la sombra, y al final la amenaza resulta ser sólo el tronco de un árbol...

5 MAYO

El señor Pitt dice que Christie's enviará a alguien para tasar los cuadros. Lo único que tengo que hacer es llamar por teléfono y concertar una cita.

Es una bobada. Mucha gente tiene sus cuadros tasados.

11 MAYO

El señor Montfort, Hugh Montfort, ha venido esta tarde para ver los cuadros. Era el día de Iris con el círculo de la señora Roper, de manera que me quedé aquí sola. Me pasé toda la mañana pensando: ¿y si se parece a Harry Beauchamp?

No se parecen en nada, por supuesto, excepto en que ambos son jóvenes y bien parecidos. Es alto, delgado, con el pelo negro peinado hacia atrás desde las sienes, el semblante pálido y sin bigote. Y no llevaba pantalones de pana, sino un traje gris marengo cuidadosamente planchado. Tiene los ojos de un color castaño muy oscuro, y cuando se ríe se le forman arrugas en las comisuras de los ojos.

Y no me hizo sentir incómoda por tener que vender ciertos objetos. No iba a mencionarlo, pero era tan amable que acabé contándoselo todo mientras le mostraba los cuadros; aunque en realidad fue él quien me los mostró a mí: los conocía casi todos. Cree que el aguafuerte de Blake puede alcanzar un buen precio.

Es un hombre que *escucha* de verdad: todo un cambio respecto a Owen. Sus padres viven separados y tiene una hermana casada en Canadá. Comparte piso con un amigo: estuvieron juntos en el ejército, pero no quiso hablar de la guerra. No creo que exista *nadie* especial en su vida.

15 MAYO

Hugh ha llamado para decir que le gustaría volver a ver el Blake. ¡Le invité a tomar el té el martes y aceptó!

19 MAYO

¡Qué día tan fantástico! Nos llevamos el té al cenador, y hablamos y hablamos... Después le propuse acompañarle hasta la estación y dimos un largo paseo, hasta los estanques de Highgate.

Le pregunté cómo había empezado a interesarse por la pintura, y me dijo que habría deseado ser pintor, pero que, después de un tiempo, se dio cuenta de que nunca sería muy bueno. Al parecer tener buen gusto con los cuadros no implica saber pintarlos.

Cometí el error de confesarle que me gustaba Constable, pero él se mostró de lo más amable al respecto. Y está bien apreciar la obra de Turner, aunque sólo los cuadros borrosos. Hugh dijo que los pintó cuando perdía la vista y que era así como veía el mundo. Hubo un pintor llamado Fuseli que no distinguía los colores, y tenía que escogerlos recordando su ubicación en la paleta. Me habló de un coleccionista que conoce, muy rico y excéntrico, que compra todos los cuadros que encuentra de un tal Rees, porque detesta tanto su obra que no soporta que nadie más la vea. Como es coleccionista no se decide a destruir los cuadros, de manera que los conserva cerrados en un húmedo sótano donde se pudren lentamente.

Ése fue el único momento inquietante, porque me hizo pensar en Ruthven de Vere comprando todos los cuadros de Henry St Clair. No quiero pensar más en ello.

¡El martes nos vamos a la Tate!

24 MAYO

Fuimos a la Tate a ver los Turners, pero la verdad es que no pude concentrarme. Estaba tan contenta.

Después caminamos durante horas por los malecones con el sol brillando sobre el río. Me gustaría vivir cerca del agua.

6 JUNIO

Cine con Hugh. *La heredera*... Tan emocionante. Después cena. Por fin me besó en los labios. Y me dijo que soy hermosa. Y yo no mencioné a Filly así que la escena no se pareció en nada a la del relato. Podría admitir que estoy enamorada de él.

No sé cómo empezamos a hablar de Iris. H. me preguntó si *cree* de verdad, así que le conté lo de que Geoffrey murió en la guerra, y que ella nunca se recobró, y eso nos llevó hasta nuestros padres. Fue muy discreto y educado, pero no creo que me creyera cuando le dije que nunca los había echado de menos. ¿Filly sentía lo mismo?, preguntó él, y tuve que reconocer que no lo sabía, y eso me hizo pensar en el relato *otra vez*. Ojalá no lo hubiera encontrado.

9 JUNIO

Té con Hugh en Mayfair para celebrar algo. ¡El Blake se ha vendido por 500 guineas!

Sé que sólo hemos salido unas cuantas veces, pero es el hombre con quien quiero casarme. Nunca me he sentido igual al lado de nadie. Y estoy casi segura de que él siente lo mismo.

14 JUNIO

H. ha venido a tomar el té para conocer a F. y a Iris. Ya no podía retrasarlo más. Yo no quería, pero él no dejaba de preguntar cuándo iba a conocerlas.

Iris fue un encanto (H. debió de pensar que yo había exagerado mucho), pero cuando le presenté a ~~Beatrice~~, oh Dios mío, a Filly, no pude evitar advertir que ella palidecía. El té fue horrible. Y cuando propuse que fuéramos a dar un paseo por el Heath, F. preguntó si podía acompañarnos y no supe cómo negárselo. F. no paró de hablar durante todo el camino de ida y vuelta a Parliament Hill (supongo que sólo quería ser amable, pero ¿por qué tenía que parecer tan *interesada* en el aburrido trabajo de Hugh?), y eso me puso furiosa. Y luego, cuando él me besó para despedirse, me dijo lo bien que se lo había pasado. No volveré a invitarle ningún sábado si puedo evitarlo.

F. se comportó *exactamente* igual que Beatrice hace en el relato y vi que H. la miraba. Pero yo estaba tan tensa y me sentía tan desgraciada que no puedo dejar de preguntarme si todo fueron imaginaciones mías.

17 JUNIO

Hoy he hecho una verdadera estupidez. Empecé a registrar la casa en busca de «El ahogado». Para probar que no existe. Pero no encontrarlo sólo sirvió para aumentar mis temores de que esté oculto en algún sitio, a la espera de H. Incluso Iris lo notó. No me atreví a preguntarle: algo que a los espíritus se les da bien es sugerir lugares donde buscar cosas. Lo último que quiero. Ya es todo bastante perturbador sin que ellos intervengan.

19 JUNIO

H. está muy ocupado. Gran subasta inminente. No podrá verme en toda la semana.

Nadie va a morir. No debo volver a pensar en ello.

28 JUNIO

H. ha *vuelto* a tomar el té con Filly. Vino a recogerme, e Iris le invitó antes de que pudiera detenerla. Estuvimos en la terraza. H. habló sobre un ruso que sólo pintaba cuadrados de colores. F. estuvo muy callada, pero pendiente de todas sus palabras.

12 JULIO

H. empezó a hablar de dinero. Dice que no tiene un centavo: se gasta el sueldo antes de ganarlo. Estoy segura de que iba camino de declararse. Usé todos mis recursos para animarle, pero no pareció decidirse. Estoy segura de que lo hará.

16 JULIO

Pero no lo ha hecho.

19 JULIO

Una tarde perfecta. Largo paseo con H., y después nos tumbamos sobre la hierba: por fin se mostró apasionado de verdad. Nos besamos y él se tumbó encima de mí, y pude sentir el calor del sol penetrándome a través de su cuerpo. Es como estar en el cielo. Me desabrochó el vestido y pensé que íbamos a hacer el amor. No me importaba que nos viera alguien. Quería hacerlo con él. Pero entonces apareció un perro sarnoso y H. se puso nervioso y empezó a disculparse por haberse dejado llevar. Ojalá hubiera seguido.

25 JULIO

H. me ha pedido esta tarde que me case con él. Vivo en una nube de felicidad. Ojalá pudiéramos mantener el compromiso en secreto.

Más tarde: he guardado el relato en el estudio. No volveré a leerlo ni a pensar en él.

28 JULIO

Se lo he contado a Iris esta tarde. No pretendía hacerlo tan pronto, pero se me escapó. De manera que cuando llegó Filly, también tuve que contárselo a ella. Dijo todo lo que se dice en estos casos, pero tuve la sensación de que no lo hacía de corazón.

8 AGOSTO

Otro té con H. y F. Esta vez lo tomamos en el cenador y después él propuso que fuéramos todos a jugar al tenis. Le dije que no recordaba dónde estaba la red, pero F. fue a buscarla al cobertizo. Si digo algo, él pensará que estoy celosa.

Debería hablarle del relato y de la influencia que ejerce sobre mí. Pero entonces querría leerlo y tal vez...

No debo volver a pensar en ello.

12 AGOSTO

Por fin a solas con H. Me preguntó si algo iba mal y le dije que no, solamente un poco de dolor de cabeza, que fue exactamente lo peor que se me podía ocurrir porque entonces se empeñó en llevarme a casa.

Sigo pensando que no se muestra tan apasionado como lo hacía un mes atrás, pero también es cierto que estoy tan tensa y nerviosa que ya no sé si es él o soy yo. Estoy segura de que me ama. *No volveré a leer esa historia.*

• • •

20 AGOSTO

Filly se comporta de forma extraña. No le quito la vista de encima, cuando está Hugh... No puedo evitarlo. Creo que debo de estar volviéndome loca.

25 AGOSTO

Casi no he pegado ojo. H. vuelve a estar muy ocupado en la sala de subastas. Intenté hablarle del relato una vez más, pero no pude.

10 SEPTIEMBRE

Día denso y sofocante. H. volvió a quedarse hasta muy tarde jugando al Scrabble. Deseé que Filly se acostara pero no lo hizo, aunque yo apenas podía mantener los ojos abiertos: seguimos jugando sin parar hasta que H. se dio cuenta de que había perdido el último metro. Dijo que no me molestara en hacerle la cama de la habitación de invitados, que dormiría en el sofá de la biblioteca. Quise bajar con él, pero me dio las buenas noches en el rellano delante de Filly.

Para entonces yo estaba demasiado furiosa para conciliar el sueño. Me pasé horas dando vueltas hasta que me rendí y me acerqué hasta la ventana, para contemplar la luna. Y pensé: bajaré a la biblioteca y lo haré con él.

La puerta del cuarto de Filly estaba cerrada, y en la casa reinaba un silencio sepulcral. Hasta que llegué al descansillo que hay frente al estudio y oí el ruido. Una mezcla de gemidos y crujidos. Procedentes del techo.

Subí de puntillas las escaleras del desván y ahí estaban, en la antigua cama de Lettie, en cueros bajo la luz de la luna. Él estaba tumbado sobre el colchón con la cabeza colgando sobre los pies de la cama. Ella cabalgaba sobre él como si fuera un jinete, a horcajadas y con las manos apoyadas en sus hombros, azotándole la cara con el pelo. No pude moverme y no pude apartar la vista. Entonces todo el cuerpo de F. se arqueó y estremeció, echó la cabeza hacia atrás y me miró directamente a los ojos.

(El resto de esta página, así como todas las páginas restantes del diario, han sido arrancadas.)

Leí el diario a la luz de la linterna, sentado en la cama de Anne, sin dejar de ver el desvaído traje blanco de tenis por el rabillo del ojo. No podía asociar a la madre que conocí con la mujer del desván, y sin embargo la escena final me dejó con la dantesca sensación de haber presenciado mi propia concepción. También guardaba un inquietante parecido con una de las fantasías que Alice y yo habíamos compartido. Me quedé mirando la página rota, hasta que un leve rumor que procedía de algún lugar sobre mi cabeza me erizó el pelo de la nuca.

Abajo, al amparo de la relativa seguridad de la biblioteca, volví a leerlo sentado en el sillón que había junto a los cuatro ventanales. La verdad es que lo había sabido desde que recibí la carta de la señorita Hamish. ¿Por qué si no iba a reaccionar tía Iris de ese modo tan violento contra Phyllis? (Ya no quería pensar en ella como «mi madre» nunca más.)

Phyllis había encontrado el diario; con toda probabilidad había ido leyéndolo a medida que su hermana lo escribía. «Filly se porta de forma extraña.» Comprendí lo que había sucedido, lo vi tan claro como el final de una partida de ajedrez, con Phyllis siempre uno, no, dos movimientos por delante... *Uno se hizo realidad,* ciertamente. Lo que seguía a la traición había desaparecido junto con las páginas rotas. Pero, ¿por qué habría devuelto Phyllis el resto del diario a su lugar después de hacer a Anne... lo que fuera que le hubiera hecho? No tenía ningún sentido. Al fin y al cabo, se había llevado *El aparecido.*

Y había algo más... algo que no encajaba. Saqué la carta de la señorita Hamish para cotejar las fechas. A mediados de septiembre, Anne le había escrito que el compromiso había sido cancelado. Pero la «terrible disputa» entre Phyllis e Iris no había tenido lugar hasta al menos dos semanas después. Anne no especificaba en la carta *por qué* había roto con Hugh Montfort. Iris había cambiado el testamento y había muerto días después de saber la verdad. Y Anne había sido vista viva por última vez el 26 de octubre, en la oficina del señor Pitt.

La señorita Hamish. El diario no hacía la menor mención de la señorita Hamish.

¿Cómo podía ser? A menos que Anne no la considerara tan íntima como creía su amiga... Pero no: Anne le había legado su fortuna. Durante unos momentos de confusión jugué con la idea de que la señorita Hamish y Phyllis conspiraran para asesinar a Anne, pero era una idiotez. Todos los detalles de la carta encajaban exactamente con mis propios descubrimientos, y con el diario de Anne, incluyendo al señor Pitt, el abogado. Y la policía habría investigado a Abigal Hamish, siendo como era la única beneficiaria, y concienzudamente, seguro.

No: la única respuesta posible era que Anne no había incluido esta amistad, y presumiblemente tampoco otros aspectos de su vida, en el diario. Era raro, de todos modos. Eché la espalda hacia atrás, apoyándola en el respaldo del sillón, contemplando la galería donde se me había aparecido en sueños la mujer del velo.

Una mujer vestida con un traje verde oscuro. *Greensleeves*. Mangas verdes.

Un escalofrío me recorrió la espalda. *Claro* que había sido un sueño. Yo no creía en fantasmas... ¿o sí? No más de lo que creía en mensajes enviados desde el más allá. Miré la montaña de papel que había encima de la mesa. Algo había cambiado en la plancheta.

El crujido del roce de la silla se convirtió en una nota alta y aguda cuando me levanté de ella. Ahí estaba mi pregunta:

¿QUÉ LE PASÓ A ANNE?

Pero la plancheta se había movido. En una letra fina y angulosa había aparecido la respuesta:

Filly me mató

De: ghfreeman@hotmail.com
Para: Alice.Jessell@hotmail.com
Asunto: Ninguno
Fecha: Miércoles 11 de agosto de 1999 19:48:21 +0100 (BST)

... después llamé al despacho del señor Grierstone y pregunté si alguna brigada de limpieza o la patrulla de seguridad habían entrado en casa la noche anterior, y su secretaria me dijo que no, que nadie más tenía las llaves. La señorita Hamish había insistido mucho en eso. Dijo que el único modo en que alguien pudo entrar era que yo no hubiera cerrado con llave antes de irme, y sé que lo hice.

Lo primero que sentí al ver el mensaje fue ira. Una reacción defensiva, supongo. Alguien está jugando conmigo, pensé, pero sabrá lo que es bueno. Escribí otra pregunta, algo que nadie más podría contestar, pensando: eso demostrará que no eres ningún fantasma. Me pareció perfectamente lógico en ese momento. Pero sabía, aun antes de ir a llamar, que no podía haber sido nadie ajeno a la casa. ¿Quién podía saber que a mi madre la llamaban familiarmente Filly?

Quizás el señor Grierstone lleve una doble vida, y por las noches se escabulle para asustar a sus clientes. Ojalá pudiera creérmelo.

La única posibilidad que queda, la única en la que quiero pensar, es que la escribiera yo mismo, mientras estaba sentado a esa mesa ayer por la tarde, jugueteando con la plancheta. Pero SÉ que no lo hice. Me veo aquí sentado, intentando autoconvencerme de que mi Madre no pudo matar a Anne, y la plancheta no se mueve.

Así que, o me estoy volviendo alguien que sufre 'ausencias', o alteraciones de personalidad, o el fantasma de Anne me está diciendo lo que ya sé por su diario. No sé qué me asusta más. Si fui yo quien escribió el mensaje, ¿qué será lo próximo que haga? ¿Y si es hereditario? ¿La enfermedad, cualquiera que sea? ¿También me convertiré en un asesino?

Sé lo que vas a decirme: que me estoy dejando llevar por mis propios miedos. Ni más ni menos. Lo cierto es que ahora mismo supondría un alivio pensar que lo he escrito yo. Porque no lo hice. Sigo nervioso... como cuando crees ver la sombra de un monstruo acechándote. Tu mente lo niega, pero la piel, la médula, el pelo y la boca del estómago saben que se acerca. En esa casa, todo es posible.

Alice, sé que acordamos esperar, pero ahora necesito de verdad hablar contigo cuanto antes. Nunca me he sentido más solo en toda mi vida. Esta mañana te busqué en el registro, o al menos lo intenté, porque no hallé ningún rastro. No naciste en Inglaterra, ¿por qué has dejado que creyera lo contrario? ¿Y que el accidente ocurrió aquí? Tras el impacto que ha supuesto la pérdida de Staplefield, y el descubrimiento de que toda mi infancia no era más que una mentira (en realidad es la infancia de mi madre la que es un engaño, pero parece que también sea la mía), y ahora esto: debes comprender por qué tengo que oír tu voz ahora, no 'muy pronto', sino ahora.

Esperaré una hora a ver si lees esto antes de llamar al hospital...

De: Alice.Jessell@hotmail,com
Para: ghfreeman@hotmail.com
Asunto: Ninguno
Fecha: Miércoles 11 agosto 1999 20:29:53 +0100 (BST)

No te he dicho nada porque quería que fuera una sorpresa, pero ya he salido del hospital. Estoy en la última fase de fisioterapia, en una clínica de St John's Wood, y estaré contigo en tres días, tal vez antes. No hay nada que desee más en este mundo que coger el teléfono y expresarte todos mis sentimientos. Pero podríamos lamentarlo más tarde. No debemos empezar de forma convencional: hola, cómo te va, qué ganas tenía de hablar contigo. Pienso en ti como en mi caballero andante, enfrentándose a su última misión.

Y es una misión terrible, pero no debes perder la esperanza. Me refiero a tu madre. Creo que debiste de caer en alguna especie de trance y escribiste ese mensaje, pero tampoco tiene por qué ser una cuestión de tú o Anne. Creo que Anne intentaba comunicarse a través de ti, sólo que los temores que te rondaban por la mente se apoderaron del lápiz. Las casas, sobre todo las antiguas, contienen las impresiones de la gente que ha vivido en ellas... Y tú estás en la misma onda que Anne.

Pronto estaremos juntos

Tu amante invisible

Alice

Tan pronto como hube terminado de leer el mensaje de Alice, tomé el ascensor hasta el vestíbulo y me uní a la multitud que avanzaba al oeste por Euston Road hacia los últimos instantes de la puesta de sol. El hedor y el rugido del tráfico resultaban reconfortantes: al menos me hacían dejar de pensar. Justo al lado de Tottenham Court Road encontré una calle llena de restaurantes. Escogí el más bullicioso, comí algo que tenía un sabor vagamente oriental y me bebí una botella de vino tinto, malo pero caro: denso, metálico y con un fuerte poso. De regreso al hotel me detuve en una licorería y compré una botella de whisky.

Desperté a las diez de la mañana siguiente con un dolor de cabeza sordo y palpitante, que me acompañó por Kingsway hasta Somerset House, donde pretendía consultar el testamento de Iris, sólo para recibir la información de que los testamentos ya no se guardaban allí. Me enviaron de vuelta a First Avenue House, un edificio moderno y sin carácter con un control de seguridad estilo aeropuerto, situado en High Holborn. Había sólo dos personas más en el registro, y tardé tres minutos en establecer, en los certificados de sucesiones, que la fortuna de Viola había sido valorada en 12.989 libras; la de Iris, quien había muerto el 6 de octubre de 1949, en 9.135. Solicité copias de ambos testamentos, me dijeron que debería esperar una hora, y volví a los registros.

George Rupert Hatherley, mi abuelo, murió intestado en el Prince Albert Hospital de Brighton el 13 de agosto de 1929, dejando efectos por valor de 724,13 libras. El marido de Viola, Alfred George Hatherley, no murió en Ferrier's Close sino en Ennismore Gardens Knightbride, número 44, el 7 de diciembre de 1921, legando menos de seiscientas libras. De manera que era de suponer que Viola había heredado el dinero, así como Ferrier's Close, de su propia familia. Me dije entonces que también podía buscar a partir de 1949, sólo para asegurarme de que Anne Hatherley no hubiera muerto sin que la señorita Hamish lo supiera; había llegado hasta 1990 antes de recordar que, como albacea de Anne, la señorita Hamish no podía haberlo ignorado. Era obvio que se imponía un descanso para un café.

Las copias llegaron justo cuando me iba. Viola había redactado su último testamento el 10 de agosto de 1938, dejándoselo todo a Iris con la condición de que, en caso de que Iris muriera antes de que se validara el testamento, la fortuna debía dividirse a partes iguales entre «mis nietas Anne Victoria y Phyllis May Hatherley, ambas residentes en Ferrier's Close, Hampstead, condado de Londres». Su albacea era «Edward Nichol Pitt, abogado con despacho en Whetstone Park, 18». La última voluntad de Iris, firmada el 4 de octubre de 1949, dos días antes de su muerte, era aún más simple. Legaba todas sus posesiones a «mi querida sobrina Anne Victoria Hatherley».

Pitt el Viejo era de nuevo el albacea; el nombre de Phyllis ni siquiera se mencionaba.

Rodeado de gente que gritaba por los teléfonos móviles, por encima del estruendo de tazas y el zumbido de la máquina de café, mientras fuera los coches circulaban por High Holborn a la velocidad de kamikazes, me sentí casi seguro de no creer en mensajes paranormales. Claro que había escrito esas palabras yo mismo. Si al menos *recordara* haberlo hecho, podría dejar de preocuparme más sobre personalidades alteradas o tiempos muertos. O fantasmas. Cogí el bolígrafo y apoyé el extremo en una página en blanco del cuaderno, esforzándome por recordar el momento. Pero el recuerdo no llegó, y en su lugar me puse a pensar en Alice.

Un rato después caí en la cuenta de que había estado trazando garabatos. Sobre una A mayúscula había dibujado un cerdito con alas, una sonrisa imbécil y un halo.

Eso demostraba, al menos, que bien podría haber escrito yo mismo el mensaje.

A las siete de aquella tarde estaba sentado en la amplia terraza de una cervecería a los pies de Downshire Hill. El sol vespertino acariciaba la hierba. Todavía quedaban varias horas de luz.

Desde Holborn había regresado despacio por Southampton Road, con la intención de parar en la nueva Biblioteca Británica e intentar encontrar algún otro relato de Viola. En su lugar había optado por volver directamente al hotel y dormir hasta las cinco y media. La jaqueca se había esfumado cuando desperté, pero el nudo en la boca del estómago seguía allí. Hambre, me dije. Una buena comida lo arreglará todo.

Sin embargo, a pesar del asado de cordero, la cerveza y el rumor de cientos de conversaciones, el nudo se había negado a deshacerse.

Pienso en ti como en mi caballero andante, enfrentándose con su última misión. En un par de días podría estar sentado junto a Alice. *Confía en mí*. Intenté imaginarla, con el vestido blanco bordado de florecillas violeta, el cabello espeso y cobrizo en un recogido flojo, sonriéndome desde la silla de enfrente. Me había dicho que se pondría ese vestido el día que nos conociéramos; todavía le iba bien. *Alice es tan hermosa, todos la queremos*. Parvati Naidu, la enfermera de guardia de Finchley Road, lo había dicho. Me había olvidado de Parvati durante mi último ataque de dudas. Debería aprender a ser más confiado.

¿Y de qué hablaríamos, sentados en la terraza, viendo cómo se ponía el sol? ¿De si Phyllis había asesinado a su hermana además de haberse acostado con su prometido? Yo amaba a Alice por su empeño en defender a mi madre a capa y espada, pero no podía mostrarme de acuerdo con ella. Tomando como prueba el diario, Phyllis May Hatherley era culpable hasta que se demostrara su inocencia. Y para probar una cosa u otra tenía que averiguar qué había sido de Anne.

Me encontré en pie y caminando por East Heath Road. Las sombras se habían alargado notablemente; el sol sólo asomaba por encima de las copas de los árboles de Rosslyn Hill. Lo único que debía hacer aquella tarde era revisar la biblioteca y confirmar que la plancheta seguía estando en el mismo lugar donde yo la había dejado, bajo la pregunta que había escrito antes de irme en un momento de nervioso desafío: si eres tan listo, responde *esto*. Para asegurarme de que nadie entraba a hurtadillas en la casa durante la noche, había cogido un carrete de hilo negro de un costurero que había arriba, atado un trozo a lo ancho del vestíbulo a unos pasos de la puerta de entrada, y otro a medio camino del sendero que llevaba hasta la verja. No le había dicho nada a Alice.

Tomé el camino que pasaba junto a los estanques de Hampstead, ahora lleno de nadadores, y crucé el Heath hacia el extremo oriental del Vale; el sendero que había recorrido aquel día invernal trece años atrás. Medio Hampstead parecía estar en la calle, paseando, a pie o en bicicleta. Mi madre y Anne, e Iris y Viola, habían pasado por este camino cientos de veces: todos esos abrigos y bufandas, botas e impermeables de la puerta principal así lo indicaban. Para ellas había sido una vista habitual. Anne debía de haber tenido amigos; había vivido toda su vida aquí. La vida que no aparecía consignada en el diario. Aparte de la señorita Hamish, no tenía ningún otro nombre al que recurrir.

Excepto Hugh Montfort. Había estado tan preocupado por mi madre y Anne que apenas le había dedicado un solo pensamiento. ¿Habían huido juntos él y Phyllis? ¿La policía habría intentado interrogarle? De hecho, todavía podía estar vivo: sólo tendría poco más de setenta años. Seguro que merecía la pena buscar su rastro, ya fuera a través de los registros públicos —y ni siquiera había echado un vistazo al listín telefónico—, o a través de otro anuncio en *The Times*.

Mientras me acercaba al estanque que se extiende entre el Vale y el Heath, seguí intentando identificar Ferrier's Close. Había varias candidatas posibles ocultas tras densos macizos de árboles en una elevación a mi izquierda, pero la geografía del Vale era tan engañosa que ni siquiera tenía la seguridad de estar mirando en la dirección correcta. Cuando volví a Mawson había ojeado una completa historia de Hampstead y el Heath: en 1870, el Vale of Health había sido una escandalosa zona de diversión con su propio palacio de la ginebra; antes de eso, la zona estaba ocupada en su mayor parte por casitas de campo y un puñado de mansiones, entre las que debía de hallarse Ferrier's Close. Me pregunté qué debió de sentir el tío soltero por el palacio de la ginebra.

Ahora la degradación había triunfado: el único resto de comercio era el terreno situado en el borde este del Vale, una incongruente extensión de terreno baldío atestado de viejas caravanas, coches abandonados, pilas de maderos y piedras rotas, oxidadas piezas de maquinaria.

Una ráfaga de viento elevó el polvo por el patio. La última vez que lo vi, no era polvo sino barro. Húmedo y goteante, como había dicho la señorita Hamish, el rincón más sombrío del Heath.

Algo en la nube de polvo, o quizás un serbal que había en el extremo más alejado del patio, lleno de bayas rojas, me recordó a Mawson, a cuando me senté con mi madre en el jardín trasero la mañana de mi retorno. Ella estaba tan alegre, tan *aliviada* de verme en casa sano y salvo. Consumido por mi pesimismo y mi autocompasión, no le había hecho demasiado caso. Y entonces, en cuanto mencioné el Vale, ella había empezado a sufrir un sudor frío. *Te podría haber sucedido cualquier cosa. Podrían haberte matado.* Nadie podía fingir una reacción como ésa. De vez en cuando debió de cometerse algún asesinato en el Heath; quizá, de niña, le habían advertido que nunca debía deambular sola. *Tenía que mantenerte a salvo.*

Mientras tanto el sol se hundía bajo los árboles del horizonte, y pensé que era mejor seguir.

En la penumbra que envolvía el sendero tuve que usar la linterna para localizar el primer trozo de hilo negro. Estaba intacto, exactamente donde lo había dejado, a la altura de la rodilla. Además de la linterna y las cerillas llevaba conmigo la botella de whisky, y en un nuevo intento de aflojar el nudo que tenía en el estómago di un par de tragos antes de sacar las llaves.

El hilo del vestíbulo también seguía incólume. Pero no estaba de más revisar la puerta trasera antes de entrar en la biblioteca. Linterna en mano, aunque todavía había mucha luz procedente de la escalera, giré a la izquierda en dirección al estudio. Sobre mi cabeza, el cristal despedía destellos de oro y carmesí, dibujando débiles brillos en los bultos de sillas y sofás, y en los desvaídos rectángulos de las paredes donde antaño colgaron los cuadros. Una vez más me esforcé por no hacer ni el menor ruido al andar. Crujió una de las tablas del suelo. El whisky osciló en la botella. Tragué otro sorbo de Braveheart, dejé la botella con mi bolsa de provisiones en la mesa del comedor y proseguí hacia el descansillo trasero y la puerta del patio. Que de nuevo estaba tal y como la había dejado: cerrada a cal y canto.

El aire frío me acarició el cuello. Giré y enfoqué la linterna hacia las escaleras, hasta el suelo de baldosas de la cocina. Era una de las razones por las que había traído la linterna. Allí abajo estaba oscuro a cualquier hora del día. O de la noche. *Pienso en ti como en mi caballero andante.*

La caída de la temperatura era mucho más perceptible a esta hora. Bajé los escalones de piedra con la sensación de sumergirme en un estanque lleno de agua helada e invisible. Paseé el rayo de luz sobre el fogón negro y sobre los estantes de la puerta de enfrente. Un túnel, o pasadizo, de unos tres metros, llegaba hasta una puerta baja de madera. Paredes de áspera piedra, suelo con baldosas. Dos vigas enormes se cruzaban en el techo; sobre las vigas se veían las tablas del piso superior. Con cierta inestabilidad crucé el suelo y alumbré con la linterna una abertura situada a mi izquierda, justo dentro de la entrada. Dos tubos macizos, una caldera, fregonas, cubos, la chimenea en la pared de enfrente. Restos de jabón seco, almidón y metal frío, moho.

Llevé entonces el rayo de luz hacia la puerta al final del túnel. Rocé una viga con el pelo: supuse que debía estar en algún lugar debajo del comedor. El polvo rodaba bajo mis pies; trozos de yeso se desgajaron de la pared cuando me apoyé en ella.

La puerta se parecía mucho a la de la pared delantera: pesados tablones verticales, goznes enormes. Los negros herrajes metálicos se alargaban más allá de la mitad del ancho de la puerta. El arquitrabe era de madera, enrasado con la obra de sillería. El picaporte para cerrarla lo constituía una sólida barra de metal, que obviamente se deslizaba hacia arriba y por encima de una nariz metálica que salía de una de las jambas, y el otro extremo se alojaba en una ranura en la otra jamba, y quedaba fija por un arcaico candado. En el centro de la puerta había un pesado llamador, de metal negro como el resto de los herrajes.

Palpé las llaves en el bolsillo, luego vacilé, sin dejar de mirar por encima del hombro. La última luz del día se desvanecía de los escalones del sótano.

Si el tiempo seguía siendo bueno, el sol apuntaría directamente sobre esos escalones a la mañana siguiente. La puerta podía esperar hasta entonces. Pero dormiría más tranquilo aquella noche si revisaba la plancheta antes. Subí corriendo al comedor a por otro, bueno, a por un par de buenos tragos de Braveheart, y crucé decidido el descansillo en dirección a la biblioteca, llevando conmigo la botella.

El montón de papel de estraza de la mesa estaba exactamente como lo había dejado. Ahí estaba mi pregunta:

Pero la plancheta ya no estaba bajo la Q, e incluso sin la ayuda de la linterna, la respuesta, débil y ampulosa, saltaba a la vista:

Miss Jessel

Seguía en el túnel, intentando encontrar los escalones del sótano, pero no podía ver adónde me dirigía porque alguien me enfocaba una luz a los ojos. Una luz tan intensa que incliné la cabeza para resguardarme de ella. Alguien gritaba... no, más bien susurraba, mi nombre.

Estaba tumbado en el sofá bajo las ventanas de la biblioteca con la luna llena dándome de pleno en los ojos. Y el borroso recuerdo de haber bebido demasiado whisky y demasiado rápido.

—Gerard.

Un susurro lento e insinuante, que pronunciaba por separado las dos sílabas de mi nombre. Parecía flotar en el aire, por encima de mi cabeza. La luz de la luna era dolorosamente brillante: el resto estaba a oscuras.

—*Ge-rard.*

Levanté un poco la cabeza, intentando localizar el sonido. Un espasmo de dolor penetró por mi frente; la luna se agitó y se ocultó.

—Cierra los ojos, Gerard. Estás soñando.

Ya había tenido sueños en los que soñaba que despertaba, pero nunca habían sido tan reales como éste. Tenía la garganta seca; la lengua hinchada y abotagada.

—Si estuviera en tu lugar no intentaría huir. Estás soñando; no sabes qué podrías encontrar.

La voz procedía de la galería.

—¿Quién eres? —La pregunta salió como un relincho; no había tenido intención de hablar.

—Ya sabes quién soy —íntima, aterciopelada—, pero si quieres puedes llamarme Alice.

Debo despertar. Debo despertar. Oí un grito que sonó parecido a «¿Alice?» y me di cuenta de que lo había proferido yo.

—Lo sé todo de ti, Gerard. Estás soñando, recuérdalo; estoy dentro de tu cabeza. Más cerca que tu corazón podrías decir.

Otro sonido incoherente.

—¿Por qué no me preguntas algo? Estoy muerta, ya lo sabes. Los muertos lo sabemos todo.

Esto es una alucinación terrible. Debo despertarme.

—¿No te gustaría preguntarme por Anne? —sugirió aquella voz susurrante—. Anoche te dejó un mensaje. Está muerta, por supuesto, pero eso ya lo sabes. Has visto los arañazos del armario.

—¿*Quién eres?*

—Quieres saberlo, ¿verdad? Podrías ser tú.

—¿Yo?

—Eso está muy bien, Gerard. Podría ser tú. O Hugh. Podría ser Hugh Montfort.

El susurro enfatizó las dos últimas sílabas. No se oía respiración alguna, sólo esas palabras suaves e insinuantes que flotaban en la penumbra.

—Todos estamos muertos, ya lo ves. Filly nos fue matando a todos, uno por uno. También a Hugh. Mató a Hugh, Gerard, aunque tú aún no lo sabes. Y pronto, muy pronto, estaremos juntos para siempre.

»Ahora vuelve a dormirte, Gerard. Que tengas dulces sueños.

La luna seguía brillando a través de mis párpados. Una sombra me rozó la cara. Me incorporé de un salto con un chillido que resonó por toda la biblioteca y languideció hasta convertirse en un mero goteo en algún lugar cercano al sofá. Había perdido el control de la vejiga.

La sombra la había provocado el marco de la ventana. Lentamente, la biblioteca empezó a materializarse en torno a la pequeña zona que todavía iluminaba la brillante luna. Trastabillando, fui desde el sofá hasta la mesa y encendí la linterna.

En la galería no había nadie.

Seguir el tembloroso haz de luz que surcaba la oscuridad en dirección a la puerta principal, con un centenar de ojos malévolos recorriendo mi espina dorsal, fue casi tan pavoroso como escuchar la voz en la oscuridad. Recorrí todo el camino hasta el hotel, pasando por Camden, y llegué a las tres de la madrugada, oliendo a borracho incontinente, pero con la mente fría y temblando en mi sobriedad. Incluso el dolor de cabeza había desaparecido. Me duché, me preparé una taza de té y me senté junto a la ventana, contemplando las luces amarillas que se alineaban por la desoladora extensión de Euston Road.

Había estado despierto cuando escuché la voz. No tenía sentido fingir lo contrario. Y nadie más podía haber entrado en la casa; ni siquiera, para dejarme llevar por la paranoia durante un momento, Alice. No tenía llaves, y no le había dicho nada del hilo negro.

O mi mente se deterioraba, o había oído la voz de un fantasma de verdad. Aunque, si lo pensabas bien, tampoco había mucha diferencia entre ambas opciones. La voz formaba parte de mí; lo había dicho ella misma, lo sabía todo sobre mí. Sabía lo de Alice, sabía lo de Filly. Era la encarnación —o la liberación— de todos mis temores, una pesadilla hecha realidad, flotando por la casa.

No sabes lo que podrías encontrar. La mujer del velo de la galería: también entonces había estado despierto.

Cuando empezamos a escribirnos, Alice a menudo decía que sus padres la observaban, que se le aparecían en sueños, no sólo como recuerdos sino como seres de carne y hueso. Ella creía que todas las emociones dejaban algún rastro en el mundo material. Los fantasmas surgían donde se concentraban aquellos rastros, pero sólo ciertas personas lograban percibirlos, y únicamente cuando se hallaban solas y tranquilas.

Fantasmas o alucinaciones... ¿Qué más daba cómo los llamaras? El susurro había *empezado* en mi cabeza, sin ninguna duda. Llevaba acechándome allí desde casi toda mi vida, desde aquella calurosa tarde de enero en que vi por primera vez la fotografía y Madre dejó de hablar de Staplefield. Y ahora había salido de mi cabeza para hablarme desde la galería, y yo casi me muero de miedo, y no había límite a lo que podía suceder, o con lo que podía encontrarme, si volvía solo a Ferrier's Close.

Un coche de policía avanzaba hacia el oeste, sin sirena, con las luces rojas y azules centelleando con furia.

Hasta el momento las... manifestaciones sólo aparecían en los confines de la casa, pero si surgía algo realmente monstruoso, ¿cómo podía estar seguro de que no cruzaría el umbral? ¿O no entraría en esta habitación de hotel provocando que saltara por la ventana antes que tener que plantarle cara?

Y suponiendo que Alice hubiese entrado en esa casa conmigo, ¿oiría ella lo que oía yo, vería lo mismo que veían mis ojos? Tal vez yo creyera que la estaba salvando de alguna criatura dantesca cuando lo que hacía era estrangularla. Todas las dudas y sospechas que albergaba sobre Alice podían ser síntomas de una incipiente locura.

Recordé la historia de la cama de acero que corría por el dormitorio vacío, el impactante choque cuando golpeó la pared. La imagen seguía tan viva como si la hubiera visto con mis propios ojos. Si una habitación de adolescentes perturbados podía generar tanta energía psíquica, ¿por qué un individuo de treinta y cinco años medio demente no podía provocar que una plancheta se moviera sola, mientras él se hallaba en cualquier otro lugar de la casa? ¿Incluso en las habitaciones del piso de arriba? Eso me gustaba menos que las voces susurrantes que escapaban de mi cabeza.

¿Cómo podía estar seguro de que Alice no corría peligro a mi lado?

Filly nos fue matando a todos, uno por uno. También a Hugh. Filly mató a Hugh, Gerard, aunque tú aún no lo sabes. ¿O había dicho: «También a ti»?

Los muertos lo sabemos todo. No: ésos eran mis propios miedos desbocados, no las palabras de un fantasma omnisciente, y para demostrarlo, quizás incluso para salvar mi cordura, tendría que probar que la voz se equivocaba. Buscar esta mañana algún rastro de Hugh Montfort en el Registro de Familia, además de proseguir con las investigaciones que había decidido llevar a cabo sobre él. Renovar el permiso de lector y buscar en la hemeroteca de la nueva Biblioteca Británica cualquier mención existente en *The Times* de Anne Hatherly o Hugh Montfort. Revisar las listas de personas desaparecidas. Poner fin a las especulaciones.

Otro coche de policía pasó rugiendo, camino de King's Cross.

La policía había registrado la casa, la propia señorita Hamish lo había dicho. Me sabía su carta casi de memoria, pero la saqué de todos modos para releer las palabras exactas. «No hallaron nada raro, y llegaron a la conclusión de que Anne había hecho las maletas, había cerrado la casa y se había ido.»

Me pregunté si habrían abierto el candado de la puerta del sótano.

Permanecí despierto hasta el anochecer escribiéndole a Alice, contándole tan fríamente como pude lo que había sucedido desde mi último mensaje, y lo que temía que ocurría en mi mente. Encontrarnos en la casa, dije por fin, sería una mala idea; iría donde ella quisiera, excepto a Ferrier's Close. Me tumbé en la cama, sin esperar dormir, hasta que la alarma del despertador me sacó de un vacío negro y sin imágenes.

Al pasar por los jardines recreativos de Coram's Fields, respirando el olor a gasóleo y hierba cortada, y el polvoriento hedor a granja del zoo en miniatura, se me ocurrió la cuestión de si Alice querría tener hijos ahora que estaba curada. Ninguno de los dos había planteado nunca el tema. Yo estaba seguro de que no lo había hecho, y quizá no debería hacerlo, pero suponiendo que surgiera de ella... ¿qué les diríamos? «¿Tu abuela? Oh, asesinó a su hermana; la policía nunca la atrapó.» No: les mentiría, igual que mi madre me había mentido a mí.

De hecho lo mejor que podía hacerse por todos los implicados —al menos, para los vivos— era bajar por Doughty Street, que ya me quedaba cerca, hasta Gray's Inn, y seguir por Bedford Row para devolver las llaves a la secretaria del señor Grierstone. Ya que todavía no sabía, *con certeza*, que mi madre hubiera matado a Anne. Y, mientras no averiguara nada más, no me hacía falta saberlo. Ya podía volver a creer que el susurro había sido fruto de las pesadillas de un borracho. «Miss Jessel» se borraría de la hoja de papel de estraza de la biblioteca. Podía decirle a la señorita Hamish que había registrado a fondo la casa sin hallar nada.

Sólo tenía que volver una vez más, ya que el diario de Anne seguía sobre la mesa de la biblioteca. Junto con la plancheta, los mensajes, y media botella de Braveheart. Y algo que limpiar en el sofá.

Podía agarrar la hoja de papel de la mesa y arrugarla sin ni siquiera echarle un vistazo. Limpiar, devolver el diario de Anne a su escondite, y llevar las llaves a la oficina sin más dilación. Las persianas estaban abiertas; el fantasma no aparecería a la luz del día. Paré un taxi, cambié de opinión en cuanto subí y dije al chófer que me llevara al Registro de Familia. Primero debía tranquilizar mis temores sobre Hugh Montfort. Mientras bajábamos por Calthorpe Street, caí en la cuenta de que no sabía su segundo apellido, y que tal vez hubiera sido mejor empezar buscando el anuncio del compromiso en *The Times*, pero si no lo encontraba tendría que haber vuelto al registro de todos modos. Además, no se trataba de un nombre muy común... ¿Y por qué diablos buscaba esto ahora? A las cuatro de la madrugada me había parecido necesario probar que la voz susurrante estaba equivocada. Ahora parecía una locura.

El Registro abría sus puertas cuando yo subía las escaleras. Una pequeña multitud ansiosa se desperdigó por las salas, dejándome a solas en la zona de Fallecimientos, 1945-1955. Lo que más deseaba era no encontrar nada.

Nada en la segunda mitad de 1949. Ni en los primeros meses de 1950. Pero en el registro de fallecimientos de octubre a diciembre de 1950 encontré mi propio nombre.

Montfort, Gerard Hugh   Niño   Distrito de Westminster.

Filly nos fue matando a todos uno por uno. A ti también.
Ella te mató, Gerard, aunque tú aún no lo sabes.

Rellené el formulario para pedir la partida de defunción de Gerard Hugh Montfort, niño, con la sensación de estar pidiendo la mía propia. Por correo expreso: 24 libras, y te garantizaban que estaba en tus manos antes de veinticuatro horas: lo tendrían a última hora de la tarde. Después me dirigí a Nacimientos, donde le encontré en el segundo trimestre de 1950, también en el distrito de Westminster.

No había ninguna entrada en Matrimonios correspondiente al enlace entre Phyllis May Hatherly y Hugh Montfort. Ni tampoco rastro alguno de Hugh Montfort en defunciones. Revisé ambos resgistros hasta finales de 1963, el año en que mi madre se casó con Graham John Freeman en Mawson.

Con su nombre de soltera, me dije mientras salía del Registro, recordando con cristalina claridad la sonrisa forzada y ansiosa de mi madre, ya de mediana edad, en la foto de su boda que teníamos sobre la chimenea de Mawson. Y después recordé la foto que había encontrado en el estudio: mi madre, increíblemente joven, con un bebé sobre sus rodillas. Gerard Hugh Montfort, niño. Fallecido.

Escribí a Alice desde un cyber café, contándole mis últimos descubrimientos, con el ánimo de un náufrago que consigna un mensaje en una botella.

Pasé el resto de la tarde en la sección de Humanidades, sala dos, de la Biblioteca Británica, buscando en los microfilmes de *The Times*: primero el anuncio del matrimonio de Anne Hatherley y Hugh Montfort, que no encontré, y después, desde el 1 de octubre de 1950, cualquier mención de Gerard Hugh

Montfort. Niño. Fallecido. Tras veinte minutos comprendí que era una pérdida de tiempo. Volví al 6 de octubre de 1949, el día de la muerte de Iris Hatherley, y empecé a revisar las páginas de noticias locales, buscando cualquier párrafo breve (tenía que ser breve, ya que ni el apellido Hatherley ni Montfort aparecían en el índice de Palmer). Cuando empezó a dolerme el hombro, salí a la galería y me apoyé en la elevada barandilla de mármol, mirando hacia abajo, pensando en lo poco que importaría si saltaba al vacío.

A las 15.30 llamé al Registro de Familias; los certificados no habían llegado, y tendría que esperar hasta el lunes por la mañana. Decidí seguir con la búsqueda durante otra hora —la concentración mecánica al menos me impedía pensar en Gerard Hugh Montfort, niño—, luego comer algo y subir a la casa por última vez. Todavía quedarían muchas horas de luz.

De vuelta en la sala, recordé algo de la carta de la señorita Hamish. Pitt el Viejo —Edward Nichol Pitt, abogado, Whetstone Park 18— había puesto varios anuncios para recabar noticias de Anne. A quien había visto por última vez el 26 de octubre de 1949. No estaría de más saber qué decía el anuncio exactamente. Empezando a finales de noviembre, fui bajando el cursor por las columnas de contactos, día por día. Y en la del 16 de diciembre de 1949 encontré:

> Quienquiera que tenga alguna noticia sobre el paradero de Hugh Ross Montfort, cuya última dirección fue Endsleigh Gardens 44, Londres WC1, sea tan amable de comunicarse con Pitt & Co. Abogados de Whetstone Park 18, Holborn.

El mismo anuncio aparecía dos veces más, en intervalos de dos semanas. Seguí hasta febrero o marzo, esperando descubrir en cualquier momento algún anuncio relativo a Anne. Había alcanzado un buen ritmo de trabajo, recorriendo las columnas a marcha rápida, cinco días por minuto, seis minutos por mes. A finales de junio me paré para comprobar algo en la carta de la señorita Hamish. El señor Pitt estaba nervioso cuando ella fue a verle en febrero de 1950. «Había avisado a la policía, y publicado numerosos anuncios.» Seguro que no habría esperado cuatro meses más. Trabajaba rápido, pero con sumo cuidado, revisando todas las fechas para asegurarme de que no me pasaba nada por alto; sabía que no me había saltado ni un solo anuncio. Seguí igual hasta diciembre, pero no encontré lo que buscaba.

La luz de las flores de la vidriera de colores caía como salpicaduras de sangre sobre el estudio, derramándose desde sillas y sofás hasta el rojo oscuro de la alfombra, en torno a la chimenea, formando tiras alargadas en la pared que llevaba al comedor. Las siete menos diez de otra tarde improbablemente perfecta. Llevé la bolsa con los materiales de limpieza a la biblioteca y puse manos a la obra.

Frotar las manchas del Chesterfield me recordó mis humillaciones infantiles de Mawson, cosas que sucedían mientras dormías, pero que seguían siendo culpa tuya. Me sentía muy raro: algo parecido a la sensación incorpórea que produce un agudo *jet lag*, como si mis partes físicas y emocionales se hubieran separado, pero la mente siguiera perfectamente clara. En ese momento, cuando no meditaba en las desapariciones de Anne y Hugh, se negaba a aceptar que la voz susurrante pudiera haber sido más que una pesadilla.

Hasta el momento me había mantenido alejado de la plancheta: desde donde estaba arrodillado podía ver la mina vertical del lápiz, sobre el borde de la mesa. La visión me provocaba una especie de confusión mental: *sé* que no he escrito esos mensajes; no *pudo* moverse sola; los mensajes aparecieron *aquí*; nadie más pudo haberlos escrito... Todo daba vueltas y vueltas, junto con pensamientos dispersos sobre Alice, y personas desaparecidas, y Staplefield, y Gerard Hugh Montfort, niño, fallecido en el distrito de Westminster. Mi medio hermano, podría decirse, excepto que yo sólo había nacido porque él había muerto. Yo era su fantasma, o él era el mío: no podía decidirlo.

Recogí los productos de limpieza y me quedé de pie, mirando los nichos llenos de miles de libros que apenas había empezado a hojear. Cuando muriera la señorita Hamish, era de suponer que Ferrier's Close iría a parar a manos de algún pariente lejano suyo. La biblioteca sería vendida y su contenido se dispersaría, la casa sería comprada por alguna inmobiliaria o convertida en pisos de lujo. A juzgar por los escaparates de las agencias de compraventa podría alcanzar varios millones de libras.

Ésta podría haber sido mi herencia, dijo una vocecita rebelde. Recordé mi fantasía de tomar el té con la señorita Hamish en la terraza de Staplefield, con el jardín y los prados adyacentes a nuestros pies. Ésa había sido la vista que se apreciaba desde aquí, pensé, contemplando la extensión de terreno seco y desolado que ocupaba el patio y, a lo lejos, la glorieta en ruinas. *Presiento, joven, que eres el legítimo heredero de todo esto...* Había llegado a decir algo parecido en su carta. Sí: «Y ahora, de repente, soy ya una mujer mayor, y debo pensar en mi propio testamento, además de satisfacer mis obligaciones con Hacienda».

Me senté a la mesa —tan lejos como pude de la plancheta— y releí, de nuevo, el relato de su visita a Pitt el Viejo en febrero de 1950. Para entonces él ya había insertado varios anuncios pidiendo noticias de Hugh. Anne había sido vista por última vez en su despacho el 26 de octubre de 1949. ¿Cómo era posible que la señorita Hamish ignorara que Hugh también había desaparecido, casi en la misma época? Las desapariciones *debían* estar conectadas; la policía habría trabajado sobre esa hipótesis.

«Phyllis nunca aceptará ni un penique que provenga de mí», había dicho Anne. No por ira, sino de un modo «desafiante». Como si hubiera intentado en vano convencer a Phyllis. Una muestra de generosidad extrema, sobre todo si ya sabía que Phyllis estaba embarazada de Hugh. Lo que bien podía explicar la ausencia de éste, huyendo de sus responsabilidades. Tal vez incluso fue Phyllis quien pidió al señor Pitt que pusiera esos anuncios; al fin y al cabo, era el abogado de la familia. Pero, de nuevo, era imposible que la señorita Hamish no estuviera al corriente de ello.

Y si Anne creía que Phyllis debía recibir su parte pese a todo, ¿por qué no legárselo y dejar que el tiempo decidiera? Dejar toda su fortuna a una extraña, aunque se tratara de «mi queridísima amiga, de toda confianza, Abigail Valerie Hamish» era una decisión colosal para una chica de veintiún años. Quizás Anne se resistiera a admitir, incluso a sí misma, que *no* había perdonado a Phyllis.

Nada en la carta de la señorita Hamish sugería confusión o problemas de memoria.

Excepto que su nombre no aparecía ni una sola vez en el diario de Anne. Y, según el relato de la propia señorita Hamish, Anne había enviado sólo tres notas breves a su mejor y más querida amiga en esas últimas y cruciales semanas de su vida. ¿Por qué no le había escrito, aunque fuera sólo para decirle: «Querida Abby, voy a dejártelo todo?». Casi seguro que el abogado le había preguntado: «¿Cómo puede estar segura de que esta mujer aceptará el legado? ¿Qué pasa si no es así? ¿Quién heredaría si Abigail Hamish muere antes que usted?»

«Mi queridísima amiga, de toda confianza, Abigail Valerie Hamish.» Compartían las mismas iniciales. Abigail Valerie Hamish. Anne Victoria Hatherley. Claro que por eso se habían conocido. Aquella maestra de mente alfabética que amaba el orden sobre todas las cosas.

Tenía un lápiz en la mano mientras leía, como suelo hacer cuando necesito concentración. Me di cuenta de que había estado garabateando variaciones de los dos nombres, al pie de la carta de la señorita Hamish. AVH ANNE VICTORIA HATHERLEY ABIGAIL VALERIE HAMISH MISS A V HATHERLEY MISS A V HAMISH

El último juego de letras se reordenó de repente formando

MISS HAVISHAM

Casi dejo escapar una carcajada. Grandes esperanzas, de verdad. ¿Un legado de dos millones cortesía de la señorita Hamish-Havisham? Este mensaje te viene directo del subconsciente.

¿Como Miss Jessel? ¿Y el susurro de la galería?

Eso fue un sueño.

¿Pero cómo podía conocer la voz susurrante de mi sueño la existencia de Gerard Hugh Montfort, niño? La pregunta me paralizó de sorpresa.

Coincidencia. La entrada del registro daba sentido al sueño, no al revés.

Has visto los arañazos del armario. Ya lo sabes todo, había murmurado la voz. Pero no era así. Levanté la vista en dirección a la galería. Aunque en el exterior todavía brillaba el sol, las sombras se arremolinaban en los estantes.

Existía otra posibilidad. Al margen de esa elección entre fantasmas y alucinaciones. Miss Havisham. La señorita Hamish. Ridículo, por supuesto. Pero al menos ridículo de un modo racional, a diferencia de los subconscientes que escribían mensajes en pedazos de papel de estraza.

Sólo por desarrollar el argumento: ella podía haber mentido en relación con la embolia. Tenía acceso a las llaves. Conocía la casa. Podía haber visto el hilo negro. Y, como única beneficiaria del testamento de Anne Hatherley, tenía incluso motivos para asesinarla.

Ridículo de todos modos. Dejando a un lado otras consideraciones, ella podría haber declarado muerta a Anne después de siete años, tomado posesión de la herencia y haberse trasladado a Ferrier's Close, o venderla.

A menos que temiera que el proceso pusiera en marcha otra investigación sobre la desaparición de Anne. Amén de un registro más concienzudo de la casa y sus alrededores.

Que la señorita Hamish había mantenido desocupada y descuidada durante cincuenta años.

Era absurdo, porque si la señorita Hamish hubiera matado a Anne, nunca habría contestado a mi anuncio. Y menos aún me habría dado llaves de la casa. Además, la señorita Hamish no podía haber respondido a mi segunda pregunta, o susurrado esas palabras desde la galería, porque yo no le había mencionado nunca a Alice. Así que no sólo era ridículo, sino imposible.

A menos que Miss Jessel y Miss Havisham hubieran unido sus fuerzas.

Alice es tan hermosa, todos la queremos.

Me hundía en una paranoia letal. Era hora de irse. Cogí el diario de Anne, evitando de nuevo poner los ojos sobre la plancheta que estaba al otro lado de la mesa, y me dirigí a la escalera principal.

Aunque el crepúsculo se filtraba entre los árboles y penetraba por las ventanas superiores, no podía evitar ir mirando por encima del hombro cada vez que crujía una de las tablas del suelo. Cuando me acercaba al descansillo del segundo piso, me di cuenta de que ni siquiera recordaba qué hacía allí. Pero si giraba ahora, perdería todo mi valor; y todavía tenía que cerrar las persianas del piso de abajo y cruzar toda la casa a la luz de la linterna. Con la firme resolución de no andar de puntillas, ni correr, dejé el descansillo y entré en la habitación de Anne.

Un haz de luz caía sobre el suelo. El armario empotrado seguía abierto. Guardé el diario, devolví el panel a su lugar y cerré la puerta con firmeza. Al hacerlo, el altillo que estaba encima de la cabecera de la cama se abrió de golpe.

Has visto los arañazos en el armario. Pero el suelo carecía de marca alguna, y por un instante de desorientación creí que simplemente los había imaginado. Entonces recordé que las marcas estaban en el lado de mi madre.

De repente tuve la visión de una monstruosa criatura oculta, acechando en la oscuridad, cayendo sobre la cama de Anne. Pero el panel lateral que separaba ambos altillos era totalmente sólido, al igual que el sector de pared que formaba la parte trasera del altillo en el cuarto de Phyllis. Y los bajos del altillo estaban firmemente clavados al marco inferior; intenté desenroscar un tornillo con una moneda para asegurarme. La cavidad inferior, que se hallaba directamente entre las dos camas, no parecía ser accesible desde ninguno de los dos lados del tabique. No había paneles sueltos, y carecía de puerta.

Sólo un portalámpara eléctrico deslustrado, aún conectado a la lámpara de la mesita de noche. Advertí que la lámpara no tenía interruptor propio: para encenderla tenías que estirar el brazo hasta la toma de corriente.

Pienso en ti como en mi caballero andante, enfrentándose con su última misión. ¿Qué pensaría Alice de mí si no resolvía esto? La pregunta, que había logrado evadir hasta ese momento, me impulsó a lo largo del pasillo hasta llegar a la habitación de mi madre, que estaba mucho más oscura ya que la ventana daba al norte.

De nuevo enfoqué la linterna sobre las profundas grietas del suelo del altillo. Demasiado rectas para tratarse de garras, seguro: era más como si hubieran metido en su interior algo demasiado pesado. También advertí que las cabezas de los tornillos clavados al suelo estaban anuladas.

Debe de haber sido durante la instalación de los cables de electricidad, me dije, algún electricista de hace años reparando algo. La lámpara de la mesita y el portalámpara eran idénticos a los del cuarto de al lado, pero allí parecía haber mucha más longitud de cable. Agachado junto a la cama, saqué un nudo polvoriento. El cable del interruptor llegaba a un viejo empalme doble: desde allí, un extremo iba hacia la lámpara de la mesita. La parte superior de la bombilla estaba negra; extremos de filamento roto centellearon a la luz de la linterna.

El otro extremo se perdía por un agujero del panel justo bajo el borde del cabezal.

Está muerta, claro, pero eso ya lo sabes. Intenté meter la moneda en uno de los tornillos del suelo del armario y noté cómo giraba. Demasiado asustado incluso para mirar por encima del hombro, quité un segundo tornillo, y luego un tercero, tiré del borde del panel y el resto salió disparado. Oscuridad y polvo flotante, y entonces, bajo el rayo de luz, un extraordinario aparato. Un tubo de cristal en forma de bulbo de unos treinta centímetros de largo, envuelto en telarañas, parecía estar flotando en un vacío negro. Entonces vi que estaba suspendido sobre una base de madera por un conjunto de finas varillas y abrazaderas. El tubo tenía protuberancias en forma de pezones en ambos extremos, y una tercera que salía de uno de los lados, las tres atravesadas por varillas de plata y soldadas a algo que parecían electrodos, pequeñas secciones cóncavas de metal plateado. Cables aislantes conectaban el tubo a un imponente cilindro negro montado en la base de madera.

Yo había visto algo parecido en una foto, y hacía muy poco. Aquí, en la biblioteca de abajo, en el libro sobre mártires de la radiación, que daba la sensación que alguien lo hubiera dejado caer en una bañera. Sólo le eché un vistazo mientras lo hojeaba: el tubo de cristal verticalmente clavado a una base, el cilindro negro en una banqueta cercana, escoltado por dos barbudos caballeros victorianos.

«La máquina infernal de Alfred.»

«La usé en una *novella*»... es decir, *El aparecido*: el tubo de cristal que Cordelia rompía en el estudio cuando desenvolvía el vestido verde. El vestido con que Imogen de Vere posaba para el retrato de Henry St Clair.

Por fin comprendí cómo mi madre había asesinado a su hermana sin atraer la menor sospecha. Sin quererlo, Viola había diseñado el plan para el crimen perfecto, y Phyllis lo había ejecutado despiadadamente. Anne había muerto sin saber quién, o qué, había acabado con su vida.

Tres minutos después estaba de vuelta en la biblioteca con la carta de Viola en las manos, contemplando la foto de la primera placa de rayos X de la historia: el esqueleto de una mano envuelto en carne fantasmal, la marca negra de un anillo de boda dibujada en torno al dedo. Era la mano de Anna Röntgen, esposa de Wilhelm Conrad von Röntgen, descubridor de los rayos Röntgen, como fueron bautizados en diciembre de 1895. La máquina recibía el nombre de fluoroscopio; el tubo que generaba los rayos fue bautizado en honor de quien la inventó, sir William Crookes. Como otros científicos victorianos, Crookes había dividido sus esfuerzos entre la ciencia y las sesiones espiritistas, sobre todo las que conducía una atractiva y joven médium llamada Florence Cook.

En la primavera de 1896 miles de personas habían hecho cola en las exhibiciones que recorrieron Estados Unidos y Europa para colocar las manos, e incluso la cabeza, en primitivas máquinas de rayos X, y ver el cráneo que subyacía bajo la piel. Miles de fluoroscopios se habían vendido en ese primer año: los compradores era médicos, ingenieros, exploradores, científicos aficionados y chiflados de índole diversa. Uno de ellos debió de haber sido Alfred Hatherley.

Nunca olvidaré ese día en el Crystal Palace: pienso en él siempre que leo *The Relic*. Destruyó la ilusión de inmortalidad, la sensación de tiempo infinito que uno mantiene mientras es joven. Alfred estaba obsesionado: tenía que tener una. Pero a mí me parecía algo oscuro, esencialmente maligno.

Viola había estado en lo cierto: las máquinas resultaron ser sorprendentemente peligrosas. Un médico vienés sometió a su primera paciente, una niña de cinco años, a 32 horas de radiación con el fin de extraerle una verruga de la espalda. La niña perdió todo el pelo; se le quemó la espalda y sufrió unos dolores horribles. La primera víctima mortal fue Clarence Dally, el ayudante de Thomas Edison: falleció tras una tremenda agonía a los treinta nueve años, con los dos brazos amputados en un vano intento de detener el cáncer que se extendía por su cuerpo. Uno de los primeros radiólogos describió el dolor de las quemaduras provocadas por los rayos X como «algo comparable a los tormentos del infierno».

Y esto era lo que mi madre había infligido a Anne deliberadamente. Ya no tenía sentido ocultarlo más. Tendría que revelarlo —de hecho, quería hacerlo—, no a la señorita Hamish, ya que la verdad era demasiado impactante, sino a la policía. Cincuenta años tarde, pero por fin podrían cerrar el caso.

Mientras me movía alrededor de la mesa para dejar el libro en el estante, no pude evitar fijarme en la plancheta. Tenía la intención de coger todo el papel de estraza y arrugarlo sin ni siquiera echarle un vistazo: pero así nunca estaría seguro de no haber soñado los mensajes. Pero de repente la idea me pareció infantil; sabía perfectamente que «Miss Jessel» seguiría allí.

Y así era, en realidad, pero la plancheta había vuelto a moverse. Desde el extremo de la ele final, el lápiz había dibujado una débil línea hacia el extremo izquierdo de la página y después hacia abajo, para convertirse súbitamente en aquella letra fina y picuda que tan bien conocía:

Busca en el sótano

Bajo la luz brumosa y fulgurante de las velas, las sombras arrojadas por los brazos del candelabro cobraban vida en el túnel, formando difusos estampados en forma de cruces sobre la madera de la puerta, y multiplicando mis propios gestos en una especie de monstruoso espectáculo mudo. Cuando dejé el candelabro para enfocar el candado negro con la linterna, sentí el calor de las llamas.

El interior del túnel estaría igual de oscuro a todas horas. Y me habría pasado otras dieciséis horas imaginando qué me aguardaba al otro lado de la puerta. Con un temor no exento de satisfacción, percibí que la cerradura del candado tenía una abertura en el centro, donde encajaba a la perfección la única llave que no había usado hasta el momento. La cerradura se resistió, pero por fin el candado salió del agarre. Levanté el pestillo y abrí un poco la puerta.

No salió nada. El rayo de la linterna recorrió un estrecho y empinado tramo de escaleras que llevaba a otro piso, de suelo enlosado, oscuro de moho. Había un pasamanos junto a la pared a la izquierda de la escalera, pero no había baranda en el otro lado, sólo el espacio que caía cortado hacia las piedras de abajo. Subió hasta mí un desagradable olor a orines. Anaqueles y estantes, en su mayor parte vacíos, se extendían por las paredes. Trozos de liquen brillaron a la luz de la linterna. El sótano era largo y estrecho. Junto al muro final, había apilado algo que parecía tierra.

Cuanto más enfocaba la linterna a ese montículo, menos me gustaba. Las velas daban mucha más luz, pero las llamas me deslumbraban, dondequiera que lo sostuviera.

Estaba de rodillas, con la puerta abierta retenida por mi hombro. Cuando me aparté, se cerró sola: intenté empujarla con fuerza y conseguí abrirla. Una de las enormes planchas victorianas de la lavandería podría servir de tope. Pero entonces noté que había una pequeña nariz de metal en la parte superior de la puerta, sobre el pestillo. Y, a la misma altura, en la pared, habían clavado un gancho en el que introducirla. Así lo hice, y sacudí la puerta con fuerza para asegurarme de que resistía.

Al hacerlo advertí que la parte interior de la puerta estaba atravesada por numerosas grietas verticales, sobre todo en los puntos donde se ensamblaban las placas de madera, como si algún animal salvaje hubiera intentado derribar la puerta para salir del sótano. Recordé los profundos arañazos del suelo del altillo del dormitorio.

Aquí abajo el aire era aún más frío: helado, húmedo y maloliente. Sostenía la linterna en la mano derecha, y el candelabro encendido en la izquierda. Una tela de araña brilló sobre los estantes —en los que sólo había algunas latas y botellas sin etiquetar— cuando me acerqué al montículo oscuro. No era tierra: una capa de alquitrán cubría una forma irregular, de un metro y medio de largo. La palpé, reticente, con el pie y aparté la capa.

Algo salió de debajo. Retrocedí, asustado, y choqué contra los estantes, que se vinieron abajo arrojando las latas y botellas contra el suelo con gran estrépito. Por pura suerte conseguí aguantar tanto el candelabro como la linterna. Las llamas se agitaron con fuerza, pero no se apagaron, y, cuando la luz se serenó vi, entre la basura, un paquetito amarillo atado con fuerza por una cuerda.

Cuando me inclinaba a recogerlo oí otro sonido, éste más leve, procedente de arriba. El crujido de los goznes. Ni siquiera había llegado a las escaleras cuando la puerta se cerró. El sonido del pestillo volviendo a su lugar atravesó las pesadas placas de madera y llegó a mis oídos.

Tres horas después había agotado toda vía de escape. La madera era como hierro; la puerta se cerraba contra un muro de piedra, que no dejaba espacio alguno para meter las manos. Podría haber colocado una palanca entre las placas, o haberlas desmontado con un destornillador o una barra de hierro, pero no había una sola herramienta en todo el sótano. Todos los estantes estaban hechos de madera, podrida en su mayor parte, ninguno lo bastante fuerte como para ejercer presión alguna sobre la puerta. No había herramientas, ni cuchillos; lo más grande era algún clavo oxidado. Intenté arañar la madera con cristales rotos, pero eso sólo sirvió para herirme en la mano. Probé con las llaves: la mayoría eran demasiado gruesas para hacer palanca, y las que eran lo bastante finas se habían doblado para luego partirse. Pensé en arrancar una losa del suelo para usarla como ariete, pero no tenía con qué arrancarla; eran inamovibles. Incluso había superado el temor a lo que podía haber escondido bajo el alquitrán, y encontré sólo una montaña de sacos de arena: sobras de los ataques aéreos, tal vez. Intenté golpear la puerta con uno, y éste se rompió al primer intento, llenándome de arena húmeda.

Sentado en el primer escalón con la espalda apoyada contra la puerta, noté que la luz de la linterna se debilitaba por momentos, aunque la había usado lo menos posible, y que la primera de las cuatro velas (había apagado las otras en cuanto pasó la primera oleada de pánico) estaba casi consumida. En uno de los estantes que quedaban intactos había encontrado un charco de cera que parecía tener muchos años, junto a una caja de cerillas vacía. Las latas oxidadas habían contenido pintura o productos de limpieza. No tenía comida, ni agua, ni prenda de abrigo: sólo una camisa sucia y empapada de sudor, los pantalones, una caja de cerillas casi llena, una linterna a punto de gastarse y tres velas más.

Había leído en algún sitio que se puede sobrevivir varias semanas sin comida, siempre que se disponga de bebida, pero sólo cuatro o cinco días sin agua. Ya notaba la boca y la lengua secas. *Estaré a tu lado dentro de tres días, quizás antes*, había dicho Alice en su último mensaje. Mañana era sábado. Pero aunque se le ocurriera que yo estaba atrapado aquí, no tenía forma de entrar en la casa, y la oficina del señor Grierstone permanecería cerrada durante todo el fin de semana. Así que, aunque se produjera toda una cadena de coincidencias afortunadas, no había ninguna esperanza de que alguien me rescatara antes del lunes. ¿Y sería ese alguien capaz de oír los sonidos que pudiera hacer yo desde aquí entonces?

Mis frenéticos esfuerzos por escapar habían constituido una salida para el pánico. Ahora éste volvía ascender como si fuera agua, recorriendo los escalones en dirección a mí. *Una fuerza capaz de usar una plancheta para escribir «Busca en el sótano» también podría abrir una puerta.* Exactamente la clase de pensamiento que debía evitar. No tardaría en quedar rodeado de oscuridad. Tal vez sería mejor usar la escasa luz que salía ya de la linterna para volver a revisar el sótano.

Había dejado el candelabro al pie de la escalera. Más allá del círculo de luz, sólo distinguía la mezcla de estantes caídos y cristales rotos, y un débil reflejo amarillo: el paquete, que había desdeñado pensando que era un trozo de tela impermeable doblado. No parecía contener nada sólido, y los nudos eran demasiado fuertes para deshacerlos. Pero ¿por qué no asegurarse?

Quedaban pocos centímetros de vela. La llama se balanceó cuando pasé a su lado, derramando cera fundida en el suelo. Usé un pedazo de cristal roto para romper la cuerda. En medio del paquete hallé varias páginas escritas a máquina, que habían sido dobladas repetidas veces, dejando la parte escrita hacia fuera.

• • •

En cuestión de segundos se quedó empapada, y aunque Harry fue a buscarla provisto de un paraguas cuando ella se acercaba a la casa, el rugido de los truenos sofocó cualquier palabra.

Después de secarse el cabello en su habitación, mientras los truenos resonaban en los cristales y la luz eléctrica temblaba después de cada relámpago, Cordelia sintió el incontenible impulso de ponerse el vestido verde esmeralda. A principios de aquella semana se había pasado horas cepillándolo, lavándolo y planchándolo, además de airearlo para que desapareciera el olor a moho. ¿Pero cómo explicaría la súbita aparición de éste en su guardarropa? Además, quizá molestara a su tío. Escogió, pues, otro vestido, también de color verde pero en un tono más suave, y bajó a la cocina, donde encontró a Harry ayudando a Beatrice a preparar una cena fría.

—Siento lo que te dije en la vereda —dijo Beatrice en cuanto la vio entrar—. Me asustaste, eso es todo; no quería decir eso. No —ordenó al notar que Cordelia iba a ponerse el delantal—, te has ocupado de todo durante toda la semana. Tío Theodore te ha servido una copa de vino.

—Sí, tú descansa, cosita mía —dijo Harry—. Estaré contigo dentro de un minuto.

Aunque Cordelia se había acostumbrado a que la llamara «cosita mía», no fue hasta ese momento cuando se dio cuenta de lo mucho que le disgustaba. Pero después de su insistencia en que no estaba celosa, no tenía más remedio que aceptar. El minuto de Harry se prolongó al menos diez, y cuando se reunió con ella, su tío y su tía, Cordelia no supo decidir si se comportaba como siempre, o como alguien decidido a fingir que no había pasado nada de nada. El siseo de la lluvia

y el constante eco de los truenos dificultaban la conversación, y, tras un relámpago especialmente feroz, las luces se
apagaron, obligándolos a cenar a la luz temblorosa de las velas, una luz que hacía imposible observar la expresión de la
cara de nadie, aunque oyeras lo que decía.

Poco a poco los truenos disminuyeron y la lluvia se calmó hasta quedar reducida al goteo espaciado del tejado sobre
la grava. También el viento había amainado, y cuando tío
Theodore abrió la ventana, una ráfaga de aire húmedo y frío
penetró en el comedor. Tía Una se retiró a descansar; pero
Harry, Beatrice (que sin duda se había tomado el enfrentamiento en la vereda como una autorización para dejar de
mostrarse reservada con él) y Theodore siguieron charlando,
hasta que Cordelia no pudo soportarlo más y casi ordenó a
Harry que la acompañara al estudio.

El aire estaba tan tranquilo que en lugar de prender una
linterna, se limitó a tomar un candelabro del aparador.

—¿Te pasa algo, cosita mía? —preguntó Harry cuando
se acercaban a la escalera.

—¡No vuelvas a llamarme así! No soy una cosa... —Y
estuvo a punto de añadir, ni tampoco soy tuya.

—Lo siento, co... Bueno, lo siento —dijo él, en tono ofendido, y subieron en silencio mientras ella se iba tragando un
comentario airado tras otro, tan preocupada por sus sospechas
sobre Beatrice que habían llegado ya al descansillo del segundo piso antes de que se acordara de *El ahogado*.

Volvió a pensar en él cuando iba a recoger la llave del estudio de su habitación, dejando a Harry esperando a oscuras.
No podía decir nada de Beatrice sin parecer celosa, y quedar
todavía peor, ya que él *podía* ser completamente inocente.
Pero podía prepararle una trampa: colocaría un pelo entre las
tapas de *El ahogado* y dejaría la puerta sin cerrar aquella no-

che; si comprobaba por la mañana que él le mentía, rompería el compromiso.

Aunque en el descansillo hacía frío, el calor del día se hacía notar en el estudio. Cordelia encendió las velas de la mesa, y colocó el candelabro que llevaba en un soporte del facistol. Cuando se arrodilló en la cama y abrió la ventana, las llamas de las velas se agitaron con fuerza. No había luna, pero el cielo había aclarado, y veía el brillo de las estrellas reflejándose en la hierba húmeda que crecía más allá de las losas del patio.

Se incorporó y se volvió hacia Harry, que, de pie junto al caballete, parecía hacer caso omiso del facistol.

—¿Qué te pasa, co...? Lo siento, dime, ¿qué sucede?

—Nada —respondió ella fríamente, pensando en cómo era posible que él no lo supiera.

—¿No seguirás enfadada por ese absurdo altercado en la vereda?

Demasiado enojada para contestar, tiró del anillo de compromiso con la intención de arrojárselo a la cara, pero éste se negó a salir.

—Bien, ya sabía que se te pasaría enseguida. Mira, co... Lo siento, estoy muy cansado. Me voy a acostar. No te preocupes por la vela. Buenas.

Le dio un casto beso en la mejilla y retrocedió hacia la puerta. En silencio, ella apagó las velas de la mesa y recogió la que había traído y dejado en el soporte del facistol.

—Este... ¿No vas a cerrar la ventana?

Ella sacudió la cabeza y sacó la llave de la puerta abierta al salir. Deslumbrada por la llama de la vela, no vio la expresión del rostro de Harry, pero la suya tenía que ser inconfundible.

—Ya... Mejor que se airee un poco. Buena idea. Hasta mañana. —Él procedió a bajar las escaleras con su paso irregular, que recordaba levemente al caminar de un cangrejo, mientras ella le observaba, sin decir palabra, hasta que desapareció en el oscuro tramo del piso inferior.

Ya de vuelta en su cuarto, Cordelia se quitó el ofensivo anillo con jabón y se sentó en la cama a ensayar lo que le diría cuando se lo devolviera por la mañana. ¿O tal vez era mejor ir a su habitación y zanjar el tema ahora mismo? No; eso sólo serviría para que Beatrice tuviera algo de qué vanagloriarse. Esperaría a que Harry y ella estuvieran a solas en el bosque. Paseó por su habitación durante más de una hora, ya que la furia que sentía no la dejaba estar quieta. Pero, cuando empezó a calmarse, aparecieron las primeras dudas. Harry odiaba las escenas, y recurriría a lo que fuera para evitar una disputa; quizá se habría disculpado si ella no se hubiera mostrado tan hostil. Y, además... ¿de qué se suponía que tenía que disculparse en lo referente a Beatrice, si en el fondo era inocente? ¿Por llamarla «cosita mía»? Ella nunca había protestado por ello hasta esta noche. ¿Por ser crónicamente impuntual? Tampoco había planteado objeción alguna. ¿Por su falta de pasión? De nuevo, ella no le había echado nada en cara. ¿Acaso tenía él que leerle la mente? Sí, dijo una voz rebelde, porque sé que yo puedo leérsela a él. ¿Pero cómo podía estar tan segura? El domingo anterior, en la orilla del río, él se había comportado como un enamorado ardiente: fue su dolor de cabeza lo que cortó el momento. Una oleada de autodesprecio subió por su garganta como si fuera bilis; enterró la cara en la almohada y lloró durante mucho rato.

Debió de quedarse dormida, ya que después de un indefinido intervalo de tiempo se despertó en la oscuridad, con la impresión de haber oído el ruido de una puerta al cerrarse. ¿O sólo lo había soñado? Saltó de la cama, todavía completamente vestida, y salió al pasillo. No brillaba ninguna luz bajo la puerta de su hermana, pero la puerta del descansillo estaba abierta, y, a medida que se acercaba, vio el débil resplandor de una luz amarilla reflejada en el lustroso suelo frente al estudio.

Sendas velas ardían a ambos lados del facistol. Harry tenía el pelo despeinado, los pies descalzos, la camisa a medio abrochar. También había encendido el candelabro de tres brazos de la mesa; su luz iluminó la cara de Cordelia cuando ésta se quedó en el umbral, con la mano en el pomo de la puerta, pero él no la vio. Le brillaba la frente; ella veía el reflejo de la vela sobre su sien mientras él se balanceaba hacia delante y hacia atrás. De nuevo aguardó, deseosa de que él levantara la cabeza, tomando conciencia de que la ira volvía a crecer en ella a medida que transcurrían los segundos. Una corriente de aire hizo temblar las velas; el retrato de Imogen de Vere, que quedaba justo a la izquierda de su línea de visión, captó su atención, y entonces supo exactamente lo que quería hacer.

Cerró con suavidad la puerta del estudio y volvió a su propio cuarto, donde encendió otra vela y se puso el vestido verde esmeralda. Le quedaba un poco suelto en la cintura y en los hombros, pero eso no importaba; y aún llevaba el pelo recogido. Cogió el velo y, por tercera vez en su vida, se lo echó sobre la cabeza.

El espejo sólo mostraba una llama flotando sobre niebla negra, pero eso tampoco importaba: conocía el camino de memoria, incluso a ciegas. La habitación de su hermana seguía silenciosa y a oscuras cuando ella avanzó por el pasillo.

Pese al velo, pudo comprobar que él seguía con la vista fija en el facistol. Ella dio un paso hacia delante, y luego otro. Él no la vio. Tres pasos más, y una sombra encapuchada cayó sobre el retrato cuando ella se interpuso entre éste y el candelabro de la mesa. Harry levantó la vista, y aunque su rostro no era para ella más que un montón de facciones borrosas, tuvo la sensación de que sonreía. Entonces él empezó a hablar, pero lo hizo con tanta suavidad que ella no pudo oírle bajo la capa de tela. Levantó ambas manos y apartó el velo.

La sonrisa se desvaneció; las palabras murieron en sus labios. Durante varios segundos Harry se quedó petrificado. Entonces, muy despacio, su expresión se alteró hasta adoptar una de horror incrédulo. Ella empezó a retroceder, su sombra se hizo más grande a medida que se retiraba, hasta que chocó contra la mesa. La estancia se iluminó de repente; algo se movió sobre, no, *en* la cama, algo que Cordelia no había visto antes. Bajo la luz temblorosa de las velas distinguió la cabeza de Beatrice sobre la almohada, un hombro y un brazo desnudo saliendo de debajo de la sábana, los ojos abiertos como platos cuando Cordelia se quitó el velo en llamas y se sacudió el pelo con ambas manos.

Las llamas que rodeaban su cabeza se apagaron, dejando un horrible hedor a pelo quemado; los restos del velo flotaron por la habitación hasta posarse sobre la paleta de Henry St Clair. Cordelia estaba paralizada, observando cómo el terrible destino del que acababa de escapar se tomaba su venganza en el retrato. Una lengua de fuego subió hasta el hombro del vestido verde; el hermoso rostro pareció agitarse bajo las llamas; y entonces, sin que recordara lo que sucedió en medio, Cordelia se vio apagando con los pies desnudos los restos humeantes del retrato, mientras un humo ácido le penetraba en la garganta y un millar de chispas rojas flotaban y caían sobre el suelo.

Había chocado contra el candelabro de la mesa; éste se había apagado, pero las dos velas del facistol aún ardían. Alguien gritaba; no sabía quién. Harry no se había movido: seguía aferrado al facistol con ambas manos y la boca abierta. Beatrice se había envuelto en la sábana y temblaba sentada al borde de la cama, mirando a su hermana fijamente, sin entender nada. Cordelia empezó a sentir un intenso dolor en la parte de atrás de su cuello y en las manos. Al margen del escozor, sus reacciones eran las de una autómata: su mente había quedado congelada, perdida en algún pensamiento relativo a Harry y Beatrice, y al futuro que esperaba a su tía y su tío ahora que tendrían que vender Ashbourn House.

Pero ahora Harry estaba plegando *El ahogado*. Tan meticuloso como siempre, ajustó el cierre, cogió el volumen negro y se lo puso bajo el brazo izquierdo. Podría haber sido un sonámbulo, o quizás era ella quien soñaba, ya que él pareció tardar una eternidad en dar los escasos pasos que los separaban. Ella creyó que pasaría a su lado sin decir nada, y sabía que debía sentirse furiosa, más furiosa de lo que había estado en toda su vida, pero el sentimiento no llegaba, no llegaba nada; él se detuvo entre ella y Beatrice, murmurando algo que sonó como: «Lo siento, co... Lo siento». Y entonces, muy claramente: «Debo hacerlo, lo entiendes, ¿verdad?».

La ventana abierta estaba justo a su espalda; un buen empujón enviaría a un tambaleante Harry al vacío por encima de la cama y ante los ojos de Beatrice. Algo de eso debió de reflejarse en el rostro de Cordelia, porque él se apartó de un salto, abrazando el libro contra su pecho. Beatrice, ahora con la ropa en la misma mano que sostenía la sábana, extendió la mano que le quedaba libre como si pidiera a Harry que la ayudara a levantarse. Pero él no la vio; sus ojos permanecían fijos en Cordelia, a quien repitió: «Debe ser mío, ¿lo entiendes?». Entonces dio medio vuelta y, corriendo desesperadamente, se dirigió al descansillo.

Cordelia le siguió, sin saber qué es lo que iba a hacer. Desde la puerta vio cómo su silueta se recortaba contra la ventana al alcanzar el primer escalón. Entonces hubo algo que la apartó violentamente. Una figura pálida cruzó el descansillo y se lanzó contra Harry. Éste levantó los brazos, y se inclinó peligrosamente hacia delante, agarrando el libro negro cuando éste salía despedido por encima del hueco de la escalera. Un pie le quedó atrapado en la parte inferior de la baranda y por un instante permaneció suspendido en el vacío, inmóvil. El ruido que hizo al caer quedó ahogado por el grito de Beatrice antes de que ésta desapareciera, llorando, escaleras abajo.

Una linterna brilló en el piso inferior, seguida por el inconfundible sonido de unos pasos que se acercaban a toda prisa: tío Theodore. Cordelia encendió la luz, pero entonces, al recordar el vestido que llevaba y lo que él había visto antes, se ocultó en la penumbra del corredor, reuniendo fuerzas para enfrentarse a todo lo que le quedaba por soportar.

Una se hizo realidad. Había encontrado las últimas páginas de *El aparecido.* Agachado bajo la vela goteante, giré la última página y vi que alguien había escrito a mano por el otro lado.

Me llamo Anne Hatherley y mi hermana Filly — Phyllis— me ha encerrado aquí. Oí cómo cerraba la puerta principal hace horas. Creo que pretende dejar que muera aquí dentro. No debo perder tiempo, sólo queda media vela. Y medio lápiz.

Intentaré escribir en la oscuridad.

Filly se acostó con Hugh. Hugh Montfort, mi prometido. Los oí en el desván. Estaban haciendo el amor en la antigua cama de Lettie. Todo está en el relato de mi abuela, en estas mismas páginas. No tengo tiempo de explicarlo. Creí que era una especie de maldición, pero era Filly la que lo convertía todo en realidad. Ha estado leyendo mi diario... No sé desde cuándo.

Al día siguiente le envié el anillo a Hugh, con una nota diciendo, no quiero volver a verte, ya sabes por qué. No me contestó. Y después, durante una semana, Filly se comportó como si le hubiera hecho algo imperdonable: yo a <u>ella</u>. Me desafiaba a hablar y...

Se me ha roto el lápiz. He tenido que encender la vela para afilarlo con una piedra. Sólo me quedan nueve cerillas.

Una semana después de encontrarlos en el desván, mi rostro y mi cráneo empezaron a arder. Exactamente igual que le sucedió a Imogen en la historia. Y entonces explotó todo. Iris oyó la pelea, y Filly empezó a gritarle también a ella. Lo siguiente fue verla salir por la puerta. Debía de tener las maletas hechas de antemano. Creo que se fue directa al piso de Hugh. Iris estaba tan enfadada que desheredó a Filly, dejándomelo todo a mí. Murió esa misma semana, sé que fue de la impresión.

Mi piel está peor cada día. Arde como si me la quemaran y me mareo a todas horas. El médico dice que nunca había visto nada igual. De nuevo, como en el relato. Me ha dado un bálsamo, pero no sirve de nada.

Ni siquiera asistió al funeral de Iris. Yo cambié las cerraduras para evitar que entrara en casa. Me quedé unos días con unos amigos de Highgate, a la espera de reunir el valor suficiente para volver aquí a recoger mis cosas. Le tenía miedo, ayer incluso redacté un testamento, pero no dije

El lápiz se ha vuelto a romper. Me quedan siete cerillas.

Nadie sabe que estoy aquí. Excepto Filly. Escondí esto y el diario en el estudio, donde creí que ella no podría volver a encontrarlos... Quería dejarlos pero no pude. Salí del estudio y la vi subiendo la escalera con un cuchillo en la mano. Sonrió al verme.

Le lancé el diario y salí corriendo, pero ella no me siguió. Si hubiera seguido corriendo... En su lugar me detuve a escuchar, y quedé atrapada en un terrorífico juego del escondite. Deslicé la historia por dentro de la blusa para protegerme del cuchillo. El suelo revelaba mis pasos, pero Filly no hacía ruido alguno. Sabía que me acechaba. Al final bajé las escaleras hasta el primer piso, poniendo cuidado en no pisar las tablas sueltas, y después me dirigí a la escalera de atrás hasta llegar a la puerta del patio. Conseguí abrir los cerrojos en silencio, pero la cerradura.

Horas más tarde... He intentado todo cuando se me ocurre y no puedo salir. Hace muchísimo frío. Podría quemar el resto de la historia de la Abuela, pero sólo duraría un par de minutos. Esconderé las páginas que he escrito por si

La vela se apaga

Dios, ayúdame

Anne había sido mucho más valiente que yo. Muchísimo más. A mí todavía me quedaba la linterna, y una caja entera de cerillas. La segunda vela estaba a medias, y ni me había atrevido a sentarme en la oscuridad. Pronto me engulliría. Al igual que Anne, también yo había dejado de arañar aquella puerta dura como granito; me pregunté si se habría sentado donde ahora estaba yo, acurrucada en el primer escalón con la espalda apoyada en la puerta. Si estábamos en agosto y yo temblaba, en invierno ella debía de haberse helado hasta los huesos. Quizá había muerto de frío. Decían que era una muerte indolora. Mejor que el envenenamiento por radiación. Sentías una extraña calidez, y te vencía el sueño, y en los últimos momentos de conciencia tenías visiones de brillantes colores, flores, setos y pájaros cantando, cuando la verdad era que te estaban congelando. Un explorador del Antártico había escrito sobre eso. Aunque era obvio que él no había muerto. Pensé en la botella de pastillas para dormir que tenía en la mesita de noche de la habitación del hotel, deseando tenerla. Ojalá hubieran pillado a Phyllis May Hatherley y la hubieran colgado. Aunque entonces ya estaba embarazada; habrían tenido que esperar a que naciera Gerard Hugh Montfort. Quizá habría sobrevivido si lo hubieran hecho.

Pensé en Phyllis regresando para ocuparse del cadáver de Anne. Si iba a morir aquí, quería morir antes de que se terminara la última vela y los susurros volvieran a empezar.

Había dejado la vela a media escalera. La llama ardía con firmeza, inmóvil excepto por el débil latido de la sombra alrededor de la mecha. La oscuridad se cernía tras el estropicio del suelo, tomándose su tiempo.

Se me ocurrió que podía quemar los estantes. Apartarlo todo del suelo, encender un fuego e irlos echando a la hoguera uno por uno. Serviría para alejarme de la oscuridad durante al menos otra hora, quizá más de una. Si no lo avivaba demasiado, me quedaría suficiente aire para respirar. Y si el humo escapaba por debajo de la puerta, siempre existía la posibilidad de que alguien lo viera y avisara a los bomberos.

También la puerta era de madera. Podía encender el fuego en los peldaños de más arriba..., pero si prendía en las tablas del piso de madera que estaba justo encima de la puerta, el fuego se extendería por toda la casa, conmigo dentro. Horrible pero rápido; lo más probable sería que muriera ahogado antes de carbonizarme. No tenía agua para controlar el fuego... pero podía vaciar los sacos de arena y usarlos para sofocar las llamas.

Partir los estantes y construir una pirámide con los trozos en la base de la puerta fue tarea fácil; lo difícil fue conseguir que ardiera. La madera estaba demasiado húmeda. Veinte cerillas después sólo había conseguido unas débiles llamas amarillas que nacían, se volvían azules y morían. Empezaba a invadirme el pánico. Dos páginas de periódico habrían servido pero no tenía papel alguno para quemar.

Excepto las diez páginas mecanografiadas, la evidencia —la única decisiva— de que mi madre había asesinado a su hermana.

La segunda vela estaba prácticamente consumida. Había ardido con más rapidez mientras yo trasteaba con los trozos de estante. Prometí a Anne que, si salía de aquí, el mundo entero sabría lo que le había sucedido, con pruebas o sin ellas. Cogí cinco páginas, algo arrugadas, y las eché en el centro de la pirámide, preparando las otras cinco para más adelante.

El sótano se iluminó durante unos segundos; la pila de madera ardió, silbó y murió bajo el papel. Añadí otra página, y después dos más en rápida sucesión. El brillo surgió y languideció una vez más; las llamas tenían algo que quemar, pero se volvían de un inerte color azul mientras yo alimentaba el fuego con las últimas dos hojas de papel. El fuego renació por tercera vez, y por fin la madera empezó a producir llamas, que crepitaban y se retorcían y lamían los ásperos tablones. Fragmentos del último mensaje de Anne flotaron a mi alrededor, ardiendo y apagándose, hundiéndose por fin en el suelo convertidos en cenizas.

Durante un par de minutos el fuego pareció dócil. La parte que tocaba a este lado de la puerta ardía con fuerza. Empecé a toser, pero la corriente parecía disipar el humo y traerme aire fresco. Pequeñas lenguas de fuego empezaron a lamer el borde del dintel de piedra junto a la viga y las tablas del suelo del piso superior. Las golpeé con el saco, y el fuego saltó hacia mí. El humo me quemó la garganta. Me aparté, pero al hacerlo perdí pie y caí en una explosión de pura luz blanca que me explotó en el interior de la cabeza antes de sumirse en la oscuridad.

Primero llegó el dolor, luego noté la cabeza que lo sentía. Garganta y pulmones, un hombro, un codo y una cadera se materializaron, ardientes, latiendo y escociendo al unísono. Alguien gemía cerca, en la oscuridad. Yo. Empecé a toser. Sonidos lentos y secos; un ácido y amargo olor a ceniza. Yacía sobre un charco de agua.

Los bomberos habían llegado a tiempo. ¿Pero dónde estaban? Al margen del goteo del agua, en el sótano reinaba un silencio mortal. Al menos esperaba que el líquido sobre el que me hallaba fuera agua y no sangre. Descubrí que podía moverme y me impulsé hacia la esquina que formaban dos de las paredes. Me pasé varios minutos eternos tosiendo sin parar. Me dolía todo, pero no parecía tener nada roto.

¿Cuánto tiempo llevaba inconsciente? ¿Acaso los bomberos no me habían visto al fondo del sótano? Palpé el bolsillo en busca de las cerillas, pero luego recordé que había dejado la caja en el primer escalón, junto con la linterna. Me incorporé, temblando, y fui siguiendo la pared de la derecha hasta encontrar el final de la escalera.

Cuando empezaba a subir, me pareció que un fragmento rectangular de luz situado sobre mi cabeza era singularmente más pálido, impresión que fue reforzándose con cada paso hasta que un resplandor plateado apareció a lo lejos. La luna brillaba sobre las escaleras del sótano. La puerta debía de haber ardido por completo.

Busqué la linterna, pero no pude encontrarla. Sorprendentemente, los escalones presentaban pocos restos; las tablas del suelo de madera encima de mi cabeza parecían intactas. Llegué al túnel, apoyé una mano para aguantarme, y la puerta crujió contra el gancho. Mi pie chocó contra algo metálico que cayó sobre las losas con gran estruendo. Un cubo. Había agua en el suelo del túnel.

No habían sido los bomberos. Alguien había abierto la puerta del sótano segundos después de que me cayera y había arrojado un cubo de agua sobre las ascuas que ardían en la escalera. Alguien que ya estaba en el túnel cuando encendí el fuego. Escuchando, ¿durante cuánto tiempo?, mis frenéticos intentos de huir.

Pese al brillo distante de la luna, el túnel estaba a oscuras. La persona, o cosa, que me había dejado salir, podía esperarme en la caverna negra de la lavandería. Donde quizá me acechaba ya cuando bajé. Me apoyé en la pared y me agaché. Si algo se movía, la luz de la luna revelaría sus pasos.

Hasta que la luna se ocultó tras el tejado de la casa y la oscuridad fue total.

Tenía la boca y la garganta completamente pegadas; sentía una sed abrasadora. Era mejor arriesgarse a utilizar la escalera. ¿Y luego? Saldría por la puerta del patio, abriéndome paso entre las ortigas. Busqué las llaves y me di cuenta de que se habían caído en el sótano. De todos modos eran inútiles: todas estaban dobladas o rotas.

Pero la puerta del patio solamente estaba ajustada. Me esforcé por escuchar, por encima del ruido de la sangre golpeándome las sienes, hasta que el esfuerzo me provocó otro ataque de tos. El pánico me lanzó hacia delante, directamente contra otro objeto metálico que salió rodando. *He vuelto a chocar con el cubo.* El eco me persiguió hasta la cocina. Giré el pomo de la puerta, dos veces. Tiré con fuerza antes de darme cuenta de que aquella puerta, que sin duda no estaba cerrada con llave tres días atrás, y que no podía haber cerrado porque nunca encontré la llave, no tenía intención de abrirse.

Nadie más tiene llaves. La señorita Hamish insistió mucho en esto.

La pálida luz centelleaba sobre los escalones del sótano, por encima de las bandejas de semillas vacías del invernadero. Los marcos de las ventanas eran de sólido metal. A mi derecha, la puerta que daba al saloncito del desayuno estaba parcialmente abierta; pero las ventanas también estaban cerradas. Sobre el estanque de luz de luna, las escaleras que conducían al comedor estaban envueltas en la penumbra. La casa estaba completamente silenciosa.

Una última carrera subiendo aquellas escaleras y cruzando el empinado pasillo que circulaba entre la biblioteca y el estudio me pondría a salvo. Si conseguía enfrentarme a la oscuridad. Y si la persona que me acechaba en la oscuridad no había cerrado también con llave la puerta principal.

Pero si corría no podría oír nada. Avancé por el suelo enlosado hacia las escaleras, y empecé a subir. En el rellano superior percibí la débil luz amarilla, que sólo podía ser la luna que brillaba por las ventanas. Raro, porque la luna del sótano era de un blanco plateado y reluciente.

Tres pasos más me llevaron hasta el descansillo. La escalera seguía a mi derecha; el comedor quedaba algo más allá; la biblioteca a la izquierda; el pasillo enfrente. Estaba seguro de haber dejado esas puertas abiertas; ahora las tres estaban cerradas. El vestíbulo estaría oscuro como boca de lobo. Aquí, al menos, veía algo; la amarilla luz de la luna parecía brillar justo sobre mi cabeza.

Levanté la vista y comprobé que no era la luna, sino una bombilla suspendida sobre el descansillo.

Me temo que cortaron la luz hace años.

Probé los interruptores de la pared. Se encendieron más luces, ninguna muy potente: en el rellano, junto al comedor, en el sótano...

La señorita Hamish me había mentido. Aunque tal vez todo tenía una explicación perfectamente inocente: había cambiado de opinión y vuelto a conectar la luz antes de que la embolia la llevara al hospital. Tal vez hubiera habido electricidad durante todos esos días.

Pero alguien tenía que haber encendido la del rellano mientras yo estaba en el sótano.

Indeciso, llevando la mirada de una puerta a otra, intenté decidir qué camino seguir. La triste luz amarilla sólo servía para acentuar las sombras que me rodeaban. Sentí la presión de unos ojos invisibles; la sensación de que algo monstruoso me esperaba tras una de esas puertas fue creciendo hasta que aquellas maderas oscuras parecieron cargar contra mí y me encontré huyendo por las escaleras hasta el primer piso, donde de nuevo la puerta del pasillo estaba cerrada, a diferencia de antes.

Las luces del rellano seguían brillando. Podía esperar aquí, me dije: no podían faltar más de dos o tres horas para el amanecer. Pero la sed se había vuelto intolerable, y el anhelo de agua me llevó hacia arriba, en dirección al cuarto de baño del descansillo del segundo piso. *Los cuartos de baño también se cierran*: la idea me acompañó durante toda la escalera. Como abajo, la puerta del pasillo estaba cerrada.

La del baño, sin embargo, estaba entreabierta, tal y como yo la había dejado, pero la puerta que conducía al desván estaba abierta de par en par y las escaleras también parecían alumbradas desde arriba. *El desván donde fui concebido*, pensé estúpidamente... *No, claro, ése fue el otro Gerard.*

Empujé la puerta del cuarto de baño. Pero la luz no funcionaba y el pestillo se había oxidado. La cerré de una patada y me zampé varios tragos de agua, fría y metálica. La abertura de cristal situada sobre la puerta daba suficiente luz... Pero, ¿y si volvían a apagarse? O si algo empezaba a empujar la puerta, ejerciendo una lenta, firme e irresistible presión... Al menos en el exterior siempre podía correr.

Una de las tablas del suelo saltó en cuanto volví a pisar el rellano. Quien hubiera encendido la luz de la escalera *debía* saber que yo estaba aquí. ¿Qué esperaban? ¿Por qué habían cerrado todas las puertas? ¿Por qué me habían dejado salir del sótano?

Quizá habían ido en busca de ayuda.

Desde donde me encontraba, pude vislumbrar todo el camino que iba hacia el desván sin perder de vista la escalera y la puerta del dormitorio. Algo en la escalera que conducía al desván, no, en el rellano que había al final, parecía distinto. Di un paso más y vi que había aparecido una puerta en un lugar donde sólo había visto un muro recubierto por paneles al final de la escalera.

Con la misma sensación incorpórea de quien anda en sueños que me había acompañado hasta el sótano, subí las escaleras. Una parte de los paneles se había abierto, dando paso a una estancia baja, parecida a una caverna, oscura a excepción de un resplandor que alumbraba desde unos pasos a mi izquierda: una lámpara de lectura, cuya sombra caía por completo sobre la superficie de un gran escritorio. Una silla de respaldo alto se alzaba frente a éste; pesadas cortinas ocupaban la pared de atrás. En la pared opuesta, filas de estantes; un sillón y un sofá Chesterfield, idénticos a los de la biblioteca; varios arcones y armarios. El suelo estaba cubierto de una gruesa moqueta; el aire olía a polvo y a tela usada, a papel podrido y a alguna medicina antigua: algo parecido al cloroformo o formol. No se movía nada; la quietud siguió imperturbable.

Avancé hacia el escritorio, atraído por la luz. Un bulto que había junto a la lámpara resultó ser un ordenador. La pantalla estaba a oscuras. Sin dejar de mirar a mi alrededor, acerqué la lámpara y vi que los cajones estaban medio abiertos, como si alguien hubiera sido interrumpido cuando los registraba. En el cajón superior derecho había un montón de páginas mecanografiadas, cuyo título quedaba oculto por una cinta negra. *Novela. De V. H.*

El olor a polvo y a animal de la moqueta me llenó la nariz, y me vi a mí mismo con diez años, acurrucado en el dormitorio de mi madre aquella sofocante tarde de enero, mirando justo por encima de su hombro al gran sobre manila dirigido a P. M. Hatherley, la fila de sellos ingleses con el matasellos impresos en la parte superior del sobre, la hendidura al final, las arrugas formadas por el texto de *El aparecido...*

Desapareció al instante, dejándome con la sensación de que me había perdido algo vital, algo que debería haber sido de una claridad cegadora. Probé el cajón izquierdo, y éste se abrió un poco revelando varias carpetas llenas de papeles..., no, eran cartas...

De: ghfreeman@hotmail.com
Para: Alice.Jessell@hotmail.com
Asunto: Ninguno
Fecha: Miérc. 11 de agosto 1999 19:48:21 +0100 (BST)

Ha pasado algo muy raro. He encontrado un diario, el diario de Anne, oculto en la habitación de mi madre. Te lo cuento dentro de un segundo, pero esta tarde, en la biblioteca, encontré...

Eran las cartas que le había escrito a Alice. Todas. Retrocediendo en el tiempo, desde los últimos *e-mails* hasta las cartas impresas con impresora láser y de inyección de tinta, y más atrás hasta las escritas con máquina de escribir eléctrica y manual, hasta llegar a la primera, redactada con la letra infantil de un niño de trece años. «Querida señorita Summers: Muchas gracias por su carta. Me gustaría mucho tener una amiga por carta...»

Esto no puede estar sucediendo. Estoy loco, es una alucinación; en un minuto me despertaré acostado en el hotel. Me sentía exactamente igual que cuando en una pesadilla eres súbitamente consciente de que estás soñando. Me quedé mirando la carpeta como un imbécil hasta que su contenido se desparramó sobre el teclado. Las luces arrojaron destellos naranjas y verdes; el ventilador se puso en marcha; la pantalla se iluminó.

De: ghfreeman@hotmail.com
Para: Alice.Jessell@hotmail.com
Asunto: Ninguno
Fecha: Viernes 13 de agosto 1999 11:54:03 +0100 (BST)

Acabo de descubrir algo increíble en el Registro de Familia...

—Gerard.

Un susurro lento e insinuante, a mi espalda. Desde las sombras del fondo de la habitación, una figura confusa, envuelta en blanco, se separó de la pared y se deslizó hacia la puerta. Las cortinas se arremolinaron; se cerró la puerta y una llave giró en la cerradura. Cuando la figura se movió hacia el círculo de luz, vi que era alta y escultural, tocada con un velo como una novia; un largo velo blanco, que flotaba sobre una gran cascada de cabello cobrizo que le caía sobre los hombros exactamente igual que a la Alice de mis sueños. Sus brazos quedaban completamente ocultos bajo unos largos guantes blancos, y el vestido era también de ese color, recogido en la cintura. Pequeñas flores se asomaban bajo los pliegues del velo, entre bucles de pelo; florecillas violeta, bordadas en el corpiño del vestido.

—Mi caballero andante —susurró—. Ahora ya puedes reclamar tu trofeo.

—¿Quién eres?

—Soy Alice, por supuesto. ¿Es que no vas a besarme?
—Era la misma voz que había oído desde la galería, íntima, sensual, pronunciando las palabras en un débil silbido, y con un extraño eco, como si dos, o varias voces, susurraran a la vez.

La figura se movió hacia mí. Retrocedí hacia el escritorio hasta que se detuvo a sólo unos pasos. El velo no dejaba entrever el menor rasgo.

—No pareces muy contento de verme, Gerard. ¿Es porque estoy muerta?

Emití un sonido incoherente.

—Pues sí, ya lo ves. Quizás olvidé mencionarlo: morí en el mismo accidente que mis padres. Pero todavía te deseo, Gerard. En cuerpo y alma. Para siempre.

El suelo se tambaleó. Me agarré al borde del escritorio e intenté despertar, pero la figura del velo se negaba a disolverse. *Esto no es real.*

—Sí lo es. —Yo no creía haber hablado en voz alta. Quería correr hacia las cortinas, pero sabía que me caería si me soltaba del escritorio.

»¿No estarás pensando en *marcharte*, Gerard? Eso sería muy maleducado por tu parte. Ni siquiera hemos hecho el amor. Y siempre has dicho que me deseabas tanto.

Se acercó un poco más.

—¿Quieres que me quite el velo, Gerard? ¿O no te gustan las mujeres muertas? ¿Es eso? ¿Preferirías escapar? Tienes un balcón detrás: puedes lanzarte al vacío.

La figura del velo empezó a moverse hacia mí, rodeando el escritorio. A medida que se iba acercando, vi que se movía con un ritmo extraño y nervioso —avance, parada, avance, parada— como si hubiera salido de una película muda.

Retrocedí, manteniendo el escritorio entre los dos, hasta que choqué contra el cajón abierto que contenía el manuscrito de Viola. Por un instante vi el rostro de Medusa de mi madre en el dormitorio, distorsionado por el miedo y la furia. Las sospechas informes que había albergado esos últimos cuatro días se consumieron como los papeles que había quemado en el sótano.

—Eres... Eres Miss Havi... Hamish —espeté—. Encontraste el cadáver de Anne en el sótano y luego... *te volviste loca*.

Habíamos dibujado un círculo completo en torno al escritorio. La figura del velo se detuvo.

—Eres tú quien está loco, Gerard. Llevas años loco. Por eso puedes verme.

—¡No! Tú amabas a Anne. Querías vengarla... Seguiste el rastro de mi madre hasta Mawson, le enviaste el relato: las páginas que encontraste en el sótano. Y luego... ¿por qué no acudiste a la policía?

Por primera vez oí el silbido de su respiración.

—Es tu cuento, Gerard. Tu cuento de antes de acostarte. Termínalo tú. Y después jugaremos a *viene una vela a llevarte a la cama*.

Era tan alta como yo. El velo flotaba emitiendo suaves crujidos: tópicos sobre locos que poseían la fuerza de diez hombres me vinieron a la mente.

—Pero yo nunca le hice ningún daño a Anne —dije desesperado—. Ni siquiera sabía que existía hasta que me escribiste.

—Todos tenemos que pagar, Gerard. Hasta la tercera generación. Ya lo sabes.

—Entonces, ¿por qué dejaste en paz a mi madre? ¿Por qué no fuiste a la policía?

—Ya conoces el refrán, Gerard: la venganza es un plato que sabe mejor frío. Ahí estabais los dos, pudriéndoos en Mawson, echando a perder vuestras vidas... ¿Y qué habría hecho la pobre Alice sin su amante?

La habitación dio vueltas a mi alrededor. Tenía que haber estado loca desde el principio: ¿había sacado del sótano el cuerpo de Anne y lo había enterrado en el jardín en lugar de llamar al 999?

—¿Cómo sabías dónde encontrar el cuerpo de Anne?

Silencio. No estaba a más de dos metros, casi lo bastante cerca como para abalanzarse por encima del monitor.

—Anne no murió en el sótano —dijo por fin—. Eso lo preparé para ti. —La voz había adoptado una nota profunda, amarga—. Sufrió nueve operaciones y siete años de tratamiento contra el cáncer. Radiaciones, para combatir las quemaduras de la radiación. Lo llamaban terapia. Peor que los tormentos del infierno. Viste dónde escondió tu madre la máquina. La dejó allí toda la noche, a quince centímetros de la cabeza de Anne. La despellejaron viva, intentando parar el cáncer. Y luego murió.

—Pero... En tu carta decías... —Empecé, pero no pude seguir. La mayoría de lo que sabía se basaba en esa carta. Todo falso, todo mentira; un mero anzuelo para la trampa que ella había creado. Como el mensaje desesperado del sótano. Como Alice.

—Todo falso —murmuré—. Todo lo que he encontrado aquí.

—No, Gerard. Sólo el mensaje del sótano. El resto es real.

—Me has robado la vida —dije.

—Tu madre me robó la mía. Pero al menos el bebé murió... El hijo de Hugh, el niño que ella quería *de verdad*...

—¿Cómo murió?

—Neumonía. Alice te habría facilitado la partida de defunción, si se la hubieras pedido con amabilidad. Y recuerda, Gerard, fuiste tú quien eligió esa esclavitud. No te obligué. Piensa en tu vida... en todas las chicas que podrías haber tenido. En su lugar optaste por ser mis ojos y mis oídos, mi marioneta. Mi adorable marioneta.

Me estremecí, intentando apaciguar las náuseas.

—¿Por qué me dejaste salir?

—Le prendiste fuego a mi casa. Una tiene que improvisar. Y ahora ha llegado el momento de devolver la marioneta a su caja. La máquina todavía funciona, ¿sabes?

—¿No pretenderás...? No puedes obligarme...

—¿No?

Hizo el intento de rodear el escritorio. Me temblaban las rodillas; me di cuenta de que me agarraba al escritorio con las dos manos. Bajo las capas de tela, vislumbré la silueta de algo oscuro e informe: no parecía una cara.

—¿No te gustan las mujeres muertas? ¿Verdad que no, Gerard? ¿Quieres que me quite el velo?

—¡NO! —La palabra rebotó por las paredes.

—Eso no resulta muy halagador, Gerard. Creo que será mejor que te acuestes. En la habitación de Anne. Puedes ir arrastrándote, si lo prefieres. Y después, por la mañana, tal vez incluso te deje marchar.

De repente fui consciente de un silbido sordo y amortiguado. Sonaba como el viento sobre los árboles. En algún lugar, una vocecilla lejana me decía que bajo el velo se escondía una anciana llamada Abigail Hamish que, aunque loca, no podría detenerme si echaba a correr con todas mis fuerzas. Pero sabía que las piernas no me sostendrían. Y, si la figura del velo me atrapaba, moriría de terror.

Y si le obedecía, moriría de una forma tan lenta y horrible como Anne Hatherley. Pensé en el fluoroscopio que me esperaba abajo, y en ese instante —como en el instante previo al choque de un coche, cuando el tiempo se para y pareces deslizarte aún más lentamente hacia el punto de impacto— vi el amasijo de cables ocultos bajo la cama del cuarto de mi madre, los bordes rotos del diario de Anne que señalaban que alguien había arrancado las páginas, y comprendí cómo había sido *conducido* hasta aquí, paso a paso. Yo había supuesto que mi madre había arrancado esas páginas, para ocultar cualquier prueba de su romance con Hugh Montfort, y después había devuelto el diario a su escondrijo. Había visto, sin comprenderlo, que siempre que mi madre encendiera la lámpara de su mesita de noche, el fluoroscopio también se habría puesto en marcha. Inundando *ambos* lados del tabique con rayos X del tubo sin protección...

Pero la bombilla estaba fundida. La idea centelleó en mi mente durante un segundo, pero no acabé de entender su significado. De la misma forma que había contemplado el anuncio pidiendo noticias de Hugh Montfort, con residencia en Einsleigh Gardens, sin plantearme una sola vez que mi madre, sola y embarazada, podría haber pedido al abogado que lo pusiera. Pensando que Hugh la había abandonado, cuando también él estaba muerto. Tras la puerta del sótano, seguramente.

Y no había registro alguno de la muerte de Anne, ni la menor mención de Abigail Hamish en su diario.

Intenté mantenerte a salvo.

—Mataste a Hugh Montfort.

Oía cómo mi pulso se agitaba como un reloj desquiciado.

La figura del velo se tensó.

—Volvió arrastrándose —susurró—, suplicando perdón. Y después tuvo un súbito ataque de prisa por marcharse... Se cayó por la escalera. —No entendí el resto, pero oí algo que sonaba como *accidente*.

—Y a Anne —dije—. También la mataste a ella.

—En cierto sentido —dijo ella llevándose las manos al velo—. Aquella noche Filly durmió en el desván. Donde se acostaba con *él*.

Y entonces, con una voz casi inaudible, la figura del velo añadió:

—Sabía que las dos nos irradiaríamos. Miré a ver si estaba Filly, pero no había luz bajo su puerta. Creí que yo estaba a salvo...

Las piezas encajaron de repente: mi madre disponiéndose a encontrarse con Hugh, olvidando, porque la bombilla de la mesita estaba fundida, que había accionado el interruptor. Escapando, gracias a su decisión de quedarse a dormir arriba, de la tortura que habían preparado para ella.

El velo flotó libre; la cascada de pelo cobrizo resbaló sobre sus hombros y cayó a sus pies con un ruido sordo. La luz alumbró una cabeza calva y momificada, la piel estirada y agrietada sobre el cráneo, con dos agujeros negros por nariz y un único ojo centelleante sobre la masa leprosa de tejido, enfrentándome, media vida demasiado tarde, con la enormidad de mi ilusión mientras comprendía que Alice Jessell, Anne Hatherley y Abigail Hamish eran la misma persona.

Ninguno de los dos se movió durante un instante. El viento se había hecho más fuerte. El sonido parecía provenir de debajo del suelo. Un sonido apresurado, *crujiente*. Ella giró, se fue hacia la puerta y la abrió. Al seguirla, vi un resplandor anaranjado que salía por debajo de la puerta del desván. El aire era sofocante.

Permaneció inmóvil un momento, con la mano en la puerta, y luego se dirigió despacio hacia el descansillo. Creí que me decía algo, pero las palabras se perdieron en el rumor del fuego. Entonces se apoyó en la baranda y empezó a bajar la escalera. Sentí el calor en mi rostro, y no pude moverme. Ella ya casi había alcanzado el piso inferior cuando una gran ráfaga de humo subió hirviendo por la escalera. Me oí a mí mismo gritar: «¡Alice!», antes de caer de rodillas, ahogándome. Llegó una ola de aire caliente; el humo se disipó y vi, con los ojos atónitos, que no había nadie en la escalera.

Entonces el humo subió de nuevo, y me obligó a volver a entrar en la habitación, cerrando la puerta tras de mí. La lámpara emitía una luz azul a través del humo; el instinto me hizo arrastrarme por el suelo hasta las cortinas. Las descorrí, y vi que escondían unas puertas vidrieras, una terraza estrecha y el cielo nocturno; y más allá de una pared baja, el brillo tembloroso de las copas de los árboles. Abrí las puertas y respiré el aire fresco. La nube de humo empezó a disiparse.

Pero, ¿dónde estaban los bomberos? Lo único que podía oír era el rumor sofocado del fuego: ni sirenas, ni voces, ni alarmas. Me invadió el vértigo; me arrastré hacia el parapeto, un muro de ladrillo de apenas sesenta centímetros de altura. Incluso desde la posición en que me hallaba, me agarré al muro con todas mis fuerzas. La gravedad parecía haberse alterado; sentí que algo tiraba de mí hacia fuera, hacia el techo de cristal del invernadero que se extendía abajo. Iluminada por el brillo tembloroso de las llamas y los cuatro ventanales de la biblioteca, la pared de vegetación tenía más que nunca el aspecto de una selva. Aunque el resplandor era intenso, los árboles protegían su visión desde las casas vecinas. No parecía haberse roto ninguna ventana, pero la explosión de cristales no podía tardar.

Y no había salida de emergencia. La terraza rodeaba la casa, de extremo a extremo, y a ambos lados formaba ángulo con la pared. La única posibilidad era dar un gran salto desde la esquina izquierda, donde la selva del patio quedaba más próxima a la casa, con la esperanza de que la copa del árbol amortiguara la caída. Sólo de imaginarlo, la terraza pareció hundirse bajo mis pies.

Seguía sin oír ruido de sirenas. El fuego debía estar confinado en la parte trasera de la casa; habría subido por la escalera trasera y se habría extendido hacia fuera desde allí. Quizá había otra salida. Me aparté del muro, conseguí ponerme en pie, y entré tambaleándome en la habitación. El aire era más caliente y el rugido de las llamas estaba mucho más cerca; una línea de luz anaranjada centelleaba bajo la puerta que daba al descansillo.

La lámpara seguía encendida. Miré las cartas que había escrito a Alice, toda mi vida desperdiciada; pensé en la biblioteca de Viola consumida por el fuego. Había algo que quería salvar. Cogí el manuscrito de Viola y lo guardé dentro de la camisa, pensando, *esto es lo que hizo Anne*, y luego, *pero eso tampoco sucedió*.

¿Hacia dónde? Un humo negro y denso se colaba por debajo de la puerta. No tenía ni idea de lo que había detrás de la otra puerta, en la penumbra del fondo de la estancia. Mejor caer al vacío que morir quemado. Corrí hacia el ventanal y salí a la terraza, acercándome peligrosamente al momento del salto. Vi los restos de la glorieta bañados por una luz parpadeante. Pensé en Alice, en la señorita Hamish, en Staplefield, en todo lo que había creído conocer: todo eran fantasmas, todo había desaparecido. Sin nada que me aferrara a la Tierra, y sin vida que revivir, ¿qué tenía que temer? Podía limitarme a cerrar los ojos y hundirme, desvanecerme en aquel resplandor.

Entonces el mundo arrojó un aliento de fuego y mis pies me llevaron, no por encima del borde, sino a lo largo de la terraza hasta llegar a la confusa alfombra de ramas. Sentí una sacudida que me dejó inmóvil y tumbado de espaldas, pero, sin saber cómo, pegado al árbol. A través del hueco provocado por mi caída, vi las llamas que devoraban el muro. Pequeñas lenguas de fuego empezaron a separarse del fuego principal, flotando en el aire, como bandadas de aves feroces, brillando, elevándose y desvaneciéndose en el cielo nocturno. Sentí el peso del manuscrito en la camisa, e inicié, a duras penas, el descenso.

Otros títulos publicados en
books4pocket narrativa

Próximas publicaciones en
books4pocket narrativa

James Patterson
El cuatro de julio

Catherine Guennec
La modista de la reina

Santa Montefiore
La golondrina y el colibrí

Bram Stoker
Drácula

Lisa Unger
Mentiras piadosas

María Rosa Cutrufelli
La ciudadana

Antoinette May
La mujer de Poncio Pilato

for the induction disease. *Zentralblatt Bakteriol.*, Suppl. **23**, 144–5.

Sauerborn, M., Hegenbarth, S., Laufenberg-Feldmann, R., Leukel, P., and Eichel-Streiber, C. v. (1994). Monoclonal antibodies discriminating between *Clostridium difficile* toxin A and toxin B. *Zentralblatt. Bakteriol. Suppl.*, **24**, 510–11.

Schmidt, M., Rümenapp, U., Bienek, C. Keller, J., Eichel-Streiber, C. v., and Jakobs, K. H. (1996a). Inhibition of receptor signalling to phospholipase D by *Clostridium difficile* toxin B. *J. Biol. Chem.*, **271**, 2422–6.

Schmidt M., Bienek. C., Rümenapp, U., Zhang, C., Jakobs, K. H., Just, I., Aktories, K., Moos, M., and Eichel-Streiber, C. v. (1996b). Inhibition of receptor- and G protein-stimulated phospholipase C by *Clostridium difficile* toxin B. *Naunyn-Schmiedeberg's Archiv.* **354**, 87–94.

Selzer, J., Hofmann, F., Rex, G., Wilm, M., Mann, M., Just, I., and Aktories, K. (1996). *Clostridium novyi* alpha toxin catalyzed incorporation of GlcNAc into Rho subfamily proteins. *J. Biol. Chem.*, **271**, 25173–7.

Sixma, T. K., Pronk, S. E., Kalk, K. H., Wartna, E. S., van Zanten, B. A. M., Witholt, B., *et al.* (1991). Crystal structure of a cholera toxin-related heat-labile enterotoxin from *E. coli* [see comments]. *Nature*, **351**, 371–7.

Sterne, M. and Wentzel, L. M. (1950). A new method for the large scale production of high-titered botulium formal-toxoid types C and D. *J. Immunol.*, **65**, 175–83.

Sullivan, N. M., Pellett, S., and Wilkins, T. D. (1982). Purification and characterization of toxins A and B of *Clostridium difficile*. *Infect. Immun.*, **35**, 1032–40.

■ *Christoph von Eichel-Streiber:*
Verfügungsgebäude für Forschung und Entwicklung,
Institut für Medinzinische Mikrobiologie und Hygiene,
55111 Mainz,
Germany

ActA (*Listeria monocytogenes*)

ActA is a 90 kDa protein expressed on the surface of the facultative intracellular bacterium Listeria
monocytogenes. *It is necessary and sufficient to induce actin polymerization at one pole of the bacterium. Actin
polymerization is thought to provide the propulsive force for intracellular movement and cell-to-cell spread.
ActA is a major virulence factor of* L. monocytogenes.

ActA is a major surface protein of the Gram positive human bacterial pathogen *L. monocytogenes*. It is encoded by gene *actA* (Genebank accession number M82881 and EMBL Data library accession number X59723) whose sequence predicts a 639-amino-acid protein with an amino-terminal signal peptide and a C-terminal membrane anchor (Domann *et al.* 1992; Vazquez-Boland *et al.* 1992). The N-terminus is processed at the predicted site and the mature 610-amino-acid protein is expressed on the bacterial surface and anchored into the bacterial membrane via its hydrophobic C-terminal region (Domann *et al.* 1992; Kocks *et al.* 1992). ActA (predicted isoelectric point: 4.74) is rich in glutamic acid (12 per cent) and proline (9.2 per cent). The N-terminal domain of ActA is highly charged. Its central region contains a succession of proline/glutamic rich stretches. The C-terminal part is more hydrophobic. As shown by immunogold labelling, the two first parts of the protein protrude from the cell wall and are thus able to interact with cytoskeleton components. ActA displays a polar distribution on the bacterial body. It is highly expressed at one pole of the bacterium and its distribution gradually decreases towards the other (Kocks *et al.* 1993).

ActA is required for actin assembly once the bacterium has escaped from the phagosomal compartment and resides in the cytosol (Tilney and Tilney 1993; Cossart and Kocks 1994; Cossart 1995). Actin filaments are formed at the posterior end of the bacterium, at the site of high ActA expression. The actin filaments are subsequently released and crosslinked, generating an actin tail which is left behind by the moving bacterium. The exact function of ActA in the actin assembly process is unknown. Up to now, there is no evidence that ActA has the capacity to interact directly with actin. The only identified ligand of ActA is VASP, the vasodilator-stimulated phospho-protein (Chakraborty *et al.* 1995), a focal adhesion and microfilament associated proline-rich protein, which has the capacity to interact with profilin, an actin monomer sequestering protein which can induce actin polymerization. Profilin and VASP have been localized at the base of the actin tail (Theriot *et al.* 1994). VASP binds to the proline rich region of ActA (Pistor *et al.* 1995). It is proposed that VASP would bind to ActA and bring profilin–actin complexes in the vicinity of the bacterium. These complexes would contribute to the polymerization process. However, transfection of mammalian cells with various parts of ActA or expression of various parts of ActA in *L. monocytogenes* have shown that the N-terminal part of ActA is critical for actin assembly while the proline-rich region only acts as a stimulator (Friederich *et al.* 1995; Lasa *et al.* 1995; Pistor *et al.* 1995). Consequently, VASP may not be absolutely required for movement. The present challenge is to identify the putative 'actin nucleator' protein binding to the N terminal of ActA or the ligand allowing the N-terminal to directly nucleate actin monomers.

■ Purification

ActA can be extracted from the bacterial surface by mild treatment with SDS, but this method may not be appropriate for subsequent functional characterization. Monoclonal antibodies have been produced against ActA eluted from gels and these have been used to affinity purify both ActA from cell surface extracts and a soluble form of ActA lacking the carboxy-terminal region (Niebuhr *et al.* 1993). However, degradation products with the same amino-terminal sequence as ActA copurify with it, probably following proteolysis of ActA by a listerial protease.

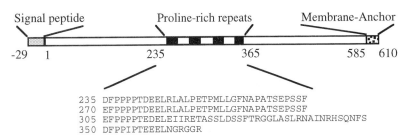

```
235  DFPPPPTDEELRLALPETPMLLGFNAPATSEPSSF
270  EFPPPPTDEELRLALPETPMLLGFNAPATSEPSSF
305  EFPPPPTEDELEIIRETASSLDSSFTRGGLASLRNAINRHSQNFS
350  DFPPIPTEEELNGRGGR
```

Figure 1. Schematic representation of ActA.

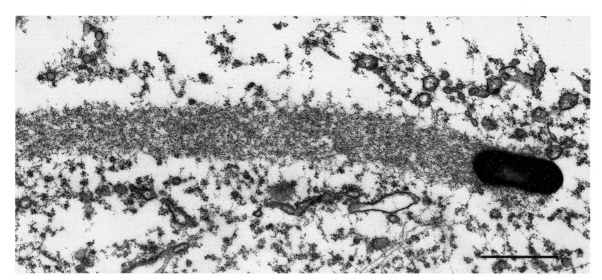

Figure 2. Ultra-thin section through an *L. monocytogenes* infected J774-macrophage at 4 h of infection. Actin filaments (electron dense filamentous material) assemble from the rear half of the bacterium into a tail thereby generating movement towards the opposite direction (Reproduced from Kocks *et al.* 1992 with permission from *Cell*). Bar = 1 μm.

■ Use in cell biology

ActA is the first bacterial protein known to induce by itself actin polymerization either in mammalian cells or in cytoplasmic extracts of *Xenopus Laevis* eggs (Pistor *et al.* 1995; Friederich *et al.* 1995; Kocks *et al.* 1995; Smith *et al.* 1995). To dissect ActA function, ActA has been mostly expressed from eukaryotic expression vectors in transfection experiments involving mammalian cell lines. When the complete ActA protein is expressed, ActA is targeted to the mitochondria where it induces actin assembly (Pistor *et al.* 1994, 1995). If the C-terminal membrane anchor is deleted, a soluble form of ActA is expressed in the cytosol where it induces actin assembly (Pistor *et al.* 1994; Friederich *et al.* 1995). If ActA is fused to a CAAX box, the ActA–CAAX protein is targeted to the inner face of the plasma membrane, due to isoprenylation of the C residue. At this location, ActA–CAAX induces actin polymerization, membrane extensions, and dramatic cell shape changes (Friederich *et al.* 1995). Thus there is a developing trend to use ActA as a tool to understand the correlation between actin polymerization and cell shape changes and/or cell motility. Moreover, immunologically cross reactive proteins have been detected in extracts of several organisms (Lasa *et al.* 1995; E. Friederich and D. Louvard, personal communication; and C. Kocks and P. Cossart, unpublished results). The identification of eukaryotic ActA homologues should be very interesting.

■ References

Chakraborty, T., Ebel, F., Dommann, E., Niebuhr, K., Gerstel, B., Pistor, S., *et al.* (1995). A focal adhesion factor directly linking intracellularly motile *Listeria monocytogenes* and *Listeria ivanovii* to the actin-based cytoskeleton of mammalian cells. *EMBO J.*, **14**, 1314–21.

Cossart, P. (1995). Bacterial actin based motility. *Curr. Opin. Cell. Biol.*, **7**, 94–101.

Cossart, P. and Kocks, C. (1994). The actin based motility of the intracellular pathogen *Listeria monocytogenes*. *Mol. Microbiol.*, **13**, 395–402.

Domann, E., Wehland, J., Rohde, M., Pistor, S., Hartl, M., Goebel, W., *et al.* (1992). A novel bacterial gene in *Listeria monocytogenes* required for host cell microfilament interaction with homology to the proline-rich region of vinculin. *EMBO J.*, **11**, 1981–90.

Friederich, E., Gouin, E., Hellio, R., Kocks, C., Cossart, P., and Louvard, D. (1995). Targeting of *Listeria monocytogenes* ActA protein to the plasma membrane as a tool to dissect both actin-based cell morphogenesis and ActA function. *EMBO J.*, **14**, 2731–44.

Kocks, C., Gouin, E., Tabouret, M., Berche, P., Ohayon, H., and Cossart, P. (1992). *Listeria monocytogenes*-induced actin assembly requires the *actA* gene product, a surface protein. *Cell*, **68**, 521–31.

Kocks, C., Hellio, R., Gounon, P., Ohayon, H., and Cossart, P. (1993). Polarized distribution of *Listeria monocytogenes* surface protein ActA at the site of directional actin assembly. *J. Cell Sci.*, **105**, 699–710.

Kocks, C., Marchand, J. B., Gouin, E., d'Hauteville, H., Sansonetti, P. J., Carlier, M. F., and Cossart, P. (1995). The unrelated surface proteins ActA of *Listeria monocytogenes* and IcsA of *Shigella flexneri* are sufficient to confer actin-based motility to *L. innocua* and *E. coli* respectively. *Mol. Microbiol.*, **18**, 413–23.

Lasa, I., David, V., Gouin, E., Marchand, J., and Cossart, P. (1995). The amino-terminal part of ActA is critical for the actin based motility of *Listeria monocytogenes*; the central proline-rich region acts as a stimulator. *Mol. Microbiol.*, **18**, 425–36.

Niebuhr, K., Chakraborty, T., Rohde, M., Gazlig, T., Jansen, B., Kollner, P., *et al.* (1993). Localization of the ActA polypeptide of *Listeria monocytogenes* in infected tissue culture cell lines: ActA is not associated with actin comets. *Infect. Immun.*, **61**, 2793–802.

Pistor, S., Chakraborty, T., Niebuhr, K., Domann, E., and Wehland, J. (1994). The ActA protein of *L. monocytogenes* acts as a nucleator inducing reorganization of the actin cytoskeleton. *EMBO J.*, **13**, 758–63.

Pistor, S., Chakraborty, T., Walter, U., and Wehland, J. (1995). The bacterial actin nucleator protein ActA of *Listeria monocytogenes* contains multiple binding sites for host microfilament proteins. *Curr. Biol.,* **5**, 517–25.

Smith, G. A., Portnoy, D. A., and Theriot, J. A. (1995). Asymmetric distribution of the *Listeria monocytogenes* ActA protein is required and sufficient to direct actin-based motility. *Mol. Microbiol.,* **17**, 945–51.

Theriot, J. A., Rosenblatt, J., Portnoy, D. A., Goldschmidt-Clermont, P. J., and Mitchison, T. J. (1994). Involvement of profilin in the actin-based motility of *L. monocytogenes* in cells and in cell-free extracts. *Cell,* **76**, 505–17.

Tilney, L. G. and Tilney, M. S. (1993). The wily ways of a parasite: induction of actin assembly by *Listeria. Trends Microbiol.,* **1**, 25–31.

Vazquez-Boland, J.-A., Kocks, C., Dramsi, S., Ohayon, H., Geoffroy, C., Mengaud, J., *et al.* (1992). Nucleotide sequence of the lecithinase operon of *Listeria monocytogenes* and possible role of lecithinase in cell-to-cell spread. *Infect. Immun.,* **60**, 219–30.

■ *Christine Kocks:*
Institute for Genetics,
University of Cologne,
Zulpicher Strasse 47,
50674 Köln ,
Germany

■ *Pascale Cossart:*
Unité des Interactions Bacteries-Cellules,
Institut Pasteur,
28 rue du Docteur Roux,
Paris 75015,
France

IcsA (*Shigella flexneri*)

IcsA is an outer membrane protein produced by virulent strains of Shigella flexneri. *It promotes the intraepithelial dissemination of the bacteria in infected cells by inducing polymerization of an actin comet at one pole of the microorganism.*

Shigella flexneri, the causative agent of bacillary dysentery, is a facultative intracellular pathogen that can enter and spread inside the host epithelial cells. This invasion process involves a sequence of molecular interactions between bacterial virulence factors and the host cell cytoskeleton (Sansonetti *et al.* 1994).

IcsA (intra/intercellular spread protein A) or VirG, a *S. flexneri* outer membrane protein, is essential for the intracellular movement and intercellular spread (Makino *et al.* 1986; Bernardini *et al.* 1989; Lett *et al.* 1989). Upon infection of Hela cell monolayers by *S. flexneri*, IcsA induces formation of an actin tail at one pole of the bacterium. Accumulation and polymerization of F-actin filaments provide a motive force which results in movement of the bacterium inside the cytoplasm. This event is followed by the formation of extracellular finger-like protrusion, through which the bacteria penetrate adjacent cells. A strain of *S. flexneri* containing a mutation in *icsA* neither polymerizes actin on its surface nor spreads within the cytoplasm or to the adjacent cells. It rather forms localized microcolonies near the nucleus (Bernardini *et al.* 1989).

The IcsA protein is encoded by a 3.6 kb gene present on the virulence plasmid (Lett *et al.* 1989) (GenBank accession number M22802). Translocation and anchorage of IcsA to the membrane is achieved by a mechanism similar to that described for translocation of the IgA of *Neisseria gonorrhoeae* (Klauser *et al.* 1993; Suzuki *et al.* 1995). Accordingly, IcsA can be divided in three main portions: the signal peptide (L) (residues 1–53), the extramembrane domain B (residues 54–758), and the intramembrane (residues 758–1102). Within this IcsAα domain several glycine-rich repeats can be found.

Secretion of the IcsAα occurs after cleavage of the protein between two arginine residues at the positions 758 and 759 on an SSRRASS sequence (d'Hauteville *et al.* 1995; Fukada *et al.* 1995). This site is also a target for cyclic AMP dependent protein kinase (PKA) mediated phosphorylation in *in vitro* assays (d'Hauteville and Sansonetti 1992). Site-directed mutagenesis of this sequence results in lack of cleavage with subsequent abnormal localization of the protein on the bacterial surface leading to aberrant movement (d'Hauteville and Sansonetti 1995). It is still debated whether the secreted IcsAα is present within the comet (d'Hauteville *et al.* 1995).

By immunolabelling, IcsA is detected at the interface between the actin comet and the bacteria (Goldberg *et al.* 1993). The membrane-bound form of the protein is suffcient to elicit actin nucleation (Goldberg and Theriot 1995; Fukuda *et al.* 1995). Decoration of the actin filaments with the S1 subunit of myosin has shown that actin filaments display a unidirectional polarity, with the barbed ends always associated to the surface of the bacteria. Also incorporation of the actin monomers occurs at the comet– bacterium interface.

The interaction of IcsA with G-actin is weak and ATP-dependent. *In vitro* experiments have shown that IcsA binds and hydrolyses ATP (Goldberg *et al.* 1993). It has also been postulated that IcsA may not be itself the actin

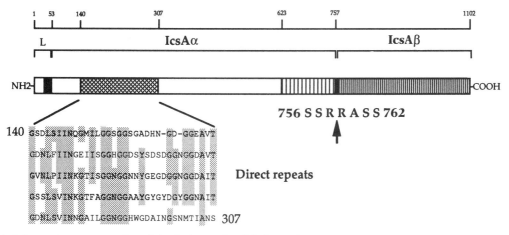

Figure 1. Schematic representation of the IcsA protein of *S. flexneri*.

nucleator and that it may recruit a cellular partner to promote actin nucleation.

Purification and sources

IcsA p. 120 has been overexpressed as in *E.coli* strain JM109. In this strain, *IcsA* gene has been placed under the control of the inducible *tac* promoter in vector pKK223-3. Urea-denatured proteins have then been fractionated by an Ultrogel AcA22 column (Goldberg *et al.* 1993).

Recently, different portions of IcsAα have been expressed as GST fusion proteins, and purified by affinity chromatography (Suzuki *et al.* 1996).

Antibodies

Rabbit polyclonal and mouse monoclonal antibodies have been raised against the whole protein (Goldberg *et al.* 1993). These antibodies have been used in ELISA, Western-blotting, immunofluorescence, and immuno-precipitation assays (d'Hauteville *et al.* 1995).

Use in cell biology

Since regulation of actin dynamics and polymerization of actin filaments in intact moving cells are still poorly understood, the actin-based movement of *S. flexneri* can be used as a model to dissect the molecular basis of actin-based cell motility.

Currently, the exact mechanism of action of IcsA is under studies in our laboratory. Recent development of cell-free assays will facilitate this study (Theriot *et al.* 1994). In these assays, which use cytoplasmic extracts of Xenopus oocytes, actin polymerization and bacterial motility can be reproduced by using a strain of *E. coli* that expresses only the membrane-bound form of IcsA (Goldberg and Theriot 1995; Kocks *et al.* 1995).

References

Bernardini, M. L., Mounier, J., d'Hauteville, H., Coquis-Rondon, M., and Sansonetti, P. J. (1989). Identification of *icsA*, a plasmid locus of *Shigella flexneri* which governs bacterial intra- and intercellular spread through interaction with F-actin. *Proc. Natl. Acad. Sci. USA*, **86**, 3867–71.

d'Hauteville, H. and Sansonetti, P. J. (1992). Phosphorylation of IcsA by cAMP-dependent protein kinase and its effect on intercellular spread of *Shigella flexneri*. *Mol. Microbiol.*, **6**, 833–41.

d'Hauteville, H., Dufourcq Lagelouse, R., Nato, F., and Sansonetti, P. J., (1995). Lack of cleavage of IcsA in *Shigella flexneri* causes aberrant movement and allows demonstration of cross reactive eucaryotic protein. *Infect. Immun.*, **64**, 511–17.

Fukada, I., Suzuki, T., Munakata, H., Hayashi, N., Katayama, E., Yoshikawa, M., *et al.* (1995). Cleavage of *Shigella* surface protein VirG occurs at a specific site, but the secretion is not essential for intracellular spreading. *J. Bacteriol.*, **177**, 1719–26.

Goldberg, M. B. and Theriot, J. A. (1995). *Shigella flexneri* surface protein IcsA is sufficient to direct actin-based motility. *Proc. Natl. Acad. Sci. USA*, **92**,

Goldberg, M., Barzu, O., Parsot, C., and Sansonetti, P. J. (1993). Unipolar localization and ATPase activity of IcsA, a *Shigella flexneri* protein involved in intracellular movement. *J. Bacteriol.*, **175**, 2189–96.

Klauser, T., Pohlner, P., and Meyer, T. (1993). The secretion pathway of IgA protease-type proteins in gram negative bacteria. *Bioassays*, **15**, 799–805.

Kocks, C., Marchand, J. B., Gouin, E., d'Hauteville, H., Sansonetti, P. J., Carlier, M. F., *et al.* (1995). The unrelated proteins ActA of Listeria monocytogenes and IcsA of *Shigella flexneri* are sufficient to confer actin-based motility on *L. innocua* and *Escherichia coli* respectively. *Mol. Microbiol.* **18**, 413–23.

Lett, M. C., Sasakawa, C., Okada, N., Sakai, T., Makino, S.,Yamada, M., *et al.* (1989). *virG*, a plasmid-coded virulence gene of *Shigella flexneri*: identification of the VirG protein and determination of the complete coding sequence. *J. Bacteriol.*, **171**, 353–9.

Makino, S., Sasakawa, C., Kamata, K., Kurata, T., and Yoshikawa, M. (1986). A virulence determinant required for continuous reinfection of adjacent cells on large plasmid in *Shigella flexneri* 2a. *Cell*, **46**, 551–5.

Sansonetti, P. J., Mounier J., Prévost M. C., and Mège R. M. (1994). Cadherin expression is required for the spread of *Shigella flexneri* between epithelial cells. *Cell*, **76**, 829–39.

Suzuki, T., Saga, S., and Sasakawa, C. (1996). Functional analysis of *Shigella* Vir G domains essential for interaction with vinculin and actin-based motility. *J. Biol. Chem.,* **271**, 21878–85.

Theriot, J. A., Rosenblatt, J., Portnoy, J. A., Goldschmidt-Clermont, P. J., and Mitchison, T. J. (1994). Involvement of profilin in actin-based motility of *L. monocytogenes* in cells and cell-free extracts. *Cell,* **76**, 505–17.

■ *Coumaran Egile and Philippe J. Sansonetti:*
Unité de Pathogenie Microbienne Moléculaire,
Institut Pasteur,
28, rue du Docteur Roux,
75724 Paris Cedex 15,
France

Zonula occludens toxin (*Vibrio cholerae*)

Zonula occludens toxin is a 44. 8 kDa protein elaborated by Vibrio cholerae. *It binds to a specific receptor whose distribution within the intestine varies, being more represented in the jejunum and ileum, and decreasing along the villous-crypt axis. The toxin activates a complex cascade of intracellular events that regulate the tight junction permeability.*

Zonula occludens toxin (ZOT) is a single peptide chain of 44. 8 kDa (399 amino acid residues, predicted p*I* of 8. 5, GenBank accession number M83563) (Baudry *et al.* 1992). It contains a modified version of the purine NTP-binding motif with a drastic substitution of tyrosine for a conserved glycine (Koonin 1992). ZOT seems to be distantly but reliably related to the product gene I of filamentous bacteriophages, which is a putative ATPase containing the classic NTP-binding motif (Koonin 1992). ZOT hydropathy plots revealed one membrane-spanning segment located downstream from the putative NTPase domain.

Genetic analysis by Mac Vector Analysis Software revealed a conserved region of the gE gene of herpes virus that overlaps the region US9 gene of cytomegalovirus and has a remarkable similarity to the *zot* gene (Pereira *et al.* 1996). Both US9 glycoprotein and gE glycoprotein alter tight junctions and facilitate cell–cell spread of the viruses through the paracellular pathway (Pereira *et al.* 1995). These data suggest that ZOT is the archetype of a new family of enterotoxins that are responsible for a completely new mechanism of microbial pathogenesis.

Preliminary data suggest that ZOT binds to a glycoprotein receptor, whose surface expression among various cell lines and within the intestine varies (Fasano *et al.* 1995). Following this binding, the protein is internalized and activates an intracellular cascade of events leading to the regulation of tight junction permeability.

■ Purification

ZOT was originally prepared from culture supernatants of *Vibrio cholerae* (Fasano *et al.* 1991). In its native form the toxin is extremely unstable, since the biological effect disappears within a few hours of the preparation of the supernatant and is abrogated by freezing or lyophilization (Fasano *et al.* 1991). Moreover, the amount of ZOT that can be obtained either from supernatants or cell lysates of *Vibrio cholerae* cultures is very limited. To increase the amount of ZOT produced, *zot* gene has been fused with the maltose binding protein (MBP) gene and placed under the control of the inducible *tac* promoter. The fusion protein is expressed in *E. coli* and obtained by disrupting the cells, passing the cell lysate supernatant over an amylose column, and eluting the column with maltose. Purified ZOT is finally cleaved from the fusion protein using factor Xa (Uzzau and Fasano, unpublished data). Currently, ZOT is not commercially available (contact person: Alessio Fasano).

■ Activities

ZOT, either as a purified protein or MBP-fusion product, interacts with a membrane receptor present in the jejunum and ileum (particularly on the brush border of mature cells of the tip of the villi), but not in the colon. Once internalized, the toxin induces time- and dose-dependent rearrangement of the cytoskeleton (Fasano *et al.* 1995). This rearrangement is related to the PKCa-dependent polymerization of actin monomers into actin filaments and is mechanistically linked to the redistribution of the ZO-1 protein from the tight junctional complex (Fasano *et al.* 1995) (see Fig. 1). *In-vivo* animal studies showed that, as a consequence of the alteration of the paracellular pathway, the intestinal mucosa becomes more permeable, and water and electrolytes, under the force of hydrostatic pressure, leak into the lumen, resulting in diarrhea. The effect of ZOT on cytoskeleton rearrangement and tissue permeability is completely reversible. The MBP–ZOT fusion protein retains all the biological properties of ZOT.

■ Antibodies

Rabbit polyclonal antibodies showing very good sensitivity (titer 1:5000–1:10000) have been obtained, but are not yet commercially available.

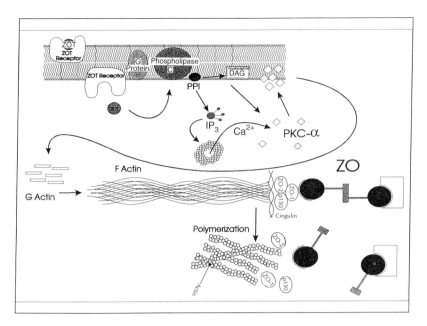

Figure 1. A cartoon depicting the possible mechanism of action of ZOT. Once the toxin is internalized, it activates phospholipase-C (PLC) that will catalyse the production of diacylglycerol (DAG) and inositol-triphosphate (IP_3) from phosphatidyl inositol (PPI). Consequently, Ca^{2+} is released from intracellular stores and activates PKC-α. The phosphorylation of a target protein(s), not yet identified, induces polymerization and rearrangement of actin filaments with subsequent displacement of ZO-1 protein from the junctional complex and opening of tight junctions.

■ Genes

zot gene is located on the *Vibrio cholerae* chromosome immediately adjacent to the cholera toxin genes (*ctx*) (Baudry *et al.* 1992), within a highly dynamic region of the chromosome defined as the 'virulence cassette' (Trucksis *et al.* 1993). The high concurrence of *zot* gene with *ctx* genes among *Vibrio cholerae* (Johnson *et al.* 1993; Chowdhury *et al.* 1994) suggest a possible synergistic role of ZOT in the causation of the acute dehydrating diarrhea typical of cholera.

Recent evidences seem to suggest that the virulence cassette genes upstream ctx belong to a filamentous phage (CTXø) (Waldor and Mekalanos 1996).

■ References

Baudry, B., Fasano, A., Ketley, J., and Kaper, J. B. (1992). Cloning of a gene (*zot*) encoding a new toxin produced by *Vibrio cholerae. Infect. Immun.*, **60**, 428–34.

Chowdhury, M. A. R., Hill, R. T., and Colwell, R. R. (1994). A gene for the enterotoxin zonula occludens toxin is present in *Vibrio mimicus* and *Vibrio cholerae* O139. *FEMS Microbiol. Lett.*, **119**, 377–80.

Fasano, A., Baudry, B., Pumplin, D. W., Wasserman, S. S., Tall, B. D., Ketley, J. M., *et al.* (1991). *Vibrio cholerae* produces a second enterotoxin, which affects intestinal tight junctions. *Proc. Natl. Acad. Sci. USA*, **88**, 5242–6.

Fasano, A., Fiorentini, C., Donelli, G., Uzzau, S., Kaper, J. B., Margaretten, K., *et al.* (1995) Zonula occludens toxin modulates tight junctions through protein kinase C-dependent actin reorganization, *in vitro. J. Clin. Invest.*, **96**, 710–20.

Johnson, J. A., Morris, G. J. Jr, and Kaper, J. B. (1993). Gene encoding zonula occludens toxin (*zot*) does not occur independently from cholera enterotoxin genes (*ctx*) in *Vibrio cholerae. J. Clin. Microbiol.*, **31**, 732–3.

Koonin, E. V. (1992). The second cholera toxin, ZOT, and its plasmid-encoded and phage-encoded homologues constitute a group of putative ATPases with an altered purine NTP-binding motif. *FEBS*, **312**, 3–6.

Pereira, L., Maidjy, E., Tugizov, S., and Jones, T. (1995). Deletion mutants in human cytomegalovirus glycoprotein US9 are impaired in cell–cell transmission and in altering tight junctions of polarized human retinal pigment epithelial cells. *Scand. J. Infect. Dis.*, **99**, 82–87.

Trucksis, M., Galen, J. E., Michalski, J., Fasano, A., and Kaper, J. B. (1993). Accessory cholera enterotoxin (ACE), the third member of a *Vibrio cholerae* virulence cassette. *Proc. Natl. Acad. Sci. USA*, **90**, 5267–71.

Waldor, M. K. and Mekalanos J. J. (1996). Lysogenic conversion by a filamentous phage encoding cholera toxin. *Science*, **272**, 1910–14.

■ *Alessio Fasano:*
Gastrointestinal Pathophysiology Unit,
Center for Vaccine Development,
University of Maryland, School of Medicine,
10 South Pine Street,
Baltimore, MD 21201-1192,
USA

5

Toxins affecting the immune and inflammatory response

Introduction

The study of the effects of bacterial toxins on immune system (IS) cells and functions, includng inflammatory cascade, was very limited until the mid 1980s as compared to the outstanding expansion of other areas of bacterial toxinology, particularly molecular genetics, structural biochemistery, and cell biology of these molecules. The slower pace of the research on IS–toxin interaction stems very likely from the high complexity of the IS network and for methodological reasons. However, the past few years have witnessed remarkable achievements in our knowledge of the molecular mechanisms and the physiological and pathological consequences of toxin–IS interaction. The discovery of the superantigenic properties of certain toxins (following entry p. 89) greatly contributed to this progress.

■ General features of toxin effects

Two different situations should be considered in this respect:

1. Bacterial toxins whose main targets are exclusively or mainly IS cellular and molecular effectors *per se,* for which the generic name *'immunocytotropic toxins'* could be designated, as proposed by the author.

2. Bacterial toxins which may affect or modulate certain functions of IS cells but which mainly act on cellular and molecular targets unrelated to the IS network. They could be qualified as *'Immunoactive toxins'*.

The modification of IS cell functions and homeostatis by both groups of toxins may lead to various pathophysiological disorders and diseases including host death, resulting from the production by target cells of potent pharmacological and toxic effectors (cytokines, inflammatory cascade products, biogenic amines, etc.).

■ Immunocytotropic toxins

These proteins released by certain Gram-positive and Gram-negative bacteria act directly on various IS cells particularly T lymphocytes, causing the modulation and disregulation of many cellular functions, T cell mitogenesis (polyclonal proliferation), cell activation (*de novo* expression of cell-surface proteins, which may behave as receptors for various biological ligands), cell apoptosis, anergy, suppression or impairment of humoral and (or) cell-mediated immune responses, in addition to the release of pharmacological effectors.

Two main classes of mitogenic immunocytotropic toxins could be distinguished:

1. Those members of the family of the so-called *superantigens* (see entry p. 89), namely *S. aureus* enterotoxins and TSST-1, *S. pyogenes,* pyrogenic (erythrogenic) exotoxins A and C, and newly discovered mitogens, *Y. pseudotuberculosis* and *Y. enterocolitica* mitogens and *C. perfringens* enterotoxin (Alouf *et al.* 1991; Bowness *et al.* 1992; Stuart and Woodward 1992; Geoffroy *et al.* 1994; Norrby-Teglund 1994; Yasuhiko *et al.* 1995).

   These toxins bind to MHC class IT molecules on antigen presenting cells (APC) and elicit in-parallel polyclonal proliferation of T lymphocytes expressing particular motifs on the V β chain of T cell receptor (Kotzin *et al.* 1993). Independently, they may react with other IS cells such as polymorphonuclear neutrophils leading to the release of inflammatory mediators and expression of heat shock proteins (Hensler *et al.* 1993).

2. Other mitogenic toxins such as pertussis toxin (Rappuoli and Pizza 1991) trigger potent lymphocyte proliferation by a pathway different from that elicited by the superantigens and also disregulate the IS by provoking the inhibition of the migration of peritoneal macrophages, lymphocytosis, immunopotentiation, and modulation of leukotriene generation (Munoz 1988; Hensler *et al.* 1989; Lobet *et al.* 1993).

■ Immunoactive toxins

A great number of pore-forming, ADP-ribosylating, and other toxins, acting on various eukaryotic cellular or intracellular targets, may also interact with IS cells leading to a variety of modifications, activation, or disregulation of the functions of target immunocytes. This is the case for *E. coli* hemolysin which is a potent stimulus for superoxide generation; the release of many effectors of the inflammatory cascade from human PMN, platelets, or lymphocyte/monocyte/basophil cells; and downregulation of the release of certain proinflammatory cytokines (Bhakdi and Martin 1991; Grimminger *et al.* 1991; König *et al.* 1994). The sulfydryl-activated toxins (Bremm *et al.* 1987), staphyloccocal alpha toxin (Bhakdi and Tranum-Jensen 1991), and delta toxin (Kasimir *et al.* 1990) also provoke similar effects and complement activation and immunoglobulins Fc binding property (Mitchell *et al.* 1991).

Cholera toxin is also a highly active toxin on the IS network. It exhibits strong systemic and mucosal adjuvant enhancing properties on IgG and IgA response, through IL-1 production and potentiation of APC activity and prevention of the induction of oral tolerance against bystander antigens (Brommander *et al.* 1991; Pierre *et al.* 1992). *Pseudomonas aeruginosa* exotoxin A elicited immunosuppression of IgG and IgM production by B-cell blasts (Vidal *et al.* 1993).

These few examples illustrate the great theoretical, clinical, and biotechnological interest of investigating toxin interaction with the IS.

■ References

Alouf, J. E., Knöll, H., and Köhler, W. (1991). The family of mitogenic, shock-inducing and superantigenic toxins from staphylococci and streptococci. In *Sourcebook of bacterial protein toxins* (ed J. E. Alouf and J. H. Freer), pp. 367–414, Academic Press, London.

Bhakdi, S. and Martin, E. (1991). Superoxide generation by human neutrophils induced by low doses of *Escherichia coli* hemolysin. *Infect. Immun.*, **59**, 2955–62.

Bhakdi, S. and Tranum-Jensen, J. (1991). Alpha-toxin of *Staphylococcus aureus. Microbiol. Rev.*, **55**, 733–51.

Bowness, P., Moss, A. H., Tranter, H., Bell, I. I., and McMichael, J. (1992). *Clostridium perfringens* enterotoxin is a superantigen reactive with human T cell receptors VB6.9 and VB22. *J. Exp. Med.*, **176**, 893–6.

Bremm, K. D., König, W., Thelestom, M., and Alouf, J. E. (1987). Modulation of granulocyte function by bacterial exotoxins and endotoxins. *Immunology*, **62**, 363–71.

Brommander, A., Holmgren, J., and Lycke, N. (1991). Cholera toxin stimulates IL-1 production and enhances antigen presentation by macrophages *in vitro*. *J. Immunol.*, **146**, 2908–14.

Geoffroy, C., Müller-Alouf, H., Champagne, E., Cavaillon, J. M., and Alouf, J. E. (1994). Identification of a new extracellular mitogen from group A streptococci. *Zentralbl. Bakteriol. Suppl.*, **24**, 90–1.

Grimminger, F., Scholz, C., Bhakdi, S., and Seeger, W. (1991). Subhemolytic doses of *Escherichia coli* hemolysin evoke large quantities of lipoxygenase products in human neutrophils. *J. Biol. Chem.*, **266**, 14262–9.

Hensler, T., Raulf, M., Megret, F., Alouf, J. E., and König, W. (1989). Modulation of leukotriene generation by pertussis toxin. *Infect. Immun.*, **57**, 1163–71.

Hensler, T., Kö1ler, M., Geoffroy, C., Alouf, J. E., and König, W. (1993). *Staphylococcus aureus* toxic shock syndrome, toxin-1 and *Streptococcus pyogenes* erythrogenic toxin A modulate inflammatory mediator release from human neutrophils. *Infect. Immun.*, **61**, 1055–61.

Kasimir, S., Schonfeld, W., Alouf, J. E., and König, W. (1990). Effect of *Staphylococcus aureus* delta-toxin on human granulocyte functions and platelet-activating factor metabolism. *Infect. Immun.*, **58**, 1653–9.

König, B., Ludwig, A., Goebel, W., and König, W. (1994). Pore formation by the *Escherichia coli* alpha-hemolysin: role for mediator release from human inflammatory cells. *Infect. Immun.*, **62**, 4611–17.

Kotzin, B. L., Leung, D. Y., Kappler, J., and Mamck, P. (1993). Superantigens and their potential role in human disease. *Adv. Immunol.*, **54**, 99–166.

Lobet, Y., Feron, C., Dequesne, O., Simoen, E., Hauser, P., and Locht, C. (1993). Site-specific alterations in the B oligomer that affect receptor-binding activities and mitogenicity of pertussis toxin. *J. Exp. Med.*, **177**, 79–87.

Mitchell, T. J., Andrew, P. W., Saunders, F. K., Smith, A. N., and Boulnois, G. J. (1991). Complement activation and antibody binding by pneumolysin via a region of the toxin homologous to a human acute-phase protein. *Mol. Microbiol.*, **5**, 1883–8.

Munoz, S. S. (1988). Actions of pertussigen (pertussis toxin) on the host immune system. In *Pathogenesis and immunity in pertussis* (ed. A. C. Wardlaw and R. Parton), pp. 173–92, Chichester.

Norrby-Teglund, A., Norgren, M., Holm, S. E., Andersson, U., and Andersson, J. (1994). Similar cytokine induction profiles of a novel streptococcal exotoxin, MF and pyrogenic exotoxins A and B. *Infect. Immun.*, **62**, 3731–8.

Pierre, P., Denis, O., Bazin, H., Mbella, E. M., and Vaerman, J. P. (1992). Modulation of oral tolerance to ovalbumin by cholera toxin and its B-subunit. *Eur. J. Immun.*, **22**, 3179–82.

Rappuoli, R. and Pizza, M. (1991). Structure and evolutionary aspects of ADP-ribosylating toxins. In *Sourcebook of bacterial proteins toxins* (ed. J. E. Alouf and J. H. Freer), pp. 1–21, Academic Press, London.

Stuart, P. M. and Woodward, J. G. (1992). *Yersinia enterocolitica* produces superantigenic activity. *J. Immunol.*, **148**, 225–33.

Vidal, D. R., Garrone, P., and Banchereau, J. (1993). Immunosuppressive effects of *Pseudomonas aeruginosa* exotoxin A on human B-lymphocytes. *Toxicon*, **31**, 27–34.

Yasuhiko, I., June, A., Ken-ichi, Y., Tae, T., and Takao, K. (1995). Sequence analysis of the gene for a novel superantigen produced by *Yersinia pseudotuberculosis* and expression of the recombinant protein. *J. Immunol.*, **154**, 5896–906.

■ *Joseph Alouf:*
Institut Pasteur de Lille,
1, rue du Professeur Calmette,
B.P. 245,
F 59019 Lille Cedex,
France

Pyrogenic exotoxins (superantigens) (*Staphylococcus aureus* and *Streptococcus pyogenes*)

The pyrogenic exotoxins produced by two genera of Gram-positive cocci comprise a polymorphic family of genetically related toxins consisting of the the staphylococcal enterotoxins (SE) and the toxic shock syndrome toxin-1 (TSST-1) produced by S. aureus and the streptococcal pyrogenic exotoxins (SPE) produced by S. pyogenes. These molecules of 22 to 29 kDa share a special mechanism of stimulation of T lymphocytes of several species: they crosslink antigen receptor molecules of T cells with major histocompatibility complex (MHC) class II molecules on antigen-presenting cells. This leads to the activation of a large fraction of all T cells to cytokine secretion and proliferation in vitro and in vivo. The consequences in vivo are shock and immunosuppression.

The members of the pyrogenic exotoxin family are listed in Table 1 (reviewed in Fleischer 1995). The staphylococcal enterotoxins SEA to SEE have been divided into serotypes by antisera, there are three subtypes of SEC (SEC1, SEC2 and SEC3). Recently, SEG and SEH have been cloned. Sequencing of genes of different isolates has shown a marked microheterogeneity due to mutations. Other members of the family are the streptococcal toxins SPEA and SPEC (also designated as erythrogenic toxins) and the streptococcal superantigen SSA. These molecules consist of a single chain of approximately 230 AA, with one central disulphide bond, they have more or less extensive homologies within the family (Betley *et al.* 1992). Many of them are encoded on mobile genetic elements. The structure of TSST-1 (originally designated SEF) differs, it has 194 AA and no cysteins. It has only a very low homology to the other toxins but its 3D-structure is very similar (Kim *et al.* 1994). All toxin genes have been cloned, their molecular biology is reviewed in Betley *et al.* 1992). Toxins of ovine and bovine *S. aureus* strains show slight sequence differences. Gen Bank accession numbers of isolates from human strains are listed in Table 1.

■ Alternative names

Staphylococcal enterotoxins (SE) = staphylococcal pyrogenic exotoxins. Streptococcal pyrogenic exotoxins (SPE) = erythrogenic toxins.

■ Molecular mechanism of action

The toxins are bivalent molecules with two distinct interaction sites (Fig. 1). One is for MHC class II molecules.

Table 1 Members of the staphylococcal enterotoxin family

Toxin	Producer	M_r	Gen Bank Accession No.
SEA	*S. aureus*	27 100	M18970
SEB		28 366	M11118
SEC1		27 531	X05815
SEC2		27 589	not available
SEC3		27 563	M28364
SED		26 360	M94872
SEE		26 425	M21319
SEG		27 107	not available
SEH		25 140	U11702
TSST-1		22 049	J02615
SPEA	*S. pyogenes*	25 787	M19350
SPEC		24 354	M35514
SSA		26 892	L29565

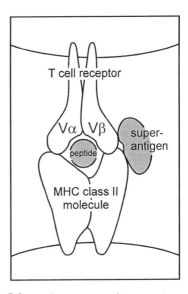

Figure 1. Schematic structure of pyrogenic exotoxins.

Binding affinities vary from 1.11×10^{-5} (SEE) to 8.22×10^{-8} (SEA). Different mechanisms of binding are used: SEA, SED, and SEE bind via a Zn^{2+} bridge involving three histidine residues in the toxin and one histidine residue in the β-chain of the class II molecule. Other toxins such as SEB, SPEA, or TSST-1 do not require Zn^{2+} and bind to different sites on the class II (Jardetzky *et al.* 1994; Kim *et al.* 1994).

With a second interaction site the toxins interact with variable parts of the T cell antigen receptor. Interaction is of very low affinity, physical binding is not detectable. On the $\alpha\beta$-T cell receptor the toxin binding site is the variable part of the β-chain (Vβ), on the $\gamma\delta$-T cell receptor it is the Vγ.

■ Other bacterial superantigens

Note that there are several bacterial proteins that have been proposed to be superantigens. A novel superantigen is the mitogen of *Y. pseudotuberculosis*, a recently described 14 kDa secreted protein without homology to the staphylococcal enterotoxin family (Mioshi-Akiyama *et al.* 1995). This protein stimulates human V$\beta3^+$, V$\beta9^+$, and V$\beta13^+$ T cells in native and recombinant form. Many other candidates probably have no superantigen activity. Examples are the epidermolytic (exfoliative) toxins of *S. aureus*, the M-proteins and the streptococcal pyrogenic exotoxin B (a protease) of *S. pyogenes*, and the enterotoxin of *C. perfringens* (see Fleischer *et al.* 1995 for review). These molecules are inactive in recombinant form.

■ Purification and sources

Approximately 40 per cent of *S. aureus* strains secrete one or two (or rarely three) toxins into the culture medium. Concentrations vary between a few ng/ml and more than 100 μg/ml. The situation is similar with *S. pyogenes* strains, although usually lower amounts of toxins are produced. Several protocols have been developed to purify the toxins from the culture supernatant, using ion exchange chromatography or dye matrix absorption chromatography (Alouf *et al.* 1991). Details of these procedures are different for each toxin. Many SE and SPE are commercially available (most of them from Toxin Technology, Sarasote, Florida, and Serva, Heidelberg, Germany, some from Sigma and Calbiochem). Some of these preparations are contaminated with traces of other SE or SPE. Due to the extremely potent activity of superantigens such contaminations are difficult to detect by biochemical methods and can cause problems (Fleischer *et al.* 1995). The toxins can be easily expressed in *E. coli* as native proteins in the cytoplasm or in *S. aureus*.

■ Toxicity

Enterotoxicity (vomiting and diarrhea) is induced in man and primates by oral ingestion of a few micrograms.

Systemic introduction by infection with toxinogenic bacteria leads to toxic-shock syndrome (Schlievert *et al.* 1981; Chatila *et al.* 1991). The use of the toxins does not present a hazard to operators if oral uptake is strictly avoided.

In vivo effects in mice on the immune system are found after injection of less than 1 μg/mouse (iv, ip, or sc). Effects start within 1 to 2 hours (Bette *et al.* 1993). The toxicity, however, is low in mice due to low sensitivity to the effects of liberated cytokines, but lethal shock results if mice are pretreated with D-galactosamin (Miethke *et al.* 1992).

Rabbits are quite sensitive to the effects of the toxins. Pyrogenicity (fever induction) is found after injection of only 0.1 to 1 μg/kg, depending on the toxin (Alouf *et al.* 1991). There is a strong synergy with lipopolysaccharide, sensitivity to lipopolysaccharide is enhanced 50 000-fold, leading to lethal shock.

■ Use in cell biology

Because the mechanism of T cell stimulation by superantigens has many similarities to stimulation by recognition of MHC/antigen (but there are some differences) superantigens have been widely used as a substitute for specific antigen in immunology. Major progress in the understanding of tolerance, thymic selection, and anergy have been obtained using bacterial and viral superantigens (Herman *et al.* 1991). *In vitro*, superantigens are a much more effective 'physiological' stimulus than the commonly used lectins or anti-CD3 antibodies, especially if used in low ('physiological') concentrations of 1 to 100 ng/ml. T cells then use the same adhesion and signalling molecules when responding to superantigen (with the apparent exception of CD4 and CD8) that are required for responding to specific antigens. Superantigens are involved in certain diseases (although there is disagreement in many cases) and they have been valuable for the study of the pathophysiology of shock.

■ References

Alouf, J. E., Knöll, H., and Köhler, W. (1991). The family of mitogenic, shock-inducing and superantigenic toxins from staphylococci and streptococci. In *Sourcebook of bacterial protein toxins*. (ed. J. E. Alouf and J. H. Freer) pp. 367–414, Academic Press, New York.

Betley, M. J., Borst, D. W., and Regassa, L. B. (1992). Staphylococcal enterotoxins, toxic shock syndrome toxin and streptococcal pyrogenic exotoxins: a comparative study of their molecular biology. *Chem. Immunol.*, **55**, 1–35.

Bette, M., Schäfer, M. K., van Rooijen, N., Weihe, E., and Fleischer, B. (1993). Distribution and kinetics of superantigen-induced cytokine gene expression in mouse spleen. *J. Exp. Med.*, **178**, 1531–9.

Chatila, T., Scholl, P., Spertini, F., Ramesh, N., Trede, N., Fuleihan, R., *et al.* (1991). Toxic shock syndrome toxin-1, toxic shock and the immune system. *Curr. Top. Microbiol. Immunol.*, **174**, 63–80.

Fleischer, B. (1995). Bacterial superantigens. *Rev. Med. Microbiol.*, **6**, 49–57.

Fleischer, B., Gerlach, D., Fuhrmann, A., and Schmidt, K. H. (1995). Superantigens and pseudosuperantigens of Gram-positive cocci. *Med. Microbiol. Immunol.*, **184**, 1–8.

Herman, A., Kappler, J. W., Marrack, P., and Pullen, A.M. (1991). Superantigens: mechanism of T cell stimulation and role in immune responses. *Ann. Rev. Immunol.*, **9**, 745–72.

Jardetzky, T. S., Brown, J. H., Gorga, J. C., Stern, L. J., Urban, R. G., Chi, Y. I., *et al.* (1994). Three-dimensional structure of a human class II histocompatibility molecule complexed with superantigen. *Nature*, **368**, 711–18.

Kim, J., Urban, R. G., Strominger, J. L., and Wiley, D. C. (1994). Toxic shock syndrome toxin-1 complexed with a class II major histocompatibility molecule HLA-DR1. *Science*, **266**, 1870–4.

Miethke, T., Wahl, C., Heeg, K., Echtenacher, B., Krammer, P. H., and Wagner, H. (1992). T cell-mediated lethal shock triggered in mice by the superantigen staphylococcal enterotoxin B: critical role of tumor necrosis factor. *J. Exp. Med.*, **175**, 91–8.

Mioshi-Akiyama, T., Abe, A., Kato, H., Kawahara, K., Narimatsu, H., and Uchiyama, T. (1995). DNA sequencing of the gene encoding a bacterial superantigen, Yersinia pseudotuberculosis-derived mitogen (YPM), and characterization of the gene product, cloned YPM. *J. Immunol.*, **154**, 5228–34.

Schlievert, P. M., Shands, K. N., Dan, B. B., Schmid, G. P., and Nishimura, R. D. (1981). Identification and characterization of an exotoxin from *Staphylococcus aureus* associated with toxic-shock syndrome. *J. Infect. Dis.*, **143**, 509–16.

■ *Bernhard Fleischer:*
Bernhard Nocht Institute for Tropical Medicine,
Department of Medical Microbiology and Immunology,
Bernhard-Nochtstrasse, 74,
D–20359 Hamburg,
Germany

Anthrax lethal toxin (*Bacillus anthracis*)

Anthrax lethal toxin (LeTx) causes the shock-like symptoms observed in systemic anthrax infections by inducing macrophages to overexpress proinflammatory cytokines. LeTx is comprised of two proteins, both of which are required for toxicity. The protective antigen (PA) binds to cellular receptors and is responsible for translocation of the lethal factor (LF), the catalytic moiety, across the plasma membrane into the cytosol. Sequence analysis suggests that LF may be a metalloprotease whose substrate remains unidentified.

Anthrax lethal toxin (LeTx) induces shock and sudden death in test animals, mimicking the symptoms of systemic anthrax infections (Leppla 1991; Hanna *et al.* 1993). Bacterial strains lacking either of the two LeTx components are highly attenuated, and immunization against the toxin protects animals from *B. anthracis* challenge (Cataldi *et al.* 1990; Pezard *et al.* 1991; Turnbull 1991). LeTx is composed of two proteins (Fig. 1): protective antigen (mature PA, 82.7 kDa, 735 amino acids, Swiss Prot databank: PAG-BACAN) and lethal factor

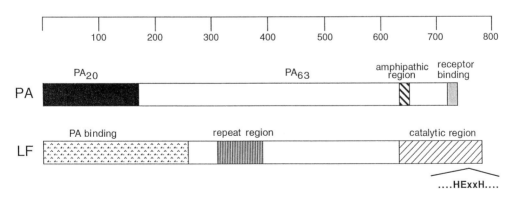

Figure 1. Schematic representations of the two mature anthrax lethal toxin proteins, protective antigen (PA) and lethal factor (LF). Both are required for toxicity. PA is responsible for binding to receptors on mammalian cells and for membrane translocation of LF into the cytosol. LF is believed to serve a catalytic function, perhaps specific proteolysis of an intracellular target protein (see text).

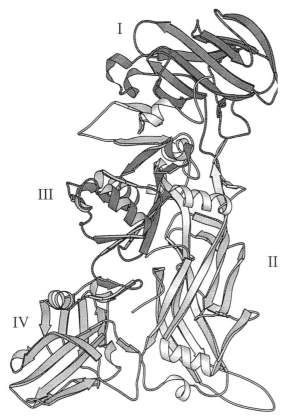

Figure 2. Ribbon diagram of the crystallographic structure of protective antigen (PA), showing the four folding domains (unpublished results, C. Petosa, R. Liddington). Note that the protein consists largely of β structure. Proteolytic activation results in removal of domain I, leaving PA_{65}, corresponding to domains II–IV, which is capable of binding LF and oligomerizing to form heptameric, ring-shaped structures (see Fig. 3). Ribbon diagram was generated using MOLSCRIPT (Kraulis 1991).

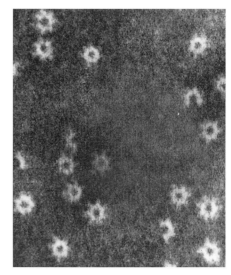

Figure 3. Electron micrograph of negatively stained heptameric rings of PA_{65}. Taken from Milne *et al.* (1994).

(mature LF, 90.2 kDa, 776 amino acids, Swiss Prot data-bank: LEF-BACAN). The crystallographic structure of PA has recently been determined (Fig. 2) (unpublished results, courtesy of C. Petosa, R. Liddington). Notably, there are no cysteine residues in the entire LeTx complex (Bragg and Robertson 1989). After binding to its receptor on cells, PA is cleaved by a cellular protease with the specificity of furin, and the PA C-terminal 63 kDa peptide (PA_{63}) remains associated with the membrane (Klimpel *et al.* 1992). PA_{63} binds LF avidly. During normal receptor-mediated endocytosis and acidification of the endosome, PA_{63} undergoes conformational changes, oligomerizing into rings with seven-fold symmetry and forming pores in artificial lipid-bilayers and membranes (Fig. 3). These conformational changes are believed to be relevant to the the role of PA_{63} in translocation of the catalytic moiety, LF, into the cytosol (Koehler and Collier 1991; Milne and

Collier 1993; Milne *et al.* 1994). No intracellular target for LF has been identified, but LF contains the consensus sequence —HExxH— that is found in the active sites of Zn^{2+}-metalloproteases such as thermolysin and the clostridial neurotoxins (Klimpel *et al.* 1994). Independent reports cite evidence that LF binds to either one (Klimpel *et al.* 1994) or three (Kochi *et al.* 1994) Zn^{2+} ions.

Although LeTx is believed to enter most types of cells, only macrophages have been reported to respond (Freidlander 1986). At high LeTx concentrations, a hyper-stimulation of the oxidative burst results in reactive oxygen-mediated lysis *in vitro* within 60–90 minutes (Hanna *et al.* 1994). At sublytic toxin concentrations, macrophages are induced to express proinflammatory mediators such as IL-1β and TNFα, and it the release of high levels of these mediators that are believed to be responsible for the symptoms and lethal shock associated with anthrax (Hanna *et al.* 1993).

■ Purification and sources

PA and LF, both of which are plasmid-encoded, are expressed from capsule-minus (attenuated) strains of *B. anthracis* cultures grown in defined RM medium in the presence of physiological concentrations of the transcriptional inducer, CO_2 (in the form of $NaHCO_3$) (Leppla 1988). Virtually pure toxin species are obtained after ammonium sulfate precipitation and anion exchange FPLC. Additionally, recombinant forms of PA and LF, as well as toxin fragments and chimeric fusions, can be obtained from *E. coli* (Arora and Leppla 1994; Milne *et al.* 1995). LeTx is not commercially available.

Toxicity

Anthrax toxin is lethal to most animal species, the most sensitive being the Fischer 334 rat (Lincoln and Fish 1970). The rat model was used in the original derivation of units of lethal toxin activity. Toxicity varies greatly among species, with an interesting inverse correlation between sensitivity to LeTx and sensitivity to *B. anthracis* spores (Lincoln and Fish 1970). This inverse correlation holds between different strains of inbred mice (Welkos *et al.* 1986). Use of LeTx does not present hazards to researchers if normal safety precautions are heeded, but as a precaution, PA and LF should be handled separately whenever possible. Vaccines are available but not required under most laboratory circumstances.

Use in cell biology

Use of LeTx as a tool for studying cellular processes has centered primarily on the basic biological problem of delivery of large hydrophilic proteins across the plasma membrane (e.g. receptor-binding, proteolytic activation, oligomerization, membrane insertion, translocation) (Leppla *et al.* 1988; Koehler and Collier 1991; Leppla 1991; Klimpel *et al.* 1992; Milne *et al.* 1994; Milne and Collier 1993). The toxin structures and domain motifs involved in these processes are currently being described (Fig. 2), and molecular models of translocation have been proposed (Freidlander 1990; Milne and Collier 1993; Milne *et al.* 1994). LeTx has also been used as a specific stimulator of acute macrophage immune responses that are both metabolically and genetically regulated (e.g. oxidative burst, cytokine expression) (Hanna *et al.* 1993, 1994). It is believed that both the cytotoxic and lethal clinical manifestations of LeTx are mediated directly by hyper-stimulation of normal macrophage immune activities (Hanna et al. 1993, 1994). Although this line of inquiry is still in its infancy, it is hoped that LeTx will provide a specific pharmacological tool to dissect key regulatory events during macrophage activation. The molecular target for the lethal factor within macrophages remains elusive, but is likely to be the key to understanding the dramatic responses of macrophages to LeTx.

References

Arora, N. and Leppla, S. H. (1994). Fusions of anthrax toxin lethal factor with shiga toxin and diphtheria toxin enzymatic domains are toxic to mammalian cells. *Infect. Immun.*, **62**, 495561.

Bragg, T. S. and Robertson, D. L. (1989). Nucleotide sequence and analysis of the lethal factor gene (lef) from *Bacillus anthracis*. *Gene*, **81**, 45–54.

Cataldi, A., Labruyere, E., and Mock, M. (1990). Construction and characterization of a protective antigen-deficient *Bacillus anthracis* strain. *Mol. Microbiol.*, **4**, 1111–17.

Freidlander, A. M. (1986). Macrophages are sensitive to anthrax lethal toxin through an acid-dependent process. *J. Biol. Chem.*, **261**, 7123–6.

Freidlander, A. M. (1990). In *Trafficking of bacterial toxins* (ed. C.B. Saelinger), pp. 121–38, CRC Press, Boca Raton.

Hanna, P. C., Acosta, D., and Collier, R. J. (1993). On the role of macropahges in anthrax. *Proc. Natl. Acad. Sci. USA*, **90**, 10198–210.

Hanna, P. C., Kruskal, B. A., Ezekowitz, R. A. B., Bloom, B. R., and Collier, R. J. (1994). Role of macrophage oxidative burst in the action of anthrax lethal toxins. *Mol. Medicine*, **1**, 7–17.

Klimpel, K. R., Molloy, S. S., Thomas, G., and Leppla, S. H. (1992). Anthrax toxin protective antigen is activated by a cell surface protease with the sequence specificity and catalytic properties of furin. *Proc. Natl. Acad. Sci. USA*, **89**, 10277–81.

Klimpel, K. R., Arora, N., and Leppla, S. H. (1994). Anthrax toxin lethal factor contains a zinc metalloprotease consensus sequence which is required for lethal toxin activity. *Mol. Microbiol.*, **13**, 1093–100.

Kochi, S. K., Schiavo, G., Mock, M., and Montecucco, C. (1994). Zinc content of the *Bacillus anthracis* lethal factor. *FEMS Microbiol. Lett.*, **124**, 343–8.

Koehler, T. M. and Collier, R. J. (1991). Anthrax toxin protective antigen: low-pH-induced hydrophobicity and channel formation in liposomes. *Mol. Microbiol.*, **5**, 1501–6.

Kraulis, P. (1991). MOLSCRIPT: a program for viewing ribbon action of anthrax lethal toxins. *J. Appl. Crystallogr.*, **24**, 946–50.

Leppla, S. H. (1988). Production and purification of anthrax toxin. *Meth. Enzymol.* ,**165**, 103–16.

Leppla, S. H. (1991). The anthrax toxin complex. In *Sourcebook of bacterial toxins* (ed. J. Alouf and J. H. Freer), pp. 277–302, Academic Press, New York.

Leppla, S. H., Freidlander, A. M., and Cora, E. M. (1988). Proteolytic activation of anthrax toxin bound to cellular receptors. In *Bacterial Protein Toxins* (eds. Fehrenbach, F. Alouf, J., Falmagne, P., Goebel, W., Jeljaszewicz, J., Jurgen, D., and Rappuoli, R. pp. 111–12, Gustav Fischer, Stuttgart.

Lincoln, R. E. and Fish, D. C. (1970). In *Microbial toxins III* (eds. T.C. Montie, Kadis, S., and Ajl, S. J.), pp. 361–414, Academic Press, New York.

Milne, J. C. and Collier, R. J. (1993). pH-dependent permeabilization of the plasma membrane of mammalian cells by anthrax protective antigen. *Mol. Microbiol.*, **10**, 647–53.

Milne, J. C., Furlong, D., Hanna, P. C., Wall, J. S., and Collier, R. J. (1994). Anthrax protective antigen forms oligomers during intoxication of mammalian cells. *J Biol. Chem.*, **269**, 20607–12.

Milne, J. C., Blanke, S. R., Hanna, P. C., and Collier, R. J. (1995). Protective antigen-binding domain of anthrax lethal factor mediates translocation of a heterologous protein fused to its amino- or carboxy-terminus. *Mol. Microbiol.*, **15**, 661–6.

Pezard, C., Berche, P., and Mock, M. (1991). Contribution of individual toxin components to virulence of *Bacillus anthracis*. *Infect. Immun.*, **59**, 3472–7.

Turnbull, P. C. (1991). Anthrax vaccines: past, present and future. *Vaccine*, **9**, 533–9.

Welkos, S. L., Keener, T. J., and Gibbs, P. H. (1986). Differences in susceptibility of inbred mice to *Bacillus anthracis*. *Infect. Immun.*, **51**, 795–800.

■ *Philip C. Hanna:*
Department of Microbiology,
Duke University Medical Center,
Durham, NC 27710,
USA.

■ *R. John Collier:*
Department of Microbiology and Molecular Genetics,
Harvard Medical School,
200 Longwood Avenue,
Boston, Massachusetts 02115,
USA.

Leukocidins and gamma lysins (*Staphylococcus* sp.)

Staphylococcal leukocidins and γ-lysins form a family of bi-component toxins. Two synergic components, each one inactive by itself, bind with high affinity to the membrane of the target cell and assemble a pore, probably oligomeric. Pore formation in leukocytes triggers secondary events like degranulation, secretion, phospholipase activation, DNA degradation, and leukotriene release. In vivo *they induce a strong inflammatory response.*

Staphylococcus aureus strains produce two kinds of bi-component toxins designated as leukocidins and γ-lysins (Freer and Arbuthnott 1983; Noda and Kato 1991).

The Panton–Valentine (PV) leukocidins are two single polypeptide chains of 32 and 34.5 kD, called LukS and LukF respectively (S and F stand for slow and fast eluting during preparation). As single components they are inactive but act synergistically to induce damage of selected white cells: monocytes, macrophages, and polymorphonucleated cells (neutrophils), but not lymphocytes.

Gamma-lysins are also synergic toxins albeit with some differences. The *hlg* locus encodes three proteins: HlgA, HlgB, and HlgC. HlgB can act synergically with either HlgA or HlgC not only to attack leukocytes but also to lyse red blood cells.

As the DNA sequences of these proteins have become available a number of notions became clear:

(1) leukocidins and γ-lysins share strong sequence homology and form a family;

(2) LukS, HlgC, and HlgA form a subfamily (identified as class S components), LukF and HlgB form a second subfamily (identified as class F components);

(3) most toxins previously identified as leukocidins (except the Panton–Valentine) are in fact identical to γ-lysins (LukS to HlgC and LukF to HlgB), see Table 1.

Their relevance as a virulence factor has been firmly established, by epidemiology and in animal models. From 309 clinical isolates of *S. aureus* 99 per cent carried the *hlg* locus and 2 per cent both the *hlg* and the *luk*-PV loci

Table 1 The family of synergic leukotoxins from *Staphylococcus* sp.

Toxin	Acronym[a]	Sp.	Strain	Accession numbers[b]	Chain length (AA)	Reference
S-component						
γ-lysin A	γ1, HlgA	aureus	Smith 5R	L01055 (EMBL)	281	1
γ-lysin A	HlgA	aureus	ATCC 49775	X81586 (EMBL)	280	2
γ-lysin A	HII, HlgA	aureus	RIMD310925	D42143 (EMBL); P31714 (PIR)	280	3
γ-lysin C	γ2, HlgC	aureus	Smith 5R	L01055 (EMBL)	286	1
leukocidin S	LukS, HlgC	aureus	RIMD310925	JN0626 (PIR)	286	3
leukocidin S-R	LukS-R, HlgC	aureus	P83	A49234 (PIR)	286	4
leukocidin S-PV	LukS-PV	aureus	ATCC 49775	X72700 (EMBL)	286	2
leukocidin S	LukS-I	intermedius	ATCC 51874	X79188 (EMBL); S44944 (PIR)	281	5
leukocidin M	LukM	aureus	P83		280	6
F-component						
γ-lysin B	HlgB	aureus	Smith 5R	L01055 (EMBL)	300	1
leukocidin F	LukF, HlgB	aureus	RIMD310925	JN0627 (PIR)	298	3
leukocidin F-R	LukF-R, HlgB	aureus	P83	X64389 (EMBL); B49234 (PIR)	300	4
leukocidin F-PV	LukF-PV	aureus	ATCC 49775	X72700 (EMBL)	301	2
leukocidin F	LukF-I	intermedius	ATCC 51874	X79188 (EMBL); S44945 (PIR)	300	5

[a] The second acronym is the one proposed to become definitive. [b]Accession numbers are referred to the following data bases: EMBL: DNA sequences; PIR: protein identification resource. References: 1, Cooney *et al.* 1993; 2, Prévost *et al.* 1995c; 3, Rahman *et al.* 1993; 4, Supersac *et al.* 1993; 5, Prévost *et al.* 1995a; 6, Choorit *et al.* 1995.

(Prévost *et al.* 1995*b*). These last strains were the most pathogenic.

The mode of action of PV-leukocidins has now been reasonably established. Since the PV strain produces both leukocidins and γ-lysins all mixed couples were tried and some were found to be active. All toxic couples always contain one class S component and one class F component (see Table 2). The binding of the two components is sequential. The S component binds first and then triggers the binding of the F component. The binding of the S component is tight and occurs with high affinity only to certain cells implying the presence of a protein receptor. The two components finally assemble a pore on the membrane of the cell, which in the presence of Ca^{2+} is selective for divalent cations. Formation of the pore seems to involve toxin oligomerization (Noda and Kato 1991; Finck-Barbançon *et al.* 1993), possibly a trimerization (Ozawa *et al.* 1995). Pore formation triggers a number of secondary events: degranulation, secretion, activation of phospholipase A_2, release of leukotriene B_4 (with chemotactic effects on neutrophils and eosinophils), and DNA fragmentation (Hensler *et al.* 1994). All these effects involve a toxin-induced Ca^{2+} influx. γ-Lysins are also hemolytic towards a number of mammalian species, although human red blood cells are only sensible to the couple HlgA–HlgB. Other activities such as ADP-ribosylation and phospholipase and protease activity have been reported, but their relevance has to be demonstrated. It is not clear at present how they relate to the described pore-forming action.

The permeabilizing activity of γ-lysins extends also to model membranes, such as liposomes and planar bilayers (Ferreras *et al.* 1996). In planar lipid membranes they form a water-filled pore, rather similar to the one of α-toxin. This suggests that γ-lysins can interact with the lipid bilayer without the absolute requirement for a receptor.

The family name of synergohymenotropic toxins (SHT), standing for synergic toxins acting on membranes, has been proposed, but still awaits general acceptance.

S. aureus leukocidins and γ-lysins share sequence homology with α-toxin (see entry in this volume p. 10; Cooney *et al.* 1993), and in part also with *Clostridium perfringens* β-toxin which is found in type B and type C strains (Hunter *et al.* 1993).

■ Purification and sources

Purification protocols for leukocidins and γ-lysins can be found in Freer and Arbuthnott (1983), however the most recent and effective procedure consists of three steps (Finck-Barbançon *et al.* 1991): ammonium sulfate precipitation from bacterial culture supernatant followed by two passages of cation-exchange chromatography, the first on carboxymethyl-Trysacryl-M and the second on a Mono-S column (Pharmacia). These toxins are not commercially available.

■ Toxicity

Data on toxicity of PV-leukocidins and γ-lysins throughout the literature are contradictory, mainly due to the different level of purification of the single components. In general it is now accepted that they are not lethal (Freer and Arbuthnott 1983). PV strains produce both leukocidins and γ-lysins and accordingly, taking one class S component and one class F component, six different synergic combinations were tested. By intradermal injection in rabbit it was found that the most active couple was LukS–LukF, inducing acute inflammation and skin necrosis starting from doses of 300 ng; HlgA–LukF had a similar effect, but at doses of 3000 ng; the other four couples, i.e. HlgC–LukF, LukS–HlgB, HlgC–HlgB, and HlgA–HlgB, were only able to induce inflammatory lesions, from doses of 300 ng (Prévost *et al.* 1995*c*). Leukotoxic and hemolytic potency of the six couples are reported in Table 2.

■ Use in cell biology

Similarly to α-toxin staphylococcal leukocidins could be used to selectively permeabilize cells to small molecules, if applied in the absence of Ca^{2+}, or selectively to Ca^{2+} ions in its presence (Finck-Barbançon *et al.* 1993). Class S components can be used to selectively tag or label certain types of white cells (Meunier *et al.* 1995) without harming them. Upon subsequent addition of the class F component these cell lines can be permeabilized or even destroyed, depending on the dosage used. For other applications of their pore-forming ability (e.g. perforated-patch, stimulated on–off switching, etc.) see the entry α-toxin (p. 10).

Table 2 Leukotoxic and hemolytic activity of the synergic leukotoxins from *Staphylococcus aureus* (ATCC 49775)
(a) Leukotoxic activity (U/mg)

	LukS	HlgC	HlgA
LukF	7×10^7	2×10^7	3×10^7
HlgB	2×10^7	2×10^6	8×10^5

(b) Hemolytic activity (U/mg)

	LukS	HlgC	HlgA
LukF	$<2 \times 10^2$	$<2 \times 10^2$	2.2×10^4
HlgB	$<2 \times 10^2$	1.6×10^6	5.2×10^7

Leukotoxic activity was determined on human PMN adherent to glass and expressed as the amount inducing 50 per cent permeabilization.
Hemolytic activity, was determined on rabbit red blood cells, and expressed as the amount inducing 50 per cent hemolysis.
Erythrocytes, at a concentration of 1 per cent were incubated with variable amount of toxins for 1 hour at 37 °C.
Data were taken from Prévost *et al.* (1995*c*).

■ References

Choorit, W., Kaneko, J., Muramoto, K., and Kamio, Y. (1995). Existence of a new protein component with the same function as the LukF component of leukocidin or gamma-lysin and its gene in *Staphylococcus aureus* P83. *FEBS Lett.*, **357**, 260–4.

Cooney, J., Kienle, Z., Foster, T. J., and O'Toole, P. W. (1993). The gamma-hemolysin locus of *Staphylococcus aureus* comprises three linked genes, two of which are identical to the genes of the F and S component of leukocidin. *Infect. Immun.*, **61**, 768–71.

Ferreras, M., Menestrina, G., Foster, T. J., Colin, D. A., Prévost, G., and Piemont, Y. (1996). Permeabilisation of lipid bilayers by *Staphylococcus aureus* gamma-toxins. *Zentralbl. Bakteriol. Suppl.*, **26**, (in press).

Finck-Barbançon, V., Prévost, G., and Piemont, Y. (1991). Improved purification of leukocidin from *Staphylococcus aureus* and toxin distribution among hospital strains. *Res. Microbiol.*, **142**, 75–85.

Finck-Barbançon, V., Duportail, G., Meunier, O., and Colin, D. A. (1993). Pore formation by a two-component leukocidin from *Staphylococcus aureus* within the membrane of human polymorphonucleated leukocytes. *Biochim. Biophys. Acta*, **1182**, 275–82.

Freer, J. H. and Arbuthnott, J. P. (1983). Toxins of *Staphylococcus aureus*. *Pharmacol. Therapeut.*, **19**, 55–106.

Hensler, T., König, B., Prévost, G., Piemont, Y., Köller, M., and König, W. (1994). Leukotriene B_4 generation and DNA fragmentation induced by leukocidin from *Staphylococcus aureus*: protective role of granulocytes-macrophage colony-stimulating factor (GM-CSF) and G-CSF for human neutrophils. *Infect. Immun.*, **62**, 2529–35.

Hunter, S. E. C., Brown, J. E., Oyston, P. C. F., Sakurai, J., and Titball, R. W. (1993). Molecular genetic analysis of beta-toxin of *Clostridium perfringens* reveals sequence homology with alpha-toxin, gamma toxin, and leukocidin of *Staphylococcus aureus*. *Infect. Immun.*, **61**, 3958–65.

Meunier, O., Falkenrodt, A., Monteil, H., and Colin, D. A. (1995). Application of flow cytometry in toxinology: pathophysiology of human polymorphonuclear leukocytes damaged by a pore-forming toxin from *Staphylococcus aureus*. Cytometry, **21**, 241–7.

Noda, M. and Kato, I. (1991). Leukocidal toxins. In *Sourcebook of bacterial protein toxins* (ed. J. E. Alouf and J. H. Freer), pp. 243–51, Academic Press, London.

Ozawa, T., Kaneko, J., and Kamio, Y. (1995). Essential binding of LukF of staphylococcal gamma-hemolysin followed by the binding of HgII for the hemolysis of human erythrocytes. Biosci. Biotech. Biochem., **59**, 1181–3.

Prévost, G., Bouakkam, T., Piemont, Y., and Monteil, H. (1995a). Characterisation of synergohymenotropic toxin produced by *Staphylococcus intermedius*. *FEBS Lett*, **376**, 135–40.

Prévost, G., Couppié, P., Prévost, P., Gayet, S., Petiau, P., Cribier, B., *et al.* (1995b). Epidemiological data on *Staphylococcus aureus* strains producing synergohymenotropic toxins. *J. Med. Microbiol.*, **42**, 237–45.

Prévost, G., Cribier, B., Couppié, P., Petiau, P., Supersac, G., Finck-Barbançon, V., *et al.* (1995c). Panton-Valentine leucocidin and gamma-hemolysin from *S. aureus* ATCC 49775 are encoded by distinct genetic loci and have different biological activities. *Infect. Immun.*, **63**, 4121–9.

Rahman, A., Izaki, K., and Kamio, Y. (1993). Gamma-hemolysin genes in the same family with lukF and lukS genes in methicillin resistant *Staphylococcus aureus*. Biosci. Biotech. Biochem., **57**, 1234–6.

Supersac, G., Prévost, G., and Piemont, Y. (1993). Sequencing of leucocidin R from *Staphylococcus aureus* P83 suggests that staphylococcal leucocidins and gamma-hemolysin are members of a single two-component family of toxins. *Infect. Immun.*, **61**, 580–7.

■ *Mercedes Ferreras and Gianfranco Menestrina: CNR-ITC Centro Fisica Stati Aggregati, Via Sommarive 14, 38050 Povo, Trento, Italy*

6

Toxins affecting membrane traffic

Introduction

Life of eukaryotic cells is made possible by an intense vesicular membrane traffic, highly organized in terms of space and kinetics. Ligands, ions, fluids, and portions of the plasma membrane are continuously taken into the cell via endocytosis, and are then addressed to different destinations via sorting compartments. Conversely, proteins, lipids, and glycoconjugates, synthetized in the endoplasmic reticulum and modified in the Golgi apparatus are addressed to their intracellular destination, or are packed inside vesicles for export. Exocytosis can be constitutive for molecules that are to be exported at a basal rate, or regulated for molecules that are to be released in response to appropriate stimuli. The most finely tuned exocytic process is the release of neurotransmitter at the presynaptic membrane. Neurotransmitter is contained within small synaptic vesicles of similar size (about 50 nm in diameter) which are packed at synaptic terminals. The large majority of these vesicles are bound to the cytoskeleton and are not available for immediate release. Some vesicles are bound to the cytosolic face of the presynaptic membrane at active zones which include voltage gated calcium channels. They are ready to release their content in the intersynaptic space. However, at micromolar calcium, only occasionally one of them fuses with the presynaptic membrane, giving rise to a mepp (miniature end plate potential). The membrane depolarization that is at the basis of the transmission of the nerve impulse, opens presynaptic calcium channels. This leads to a local increase of calcium concentration which triggers, within 100–300 µs, the fusion of the synaptic vesicle with the plasma membrane, with the ensuing release of neurotransmitter. The proteins involved in the docking–priming–fusion of small synaptic vesicles with the presynaptic membrane are being characterized. They show a high degree of conservation from yeasts to man and this underlies a similar general organization of the multi-subunit molecular apparatus which mediates the vesicle–membrane fusion process. Three of these proteins: VAMP/synaptobrevin, SNAP-25, and syntaxin are the very specific target of the zinc-dependent proteolytic activity of eight neurotoxins produced by bacteria of the genus Clostridium. The end result of the action of these neurotoxins is always the same: neuroexocytosis, this highly specialized and regulated final step of vesicular traffic, is blocked. These toxins can be used in biochemical knock-out experiments as described in the various entries.

Recently, it has emerged that another bacterial protein toxin interferes with membrane trafficking. The *Helicobacter pylori* cytotoxin causes a massive vacuolar degeneration of cells. Available evidence indicate that the toxin alters, in a rab7 dependent way, the size and dimension of the late endosomal compartment. Late endosomes receive proteins and membranes both from early endosomes and from the trans-Golgi network. Materials leave late endosomes to lysosomes or to the TGN. Though the molecular mechanism of action of the *H. pylori* cytotoxin is still unknown, an entry is included here because of its potential usefulness in studying the endocytic pathway. Given the fundamental importance of a coordinated vesicle movement within cells, it is not unexpected that other toxins will be found to interfere with such cellular events.

■ Cesare Montecucco:
Centro CNR Biomembrane and
Università di Padova,
Via Trieste, 75,
35121 Padova, Italy

■ Rino Rappuoli:
IRIS, Chiron Vaccines Immunobiological Research
Institute in Siena,
Via Fiorentina, 1,
53100 Siena,
Italy

Tetanus neurotoxin is a 150 kDa protein produced by toxigenic strains of Clostridium tetani. *It binds specifically to neuronal cells and enters the cytosol, where it cleaves specifically VAMP/synaptobrevin at a single peptide bond. This selective proteolysis prevents the assembly of the neuroexocytosis apparatus, and release of neurotransmitter evoked by membrane depolarization cannot take place.*

Tetanus neurotoxin (TeNT) is the cause of the spastic paralysis of tetanus (van Heyningen 1968; Montecucco and Schiavo 1995). It is produced as a single polypeptide chain of 150 kDa (1315 amino acid residues, sequence accession number to the Swiss Prot data bank: P04958ITETX_CLOTE). As shown in Fig. 1, it consists of three 50 kDa domains. Selective proteolysis generates within the bacterial culture the active di-chain toxin with a single interchain disulfide bond, whose reduction leads to total loss of neurotoxicity (Schiavo *et al.* 1990). The di-chain toxin is the commercially available form. The heavy chain (H, 100 kda) is composed of two domains. H_C is responsible for the neurospecific binding to a yet unknown presynaptic nerve terminal protein receptor. H_N is involved in the membrane translocation of the L chain in the cytosol (L, 50 kDa). In the course of the pathogenesis of tetanus, TeNT is internalized at the presynaptic terminal of the neuromuscular junction and migrates retroaxonally, inside the motorneuron, to the spinal cord (Schwab *et al.* 1979). It is then released in the intersynaptic space between the motorneuron and the inhibitory interneuron (Renshaw cell), it penetrates this latter cell via intracellular acidic compartments (Williamson and Neale 1994) and blocks their neuroexocytosis. This trafficking of TeNT ends with the specific intoxication of the Renshaw cells of the spinal cord only when TeNT is present at doses of about 1 ng/kg in the mouse. This is the case of clinical tetanus which is characterized by a spastic paralysis. This type of paralysis follows the impairment of the Renshaw cell dependent system that ensures balanced skeletal muscle contraction. In contrast, TeNT at higher doses (> 500 ng/kg in the mouse) causes a flaccid paralysis (Matsuda *et al.* 1982), i.e. it blocks acetylcholine release at the neuromuscular junction, because it becomes capable of entering the moto neuron terminal. TeNT has also been injected into selected brain areas to produce an epilectic-like syndrome (Bagetta *et al.* 1991).

TeNT L chain is composed of 447 amino acid residues (Eisel *et al.* 1986; Fairweather and Lyness 1986), and its sequence shows two regions of strong homology with those of the other clostridial neurotoxins. An amino terminal part of the molecule is likely to be responsible for the specific binding of VAMP (see below). In the middle of the L chain there is a 20 residue long segment, which contains the zinc-binding motif of zinc-endopeptidases. There is a single zinc atom bound to the L chain of TeNT and it is essential for activity (Schiavo *et al.* 1992a).

■ Purification and sources

TeNT is isolated from culture supernatants of *Clostridium tetani* by ammonium sulfate precipitation followed by

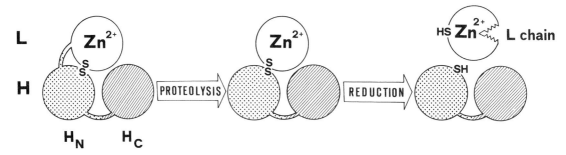

Figure 1. Scheme of the structure and mechanism of activation of tetanus neurotoxin. The toxin is released by *Clostridium tetani* as an inactive single polypeptide chain of 150 kDa, composed of three 50 kDa domains, connected by protease-sensitive loops. Activation follows a selective proteolytic cleavage which generates two disulfide-linked chains: L (50 kDa) and H (100 kDa) and reduction of the single interchain disulfide bond. The three domains play different functional roles in cell penetration: H_C is responsible for cell binding and H_N for cell penetration. Reduction takes place inside the nerve cell and liberates the activity of the L chain in the cytosol. L is a zinc-endopeptidase specific for VAMP/synaptobrevin.

chromatography (Matsuda and Yoneda 1975; Schiavo and Montecucco 1995). During this procedure it is also possible to obtain some free L chain, which can be purified to homogeneity via isoelectrofocusing or HPLC (Weller *et al.* 1989; De Filippis *et al.* 1995). The L chain of TeNT has also been produced by expression in *E. coli* (Yamasaki *et al.* 1994). H_C is obtained by selective proteolysis of TeNT with papain followed by chromatography (Helting and Zwisler 1977; Matsuda *et al.* 1989). TeNT and H_C can be purchased from Alomone Labs, Boehringer, Calbiochem and List. Purity should be controlled by SDS-PAGE.

■ Toxicity

Toxicity is tested by intraperitoneal injection of different amounts of toxin. Mouse LD_{50} is 0.2–0.5 ng/kg and that of man is estimated to be even lower (Payling-Wright 1955; Gill 1982). TeNT toxicity varies in different animal species and this is due to different binding at the neuromuscular junction and/or to mutations at the site of action of TeNT inside cells. The use of this toxin does not present problems to operators vaccinated with tetanus toxoid vaccine. If more than ten years have elapsed from the last vaccine injection, it is advisable to have a single booster injection. The toxin is very sensitive to oxidants and hence a simple wash with diluted hypochlorite solution is sufficient to eliminate residual TeNT after experiments.

■ Use in cell biology

The cellular receptor for TeNT is not known, nor its pathway into the cell cytosol. In general terms, neuronal cells in culture, including synaptosomes, internalize TeNT when present in the extracellular at concentrations in the 1–100 nanomolar range. It should be noticed that the

TeNT L chain is a stable enzyme and hence can perform its action on many VAMP molecules. It is not unreasonable to assume that one molecule of toxin is able to intoxicate a synapse, as one molecule of diphtheria toxin light chain is able to kill a cell. Non-neuronal cells have to be permeabilized or injected to allow the access of the L chain to the cytosol (Penner *et al.* 1986; Anhert-Hilger *et al.* 1989). An alternative is that of expressing a gene encoding the L chain in a cell or in a transgenic animal (Sweeney *et al.* 1995). TeNT is a zinc-endopeptidase specific for VAMP/synaptobrevin. The basis of this specificity is a double interaction between TeNT and two separate segments of VAMP: a segment present in the middle of the cytosolic portion of VAMP and a segment containing the Q-F peptide bond that will be cleaved (Schiavo *et al.* 1992*b*; Rossetto *et al.* 1994). As shown in Fig. 2, all the three known human isoforms of VAMP are cleaved (Schiavo *et al.* 1992*b*; McMahon *et al.* 1993). VAMPs of other species may not be cleaved by TeNT depending on the conservation of both the toxin binding segment and the toxin cleavage site. VAMP-1 of chicken and rats have a V in place of Q and are not cleaved (Schiavo *et al.* 1992*b*; Patarnello *et al.* 1993). This amino acid change at the site of proteolysis was suggested to be at the basis of the resistance of chicken and rats to tetanus (Patarnello *et al.* 1995). Such a VAMP difference can be exploited to study the role of the different isoforms by comparing results obtained with TeNT in mouse cells, whose VAMP-1 is cleaved, with those obtained with rat cells, whose VAMP-1 is not cleaved. The syb isoform of *Drosophila* VAMP is not cleaved by TeNT, though its cleavage site is the same as that of human VAMP (Sweeney *et al.* 1995). However, syb has a critical G for D substitution in the toxin recognition site.

VAMP proteolysis *in vitro* is assayed by SDS-PAGE and Coomassie blue staining (Schiavo *et al.* 1992*a,b*). *In vivo*,

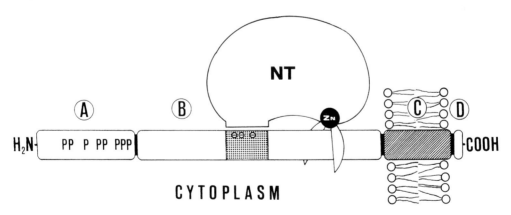

Figure 2. Structure of VAMP and site of proteolysis by tetanus neurotoxin. Three isoforms of VAMP are known: 1 and 2 have a similar size, but differ in the proline-rich amino-terminal domain A, whereas cellubrevin has a shorter A domain. VAMPs are bound to different types of intracellular vesicles via a transmembrane hydrophobic part (C) and have a short intraluminal tail (D). The intermediate portion (B) is highly conserved among species and isoforms and contains the negatively charged site of toxin recognition (dashed) and the site of cleavage by tetanus neurotoxin (NT). The other clostridial neurotoxins recognize their substrate via a similar dual interaction (see following entries).

it is assayed by immunoblotting or immunofluorescence following the disappearance of the VAMP staining (Galli et al. 1994).

Because of its ability to perform a trans-synaptic migration, H_C is frequently used as a marker of retro-axonal transport to map neuronal routes from the PNS to the CNS by coupling it to horse radish peroxidase or gold particles (Cabot et al. 1991).

■ References

Anhert-Hilger, G., Weller, U., Dauzenroth, M. E., Habermann, E., and Gratzl, M. (1989). The tetanus toxin light chain inhibits exocytosis. FEBS Lett., **242**, 245–8.

Bagetta, G., Nisticò, G., and Bowery, N. G. (1991). Characteristic of tetanus toxin and its exploitation in neurodegenerative studies. Trends Pharmacol. Sci., **12**, 285–9.

Cabot, J. B., Mennone, A., Bogan, N., Carroll, J., Evinger, C., and Erichsen, J. T. (1991). Retrograde, trans-synaptic and transneuronal transport of fragment C of tetanus toxin by sympathetic preganglionic neurons. Neuroscience, **40**, 805–23.

De Filippis, V., Vangelista, L., Schiavo, G., Tonello, F., and Montecucco, C. (1995). Structural studies on the zinc-endopeptidase light chain tetanus neurotoxin. Eur. J. Biochem., **229**, 61–9.

Eisel, U., Jarausch, W., Goretzki, K., Henschen, A., Engels, J., Weller, U., et al. (1986). Tetanus toxin: primary structure, expression in E. coli and homology with botulinum toxins. EMBO J., **5**, 2495–502.

Fairweather, N. F. and Lyness, V. A. (1986). The complete nucleotide sequence of tetanus toxin. Nucleic Acids Res., **14**, 7809–12.

Galli, T., Chilcote, O., Mundingl, T., Binz, T., Niemann, H. and De Camilli, P. (1994). Tetanus toxin-mediated cleavage of cellubrevinimpairs neuroexocytosis of transferrin receptor-containing vesicles in CHO cells. J. Cell Biol., **125**, 1015–24.

Gill, D. M. (1982). Bacterial toxins: a table of lethal amounts. Microbiol. Rev., **46**, 86–94.

Helting, T. B. and Zwisler, O. (1977). Structure of tetanus toxin. J. Biol. Chem., **252**, 187–93.

McMahon, H. T., Ushkaryov, Y. A., Edelmann, L., Link, E., Binz, T., Niemann, H., et al. (1993). Cellubrevin is a ubiquitous tetanus-toxin substrate homologous to a putative synaptic vesicle fusion protein. Nature, **364**, 346–9.

Matsuda, M. and Yoneda, M. (1975). Isolation and purification of two antigenically active, complementary polypeptide fragments of tetanus neurotoxin. Infect. Immun., **12**, 1147–53.

Matsuda, M., Sugimoto, N., Ozutsumi, K., and Hirai, T. (1982). Acute botulinum-like intoxication by tetanus neurotoxin in mice. Biochem. Biophys. Res. Commun., **104**, 799–805.

Matsuda, M., Lei, D., Sugimoto, N., Ozutsumi, K., and Okabe, T. (1989). Isolation, purification and characterization of fragment B, the NH_2–terminal half of the heavy chain of tetanus toxin. Infect. Immun., **57**, 3588–93.

Montecucco, C. and Schiavo, G. (1995) Structure and function of tetanus and botulinum neurotoxins. Quart. Rev. Biophys., **28**, 423–72.

Patarnello, T., Bargelloni, L., Rossetto, O., Schiavo, G., and Montecucco, C. (1993). Neurotransmission and secretion. Nature, **364**, 581–2.

Payling-Wright, G. (1955). The neurotoxins of Clostridium botulinum and Clostridum tetani. Pharmacol. Rev., **7**, 413–65.

Penner, R., Neher, E., and Dreyer, F. (1986). Intracellularly injected tetanus toxin inhibits exocytosis in bovine adrenal chromaffin cells. Nature, **324**, 76–7.

Rossetto, O., Schiavo, G., Montecucco, C., Poulain, B., Deloy, F., Lozzi, L., and Shone, C. C. (1994). SNARE motifs and neuro-toxins. Nature, **372**, 415–16.

Schiavo, G. and Montecucco, C. (1995). Tetanus and botulism neurotoxins: isolation and assay. Methods Enzymol., **248**, 643–52.

Schiavo, G., Papini, E. Genna, G. and Montecucco, C. (1990). An intact interchain disulfide bond is required for the neurotoxicity of tetanus toxin. Infect. Immun., **58**, 4136–41.

Schiavo, G., Poulain, B., Rossetto, O., Benfenati, F., Tauc, L., and Montecucco, C. (1992a). Tetanus toxin is a zinc protein and its inhibition of neurotrasmitter release and protease activity depend on zinc. EMBO J., **11**, 3577–83.

Schiavo, G., Benfenati, F., Poulain, B., Rossetto, O., Polverino de Laureto, P., DasGupta, B. R., et al. (1992b). Tetanus and botulinum-B neurotoxins block neurotransmitter release by a proteolytic cleavage of synaptobrevin. Nature, **359**, 832–5.

Schwab, M. E., Suda, K., and Thoenen, H. (1979). Selective retrograde trans-synaptic transfer of a protein, tetanus toxin, subsequent to its retrograde axonal transport. J. Cell Biol., **82**, 798–810.

Sweeney, S. T., Broadie, K., Keane, J., Niemann, H., and O'Kane, C. J. (1995). Targeted expression of tetanus toxin light chain in Drosophila specifically eliminates synaptic transmission and causes behavioral defects. Neuron, **14**, 341–51.

van Heyningen, W. E. (1968). Tetanus. Sci. Am., **218**, 69–77.

Weller, U., Dauzenroth, M.-E., Meyer Heringdorf, D. and Habermann, E. (1989). Chains and fragments of tetanus toxin. Eur. J. Biochem., **182**, 649–56.

Williamson, L. C. and Neale, E. A. (1994). Bafilomycin A1 inhibits the action of tetanus toxin in spinal cord neurons in cell culture. J. Neurochem., **63**, 2342–5.

Yamasaki, S., Baumeister, A., Binz, T., Blasi, J., Link, E., Cornille, F., et al. (1994). Cleavage of members of the synaptobrevin/VAMP family by types D and F botulinal neurotoxins and tetanus toxin. J. Biol. Chem., **269**, 12764–72.

■ Rossella Pellizzari and Ornella Rossetto:
Centro CNR Biomembrane and
Università di Padova,
Via Trieste, 75,
35121 Padova,
Italy

VAMP-specific botulinum neurotoxins

Botulinum neurotoxins are a group of closely related protein toxins (seven different serotypes A–G) produced by different bacterial strains of the genus Clostridium. All of them show absolute tropism for the neuromuscular junction, where they bind still unidentified receptors in a strictly serotype specific manner. This binding step is followed by the entry of the toxin into the cytoplasm of the motorneurons and by specific proteolytic cleavage of intracellular targets. Four out of seven serotypes of botulinum neurotoxins cleave VAMP/synaptobrevin, a protein of small synaptic vesicles. This results in a loss of function of the neuroexocytosis machinery and thus a blockade of transmitter release.

Botulinum neurotoxins (BoNT A–G) are the causative agents of the flaccid paralysis of botulism (Hatheway 1995) and are produced by toxigenic strains of *Clostridium botulinum* and less frequently *Cl. barati* and *Cl. butyricum* (Hall *et al.* 1985; Aureli *et al.* 1986). BoNTs are produced as a large complex of 300–900 kDa containing the neurotoxin (150 kDa) and additional components, such as hemagglutinin (300 kDa) and a nontoxic peptide (Sakaguchi 1983). These additional proteins play a role in the stabilization of the neurotoxins to the gut enviroment, their natural port of entry. BoNTs are synthesized as an inactive polypeptide chain (protoxin) that is activated by proteolysis at an exposed loop, generating the active di-chain form of the toxin (DasGupta 1994). This form is composed of the heavy chain (H, 100 kDa) responsible for the interaction of the toxin to specific receptor(s) present at the neuromuscular junction and for the translocation of the light chain (L, 50 kDa) into the cytoplasm. A critical step for the activation of the zinc-endopeptidase activity of the L chain is the reduction of the interchain disulfide bridge (Montecucco and Schiavo 1995).

The L chains of BoNTs are composed of about 450 AA with an overall homology of 32–61 per cent (Campbell *et al.* 1993). The highest homology is concentrated in the amino-terminal region, probably involved in the substrate recognition (Rossetto *et al.* 1994) and in a central region that contains the zinc-binding motif His-Glu-Xxx-Xxx-His of zinc endopeptidases (Vallee and Auld 1990). This region coordinates a zinc atom necessary for the *in vivo* activity of these toxins (Schiavo *et al.* 1992a). BoNT/B, D, F, and G (BoNT/B, 1291 AA, GeneBank accession number M81186; BoNT/D, 1276 AA, GeneBank accession number X54254; BoNT/F, 1274 AA, GeneBank accession number M92906; BoNT/G, 1300 AA, GeneBank accession number X74162) cleave VAMP/synaptobrevin at four distinct peptide bonds within the conserved cytoplasmic loop (Fig. 1)(Montecucco and Schiavo 1995).

■ Purification and sources

BoNT/B, D, F, and G are isolated from bacterial culture as 300–900 kDa crystalline protein complex by acid precipi-

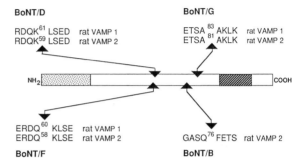

Figure 1. The botulinum neurotoxins B, D, F, and G cleavage sites on VAMP/synaptobrevin. The numbers indicate the new carboxy-terminus of the VAMP fragments generated by the different toxins. The dotted area and the hatched box represent the proline-rich carboxy-terminal domain and the transmembrane portion of VAMP–synaptobrevin, respectively.

tation and citrate extraction of the pellet, followed by ammonium sulfate fractionation (Schiavo *et al.* 1992a, 1993a,b, 1994). The crude neurotoxins are purified by chromatography on SP-Sephadex. BoNT/B and F are further purified by immobilized metal ion chromatography (Pharmacia), while BoNT/D are separated from the nontoxic protein component by ion exchange chromatography on MONO Q (Pharmacia)(Schiavo *et al.* 1993b). BoNT/G is purified by gel filtration chromatography (Schiavo *et al.* 1994). BoNT/B, D, and F can be purchased from Calbiochem, Sigma, or Wako.

Botulinum neurotoxin (150 kDa) serotypes D and F are usually puried from bacterial cultures as di-chain fully active toxins, while BoNT/B and G are purified in the inactive single chain form. They are activated to the di-chain active form by trypsin cleavage (DasGupta 1994).

Toxicity

Toxicity is tested by intraperitoneal or intravenous injection in mice. Mouse LD_{50}s are in the range 0.1–0.5 ng/kg and are variable in different animal species

(Wright 1955). The variety of serotypes presents a serious problem to the experimentors for the lack of a wide-spread vaccination. Long term immunization can be obtained by the injection of a pentavalent toxoid vaccine (serotypes A, B, C, D, E; CDC, Atlanta). No adequate immunological protection or serotherapy are available for serotypes F and G.

Use in cell biology

Di-chain BoNTs are internalized by primary neurons in culture and by a variety of neuronal cell lines. Brain cortex synaptosomes also show an efficient uptake mechanism for BoNTs (McMahon *et al.* 1992). In addition clostridial neurotoxins sensitivity can be induced by incubation of noncompetent cells with gangliosides (Bartels and Bigalke 1992). Single chain neurotoxins or purified L chains are completely ineffective if applied extracellularly. Other nonneuronal cells or sub-cellular fractions (i.e. neurohypophysial terminals) that do not present specific toxin receptors, have to be permeabilized to allow the entry of the toxin into the cytoplasm. The permeabilization process can be realized with streptolysin O (Anhert-Hilger *et al.* 1989), with detergents (Lawrence *et al.* 1994), electroporation (Bartels and Bigalke 1992), or micro-injection (Poulain *et al.* 1990). Both the purified L chain or the di-chain toxin can be used in these cases. To test toxin activity on purified membrane preparations (i.e. synaptic vesicles), the di-chain toxins must be reduced just before use with dithiothreitol (Schiavo *et al.* 1992*b*). Intoxication with BoNTs could be performed also by microinjection of BoNT-specific mRNAs (Mochida *et al.* 1990) or by targeted expression of BoNTs light chain in *Drosophila*, similarly to that recently obtained with tetanus toxin (Sweeney *et al.* 1995).

BoNT/B, D, F, and G are zinc-endopeptidases specific for VAMP/synaptobrevin, a small membrane protein present in various tissues in three isoforms (1, 2, and 3 or cellubrevin). The four BoNTs cleave all three VAMP isoforms at four distinct sites (Fig. 1) (Montecucco and Schiavo 1995). In some animal species, polymorphism at the cleavage sites confers resistance to BoNT/B and tetanus toxin as in the case of rat and chicken VAMP 1 (Patarnello *et al.* 1993).

BoNTs can be used in animals to induce a toxic de-nervation of skeletal muscle and to study the following processes of nerve sprouting and re-innervation (Frangez *et al.* 1994).

References

Anhert-Hilger, G., Bader, M. F., Bhakdi, S., and Gratzl, M. (1989). Introduction of macromolecules into bovine adrenal medullary chromaffin cells and rat pheochromocytoma cells (PC12) by permeabilization with streptolysin O. Inhibitory effect of tetanus toxin on catecholamine secretion. *J. Neurochem.*, **52**, 1751–8.

Aureli, P., Fenicia, L., Pasolini, B., Gianfranceschi, M., McCroskey, L. M., and Hatheway, C. O. (1986). Two cases of type E infant botulism in Italy caused by neurotoxigenic *Clostridium butyricum*. *J. Infect. Dis.*, **154**, 207–11.

Bartels, F. and Bigalke, H. (1992). Restoration of exocytosis occurs after inactivation of intracellular tetanus toxin. *Infect. Immun.*, **60**, 302–7.

Campbell, K., Collins, M. D., and East, A. K. (1993). Nucleotide sequence of the gene coding for *Clostridium botulinum* (*Clostridium argentinense*) type G neurotoxin: genealogical comparison with other clostridial neurotoxins. *Biochim. Biophys. Acta*, **1216**, 487–91.

DasGupta, B. R. (1994). Structures of botulinum neurotoxin, its functional domains, and perspectives on the cristalline type A toxin. In *Therapy with botulinum toxin*, (ed J. Jankovic and M. Hallett), pp. 15–39, Marcel Dekker, New York.

Frangez, R., Dolinsek, J., Demsar, F., and Suput, D. (1994). Chronic denervation caused by botulinum neurotoxin as a model of a neuromuscular disease. *Ann. N.Y. Acad. Sci.*, **710**, 88–93.

Hall, J. D., McCroskey, L. M., Pincomb, B. J., and Hatheway, C. O. (1985). Isolation of an organism resembling *Clostridium barati* which produces type F toxin from an infant with botulism. *J. Clin. Microbiol.*, **21**, 654–5.

Hatheway, C. L. (1995). Botulism: the present status of the disease. *Curr. Top. Microbiol. Immunol.*, **195**, 55–75.

Lawrence, G. W., Weller, U., and Dolly, J. O. (1994). Botulinum A and the light chain of tetanus toxin inhibit distinct stages of Mg.ATP-dependent catecholamine exocytosis from permeabilized chromaffin cells. *Eur. J. Biochem.*, **222**, 325–33.

McMahon, H. T., Foran, P., Dolly, J. O., Verhage, M., Wiegand, V. M., and Nicholls, D. G. (1992). Tetanus toxin and botulinum toxin A and B inhibit glutamate, gamma-aminobutyric acid, aspartate, and met-enkephalin release from synaptosomes. Clues to the locus of action. *J. Biol. Chem.*, **267**, 21338–43.

Mochida, S., Poulain, B., Eisel, U., Binz, T., Kurazono, H., Niemann, H., *et al.* (1990). Molecular biology of clostridial toxin: expression of mRNAs encoding tetanus and botulinum neurotoxins in *Aplysia* neurons. *J. Physiol. (Paris)*, **84**, 278–84.

Montecucco, C. and Schiavo, G. (1995). Structure and function of tetanus and botulinum neurotoxins. *Curr. Top. Microbiol. Immunol.* **195**, 257–74.

Patarnello, T., Bargelloni, L., Rossetto, O., Schiavo, G., and Montecucco, C. (1993). Neurotransmission and secretion. *Nature*, **364**, 581–2.

Poulain, B., Mochida, S., Wadsworth, J. D., Weller, U., Habermann, E., Dolly, J. O., *et al.* (1990). Inhibition of neurotransmitter release by botulinum neurotoxins and tetanus toxin at *Aplysia* synapses: role of constituent chains. *J. Physiol. (Paris)*, **84**, 247–61.

Rossetto, O., Schiavo, G., Montecucco, C., Poulain, B., Deloye, F., Lozzi, L., *et al.* (1994). SNARE motif and neurotoxin recognition. *Nature*, **372**, 415–16.

Sakaguchi, G. (1983). *Clostridium botulinum* toxins. *Pharmacol. Ther.*, **19**, 165–94.

Schiavo, G., Rossetto, O., Santucci, A., DasGupta, B. R., and Montecucco, C. (1992*a*). Botulinum neurotoxins are zinc proteins. *J. Biol. Chem.*, **267**, 23479–83.

Schiavo, G., Benfenati, F., Poulain B., Rossetto O., Polverino de Laureto, P., DasGupta B. R. *et al.* (1992*b*). Tetanus and botulinum B neurotoxins block neurotransmitter release by a proteolytic cleavage of synaptobrevin. *Nature*, **359**, 832–5.

Schiavo, G., Shone, C. C., Rossetto, O., Alexandre, F. C. G., and Montecucco, C. (1993*a*). Botulinum neurotoxin serotype F is a zinc endopeptidase specific for VAMP/synaptobrevin. *J. Biol. Chem.*, **268**, 11516–19.

Schiavo, G., Rossetto, O., Catsicas, S., Polverino de Laureto, P., DasGupta, B. R., Benfenati, F. *et al.* (1993*b*). Identification of the nerve-terminal targets of botulinum neurotoxins serotypes A, D and E. *J. Biol. Chem.*, **268**, 23784–7.

Schiavo, G., Malizio, C., Trimble, W. S., Polverino de Laureto, P., Milan, G., Sugiyama, H., *et al.* (1994). Botulinum G neurotoxin cleaves VAMP/synaptobrevin at a single Ala/Ala peptide bond. *J. Biol. Chem.*, **269**, 20213–16.

Sweeney, S. T., Broadie, K., Keane, J., Niemann, H., and O'Kane, C. J. (1995). Targeted expression of tetanus toxin light chain in *Drosophila* specifically eliminates synaptic transmission and causes behavioral defects. *Neuron*, **14**, 341–51.

Vallee, B. L. and Auld, D. S. (1990). Zinc coordination, function and structure of zinc enzymes and other proteins. *Biochemistry*, **29**, 5647–59.

Wright, G. P. (1955). The neurotoxins of *Clostridium botulinum* and *Clostridium tetani*. Pharmacol. Rev., **7**, 413–65.

■ *Giampietro Schiavo:*
Imperial Cancer Research Foundation,
44 Lincoln's Inn Field,
London WC2A 3PX
UK

Botulinum neurotoxins type A and E (*Clostridium botulinum*)

Botulinum neurotoxins type A and E are produced by toxigenic strains of Clostridium botulinum. *They bind specifically to the presynaptic membrane of cholinergic neurons and penetrate into the cytosol, where they cleave specifically SNAP-25 at the Q_{197}-R_{198} (type A) and R_{180}-I_{181} (type E) peptide bonds. This selective proteolysis impairs the functional participation of SNAP-25 in the neuroexocytosis machine and the release of acetylcholine evoked by membrane depolarization cannot take place.*

Botulinum neurotoxins are structurally related protein toxins (BoNTs) produced by Clostridia in seven different serotypes: A, B, C, D, E, F, and G. BoNTs penetrate motorneurons at the neuromuscular junction and block acetylcholine release, thus causing the flaccid paralysis of botulism. They impair neurotransmission via the selective cleavage of proteins of the synaptic vesicles docking and fusion complex. BoNT/A and E are involved in human botulism and cleave SNAP-25 (synaptosomal-associated protein of 25 kDa), a protein bound to the cytosolic face of the plasma membrane. Botulinum neurotoxins A and E are produced by bacteria of the genus *Clostridium* and are responsible for the flaccid paralysis of botulism (Hatheway 1995). They are synthesized as a single inactive polypeptide chain of 150 kDa complexed with non-neurotoxic components and released by bacterial lysis. Bacterial or tissue proteases cleave the neurotoxin within an exposed loop and generate the active di-chain form composed of a heavy-chain (H, 100 kDa) and a light chain (L, 50 kDa) bridged by a single interchain disulphide bond. BoNTs bind the presynaptic membrane via the heavy chain and enter the neuron cytosol, where the light chain exerts its proteolytic activity (Montecucco and Schiavo 1995). The gene encoding for BoNT/A is located on a plasmid of variable size (1295 amino acid residues, GeneBank accession number X52066), whereas the gene that codes for BoNT/E is on a bacteriophage (1250 amino acid residues, GeneBank accession number X62089) (Eklund *et al.* 1989; Minton 1995).

The L chains of BoNT/A and BoNT/E, similarly to the L chains of the other clostridial neurotoxins, contain one atom of zinc bound to the zinc binding motif of zinc-endopeptidases HExxH, which is included in a highly conserved region (Schiavo *et al.* 1992). This atom of zinc is essential for the catalytic activity of BoNT/A and /E, which consists of the cleavage of SNAP-25 at Q_{197}-R_{198} and R_{180}-I_{181}, respectively (Blasi *et al.* 1993; Schiavo *et al.* 1993a). This leads to the complete inhibition of neurotransmitter release as well as to the inhibition of several other exocytotic events (Sadoul *et al.* 1995). The BoNT/A block of neuroexocytosis can be by-passed by alpha-latrotoxin (Gansel *et al.* 1987).

■ Purification and sources

BoNT/A and E are isolated from bacterial culture by acid precipitation and citrate extraction of the pellet, followed by ammonium sulfate fractionation (Shone and Tranter 1995). The crude toxins are purified by chromatography on SP-Sephadex. They are freed from contaminating clostridial proteinases by immobilized metal ion affinity chromatography (IMAC, Pharmacia) (Rossetto *et al.* 1992). BoNT/A and E can be purchased from Calbiochem, Wako, and Sigma. BoNT/A is usually purified from bacterial culture as di-chain fully active toxin, whereas BoNT/E is purified as the inactive single chain form, which is converted into the active di-chain form by nicking with trypsin (Sathyamoorthy and DasGupta 1985). BoNT/A is largely used as a therapeutic agent for dystonias, strabismus, and other syndromes, where a depression of neuromuscular junction activity is sought (Jankovic and Hallett 1994). For such a use, it is sold by Allergan (USA) with the product name BOTOX and by Porton (UK) with the trade name of Dysport. Moreover, Associated Synapse (USA) has received the orphan drug status to market BoNT/A.

■ Toxicity

Toxicity is usually evaluated by intraperitoneal or intravenous injection of serially diluted neurotoxin solutions in mice. Mouse LD_{50} of BoNT/A and E is in the range of 0.1–1 ng/kg and varies greatly in different animal species (Payling-Wright 1955). These neurotoxins are estimated to be even more potent in humans: the human lethal dose may lie in the range 2000–4000 mouse lethal dose. Hence, they have to be manipulated with great care. It is sufficient to use them in a contained place, to protect hands with rubber gloves, and to avoid needles. Wastes should be collected and treated with diluted hypochlorite solutions that quickly inactivate these toxins. Alternatively, operators can be vaccinated with the pentavalent toxoid vaccine prepared with toxin serotypes A, B, C, D, E, which can be obtained through the Botulism Laboratory of the CDC (Atlanta, USA). The California Department of Health Sciences (fax 510-5402646) has recently developed a human-derived botulinum antitoxin.

■ Use in cell biology

BoNT/A and E as well as the other botulinum neurotoxins bind to specific and distinct receptors located on the motor neuron plasmalemma at the neuromuscular junction (Dolly et al. 1984). The cellular receptors for BoNT/A and E are not known, but different receptors must be implicated in the binding of these two BoNTs to account for the lack of competition of these two serotypes and for the different sensitivity of animal species. Primary neurons in culture, neuronal-derived cell lines and brain cortex synaptosomes are able to internalize the di-chain BoNT/A and E (Sanchez-Prieto et al. 1987; Blasi et al. 1993; Schiavo et al. 1993a; Osen-Sand et al. 1996). Non-neuronal cells have to be injected or permeabilized to allow the access of the L chain to the cytosol (Penner et al. 1986; Boyd et al. 1995; Sadoul et al. 1995).

BoNT/A and E are zinc-endopeptidases that specifically recognize SNAP-25 and cleave it at single, distinct sites within the carboxyl-terminal region. BoNT/A hydrolyses the Gln197–Arg198 peptide bond, whereas BoNT/E cleaves between Arg180 and Ile181 (Schiavo et al., 1993b) (Fig. 1). Thus, BoNT/A and E cleave within 20 residues of each other at the SNAP-25 COOH-terminus suggesting that this protein region plays a fundamental role in the recognition and/or regulation of the multi-subunit neuroexocytosis machinery. BoNT/A and E are increasingly used to probe the role of SNAP-25 in several cell

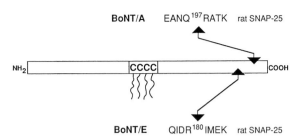

Figure 1. Cleavage of SNAP-25 with botulinum neurotoxins A and E. SNAP-25 is a 206 residue long protein with a characteristic cysteine quartet present in the middle of the chain. These cysteines are palmitoylated. BoNT/A and E cleave SNAP-25 at two different peptide bonds within the carboxyl-terminal. Synapse poisoned with BoNT/A can be induced to release neurotransmitter by alpha-latrotoxin (see p. 233).

processes including exocytosis, axonal growth, synapse stability, and membrane repair (Boyd et al. 1995; Sadoul et al. 1995; Osen-Sand et al. 1996).

After the report appeared in 1980 that BoNT/A injection is very effective in strabismus, the therapeutic use of this neurotoxin has been extended to a variety of diseases, which benefit from a functional paralysis of the neuromuscular junction (Jankovic and Hallett 1994). Currently, the other BoNT types are under clinical test.

■ References

Blasi, J., Chapman, E. R., Link, E., Binz, T., Yamasaki, S., De Camilli, P., et al. (1993). Botulinum neurotoxin A selectively cleaves the synaptic protein SNAP-25. Nature, **365**, 160–3.

Boyd, R. S., Duggan, M. J., Shone, C. C., and Foster, K. A. (1995). The effect of botulinum neurotoxins on the release of insulin from insulinoma cell lines HIT-15 and RINm5F. J. Biol. Chem., **270**, 18216–18.

Dolly, J. O, Black, J., Williams, R. S., and Melling, J. (1984). Acceptors for botulinum neurotoxin reside on motor nerve terminals and mediate its internalization. Nature, **307**, 457–60.

Eklund, M. W., Poysky, F. T., and Habig, W. H. (1989). Bacteriophages and plasmids in Clostridium botulinum and Clostridium tetani and their relationship to production of toxins. In: Botulinum neurotoxins and tetanus toxin (ed. L. L. Simpson), pp. 25–51, Academic press, New York.

Gansel, M., Penner, R., and Dreyer, F. (1987). Distinct sites of action of clostridial neurotoxins revealed by double poisoning of mouse motor-nerve terminals. Pflügers Archiv, **409**, 533–9.

Hatheway, C. L. (1995). Botulism: The present status of the disease. In Clostridial neurotoxins (ed. C. Montecucco), Curr. Top. Microbiol. Immunol., **195**, 55–75.

Jankovic, J. and Hallett, M. (ed.) (1994). Therapy with botulinum toxin, Marcel Dekker, New York.

Minton, N. P. (1995). Molecular genetics of clostridial neurotoxins. Curr. Top. Microbiol. Immunol., **195**, 161–94.

Montecucco, C. and Schiavo, G. (1995). Structure and function of tetanus and botulinum neurotoxins. Quart. Rev. Biophys., **28**, 423–72.

Osen-Sand, A., Staple, J. K., Naldi, E., Schiavo, G., Rossetto, O., Petitpierre, S., et al. (1996). Common and distinct fusion-proteins in axonal growth and transmitter release. *J. Comp. Neurol.*, **367**, 222–234.

Payling-Wright, G. (1955). The neurotoxins of *Clostridium botulinum* and *Clostridium tetani*. *Pharmacol. Rev.*, **7**, 413–65.

Penner, R., Neher, E., and Dreyer, F. (1986). Intracellularly injected tetanus toxin inhibits exocytosis in bovine adrenal chromatin cells. *Nature*, **324**, 76–7.

Rossetto, O., Schiavo, G., Polverino de Laureto, P., Fabbiani, S., and Montecucco, C. (1992). Surface topography of hystidine residues of tetanus toxin probed by immobilized-metal-ion affinity chromatography. *Biochem. J.*, **285**, 9–12.

Sadoul, K., Lang, J., Montecucco, C., Weller, U., Catsicas, S., Wollheim, C., *et al.* (1995). SNAP-25 is expressed in islets of Lagerhans and is involved in insulin release. *J. Cell. Biol.*, **128**, 1019–28.

Sanchez-Prieto, J., Shira, T. S., Evans, D., Ashton, A., Dolly, J. O., and Nicholls, D. (1987). Botulinum toxin A blocks glutamate exocytosis from guinea-pig cerebral cortical synaptosomes. *Eur. J. Biochem.*, **165**, 675–81.

Sathyamoorthy, W. and DasGupta, B. R. (1985). Separation, purification, partial characterization and some properties of the heavy and light chains of botulinum neurotoxin types A, B and E. *J. Biol. Chem.*, **260**, 10461–6.

Schiavo, G., Rossetto, O., Santucci, A., DasGupta, B. R., and Montecucco, C. (1992). Botulinum neurotoxins are zinc proteins. *J. Biol. Chem.*, **267**, 23479–83.

Schiavo, G., Rossetto, O., Catsicas, S., Polverino de Laureto, P., DasGupta, B. R., Benfenati, F., *et al.* (1993a). Identification of the nerve-terminal targets of botulinum neurotoxins serotype A, D and E. *J. Biol. Chem.*, **268**, 23784–7.

Schiavo, G., Santucci, A., DasGupta, B. R., Metha, P. P., Jontes, J., Benfenati, F., *et al.* (1993b). Botulinum neurotoxins serotype A and E cleave SNAP-25 at distinct COOH-terminal peptide bonds. *FEBS Lett.*, **335**, 99–103.

Shone, C. C. and Tranter, H. S. (1995). Growth of Clostridia and preparation of their neurotoxins. *Curr. Top. Microbiol. Immunol.*, **195**, 143–60.

■ *Ornella Rossetto and Rossella Pellizzari:*
Centro CNR Biomembrane and
Università di Padova,
Via Trieste, 75,
35121 Padova,
Italy

Botulinum neurotoxin type C (*Clostridium botulinum*)

Botulinum neurotoxin type C is a protein of 150 kDa produced by toxigenic Clostridium botulinum *type C strains that blocks neurotransmitter release. This neurotoxin binds specifically to nerve terminals and is then translocated to the cytosol where it cleaves syntaxin, and SNAP-25 presynaptic membrane proteins involved in the exocytotic machinery acting as a t-SNARE.*

Botulinum neurotoxin C (BoNT/C) is one of the seven neurotoxins produced by the anaerobic bacteria *Clostridium botulinum*, and are responsible for the flaccid paralysis characteristic of botulism. Its structural gene is located on the genome of bacteriophages (GenBank accession number X53751), which produce a 150 kDa protein of 1290 amino acids (Swiss-Prot accession number P18640) responsible for the neurotoxigenicity of the strain (Eklund *et al.* 1989). This neurotoxin is synthesized by the bacteria as a nonactive single chain protein and is complexed with nontoxigenic components, including hemagglutinin and nonhemagglutinin proteins, L toxin (500 kDa), or nonhemagglutinin component, M toxin (300 kDa) (Tsuzuki *et al.* 1992). Each toxin dissociates in alkaline conditions into the neurotoxin (150 kDa, BoNT/C1, also named S toxin) and nontoxic components. Single chain neurotoxin acquires full toxicity by proteolysis at one third of its length from its amino terminal. That nicking renders a di-chain molecule, formed by a heavy (100 kDa) and a light (50 kDa) chain that are linked together by a disulfide bond (see Fig. 1). BoNT/C1 light

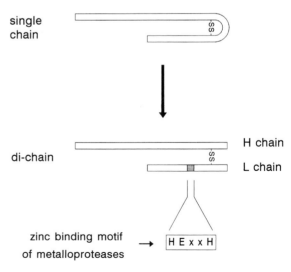

Figure 1. Molecular structure of BoNT/C.

chain exhibits the sequence motif HExxH (Fig. 1) found in a variety of Zn^{2+}-dependent metalloproteases and common to all clostridial neurotoxins, tetanus, and botulinum neurotoxins (Montecucco and Schiavo 1993; Niemann *et al.* 1994), which was shown to account for their final toxic intracellular effect.

In addition to BoNT/C, *Clostridium botulinum* type C strains (and also D strains) produce the *Clostridium botulinum* C2 toxin (binary toxin) and the botulinum C3 ADP-ribosyltransferase (exoenzyme C3), which are not neurotoxigenic. The botulinum C2 toxin gene is located at the bacterial genome, whereas the botulinum C3 ADP-ribosyltransferase gene is located at the bacteriophage DNA (see entry p. 36).

■ Purification and sources

Botulinum toxin type C is extracted from bacterial cultures (Schiavo *et al.* 1995) or precipitated from culture supernatants by acid (Matsuda *et al.* 1986) or ammonium sulfate (Tsuzuki *et al.* 1992) followed by liquid chromatography. BoNT/C dissociates from nontoxic components under alkaline conditions and further ion exchange chromatography (Matsuda *et al.* 1986; Schiavo *et al.* 1995). Heavy and light chains can be isolated under reducing conditions. Botulinum toxin type C is available from Sigma, Wako, or Calbiochem in its 500 000 kDa (L toxin) form.

■ Toxicity

Toxicity is evaluated by intraperitoneal injections of a dilution series and expressed as mouse LD_{50}. Lethal toxicity can also be tested by the time-to-death method by intravenous injection of appropriately diluted samples. Mouse LD_{50} is calculated from a calibration curve made with pure BoNT/C (Kondo *et al.* 1984). Toxicity ranges from 0.4×10^7 LD_{50}/mg of toxin (L toxin) to $14\text{–}21 \times 10^7$ LD_{50}/mg of toxin (BoNT/C).

■ Use in cell biology

BoNT/C specifically blocks neurotransmitter release from nerve terminals, as tested at neuromuscular junction and mammal brain synaptosomes. This specificity on neuronal preparations depends on the presence of distinct acceptors on the cell surface (Agui *et al.* 1983; Yokosawa *et al.* 1989).

Briefly, BoNT/C mechanism of action consists of a binding step, reversible and temperature-independent, mediated by the heavy chain, that is followed by a temperature-dependent internalization of both chains into an acidic compartment, and translocation of the light chain to the cytosol (Murayama *et al.* 1987; Niemann 1991). Once in the cytosol, the light chain exerts its toxic effect on neurotransmitter release. This blocking action is associated with its Zn^{2+}-dependent endopeptidase

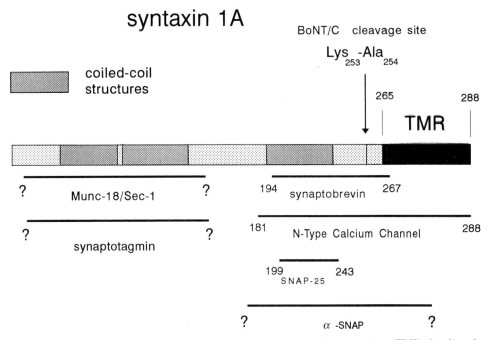

Figure 2. Schematic representation of syntaxin 1A showing: the transmembrane region (TMR); binding domains to other synaptic proteins such as synaptotagmin, Munc 18 (Hata *et al.* 1993), synaptobrevin (Calakos *et al.* 1994), SNAP-25 (Chapman *et al.* 1994), α-SNAP (McMahon and Südhof 1995), and N-type calcium channel (Sheng *et al.* 1994); BoNT/C cleavage site on syntaxin; and coiled-coil structures which are thought to mediate protein–protein interactions (Chapman *et al.* 1994).

activity on syntaxin 1a and 1b (Blasi *et al.* 1993; Schiavo *et al.* 1995), which act as a t-SNARE (Söllner *et al.* 1993). Syntaxins (Fig. 2) are cleaved near the carboxyl-terminal region at the Lys^{253}-Ala^{254} bond in syntaxin 1A and Lys^{252}-Ala^{253} in syntaxin 1B, respectively (Schiavo *et al.* 1995). Interestingly, BoNT/C preferentially cleaves a pool of syntaxin present in synaptic vesicle fraction isolated from poisoned brain synaptosomes (Walch-Solimena *et al.* 1995). Some other non-neuronal members of the syntaxin family, besides syntaxin 1, are also cleaved when incubated *in vitro* with BoNT/C (Schiavo *et al.* 1995), suggesting that BoNT/C light chain would disrupt the action of syntaxin in cells other than neurons. However, non-neuronal cells should be permeabilized or alternatively, BoNT/C light chain injected into the cytosol, to circumvent their absence of specific receptors at the plasma membrane. Recently, BoNT/C has been shown also to cleave SNAP-25 near the site of cleavage of BoNT/A (Williamson *et al.* 1996). BoNT/C is the sole neurotoxin known to cleave two substrates.

BoNT/C is also the only neurotoxin to show cytotoxic effect on primary neuronal cell cultures (Osen-Sand *et al.* 1996).

■ References

Agui ,T., Syuto, B., Oguma, K, Iida, H., and Kubo, S. (1983). Binding of *Clostridium botulinum* type C neurotoxin to rat brain synaptosomes. *J. Biochem. (Tokyo)*, **94**, 521–7.

Blasi, J., Chapman, E. R., Yamasaki, S., Binz, T., Niemann, H., and Jahn, R. (1993). Botulinum neurotoxin C1 blocks neurotransmitter release by means of cleaving HPC-1/syntaxin. *EMBO J.*, **12**, 4821–8.

Calakos, N., Benett, M. K., Peterson, K. E., and Scheller, R. H. (1994). Protein–protein interactions contributing to the specificity of intracellular vesicular trafficking. *Science*, **263**, 1146–9.

Chapman, E. R., An, S., Barton, N., and Jahn, R. (1994). SNAP-25, a t-SNARE which binds to both syntaxin and synaptobrevin via domains that may form coiled coils. *J. Biol. Chem.*, **269**, 27427–32.

Eklund, M. W., Poysky, F. T., and Habig, W. H. (1989). Bacteriophages and plasmids in *Clostridium botulinum* and *Clostridium tetani* and their relationship to production of toxins. *Botulinum neurotoxin and tetanus toxin* (ed. L. L. Simpson), pp. 26–47, Academic Press, San Diego.

Hata, Y., Slaughter, C. A., and Südhof , T. C. (1993). Synaptic vesicle fusion complex contains unc-18 homologue bound to syntaxin. *Nature*, **366**, 347–51.

Kondo, H., Shimizu, T., Kubonoya, M., Izumi, N., Takahashi, M., and Sakaguchi, G. (1984). Titration of botulinum toxins for lethal toxicity by intravenous injection into mice. *Jpn. J. Med. Sci. Biol.*, **37**, 131–5.

McMahon, H. T. and Südhof, T. C. (1995). Synaptic core complex of synaptobrevin, syntaxin and SNAP-25 forms high affinity alpha-SNAP binding site. *J. Biol. Chem.*, **270**, 2213–17.

Matsuda, M., Ozutsumi, K., Pei-Ying, D., and Sugimoto, N. (1986). Rapid method for purification of *Clostridium botulinum* type C neurotoxin by high performance liquid chromatography (HPLC). *Eur. J. Epidemiol.*, **2**, 265–72.

Montecucco, C. and Schiavo, G. (1993). Tetanus and botulinum neurotoxins. A new group of zinc proteases. *TiBS*, **18**, 324–7.

Murayama, S., Umezawa, J., Terajima, J., Syuto, S., and Kubo, S. (1987). Action of botulinum neurotoxin on acetylcholine release from rat brain synaptosomes: putative internalization of the toxin into synaptosomes. *J. Biochem. (Tokyo)*, **102**, 1355–64.

Niemann, H. (1991) Molecular biology of clostridial neurotoxins. *Sourcebook of bacterial protein toxins* (ed. J. E. Alouf and J. H. Freer), pp. 303–48, Academic Press, London.

Niemann, H., Blasi, J., and Jahn, R. (1994) Clostridial neurotoxins: new tools for dissecting exocytosis. *Trends Cell Biol.*, **4**, 179–85.

Osen-Sand, A., Staple, J. K., Naldi, E., Schiavo, G., Rossetto, O., *et al.* (1996). Common and distinct fusion proteins in axonal growth and transmitter release. *J. Comp. Neurol.*, **367**, 222–34.

Schiavo, G., Shone, C. C., Bennett, M. K., Scheller, R. H., and Montecucco, C. M. (1995). Botulinum neurotoxin type C cleaves a single Lys–Ala bond within the carboxyl-terminal region of syntaxins. *J. Biol. Chem.*, **270**, 10566–70.

Sheng, Z., Rettig, J., Takahashi, M., and Catterall, W. A. (1994). Identification of syntaxin-binding site on N-type calcium channels. *Neuron*, **13**, 1303–13.

Söllner, T., Whiteheart, S. W., Brunner, M., Erdjument-Bromage, H., Geromanos, S., Tempst, P. *et al.* (1993). SNAP receptors implicated in vesicle targeting and fusion. *Nature*, **362**, 318–24.

Tsuzuki, K., Kimura, K., Fujii, N., Yokosawa, N., and Oguma, K. (1992). The complete nucleotide sequence of the gene coding for the nontoxic-nonhemagglutinin component of *Clostridium botulinum* type C progenitor toxin. *Biochem. Biophys. Res. Commun.*, **183**, 1273–9.

Walch-Solimena, C., Blasi, J., Edelmann, L., Chapman, E. R., Fischer von Mollard, G., and Jahn, R. (1995). The t-SNAREs syntaxin 1 and SNAP-25 are present on organelles that participate in synaptic vesicle recycling. *J. Cell Biol.*, **128**, 637–45.

Yokosawa, N., Kurokawa, Y., Tsuzuki, K., Syuto, B., Fujii, N., Kimura, K. *et al.* (1989). Binding of *Clostridium botulimun* type C neurotoxin to different neuroblastoma cell lines. *Infect. Immun.*, **57**, 272–7.

Williamson, L. C., Halpern, J. L., Montecucco, C., Brown, J. E., and, Neale, E. A. (1996). Clostridial neurotoxins and substrate proteolysis in intact neurons. *J. Biol. Chem.*, **271**, 7694–9.

■ *Judit Herreros and Juan Blasi:*
  Departament de Biologia Cellular i Anatomia Patològica,
  Universitat de Barcelona,
  Facultad de Medicina,
  Casanova 143,
  Barcelona 08036,
  Spain

Vacuolating cytotoxin (*Helicobacter pylori*)

The vacuolating cytotoxin (VacA) is a protein secreted into the culture supernatant by Type I strains of Helicobacter pylori, a recently discovered bacterium that causes gastric ulcer and that has been associated with gastric tumors. The toxin has been shown to play a major role in disease. When incubated with epithelial cells, VacA causes massive formation of vacuoles that have a membrane marker typical of late endosomes. In vivo, purified VacA causes cell vacuolization, tissue damage, and ulcer formation. The identification of the target molecule(s) of this toxin may lead to a further dissection of the rules that govern the traffick of intracellular vesicles in eukaryotic cells.

VacA is a protein that when purified from the culture supernatant of Type I *Helicobacter pylori* strains (Leunk *et al.* 1988; Cover and Blaser 1992; Crabtree *et al.* 1992; Telford *et al.* 1994a; Marchetti *et al.* 1995) has a molecular weight between 600 000–700 000 Da. In the Electron microscope, the protein appears as flower-shaped hexamers and heptamers, formed by identical monomers (Fig. 1) (Lupetti *et al.* 1996). The gene codes for a precursor polypeptide of 140 000 Da (Telford *et al.* 1994b), of which the amino-terminal of 95 000 Da forms the VacA monomer, while the carboxy-terminal region is involved

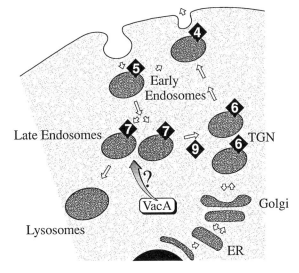

Figure 2. Vacuolating cytotoxin action.

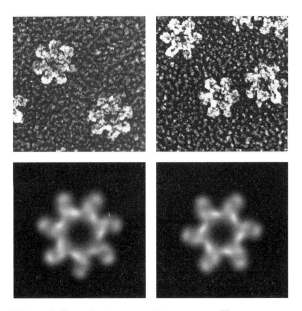

Figure 1. Vacuolating cytotoxin structure. The upper panels show examples of the heptameric and hexameric structures of VacA as observed in electron micrographs of quick-freeze, deep-etched preparations. The oligomers are approximately 30 nm in diameter with a 10–12 nm central cavity. The lower panels show the result of image clustering and averaging of many molecules of VacA. In these images, the subunit structure is easily discerned. (For further details see Lupetti *et al.* 1996.)

in secretion of the toxin into the culture medium. Once secreted into the extracellular space, the 95 000 Dalton monomer can be proteolytically cleaved at a specific site, forming two subunits of 37 000 and 58 000 Da, that may represent the A and B subunits typical of the AB type of bacterial toxins. One of the subunits is presumed to be involved in binding the eukaryotic cell receptor and facilitating the toxin internalization. The other subunit is presumed to act on and inactivate a molecule of eukaryotic cells that regulates a crucial step of vesicle trafficking. Recent data have shown that vacuoles formed by this toxin contain a membrane marker typical of the late endosomes (Rab7) (Papini *et al.* 1994; Papini *et al.* 1997). The vacuolar proton pump is essential for the formation of the vacuoles, which can be inhibited either by inhibitors of the proton pump such as Bafilomycin A1 (Papini *et al.* 1993), or by a monoclonal antibody against a subunit of the proton pump (Papini *et al.* 1996). Although not yet fully elucidated at the molecular level, the action of the toxin is very likely to be similar to that shown in Fig. 2. Expression of the entire VacA gene, and of each of the subunits has been achieved in *Escherichia coli*, however, none of the recombinant molecules were found to cause vacuolization of epithelial cells, or to form the heptameric toxin.

Purification and sources

Crude toxin activity capable of inducing vacuolization in eukaryotic cells can be found in concentrated culture supernatants of Type 1 *H. pylori*, or in water extracts of *H. pylori* cells grown in agar plates. The bacteria themselves are able to induce strong vacuolization if incubated with the cells. The purified heptameric molecule can be obtained by ammonium sulfate precipitation of the supernatant followed by Matrex cellufine sulfate chromatography and gel filtration (Manetti *et al.* 1995). The purified protein is not available commercially but can be supplied in small quantities by the authors of this entry.

Toxicity

The toxin causes vacuolization in epithelial cells at a concentration of 5 µg/ml. Exposure of the toxin to low pH (from 5.5 to 1.5) for a few minutes is sufficient to activate the toxin (de Bernard *et al.* 1995). The presence of 5 mM ammonia in the medium is essential to obtain a visible vacuolization. Intragastric administration of 5 µg of purified VacA in mice caused loss of gastric gland architecture, cell necrosis, and gastric ulceration (Telford *et al.* 1994*b*).

Use in cell biology

The molecular mechanism of VacA action is still unknown, but interesting potential applications of this cytotoxin in cell biology can already be envisaged. In fact, VacA causes an alteration of the endocytic pathway resulting in the selective swelling of late endosomes or prelysosomal structures characterized by the presence of both V-ATPase and the small GTP-binding protein Rab7 (Papini *et al.* 1994; Papini *et al.* 1997). Hence, the target of VacA action appears to be a factor involved in regulation of membrane flow and/or fusion between endosomes. Similar examples from other systems in which cellular vacuolation can be induced by overexpression of dominant positive mutants of Rab5 (Stenmark *et al.* 1994), reinforce the notion that VacA modifies a fundamental effector in membrane traffick. In particular, because of its apparent effect on prelysosomal compartments (Papini *et al.* 1994), VacA may help to clarify structural and functional aspects of the endocytic pathway.

References

Cover, T. L. and Blaser, M. J. (1992). Purification and characterization of the vacuolating toxin from *Helicobacter pylori*. *J. Biol. Chem.*, **267**, 10570–5.

Crabtree, J. E., Figura, N., Taylor, J. D., Bugnoli, M., Armellini, D. and Tompkins, D. S. (1992). Expression of 120 kiloDalton protein and cytotoxicity in *Helicobacter pylori*. *J. Clin. Pathol.*, **45**, 733–40.

de Bernard, M., Papini, E., Defilippis, V., Gottardi, E., Telford, J., Manetti, R., *et al.* (1995). Low pH activates the vacuolating toxin of *Helicobacter pylori*, which becomes acid and pepsin resistant. *J. Biol. Chem.*, **270**, 23937–40.

Leunk, R. D., Johnson, P. T., David, B. C., Kraft, W. G., and Morgan, D. R. (1988). Cytotoxic activity in broth-culture filtrates of *Campylobacter pylori*. *J. Med. Microbiol.*, **26**, 93–9.

Lupetti, P., Heuser, J. E., Manetti, R., Massari, P., Lanzavecchia, S., Bellon, P. L., *et al.* (1996). Oligomeric and subunit structure of the *Helicobacter pylori* vacuolating cytotoxin. *J. Cell Biol.*, **133**, 801–7.

Manetti, R., Massari, P., Burroni, D., de Bernard, M., Marchini, A., Olivieri, R., *et al.* (1995) *Helicobacter pylori* cytotoxin: Importance of native conformation for induction of neutralizing antibodies. *Infect. Immun.*, **63**, 4476–80.

Marchetti, M., Aricò, B., Burroni, D., Figura, N., Rappuoli, R., and Ghiara, P. (1995). Development of a mouse model of *Helicobacter pylori* infection that mimics human disease. *Science*, **267**, 1655–8.

Papini, E., Bugnoli, M., de Bernard, M., Figura, N., Rappuoli, R., and Montecucco, C. (1993). Bafilomycin A1 inhibits *Helicobacter pylori*-induced vacuolization of HeLa cells. *Mol. Microbiol.*, **7**, 323–37.

Papini, E., De Bernard, M., Milia, E., Bugnoli, M., Zerial, M., Rappuoli, R., *et al.* (1994). Cellular vacuoles induced by *Helicobacter pylori* originate from late endosomal compartments. *Proc. Natl. Acad. Sci. USA*, **91**, 9720–4.

Papini, E., Satin, B., Bucci, C., de Bernard, M., Telford, J, Rappuoli, R., *et al.* (1997). The small GTP-binding protein Rab7 is essential for cellular vacuolation induced by *Helicobacter pylori*. *EMBO J*. **16**(1):15–24.

Papini, E., Gottardi, E., Satin, B., de Bernard, M., Massari, P., Telford, J., *et al.* (1996). The vacuolar ATPase proton pump is present on intracellular vacuoles induced by *Helicobacter pylori*. *J. Med. Microbiol.*, **45**, 84–9.

Stenmark, H., Parton, R. G., Steele-Mortimer, O., Lutcke, A., Gruenberg, J., and Zerial, M. (1994). Inhibition of Rab5 GTPase activity stimulates membrane fusion in endocytosis. *EMBO J.*, **13**, 1287–96.

Telford, J. L., Covacci, A., Ghiara, P., Montecucco, C., and Rappuoli, R. (1994*a*). Unravelling the pathogenic role of *Helicobacter pylori* in peptic ulcer: potential new therapies and vaccines. *Tibtech*, **12**(10), 420–6.

Telford, J. L., Ghiara, P., Dell'Orco, M., Comanducci, M., Burroni, D., Bugnoli, M., *et al.* (1994*b*). Gene structure of the *Helicobacter pylori* cytotoxin and evidence of its key role in gastric disease. *J. Exp. Med.*, **179**, 1653–8.

■ *John L. Telford:*
IRIS, Chiron Vaccines Immunobiological Research Institute in Siena,
Via Fiorentina 1,
53100 Siena,
Italy

■ *Emanuele Papini:*
Centro CNR Biomembrane and University of Padova,
Via Trieste, 75,
35121 Padova,
Italy

7

Sodium channel targeted toxins

Introduction

For defence and offense in the natural world, evolution and human design have placed a high premium on rapid knock-down. Sedentary or slow animals which defend themselves from or prey upon faster animals, plants that produce chemical defences against herbivores, and farmers who wish to reduce to a minimum crop damage due to infestation with pest insects and other species, all utilize toxic substances that act on the nervous system (Benson 1992). The sodium channel is a primary site of action for these compounds because of its central role in action potential conduction and because it is apparently highly conserved in function, although less so in molecular structure, throughout the animal kingdom (Trimmer and Agnew 1989). For example, tetrodotoxin (TTX), a nonpeptidergic component of puffer fish venom, is famous for the potent, rapid, and highly specific action in blocking axonal action potentials that has made it a favourite research tool among electrophysiologists. DDT, a compound of wholly chemical inspiration which was for forty years an inexpensive, safe, broad spectrum insecticide has its insecticidal effect by slowing sodium channel inactivation (Narahashi and Haas 1967). Taken off the market in recent years due to its persistence and consequent deleterious accumulation at the top of the food chain, DDT has been replaced in large part by the pyrethroids, which also have their site of action on the sodium channel.

This chapter provides a description of the polypeptide toxins that act on the sodium channel and which were originally purified from animal venoms, together with a summary of their uses in cell biology. With the recent rapid improvements in polypeptide isolation and purification techniques, and modern methods of synthesis, a rapidly increasing range of peptidergic toxins is being added to the synthetic, heterocyclic, and alkaloid toxins that formerly predominated as research tools. These polypeptides provide important means for identifying, purifying, and characterizing ion channels and receptors, and for probing their quaternary structure and the molecular basis of receptor and channel function. To place the polypeptide toxins in context, a brief summary of the structure of the sodium channel is given, together with an outline of the sites of action of both polypeptide and nonpeptide toxins. For greater detail, readers are referred to the sections dealing with the specific toxin groups and to a number of excellent reviews which are cited in the text.

■ Structure of the sodium channel

The neuronal sodium channel is composed of three polypeptide subunits designated α (260 kDa), βl (36 kDa),

and β2 (33 kDa) (Catterall 1984). Heterologous expression of the α subunit alone produces functional channels similar but not identical to native channels. All the toxin binding sites identified to date appear to be located on the α subunit which consists of four repeated, structurally homologous domains (I–IV), each composed of 300–400 amino acid residues. Each domain contains six putatively transmembrane segments (S1–S6), and a seventh region (SS1–SS2) which probably lies within the membrane. The latter has been proposed to possess a β-sheet conformation, and biochemical and site directed mutagenesis have suggested that the binding sites of both TTX and the α-scorpion toxins are associated with this β sheet.

■ Toxin sites of action on the sodium channel

The toxins acting on sodium channels have been classified according to their putative sites of action (Catterall 1977; Blumenthal 1995), the approach that is adhered to in the following outline, but mode of action would serve equally well (e.g. occluders, activators, and stabilizers; Strichartz et al. 1987; Strichartz and Castle 1990).

Site 1. Tetrodotoxin, saxitoxin, and μ-conotoxin

The heterocyclic guanidine, TTX, has been known since the turn of the century to block impulse conduction in motor axons (Kao 1966), and its mechanism of action was first demonstrated in voltage clamp studies on squid and lobster giant axons (Narahashi et al. 1964; Nakamura et al. 1965). TTX and saxitoxin (STX), a structurally related compound produced by a dinoflagellate, bind to the sodium channel with high affinity, a property that is unaltered during detergent solubilization. These compounds have thus provided excellent probes for purification of the channel protein which in turn has led to the molecular cloning of a variety of sodium channels and elucidation of their functional properties at the molecular level (Sigworth 1994).

TTX and STX bind to a site accessible from the external face of the channel. The amino acid residues involved have yet to be defined, but they are thought to be located on the intramembrane loop SS1–SS2, an area shown by site-directed mutagenesis to be important in ion selectivity as well as the binding of channel-specific toxins (Noda et al. 1989; Satin et al. 1992).

The 22 residue polypeptide toxin, μ-conotoxin (or geographutoxin), is a competitive inhibitor of the binding of STX and its derivatives to the sodium channels of muscle but not nerve. Its binding is also voltage-dependent, in contrast to that of TTX and STX. This toxin thus distinguishes between nerve and muscle sodium channels which differ very little in their kinetics and their responses to TTX and STX. Nevertheless, cardiac 'TTX-resistant' sodium channels are also unaffected by μ-conotoxin, so that there is little doubt that μ-conotoxin and the structurally unrelated TTX/STX toxins all bind to the same or overlapping sites on the channel (Gray and Olivera 1988). The predatory activity of the venomous *Conus* snails is beautifully illustrated in a review by Olivera *et al.* (1990) and the cell biological applications of the μ-conotoxins are described by Cruz below (see p. 128).

Site 2. Batrachotoxin, grayanotoxin, veratridine, and aconitine

Batrachotoxin (BTX) was originally isolated from the skin secretions of poisonous frog species, while grayanotoxin, veratridine, and aconitine are plant-derived alkaloids. They are lipid-soluble and all act on a binding site that influences the gating mechanism of the sodium channel and which is allosterically coupled to the TTX binding site and also to that of the α-scorpion toxin discussed below (Catterall 1977). These compounds induce persistent activation of the channel and consequent depolarization of the neuronal membrane, and seem to reduce the ion selectivity of the channel. However, the detailed mechanisms underlying these effects may differ. BTX can act from either side of the membrane, suggesting that its binding site might lie within the channel segments traversing the cell membrane, and binds much more rapidly to the open state of the channel. Catterall (1977) proposed that the alkaloids bind preferentially to the activated conformation of the sodium channel, shifting the channel open/closed equilibrium towards the open state, perhaps in the form of a shift in the voltage-dependence of channel activation (Huang *et al.* 1984).

The pyrethroid insecticides are synthetic analogues of the pyrethrins, neurotoxins isolated from chrysanthemum flowers, with sufficient persistence for their agricultural purpose but not so much that they accumulate dangerously either in the soil or the food chain. They also exhibit a species-specific toxicity that leaves certain important beneficials unaffected. A high production cost due to their varied and complex structures is the main drawback of these compounds. The mode of action of the pyrethoids is similar to that of the alkaloids. They bind preferentially to open sodium channels and produce a steady-state sodium current, but may bind to two sites, one or both different from the alkaloid binding site.

Sites 3 and 4. Scorpion and sea anemone toxins

Scorpion and anemone toxins constitute the majority of the polypeptide toxins summarized in this chapter. Sodium channel-specific toxins from the venoms of these species typically but not exclusively consist of only about 60–70 and 46–49 amino acid residues, respectively. No post-translational modifications or unusual amino acids are found in these toxins, in contrast to the μ-conotoxins in which amino acids with *trans*-4-hydroxyproline residues and the amination of the C-terminus have been identified (Strichartz *et al.* 1987). All of these toxins contain disulfide bonds that are essential for their biological activity.

The scorpion toxins fall into two distinct groups distinguished from one another on the basis of binding assays and their electrophysiological actions. The α-scorpion toxins (from *Androctonus* and *Leiurus* venoms) are described by Martin-Eauclaire and Bougis below (see p. 118). These polypeptides delay or abolish channel inactivation by binding to Site 3, and thus prolong the action potential duration in muscle and nerve. The β-scorpion toxins (from *Centruroides* and *Tityrus* venoms) shift the voltage-dependence of activation to more negative potentials as a result of binding to Site 4, inducing spontaneous neuronal activity. Binding of the alpha-scorpion toxins is membrane potential-dependent with K_D values in the nanomolar range at the resting potential. In contrast, β-scorpion toxin binding is membrane potential-independent and exhibits lower affinities. In addition to their modes of action, the scorpion toxins can be classified according to their amino acid composition and sequence homologies (Dufton and Rochat 1984). The two groups of scorpion toxins have in common a dense core containing three strands of antiparallel β-sheet and a short strand of alpha-helix. The details of the non α scorpion toxins are given by Rochat (p. 120) and two groups of insect-selective scorpion toxins, excitatory and depressant, are described by Zlotkin (p. 123 and p. 126, respectively). The concept of expressing the genes coding for insect-selective polypeptide toxins in baculoviruses or organ, specifically in transgenic cultivated plants, enjoys widespread popularity as a crop protection alternative to chemical insecticides (Vaeck *et al.* 1987; Stewart *et al.* 1991; Tomalski and Miller 1991; Hammock *et al.* 1993) and, indeed, genetically improved baculovirus insecticides have reached the stage of field trials (e.g. Cory *et al.* 1994).

Site 3 is also the site of action of polypeptide toxins purified from the venoms of a variety of sea anemone species, detailed below by Shibata and Norton (p. 131 and p. 134, respectively). The anemone toxins are generally smaller than the α-scorpion toxins and have three rather than four disulfide bridges. In contrast to the scorpion toxins, they possess a core of twisted, four-stranded antiparallel β-pleated sheet indicating that they are structurally unrelated to the scorpion toxins with which they also lack sequence homology. Nevertheless, both groups bind to Site 3, exhibit similar pharmacologies, and displace one another from their binding site. The β-scorpion toxins, despite their structural similarities to the α-scorpion toxins, bind to the sodium channel at Site 4 which is distinct from the binding site of the α-scorpion toxins and the anemone toxins.

Sites 3 and 4, the polypeptide toxin binding sites, are structurally distinct from the TTX Site 1 and alkaloid Site 2 locations. Nevertheless, both groups of sites are found on the α subunit of the sodium channel and a photo-activatable derivative of *Leiurus* toxin labels residues on SS1-SS2 of domains I and IV of the channel. In some cells, the $\beta1$ subunit is also photolabelled, suggesting that the polypeptide binding site might be located near the $\alpha/\beta1$ interface.

Other sodium channel toxins and binding sites

Spider venoms have yielded a rich assortment of toxins. Nonpeptide examples are the polyamines, a group of acylpolyamine/amino acid hybrids that are similar in structure and mode of action to wasp toxins and act on a variety of ion channels (Scott *et al.* 1993). The peptidergic ω-agatoxins, like the ω-conotoxins, act primarily and specifically on certain subtypes of calcium channel (Olivera *et al.* 1994). Another group of polypeptide toxins from spider venoms are active on the sodium channel and are covered by Adams and Norris (p. 130). The μ-agatoxins from the venom of *Agelenopsis* are cysteine rich polypeptides that cause irreversible paralysis and repetitive action potentials originating in presynaptic axons or nerve terminals. This induced excitation is blocked by TTX, suggesting an effect on the sodium channel (Adams *et al.* 1989).

The list of binding sites summarized above is very likely to be lengthened as new toxins are characterized (Wu and Narahashi 1988). The lipid-soluble dinoflagellate toxins, brevetoxin, ciguatoxin, and maitotoxin probably bind to one or more novel sites since brevetoxin, for example, is not displaced in binding assays by toxins that bind to Sites 1–4. Similarly, a polypeptide δ-conotoxin, selectively active on molluscs and designated TxVIA, appears to have a distinct binding site mediating its mode of action on sodium channel inactivation (Fainzilber *et al.* 1994).

■ References

Adams, M. E., Herold, E. E., and Venema, V. J. (1989). Two classes of channel-specific toxins from funnel web spider venom. *J. Comp. Physiol.*, A **164**, 333–42.

Benson, J. A. (1992). Natural and synthetic toxins at insect receptors and ion channels: the search for insecticide leads and target sites. In *Neurotox '91. Molecular basis of drug and pesticide action* (ed. I. R. Duce), pp. 57–70, Elsevier Applied Science, London and New York.

Blumenthal, K. (1995). Ion channels as targets for toxins. In *Cell physiology source book* (ed. N. Sperelakis), pp. 389–403, Academic Press, San Diego.

Catterall, W. A. (1977). Activation of the action potential Na⁺ ionophore by neurotoxins. *J. Biol. Chem.*, **252**, 8669–76.

Catterall, W. A. (1984). The molecular basis of neuronal excitability. *Science*, **223**, 653–61.

Cory, J. S., Hirst, M. L., Williams, T., Hails, R. S., Goulson, D., Green, B. M., Carty, T. M., Possee, R. D., Cayley, P. J., and Bishop, D. H. L. (1994). Field trial of a genetically improved baculovirus insecticide. *Nature*, **370**, 138–40.

Dufton, M. J. and Rochat, H. (1984). Classification of scorpion toxins according to amino acid composition and sequence. *J. Mol. Evol.*, **20**, 120–7.

Fainzilber, M., Kofman, O., Zlotkin, E., and Gordon, D. (1994). A new neurotoxin receptor site on sodium channels is identified by a contoxin that affects sodium channel inactivation in molluscs and acts as an antagonist in rat brain. *J. Biol. Chem.*, **269**, 2574–80.

Gray, W. R. and Olivera, B. M. (1988). Peptide toxins from venomous *Conta* snails. *Ann. Rev. Biochem.*, **57**, 665–700.

Hammock, B. D., McCutchen, B. F., Beetham, J., Choudary, P. V., Fowler, E., Ichinose, R., et al. (1993). Development of recombinant viral insecticides by expression of an insect-specific toxin and insect-specific enzyme in nuclear polyhedrosis viruses. *Arch. Insect Biochem. Physiol.*, **22**, 315–44.

Huang, L. Y. M., Moran, N., and Ehrenstein, G. (1984). Gating kinetics of batrachotoxin-modified sodium channels in neuroblastoma cells determined from single-channel measurements. *Biophys. J.*, **45**, 313–22.

Kao, C. Y. (1966). Tetrodotoxin, saxitoxin, and their significance in the study of excitation phenomena. *Pharmacol. Rev.*, **18**, 997–1049.

Nakamura, Y., Nakajima, S., and Grundfest, H. (1965). The action of tetrodotoxin on electrogenic components of squid giant axons. *J. Gen. Physiol.*, **48**, 985–96.

Narahashi, T. and Haas, H. G. (1967). DDT: interaction with membrane conductance changes. *Science*, **157**, 1438–40.

Narahashi, T., Moore, J. W., and Scott, W. R. (1964). Tetrodotoxin blockage of sodium conductance increase in lobster giant axon. *J. Gen. Physiol.*, **47**, 965–74.

Noda, M., Suzuki, H., Numa, S., and Stuhmer, W. (1989). A single point mutation confers tetrodotoxin and saxitoxin insensitivity on the sodium channel II. *FEBS Lett.*, **259**, 213–16.

Olivera, B. M., Hillyard, D. R., Rivier, J., Woodward, S., Gray, W. R., Corpuz, G., et al. (1990). Conotoxins: targeted peptide ligands from snail venoms. In *Marine toxins. Origin, structure, and molecular pharmacology* (ed. S. Hall and G. Strichartz), ACS Symposium Series No. 418, pp. 256–78, American Chemical Society, Washington DC.

Olivera, B. M., Miljanich, G. P., Ramachandran, J., and Adams, M. E. (1994). Calcium channel diversity and neurotransmitter release: the ω-conotoxins and ω-agatoxins. *Ann. Rev. Biochem.*, **63**, 823–67.

Satin, J., Kyle, J. W., Chen, M., Bell, P., Cribbs, L. L., Fozzard, H. A., et al. (1992). A mutant of TTX-resistant cardiac sodium channels with TTX-sensitive properties. *Science*, **256**, 1202–5.

Scott, R. H., Sutton, K. G., and Dolphin, A. C. (1993). Interactions of polyamines with neuronal ion channels. *Trends Neurosci.*, **16**, 153–60.

Sigworth, F. (1994). Voltage gating ion channels. *Quart. Rev. Biophys.*, **27**, 1–40.

Stewart, L. M. D., Hirst, M., Ferber, M. L., Merryweather, A. T., Cayley, P. J., and Possee, R. D. (1991). Construction of an improved baculovirus insecticide containing an insect-specific toxin gene. *Nature*, **352**, 85–8.

Strichartz, G. and Castle, N. (1990). Pharmacology of marine toxins. Effects on membrane channels. In *Marine toxins. Origin, structure, and molecular pharmacology* (ed. S. Hall and G. Strichartz), ACS Symposium Series No. 418, pp. 2–20, American Chemical Society, Washington DC.

Strichartz, G., Rando, T., and Wang, G. K. (1987). An integrated view of the molecular toxinology of sodium channel gating in excitable cells. *Ann. Rev. Neurosci.*, **10**, 237–67.

Tomalski, M. D. and Miller, L. K. (1991). Insect paralysis by baculovirus-mediated expression of a mite neurotoxin gene. *Nature*, **352**, 82–5.

Trimmer, J. S. and Agnew, W. S. (1989). Molecular diversity of voltage-sensitive Na channels. *Ann. Rev. Physiol.*, **51**, 401–18.

Vaeck, M., Reynaerts, A., Höfte, H., Jansens, S., De Beuckeleer, M., Dean, C., *et al.* (1987). Transgenic plants protected from insect attack. *Nature*, **328**, 33–7.

Wu, C. H. and Narahashi, T. (1988). Mechanism of action of novel marine neurotoxins on ion channels. *Ann. Rev. Pharmacol. Toxicol.*, **28**, 141–61.

■ *Jack A. Benson:*
Institute of Pharmacology,
University of Zurich,
Winterthurerstrasse 190,
CH-8057 Zurich,
Switzerland

α-Scorpion toxins

The α-scorpion toxins were the first scorpion toxins to be characterized. They are 7000 Da polypeptides with four disulfide bridges. They bind with high affinity to the voltage-sensitive sodium channel of excitable cells, thereby impeding the normal channel operation. The toxin binds to site 3 and binding is abolished when the membrane is depolarized.

α-Toxins can be considered as the cause of the scorpion venom toxicity for mammals and particularly human beings, in the 'Old World' (Miranda *et al.* 1970). For example, 90 per cent of the toxicity for the mouse in the venom of *Androctonus australis* from North Africa is due to only 2 per cent of the weight of the crude venom. The toxic fractions are α-toxins (named AaH I, AaH II, AaH III according to their chromatographic behaviour) (Martin and Rochat 1986). These toxins are constituted by a single polypeptide chain of 60 to 70 amino acid residues reticulated by four disulfide bridges (Miranda *et al.* 1970). Their three dimensional structure is well documented: the AaH II structure has been determined at high resolution by X-ray crystallography (Fontecilla-Camps *et al.* 1988) and AaH III by ¹H-nuclear magnetic resonance (NMR)

(Mikou *et al.* 1992). The toxin molecules have 2 1/2 turns of α-helix and short segments of anti-parallel β-sheets. These elements of secondary structure are joined by two disulfide bridges. The third bridge links loops and the fourth bridge links the NH₂-terminus and COOH-terminus regions. The differences in the activities of α-toxins (compared to that of β-toxins) seems to depend on changes in the length and orientation of loops protuding from the dense core of secondary elements. A surface hydrophobic patch, mostly determined by a cluster of aromatic residues and located on one side of the molecule, may be involved in the interaction of toxins with membrane components. α-Scorpion toxins, like sea anemone toxins, bind to site 3 of the voltage-sensitive sodium channels of excitable cells (i.e., nerve, muscle, and heart cells),

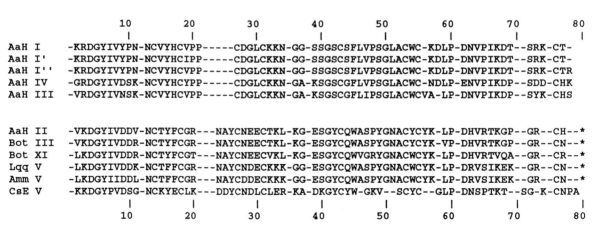

```
                10        20        30        40        50        60        70        80
                 |         |         |         |         |         |         |         |
AaH I      -KRDGYIVYPN-NCVYHCVPP-----CDGLCKKN-GG-SSGSCSFLVPSGLACWC-KDLP-DNVPIKDT--SRK-CT-
AaH I'     -KRDGYIVYPN-NCVYHCIPP-----CDGLCKKN-GG-SSGSCSFLVPSGLACWC-KDLP-DNVPIKDT--SRK-CT-
AaH I''    -KRDGYIVYPN-NCVYHCVPP-----CDGLCKKN-GG-SSGSCSFLVPSGLACWC-KDLP-DNVPIKDT--SRK-CTR
AaH IV     -GRDGYIVDSK-NCVYHCYPP-----CDGLCKKN-GA-KSGSCGFLVPSGLACWC-NDLP-ENVPIKDP--SDD-CHK
AaH III    -VRDGYIVNSK-NCVYHCVPP-----CDGLCKKN-GA-KSGSCGFLIPSGLACWCVA-LP-DNVPIKDP--SYK-CHS


AaH II     -VKDGYIVDDV-NCTYFCGR---NAYCNEECTKL-KG-ESGYCQWASPYGNACYCYK-LP-DHVRTKGP--GR--CH--*
Bot III    -VKDGYIVDDR-NCTYFCGR---NAYCNEECTKL-KG-ESGYCQWASPYGNACYCYK-VP-DHVRTKGP--GR--CN--*
Bot XI     -LKDGYIVDDR-NCTYFCGT---NAYCNEECVKL-KG-ESGYCQWVGRYGNACWCYK-LP-DHVRTVQA--GR--CR--*
Lqq V      -LKDGYIVDDK-NCTFFCGR---NAYCNDECKKK-GG-ESGYCQWASPYGNACYCYK-LP-DRVSIKEK--GR--CN--*
Amm V      -LKDGYIIDDL-NCTFFCGR---NAYCDDECKKK-GG-ESGYCQWASPYGNACYCYK-LP-DRVSIKEK--GR--CN--*
CsE V      -KKDGYPVDSG-NCKYECLK---DDYCNDLCLER-KA-DKGYCYW-GKV--SCYC--GLP-DNSPTKT--SG-K-CNPA
                 |         |         |         |         |         |         |         |
                10        20        30        40        50        60        70        80
```

AaH, *Androctonus australis* Hector; Amm, *Androctonus mauretanicus mauretanicus*; Bot, *Buthus occitanus tunetanus*; Lqq, *Leiurus quinquestriatus quinquestriatus*; CsE, *Centruroides sculpturatus* Ewing.* marks α-amidation.

Figure 1. Amino acid sequences of the main α-toxins.

Table 1 Biological characterization of α-toxins

Structural group	Toxin	$K_{0.5}$ (nM)	LD_{50} (i.c.v.) ng/20 g mouse	LD_{50} (s.c.) μg/20 g mouse
1	AaH I	4.5	10.0	0.3
	AaH I′	4.5	10.0	0.3
	AaH I″	4.5	10.0	0.3
	AaH III	3.0	7.0	0.5
	AaH IV	50.0	18.0	2.5
2	AaH II	0.2	0.5	0.2
	Lqq V	1.0	2.5	0.5
	Bot III	0.5	1.1	0.5
	Bot XI	30.0	600.0	54.0
	Amm V	not tested	3.5	0.8
	CsE V	>100.0	not tested	not tested

The LD_{50} are obtained in male C57 Bl/ 6 by subcutaneous (s.c.) or intracerebroventricular (i.c.v.) injection; $K_{0.5}$ is obtained by competition on rat brain synaptosomes with the radioiodinated α-toxin of reference, i.e, ^{125}I-AaH II.

responsible for the rapid depolarization phase of the action potential. Their binding depends on membrane potential (Catterall *et al.* 1976). The site of attachment of α-scorpion toxins on the α-subunit of rat brain Na$^+$ channel has been determined. It appears to be formed by peptide segments located in extracellular loops of both domains I and IV (Tejedor and Catterall 1988).

■ Purification and sources

α-Scorpion toxins are routinely purified from *buthidae* venom by conventional chromatography, i.e. a first step of molecular filtration through sephadex G$_{50}$, followed by one or several steps of ion-exchange chromatography. RP-HPLC (C$_8$ or C$_{18}$) can be used for analytical purification. The main source of α-toxins are 'Old World' scorpion venoms, particularly from *Androctonus australis, Androctonus mauretanicus,* and *Leiurus quinquestriatus.* They can be found as traces in some 'New World' scorpion venoms, like those from *Tityus serrulatus* and *Centruroides sculpturatus.* The toxins are not commercially available.

■ Use in cell biology

α-Toxins induce a prolongation of the action potential and this effect can be abolished by lowering the extracellular Na$^+$ concentration. Voltage-clamp analyses have been performed on the node of Ranvier from frog myelinated nerve fibres, neuroblastoma cells, rat skeletal muscle, chick *biventer cervicis* muscle, and chick embryonic heart muscle cells in culture. Similar modifications of sodium inactivation are observed in nonvertebral cell membrane, like the giant axons of lobster and squid. α-Scorpion toxin sensitive Na$^+$ channels can be detected in several types of nonexcitable cells. ^{125}I-labelled α-scorpion toxins can be used as high affinity tools to investigate the voltage-sensitive Na$^+$ channel of excitable membranes, but their affinity is reduced by membrane depolarization (Catterall *et al.* 1976; Martin-Eauclaire and Couraud

1995). Covalent labelling of site 3 with a photoaffinity derivative of Lqq is possible (Tejedor and Catterall 1988; Martin-Eauclaire and Couraud 1995).

■ Toxicity

Toxicity is tested by subcutaneous (17–150 μg/kg) or intracerebro-ventricular (25–1500 ng/kg) injection into the mouse. Workers must avoid contact of the toxins with mucous membranes and must not swallow the lyophilysed toxin.

■ Antibodies

Polyclonal antibodies raised in rabbit against the toxins of *Androctonus australis* and a monoclonal antibody against AaH II have been described (Granier *et al.* 1989) but are not commercially available. Numerous polyclonal antibodies have been prepared against synthetic peptides corresponding to part of the toxin sequences and have provided information on structure–function relationships and allowed epitope mapping (Granier *et al.* 1989).

■ Genes

Complete complementary DNA sequences are available for AaH I, AaH I′, AaH II, and AaH III (J05102). C-terminal extensions are observed, such as GR for AaH II, which is α-amidated, and R for the other AaH toxins (Bougis *et al.* 1989). The promoter structure and intron–exon organization of AaH I′ gene have been determined (X76135) (Delabre *et al.* 1995).The gene transcriptional unit is 793 bp long and a unique 425 bp intron is located near the end of the signal peptide.

■ References

Bougis, P. E., Rochat, H., and Smith, L. A. (1989). Precursors of *Androctonus australis* scorpion neurotoxin: structure of precursors, precessing outcomes and expression of a functional recombinant toxin II. *J. Biol. Chem.*, **264**, 19259–65.

Catterall, W. A., Ray, R., and Morrow, C. (1976). Membrane potential dependent binding of scorpion toxin to the action potential sodium ionophore. *Proc. Natl. Acad. Sci. USA*, **73**, 2682–6.

Delabre, M. L., Pasero, P., Marilley, M. and Bougis, P. E. (1995). Promoter structure and intron–exon organization of a scorpion α-toxin gene. *Biochemistry*, **34**, 6729–36.

Fontecilla-Camps, J., Habersetzer-Rochat, C., and Rochat H. (1988). Toxin II from the scorpion *Androctonus australis* Hector. Orthorhombic crystals, three-dimensional structure and structure-function relationships. *Proc. Natl. Acad. Sci. USA*, **85**, 7443–7.

Granier, C., Novotny, J., Fontecilla-Camps, J. C., Fourquet, P., El Ayeb, M., and Bahraoui, M. (1989). The antigenic structure of a scorpion toxin. *Mol. Immunol.*, **26**, 503–13.

Martin, M. F. and Rochat, H. (1986). Large scale purification of the venom from the scorpion *Androctonus australis* Hector. *Toxicon*, **24**, 1131–9.

Martin-Eauclaire, M. F. and Couraud, F. (1995). Scorpion neurotoxins: effects of mechanisms. *N.Y.*, **22**, 683–716.

Mikou, A., La Plante, S., Guittet, E., Lallemand, J. Y., Martin-Eauclaire, M. F., and Rochat, H. (1992). Toxin III of the scorpion *Androctonus australis* Hector: Proton nuclear magnetic resonance assignments and secondary structure. *J. Biomol. NMR*, **2**, 57–70.

Miranda, F., Kupeyan, C., Rochat, H., Rochat, C., and Lissitsky, S. (1970). Purification of animal neurotoxins: isolation and characterization of eleven neurotoxins from the venoms of the scorpions *Androctonus australis* Hector, *Buthus occitanus tunetanus,* and *Leiurus quinquestriatus quinquestriatus. Eur. J. Biochem.*, **16**, 514–23.

Tejedor, F. G. and Catterall, W. A. (1988). Site of covalent attachment of α-scorpion toxin derivatives in domain I of the sodium channel α-subunit. *Proc. Natl. Acad. Sci. USA*, **85**, 8742–6.

■ *Marie-France Martin-Eauclaire and Pierre E. Bougis:*
Laboratoire de Biochimie,
Unité de Recherche Associée 1455,
du Centre National de la Recherche Scientifique
Institut Fédératif Jean Roche,
Université de la Méditérranée,
Faculté de Médecine Secteur Nord,
15 Bd. Pierre Dramard,
F-13916 Marseille Cedex 20,
France

β-Scorpion toxins

The β-toxins are generally present in the venom of scorpions of the New World where they are responsible for scorpionism. Like α-toxins, they are made of 60 to 66 residues with four disulfide bridges. They bind with very high affinity to a specific site, site 4, on the sodium channel, modifying its activation. Its binding on rat brain synaptosomes is independent of membrane potential.

β-Toxins are responsible for the life hazard constituted, in Central and South America, by scorpion stings. They are qualitatively and quantitatively the most important polypeptides of the venom. They are made of one single polypeptide chain of 60 to 66 amino acid residues crosslinked by four disulfide bridges (Possani *et al.* 1981; Bechis *et al.* 1984; Martin-Eauclaire *et al.* 1987; Ceard *et al.* 1992; Zamudio *et al.* 1992). The structure of variant 3 from *Centruroides sculpturatus* Ewing has been determined at high resolution by X-ray crystallography (Fontecilla-Camps *et al.* 1980). This protein although poorly active on mouse has an amino acid sequence very close to that of the most potent β-toxins: it shows a common structure made up of one α-helix and one triple stranded β-sheet maintained in position by two conserved disulfide bridges (Cys-25 and Cys-51, Cys-29 and Cys-53). Two more disulfide bridges link in one hand loops protruding from this region (Cys-16 and Cys-41) and, on the other hand, the C-terminal end of the chain to the N-terminal region (Cys-12 and Cys-72). On one side of the molecule, a hydrophobic surface exists, which has been implicated in the high affinity binding of β-toxins to their pharmacological target (Fontecilla-Camps *et al.* 1980). β-Toxins were defined as those toxins which behave like toxin II of *Centruroides Suffusus suffusus* (Css II): they bind to site 4 of the voltage-dependent sodium channel present in rat brain synaptosomes (Jover *et al.* 1980) modifying the activation process and inducing repetitive firing on frog myelinated nerve on voltage-clamp conditions (Couraud *et al.* 1982; Martin-Eauclaire and Couraud 1995).

It has been recently shown that the high specific binding of toxin IV of *Centruroides Suffusus suffusus*, a β-toxin, at receptor site 4 on purified sodium channels can be restored by reconstitution into phospholipids vesicles (Thomsen *et al.* 1995). This binding was unaffected by membrane potential or by neurotoxins that bind at sites 1–3 or 5, consistent with the binding behaviour of β-toxins to the sodium channel (Jover *et al.* 1980; Martin-Eauclaire and Couraud 1995).

Ts VII, a potent β-toxin purified from *Tityus serrulatus* venom (Bechis *et al.* 1984) is also known as toxin γ

```
              10        20        30        40        50        60        70
               |         |         |         |         |         |         |
C.s.E VIII    KEGYLVKKSDGCKYGCLKLGENEGCDTECKAKNQGGSYGYCYAF-----ACWC-EGLP-ESTPTYPLPNKSC--

C.n.II-14     KDGYLVDAK-GCKKNCYKLGKNDYCNRECRMKHRGGSYGYCYGF-----GCYC-EGLS-DSTPTWPLTNKTC--
C.s.s. II     KEGYLVSKSTGCKYECLKLGDNDYCLRECKQQYGKSSGGYCYAF-----ACWC-THLY-EQAVVWPLPNKTCN-*
C.s.s. IV     KEGYLVNSYTGCKFECFKLGDNDYCLRECRQQYGKGSGGYCYAF-----GCWC-THLY-EQAVVWPLPNKTCN-*
C.s.s. VI     KEGYLVNSYTGCKFECFKLGDNDYCKRECKQQYGKSSGGYCYAF-----GCWC-THLY-EQAVVWPLPNKTCN-*

T.s. VII      KEGYLMDHE-GCKLSCF-IRPSGYCGRECGIKKG-SS-GYCAW-P----ACYCY-GLPNWVKVWDRATNK-C--*
T.s. II       KEGYAMDHE-GCKFSCF-IRPAGFCDGYCKTHLKASS-GYCAW-P----ACYCY-GVPDHIKVWDYATNK-C--*

A.a.H.IT4     EHGYLLNKYTGCKVWCVI--NNEECGYLCN-KRRGGYYGYCYF---WKLACYCQGARK-SE-LWNYKTNK-CDL
```

Figure 1. Amino acid sequences of some β-toxins. Data taken from Martin-Eauclaire and Couraud (1995) except for Css IV and VI: Sampieri *et al.* personal communication. C.s.E, *Centruroides sculpturatus* Ewing; C.n., *Centruroides noxius*; C.s.s., *Centruroides suffusus suffusus*; T.s., *Tityus serrulatus*; A.a.H., *Androctonus australis* Hector; * –CO–NH₂ C-terminal end.

(Possani *et al.* 1981). This toxin was shown to be also toxic to insects and to bind selectively, with high affinity, to the insect sodium channel (De Lima *et al.* 1986, 1989). This double specificity has been attributed to a high flexibility of the molecule, leading to better fitting to the different receptor sites (Loret *et al.* 1990). A cDNA encoding Ts VII was cloned: the amino acid sequence of the derived precursor shows that in addition to the removal of a signal peptide a complex maturation is necessary to obtain the C-terminal end of the toxin (Martin-Eauclaire *et al.* 1992).

AaH IT4 is an insect toxin purified from the venom of *Androctonus australis* Hector. This protein was shown to compete with AaH II (an α-toxin), Css II (a β-toxin), and AaH IT (an insect toxin) for binding to their respective sites on the mammal and insect sodium channels. The sequence of this toxin has common features with β-toxins. Moreover, it only recognizes anti-β-toxin antibodies. On these bases, AaH ITIV has been proposed to represent an ancestral scorpion toxin (Loret *et al.* 1991).

■ Purification

β-Toxins have been purified from the venoms of scorpions belonging to the *Centrurinae* and *Tityinae*. The purification process is most often a succession of gel filtration and ion exchange chromatographies of the water extract of the venom (Possani *et al.* 1981; Bechis *et al.* 1984; Martin-Eauclaire *et al.* 1987; Ceard *et al.* 1992; Zamudio *et al.* 1992). When only small amounts of toxin have to be prepared RP-HPLC might well be used with good results (Céard *et al.* 1992).

■ Antibodies

Polyclonal antibodies against New World scorpion venoms exist as they are produced for serotherapy which is the only specific treatment for scorpionism. Polyclonal as monoclonal antibodies (Zamudio *et al.* 1992) have been produced against β-toxins or peptides derived from them. The situation appears to be more complex than with α-toxins when studying the crossreactivity between β-toxins. This might be due to greater amino acid sequence variation in potentially antigenic regions (De Lima *et al.* 1993).

■ Toxicity

Toxicity is measured by determining the LD₅₀ on mouse (C57Bl6, male) using two methods of injection: subcutaneous (s.c.) and intracerebroventricular (i.c.v.).

Direct contact of the venom or purified toxin with mucous membranes must be avoided. Handling of dry powders must be done in a fume cupboard.

■ Use in cell biology

Css II, Css IV, Css VI, and TsVII may be radioiodinated and used in binding experiments as specific markers of receptor site 4 of the sodium channel (Jover *et al.* 1980; Couraud *et al.* 1982; De Lima *et al.* 1986; Martin-Eauclaire

Table 1

Toxin	s.c. mg/20 g	i.c.v. ng/20 g
Css II	0.5	5
Css IV	2.3	2.4
Css VI	1.7	1.2
Ts II	3.7	6.0
Ts VII	4.7	0.6
AaH IT4	–	20.0

et al. 1987; De Lima et al. 1989; Thomsen et al. 1995). Photoreactive derivatives of ^{125}I-β toxins may be used to define better receptor site 4: both α and β1 subunits of the sodium channel are still good candidates, depending on the β-toxin used (Darbon et al. 1983; Jover et al. 1988).

■ References

Bechis, G., Sampieri, F.,Yuan, P. M., Brando, T., Martin-Eauclaire, M. F., Diniz, C. R., et al. (1984). Amino acid sequence of toxin VII, a β-toxin from the venom of the scorpion Tityus serrulatus. Biochem. Biophys. Res. Commun., **122**, 1146–53.

Ceard B., De Lima, M. E., Bougis, P. E., and Martin-Eauclaire, M. F. (1992). Purification of the main β-toxin from Tityus serrulatus scorpion venom using high performance liquid chromatography. Toxicon, **30**, 105–10.

Couraud, F., Jover, E., Dubois, J. M., and Rochat, H. (1982). Two types of scorpion toxin receptor sites, one related to the activation, the other to the reactivation of the action potential sodium channel. Toxicon, **20**, 9–16.

Darbon, H., Jover, E., Couraud, F., and Rochat, H. (1983). Photoaffinity labeling of α and β scorpion toxin receptors associated with rat brain sodium channel. Biochem. Biophys. Res. Commun., **115**, 415–22.

De Lima, M. E., Martin-Eauclaire, M. F., Diniz, C. R., and Rochat, H. (1986). Tityus serrulatus toxin VII bears pharmacological properties of both β toxin and insect toxin from scorpion venoms. Biochem. Biophys. Res. Commun., **139**, 296–302.

De Lima, M. E., Martin-Eauclaire, M. F, Hue, B., Loret, E., Diniz, C. R., and Rochat, H. (1989). On the binding of two scorpion toxins to the central nervous system of the cockroach Periplaneta americana. Insect Biochem., **19**, 413–22.

De Lima, M. E., Martin-Eauclaire, M. F., Chavez-Olortegui, C., Diniz, R., and Granier, C. (1993). Tityus serrulatus scorpion venom toxins display a complex pattern of antigenic reactivity. Toxicon, **31**, 223–7.

Fontecilla-Camps, J. C., Almassy, R. J., Suddath, F. L., Watt, D. D., and Bugg, C. E. (1980). Three dimensional structure of a protein from scorpion venom. A new structural class of neurotoxins. Proc. Natl. Acad. Sci. USA, **77**, 6496–500.

Jover, E., Couraud, F., and Rochat, H. (1980). Two types of scorpion neurotoxins characterized by their binding to two separate receptor sites on rat brain synaptosomes. Biochem. Biophys. Res. Commun., **95**, 1607–14.

Jover, E., Massacrier, A., Cau, P., Martin, M. F., and Couraud, F. (1988). The correlation between Na$^+$ channel submits and scorpion binding sites. J. Biol. Chem., **263**, 1542–8.

Loret, E.P., Sampieri, F., Roussel, A., Granier, C., and Rochat, H. (1990). Conformational flexibility of a scorpion toxin active on mammals and insects: a circular dichroism study. Proteins, Struc. Funct. Genet., **8**, 164–72.

Loret, E. P., Martin-Eauclaire, M. F., Mansuelle, P., Sampieri, F., Granier, C., and Rochat, H. (1991). An anti-insect toxin purified from the scorpion Androctonus australis Hector also acts on the α and β sites of the mammalian sodium channel: sequence and circular dichroism study. Biochemistry, **30**, 633–40.

Martin-Eauclaire, M. F., Garcia y Perez, L. G., El Ayeb, M., Kopeyan, C., Bechis, G., Jover, E., et al. (1987). Purification and chemical and biological characterization of seven toxins from the Mexican scorpion, Centruroides suffusus suffusus. J. Biol. Chem., **262**, 4452–9.

Martin-Eauclaire, M. F., Ceard, B., Ribeiro, A. M., Diniz, C. R., Rochat, H., and Bougis, P. E. (1992). Molecular cloning and nucleotide sequence analysis of a cDNA encoding the main β-neurotoxin from the venom of the South American scorpion Tityus serrulatus. FEBS Lett., **302**, 220–2.

Martin-Eauclaire, M. F. and Couraud, F. (1995). Scorpion neurotoxins: effects of mechanisms. N.Y., **22**, 683–716.

Possani, L. D., Martin, B. M., Mocha-Morales, J., and Svendsen, I. (1981). Purification and chemical characterization of the major toxins from the venom of the Brazilian scorpion Tityus serrulatus. Lutz and Mello. Carlberg Res. Commun., **46**, 195–265.

Thomsen, W., Martin-Eauclaire, M. F., Rochat, H., and Catterall, W. A. (1995). Reconstitution of high-affinity binding of a β-scorpion toxin to neurotoxin receptor site 4 on purified sodium channels. J. Neurochem., **65**, 1358–64.

Zamudio, F., Saavedra, R., Martin, B. M., Gurrola-Brionps, G., Herion, P., and Possani, L. D. (1992). Amino acid sequence and immunological characterization with monoclonal antibodies of two toxins from the venom of the scorpion Centruroides noxius Hoffmann. Eur. J. Biochem., **204**, 281–92.

■ Hervé Rochat:
Laboratorie de Biochemie,
Université d'Aix Marseille II,
Boulevard Pierre Dramand,
13916 Marseille Cedex 20,
France

Excitatory insect selective neurotoxins from scorpion venoms

The excitatory insect toxins are single-chained polypeptides of about 70 amino acids crosslinked by four disulfide bridges, three of which appear to possess homologous positions to those of the α-scorpion toxins which affect mammals. The toxins interact with various intact neuronal preparations through a single class of noninteracting, high affinity (K_D = 1–2 nM), and low capacity (1.2–2.0 pmol/mg membranal protein) binding sites. The rapid excitatory paralysis of insects promoted by these toxins is due to the induction of repetitive electrical activity of motorneurons.

The lethal and paralytic capacity of Buthinae scorpion venoms to insects can be attributed substantially to their inclusion of the excitatory insect selective neurotoxins (Zlotkin 1986).

Four separate excitatory insect toxins have been isolated so far by conventional methods of column chromatography from the venoms of the following Buthinae scorpions: *Androctonus australis* Hector (AaH IT, Zlotkin *et al.* 1971a and b), *Buhotus judaicus* (BJ IT1, Lester *et al.* 1982), *Androctonus mauretanicus* (Am IT1, Zlotkin *et al.* 1979), and *Leinrus quinguestriatus quinguestriatus* (Lqq IT1, Zlotkin *et al.* 1985). AaH IT was the first insect selective toxin to be identified and studied and its covalent structure is presented in Fig. 1 (Darbon *et al.* 1982).

■ Purification and chemistry

AaH IT was purified (Zlotkin *et al.* 1971a) by a sequence of five steps, including water extract, dialysis, and recycling gel filtration on Sephadex G50 columns followed by a column of an anion exchanger and finally cation exchanger. The latter were eluted in equilibrium conditions by the volatile ammonium acetate buffers (Zlotkin *et al.* 1971a). Its amino acid sequence was established by phenylisothiocyanate degradation of several protein derivatives and proteolytic fragments in a liquid protein sequencer using either a 'protein' or a 'peptide' program. The position of the four disulfide bridges were deduced by analysis of proteolytic peptides before and after performic oxidation, and by partial labelling of the half cystine residues with [^{14}C]-iodoacetic acid and determining the specific radioactivities of the S-[^{14}C]-carboxymethylated phenylthiohydantoin cysteines. As shown (Fig. 1) AaH IT is a single-chained polypeptide composed of seventy amino acids (M_r = ~8 kDa) crosslinked by four disulfide bridges (Darbon *et al.* 1982).

■ Mode of action

AaH IT strict selectivity for insects has been documented by toxicity assays, electrophysiological studies, and binding assays (Zlotkin 1986). The latter have shown that synaptosomal vesicles derived from the CNS of locusts, crickets, flies and fly larvae all possess a single class of noninteracting binding sites of high affinity (K_D = 1–2 nM) and low capacity (0.5–2.0 pmol/mg of membranal protein; Gordon *et al.* 1984, 1985).

The fast excitatory paralysis induced by AaH IT is a result of a presynaptic effect, namely, the induction of repetitive firing of the insect's motor nerves with resulting massive and uncoordinated stimulation of the respective skeletal muscles (Walther *et al.* 1976). The neuronal repetitive activity is attributed to an exclusive and specific modification of sodium conductance by the toxin (Pelhate and Zlotkin 1981, 1982) (Fig. 2(a)), exclusively in insect neuronal membranes. The insect specificity of AaH IT indicates a certain structural and functional uniqueness associated with sodium conductance in insect nervous systems. As such, AaH IT and related toxins may serve as (a) pharmacological tools for the study of excitability in

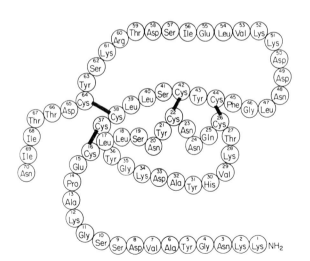

Figure 1. Schematic diagram of the complete covalent structure of the AaH IT (Darbon *et al.* 1982).

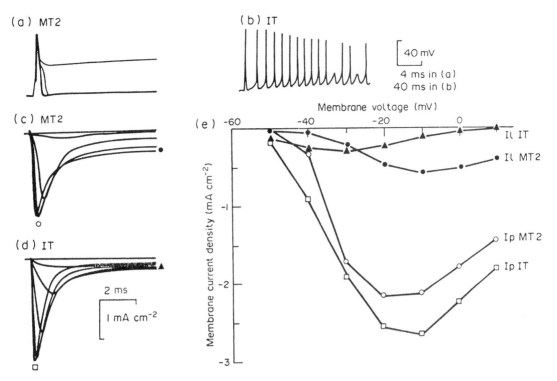

Figure 2. The effects of AaH IT and AaM T2 (AaM II is the α-scorpion toxin strongly affecting mammals, see the entry by Martin-Eauclaire and Bougis, p. 118) on the action potentials and sodium currents recorded from the isolated axon of the cockroach CNS. Current-clamp experiments. (a) 3.5 μM of AaM T2 (b) 1.3 μM of AaH IT. Voltage clamp experiments: The preparation was pretreated by 4-aminopyridine thus suppressing the potassium currents. (c) and (d), sodium currents following the treatment by 3.5 and 1.3 μM of AaM T2 and IT, respectively corresponding to pulses from $E_h = 60$ mV to $E_m = 10$ mV in 10 mV steps. (e) Current voltage relations of the data obtained in (c) and (d). Ip: Na$^+$ peak current, Il: sodium late, steady state current (from Pelhate and Zlotkin 1981).

insects and (b) as models for the design of selective biopesticides in the future.

■ Structure–function relationships

In a separate study several isotoxins of AaH IT (the AaH IT1 and AaH IT) were isolated and studied (Loret et al. 1990). AaH IT2 was sequenced and found to differ in four amino acid positions from AaH IT (Darbon et al. 1984) and possessed an equal potential for paralysing fly larvae. The basic amino acid residues of AaH IT1, which differ from those of AaH IT by one amino acid residue, were selectively chemically modified. Six derivatives were characterized. Their toxicity toward fly larvae and cockroaches was determined, and their affinity for the AaH IT1 synaptosomal receptor from cockroach nerve cord was measured. Modification of His-30, Lys-34, and Arg-60 showed no significant effect on biological activity. However, the modification of Lys-28 or Lys-51 demonstrated that these two amino acids are important for

toxicity. Furthermore, simultaneous modifications of both Lys-28 and Lys-51 led to a cumulative decrease in biological activity. AaH IT1 and AaH IT2 show similar CD spectra. The secondary structure of AaH IT2 was estimated from circular dichroism data. Results showed that this class of toxin should possess an additional α-helical region and a β-sheet strand, not found in toxins active on mammals. Attempts to localize these secondary structural features in the amino acid sequence of AaH IT2 indicated that these two regions would be located within the last 20 C-terminal amino acid residues. From these studies on secondary structures, it is possible to consider that toxins active on insects are more structurally constrained than those active on mammals; a decreased molecular flexibility may be, at least partially, responsible for the observed specificity of these toxins for the insect sodium channel. Furthermore, the two α-helices found in insect toxins enclosed the two conserved Lys-28 and Lys-51 and might thus be implicated in the toxic site of insect toxins (Loret et al. 1990).

■ Applicability

The applicability of the insect selective neurotoxins has been recently exemplified in the preparation and employment of recombinant baculoviruses expressing the AaH IT toxin. Lepidopterons larvae infected by the recombinant virus reveal an accelerated lethality and a significant reduction of damage to agricultural crops (McCutchen et al. 1991; Maeda et al. 1991; Stewart et al. 1991; Cory et al. 1994).

■ References

Cory, J. S., Hirst, M. L., Williams, T., Halls, R. S., Gouson, D., Green, B. M., et al. (1994). Field trial of genetically improved baculovirus insecticide. Nature (Lond.), **123**, 138–40.

Darbon, H., Zlotkin, E., Kopeyan, C., Van Rietschoten, J., and Rochat, H. (1982). Covalent structure of the insect toxin of the North African scorpion. Androctomus australis Hector. Int. J. Pept. Protein Res., **23**, 320–30.

Gordon, D., Jover, E., Couraud, F., and Zlotkin, E. (1984). The binding of the insect selective neurotoxin (AaIT) from scorpion venom to the locust synaptosomal membranes. Biochim. Biophys. Acta, **178**, 349–58.

Gordon, E., Zlotkin, E., and Catterall, W. A. (1985). The binding of an insect selective neurotoxin and saxitoxin to insect neuronal membranes. Biochim. Biophys. Acta, **821**, 130–4.

Lester, D., Lazarorici, P., Pelhate, M. and Zlotkin, E. (1982). Two insect toxins from the venom of the scorpion Buthotus judaicus: purification characterization and action. Biochim. Biophys. Acta, **701**, 370–81.

Loret, E., Mansuelle, P., Rochat, H., and Granier, C. (1990). Neurotoxins active on insects: amino acid sequences, chemical modifications and secondary structure estimation by circular dichroism of toxins from the scorpion Androctomus australis Hector. Biochemistry, **29**, 1492–501.

McCutchen, B. F., Chondary, P. V., Crenshaw, R., Maddox, D., Kamita, S. G., Palekar, N., et al. (1991). Development of a recombinant baculovirus expressing an insect selective neurotoxin: potential for pest control. Bio/Technology, **9**, 848–52.

Maeda, S., Volrath, S. L., Hanzlik, T. N., Harper, S. H., Majima, K., Maddox, D. L., et al. (1991). Insecticidal effects of an insect-specific neurotoxin expressed by a recombinant baculovirus. Virology, **184**, 777–80.

Pelhate, M. and Zlotkin, E. (1981). Voltage dependent slowing of the turn off of N$^+$ current in the cockroach giant axon induced by the scorpion venom insect toxin. J. Physiol. (Lond.), **319**, 3–1.

Pelhate, M. and Zlotkin, E. (1982). Actions of insect toxin and other toxins derived from the venom of the scorpion Androctonus australis in isolated giant axons of the cockroach (Periplaneta Americana). J. Exp. Biol., **97**, 67–77.

Stewart, L. M. D., Hirst, M., Ferber, M. L., Merryweather, A. T., Cayley, P. J., and Possee, R. D. (1991). Construction of an improved baculovirus insecticide containing an insectspecific toxin gene. Nature (Lond.), **352**, 85–8.

Walther, C., Zlotkin, E., and Rathmayer, W. (1976). Actions of different toxins from the scorpion Androctonus australis on a locust nerve–muscle preparation. J. Insect Physiol., **22**, 1187–94.

Zlotkin, E., Kadouri, D., Gordon, D., Pelhate, M., Martin, M. F., and Rochat, H. (1985). An excitatory and a depressant insect toxin from scorpion venom both affect sodium conductance and possess a common binding site. Arch. Biochem. Biophys., **240**, 877–87.

Zlotkin, E. (1986). The intereaction of insect selective neurotoxins from scorpion venoms with insect neuronal membranes In Neuropharmacology and pesticide action (ed. M. G. Ford, G. G. Lunt, R. C. Recy, and P. N. R. Usherwook), pp. 352–83, Ellis Horwood, London.

Zlotkin, E., Miranda, F., Kupeyan, C. and Lissitzky, S. (1971b). A new toxic protein in the venom of the scorpion Androctonus australis Hector. Toxicon, **9**, 9–13.

Zlotkin, E., Rochat, H., Kupeyan, C., Miranda, F., and Lissitzky, S. (1971a). Purification and properties of the insect toxin from the venom of the scorpion Androctonus australis Hector. Biochimie (Paris), **53**, 1073–8.

Zlotkin, E., Teitelbaum, Z., Rochat, H., and Miranda, F. (1979). The insect toxin from the venom of the scorpion Androctonus mauretanicas. Purification characterization and specificity. Insect Biochem., **9**, 347–54.

■ Eliahu Zlotkin:
Dept. of Cell and Animal Biology,
Institute of Life Sciences,
The Hebrew University of Jerusalem,
Jerusalem 91904,
Israel

Depressant insect selective neurotoxins from scorpion venoms

The depressant insect selective neurotoxins are single-chained polypeptides of 61–64 amino acids which reveal a dual mode of action. Their induced progressive flaccid paralysis of insects is preceded by a short transient period of excitability. The flaccid paralysis of insects, induced by the depresssant toxins is a consequence of the blockage of evoked action potentials and neuromuscular junctions.

The depressant insect-toxins, upon injection, induce a slow, progressively developing flaccid paralysis of blowfly larvae, which reveal a prolonged–extended shape of their body in contrast to the shortened–contracted body shape induced by the excitatory toxins (see above entry; Fig. 1; Zlotkin 1983).

Depressant toxins were isolated from the venom of the following Buthinae scorpions: *Buthotus judaicus* (Bj IT2; Lester *et al.* 1982), *Leiurus quinqauestriatus quinquestriatus*, (Lqq 2; Zlotkin *et al.* 1985), *Leiurus quinquestriatus hebraeus* (Lqh IT2; Zlotkin *et al.* 1991).

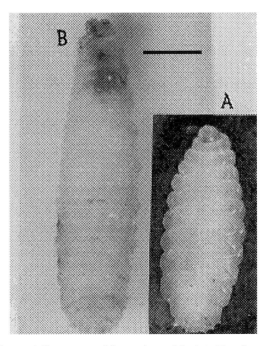

Figure 1. Responses of *Sarcophaga falculata* blowfly larvae to the injection of various scorpion venoms and their derived insect toxins. A. Typical contraction paralysis as induced by various buthid scorpion venoms as well as the excitatory insect selective toxins. B. Typical flaccid–extended paralysis as induced by the depressant insect selective toxins. Bar corresponds to 3.8 mm (from Zlotkin 1983).

■ Chemistry

The depressant toxins were isolated from electrically milked and lyophilized crude scorpion venoms by the aid of conventional methods of column abromatyraphy, as exemplified by the purification of Lqh IT2 toxin. The latter included Sephadex G-50 recycling gel filtration, anion exchanger (DEAE-Seph. 'Pharmacia', Sweden), cation exchanger (CM-cellulose, C52-Whatman, England), followed by a reversed phase (Cl8) column in an HPLC system as a final step (Zlotkin *et al.* 1991). The primary structures were determined by automated Edman degradations of reduced vinyl pyridilated, desalted, and proteolytically digested peptides (Zlotkin *et al.* 1991). Fig. 2 presents the primary structures of the three depressant toxins as compared to two excitatory insect toxins (AaH IT, Lqq IT1) and two alpha toxins derived from the same scorpion venom (Lqq 4, Lqq 5).

■ Mode of action

The effects of the depressant toxins on neuronal excitability were studied on the giant axon of the American cockroach (Lester *et al.* 1982; Zlotkin *et al.* 1985) and the neuromuscular preparation of the pre-pupal *Musca domestica* (Zlotkin *et al.* 1991).

It has been shown that the flaccid paralysis of insects induced by the depressant toxins is preceded by a short transient burst of repetitive activity from a presynaptic origin (motor nerves) similar to the excitatory toxins (Zlotkin *et al.* 1991).

The flaccid paralysis of insects is a consequence of:

1. A blockage of the evoked action potentials attributed to two separate mechanisms: firstly to the suppression of the activatable sodium conductance as revealed by voltage clamp data and secondly by depolarization of the axonal membrane attributed to the increase of the resting sodium permeability (Lester *et al.* 1982; Zlotkin *et al.* 1985).

2. Blockage of the neuromuscular junction due to a strong reduction in neurotransmitter release due to the deplorazatory effect of the depressant toxins at the terminal branches of the motor nerves (Zlotkin *et al.* 1991, 1993).

```
              1          2          3          4          5          6          7
    1         0          0          0          0          0          0          0
LqhIT2  ...DGYIKRR DGCKVACLIG NEG.CDKECK AYGG.SYGYC ...WTWGLAC WCEGLPDDKT WKS.ETNTCG ........
LqqIT2  ...DGYIRKR DGCKLSCLFG NEG.CNKECK SYGG.SYGYC ...WTWGLAC WCEGLPDEKT WKS.ETNTCG ........
 BJIT2  ...DGYIRKK DGCKVSCIIG NEG.CRKECV AHGG.SFGYC ...WTWGLAC WCENLPDAVT WKS.STNTCG ........
  AaIT  .KKNGYAVDS SGKAPECLLS N..YCNNQCT KVHYADKGYC CLL.....SC YCFGLNDDKK VLEISDTRKS YCDTTIIN
 LqqIT1 .KKNGYAVDS SGKAPECLLS N..YCYNECT KVHYADKGYC CLL.....SC YCVGLSDDKK VLEISDARKK YCDFVTIN
  Lqq4  GVRDAYIADD KNCVYTC.GS NS.YCNTECT KNGAE.SGYC QWLGKYGNAC WCIKLPDKVP IRI..PGKCR ........
  Lqq5  .LKDGYIVDD KNCTFFC.GR NA.YCNDECK KKGGE.SGYC QWASPYGNAC WCYKLPDRVS IKE..KGRCN ........
```

Figure 2. Comparison of scorpion toxin amino acid sequences. The depressant insect toxin sequences are compared with those of the excitatory toxins, AaIT(AaH IT) and Lqq IT1 and the alpha toxins Lqq 4 and Lqq 5 (see entry by Martin-Eauclaire and Bougis). The sequences were aligned for maximum similarity with the aid of the University of Wisconsin Genetics Computing Group Profile Analysis (from Zlotkin *et al.* 1991).

■ cDNA clones

A partial cDNA clone, pBjTb61, encoding the Bj IT2 was isolated by using degenerate oligonucleotide probes and PCR. The isolated fragment of 125 bp long was cloned and its determined sequence was found to correspond to a segment of the Bj IT2 polypeptide (Gurevitz *et al.* 1990). This partial cDNA clone was used to demonstrate the venom gland specific transcription of the gene encoding Bj IT2 and for analysis of the transcriptional product of the gene encoding Lqh IT2 (Zilberberg *et al.* 1992).

The insert in plasmid pBj1Tb61 (Gurevitz *et al.* 1990) was used as a probe to screen cDNA libraries constructed from the poly (A)+RNA derived from the telsons of *B. iudaicus* and *L.q. hebraeus* scorpions. Several clones encoding the respective depressant toxins were isolated from each library and the insects sequenced (Zilberberg *et al.* 1991).

The existence of the depressant toxin cDNA clones may enable their employment in the reinforcement of recombinant baculoviruses expressing the excitatory insect selective neurotoxins (Stewart *et al.* 1991; Cory *et al.* 1994). Such a possibility may be useful due to the synergic interaction recently shown to occur between depressant and excitatory insect toxins in paralysis induction of the economically important lepidopterous larvae (Herrmann *et al.* 1995).

■ References

Cory, J. S., Hirst, M. L., Williams, T., Halls, R. S., Gouson, D., Green, B. M., *et al.* (1994). Field trial of genetically improved baculovirus insecticide. *Nature (Lond.)*, **370**, 138–40.

Gurevitz, M., Zlotkin, E., and Zilberberg, N. (1990). Characterization of the transcript for a depressant insect selective neurotoxin gene with an isolated cDNA clone from the scorpion *Buthotus iudaicus*. *Febs. Lett.*, **219**, 229–32.

Herrmann, R., Moskowitz, H., Zlotkin, E., and Hammock, B. D. (1995). Positive cooperativity among insecticidal scorpion neurotoxins. *Toxicon*, **33**, 1099–102.

Lester, D., Lazarovici, P., Pelhate, M., and Zlotkin, E. (1982). Two insect toxins from the venom of the scorpion *Buthotus judaicus*: purification, characterization and action. *Biochim. Biophys. Acta.*, **701**, 370–81.

Stewart, L. M. D., Hirst, M., Ferber, M. L., Merryweather, A. T., Cayley, P. J., and Possee, R. D. (1991). Construction of an improved baculovirus insecticide containing an insect specific toxin gene. *Nature (Lond.)*, **352**, 85–8.

Zilberberg, N., Zlotkin, E., and Gurevitz, M. (1991). The cDNA sequence of a depressant insect selective neurotoxin from the scorpion *Buthotus iudaicus*. *Toxicon*, **29**, 1155–8.

Zilberberg, N., Zlotkin, E., and Gurevitz, M. (1992). Molecular analysis of cDNA and the transcript encoding the depressant insect selective neurotoxin of the scorpion *Leiurus quinquestriatus hebraeus*. *Insect Biochem.*, **22**, 199–203.

Zlotkin, E. (1983). Insect selective toxins derived from scorpion venoms: an approach to insect neuropharmacology. *Insect Biochem.*, **13**, 219–36.

Zlotkin, E., Kadouri, D., Gordon, D., Pelhate, M., Martin, M. F., and Rochat, H. (1985). An excitatory and a depressant insect toxin from scorpion venom both affect sodium conductance and possess a common binding site. *Arch. Biochem. Biophys.*, **240**, 877–87.

Zlotkin, E., Eitan, M., Bindokas, V. P., Adams, M. E., Moyer, M., Burkhart, W., *et al.* (1991). Functional duality and structural uniqueness of depressant insect-selective neurotoxins. *Biochemistry*, **30**, 4814–21.

Zlotkin, E., Gurevitz, M., Fowler, E., and Adams, M. E. (1993). Depressant insect selective neurotoxins from scorpion venom: chemistry, action and gene cloning. *Arch. Ins. Biochem. Physiol.*, **22**, 55–73.

■ *Eliahu Zlotkin:*
Dept. of Cell and Animal Biology,
Institute of Life Sciences,
The Hebrew University of Jerusalem,
Jerusalem 91904,
Israel

μ-Conotoxins (*Conus geographus*)

μ-Conotoxins GIIIA, GIIIB, and GIIIC are basic neuropeptides containing 22 amino acid residues. They are found in the venom of Conus geographus, *the species of marine snails responsible for several human fatalities. The μ-conotoxins cause paralysis of vertebrates by binding to neurotoxin Site I and blocking the pore of the voltage-sensitive Na channels in skeletal muscle.*

μ-Conotoxins are small basic peptides that inhibit the action potential of skeletal muscle by blocking voltage-gated sodium channels (Cruz *et al.* 1985; Gray *et al.* 1988). Three major homologues and four minor under hydroxylated forms (see Table 1) have been found in the venom of the most dangerous *Conus* species, *C. geographus* (Sato *et al.* 1983; Cruz *et al.* 1985). The peptides contain 22 amino acid residues including three hydroxyprolines and six cysteines. The presence of several Lys and Arg residues renders μ-conotoxins highly positive: a charge of +6 in GIIIA and +7 in GIIIB and GIIIC. The major peptide is μ-conotoxin GIIIA or geographutoxin I; μ-conotoxin GIIIB (geographutoxin II) and μ-conotoxin GIIIC occur in smaller amounts. The minor forms appear to be the post-translational processing intermediates of GIIIA and GIIIB, which contain proline instead of hydroxyproline at either position 6 or 7.

μ-Conotoxins have been shown to compete with saxitoxin and tetrodotoxin for neurotoxin Site I of the channel (Moczydlowski *et al.* 1986; Ohizumi *et al.* 1986; Yanagawa *et al.* 1986). Comparison of the activities of various synthetic analogues of GIIIA have consistently indicated the importance of Arg[13] for the blocking of the Na channel pore (Sato *et al.* 1991; Becker *et al.* 1992; Wakamatsu *et al.* 1992). The reported three-dimensional

structure has the three pairs of disulfide bonds at the center of a 20-Å ellipsoid (Lancelin *et al.* 1991). Seven cationic side chains of lysine and arginine residues and three hydroxyprolines protrude radially from the peptide backbone. The residues most important for activity (Arg[13], Lys[16], Hyp[17], and Arg[19]) are all on one side of μ-conotoxin GIIIA, the surface that presumably binds with the active site of the channel .

■ Purification and sources

μ-Conotoxins GIIIA, GIIIB, and GIIIC can be isolated from *C. geographus* by size fractionation on Sephadex G-25 followed by a series of HPLC runs using reverse phase C18 column, eluted with a gradient of acetonitrile in 0. 1 per cent trifluoroacetic acid (Cruz *et al.* 1985). μ-Conotoxins GIIIA and GIIIB are available from Sigma Chemical Company.

■ Activity

The K_D of GIIIA obtained using batrachotoxin-activated sodium channels in lipid bilayers is around 100 nM (Cruz *et al.* 1985). The μ-conotoxins of *C. geographus* have a high specificity for the muscle subtype of Na channels; they are believed to be the most selective ligands for the neurotoxin site I of skeletal muscle sodium channels (Gonoi *et al.* 1987). GIIIA and GIIIB have been shown to discriminate by ~1000-fold between skeletal muscle and neuronal subtypes of voltage sensitive sodium channels inserted in lipid bilayers. GIIIB (Gonoi *et al.* 1987), is more selective for skeletal muscle TTX-sensitive vs. insensitive Na channel than TTX itself (a discrimination factor of ~10 000-fold compared to ~200-fold for TTX).

Very recently, a μ-conotoxin was found by Olivera and co-workers (Shon *et al.* 1996) in *Conus purpurascens* by sequencing the toxin gene. The chemically synthesized new conotoxin, μ-PIIIA has been shown to reversibly block the type II Na channel of rat brain, which is TTX sensitive but μ-GIIIA resistant.

■ Use in cell biology

μ-Conotoxin GIIIA has been used by a number of investigators for blocking action potentials when studying

Table 1 Structure of μ-conotoxins

μ-Conotoxin	Amino acid sequence
GIIIA	R D **C C** T O O K K **C** K D R Q **C** K O Q R **C C** A *
[Pro⁶]GIIIA	R D **C C** T P O K K **C** K D R Q **C** K O Q R **C C** A *
[Pro⁷]GIIIA	R D **C C** T O P K K **C** K D R Q **C** K O Q R **C C** A *
GIIIB	R D **C C** T O O R K **C** K D R R **C** K O M K **C C** A *
[Pro⁶]GIIIB	R D **C C** T P O R K **C** K D R R **C** K O M K **C C** A *
[Pro⁷]GIIIB	R D **C C** T O P R K **C** K D R R **C** K O M K **C C** A *
GIIIC	R D **C C** T O O K K **C** K D R R **C** K O L K **C C** A *

Disulfide linkages

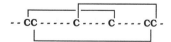

* The asterisks indicate that the α-carboxyl groups are amidated. Except for O (*trans*-4-hydroxyproline), the standard one-letter amino acid code is used. The amino acid sequences are from Cruz *et al.* (1985) and Sato *et al.* (1983).

inherent end plate potentials (EPPs) and miniature end plate potentials (MEPPs) in neuromuscular preparations of vertebrates (Hong and Chang 1989; Prior *et al.* 1993). Its high selectivity for muscle sodium channels has made it the choice reagent for this purpose.

Together with saxitoxin and tetrodotoxin, μ-conotoxin GIIIA has also been used as a pharmacological tool for characterizing clones of voltage-sensitive sodium channels (Chen *et al.* 1992). Of the two isoforms of VSSCs cloned from rat skeletal muscle, rSKM1 is sensitive to both tetrodotoxin and GIIIA whereas rSKM2 is not. Denervated and developing skeletal muscle express rSKM2, which is believed to be identical to the TTX-insensitive Na channels from heart. The VSCC clone from human heart, hH1 is resistant to both TTX and GIIIA (Gellens *et al.* 1992). The binding of the μ-conotoxins to mutants of sodium channels has been used to map out amino acid residues important for their interaction with neurotoxin site I of VSSCs (Stephan *et al.* 1994; Dudley *et al.* 1995).

References

Becker S., Prusak-Sochaczewski, E., Zamponi, G., Beck-Sickinger, A. G., Gordon, R. D., and French, R. J. (1992) Action of derivatives of μ-conotoxin GIIIA on Na channels. Single amino acid substitutions in the toxin separately affect association and dissociation rates. *Biochemistry*, **31**, 8229–38.

Chen, L. Q., Chahine, M., Kallen, R. G., Barchi, R. L., and Horn, R. (1992). Chimeric study of sodium channels from rat skeletal and cardiac muscle. *FEBS Lett.*, **309**, 253–7.

Cruz, L. J., Gray, W. R, Olivera, B. M., Zeikus, R. D., Kerr, L., Yoshikami, D., *et al.* (1985). *Conus geographus* toxins that discriminate between neuronal and muscle Na channels. *J. Biol. Chem.*, **260**, 9280–8.

Dudley, S. C. Jr., Todt, H., Lipkind, G., and Fozzard, H. A. (1995). A muconotoxin-insensitive Na$^+$ channel mutant: possible localization of a binding site at the outer vestibule. *Biophys. J.*, **69**, 1657–65.

Gellens, M. E., George, A. L., Chen, L. Q., Chahine, M., Horn, R., Barchi, R. L., *et al.* (1992). Primary structure and functional expression of the human cardiac tetrodotoxin-insensitive voltage-dependent sodium channel. *Proc. Natl. Acad. Sci. USA*, **89**, 554–8.

Gonoi, T., Ohizumi, Y., Nakamura, H., Kobayashi, J., and Catterall, W. A. (1987). The *Conus* geographutoxin II distinguishes between two functional sodium channel subtypes in rat muscle cells developing *in vitro*. *J. Neurosci.*, **7**, 1728–31.

Gray, W. R., Olivera, B. M., and Cruz, L. J. (1988). Peptide toxins from venomous *Conus* snails. *Annu. Rev. Biochem.*, **57**, 665–700.

Hong, S. J. and Chang, C. C. (1989). Use of geographutoxin II μ-conotoxin for the study of neuromuscular transmition in mouse. *Brit. J. Pharmacol.*, **97**, 934–40.

Lancelin, J. -M., Kohda, D., Tate, S., Yanagawa, Y., Abe, T., Satake, M., *et al.* (1991) Tertiary structure of conotoxin GIIIA in aqueous solution. *Biochemistry*, **30**, 6908–16.

Moczydlowski, E., Olivera, B. M., Gray, W. R., and Strichartz, G. R. (1986). Discrimation of muscle and neuronal Na-channel subtypes by binding competition between ^{3}H-saxitoxin and μ-conotoxins. *Proc. Natl. Acad. Sci. USA*, **83**, 5321–5.

Ohizumi, Y., Nakamura, H., Kobayashi, J., and Catterall, W. A. (1986). Specific inhibition of [^{3}H]saxitoxin binding to skeletal muscle sodium channels by geographutoxin II, a polypeptide channel blocker. *J. Biol. Chem.*, **261**, 6149–52.

Prior, C., Dempster, J., and Marshall, I. G. (1993). Electrophysiological analysis of transmission at the skeletal neuromuscular junction. *J. Pharmacol. Toxicol. Methods*, **30**, 1–17.

Sato, S., Nakamura, H., Ohizumi, Y., Kobayashi, J., and Yoshimasa, H. (1983). The amino acid sequences of homologous hydroxyproline-containing myotoxins from the marine snail *Conus geographus* venom. *FEBS Lett.*, **155**, 277–80.

Sato, K., Ishida, Y., Wakamatsu, K., Kato, R., Honda, H., Ohizumi, Y., *et al.* (1991) Active site μ-conotoxin GIIIA, a peptide blocker of muscle Na channels. *J. Biol. Chem.*, **266**, 16989–91.

Shon, K. -J., Yoshikami, D., Marsh, W., Jacobsen, R. B., Gray, W. R., Floresca, C. C. Z., *et al.* (1996). μ-Conotoxin PIIIA, a new peptide for discriminating among tetrodotoxin-sensitive Na channel subtypes. Submitted for publication.

Stephan, M. M., Potts, J. F., and Agnew, W. S. (1994). The mul skeletal muscle sodium channel mutation E403Q eliminates sensitivity to tetrodotoxin but not to mu-conotoxins GIIIA and GIIIB. *J. Membr. Biol.*, **137**, 1–8.

Wakamatsu, K., Kohda, D., Hatanaka, H., Lancelin, J. M., Ishida, Y., Oya, M., *et al.* (1992) Structure–activity relationships of μ-conotoxin GIIIA: structure determination of active and inactive Na channel blocker peptides by NMR and simulated annealing calculations. *Biochemistry*, **31**, 12577–84.

Yanagawa, Y., Abe, T., and Satake, M. (1986). Blockade of [^{3}H]lysine-tetrodotoxin binding to sodium channel proteins by conotoxin GIII. *Neurosci. Lett.*, **64**, 7–12.

■ *Lourdes J. Cruz:*
Marine Science Institute,
University of The Philippines,
Diliman, Quezon City 1101,
The Philippines

μ-Agatoxins (*Agelenopsis aperta*)

μ-Agatoxins are insecticidal peptide toxins from venom of the American funnel web spider, Agelenopsis aperta. *All μ-agatoxins are toxic to insects, but lack biological activity against vertebrates in vitro or in vivo. Evidence to date suggests that the μ-agatoxins modify the kinetic behavior of insect voltage-gated sodium channels.*

μ-Agatoxins are a group of homologous polypeptide toxins from venom of the American funnel web spider, *Agelenopsis aperta* (Adams *et al.* 1989b; Skinner *et al.* 1989). Six toxins, μ-Aga-I to VI (Fig. 1), which range in size from 36–38 amino acids, have been isolated and sequenced. The amino acid sequences of μ-agatoxins are highly conserved and the spacing of cysteine residues, which form four internal disulfide bonds, is identical among all of the toxins. The μ-agatoxins cause convulsive paralysis when injected into insects (*Musca domestica, Manduca sexta, Heliothis virescens*). This behaviour is correlated with the appearance of repetitive action potentials in motorneurons. (Adams *et al.* 1989b) and increased spontaneous neurotransmitter release from motor nerve terminals (Adams *et al.* 1989a). Elevation of spontaneous transmitter release is reversed by treatment with tetrodotoxin, suggesting that the μ-agatoxins target sodium channels. Several curtatoxins isolated from the related spider *Hololena curta* are identical or similar to the μ-agatoxins (Stapleton *et al.* 1990).

Whole cell patch clamp experiments (Norris *et al.* 1995) show that μ-agatoxins modify the voltage sensitivity and kinetics of sodium channel inactivation, but have no effect on mammalian sodium channels at micromolar concentrations.

Purification and sources

μ-Agatoxins are purified from the milked venom of *A. aperta* using reversed-phase liquid chromatography techniques (RPLC) (Adams *et al.* 1989b; Skinner *et al.* 1989). Although μ-agatoxins are not particularly susceptible to oxidation, they should be stored between –20 and –80 °C to prevent significant degradation.

Although none of the μ-agatoxins are commercially available at this time in purified form, the *Agelenopsis aperta* venom containing the toxins can be purchased from Spider Pharm, 407 E. Bristol Rd, Feasterville, PA 19053 ; Tel: 215-355-8295; Fax: 215-355-8447.

Toxicity

Injection of μ-agatoxins into insects leads to excitability and convulsive paralysis. Toxicity data (LD$_{50}$ values) are as follows (Adams *et al.* 1989b; Skinner *et al.* 1989):

LD$_{50}$ (*Musca domestica*)
μ-Aga-I,III,IV,V, and VI   0.1–0.6 μg/g
μ-Aga-II   5.8 μg/g

LD$_{50}$ (*Manduca sexta*)
μ-Aga-I-VI   28–78 μg/g

Intracranial injections of μ-agatoxins into mice result in no detectable symptoms or toxicity (Adams, unpublished data). There are no reports to date of significant mammalian toxicity on oral or i/v administration. However, very little toxicity data has been generated regarding this group of toxins.

Uses

The high selectivity of these toxins for insect sodium channels makes them potentially useful for elucidation of differences between insect and mammalian sodium channels. Their high insect selective toxicity makes them

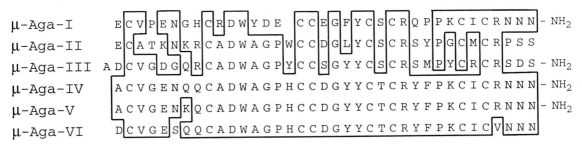

Figure 1. Amino acid sequences of μ-agatoxins. Amino acids within the box are identical between peptides (adapted from Skinner *et al.* 1989).

candidates for development as active components of engineered biological pesticides.

References

Adams, M. E., Bindokas, V. P., and Zlotkin, E. (1989a). Synaptic toxins from arachnid venoms: probes for new insecticide targets. In *Insecticide action. From molecule to organism* (ed. T. Narahashi and J. E. Chambers), pp. 189–203, Plenum, New York.

Adams, M. E., Herold, E. E., and Venema, V. J. (1989b). Two classes of channel-specific toxins from funnel web spider venom. *J. Comp. Physiol. [a]*, **164**(3), 333–42.

Norris, T. M., Lee, D., and Adams, M. E. (1995). Unpublished data.

Skinner, W. S., Adams, M. E., Quistad, G. B., Kataoka, H., Cesarin, B. J., Enderlin, F. E., et al. (1989). Purification and characterization of two classes of neurotoxins from the funnel web spider, *Agelenopsis aperta*. *J. Biol. Chem.*, **264**(4), 2150–5.

Stapleton, A., Blankenship, D. T., Ackermann, B. L., Chen, T. M., Gorder, G. W., Manley, G. D., et al. (1990). Curtatoxins. Neurotoxic insecticidal polypeptides isolated from the funnel-web spider *Hololena curta*. *J. Biol. Chem.*, **265**(4), 2054–9.

■ *Michael E. Adams and Timothy M. Norris:*
Departments of Entomology and Neuroscience,
University of California,
Riverside, CA 92521,
USA

Anthopleurin-A, -B, and -C (anemone toxin)

Anthopleurin-A (AP-A), -B (AP-B), and -C (AP-C) are polypeptides isolated from different sea anemone. AP-A, -B, and -C contain 49, 50, and 47 amino acids, respectively. These polypeptides have a potent cardiostimulant action without affecting heart rate and arterial blood pressure. In addition, the polypeptides have excitatory and inhibitory effects on the smooth muscles and nerves. Electrophysiological studies indicate that the polypeptides inhibit the sodium channel inactivation through the binding to the receptor site 3 of muscle and nerve sodium channels increasing the Na+ influx across the cell membrane.

Table 1 summarizes the properties of the three anthopleurins. All three substances are very soluble in water and quite stable at pH 1.0–8.0, but lose positive inotropic activity increasingly fast as the pH rises above 8.0. Figure 1 indicates the amino acid sequences of AP-A (Tanaka et al. 1977) and AP-C, and the partial sequence of the major constituent of AP-B.

The cysteine crosslinks in AP-A have been determined to be 4–46, 6–36, and 29–47 as shown in Fig. 2. Conformational studies have been carried out using laser Raman, circular dichroism, fluorescence spectral studies, and Chou-Fasman calculations (Ishizaki et al. 1979) as well as carbon-13 nuclear magnetic resonance spectrometry (Norton and Norton 1979).

Table 1 Properties of three anthopleurins

	AP-A	AP-B	AP-C
Molecular weight	5183	~5000	4875
Number of amino acids	49	~50	47
Isoelectric point (pI)	8.2	9.05	8.03
R_f (pH 3.7 gel)	0.46	0.64	0.49
Concentration in anemone	10–40 ppm	3 ppm	25–30 ppm

```
        1                 5                    10                    15
AP-A  Gly-Val-Ser-Cys-Leu-Cys-Asp-Ser-Asp-Gly-Pro-Ser-Val-Arg-Gly-

AP-C    .    Pro   .    .    .    .    .    .    .    .    .    .    .    .

AP-B    .    Pro   .    .    .    .    .    .    .   Pro-Asn   .    .

        16                20                   25                    30
Ap-A  Asn-Thr-Leu-Ser-Gly-Thr-Leu-Trp-Leu-Tyr-Pro-Ser-Gly-Cys-Pro-

AP-C    .    .    .    .    Ile   .    .    .    .   Ala   .    .    .

AP-B    .    .    .    .    Ile   .    .   Phe-Ala-Pro-Ser  .   (X)   .

        31 .              35                   40                    45
AP-A  Ser-Gly-Trp-His-Asn-Cys-Lys-Ala-His-Gly-Pro-Thr-Ile-Gly-Trp-

AP-C    .    .    .    .    .    .    .    .    .    .    .    .    .    .

AP-B  (X)   .    .   (X)  not finished

        46               49
AP-A  Cys-Cys-Lys-Gln

AP-C    .    .    .    .
```

Figure 1. Amino acid sequences of AP-A, AP-B, and AP-C.

Chemical blocking studies have shown that the histidines, arginine, tyrosine, and tryptophans are probably not involved in the active site; one or more of the carboxyls are involved; one or both lysines may be involved since isopropylation of the NH_2 group does not affect positive inotropic activity, but the bulky and base-neutralizing trinitrophenyl group abolishes activity (Newcomb *et al.* 1980). It could well be that the function of the 'active site', the region at 7-ASP, 9-ASP, and 37-LYS, is not active because it loosely chelates and transfers Ca^{2+}, but rather because the site is important in inducing a secondary effect of transferring Ca^{2+} by a presently unknown mechanism (Fig. 2).

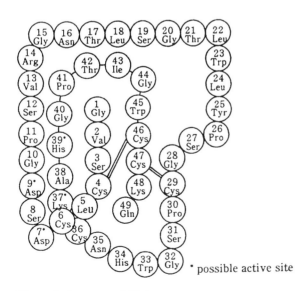

Figure 2. Structure of AP-A.

$\cdot$ possible active site

■ Purification and sources

AP-A and AP-B were both isolated from *Anthopleura xanthogrammica* (Brandt) and AP-C from *A. elegantissima* (Brandt). After standing for about a month the ethanol preservative is decanted from the animals and the drugs isolated from the preservative. The crude extract is subjected at first to gel permeation chromatography on Sephadex G-50, ion-exchange chromatography on CM-Sephadex C-25, and desalting with G-50 and G-10 to give about 65 per cent pure AP-A and less pure AP-B (Norton *et al.* 1976). To obtain analytically pure AP-A the additional steps of gradient elution with pyridine and acetic acid on sulfoethyl cellulose and the use of Sephadex G-25 as an adsorption chromatographic column are employed (Norton *et al.* 1978). Using essentially these same procedures, AP-B could not be obtained in analytically pure form (Norton *et al.* 1978), in fact recent high pressure liquid chromatography experiments on a C-18 reverse phase column indicate two major and two relatively minor components based on 254 and 280 nm UV absorbance. AP-C was isolated in an analytically pure form by a procedure similar to that for AP-A (Norton *et al.* 1978).

■ Toxicity

The toxicities of AP-A, AP-B, and AP-C are determined in albino mice. The lethal doses in 50 per cent of the animals (LD_{50}) are taken at 24 hour periods and calculated by the Litchfield and Wilcoxon method. The evaluation is made using intraperitoneal injection of five to seven doses administered to seven groups of mice (seven mice in each group). The LD_{50}s of each of these three peptides are found to be in the range of 350–550 μg/kg (Shibata *et al.* 1976). In addition, the lethal doses of AP-A and ouabain in a dog open chest experiment are 19.3 ±

1.6 μg/kg and 236.2 ± 21.9 μg/kg respectively (Scriabine *et al.* 1979).

■ Biological activity

Polypeptides isolated from sea anemone have been shown to produce a positive inotropic effect in isolated cardiac tissues of rabbit (Shibata *et al.* 1976, 1978; Kodama *et al.* 1981), anesthetized cats and dogs (Shibata *et al.* 1976), and conscious dogs without other major hemodynamic effect (Blair *et al.* 1978; Scriabine *et al.* 1979). The positive inotropic effect of AP-A occurred independent of any changes in heart rate or mean arterial blood pressure and is not mediated by the release of catecholamines from sympathetic nerves (Shibata *et al.* 1976). The cardiotonic effect of AP-A is maintained even during hypoxia or in the presence of a glucose-free medium in isolated rabbit ventricular muscle (Kodama *et al.* 1981). Further, AP-A produces a positive inotropic response in both normal and ischemic myocardium without changing heart rate, left ventricular systolic or aortic blood pressure (Gross *et al.* 1985). In addition, polypeptides cause powerful excitatory and inhibitory actions in the ileum, taenia caeci, and vas deferens of guinea-pig (Norton *et al.* 1981; Ohizumi and Shibata 1981, 1982). The polypeptides-induced contractions of intestinal smooth muscles are due to the excitation of cholinergic nerves, while that of the vas deferens is caused by NE release from adrenergic nerve endings. The polypeptides-induced relaxation of the taenia caeci is due to the excitation of adrenergic nerves, while the relaxation of the ileum is mediated through nonadrenergic inhibitory mechanisms. In synaptosomes from rat brain, AP-A releases ATP and Na^+, presumably resulting from the opening of Na^+ channels.

The electrophysiological studies in cardiac and smooth muscles and nerves indicate that the polypeptides have a major effect on prolonging the action potential duration of the Na^+ channel of cell membranes. This is explained by the inhibition of Na channels inactivation. This would cause an increased Na^+ entry and indirectly, by activating the Na^+ and Ca^{2+} exchange mechanisms, result in increased Ca^{2+} concentration and excitatory effect. Also, AP-A may also act by increased translocation of intracellular Ca (Low *et al.* 1979; Hashimoto *et al.* 1980; Kudo and Shibata 1980; Kodama *et al.* 1981; Muramatsu *et al.* 1990).

■ Conclusion

Most of the known sea anemone toxins are specific for the fast Na^+ channel of the excitable membrane of nerve, smooth muscle, and cardiac muscle cells tested. The Na^+ channels appear to be a privileged structure for the action of neurotoxic molecules of natural origin. Sea anemone toxins are useful in the investigation and interpretation of the structure, function, and differentiation of the Na channel at the molecular level.

Limited amounts of AP-A and AP-B can be obtained from Dr Shoji Shibata, Department of Pharmacology, School of Medicine, University of Hawaii.

■ References

Blair, R. W., Peterson, D. R., and Bishop, V. S. (1978). The effects of anthopleurin-A on cardiac dynamics in conscious dogs. *J. Pharmacol. Exp. Ther.*, **207**, 271–6.

Gross, G. J., Walters, D. C., Hardman, H. F., and Shibata, S. (1985). Cardiotonic effects of anthopleurin-A (AP-A), a polypeptide from a sea anemone, in dogs with a coronary artery stenosis. *Eur. J. Pharmacol.*, **110**, 271–6.

Hashimoto, K., Ochi, R., Hashimoto, K., Inui, J., and Miura, Y. (1980). The ionic mechanism of prolongation of action potential duration of cardiac ventricular muscle by anthopleurin-A and its relationship to the inotropic effect. *J. Pharmacol. Exp. Ther.*, **215**, 479–85.

Ishizaki, H., Mckay, R. H., Norton, T. R., Yasunobu, K. T., Lee, J., and Tu, A. T. (1979). Conformational studies of peptide heart stimulant anthopleurin-A: laser Raman circular dichroism fluorescence spectral studies and Chou-Fasman calculations. *J. Biol. Chem.*, **254**, 9651–6.

Kodama, I., Toyama, T., Shibata, S., and Norton, T. R. (1981). Electrical and mechanical effects of anthopleurin-A a polypeptide from a sea anemone on isolated rabbit ventricular muscle under conditions of hypoxia and glucose-free medium. *J. Cardiovasc. Pharmacol.*, **3**, 75–86.

Kudo, Y. and Shibata, S. (1980). The potent excitatory effect of a novel polypeptide, anthopleurin-B, isolated from sea anemone (*Anthopleura xanthogrammica*) on the frog spinal cord. *J. Pharmacol. Exp. Ther.*, **214**, 443–8.

Low, P. A., Wu, C. H., and Narahashi, T. (1979). The effect of anthopleurin-A on crayfish giant axon. *J. Pharmacol. Exp. Ther.*, **210**, 417–21.

Muramatsu, I., Saito, K., Ohmura, T., Kigoshi, S., and Shibata, S. (1990). Supersensitivity to tetrodotoxin and lidocaine of anthopleurin-A-treated Na^+ channels in crayfish giant axon. *Eur. J. Pharmacol.*, **186**, 41–7.

Newcomb, R., Seriguchi, D. G., Norton, T. R., and Yasunobu, K. T. (1980). Effects of chemical modification of anthopleurin-A, a peptide heart stimulant. In *Frontiers in protein chemistry* (ed. D. T. Liu, L. Mamiya, and K. T. Yasunobu), pp. 539–50, Elsevier, Amsterdam.

Norton, R. S. and Norton, T. R. (1979). Natural abundance carbon-13 nuclear magnetic resonance study of anthopleurin-A, a cardiac stimulant from the sea anemone, *Anthopleura xanthogrammica. J. Biol. Chem.*, **254**, 10220–6.

Norton, T. R., Shibata, S., Kashiwagi, M., and Bentley, J. (1976). The isolation and characterization of cardiotonic polypeptide anthopleurin-A from the sea anemone *Anthopleura xanthogrammica. J. Pharm. Sci.*, **65**, 1368–74.

Norton, T. R., Kashiwagi, M., and Shibata, S. (1978). Anthopleurin-A, B and C, cardiotonic polypeptides from the sea anemones. In *Drugs and food from sea* (ed. P. N. Kaul and C. J. Sindermann), pp. 37–50, The University of Oklahoma Press, Norman, Oklahoma.

Norton, T. R., Ohizumi, Y., and Shibata, S. (1981). Excitatory effect of a new polypeptide (anthopleurin-B) from sea anemone on the guinea-pig vas deferens. *Br. J. Pharmacol.*, **74**, 23–8.

Ohizumi, H. and Shibata, S. (1981). Possible mechanism of the dual action of new polypeptide (anthopleurin-B) from sea anemone in the isolated guinea-pig ileum and taenia caeci. *Br. J. Pharmacol.*, **72**, 239–45.

Ohizumi, Y. and Shibata, S. (1982). Nature of anthopleura-B-induced release of norepinephrine from adrenergic nerves. *Am. J. Physiol.*, **363**, 273–81.

Scriabine, A., Van Arman, C. G., Morgan, G., Morris, A. A., Bennett, C. D., and Bobidar, N. R. (1979). Cardiotonic effects of anthopleurin-A, a polypeptide from a sea anemone. *J. Cardiovasc. Pharm.*, **1**, 571–83.

Shibata, S., Norton, T. R., Izumi, T., Matsuo, T., and Katsuki, S. (1976). A polypeptide (AP-A) from sea anemone (*Anthopleura xanthogrammica*) with potent positive inotropic action. *J. Pharmacol. Exp. Ther.*, **199**, 298–309.

Shibata, S., Izumi, T., Seriguchi, D. G., and Norton, T. R. (1978). Further studies on the positive inotropic effect of the polypeptide anthopleurin-A from sea anemone. *J. Pharmacol. Exp. Ther.*, **205**, 683–92.

Tanaka, M., Haniu, M., Yasunobu, K. T., and Norton, T. R. (1977). Amino acid sequence of the *Anthopleura xanthogrammica* heart stimulant, anthopleurin-A. *Biochemistry*, **16**, 204–8.

■ *Shoji Shibata:*
Department of Pharmacology,
University of Hawaii School of Medicine,
Honolulu, HI 96822,
USA

Anemone toxins (type II)

Type II toxins from sea anemones are polypeptides of molecular mass about 5 kDa which interact with the voltage-gated sodium channel of excitable tissue, delaying its inactivation and prolonging the action potential. All of the known toxins are active in crustacea but several are only weakly active in mammals.

Sea anemones produce a family of closely related cardioactive and neurotoxic polypeptides having molecular masses of approximately 5 kDa. These toxins have been classified into two groups, type I toxins from the family Actiniidae (*Actinia* sp. and *Anthopleura* sp.) and type II toxins from the family Stichodactylidae (*Heteractis* sp. and *Stichodactyla* sp.) (Kem 1988). The amino acid sequences of several type II toxins are shown in Fig. 1.

These two classes of toxin are similar with respect to the locations of their disulfide bridges and a number of residues thought to play a role in biological activity or maintenance of the tertiary structure, but they are distinguishable on the basis of sequence similarity (> 60 per cent within each type, but < 30 per cent between the two types) and immunological crossreactivity. Some of the distinguishing features of the type II toxins are a triplet of acidic residues at positions 6–8, an extension of basic residues at the C-terminus, and the substitution of acidic or polar residues for the aromatic residues at positions 22 and 42 in the type I toxins. Other toxins have been iso-lated which do not fall neatly into either class. Examples are calitoxin, which has His at position 13 instead of Arg and has His–Glu–Ala as its C-terminus (Cariello *et al.* 1989) and *Actinia equina* toxin I (Lin *et al.* 1996), which resembles the type I toxins but has a seven-residue insert following residue 24 (according to the type I numbering scheme) and shows differences in some of the residues conserved throughout the type I toxins (Norton 1991).

Toxins of both types share a common mode of action in binding to the voltage-gated sodium channel of excitable tissue (Catterall 1988; Wann 1993) and delaying channel inactivation. This interaction results in a prolongation of the action potential.

The three-dimensional structures in solution of three type I toxins, AP-A (Pallaghy *et al.* 1995), ATX Ia (Widmer *et al.* 1989), and AP-B (Monks *et al.* 1995), and one type II toxin, Sh I (Fogh *et al.* 1990; Wilcox *et al.* 1993), have been determined using ^{1}H NMR data. In each case the structure consists of a four-stranded, anti-parallel β-sheet, connected by three loops (as illustrated for Sh I in Figs 2

```
          1       5         10        15        20        25        30        35        40        45
Hm I      A S C K C D D D G P D V R S A T F T G T V D F A Y C N A G W E K C L A V Y T P V A S C C R K K K
Hm II     G T C K C D D D G P D V R T A T F T G S I E F A N C N E S W E K C L A V Y T P V A S C C R K K K
Hm III    G N C K C D D E G P Y V R T A P L T G Y V D L G Y C N E G W E K C A S Y Y S P I A E C C R K K K
Hm IV     G N C K C D D E G P N V R T A P L T G Y V D L G Y C N E G W E K C A S Y Y S P I A E C C R K K K
Hm V      G N C K C D D E G P N V R T A P L T G Y V D L G Y C N E G W D K C A S Y Y S P I A E C C R K K
Hp II     A S C K C D D D G P D V R S A T F T G T V D F W N C N E G W E K C T A V Y T P V A S C C R K K K
Hp III    G N C K C D D E G P N V R T A P L T G Y V D L G Y C N E G W E K C A S Y Y S P I A E C C R K K K
Sh I      A A C K C D D E G P D I R T A P L T G T V D L G S C N A G W E K C A S Y Y T I I A D C C R K K K
```

Figure 1. Amino acid sequences of type II sea anemone toxins (Kem 1988; Norton 1991). Residues that are identical are shaded grey and those that are conservatively substituted are boxed.

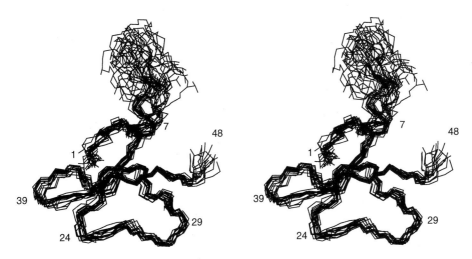

Figure 2. Stereo view of the backbones of the 20 best NMR-derived structures of Sh I (Wilcox *et al.* 1993; Brookhaven Protein Data Bank entry no. 1SHI). The structures are superimposed over the backbone heavy atoms (N, Cᵃ, C) of residues 1–7 and 16–47.

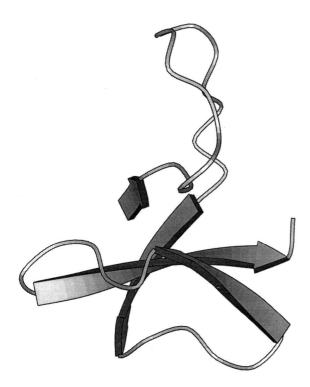

Figure 3. Richardson-style diagram of the structure of Sh I. The structure closest to the average over the 20 structures in Fig. 2 is shown; the view is related to that in Fig. 2 by a slight rotation about the vertical axis. The diagram was generated using the program MOLSCRIPT (Kraulis 1991).

and 3). The largest loop, encompassing residues 7–16 in Sh I, is less well defined by the NMR data than the rest of the structure (Fig. 2) because of a lack of long-range NMR restraints between residues in the loop and those in the well-defined bulk of the molecule. Although Sh I is currently the only type II toxin for which a high-resolution structure is available, NMR data on three other type II toxins from the genus *Heteractis* (Wemmer *et al.* 1986; Pease *et al.* 1989; Hinds and Norton 1993) imply that their structures in solution are similar to those of Sh I and the type I toxins AP-A and ATX Ia. This suggests that the wide range of potency and species specificity among these toxins reflects the presence or absence of key residues rather than gross structural differences.

Numerous studies have been undertaken of structure–function relationships within this family of toxins (Kem 1988; Norton 1991) but interpretation of the data, the majority of which comes from chemical modification studies, is complicated by the use of different toxins and different bioassays. Nevertheless, it is thought that the positive charges of one or more of the amino groups, the carboxylates of one or more Asp or Glu residues near the start of the first loop, and probably the guanidinium group of Arg13 in the first loop are required for full activity. In the case of Sh I, Pennington *et al.* (1990*a*) showed, using a series of synthetic peptide analogues with single amino acid substitutions, that Asp6, Asp7, and Glu8 were each essential for activity, with > 10⁴-fold losses in toxicity resulting from their replacement by Asn or Gln, respectively. Substitution of Asp11 by Asn or of Lys4 by *N*-acetyl Lys reduced the toxicity by 120-fold and 80-fold, respectively.

Selective proteolysis of Sh I adjacent to either Arg13 or Lys32 abolished neurotoxicity in crabs (Monks *et al.* 1994). Cleavage adjacent to Arg13 in the type I toxin anthopleurin-A also eliminated activity (Norton 1991).

Alternative names

Unlike the type I toxins, many of which have been assigned descriptive names, the type II toxins are generally referred to by their systematic names (e.g. Hm I refers to toxin I from *Heteractis macrodactylus*). The Hm toxins are sometimes referred to as RTX toxins and the Hp toxins as Rp (reflecting the older genus name of *Radianthus*).

Purification and sources

All of the toxins in Fig. 1 were isolated originally as polypeptides from the relevant species of anemone. Literature references for these toxins are given in Norton (1991). Sh I has been synthesized (Pennington *et al.* 1990b) and is available from Bachem Bioscience Inc (King of Prussia, PA 19406, USA). At least some samples of naturally occurring Sh I are amidated at the C-terminus (Wilcox *et al.* 1993), although this appears to be unimportant for activity as the natural and synthetic toxins are equipotent in crabs.

Toxicity

These toxins display a wide range of tissue and species specificity, as illustrated in Table 1. There appears to be a crude inverse correlation between activity in crustacea and mice.

Uses in cell biology

Sea anemone toxins bind to site 3 on the voltage-gated sodium channel (Catterall 1988; Wann 1993), delaying channel inactivation and prolonging the action potential. The only other toxins currently know to bind to this site are the scorpion α-toxins (Kem 1988; Norton 1991). The binding sites for the type I and type II toxins are similar (if not identical), but the type I toxins have been available for longer and have been investigated more extensively; as a result the type I toxins tend to be used more often in electrophysiological and pharmacological experiments.

The type II anemone toxins (Schweitz *et al.* 1985) and scorpion α-toxins (Frelin *et al.* 1984) have similar affinities for TTX-sensitive and TTX-insensitive sodium channels in rat neuroblastoma cells and skeletal myotubes, respectively, whereas the sodium channels of rat cardiac cells in culture, which have a low affinity for tetrodotoxin (TTX), have a particularly high affinity for type I toxins (Renaud *et al.* 1986).

The activity of some of the anemone toxins on non-mammalian (primarily crustacean) sodium channels has stimulated their evaluation as potential biopesticides. ATX II and Sh I, for example, are both potent toxins on locust nerves (Ertel *et al.* 1995). In this type of application the lack of activity of type II toxins such as Sh I on mammalian nerve preparations becomes an advantage.

References

Cariello, L., De Santis, A., Fiore, F., Piccoli, R., Spagnuolo, A., Zanetti, L., *et al.* (1989). Calitoxin, a neurotoxic peptide from the sea anemone *Calliactis parasitica*: amino acid sequence and electrophysiological properties. *Biochemistry*, **28**, 2484–9.

Catterall, W. A. (1988). Structure and function of voltage-sensitive ion channels. *Science*, **242**, 50–61.

Ertel, E. A., Wunderler, D. L., and Cohen, C. J. (1995). Locust neuronal Na channels are highly sensitive to natural toxins. *Biophys. J.*, **68**, A153.

Fogh, R. H., Kem, W. R., and Norton, R. S. (1990). Solution structure of neurotoxin I from the sea anemone *Stichodactyla helianthus*. A nuclear magnetic resonance, distance geometry and restrained molecular dynamics study. *J. Biol. Chem.*, **265**, 13016–28.

Frelin, C., Vigne, P., Schweitz, H., and Lazdunski, M. (1984). The interaction of sea anemone and scorpion neurotoxins with tetrodotoxin-resistant Na+ channels in rat myoblasts. A comparison with Na+ channels in other excitable and non-excitable cells. *Mol. Pharmacol.*, **26**, 70–4.

Table 1 Pharmacological properties of type II sea anemone toxins

Toxin	LD$_{50}$ (μg/kg)			K_D on rat brain synaptosomes (nM)	EC$_{50}$ on rat heart muscle (nM)
	Crab	Mouse i.p.	Mouse i.c.		
Hm I		3000			
Hm II		1650			
Hm III	85	25			
Hm IV		40			
Hm V		350			
Hp I	36	145	1.5	900	3000
Hp II	15	4200	12	>10^5	5000
Hp III	10	53	2.4	300	4000
Hp IV	90	40	2.0	10 000	1300
Sg I	7	>2000	>3600	>10 000	
Sh I	0.5–3	>15 000	116	40 000	>8000

Modified from Norton (1991), where original literature references are cited.

Hinds, M. G. and Norton, R. S. (1993). Sequential ^{1}H-NMR assignments of neurotoxin III from the sea anemone *Heteractis macrodactylus* and structural comparison with related toxins. *J. Protein Chem.*, **12**, 371–8.

Kem, W. R. (1988). Sea anemone toxins: structure and action. *In The biology of Nematocysts* (ed. D. Hessinger and H. Lenhoff), pp. 375–405, Academic Press, New York.

Kraulis, P. (1991). MOLSCRIPT: a program to produce both detailed and schematic plots of protein structures. *J. Appl. Crystallogr.*, **24**, 946–50.

Lin, X., Ishida, M., Nagashuma, Y., and Shiomi, K. (1996). A polypeptide toxin in the sea anemone *Actinia equina* homologous with other sea anemone sodium channel toxins: isolation and amino acid sequence. *Toxicon*, **34**, 57–65.

Monks, S. A., Gould, A. R., Lumley, P. E., Alewood, P. F., Kem, W. R., Goss, N. H. *et al.* (1994). Limited proteolysis study of structure–function relationships in Sh I, a polypeptide neurotoxin from a sea anemone. *Biochim. Biophys. Acta*, **1207**, 93–101.

Monks, S. A., Pallaghy, P. K., Scanlon, M. J., and Norton, R. S. (1995). Solution structure of the cardiostimulant polypeptide anthopleurin-B and comparison with anthopleurin-A. *Structure*, **3**, 791–803.

Norton, R. S. (1991). Structure and structure–function relationships of sea anemone proteins that interact with the sodium channel. *Toxicon*, **29**, 1051–84.

Pallaghy, P. K., Scanlon, M. J., Monks, S. A., and Norton, R. S. (1995). Three dimensional structure in solution of the polypeptide cardiac stimulant anthopleurin-A. *Biochemistry*, **34**, 3782–94.

Pease, J. H. B., Kumar, N. V., Schweitz, H., Kallenbach, N. R., and Wemmer, D. E. (1989). NMR studies of toxin III from the sea anemone *Radianthus paumotensis* and comparison of its secondary structure with related toxins. *Biochemistry*, **28**, 2199–204.

Pennington, M. W., Kem, W. R., and Dunn, B. M. (1990*a*). Synthesis and biological activity of six monosubstituted analogs of a sea anemone polypeptide neurotoxin. *Peptide Res.*, **3**, 228–32.

Pennington, M. W., Kem, W. R., Norton, R. S., and Dunn, B. M. (1990*b*). Chemical synthesis of a neurotoxic polypeptide from the sea anemone *Stichodactyla helianthus*. *Int. J. Peptide Prot. Res.*, **36**, 335–43.

Renaud, J.-F., Fosset, M., Schweitz, H., and Lazdunski, M. (1986). The interaction of polypeptide neurotoxins with tetrodotoxin-resistant Na$^+$ channels in mammalian cardiac cells. Correlation with inotropic and arrhythmic effects. *Eur. J. Pharmacol.*, **120**, 161–70.

Schweitz, H., Bidard, J.-N., Frelin, C., Pauron, D., Vijverberg, H. P. M., Mahasneh, D. M., *et al.* (1985). Purification, sequence and pharmacological properties of sea anemone toxins from *Radianthus paumotensis*. A new class of sea anemone toxins acting on the sodium channel. *Biochemistry*, **24**, 3554–61.

Wann, K. T. (1993). Neuronal sodium and potassium channels: structure and function. *Brit. J. Anaesth.*, **71**, 2–14.

Wemmer, D. E., Kumar, N. V., Metrione, R. M., Lazdunski, M., Drobny, G., and Kallenbach, N. R. (1986). NMR analysis and sequence of toxin II from the sea anemone *Radianthus paumotensis*. *Biochemistry*, **25**, 6842–9.

Widmer, H., Billeter, M., and Wüthrich, K. (1989). The three-dimensional structure of the neurotoxin ATX Ia from *Anemonia sulcata* in aqueous solution by nuclear magnetic resonance spectroscopy. *Proteins*, **6**, 357–71.

Wilcox, G. R., Fogh, R. H., and Norton, R. S. (1993). Refined structure in solution of the sea anemone neurotoxin Sh I. *J. Biol. Chem.*, **268**, 24707–19.

◼ Acknowledgement

I wish to thank Stephen Monks and Paul Pallaghy for assistance with the figures.

◼ *Raymond S. Norton:*
Biomolecular Research Institute,
343 Royal Parade,
Parkville, Victoria 3052,
Australia

Calitoxins

Calitoxin (CLX), isolated from Calliactis parasitica, is a highly toxic peptide, whose amino acid (AA) sequence (IECKCEGDAPDLSHMTGTVYFSCKGGDGSWSKCLTYTA VADCCHEA) differs greatly from that of all sea anemone toxins isolated so far. The polypeptide chain contains 46 AA residues, with a molecular mass of 4886 Da and a pI of 5.4. Despite the differences in primary structure, the electrophysiological effects of CLX on crustacean neuromuscular transmission are very similar to those of the other anemone toxins. Indeed, CLX slows down sodium current inactivation, which in turn prolongs the axonal action potentials leading to a prolonged depolarization of the nerve terminals, thereby causing massive transmitter release. Two genes (clx-1 and clx-2) coding for two highly homologous calitoxins were isolated and characterized from a C. parasitica genomic library. The clx-1 gene encodes the already known calitoxin sequence, designated CLXI, whereas a single base-pair substitution in the coding region of clx-2 is responsible for a single AA replacement in position 6 (Glu → Lys) of a new peptide named CLXII. The structural organization of the two genes is very similar. The open reading frame (ORF) of both clx-1 and clx-2 codes for a precursor peptide of 79 AA, whose N-terminus has the feature of a signal peptide, while the C-terminus corresponds to the sequences of mature CLXI and CLXII.

Sea anemones, in common with other members of the phylum Cnidaria (Coelenterata), possess numerous tentacles containing specialized stinging cells or cnidocytes. These stinging cells are equipped with organelles known as 'nematocysts' that contain small threads that are forcefully everted when stimulated mechanically or chemically. Anemones use this venom apparatus in the capture of prey, as well as for defence against predators.

Peptides and proteins figure prominently amongst the various classes of sea anemone toxins isolated and characterized to date. It is now recognized that this group of toxins consists of three classes of polypeptides, two made up of molecules containing 46–49 AA residues (type 1), and one of shorter polypeptides containing 27–31 residues (type 2). All these polypeptides have a paralysing effect on the sodium channels exerted through a prolonged depolarization of the nerve terminals, thereby causing massive transmitter release.

We isolated and characterized a new long polypeptide, calitoxin (CLX) from the sea anemone *Calliactis parasitica* (Cariello *et al*. 1989). The toxin contains 46 amino acid residues and exerts similar presynaptic effects on crustacean nerve muscle preparation as the other anemone toxins. However, its AA sequence is significantly different from those of both type I and type 2 toxins. For example, it lacks the functionally important Arg-14 residue (having instead an His residue at position 15), the halfcystine residue normally at position 29 is at position 26 and the C-terminal sequence is His–Glu–Ala in contrast to the basic C-terminal sequence found in type 1 and, even more markedly, type 2 toxins was confirmed by two-dimensional nuclear magnetic resonance studies (Norton and Cariello, unpublished data).

By analysing a genomic library prepared from the sea anemone *C. parasitica* we isolated and characterized (Spagnulo *et al.* 1994) two genes (*clx-1* and *clx-2*) coding for two highly homologous calitoxins. The *clx-1* gene sequence, positioned between nucleotides 1021–1158 encodes calitoxin. The comparison of the calitoxin AA sequence with that deduced from the nucleotide sequence of *clx-1* showed a single discrepancy: the Glu residue in position 45, as determined by the Edman procedure, is in fact a Gln, as assessed by DNA sequencing. This discrepancy may be due to a deamidation event occurring during the Edman reaction and/or the purification procedure. The *clx-2* gene sequence, positioned between nucleotides 1313–1450 codes for a peptide almost identical to that encoded by the *clx-1* gene: a single base substitution in position 1328 of *clx-2* is responsible for the replacement of the Glu residue with a Lys residue in position 6 of the mature peptide. This calitoxin-like peptide will be henceforth referred to as calitoxin II (CLXII), whereas the already known toxin is designated calitoxin I (CLXI).

The structural organization of the two genes is very similar. Two introns interpose between three exonic regions, whose sequences show a high degree of identity (95 per cent). The precise location of intervening sequences was obtained by RNAase protection assay, RT-PCR, and RACE analyses. The sequences located at the exon–intron boundaries correspond to the classical splice sequences (Breathnach and Chambon 1981). The translation initiation site at Met −33 is located in the second exon, while the entire translated sequence spans over the second and the third exon. In both genes, the ORF is interrupted by the nonsense TAA triplet situated mmediately after the calitoxin coding sequence.

The homology between the two genes is not restricted to the ORF, it extends to the upstream and downstream flanking regions. A putative CAAT element and a TATA box motif are located 65 bp and 30 bp, respectively, upstream from the transcription initiation site in both genes. The polyadenylation signal is located at corresponding sites in the transcription unit of the *clx-1* and *clx-2* genes. Next to the translation initiation site is a hydrophobic peptide (52 per cent of nonpolar AA

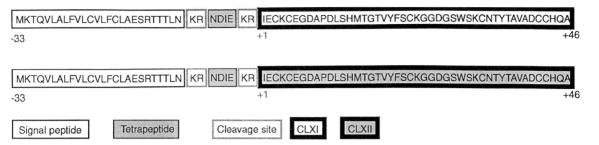

Figure 1. The CLX precursor sequences deduced from the gene sequences, based on the assumption that translation begins at the first in-frame methionine of the long ORF. +1 indicates the start CLX; –33 indicates the signal peptide's start.

residues), situated from position –32 to –9, whose sequence is almost identical in the two translated products. The presence of a positive charge to the NH_2-terminus, Lys at position –32, followed by a core of 13 hydrophobic residues are features distinctive of signal peptides of several secreted proteins (Watson 1984). The presence of two dibasic AA sequences situated at positions –7, –6 and –2, –1 strongly suggests that these sequences represent specific cleavage sites for trypsin-like enzymes, whose action would trigger the release of mature calitoxins I and II from their respective precursors. Although such cleavage sites have been found in several precursors of bioactive peptides (Turner 1986), the results reported here provide the first evidence of the existence of a precursor molecule in the toxin biosynthetic pathway.

The finding that *C. parasitica* toxins are processed from precursors suggests that inactive precursors are stored in the cnidocytes (the cells specialized for toxin production) until a specific signal induces maturation events that lead to the release of the biologically active peptides. Moreover, complete processing of both calitoxin precursors at the two putative cleavage sites would cause the release of a tetrapeptide possibly endowed with some biological meaning.

The presence of non-homologous sequences at the 5′- and 3′-ends of sequenced DNA fragments suggests a non-allelic origin of the two genes. Therefore, the finding in *C. parasitica* of two different genes coding for two homologous toxins might imply different biological functions of the two neurotoxic peptides. Indeed, three toxins (ATXI, ATXH, and ATXV) have been isolated from *Anemonia sulcata* extracts; these share a 60 per cent to 90 per cent sequence identity but exhibit differences in toxicity and in animal species selectivity (Norton 1991). In this context, we isolated only CLXI from the *C. parasitica* extracts, when we monitored the paralysing activity (Cariello *et al.* 1989). Various hypotheses can be invoked to explain these findings: CLXII is much less active than CLM or it produces different effects when injected in crabs; CLXII is expressed at a very low degree; or CLXII precursor processing occurs only under special circumstances.

■ Purification and toxicity assay

The sea anemones, *C. parasitica*, collected in the Bay of Naples, were stirred for 1 h at room temperature in distilled water (1:1 w/v). The resulting suspension was centrifuged at 18 000 rpm for 1 h with a SS 34 Sorvall rotor. The pellet was treated as before until no activity was present in the supernatant. The combined supernatants, diluted with distilled water to 4 mÛ-1 and adjusted to pH 8.8, were chromatographed on a column of QAE-Sephadex A-25 equilibrated with 0.01 M Tris–HCl, pH 7.8, containing 0.06 M NaCl. The toxic activity was eluted with 0.2 M ammonium acetate, pH 5.0. After lyophilization, the toxic material was further purified by gel filtration on a column of Sephadex G-50 superfine, equilibrated with 0.1 M ammonium acetate, pH 5.0, and eluted with the same buffer. The active fractions were combined and fractionated further by RP-HPLC on a Beckman instrument using a semipreparative column (I × 25 cm, 5Wn particle size, ODS). The elution was performed with a 20-min linear gradient (from 5 to 60 per cent of solvent B) consisting of solvent A (0.1 per cent TFA) and solvent B (acetonitrile with 0. 1 per cent TFA) at a flow rate of 3 mlmin. The homogeneity of CLX was ascertained by way of analytical RP-HPLC using the same elution system, and by chromatofocusing.

■ References

Breathnach, R. and Chambon, P. (1981). Organization and expression of eucaryotic split genes coding for proteins. *Ann. Rev. Biochem.*, **50**, 349–83.

Cariello, L., de Santis, A., Fiore, F., Piccoli, R., Spagnuolo, A., Zanetti, L., *et al.* (1989). Calitoxin, a neurotoxic peptide from the sea anemone *Calliactis parasitica*: amino acid sequence and electrophysiological properties. *Biochemistry*, **28**, 2484–9.

Norton, R. S. (1991). Structure and structure–function relationships of sea anemone proteins that interact with the sodium channel. *Toxicon*, **29**, 1051–84.

Spagnuolo, A., Zanetti, L., Cariello, L., and Piccoli, R. (1994). Isolation and characterization of two genes encoding calitoxins, neurotoxic peptides from *Calliactis parasitica* (Cnidaria). *Gene*, **138**, 187–91.

Turner, A. J. (1986). Processing and metabolism of nanopeptides. *Assays Biochem.*, **22**, 69–119.

Watson, M. E. E. (1984). Compilation of published signal sequences. *Nucleic Acid Res.*, **12**, 5145–64.

■ *Lucio Cariello:*
Molecular Biology and Biochemistry Laboratory,
Stazione Zoologica 'Anton Dohrn',
80121 Naples,
Italy

8

Potassium channel-blocking toxins

Introduction

Toxins which bind with high specificity to potassium (K) channels and thereby alter their activity, are important tools in studies on the structure and function of K channels. Over the recent years, we have witnessed a rapid progress in the isolation and characterization of K channel-blocking peptide toxins. For many years, researchers working in the K channel field were envious of the plethora of toxins that were available to specifically block various calcium, sodium, and ligand-gated ion channels. As outlined in the following section of this book, this situation has been changed by work in many laboratories which have been able to discover and to isolate various specific K channel-blocking toxins from venoms extracted from bees, scorpions, sea anemones, spiders, and snakes.

The purpose of this introduction is to outline briefly what some of the peptide toxins may have in common in terms of their structure and function, and to discuss their usefulness as tools in studying K channel function. According to their relatedness in primary sequence, five different peptide-toxin families may be recognized: the apamin family containing members isolated from bee venoms, the charybdotoxin family isolated from scorpion venoms, the dendrotoxin family isolated from snake venoms, the hanatoxins isolated from spider venom, and the sea anemone toxins. It is obvious that the families have been given nonsystematic and sometimes whimsical names which say more about the original discoverers of the peptide toxins than about the molecules themselves. Because of this unsatisfactory situation, C. Miller recently suggested in his excellent review on the structure and function of the charybdotoxin family of K channel-blocking peptides a formalized nomenclature (Miller 1995). In analogy to the now widely accepted K channel nomenclature, he proposed to abbreviate K channel-blocking peptide toxins as K-toxins (KTx) and in particular the charybdotoxin family members as α-KTx$m.n$, where m refers to the subfamily and n to the member within the given subfamily. For example, α-KTx1.1 would be charybdotoxin, α-KTx2.1 noxiustoxin etc. as outlined in Table 2 below.

■ Apamin and related peptides

The apamin family consists of three relatively small peptides (Table I): apamin, mast cell degranulating peptide (MCDP), and tertiapin (Habermann 1984). The structural

hallmarks of these peptide toxins are two intramolecular disulfide bridges which affix an amino-terminal β-turn structure of four amino acids to a ~10 amino acid long carboxy terminal α helix (Fig. 1) (Pease and Wemmer 1988). Two arginine residues (R13, R14) and glutamine 17, which protrude from the a helical surface are apparently essential for the toxicity of apamin (Vincent *et al.* 1975; Labbe-Jullie *et al.* 1991). Similar residues may also underlie the toxicity of MCDP. This observation may imply that the interaction side of toxins of the apamin family is formed by residues protuding from the α helical backbone. Thus, the structures of the interaction surface of apamin-like toxins most likely differ from those of members of the charybdotoxin and dendrotoxin families as outlined below. Accordingly, K channels may have mutual interacting, yet discrete binding sites for charybdotoxins, dendrotoxins, and apamin-like toxins. This suggestion is supported by reports that MCDP inhibits dendrotoxin (Toxin 1) and β-bungarotoxin binding to chick and rat brain membranes in a noncompetitive manner (Rehm *et al.* 1988; Schmidt *et al.* 1988), and that the receptor binding sites for dendrotoxin and MDCP on voltage-activated $K_v1.1$ channels may be overlapping, but are not identical (Stocker *et al.* 1991). In contrast to MCDP, which blocks some members of the K_v1 family of voltage-activated K channels (Pongs 1992a), apamin blocks the small conductance (SK) Ca-activated K channels, also known as apamin-sensitive K channels (Dreyer 1990; Strong 1990). As discussed in the entry on apamin, apamin is unique among the K channel-blocking toxins, since it is the only peptide toxin which blocks SK channels.

Table 1 Comparison of amino acid sequences of apamin, mast cell degranulating peptide (MCDP), and tertiapin (Habermann 1984)

Toxin	Amino acid sequence
Apamin	**C N C K** – – A P E T A L **C** A R R **C** Q Q H – NH₂
MCDP	I K **C N C K R** H V I K P H I **C** R K I **C G K** N – NH₂
Tertiapin	A L **C N C N R** – I I I P H M **C** W K K **C G K** K

Residues essential for apamin toxicity (Vincent *et al.* 1975; Labbe-Julie *et al.* 1991) have been marked with asterisks. Identical amino acids are bold. – Gaps were introduced for optimal sequence alignment.

A

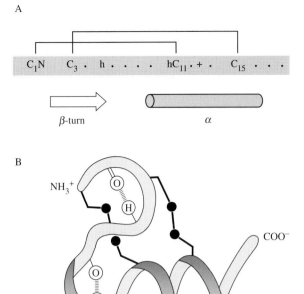

Figure 1. A: Schematic consensus sequence of apamin-like potassium-channel blocking peptides (Habermann 1984) (C, cysteine; N, asparagine; h, hydrophobic amino acid). Disulfide bridges are indicated by lines. Arrow under the sequence indicates β-turn and grey cylinder α-helix (α) according to the backbone structure depicted in B. B: NH_3^+ and COO^- indicate amino- and carboxy-terminal end, respectively. The structure has been adopted from Pease and Wemmer (1988).

■ The scorpion toxins

Most of the presently known peptide toxins are members of the charybdotoxin (α-KTx) family (for details see the entries on charybdotoxin, kaliotoxin, and margatoxin, respectively). Thus, it is not surprising that most of our knowledge stems from studies on α-KTx peptides, which are shown in Table 2. The three-dimensional structures of several α-KTx peptides have been elucidated by multidimensional nuclear magnetic resonance methods (Bontems *et al.* 1991; Johnson and Sugg 1992; Fernandez *et al.* 1994; Krezel *et al.* 1995). From these studies it emerges that (α-KTx peptides have a characteristic fold of their polypeptide backbone. One hallmark is again the occurrence of intramolecular disulfide bonds; this time three (Fig. 2) in comparison to the two in the apamin toxin family. The disulfide bonds make up the internal volume of the α-KTx peptide. The other hallmark is a three stranded β-sheet juxtaposed to a short two- to three-turn α-helix held into place by the disulfide bonds (Fig. 2). Possibly, leiurotoxin (Chicchi *et al.* 1988) which has been placed into the α-KTx family (see Table 2) has a similar fold, except that the β-sheet may only be

two stranded lacking the aminoterminal nonconserved β-strand ($\beta1$ in Fig. 2). But note that leiurutoxin competes with apamin binding sites (Chicchi *et al.* 1988), whereas the other α-KTx peptides may not do so.

The most important residues of α-KTx peptides, that constitute the interaction side, reside in the most conserved carboxy terminal α-KTx sequence (for review, see Miller 1995). It forms the loop connecting the second and third β-sheet as well as part of the β-sheet (see Fig. 2). Using the charybdotoxin numbering convention, much of the interaction side is made up by the sequence G_{26}–K_{27}–C_{28}–$M(I)_{29}$–$N(G)_{30}$–X_{31} –K_{32}–$C_{33}\pm_{34}$–C_{35} (X, any amino acid residue; ±, charged amino acid residue) (Miller 1995). The toxicity of α-KTx peptides crucially depends on the presence of lysine 27. The side chain of this amino acid residue protrudes from the flat peptide toxin surface into solution and appears to be a sort of molecular mimic. The positively charged ϵ-amino group resembles a tethered potassium ion looking for its K channel bait. Somewhat like a sticky finger the lysine is able to enter the outer mouth of a K channel pore and thereby to plug the channel. Binding apparently takes place to the open

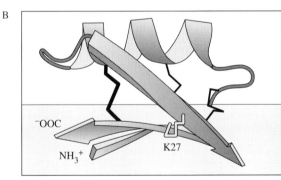

Figure 2. A: Schematic consensus sequence of charybdotoxin-like potassium-channel blocking peptides summarized in Table 2 (C, cysteine; K, lysine). Disulfide bridges are indicated by lines. Conserved areas of secondary structure are indicated under the sequence by arrows for β-sheet and a grey cylinder for α-helix (α). B: Schematic representation of α-KTxl.l backbone fold. Disulfide bridges are sandwiched between an α-helix on top and a β-sheet at the bottom. NH_3^+ and COO^- indicate amino- and carboxy-terminal end, respectively. Critical K27, which most likely projects into the potassium channel pore, is explicitly indicated. The structure has been adopted from Miller (1995) and Bontems *et al.* (1991).

Table 2 Alignment of K channel-blocking scorpion toxins

Common name	Amino acid sequence	α-KTx name
Charybdotoxin-type: subfamily 1		
CTx	Z F T N V S C T T S K E – C W S V C Q R L H N T S R G – K C M N K K C R C Y S	1.1
Lg2	Z F T Q E S C T A S N Q – C W S I C K R L H N T N R G – K C M N K K C R C Y S	1.2
IbTx	Z F T D V D C S V S K E – C W S V C K D L F G V D R G – K C M G K K C R C Y Q	1.3
LbTx	V F I D V S C S V S K E – C W A P C K A A V G T D R G – K C M G K K C K C Y ?	1.4
Noxiustoxin-type: subfamily 2		
NTx	T I I N V K C T – S P K Q C S K P C K E L Y G S S A G A K C M N G K C K C Y N N	2.1
MgTx	T I I N V K C T – S P K Q C L P P C K A Q F G Q S A G A K C M N G K C K C Y P	2.2
ClTx1	I T I N V K C T – S P Q Q C L R P C K D R F G Q H A G G K C I N G K C K C Y P	2.3
Kaliotoxin-type: subfamily 3		
KlTx	G V E I N V K C S G S P – Q C L K P C K D A – G M R F G – K C M N R K C H C T P ?	3.1
AgTx2	G V P I N V S C T G S P – Q C I K P C K D A – G M R F G – K C M N R K C H C T P K	3.2
AgTx3	G V P I N V P C T G S P – Q C I K P C K D A – G M R F G – K C M N R K C H C T P K	3.3
AgTx1	G V P I N V K C T G S P – Q C L K P C K D A – G M R F G – K C I N G K C H C T P K	3.4
KlTx2	V R I P V S C K H S G – Q C L K P C K D A – G M R F G – K C M N G K C D C T P K	3.5
Tytiustoxin-type: subfamily 4?		
TyKα	V F I N A K C R G S P E – C L P K C K E A I G K A A G – K C M N G K C K C Y P	4.1
Leiurotoxin-type: subfamily 5?		
LeTx	A F C N L – R M – C Q L S C R S L – G L – L G – K C I G D K C E C V K H	5.1

Alignment of published scorpion toxin sequences, extended by leiurotoxin. Abbreviations for common names are shown at left and proposed formal α-KTx nomenclature (Miller 1995) at right. – Gaps were introduced for optimal sequence alignment.

as well as closed channel. Extensive structure/function analyses combining reciprocal *in vitro* mutagenesis of several α-KTx peptides and K channels combined with electrophysiological studies have come up with this conclusion. Furthermore, the results of these studies were used to derive a footprint of α-KTx peptide residues that are in close contact with matching residues in the K channel vestibule. With the known three-dimensional structure of α-KTx peptides in hand, these studies also provided important topological information on the possible three-dimensional structure of K channel vestibules within a resolution of 5 Å (Fig. 3) (Goldstein *et al.* 1994; Stampe *et al.* 1994; Aiyar *et al.* 1995; Hidalgo and MacKinnon 1995). There is fairly good agreement among the various studies, which have been carried out with α-KTx1.1, α-KTx2.2, α-KTx3.1, and α-KTx3.2 and *Shaker* or K$_v$1.3 channels, respectively. However, it is important to recognize that more or less subtle differences may exist between the close-contact topologies which have been derived for the different α-KTx – K channel pairs. For example, the most important residues at the α-KTx1.1 interaction surface are K27, M29, and N30 (Goldstein *et al.* 1994). These three residues together with R34 and Y36 were localized as close-contact residues at the level of the receptor floor of the *Shaker* channel vestibule. In the case of α-KTx3.1, toxin residues G10, R24, F25, M29, N30, R31, and T36 were localized as close-contact residues at the level of the receptor floor of K$_v$1.3 channels (Aiyar *et al.* 1995). Some extra (weak-contact) residues have been mapped in the larger interaction surface, i. e. T8/9 in the case of *Shaker* channels (Goldstein *et al.* 1994), T8, W14,

and K31 in the case of K$_v$1.3 channels (Aiyar *et al.* 1995), and F2 and W14 in the case of BK channels (Stampe *et al.* 1994). The latter are only blocked by α-KTx peptides which contain F2 and W14 residues, that is by members of the α-KTx1.1 subfamily. This may suggest that these two residues are important determinants for the toxicity of BK channel blocking peptides.

Although the topologies of the interaction side between *Shaker* related K channels and α-KTx peptides have been mapped in such great detail, it is not possible (yet) to predict from the primary sequence of the K channel H5 sequence, which probably wholly makes up the outer K channel vestibule, whether the particular K channel is sensitive to α-KTx block or not. This unsettling point may be illustrated by three examples. Neutralization of K427 in *Shaker* by asparigine greatly increases the channel's sensitivity to toxin block (Stocker and Miller 1994). In contrast, placement of a positive charge at the homologous position in K$_v$1.3 (N382K), produces no appreciable change in toxin block (Aiyar *et al.* 1995). In a second example, the replacement of G380 with histidine renders K$_v$1.3 resistant to α-KTx3.1 (Aiyar *et al.* 1995), whereas K$_v$1.1, which has a histidine at the equivalent position (Stuhmer *et al.* 1989), is highly sensitive to α-KTx3.1 block (Grissmer *et al.* 1994). A third example represents the replacement of G380 of K$_v$1.3 by glutamine. This mutation makes K$_v$1.3 resistant to α-KTx1.1 and α-KTx3.1 (Aiyar *et al.* 1995), but not to α-KTx 2.1 and α-KTx2.2, while K$_v$1.2, which has a glutamine at the equivalent position (Stuhmer *et al.* 1989), is highly sensitive to α-KTx1.1 and α-KTx2.1, but resistant to -KTx3.1

A

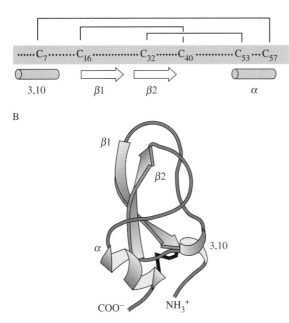

$3,10$ $\beta1$ $\beta2$ α

B

$\beta1$

$\beta2$

α

$3,10$

COO⁻   NH₃⁺

Figure 3. A: Schematic consensus sequence of dendrotoxin-like potassium-channel blocking peptides. (C, cysteine). Disulfide bridges are indicated by lines. Conserved areas of secondary structure are indicated under the sequence by arrows for β-sheet and by grey cylinders for 3, 10- and α-helix, respectively.
B: Schematic representation of dendrotoxin I backbone fold. Secondary structures are marked: $\beta1$, $\beta2$, β-sheet; α, α-helix, 3, 10, 3, 10-helix. NH$_3^+$ and COO⁻ indicate amino- and carboxy-terminal ends, respectively. The structure has been adopted from Lancelin *et al.* (1994).

(Grissmer *et al.* 1994). These examples indicate that slight sequence variations, which may not influence otherwise the gating and conductance properties of the K channel, may have important consequences for the channel's toxin susceptibility. The molecular basis underlying the varied toxin susceptibilities may be in several cases purely sterical, i. e. a residue in the channel's vestibule is 'in the way'. In other cases, the varied toxin susceptibilities may also reflect subtle structural differences both of the toxins and the channel vestibules, which may add up to nonmatching topologies at the interaction surface in one case, but not in another. Clearly, one would like to have the same detailed structural information on K channel vestibules as is available for α-KTx peptides for an even better understanding of toxin – K channel specificity.

■ Dendrotoxins

The dendrotoxin family represents a group of 57 to 60 amino acid long snake toxins which are related in sequence and structure to β-bungarotoxin and pancreatic

trypsin inhibitor. Eight dendrotoxin isoforms have been isolated from the venom of Dendroaspis snakes (for a sequence alignment of the isoforms see the entry on dendrotoxins). This family has been recently enlarged by 'kalicludin', a homologous peptide isolated from the sea anemone *Anemonia sulcata* (see the entry on sea anemone potassium channel toxins). The structure of dendrotoxins has been investigated by crystallographic and multidimensional nuclear magnetic resonance methods (Skarzynski 1992; Foray *et al.* 1993; Lancelin *et al.* 1994). The dendrotoxin peptide backbone fold, which is very similar to that of pancreatic trypsin inhibitor, is based on three regular secondarystructure motifs (Fig. 3): a small aminoterminal 3,10-helix, a hairpin two-stranded β-sheet and a carboxyterminal three-turn α-helix. The three motifs are joined by three disulfide bridges that connect the 3,10-helix and the β-sheet with the α-helix and, respectively, the two loops in front and behind the β-sheet. The hairpin between the two β-strands contains a suspicious lysine (K28 in toxin K), which is conserved among the dendrotoxins, but absent in the sequence related trypsin inhibitor peptides. As the lysine protrudes from the toxin surface into solution, it might also function as a tethered K channel bait similarly to the conserved α-KTx lysine. However, recent site-directed mutagenesis of α-dendrotoxin has revealed that the equivalent lysine residue 30 in α-dendrotoxin is not essential for dendrotoxin binding (Danse *et al.* 1994). Another lysine candidate residue may be K19, which is also solvent exposed and conserved among the dendrotoxins. The variant dendrotoxins appear to bind to *Shaker* related K channels with differing affinities (Pongs 1992a). Yet detailed studies are not available. From the limited information that is available it seems that the interaction surface between dendrotoxin and the K channel vestibule is very similar to those between α-KTx peptides and K channels. Towards the rim of the vestibule the interaction surface for dendrotoxins may be extended further, since amino acid residues, two to three places upstream of G380 in K$_v$1. 3, have been found to influence the toxin susceptibility of *Shaker*-related channels (Hurst *et al.* 1991; Stocker *et al.* 1991; Gross *et al.* 1994).

■ Hanatoxins

All of the K channel-blocking toxins, that have been discussed so far, target either the *Shaker*-related K$_v$1 subfamily of voltage-activated K channels and/or Ca-activated K channels. Thus, it would be highly desirable to search for other toxins which target the large body of remaining K channels, e. g. the K$_v$2–K$_v$6 subfamilies, the *eag* voltage-activated K channels or the inwardly rectifying channels. Recently, one such search has resulted in the isolation of two peptides, hanatoxin (HaTx) 1 and 2, from the venom of a Chilean tarantula (Swartz and MacKinnon 1995).

The two peptides inhibit the *Shab*-related K$_v$2.1 channel (Frech *et al.* 1989). Also, the *Shal*-related K$_v$4.2 channel (Baldwin *et al.* 1991) was sensitive to HaTx. The sequences of the two 35 amino acid long HaTxs and the spacing of the six cysteine residues distinguishes them from the above described toxin families. The HaTx sequences are distantly related to grammotoxin, a member of the conotoxins, which inhibits voltage-activated Ca channels (Lampe et al. 1993). Clearly, they represent a new category of K channel-blocking peptides and thus may be the founding members of a newly emerging important family of K channel inhibitors. The binding site for HaTx on $K_v2. 1$ channels is apparently different from those for the α-KTx and dendrotoxin peptides. Presumably, HaTx interacts with other regions of the K channels, which are important for their activity.

■ Sea anemone toxins

As described in one of the subsequent entries, three 35 to 37 residue long peptide toxins have been isolated from sea anemones (ShK, AsK, BgK) (Karlsson et al. 1992; Aneiros et al. 1993; Castaneda et al. 1995). The toxins inhibit *Shaker*-related voltage-activated K channels, in particular $K_v1.3$ channels with high affinity (Schweitz et al. 1995). In a way, it is peculiar that $K_v1.3$ channels stand out, most of the time, as the K channels with the highest toxin susceptibility. The primary sequences and their cysteine spacing make the sea anemone toxins clearly distinguishable from all the other toxins. Also, the formation of a disulfide bridge between the first and last cysteine in the sequence is not found in the other peptide toxins. Thus, these toxins may represent yet another distinct family of K channel-blocking toxins. The interaction of sea anemone toxins with K channels has not yet been studied in great detail. From the present information that is available (see the entry on sea anemone potassium channel toxins) it emerges, that sea anemone toxins may have K channel binding sites overlapping with those for charybdotoxin and dendrotoxin. The sea anemone toxins apparently also have a critical lysine residue (K22 in ShK). One may speculate that this lysine functions similarly to the one in α-KTx peptides representing the central pore-plugging residue.

■ Conclusions

We have witnessed a steady and remarkable increase in the number of K channel-blocking peptides, which make it possible to specifically inhibit an increasing number of cloned K channels. The information, that has been gained over the recent years, may be an important guide for the design and the development of therapeutically useful drugs like immunosuppressants in transplantation medicine, anti-arrhythmica in cardiovascular treatments, or insulin-secretion regulators in diabetes. However, it should always be kept in mind that the pharmacological phenotype of a homomultimeric cloned K channel is a laboratory artefact. Whether, and even if at all, this *in vitro* pharmacology is relevant for native K channels found in excitable cells has to be carefully examined in each case.

This final paragraph, will briefly discuss some of the problems which one may encounter in the application of toxins as pharmacological tools to study native K channels. Voltage-activated as well as Ca-activated K channels are heteroligomeric complexes assembled from four membrane-inserted pore-forming α-subunits and auxiliary β-subunits (Knaus et al. 1994; Pongs 1995). The stoichiometry seems to be $\alpha_4\beta_4$. Furthermore, the different members of one α-subunit (and β-subunit) subfamily may coassemble with each other to form variant K channels having toxin susceptibilities that are distinct from those of the corresponding homomultimeric K channels (MacKinnon 1991; Pongs 1992b). Although subunit assemblies seem to be restricted to within subunit subfamilies and may not occur among members of different subunit subfamilies (Shen and Pfaffinger 1995), there are still a staggering number of possible native K channels with similar electrophysiological properties but different subunit compositions. Whether all of the possible combinations are realized in the brain is a matter of conjecture. Immunocytochemical in conjunction with biochemical data suggest that differing heteromultimeric assemblies are found in the different areas and neurons of the mammalian brain (Sheng et al. 1993; Wang et al. 1993; Veh et al. 1995). Also, unrelated subunit compositions may yield K channels mediating K currents with very similar or even undistinguishable properties. This situation makes it very difficult to use the various toxins for dissecting out distinct K currents in neurons. Such studies may only be fruitful if the number of different K channel subunits and their combinations are known for the neuron under study. Though there is still a long way to go towards this goal, the progress in the pharmacological and structural analysis of toxin–K channel interactions looks encouraging and promises a bright future.

■ References

Aiyar, J., Withka, J. M., Rizzi, J. P., Singleton, D. H., Andrews, G. C., Lin, W., et al. (1995) Topology of the pore-region of a K+ channel revealed by the NMR-derived structures of scorpion toxins. *Neuron*, **15**, 1169–81.

Aneiros, A., Garcia, I., Martinez, J. R., Harvey, A. L., Anderson, A,J, Marshall, D. L., et al. (1993). A potassium channel toxin from the secretion of the sea anemone *Bunodosoma granulifera*. Isolation, amino acid sequence and biological activity. *Biochem. Biophys. Acta*, **1157**, 86–92.

Baldwin, T. J., Tsaur, M. L., Lopez, G. A., Jan, Y. N., and Jan, L. Y. (1991). Characterization of a mammalian cDNA for an inactivating voltage-sensitive K+ channel. *Neuron*, **7**, 471–83.

Bontems, F., Roumestand, C., Gilquin, B., Menez, A., and Toma, F. (1991). Refined structure of charybdotoxin: common motifs in scorpion toxins and insect defensins. *Science*, **254**, 1521–3.

Castaneda, O., Sotolongo, V., Amor, A. M., Stocklin, R., Anderson, A. J., Harvey, A. L., et al. (1995). Characterizaiton of a potassium channel toxin from the Carribean sea anemone *Stichodactyla helianthus*. *Toxicon*, **33**, 606–13.

Chicchi, G., Gimenez-Gallego, G., Ber, E., Garcia, M. L., Winquist, R., and Cascieri, M. A. (1988). Purification and characterization of a unique, potent inhibitor of apamin binding from *Leiurus quinquestriatus hebreus* venom. *J. Biol. Chem.*, **263**, 10192–7.

Danse, J. M., Rowan, E. G., Gasparini, S., Ducancel, F., Vatanpour, H., Young, L. C., *et al.* (1994). On the site by which α-dendrotoxin binds to voltage-dependent potassium channels: site-directed mutagenesis reveals that the lysine triplet 28–10 is not essential for binding. *FEBS Lett.*, **356**, 153–8.

Dreyer, F. (1990). Peptide toxins and potassium channels. *Rev. Physiol. Biochem. Pharmacol.*, **115**, 93–136.

Femandez, I., Romi, R., Szendeffy, S., Martin-Eauclaire, M. F., Rochat, H., Van Rietschoten, J., *et al.* (1994). Kaliotoxin (1–37) shows structural differences with related potassium channel blockers. *Biochemistry*, **33**, 14256–63.

Foray, M. F., Lancelin, J. M., Hollecker, M., and Marion, D. (1993). Sequence-specific ¹H-NMR assignment and secondary structure of black mamba dendrotoxin-I, a highly selective blocker of voltage-gated potassium channels. *Eur. J. Biochem.*, **211**, 813–20.

Frech, G. C., VanDongen, A. M., Schuster, G., Brown, A. M., and Joho, R. H. (1989). A novel potassium channel with delayed rectifier properties isolated from rat brain by expression cloning. *Nature*, **340**, 642–5.

Goldstein, S. A. N., Pheasant, D. J., and Miller, C. (1994). The charybdotoxin receptor of a *Shaker* K⁺ channel: peptide and channel residues mediating molecular recognition. *Neuron*, **12**, 1377–88.

Grissmer, S., Nguyen, A. N., Aiyar, J., Hanson, D. C., Mather, R. J., Gutman, G. A., *et al.* (1994). Pharmacological characterization of five cloned voltage-gated PC channels, types K$_v$1.1, 1.2, 1.3, 1.5 and 3.1, stably expressed in mammalian cell lines. *Molec. Pharmacol.*, **45**, 1227–34.

Gross, A., Abramson, T., and MacKinnon, R. (1994). Transfer of the scorpion toxin receptor to an insensitive potassium channel. *Neuron*, **13**, 961–6.

Habermann, E. (1984). Apamin. *Pharmac. Ther.*, **25**, 255–70.

Hidalgo, P. and MacKinnon, R. (1995). Revealing the architecture of a K⁺ channel pore through mutant cycles with a peptide inhibitor. *Science*, **251**, 942–4.

Hurst, R. S., Busch, A. E., Kavanaugh, M. P., Osborne, P. B., North, R. A., and Adelman, J. P. (1991). Identification of amino acid residues involved in dendrotoxin block of rat voltage-dependent potassium channels. *Mol. Pharmacol.*, **40**, 572–6.

Johnson, B. A. and Sugg, E. E. (1992). Determination of the three-dimensional structure of iberiatoxin in solution by ¹H nuclear magnetic resonance spectroscopy. *Biochemistry*, **31**, 8151–9.

Karlsson, E., Aneiros, A., Castaneda, O., and Harvey, A. L. (1992). Potassium channel toxins from sea anemones. In *Recent advances in toxicology research* (ed. P. Gopalakrishankone and C. K. Tan), Vol. 2, pp 378–91, Nat. Univ., Singapore.

Knaus, H. G., Garcia-Calvo, M., Kaczorowski, G. J., and Garcia, M. L. (1994) Subunit composition of the high-conductance calcium-activated potassium channel from smooth muscle, a representative of the *m*Slo and *slowpoke* family of potassium channels. *J. Biol. Chem.*, **269**, 3921–4.

Krezel, A., Kasibahatla, C., Hidalgo, P., MacKinnon, R., and Wagner, G. (1995). Solution structure of the potassium channel inhibitor agitoxin 2: caliper for probind channel geometry. *Protein Sci.*, **4**, 1478–89.

Labbe-Jullie, C., Granier, C., Albericio, F., Defendi, M. L.,Ceard, B., Rochat, H., *et al.* (1991). Binding and toxicity of apamin. Characterization of the active site. *Eur. J. Biochem.*, **196**, 639–45.

Lampe, R. A., Defeo, P. A., Davison, M. D., Young, J., Herman, J. L., Spreen, R. C., *et al.* (1993). Isolation and pharmacological characterization of ω-conotoxin SIA, a novel peptide inhibitor

of neuronal voltage sensitive calcium channel responses. *Mol. Pharmacol.*, **44**, 451–60.

Lancelin, J.-M., Foray, M.-F., Hollecker, M., and Marion, D. (1994) Proteinase inhibitor homologues as potassium channel blockers. *Struct. Biol.*, **1**(4), 246–50.

MacKinnon, R. (1991). Determination of the subunit stoichiometry of a voltage-activated potassium channel. *Nature*, **350**, 232–5.

Miller, C. (1995). The charybdotoxin family of PC channel-blocking peptides. *Neuron*, **15**, 5–10.

Pease, J. H. and Wemmer, D. E. (1988). Solution structure of apamin determined by nuclear magnetic resonance and distance geometry. *Biochemistry*, **27**, 8491–8.

Pongs, O. (1992*a*). Structural basis of voltage-gated K⁺ channel pharmacology. *Trends Pharmac. Sci.*, **13**, 359–65.

Pongs, O. (1992*b*) Molecular biology of voltage-dependent potassium channels. *Phys. Rev.*, **72**, S69–88.

Pongs, O. (1995). Regulation of the activity of voltage-gated potassium channels by β subunits. *Neurosci.*, **7**, 137–46.

Rehm, H., Bidard, J. N., Hugues, S., and Lazdunski, M. (1988). The receptor site for bee venom mast cell degranulating peptide. Affinity labelling and evidence for a common molecular target for mast cell degranulating peptide and dendrotoxin I, a snake toxin active on K⁺ channels. *Biochemistry*, **27**, 1827–32.

Schmidt, R. R., Betz, H., and Rehm, H. (1988). Inhibition of α-bungaratoxin binding to brain membranes by mast cell degranulating eptide, toxin I and ethylene glycol bis(b-aminoethylether)-*N,N,N,N*-tetracetic acid. *Biochemistry*, **27**, 963–7.

Schweitz, H., Bruhn, T., Guillemare, E., Moinier, D., Lancelin, J. M., Beress, L., *et al.* (1995). Kalicludines and kaliseptine: two different classes of sea anemone toxins for voltage-sensitive K⁺ channels. *J. Biol. Chem.*, **270**, 25121–26.

Shen, V. and Pfaffinger, P. (1995). Molecular recognition and assembly sequences involved in the subfamily-specific assembly of voltage-gated K⁺ channel subunit proteins. *Neuron*, **14**, 625–33.

Sheng, M., Liao, Y. J., Jan, Y. N., and Jan, L. Y. (1993). Presynaptic A-currents based on hetefomultimeric K⁺ channels detected *in vivo*. *Nature*, **365**, 72–5.

Skarzynski, T. (1992). Crystal structure of α-dendrotoxin from the green mamba venom and its comparison with the structure of bovine pancreatic trypsin inhibitor. *J. Mol. Biol.*, **224**, 671–80.

Stampe, P., Kolmakova-Partensky, L., and Miller, C. (1994). Intimations of K⁺ channel structure from a complete functional map of the molecular surface of charybdotoxin. *Biochemistry*, **33**, 443–50.

Stocker, M. and Miller, C. (1994). Electrostatic distance geometry in a PC channels vestibule. *Proc. Natl. Acad. Sci. USA*, **91**, 9509–13.

Stocker, M., Pongs, O., Hoth, M., Heinemann, S. H., Stühmer, W., Schreter, K. H. *et al.* (1991). Swapping of functional domains in voltage-gated K⁺ channels. *Proc. R. Soc. London Ser. B*, **245**, 101–7.

Strong, P. N. (1990). Potassium channel toxins. *Pharmacol. Ther.*, **46**, 137–62.

Stuhmer, W, Ruppersberg, J. P., Schröter, K. H., Sakmann, B., Stocker, M., Giese, P., *et al.* (1989). Molecular basis of functional diversity of voltage-gated potassium channels in mammalian brain. *EMBO J.*, **8**, 3235–44.

Swartz, K. J. and MacKinnon, R. (1995). An inhibitor of the K$_v$2.1 potassium channel isolated from the venom of a Chilean tarantula. *Neuron*, **15**, 941–9.

Veh, R. W., Lichtinghagen, R., Sewing, S., Wunder, F., Grumbach, I., and Pongs, O. (1995). Immunohistochemical localization of five members of the K$_v$l channel subunits: Contrasting subcellular locations and neuron-specific co-localizations in rat brain. *Eur. J. Neurosci.*, **7**, 2189–205.

Vincent, J. P., Schweitz, H., and Lazdunski, M. (1975). Structure–function relationships and site of action of apamin, a neurotoxic polypeptide of bee venom with an action on the central nervous system. *Biochemistry*, **14**, 2521–5.

Wang, H., Kunkel, D., Martin, T., Schwartzkroin, P., and Tempel, B. (1993). Heteromultimeric K⁺ channels in terminal juxtaparanodal regions of neurones. *Nature*, **365**, 75–9.

■ *Olaf Pongs:*
Zentrum für Molekulare Neurobiologie,
Institut für Neurale Signalverarbeitung,
Martinistrasse 52–Haus 42,
D-20246 Hamburg,
Germany

Kaliotoxin

Kaliotoxin (KTX) is a single 4-kDa polypeptide chain, reticulated by three disulfide bridges. KTX displays some sequence similarity with other scorpion-derived inhibitors of various K⁺ channels. The toxin is able to block the intermediate conductance Ca²⁺-activated K⁺ channel of nerve cells from the mollusc Helix pomatia, and various voltage-dependent K⁺ channels from rat brain.

KTX was originally described as an inhibitor of the intermediate conductance Ca²⁺-activated K⁺ channel (IKCa) of nerve cells from the mollusc *Helix pomatia*. Single channel experiments performed on IKCa excised from their Helix neurons showed that KTX acted exclusively at the outer face of the channel. KTX was first purified from the venom of the Moroccan scorpion *Androctonus mauretanicus mauretanicus* (Crest *et al.* 1992). It is a single 4-kDa polypeptide chain showing amino acid sequence homology with other scorpion-derived inhibitors of Ca²⁺-activated or voltage-gated K⁺ channels. Comparison of these sequences led to the identification of a short amino acid sequence (26–33) which may be implicated in the toxin channel interaction.

Later, KTX and shorter peptides, (KTX (25–35) amide and KTX (26–32) amide), were successfully synthesized (Romi *et al.* 1993). These peptides expressed no KTX activity but were able to compete in binding experiments with the ¹²⁵I-KTX bound to its receptor on rat brain synaptosomes. They were further shown to antagonize both the toxicity and blocking activity of the KTX. It was concluded that the highly conserved region may contain a low affinity binding site essential for potassium channel recognition.

Further competition assays between ¹²⁵I-KTX and different toxins (dendrotoxin, charybdotoxin, MCD peptide,

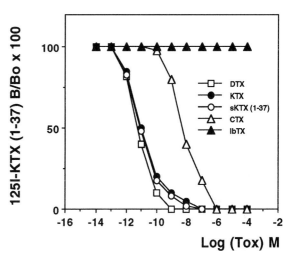

Figure 2. Effects of various toxins on the ¹²⁵I-KTX binding to rat brain synaptosomal membrane. KTX (black dots); synthetic KTX$_{(1-37)}$ (white dots); DTX, α-dendrotoxin from mamba snake (open squares); CTX, charybdotoxin from the scorpion *Leiurus quinquestriatus* (open triangles); IbTX, iberiotoxin from the scorpion *Buthus tamulus* (black triangles).

iberiotoxin, apamin) for binding to rat brain synaptosomes suggested that KTX also interacts with voltage-gated K⁺ channels (Romi *et al.* 1993). Electrophysiological experiments performed using five cloned voltage-gated K⁺ channels (K$_v$) stably expressed in mammalian cell lines showed that KTX exhibits a high specificity for the K$_v$1.3 (Grissmer *et al.* 1994). Further investigations of the KTX

```
KTX    GVEINVKCSGSPQCLKPCKDAGMRFGKCMNRKCHCTPK

KTX2   -VRIPVSCKHSGQCLKPCKDAGMRFGKCMNGKCDCTPK

KTX3   -VGIPVSCKHSGQCIKPCKDAGMRFGKCMNRKCDCTPK
```

Figure 1. Amino acid sequences of KTX, KTX$_2$ and KTX$_3$.

activities showed that the toxin was also able to block the Gardos channel of erythrocytes, an intermediate conductance Ca^{2+}-activated K^+ channel (Brugnara 1995). In contrast, KTX is unable to block the big conductance Ca^{2+}-activated K^+ channel (BKCa) of motor nerve terminals in mouse *triangularis sterni* nerve–muscle preparations (Harvey *et al.* 1995).

The kaliotoxin family has recently been enlarged by the purification of two new toxins from the venom of two other *Buthidae*: KTX_2 and KTX_3. KTX_2 was isolated from *Androctonus australis* scorpion venom and shares 76 per cent identity with KTX (Laraba-Djebari *et al.* 1994).

The differences between the two peptides are in the NH_2-terminal region and the residues 31 and 34 located in the region involved in the channel recognition. KTX_3 has been purified from the venom of *Buthus tunetanus* and differs from KTX_2 at only two positions.

Using degenerate primers, a 370-base pair cDNA encoding the KTX_2 precursor was amplified by polymerase chain reaction from a cDNA library of *Androctonus australis* venom glands. It encodes a presumed signal peptide of 22 residues followed by the sequence of the mature peptide.

■ Purification

KTX has been purified to homogeneity from the venom of the scorpion *Androctonus mauretanicus mauretanicus* from Morocco, by one step of RP18-HPLC (Crest *et al.* 1992).

KTX_2 has been obtained from the venom of *Androctonus australis* Hector and Garzonii from Algeria and Tunisia (Laraba-Djebari *et al.* 1994). KTX_3 has been recently purified from the venom of *Buthus tunetanus* (to be published). Synthetic KTX and truncated analogues are commercially available.

■ Toxicity

KTX is not toxic for mice when injected subcutaneously (up to 200 μg per mouse, i.e. l0 mg/kg). The LD_{50} of the peptide after intraventricular (i.c.v.) injection is 24 ng for a mouse (i.e. l.2 mg/kg). LD_{50s} of KTX_2 and KTX_3 by i.c.v. injection are 5 times higher.

■ Activities

In electrophysiological experiments, KTX suppressed the IKCa current of nerve cells from the mollusc *Helix pomatia* with a K_d of 20 nM (Crest *et al.* 1992). It did not affect the BKCa of the motor nerve terminals in experiments performed on the left *triangularis sterni* nerve–muscle preparations. In a mammalian cell line which stably expresses five cloned K^+ channels (mK_v1.1,

rK_v1.2, mK_v1.3, hK_v1.5, mK_v3.1) KTX showed a high affinity (0.6 nM) for $K_{v1.3}$, a low affinity for K_v1.1 (41 nM) and no affinity (> 1 mM) for the other K_v (Grissmer *et al.* 1994). ^{125}I-KTX can be used for binding experiments.

■ Antibodies

Polyclonal antibodies have been raised in rabbit against KTX (Laraba-Djebari *et al.* 1994) but are not commercially available.

■ Gene

The complete cDNA sequence of the KTX_2 precursor is published (Laraba-Djebari *et al.* 1994).

■ References

Brugnara, C., Armsby, C. C., De Franceschi, L., Crest, M., Martin-Eauclaire, M. F., and Alper, S. L. (1995). Ca^{2+}-activated channels of human and rabbit erythrocytes display distinctive patterns of inhibition by venom peptide toxins. *J. Biol. Memb.*, **147**, 71–82.

Crest, M., Jaquet, G., Gola, M., Zerrouk, H., Benslimane, A., Rochat, H., *et al.* (1992). Kaliotoxin, a novel peptidyl inhibitor of neuronal BK-type Ca^{2+}-activated K^+ channels characterized from *Androctonus mauretanicus mauretanicus* venom. *J. Biol. Chem.*, **267**, 1640–7.

Grissmer, S., Nguyen, A., Aiyar, J., Hanoon, D. C., Mather, R. J., Gutman, G. A., *et al.* (1994). Pharmacological characterization of five cloned voltage-gated K^+channels, type K_v1.1, 1.2, 1.3, 1.5 and 3.1 stably expressed in mammalian cell lines. *Mol. Pharmacol.*, **45**, 1227–34.

Harvey, A. L., Vantapour, H., Rowan, E. G., Vita, C., Menez, A., and Martin-Eauclaire, M. F. (1995). Structure–activity studies on scorpion toxins that block potassium channel. *Toxicon*, **33**, 425–36.

Laraba-Djebari, F., Legros, C., Ceard, B., Romi, R., Mansuelle, P., Jacquet, G., *et al.* (1994). The kaliotoxin family enlarged – Purification, characterization and precursor nucleotide sequence of KTX_2 from *Australis australis* venom. *J. Biol. Chem.*, **269**, 32835–43.

Romi, R., Crest, M., Gola, M., Sampieri, F., Jacquet, G., Zerrouk, H., *et al.* (1993). Synthesis and characterization of kaliotoxin. Is the 26–32 sequence essential for potassium channel recognition ? *J. Biol. Chem.*, **268**, 26302–9.

■ *Marie-France Martin-Eauclaire:*
Laboratoire de Biochimie,
Unité de Recherche Associée 1455 du Centre National de la Recherche Scientifique,
Institut Fédératif Jean Roche,
Université de la Méditérranée,
Faculté de Médecine Secteur Nord,
15 Bd. Pierre Dramard,
F-13916 Marseille Cedex 20,
France

Scyllatoxin (*Leiurus quinquestriatus hebraeus*)

Scyllatoxin is a peptidic toxin obtained from the scorpion Leiurus quinquestriatus hebraeus. *Its biological target is the apamin-sensitive Ca^{2+}-dependent K^{+} channels. Chemical synthesis of scyllatoxin leads to a iodinable (TYR2) derivative of the toxin which can be used for biochemical approaches. Spatial structure has been investigated in 2D NMR techniques.*

Scyllatoxin (sequence accession number to the Swiss Prot databank: P16341 SCKL LEIQH) is a peptidic neurotoxin which specifically blocks low conductance Ca^{2+}-dependent K^{+} channels (sK) (Chicchi *et al.* 1988; Auguste *et al.* 1990). These channels have previously been demonstrated to be associated with apamin receptors, another peptidic toxin with 18 amino acids purified from bee venom (Hugues *et al.* 1982a,b). Scyllatoxin is composed of 31 amino acids and is reticulated by three disulphide bridges. Structure–function studies have shown that Arg6, Arg13, and His31 are crucial for toxin/receptor interaction and for biological activity of the toxin. Chemical modification of Lys20, 25, 30 residues or Glu27 does not alter binding capacity but seriously alters biological activity (Auguste *et al.* 1992a). The spatial structure of scyllatoxin has been determined using 2D NMR and data obtained have shown that Arg6 and Arg13 were positioned in space in a way which mimics the active centre of apamin which is constituted of Arg13 and Arg14, two contiguous arginine residues (Martins *et al.* 1990). The brain distribution of scyllatoxin receptors is similar to that of apamin receptors, which is not surprising since both toxins have the same biological target. However, scyllatoxin is able to discriminate between three classes of receptors which it recognizes with different affinities: less than 70 pM for high affinity receptors; between 100 and 500 pM for medium affinity receptors; and more than 800 pM for low affinity receptors (Auguste *et al.* 1992a). An endogeneous equivalent of scyllatoxin exists in mammalian tissues (Auguste *et al.* 1992b).

Purification and sources

Scyllatoxin is obtained from the venom of the scorpion *Leiurus quinquestriatus hebraeus*. Two purification procedures have been reported using several HPLC purification steps to prepare homogeneous scyllatoxin (Chicchi *et al.* 1988; Auguste *et al.* 1990). The purification procedure described by Auguste *et al.* (1990) leads to two isoforms of scyllatoxin (1) a C-terminal amidated form which binds with a best affinity to its receptors and, (2) a C-terminal carboxylate form with lower affinity. Chemical synthesis of scyllatoxin has been described (Auguste *et al.* 1990) and leads to reasonable amounts of native toxin with yields around 10 per cent.

◼ Iodination

Since native scyllatoxin does not contain Tyr residue, iodination of the natural toxin bears on His31, which is important for scyllatoxin activity and leads to an inactive labelled derivative. To obtain biologically active labelled scyllatoxin it is then necessary to iodinate a synthetic scyllatoxin in which Phe2 has been replaced by a Tyr. This analogue keeps all biological properties of native scyllatoxin and can be used for biochemical investigations (Auguste *et al.* 1990).

◼ References

Auguste, P., Hugues, M., Gravé, B., Gesquières, J. C., Maes, P., Tartar, A., *et al.* (1990). Leiurotoxin I (scyllatoxin), a peptide ligand for Ca^{2+}-activated K^{+} channels: chemical synthesis, radiolabelling and receptor characterization. *J. Biol. Chem.*, **265**, 4753–9.

Auguste, P., Hugues, M., Mourre, C., Moinier, D., Tartar, A., and Lazdunski, M. (1992a). Scyllatoxin, a blocker of Ca^{2+}-activated K^{+} channels: structure–function relationships and brain localization of the binding sites. *Biochemistry*, **38**, 648–54

Auguste, P., Hugues, M., Borsotto, M., Thibault, J., Romey, G., Coppola, T., *et al.* (1992b). Characterization and partial purification from pheochromocytoma cells of an endogenous equivalent of scyllatoxin, a scorpion toxin which blocks small conductance Ca^{2+}-activated K^{+} channels. *Brain Res.*, **599**, 230–6.

Chicchi, G. G., Gimenez-Gallego, G., Ber, E., Garcia, M. L., Winquist, R., and Cascieri, M. A. (1988). Purification and characterization of a unique potent inhibitor of apamin binding from *Leiurus quinquestriatus hebraeus* venom. *J. Biol. Chem.*, **263**, 10192–7.

Hugues, M., Duval, D., Kitabgi, P., Lazdunski, M., and Vincent, J.-P. (1982a). Preparation of a pure monoiodo-derivative of the bee venom neurotoxin apamin and its binding properties to rat brain synaptosomes. *J. Biol. Chem.*, **257**, 2762–9.

Hugues, M., Romey, G., Duval, D., Vincent, J.-P., and Lazdunski, M. (1982b). Apamin as selective blocker of the calcium-dependent potassium channel in neuroblastoma cells. Voltage-clamp and biochemical characterization of the toxin receptor. *Proc. Natl. Acad. Sci. USA*, **79**, 1308–12.

Martins, J.-C., Zhang, W., Tartar, A., Lazdunski, M., and Borremans, F. A. M. (1990). Solution conformation of leiurotoxin I (scyllatoxin) by ¹H nuclear magnetic resonance. Resonance assignment and secondary structure. *FEBS Lett.*, **260**, 249–53.

■ *M. Hugues and M. Lazdunski:*
Institut de Pharmacologie Moléculaire et Cellulaire,
660 Route des Lucioles, Sophia Antipolis,
06560 Valbonne,
France

Apamin (honey bee *Apis mellifera*)

Apamin is a highly basic, 18-residue peptide (MW 2027) that blocks small-conductance, Ca²⁺-activated K⁺ channels at nanomolar concentrations and induces generalized convulsions. It is the smallest polypeptide toxin known.

Apamin represents not more than 2 per cent of dry weight of honey bee crude venom (Habermann 1972). The apamin molecule shares considerable sequence and structural characteristics with MCD peptide. It is crosslinked by two disulfide bridges between Cys1/Cys11 and Cys3/Cys15. NMR studies showed that the N-terminal residues Asn2–Ala5 form a β-turn and the residues Ala9–Gln17 on the C-terminus are in an α-helical structure (Pease and Wemmer 1988). Residues that are essential for biological activity are Arg13, Arg14 (Vincent *et al.* 1975) and Gln17 (Labbe-Jullie *et al.* 1991). Peripheral application of apamin is sufficient to induce the characteristic symptoms of central apamin poisoning: extreme hypermotility and hyperexcitability culminating in generalized convulsions (Habermann 1972, 1977, 1984). The molecular mechanism of these actions is the blockade of small-conductance, Ca²⁺-activated ('apamin-sensitve') K⁺ channels (Dreyer 1990; Strong 1990; Garcia *et al.* 1991).

■ Purification and sources

Apamin was first purified by Habermann and Reiz (Habermann and Reiz 1965) using gel filtration followed by acidic ion exchange chromatography. Apamin can be purchased from Alomone Labs, Bachem, Calbiochem, Latoxan, and RBI. It is offered either as native or synthetic product. The central effects of apamin can be used as a test for its biological activity (Habermann 1972).

■ Toxicity

Toxicity of apamin is tested by intravenous or intraventricular injection. After peripheral application of at least 0. 5 mg/kg, mice display the typical neurotoxic symptoms. Mouse LD_{50} is 4 mg/kg when administered intravenously but about 3000-fold lower for intraventricular application (Habermann 1972, 1977).

■ Use in cell biology

First evidence that apamin blocks Ca²⁺-activated K⁺ channels came from experiments measuring the K⁺ loss from hepatocytes and red blood cells (Banks *et al.* 1979; Burgess *et al.* 1981). Numerous electrophysiological studies then established apamin as a highly selective and potent blocker of the Ca²⁺-activated, TEA-resistant, d-tubocurarine-sensitive, nearly voltage-independent K⁺ channel of small conductance (SK channel) in a variety of cell types, both excitable and nonexcitable (Dreyer 1990; Strong 1990; Garcia *et al.* 1991). Thus, apamin can be regarded as an outstanding tool to identify this ion channel type. Very high affinity binding sites for apamin with dissociation constants (K_D) in the range of 20–50 pM exist in brain, in agreement with its neurotoxicity. The binding to peripheral organs is much less, except that high affinity binding sites were further detected in liver, colon, adrenal cortex, smooth muscles, and neuroblastoma cell preparations. Binding of apamin to its acceptor sites is inhibited by the scorpion toxin leiurotoxin I (= scyllatoxin) which also blocks SK channels in various preparations (Dreyer 1990; Strong 1990; Garcia *et al.* 1991).

The cDNA of an apamin binding protein of porcine vascular smooth muscle was cloned (Sokol *et al.* 1994). The gene (denoted Kcal 1. 8) codes for a 438-amino-acid protein with four potential transmembrane domains and no significant sequence homology to any known ion channels or receptors. Very recently, SK channels were cloned from rat and human brain (Köhler *et al.* 1996). Cloned rat SK channels exhibit high sensitivity to apamin with an inhibition constant (K_I) of about 60 pM.

Apamin incorporated into a lipid bilayer forms voltage-dependent, cation-selective ion channels with properties indistinguishable from those of the ion channels formed by MCD peptide in lipid bilayers (Kondo *et al.* 1992).

■ References

Banks, B. E., Brown, C., Burgess, G. M., Burnstock, G., Claret, M., Cocks, T. M., et al. (1979). Apamin blocks certain neurotransmitter-induced increases in potassium permeability. *Nature*, **282**, 415–17.

Burgess, G. M., Claret, M., and Jenkinson, D. H. (1981). Effects of quinine and apamin on the calcium-dependent potassium permeability of mammalian hepatocytes and red cells. *J. Physiol (Lond.)*, **317**, 67–90.

Dreyer, F. (1990). Peptide toxins and potassium channels. *Rev. Physiol. Biochem. Pharmacol.*, **115**, 93–136.

Garcia, M. L., Galvez, A., Garcia-Calvo, M., King, V. F., Vazquez, J., and Kaczorowski, G. J. (1991). Use of toxins to study potassium channels. *J. Bioenerg. Biomembr.*, **23**, 615–46.

Habermann, E. (1972). Bee and wasp venoms. *Science*, **177**, 314–22.

Habermann, E. (1977). Neurotoxicity of apamin and MCD peptide upon central application. *Naunyn-Schmiedeberg's Arch. Pharmacol.*, **300**, 189–91.

Habermann, E. (1984). Apamin. *Pharmacol. Therap.*, **25**, 255–70.

Habermann, E. and Reiz, K. G. (1965). Ein neues Verfahren zur Gewinnung der Komponenten von Bienengift, insbesondere des zentral wirksamen Peptids Apamin. *Biochem. Z.*, **341**, 451–66.

Köhler, M., Hirschberg, B., Bond, C. T., Kinzie, J. M., Marrion, N. V., Maylie, J., et al. (1996). Small-conductance, calcium-activated potassium channels from mammalian brain. *Science*, **273**, 1709–14.

Kondo, T., Ikenaka, K., Fujimoto, I., Aimoto, S., Kato, H., Ito, K., et al. (1992). K+ channel involvement in induction of synaptic enhancement by mast cell degranulating (MCD) peptide. *Neurosci. Res.*, **13**, 207–16.

Labbe-Jullie, C., Granier, C., Albericio, F., Defendini, M. L., Ceard, B., Rochat, H., et al. (1991). Binding and toxicity of apamin. Characterization of the active site. *Eur. J. Biochem.*, **196**, 639–45.

Pease, J. H. and Wemmer, D. E. (1988). Solution structure of apamin determined by nuclear magnetic resonance and distance geometry. *Biochemistry*, **27**, 8491–8.

Sokol, P. T., Hu, W., Yi, L., Toral, J., Chandra, M., and Ziai, M. R. (1994). Cloning of an apamin binding protein of vascular smooth muscle. *J. Protein Chem.*, **13**, 117–28.

Strong, P. N. (1990). Potassium channel toxins. *Pharmacol. Ther.*, **46**, 137–62.

Vincent, J. P., Schweitz, H., and Lazdunski. M. (1975). Structure–function relationships and site of action of apamin, a neurotoxic polypeptide of bee venom with an action on the central nervous system. *Biochemistry*, **14**, 2521–5.

■ *Holger Repp and Florian Dreyer:*
Rudolf-Buchheim-Institut für Pharmakologie der
Justus-Liebig-Universität Giessen,
Frankfurter Strasse 107,
D-35392 Giessen,
Germany

MCD peptide (honey bee *Apis mellifera*)

Mast cell degranulating peptide (MCD peptide) is a highly basic, 22-residue peptide (MW 2588) that blocks voltage-gated K+ channels at nanomolar concentrations and has epileptogenic potency. Quite distinct from this, it causes mast cell degranulation (hence its name) and histamine release.

Like apamin, MCD peptide constitutes not more than 2 per cent of dry weight of honey bee crude venom (Habermann 1972). The MCD peptide molecule possesses two disulfide bridges between Cys3/Cys15 and Cys5/Cys19. NMR spectroscopy studies demonstrated that the N-terminal residues Ile1–Cys5 form a β-turn and the residues His13–Asn22 on the C-terminus are in an α-helical structure (Kumar et al. 1988). This conformation is very similar to that of apamin. In contrast to apamin, MCD peptide is barely neurotoxic when applied intravenously, but intraventricular injection results in arousal and, at higher concentrations, epileptiform seizures leading ultimately to death (Habermann 1977). These actions are brought about by the blockade of a subtype of the delayed outward rectifier K+ channel (Dreyer 1990; Strong 1990; Garcia et al. 1991). Distinct from its central action, MCD peptide causes degranulation of mast cells and subsequent histamine release. Furthermore, MCD peptide has been reported to possess anti-inflammatory activity in the carrageenin-induced oedema model of the rat hind paw (Ziai et al. 1990) but this effect arises from mast cell degranulation *in vivo* (Banks et al. 1990).

■ Purification and sources

MCD peptide was originally purified by gel filtration and two consecutive steps of cation exchange chromatography (Breithaupt and Habermann 1968). It can be purchased from Alomone Labs, Bachem, Calbiochem, Latoxan, and RBI. It is offered either as native or synthetic product. Degranulation of mast cells and subsequent histamine release can be used as a test for its biological activity (Breithaupt and Habermann 1968).

■ Toxicity

Toxicity of MCD peptide is tested by intraventricular injection. Mouse LD$_{50}$ for central application is 10 μg/kg, which is a 10-times higher dose compared to apamin (Habermann 1977).

■ Use in cell biology

Electrophysiological studies with MCD peptide conducted on rat nodose ganglion cells showed that it acts, like dendrotoxin, on a voltage-dependent, almost non-inactivating outward rectifier K^+ current but not on the transient, rapidly inactivating A-type K^+ current (Stansfeld et al. 1987). Dendrotoxin-sensitive K^+ channels with delayed rectifier properties cloned from rat brain cDNA and expressed in Xenopus oocytes are also sensitive to MCD peptide (Stühmer et al. 1988). Together with other reports, this confirmed the idea that MCD peptide and some members of the dendrotoxin family act on the same K^+ channel type (Dreyer 1990; Strong 1990; Garcia et al. 1991). Various binding studies revealed common acceptor sites for MCD peptide, dendrotoxin I, and dendrotoxin α (Dreyer 1990; Strong 1990; Garcia et al. 1991). In addition, the solubilized acceptors for MCD peptide and dendrotoxin I from rat brain were found to have almost identical molecular weights (about 77 kDa) and properties (Rehm et al. 1988).

Treatment of mast cells with MCD peptide leads to an increase in the intracellular Ca^{2+} concentration followed by degranulation. This effect can be blocked by pertussis toxin pretreatment, suggesting an activation of perussis toxin-sensitive G-proteins as the mechanism of action of MCD peptide in mast cells (Fujimoto et al. 1991).

MCD peptide incorporated into a lipid bilayer forms voltage-dependent, cation-selective ion channels with the same properties as the ion channels formed by apamin in lipid bilayers (Kondo et al. 1992).

■ References

Banks, B. E., Dempsey, C. E., Vernon, C. A., Warner, J. A., and Yamey, J. (1990). Anti-inflammatory activity of bee venom peptide 401 (mast cell degranulating peptide) and compound 48/80 results from mast cell degranulation in vivo. Br. J. Pharmacol., 99, 350–4.

Breithaupt, H. and Habermann, E. (1968). Mastzelldegranulierendes Peptid (MCD-Peptid) aus Bienengift: Isolierung, biochemische und pharmakologische Eigenschaften. Naunyn-Schmiedebergs Arch. Pharmak. u. Exp. Pathol., 261, 252–70.

Dreyer, F. (1990). Peptide toxins and potassium channels. Rev. Physiol. Biochem. Pharmacol., 115, 93–136.

Fujimoto, I, Ikenaka, K., Kondo, T., Aimoto, S., Kuno, M., and Mikoshiba, K. (1991). Mast cell degranulating (MCD) peptide and its optical isomer activate GTP binding protein in rat mast cells. FEBS Lett., 287, 15–18.

Garcia, M. L., Galvez, A., Garcia-Calvo, M., King, V. F., Vazquez, J., and Kaczorowski, G. J. (1991). Use of toxins to study potassium channels. J. Bioenerg. Biomembr., 23, 615–46.

Habermann, E. (1972). Bee and wasp venoms. Science, 177, 314–22.

Habermann, E. (1977). Neurotoxicity of apamin and MCD peptide upon central application. Naunyn-Schmiedeberg's Arch. Pharmacol., 300, 189–91.

Kondo, T., Ikenaka, K., Fujimoto, I., Aimoto, S., Kato, H., Ito, K., et al. (1992). K^+ channel involvement in induction of synaptic enhancement by mast cell degranulating (MCD) peptide. Neurosci. Res., 13, 207–16.

Kumar, N. V., Wemmer, D. E., and Kallenbach, N. R. (1988). Structure of P401 (mast cell degranulating peptide) in solution. Biophys. Chem., 31, 113–19.

Rehm, H., Bidard, J.-N., Schweitz, H., and Lazdunski, M. (1988). The receptor site for the bee venom mast cell degranulating peptide. Affinity labeling and evidence for a common molecular target for mast cell degranulating peptide and dendrotoxin I, a snake toxin active on K^+ channels. Biochemistry, 27, 1827–32.

Stansfeld, C. E., Marsh, S. J., Parcej, D. N., Dolly, J. O., and Brown, D. A. (1987). Mast cell degranulating peptide and dendrotoxin selectively inhibit a fast-activating potassium current and bind to common neuronal proteins. Neuroscience, 23, 893–902.

Strong, P. N. (1990). Potassium channel toxins. Pharmacol. Ther., 46, 137–62.

Stühmer, W., Stocker, M., Sakmann, B., Seeburg, P., Baumann, A., Grupe, A., et al. (1988). Potassium channels expressed from rat brain cDNA have delayed rectifier properties. FEBS Lett., 242, 199–206.

Ziai, M. R., Russek, S., Wang, H. C., Beer, B., and Blume, A. J. (1990). Mast cell degranulating peptide: a multi-functional neurotoxin. J. Pharm. Pharmacol., 42, 457–61.

■ Holger Repp and Florian Dreyer:
Rudolf-Buchheim-Institut für Pharmakologie der Justus-Liebig-Universität Giessen,
Frankfurter Strasse 107,
D-35392 Giessen,
Germany

Charybdotoxin and iberiotoxin (*Leiurus quinquestriatus* var. *hebraeus* and *Buthus tamulus*)

Charybdotoxin and iberiotoxin are 37 amino acid peptides isolated from scorpion venoms. Both peptides have a rigid structure as a result of the presence of three disulfide bridges. Charybdotoxin inhibits a variety of potassium channels (i.e. K 1.3 voltage-dependent channel of the Shaker family, and a variety of Ca²⁺-activated K⁺ channels), whereas iberiotoxin is highly selective for the high-conductance Ca²⁺-activated K⁺ channel.

Charybdotoxin (ChTX) and iberiotoxin (IbTX) are 37 amino acid peptides containing six Cys residues that form three disulfide bridges (Gimenez-Gallego *et al.* 1988; Galvez *et al.* 1990). Both peptides have their N-terminal residue blocked in the form of pyroglutamic acid and share 68 per cent homology in their amino acid sequences (Fig. 1). The three-dimensional structure of these peptides has been determined in solution by NMR techniques (Bontems *et al.* 1991; Johnson and Sugg 1992). The backbone of both peptides is identical. The surfaces of ChTX and IbTX are formed by three small antiparallel strands that are linked to a helix region by the three disulfide bonds. Most of the residues are exposed to the solvent, except for the Cys residues. It is interesting to note that all critical residues of ChTX necessary for its interaction with K⁺ channels are located on one face of the molecule, well separated from the unimportant amino acids (Stampe *et al.* 1994). The critical residues of ChTX are all conserved in IbTX and, therefore, it is expected that the corresponding face of IbTX is the one involved in close interaction with the high-conductance Ca²⁺-activated K⁺ (maxi-K) channel.

Both ChTX and IbTX bind in the external vestibule of K⁺ channels and block ion conduction by physical occlusion of the pore (MacKinnon and Miller 1988; Giangiacomo *et al.* 1992). Binding of both toxins is driven by electrostatic mechanisms, especially in the case of ChTX which has a net charge of +5. In single channel recordings of maxi-K channels reconstituted in planar lipid bilayers, addition of either toxin to the extracellular face of the channel leads to the appearance of silent periods interdispersed between bursts of normal channel activity. These silent periods have been interpreted as times in which a single toxin molecule is bound to the channel to block ion conduction. Since toxin binding is a freely reversible process, toxin dissociation would lead to normal channel activity since the kinetics of channel gating are faster than those of toxin binding. Analysis of single channel data in the presence of increasing concentrations of toxin confirms that toxin binding occurs through a simple bimolecular reaction. The silent periods observed in the presence of IbTX are of longer duration than those produced by ChTX, suggesting that IbTX must overcome a higher energy barrier in order to dissociate from the channel. Under normal physiological salt concentrations, blockade of maxi-K channels occurs at toxin concentrations of 1–5 nM.

A particularly interesting toxin residue involved in channel inhibition is Lys27. Neutralization of this residue eliminates the observed voltage-dependence of toxin binding (Park and Miller 1992). It has been suggested that Lys27 lies physically close to the channel pore entrance; K⁺ ions moving from inside can approach a site along the conduction pathway whose occupancy destabilizes bound toxin via electrostatic repulsion with the Σ-amino group of Lys27.

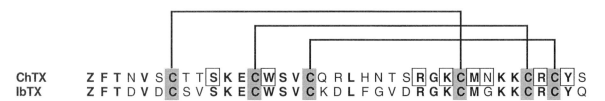

Figure 1. Comparison of amino acid sequences of charybdotoxin (ChTX) and iberiotoxin (IbTX). Identical residues are bold, and the disulfide bonds are indicated. The residues in ChTX that are critical for interaction with the maxi-K channel are boxed. (Stampe *et al.* 1994).

■ Purification and sources

ChTX and IbTX were originally purified from crude venom of the scorpions *Leiurus quinquestriatus* var. *hebraeus* and *Buthus tamulus*, respectively, by a combination of ion-exchange and reversed-phase chromatography (Gimenez-Gallego *et al.* 1988; Galvez *et al.* 1990). Alternatively, it is possible to produce both toxins by either solid-phase synthesis or by expression in *E. coli* (Sugg *et al.* 1990; Park *et al.* 1991). This latter approach allows not only production of large toxin quantities, but also generation of point mutants for structure–activity relationship studies. ChTX and IbTX can also be purchased from Peptides International, Peninsula Laboratories, Calbiochem, Bachem Bioscience, Sigma, Latoxan, and Alomone Labs. The purity of these preparations should be checked by reversed-phase HPLC. In addition, ^{125}I-ChTX can be purchased from DuPont NEN.

■ Toxicity

Intravenous injection of either ChTX or IbTX in rats up to 150 μg/kg are without significant effects. A transient and reversible elevation in blood pressure has been observed with either toxin, presumably the result of increased peripheral neurotransmitter release. It is expected that icv injection of the toxins would cause more pronounced effects, especially with ChTX, because of the predicted enhancement in neurotransmitter release in the CNS.

■ Use in cell biology

Since ChTX is not absolutely selective for only a single K$^+$ channel (i.e. it inhibits K 1.3, maxi-K channels and small conductance Ca^{2+}-activated K$^+$ channels with high potency), its use in cell biology to determine the physiologic role that a particular K$^+$ channel plays in cell function should be viewed with caution. IbTX, on the other hand, appears to be a selective inhibitor of maxi-K channels, so it has been useful in *in vitro* studies to determine the role that this channel plays in different tissues. The myogenic activity of guinea pig bladder and taenia coli smooth muscles is markedly enhanced by IbTX, suggesting, that in these tissues, maxi-K channels are a major repolarization pathway following Ca^{2+} entry during action potential induced cell depolarization (Suarez-Kurtz *et al.* 1991). However, in other guinea pig smooth muscle tissues, such as uterus and portal vein, IbTX has no effect, despite the fact that the presence of maxi-K channels is well documented in these tissues. In guinea pig airway smooth muscle, relaxation of a carbachol-contracted preparation by a number of different agents (β agonists, phosphodiesterase inhibitors, nitroprusside) can be antagonized and even abolished in the presence of IbTX (Jones *et al.* 1993). One possible explanation for these findings is that these relaxation mechanisms in airway involves activation of maxi-K channels. In addition, in airway sensory neurons, inhibition of the e-NANC contractions by μ-opioid agonists, α-adrenergic agonists, or neuropeptide Y can be eliminated by IbTX (Miura *et al.* 1993). These data suggest a role for maxi-K channel agonists as potential therapeutic agents for the treatment of asthma. Finally, it is worth mentioning that IbTX has been used to support the idea that at some synapses, voltage-gated Ca^{2+} channels and maxi-K channels are clustered together at the presynaptic surface (Robitalle *et al.* 1993). Modulation of maxi-K channels in these systems should control the amount of neurotransmitter released.

■ References

Bontems, F., Roumestand, C., Boyot, P., Gilquin, B., Doljansky, Y., Menez, A., *et al.* (1991). Three-dimensional structure of natural charybdotoxin in aquous solution by ^{1}H-NMR. Charybdotoxin possesses a structural motif found in other scorpion toxins. *Eur. J. Biochem.*, **196**, 19–28.

Galvez, A., Gimenez-Gallego, G., Reuben, J. P., Roy-Contancin, L., Feigenbaum, P., Kaczorowski, G. J., *et al.* (1990). Purification and characterization of a unique, potent, peptidyl probe for the high conductance calcium-activated potassium channel from venom of the scorpion *Buthus tamulus*. *J. Biol. Chem.*, **265**, 11083–90.

Giangiacomo, K. M., Garcia, M. L., and McManus, O. B. (1992). Mechanism of iberiotoxin block of the large-conductance calcium-activated potassium channel from bovine aortic smooth muscle. *Biochemistry*, **31**, 6719–27.

Gimenez-Gallego, G., Navia, M. A., Reuben, J. P., Katz, G. M., Kaczorowski, G. J., and Garcia, M. L. (1988). Purification, sequence, and model structure of charybdotoxin, a potent selective inhibitor of calcium-activated potassium channels. *Proc. Natl. Acad. Sci. USA*, **85**, 3329–33.

Johnson, B. A. and Sugg, E. E. (1992). Determination of the three-dimensional structure of iberiotoxin in solution by ^{1}H nuclear magnetic resonance spectroscopy. *Biochemistry*, **31**, 8151–9.

Jones, T. R., Charette, M. L., Garcia, M. L., and Kaczorowski, G. J. (1993). Interaction of iberiotoxin with beta adrenoceptor agonists and sodium nitroprusside on guinea pig trachea. *J. Applied Physiol.*, **74**, 1879–84.

MacKinnon, R. and Miller, C. (1988). Mechanism of charybdotoxin block of the high-conductance, Ca^{2+}-activated K$^+$ channel. *J. Gen. Physiol.*, **91**, 335–49.

Miura, M., Belvisi, M. G., Ward, J. K., and Barnes, P. J. (1993). Role of Ca^{2+}-activated K$^+$ channels in opioid-induced prejunctional modulation of airway sensory nerves. *American Review of Respiratory Disease*, **147**, A815.

Park, C.-S. and Miller, C. (1992). Interaction of charybdotoxin with permeant ions inside the pore of a K$^+$ channel. *Neuron*, **9**, 307–13.

Park, C. S., Hausdorff, S. F., and Miller, C. (1991). Design, synthesis, and functional expression of a gene for charybdotoxin, a peptide blocker of K$^+$ channels. *Proc. Natl. Acad. Sci. USA*, **88**, 2046–50.

Robitalle, R., Garcia, M. L., Kaczorowski, G. J., and Charlton, M. P. (1993). Functional colocalization of calcium and calcium-gated potassium channels in control of transmitter release. *Neuron*, **11**, 645–55.

Stampe, P., Kolmakova-Partensky, L., and Miller, C. (1994). Intimations of K$^+$ channel structure from a complete functional map of the molecular surface of charybdotoxin. *Biochemistry*, **33**, 443–50.

Suarez-Kurtz, G., Garcia, M. L., and Kaczorowski, G. J. (1991). Effects of charybdotoxin and iberiotoxin on the spontaneous motility and tonus of different guinea pig smooth muscle tissues. *J. Pharmacol. Exp. Ther.*, **259**, 439–43.

Sugg, E. E., Garcia, M. L., Reuben, J. P., Patchett, A. A., and Kaczorowski, G. J. (1990). Synthesis and structural characterization of charybdotoxin, a potent peptidyl inhibitor of the high conductance Ca²⁺-activated K⁺ channel. *J. Biol. Chem.*, **265**, 18745–8.

■ *Maria L. Garcia:*
Membrane Biochemistry & Biophysics Dept.,
Merck Research Laboratories,
P.O. Box 2000,
Rahway, NJ 07065-0900
USA

Margatoxin, noxiustoxin and kaliotoxin (*Centruroides margaritatus, Centruroides noxius, Androctonus mauretanicus*)

Margatoxin and noxiustoxin, 39 amino acid members of a second subset of charybdotoxin-related peptides, and kaliotoxin, a 38 amino acid member of a third subset, are blockers of mammalian voltage-gated potassium channels (K_v) especially K_v1. 3 in lymphocytes and neural tissue. Noxiustoxin also blocks the mammalian high conductance calcium-activated potassium channel (maxi-K) at high concentrations and kaliotoxin is an inhibitor of a molluscan calcium-activated potassium channel (K_{Ca}).

Margatoxin (MgTX) and noxiustoxin (NxTX) are 39 amino acid peptides which share with charybdotoxin (ChTX) significant sequence homology and such structural motifs as three disulfide bridges, a mid-chain (α-helix), and a C terminal antiparallel β-sheet. MgTX and NxTX comprise the best-studied members of a second class of scorpion venom derived potassium channel blockers based on structure and channel selectivity. One other scorpion toxin that has been included in this class because of sequence homology with MgTX and NxTX is *Centruroides limpidus limpidus* toxin I (Martin *et al.* 1994). This peptide also blocks voltage-gated potassium channels but has not been extensively studied.

NxTX was originally reported to block a squid axon delayed rectifier potassium channel at high concentrations (Carbone *et al.* 1982) and later was reported to inhibit the skeletal muscle maxi-K channel with a K_d of 450 nM (Valdivia *et al.* 1988). However, NxTX is most potent, $K_d = 0. 2$ nM, in blocking K_v1. 3 voltage-gated K⁺ channels in Jurkat cells and K_v1. 3 channels expressed in *Xenopus* oocytes (Sands *et al.* 1989; Swanson *et al.* 1990). NxTX is also quite potent in blocking [¹²⁵I]ChTX and [¹²⁵I]₂MgTX binding to human T lymphocytes, Jurkat cells and plasma membranes prepared from those cells (Deutsch *et al.* 1991; Slaughter *et al.* 1991; Felix *et al.* 1995). NxTX has been found to inhibit K_v1. 2 with similar potency to its block of K_v1. 3 (Grissmer *et al.* 1994). NxTX has no effect on the low conductance K_{Ca} channels from lymphocytes (Leonard *et al.* 1992).

The very similar MgTX, with 79 per cent sequence identity with NxTX, is more potent in blocking K_v1. 3, K_d of

50 pM in electrophysiological experiments, and has no effect on maxi-K channels nor on the low conductance K_{Ca} of lymphocytes at 1 μM (Leonard *et al.* 1992). MgTX is 100-fold less sensitive on K_v1. 6, and does not affect K_v1. 5 or K_v3. 1 (Garcia-Calvo *et al.* 1993). High resolution 3D structure has been obtained by NMR ¹H, ¹³C, ¹⁵N triple-resonance spectroscopy (Johnson *et al.* 1994), and shows a structure similar to ChTX and iberiotoxin (IbTX), but with a slightly longer β-sheet. MgTX has been radio-labelled as either the mono- or di-iodotyrosine derivative (Felix *et al.* 1995; Koch *et al.* 1995). [¹²⁵I]MgTX binds to a single class of receptor sites under low salt conditions in rat brain ($K_d = 0. 1$ pM; Koch *et al.* 1995). Binding is optimized in the presence of 5 mM K⁺, but is reduced at high K⁺ and by Na⁺. Under physiological concentrations of NaCl, the di-iodinated form, [¹²⁵I]₂MgTX, is more potent than the mono-iodinated form in binding to Jurkat plasma membranes or human T lymphocytes ($K_d = 8$ pM vs 30 pM; Felix *et al.* 1995).

Kaliotoxin (KTX; Crest *et al.* 1992), kaliotoxin 2 (Laraba-Djebari *et al.* 1994), and agitoxins 1, 2, and 3 (Garcia *et al.* 1994) are structurally closely related to each other, but differ more significantly from ChTX than MgTX and NxTX, and therefore define a third class of potassium channel inhibiting scorpion peptides. However, among this class there are significant differences in selectivity for channels. While KTX inhibits a *Helix pomatia* K_{Ca} without affecting voltage-gated channels (Crest *et al.* 1992), it has been found to exhibit a 40-fold selectivity for K_v1. 3 (K_d 0. 65 nM) over K_v1. I with little effect on K_v1. 2 and K_v1. 5 in stably transfected cell lines (Grissmer *et al.* 1994). In addition, KTX is reported to have modest effects on the maxi-K channel in mammalian cells (IC_{50}s of 300, 480, and 4000 nM reported for different tissues; Laraba-Djebari et al. 1994). The 3D structure for KTX1-37 was reported to have a shorter, distorted helical region that interacts with opposite sides of the β-sheet. This interaction contrasts with that determined for ChTX, IbTX, and MgTX in which the helix interacts with only one side of the β-sheet.

■ Purification and sources

NxTX, MgTX, and KTX were originally prepared from Centruroides noxius (Possani et al. 1982), C. margaritatus (Garcia-Calvo et al. 1993) and Androctonus mauretanicus (Crest et al. 1992), respectively, through conventional peptide purification techniques. These peptides have also been prepared by using other methods: MgTX was prepared biosynthetically (Garcia-Calvo et al. 1993); MgTX and KTX were prepared by solid phase synthesis (Romi et al. 1993; Bednarek et al. 1994, respectively).

Both MgTX and KTX are sold by Peptides International. Bachem Bioscience, Inc., sells MgTX and Latoxan and Research Biochemicals International sell KTX.

■ Toxicity

No known toxicity studies with MgTX or NxTX have been reported to date, although it may be inferred by their effects on neural potassium channels that some toxicity might be expected, especially in the case of direct application. An i. c. v. LD_{50} in mice of 6–9 pmol/mouse has been reported for KTX (Romi et al. 1993).

■ Use in cell biology

Because of their selectivity for K_vl. 3, NxTX and MGTX have been used to explore the role of this channel in human T lymphocyte activation. Since ChTX inhibits the low conductance K_{Ca} channels found in T lymphocytes in addition to inhibiting K_vl. 3, the action of ChTX in blocking T cell activation parameters has always been equivocal. K_vl. 3 is thought to set the resting potential of human T lymphocytes because MgTX, NxTX, and ChTX cause depolarization from −50 to −30 mV as determined by [^{3}H]tetraphenylphosphonium uptake (Leonard et al. 1992). MgTX, NxTX, and ChTX as well as high external K^+ block the mitogen induced increase in Ca^{2+} required for IL-2 production and T cell proliferation (Lin et al. 1993). The depolarization is thought to affect the Ca^{2+} influx either by reducing the electrochemical driving force, or possibly by some effect on the Ca^{2+} influx pathway itself. By whichever mechanism, after block of the rise in Ca^{2+}, the final result of the addition of the peptides is the block of IL-2 production and T cell proliferation.

■ References

Bednarek, M. A., Bugianesi, R. M., Leonard, R. J., and Felix, J. P. (1994). Chemical synthesis and structure function studies of margatoxin, a potent inhibitor of voltage-dependent potassium channels in human T lymphocytes. Biochem. Biophys. Res. Commun., 198, 619–25.

Carbone, E., Wanke, E., Prestipino, G., Possani, L. D., and Maelicke, A. (1982). Selective blockage of voltage-dependent K^+ channels by a novel scorpion toxin. Nature (London), 296, 90–1.

Crest, M., Jacquet, G., Gola, M., Zerrouk, H., Benslimane, A., Rochat, H., et al. (1992). Kaliotoxin, a novel peptidyl inhibitor of neuronal BK-type Ca^{2+}-activated K^+ channels characterized from Androctonus mauretanicus mauretanicus venom. J. Biol. Chem., 267, 1640–7.

Deutsch, C., Price, M., Lee, S., King, V. F., and Garcia, M. L. (1991). Characterization of high affinity binding sites for charybdotoxin in human T lymphocytes: evidence for association with the voltage-gated K^+ channel. J. Biol. Chem., 266, 3668–74.

Felix, J. P., Bugianesi, R. M., Abramsom, A. A., and Slaughter, R. S. (1995). Binding of mono- and di-iodinated margatoxin to human peripheral T lymphocytes and to Jurkat plasma membranes. Biophys. J., 68, 267a.

Garcia, M. L., Garcia-Calvo, M., Hidalgo, P., and MacKinnon, R. (1994). Purification and characterization of three inhibitors of voltage-dependent K^+ channels from Leiurus quinquestriatus var. hebraeus venom. Biochemistry, 33, 6834–9.

Garcia-Calvo, M., Leonard, R. J., Novick, J., Stevens, S. P., Schmalhofer, W., Kaczorowski, G. J. et al. (1993). Purification, characterization, and biosynthesis of margatoxin, a component of Centruroides margaritatus venom that selectively inhibits voltage-dependent potassium channels. J. Biol. Chem., 268, 18866–74.

Grissmer, S., Nguyen, A. N., Aiyar, J., Hanson, D. C., Mather, R. J., Gutman, G. A., et al. (1994). Pharmacological characterization of five cloned voltage-gated K^+ channels, types K_vl.l, 1.2, 1.3, 1.5, and 3.1, stably expressed in mammalian cell lines. Mol. Pharmacol., 45, 1227–34.

Johnson, B. A., Stevens, S. P., and Williamson, J. M. (1994). Determinants of the three-dimensional structure of margatoxin by ^{1}H, ^{13}C, ^{15}N triplo-resonance nuclear magnetic resonance spectroscopy. Biochemistry, 3, 15061–70.

Koch, R. O. A., Eberhart, A., Seidl, C. V., Saria, A., Kaczorowski, G. J., Slaughter, R. S., et al. (1995). [^{125}I]Margatoxin, an extraordinary high-affinity ligand for voltage-gated K^+ channels in mammalian brain. Biophys. J., 68, 266a.

Laraba-Djebari, F., Legros, C., Crest, M., Ceard, B., Romi, R., Mansuelle, P., et al. (1994). The kaliotoxin family enlarged. J. Biol. Chem., 269, 32835–43.

Leonard, R. J., Garcia, M. L., Slaughter, R. S., and Reuben, J. P. (1992). Selective blockers of voltage-gated K^+ channels depolarize human T lymphocytes: mechanism of the antiproliferative effect of charybdotoxin. Proc. Natl. Acad. Sci. USA, 89, 10094–8.

Lin, C. S., Boltz, R. C., Blake, J. T., Nguyen, M., Talento, A., Fischer, P. A., et al. (1993). Voltage-gated potassium channels regulate calcium-dependent pathways involved in human T lymphocyte activation. J. Exp. Med., 177, 637–45.

Martin, B. M., Ramirez, A. N., Gurrola, G. B., Nobile, M., Prestipino, G., and Possani, L. D. (1994). Novel K^+-channel-blocking toxins from the venom of the scorpion Centruroides limpidus limpidus Karsch. Biochem. J., 304, 51–6.

Possani, L. D., Martin, B. M., and Svendsen, I. B. (1982). The primary structure of Noxiustoxin: a K^+ channel blocking peptide, purified from the venom of the scorpion

Centruroides noxius Hoffmann. Carlsberg Res. Commun., **47**, 285–9.

Romi, R., Crest, M., Gola, M., Sampieri, F., Jacquet, G., Zerrouk, H., et al. (1993). Synthesis and characterization of kaliotoxin: Is the 26–32 sequence essential for potassium channel recognition? *J. Biol. Chem.*, **268**, 26302–9.

Sands, S. B., Lewis, R. S., and Cahalan, M. D. (1989). Charybdotoxin blocks voltage-gated K⁺ channels in human and murine T lymphocytes. *J. Gen. Physiol.*, **93**, 1061–74.

Slaughter, R. S., Shevell, J. L., Felix, J. P., Lin, C. S., Sigal, N. H., and Kaczorowski, G. J. (1991). Inhibition by toxins of charybdotoxin binding to the voltage-gated potassium channel of lymphocytes: correlation with block of activation of human peripheral T-lymphocytes. *Biophys. J.*, **59**, 213a.

Swanson, R., Marshall, J., Smith, J. S., Williams, J. B., Boyle, M. B., Folander, K., et al. (1990). Cloning and expression of cDNA and genomic clones encoding three delayed rectifier potassium channels in rat brain. *Neuron*, **4**, 929–39.

Valdivia, H. H., Smith, J. S., Martin, B. M., Coronado, R., and Possani, L. D. (1988). Charybdotoxin and noxiustoxin, two homologous peptide inhibitors of the K⁺(Ca²⁺) channel. *FEBS Lett.*, **2**, 280–4.

■ *Robert S. Slaughter:*
Membrane Biochemistry & Biophysics Dept.,
Merck Research Laboratories RY80N-31C,
PO Box 2000,
Rahway, NJ 07928,
USA

Dendrotoxins *(Dendroaspis* species)

Dendrotoxins are 57–60 residue proteins isolated from venoms of mamba snakes, Dendroaspis angusticeps, *D. polylepis, and D. viridis. They are related to Kunitz-type inhibitors of serine proteases. The dendrotoxins are potent and selective blockers of some sub-types of voltage-dependent K⁺ ion channels. They can be used to isolate K⁺ channels and to show their tissue distribution.*

Dendrotoxins block certain voltage-dependent K⁺ channels in neurones (Harvey and Anderson 1991). They are isolated from venom of three species of African mamba snakes: the Eastern green mamba (*Dendroaspis angusticeps*), the Western green mamba (*D. viridis*), and the black mamba (*D. polylepis*) (Strydom 1973a; Harvey and Karlsson 1980). The dendrotoxins are small basic proteins of 57–60 residues in a single polypeptide chain crosslinked by three disulfide bonds (Fig. 1). Six natural variants have been sequenced: two isoforms of α-dendrotoxin and δ-dendrotoxin from *D. angusticeps*, toxin I and toxin K from *D. polylepis*, and Dv-14 from *D. viridis* (Strydom 1973b; Joubert and Taljaard 1980;

Mehraban *et al.* 1986). Two related toxins, β- and γ-dendrotoxin, from *D. angusticeps* have been partially sequenced (Benishin *et al.* 1988).

The dendrotoxins were discovered because of their ability to facilitate the release of acetylcholine at the neuromuscular junction (Harvey and Karlsson 1980, 1982; Anderson and Harvey 1988), which is a consequence of their ability to block some voltage-dependent K⁺ channels in nerve endings (Dreyer and Penner 1987; Anderson and Harvey 1988; Benishin *et al.* 1988). Dendrotoxins block some neuronal K⁺ channels but not others, and often induce repetitive action potentials. In studies on cloned K⁺ channels, dendrotoxins preferentially block

Figure 1. Amino acid sequence of the dendrotoxins. Disulphide bonds are Cys7–Cys57, Cys16–Cys40, and Cys32–Cys 53. α-DTx1 is C₁₅S₂C₅ of Joubert and Taljaard (1980); α-DTx2 is the variant sequenced recently (Danse *et al.* 1994); δ-DTx is C₁₅S₁C₅ of Joubert and Taljaard. The partial sequences of β- and γ-DTx show unidentified residues by dashes or x; lower case letters indicate some uncertainty (Benishin *et al.* 1988).

$K_v1.2$ (IC_{50} 0. 1–17 nM), $K_v1.1$ (IC_{50} 1–20 nM), and $K_v1.6$ (IC_{50} 52 nM), with little effect on $K_v1.3$, $K_v1.4$, $K_v1.5$, $K_v3.1$, or $K_v4.2$ (Pongs 1992; Grissmer et al. 1994). As α- and δ-dendrotoxins appear to block different K^+ currents in synaptosomes from those blocked by β- and γ-dendrotoxins (Benishin et al. 1988), it is likely that different subtypes of voltage-dependent K^+ channels will have different sensitivities to individual dendrotoxins.

■ Purification and sources

Dendrotoxins are isolated from the venom of *Dendroaspis angusticeps*, *D. polylepis*, or *D. viridis* by gel filtration followed by cationic ion exchange chromatography (Harvey and Karlsson 1980) or HPLC. With toxins from *D. polylepis* and *D. viridis*, care must be taken to exclude contamination with α-neurotoxins that block nicotinic acetylcholine receptors. α-Dendrotoxin and toxin K have also been produced in *E. coli* and expressed in functional forms (Smith et al. 1993; Danse et al. 1994). Some dendrotoxins are available from Alomone Labs, Bachem, Calbiochem, ICN, Latoxan, RBI, and Sigma. ^{125}I-α-Dendrotoxin is available from Amersham International.

■ Toxicity

Dendrotoxins are not very toxic when injected peripherally. The i. v. LD_{50} in mice is about 20–25 $\mu g/g$ (Joubert and Taljaard 1980). Lethal activity is much higher on direct injection into the CNS: MLD on intracerebroventricular injection in rats is 2. 5 ng/g with α-dendrotoxin and 0. 5 ng/g with toxin I (Mehraban et al. 1985). An LD_{50} value of 5 ng/g was estimated with α-dendrotoxin in mice (Danse et al. 1994). Dendrotoxins are not likely to be absorbed orally, and they do not present particular problems to laboratory workers.

■ Use in cell biology

Dendrotoxins can be radiolabelled and used as markers for voltage-dependent K^+ channels. They have been used to isolate K^+ channel proteins from brain membranes (Black et al. 1988; Rehm and Lazdunski 1988), and they have been used in autoradiographic studies to show the distribution of K^+ channels in different brain regions (Bidard et al. 1989; Pelchen-Matthews and Dolly 1989). Individual dendrotoxins have regional differences in their binding (Awan and Dolly 1991).

■ References

Anderson, A. J. and Harvey, A. L. (1988). Effects of the potassium channel blocking dendrotoxins on acetylcholine release and motor nerve terminal activity. *Br. J. Pharmacol.*, **93,** 215–21.

Awan, K. A. and Dolly, J. O. (1991). K^+ channel sub-types in rat brain: characteristic locations revealed using β-bungarotoxin, α- and δ-dendrotoxins. *Neuroscience*, **40**, 29–39.

Benishin, C. G., Sorensen, R. G., Brown, W. E., Krueger, B. K., and Blaustein, M. P. (1988). Four polypeptide components of green mamba venom selectively block certain potassium channels in rat brain synaptosomes. *Mol. Pharmacol.*, **34**, 152–9.

Bidard, J.-N., Mourre, C., Gandolfo, G., Schweitz, H., Widmann, C., Gottesmann, C., *et al.* (1989). Analogies and differences in the mode of action and properties of binding sites (localization and mutual interactions) of two K^+ channel toxins, MCD peptide and dendrotoxin I. *Brain Res.*, **495**, 45–57.

Black, A. R., Donegan, C. M., Denny, B. J., and Dolly, J. O. (1988). Solubilization and physical characterisation of acceptors for dendrotoxin and β-bungarotoxin from synaptic membranes of rat brain. *Biochemistry*, **27**, 6814–20.

Danse, J. M., Rowan, E. G., Gasparini, S., Ducancel, F., Vatanpour, H., Young, L. C., *et al.* (1994). On the site by which α-dendrotoxin binds to voltage-dependent potassium channels: site-directed mutagenesis reveals that the lysine triplet 28–30 is not essential for binding. *FEBS Lett.*, **356**, 153–8.

Dreyer, F. and Penner, R. (1987). The actions of presynaptic snake toxins on membrane currents of mouse motor nerve terminals. *J. Physiol.*, **386**, 455–63.

Grissmer, S., Nguyen, A. N., Aiyar, J., Hanson, D. C., Mather, R. J., Gutman, G. A., *et al.* (1994). Pharmacological characterization of five cloned voltage-gated K^+ channels, types $K_v1.1$, 1.2, 1.3, 1.5, and 3.1, stably expressed in mammalian cell lines. *Mol. Pharmacol.*, **45**, 1227–34.

Harvey, A. L. and Anderson, A. J. (1991). Dendrotoxins: Snake toxins that block potassium channels and facilitate neurotransmitter release. In *Snake toxins* (ed. A. L. Harvey), pp. 131–64, Pergamon Press, New York.

Harvey, A. L. and Karlsson, E. (1980). Dendrotoxins from the venom of the green mamba, *Dendroaspis angusticeps*. A neurotoxin that enhances acetylcholine release at neuromuscular junctions. *Naunyn-Schmiedebergs Arch. Pharmacol.*, **312**, 1–6.

Harvey, A. L. and Karlsson, E. (1982). Protease inhibitor homologues from mamba venoms: Facilitation of acetylcholine release and interactions with prejunctional blocking toxins. *Br. J. Pharmacol.*, **77**, 153–61.

Joubert, F. J. and Taljaard, N. (1980). The amino acid sequence of two proteinase inhibitor homologues from *Dendroaspis angusticeps* venom. *Hoppe Seylers Z. Physiol. Chem.*, **361**, 661–74.

Mehraban, F., Black, A. R., Breeze, A. L., Green, D. G., and Dolly, J. O. (1985). Identification by cross-linking of a neuronal acceptor protein for dendrotoxin, a convulsant neurotoxin. *FEBS Lett.*, **174**, 116–21.

Mehraban, F., Haines, A., and Dolly, J. O. (1986). Monoclonal and polyclonal antibodies against dendrotoxin: Their effects on its convulsive activity and interactions with neuronal acceptors. *Neurochem. Int.*, **9**, 11–22.

Pelchen-Matthews, A. and Dolly, J. O. (1989). Distribution in the rat central nervous system of acceptor sub-types for dendrotoxin, a K^+ channel probe. *Neuroscience*, **29**, 347–61.

Pongs, O. (1992). Molecular biology of voltage-dependent potassium channels. *Physiol. Rev.*, **72**, S69–88.

Rehm, H. and Lazdunski, M. (1988). Purification and subunit structure of a putative K^+-channel protein identified by its binding properties for dendrotoxins I. *Proc. Natl. Acad. Sci. USA*, **85**, 4919–23.

Smith, L. A., Lafaye, P. J., LaPenotiere, H. F., Spain, T., and Dolly, J. O. (1993). Cloning and functional expression of dendrotoxin K from black mamba, a K^+ channel blocker. *Biochemistry*, **32**, 5692–7.

Strydom, D. J. (1973a). Snake venom toxins. The amino acid sequences of two toxins from *Dendroaspis polylepis polylepis* (black mamba) venom. *J. Biol. Chem.*, **247**, 4029–42.

Strydom, D. J. (1973b). Protease inhibitors as snake venom toxins. *Nature, New Biol.*, **243**, 88–9.

■ Alan L. Harvey:
Dept. Physiology and Pharmacology,
Strathclyde Institute for Drug Research,
University of Strathclyde,
204 George Street,
Glasgow G1 1XW,
Scotland

Sea anemone potassium channel toxins

Three short (35 to 37 residues) sea anemone toxins have been isolated which block voltage dependent potassium channels. ShK has a particularly high affinity for the lymphocyte $K_v1.3$ channel. Analysis of several synthetic ShK analogues reveals different structural requirements for toxin interaction with brain $K_v1.2$ channels versus lymphocyte $K_v1.3$ channels. These toxins can serve as molecular models for designing selective potassium channel blockers.

During screening for dendrotoxin-like compounds in marine organisms, extracts of several sea anemones were found to inhibit the binding of ^{125}I-dendrotoxin I, a probe for voltage dependent potassium channels, to rat brain synaptosomal membranes (Harvey *et al.* 1991; Karlsson *et al.* 1991). Two toxins were later isolated from Caribbean sea anemones, ShK toxin from *Stichodactyla helianthus* (Karlsson *et al.* 1992; Aneiros *et al.* 1993; Castañeda *et al.* 1995) and BgK toxin from *Bunodosoma granulifera* (Karlsson *et al.* 1992). More recently, another toxin has been isolated from *Anemonia sulcata*, which we refer to here as AsK toxin (Schweitz *et al.* 1995). These toxins are known to block voltage-dependent potassium channels.

The K_i-values determined by inhibition of ^{125}I-dendrotoxin I binding to rat brain synaptosomal membranes were 0.3 nM for ShK toxin (0.6 nM for inhibition of ^{125}I-α-dendrotoxin binding), 0.7 nM for BgK toxin, and 10 nM for AsK toxin. From patchclamp experiments an IC_{50} (50 per cent block of potassium channel currents) of 133 pM was obtained for ShK toxin with Jurkat T-lymphocyte (a human lymphoma peripheral T-lymphocyte cell line) $K_v1.3$ channels (Pennington *et al.* 1995). Furthermore, ShK toxin with an IC_{50} of 32 pM displaced ^{125}I-charybdotoxin binding to the lymphocyte $K_v1.3$ channel, indicating an affinity nearly 20 times higher than charybdotoxin (Pennington *et al.* 1995).

All three known short sea anemone potassium channel toxins are similar sized (35 to 37 residues) basic peptides with obvious sequence homology. Each contains six cysteine residues forming three intramolecular disulfide bonds. The toxins represent a new family of potassium channel toxin, since their sequences do not show any homology with any other potassium channel toxin. The disulfide pairings of ShK toxin have been determined

(Pohl *et al.* 1995) and are assumed to be the same for the homologues BgK toxin and AsK toxin (Fig. 1). The arrangement of disulfide bonds creates an N- to C-terminal cyclic structure through the disulfide bond pairing Cys3–Cys35. The secondary structure of ShK toxin has approximately 30 per cent α-helix determined by several spectroscopic methods (Kem *et al.* 1996). NMR analysis locates the α-helical regions at residues 14–18 and 21–24 (Tudor *et al.* 1996).

Sea anemones also have other types of potassium channel toxins. Extracts from the sea anemone *Bunodosoma cangium* blocked Ca^{2+}-dependent potassium currents in crayfish muscle and chromaffin cells (Buño and Červeňánský 1995). Two types of potassium channel toxins were recently isolated from the anemone *Anemonia sulcata*. The first type, which we designate as AsK toxin, is homologous with ShK and BgK toxins (Fig. 1). Toxins of the second type, 'Kalicludins' are larger molecules (58–59 residues) homologous with dendrotoxins and also a class of protease inhibitors; these toxins also possess the two biological activities (Schweitz *et al.* 1995).

Two of the short toxins have been recently synthesized, ShK toxin by Pennington *et al.* (1995) at Bachem Bioscience, Inc. (King of Prussia, PA, USA) and also at The Peptide Institute, Inc. (Osaka, Japan) and BgK toxin by Ménez and co-workers (Personal communication) at the CEA, Département d' Ingéniere et d' Etudes des Protéins. The synthetic ShK toxin was actually more potent than the natural toxin. This may be due to more extensive oxidation of the methionine residue during purification of the natural toxin (Pennington *et al.* 1995). Additionally, several monosubstituted synthetic analogues of ShK toxin have been prepared and tested on two different types of potassium channels (Table 1). Analogues with significantly less affinity than the native toxin in displacing

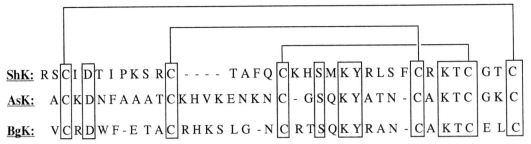

Figure 1. Amino acid sequences of ShK, BgK, and AsK aligned in homology. Common amino acids are boxed. The C-terminal tetrapeptide of BgK was first reported to have the sequence LQCC (Aneiros *et al.* 1993), but later analysis showed the sequence to be CELC. BgK synthesized with this sequence is identical with the native toxin (A. Ménez, personal communication). (A = Ala, C = Cys, D = Asp, E = Glu, F = Phe, G = Gly, H = His, I = Ile, K = Lys, L = Leu, M = Met, N = Asn, P = Pro, Q = Gln, R = Arg, S = Ser, T = Thr, Y = Tyr, V = Val, W = Trp.)

Table 1 Ability of ShK toxin analogues to displace binding of charybdotoxin[a] to Jurkat T-lymphocytes and dendrotoxin to rat brain membranes (Pennington *et al.* 1996)

Toxin analogue	Secondary structure[b]	IC$_{50}$ (nM)	
		Lymphocyte ^{125}I-ChTX	Rat Brain ^{125}I-DTX
ShK	Normal	0.04	8
R1S	Normal	0.05	16
D5N	Disordered	N.D.	N.D.
K9Q	Normal	0.31	11
R11Q	Normal	0.64	18
F15A	Normal	0.054	6
F15W	Normal	0.065	6
K22A	Normal	0.30[c]	>1000
Y23F	Normal	0.18[c]	9
Y23S	Disordered	>50[c]	>5000
R24A	Normal	0.04	10

[a] Charybdotoxin, a scorpion toxin that inhibits several types of potassium channels, including Ca^{2+}-activated and voltage-dependent channels (Pongs 1992).
[b] Normal: circular dichroism spectrum identical to that of native ShK. Disordered: greatly different spectrum lacking minima characteristic of α-helix.
[c] Data derived from patchclamp of Jurkat T lymphocyte K$_v$1.3 channels. Using this system, native ShK toxin has an IC$_{50}$ of 133 pM (Pennington *et al.* 1995).

^{125}I-charybdotoxin from K$_v$1.3 channels in Jurkat T-lymphocytes were K9Q (8 × reduction), R11Q (16 × reduction), and K22A (3 × reduction). Thus K9, R11, and K22 probably participate in the binding of ShK toxin to K$_v$1.3 channels. Only the substitution of Ala for Lys at position 22 caused much lower (250 times) affinity for the rat brain potassium channels. The low activities of the D5N and Y23S ShK analogues were probably due to structural perturbations, as their circular dichroism spectra and HPLC behaviour indicated that these peptides had not folded properly.

Thus, ShK toxin utilizes at least some different amino acid residues for binding to these two potassium channels. Alteration of amino acid side chains that interact with only one of the ion channels might increase toxin specificity for one of the ion channels. ShK toxin analogues K9Q and R11Q are more selective than the native toxin for K$_v$1.2 channels. Similarly, the ShK toxin analogue K22A was more selective for K$_v$1.3 channels.

■ Purification and sources

BgK toxin and ShK toxin were isolated by gel filtration of mucus (BgK toxin) or whole body extract (ShK toxin) on Sephadex G-50, HPLC ion-exchange on BioGel TSK SP-5-PW (cation-exchanger with sulfopropyl as ion exchange group), and reverse phase HPLC on a C4 column. Volatile buffers (ammonium acetate and acetonitrile in trifluoroacetic acid for reverse phase HPLC) were used to facilitate recovery by freeze-drying without prior desalting. The toxin content was low, less than 0.5 mg per gram starting material. Synthetic ShK toxin may be purchased from Bachem Bioscience Inc. (King of Prussia, PA) or The Peptide Institute (Osaka, Japan).

■ Toxicity

The lethal doses for ShK toxin, BgK toxin, and AsK toxin are not known, but like dendrotoxins, they probably have a low lethality by intravenous injection, but are extremely potent when injected within the brain. For instance, dendrotoxin has an LD$_{50}$ i.v. of 38 μg/g mouse (Strydom 1973) and a minimum lethal dose of only 2.5ng/g body weight when injected into rat brain (Mehraban *et al.* 1985).

■ Use in cell biology

BgK toxin and ShK toxin, especially analogues with higher specificity than native toxins, should be useful probes for studying voltage-dependent potassium channels. ShK toxin is readily radiolabelled with ^{125}I, using the chloramine-T method. The nonspecific binding of radio-iodinated ShK toxin to rat brain membranes is lower than for ^{125}I-charybdotoxin. Also, specific binding of ^{125}I-ShK toxin displays much less dependence upon pH and ionic strength. These properties make it a superior radioligand for investigations of voltage-gated potassium channels (Mahnir et al. submitted). ShK toxin appears to be a competitive inhibitor of charybdotoxin and a noncompetitive inhibitor of dendrotoxin binding to rat brain membranes (Mahnir et al. submitted).

Investigations are currently in progress to determine whether the sea anemone short potassium channel toxins affect other types potassium channel besides the delayed rectifier type.

■ References

Aneiros, A., García, I., Martínez, J. R., Harvey, A. L., Anderson, A. J., Marshall, D. L., et al. (1993). A potassium channel toxin from the secretion of the sea anemone *Bunodosoma granulifera*. Isolation, amino acid sequence and biological activity. *Biochim. Biophys. Acta*, **1157**, 86–92.

Buño, W. and Červeňañsky, C. (1995). Selective block of Ca^{2+}-dependent K$^+$ current in crayfish muscle and chromaffin cells by sea anemone *Bunodosoma cangium* venom. *J. Neurosci.*, in press.

Castañeda, O., Sotolongo, V., Amor, A. M., Stocklin, R., Anderson, A. J., Harvey, A. L., et al. (1995). Characterization of a potassium channel toxin from the Caribbean sea anemone *Stichodactyla helianthus*. *Toxicon*, **33**, 606–13.

Harvey, A. L., Anderson, M. J., Rowan, E. J., Marshall, D. L., Castañeda, O., and Karlsson, E. (1991). Dendrotoxin-like activity isolated from sea anemones. *Br. J. Pharmacol.*, **104**, 34P.

Karlsson, E., Adam, A., Aneiros, A., Castañeda, O., Harvey, A. L., Jolkkonen, M., et al. (1991). New toxins from marine organisms. *Toxicon*, **29**, 1168.

Karlsson, E., Aneiros, A., Casteneda, O., and Harvey, A. L. (1992). Potassium channel toxins from sea anemones. In *Recent advances in toxinology research* (ed. P. Gopalakrishankone and C. K. Tan), Vol. 2, pp.378–91, Nat. Univ., Singapore.

Kem, W. R., Williams, R. W., Sanyal, G., and Pennington, M. W. Secondary structure of ShK toxin, a potassium channel blocking peptide. *Lett. in Peptide Sci.*, **3**, 69–72.

Mahnir, V. M., Pennington, M. W., and Kem, W. R., Binding of radiolabelled ShK to potassium channels in rat brain membranes. *J. Biol. Chem.*, submitted.

Mehraban, F., Black, A. R., Breeze, A. L., Green, D. G., and Dolly, J. O. (1985). A functional membranous acceptor for dendrotoxin in rat brain: solubilization of the binding component. *Biochem. Soc. Trans.*, **13**, 507–8.

Pennington, M. W., Byrnes, M. E., Zaydenberg, I., Khaytin, I., de Chastonay, J., Krafte, D., et al. (1995). Chemical synthesis and characterization of ShK toxin: a potent potassium channel inhibitor from a sea anemone. *Int. J. Peptide Protein Res.*, **46**, 354–8.

Pennington, M. W., Kem, W. R., Mahnir, V. M., Byrnes, M. E., Zaydenberg, I., Khaytin, I., et al. (1996). Identification of essential residues in the potassium channel inhibitor ShK toxin. Analysis of monosubstituted analogs. In *Peptides: Chemistry, structure and biology* (ed. P. T. P. Kaumaya and R. S. Hodges), Escom, Leiden, The Netherlands, 192–4.

Pohl, J., Hubalek, F., Byrnes, M. E., Nielsen, K. R., Woods, A., and Pennington, M. W. (1995). Assignment of the three disulfide bonds in ShK toxin: A potent potassium channel inhibitor from the sea anemone *Stichodactyla helianthus*. *Lett. in Peptide Sci.*, **1**, 291–7.

Pongs, O. (1992). Structural basis of voltage-gated K$^+$ channel pharmacology. *Trends Pharmacol. Sci.*, **13**, 359–65.

Schweitz, H., Bruhn, T., Guillemare, E., Moinier, D., Lancelin, J. M., Béress, L., et al. (1995). Kalicludines and kaliseptine: two different classes of sea anemone toxins for voltage sensitive K$^+$ channels. *J. Biol. Chem.*, **270**, 25121–6.

Strydom, D. J. (1973). Protease inhibitors as snake venom toxins. *Nature New Biol,*. **243**, 88–9.

Tudor, J. E., Pallaghy, P. K., Pennington, M. W., and Norton, R. S. (1996). Solution structure of ShK toxin, a novel potassium channel inhibitor from a sea anemone. *Nat. Struct. Biol.*, **3**, 317–20.

■ *Michael W. Pennington:*
Bachem Bioscience Inc.,
3700 Horizon Drive,
King of Prussia, PA 19406,
USA

■ *William R. Kem:*
Department of Pharmacology and Therapeutics,
College of Medicine,
University of Florida,
Gainesville, FL 32610-0267,
USA

■ *Evert Karlsson:*
Department of Biochemistry,
Biomedical Centre,
Box 576,
751 23 Uppsala,
Sweden

9

Calcium channel targeted toxins

Voltage-gated Ca^{2+} channels are multisubunit complexes composed of a channel-forming and voltage-sensing $\alpha 1$ subunit and several regulatory and/or auxiliary subunits. They constitute a complex family of channels comprising a large number of different subtypes, which have in common a steep voltage dependence of open probability and a very high selectivity for Ca^{2+} over Na^+ and K^+ ions in physiological solutions.

The structure of the $\alpha 1$ subunit shares a basic design with other voltage-gated ion channels, consisting of six membrane spanning segments (S1 to S6) flanked by cytoplasmic and extracellular loops, with the loop between S5 and S6 (termed H5 sequence, SS1–SS2, or the P region) folding into the membrane to form part of the pore (Fig. 1). As in the case of Na^+ channels this basic design is repeated in four homologous domains. The S4 segment, which contains positively charged residues at every third or fourth position, has been shown to play a major role in voltage sensing in Na^+ and K^+ channels, and is likely to play a similar role in Ca^{2+} channels. Biophysical studies have shown that high selectivity for Ca^{2+} ions is achieved through a high affinity binding site (K_d around 1 μM) located within the pore, close to the external mouth, and recent mutagenesis studies suggest that such a site is formed by four conserved glutamate residues, one glutamate donated by each of the four H5 sequences of 1α (McCleskey 1994; Sather et al. 1994).

Since Ca^{2+} ions are intracellular chemical messengers, capable of activating and regulating a wide spectrum of

important cellular functions, voltage-gated Ca^{2+} channels are special with respect to other ion channels in that they act as transducers of electrical signals into chemical messages, and as such have crucial roles in the control of important Ca^{2+}-dependent processes (Hille 1992). Thus, the evolutionary proliferation of natural toxins designed to inhibit them selectively does not seem surprising. ω-toxins (in particular the more selective ω-conotoxin-GVIA isolated from *Conus geographus* snail venom and ω-agatoxinIVA isolated from the funnel-web spider *Agelenopsis aperta* venom) have been instrumental in defining different classes of Ca^{2+} channels and have proven to be powerful pharmacological tools for exploring their functional role (Olivera et al. 1994).

On the basis of the threshold voltage for activation, voltage-gated Ca^{2+} channels have been divided in low-voltage-activated (LVA or T-type) channels (threshold: −70 to −50 mV) and high-voltage-activated (HVA) Ca^{2+} channels (threshold > −40 mV) (Bean 1989; Bertolino and LLinas 1992). According to pharmacological criteria, HVA Ca^{2+} channels have been classified as dihydropyridine (DHP)-sensitive channels (L-type), ω-CgTx-GVIA-sensitive channels (N-type), and ω-AgaIVA-sensitive channels (P- and Q-type, distinguished on the basis of different sensitivities to ω-AgaIVA: K_d < 10 nM for P- and K_d < 10 nM for Q-type). An additional component of HVA Ca^{2+} current (R-type) has been identified as the current resistant to DHPs and ω-CTx-MVIIC, a toxin that inhibits slowly and irreversibly P- and Q-type channels and

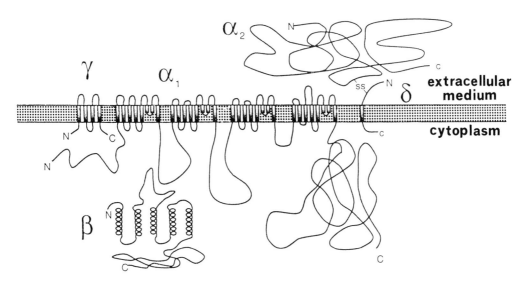

Figure 1. Oligomeric structure of voltage-gated Ca^{2+} channels (modified from Perez-Reyes and Schneider 1994).

inhibits rapidly and reversibly N-type channels (Birnbaumer *et al.* 1994; Olivera *et al.* 1994; Dunlap *et al.* 1995). DHPs, ω-CgTx-GVIA, and ω-AgaIVA have been particularly useful for discriminating among Ca^{2+} channel types because they are quite selective in blocking L-, N-, and P/Q-type channels, respectively, while most other blockers of Ca^{2+} channels (including ω-grammotoxins and other ω-conotoxins and ω-agatoxins, and also FTX a polyamine from Agelenopsis venom) appear to be poorly selective (Olivera *et al.* 1994).

The basic insight into the subunit composition of voltage-gated Ca^{2+} channels has been derived mainly from work carried out with the channel purified from skeletal muscle. The DHP-sensitive Ca^{2+} channel of skeletal muscle is composed of four subunits: $\alpha 1$ (175 kDa), 2α (160 kDa), β (55 kDa), and γ (33 kDa). Of non-L type Ca^{2+} channels detailed subunit structure is known only for N-type channels, which consists of an $\alpha 1$ subunit (230 kDa), a β subunit (57 kDa), an $\alpha 2\delta$ subunit, and an additional subunit (95 kDa) not present in skeletal muscle (Hofmann *et al.* 1994; Isom *et al.* 1994; Perez-Reyes and Schneider 1994). $\alpha 2\delta$ subunits are disulfide-linked dimers of $\alpha 2$ and δ subunits: δ contain a transmembrane segment that anchors the dimer to the membrane, while $\alpha 2$ are large glycoproteins probably located extracellularly. γ subunits are believed to be cytoplasmic. The subunit, an integral membrane protein containing four putative transmembrane domains, seems to be unique to skeletal muscle (Fig. 1).

Cloning studies have shown that Ca^{2+} channels α_1 and subunits are encoded by at least six (α_{1A}, α_{1B}, α_{1C}, α_{1D}, α_{1E}, and the skeletal α_{1S}) and four (β_1, β_2, β_3, β_4) different

genes, respectively (Snutch and Reiner 1992; Birnbaumer *et al.* 1994; Perez-Reyes and Schneider 1994; Dunlap *et al.* 1995). Further molecular diversity is created by the existence of multiple isoforms for each gene, generated in many cases by alternative splicing of the genes. Thus at present a minimum of 19 structurally distinct $\alpha 1$ subunits and 9 distinct β are known, most of which are expressed in the brain (Fig. 2). $\alpha 2\delta$ subunits identified to date are encoded by only one gene, which give rise to multiple splice variants.

Heterologous expression studies have shown that α_{1C} and α_{1D}, like α_{1S}, give rise to DHP-sensitive Ca^{2+} channels, α_{1B} to ω-CgTx-GVIA-sensitive Ca^{2+} channels, α_{1A} to ω-AgaIVA-sensitive Ca^{2+} channels, and α_{1E} to Ca^{2+} channels resistant to all specific inhibitors. The three L-type $\alpha 1$ subunits have 60–70 per cent amino acid identity among each other and only 30–40 per cent identity with the non-L α_1 subunits, which are 50–60 per cent identical with each other: Within the L family, α_{1C} (which is widely expressed in cardiac and smooth muscle and in neuronal and endocrine cells and also nonexcitable cells such as fibroblasts and kidney epithelial cells) and α_{1D} (whose expression is restricted to neuronal and endocrine cells) are more similar to each other than to the skeletal muscle α_{1S}. Within the non-L family, α_{1A} and α_{1B} are more similar to each other than α_{1E}. The three non-L $\alpha 1$ subunits are almost exclusively expressed in neuronal and/or neuroendocrine tissues.

Although in many cases $\alpha 1$ subunits alone are sufficient for expression of functional Ca^{2+} channels in heterologous systems, the auxiliary subunits and in particular the β subunits have major effects on Ca^{2+} channel func-

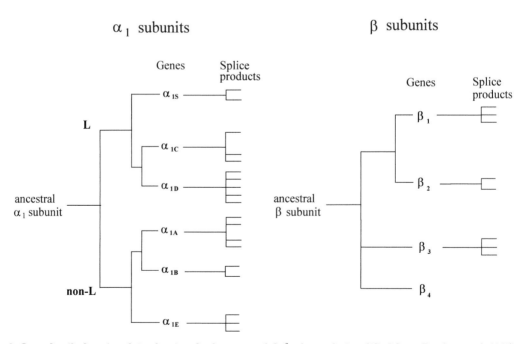

Figure 2. Gene family for $\alpha 1$ and β subunits of voltage-gated Ca^{2+} channels (modified from Dunlap *et al.* 1995).

tion (Hofmann *et al.* 1994; Isom *et al.* 1994). Different subunits in combination with a given $\alpha 1$ subunit give rise to Ca^{2+} channels with very different biophysical properties. Particularly striking are the widely different effects of different β subunits on inactivation kinetics and voltage dependence of steady state inactivation of α_{1A} and α_{1E} (e.g. Stea *et al.* 1994).

Considering the different genes and isoforms for $\alpha 1$ and β subunits and the number of possible subunit combinations, a functional diversity of Ca^{2+} channels much wider than the established pharmacological diversity can be expected in native membranes, especially in the brain which expresses most of the known isoforms. Since there is accumulating evidence from electrophysiological studies in neurons that each of the pharmacological classes of native neuronal Ca^{2+} channels comprises various members with distinct biophysical properties, sometimes coexpressed in the same type of neuron (Forti and Pietrobon 1993), it appears likely that the large potential for combinatorial structural heterogeneity of brain Ca^{2+} channels may actually be fully exploited.

L-type Ca^{2+} channels are the major pathway for voltage-gated Ca^{2+} entry in cardiac and smooth muscle and, as such, play a crucial role in excitation–contraction coupling. Acting as voltage sensors for intracellular Ca^{2+} release from the sarcoplasmic reticulum, they are essential components of the excitation–contraction coupling machinery in skeletal muscle. In endocrine and neuroendocrine cells L-type channels are involved in the control of hormone release. The precise role of L-type channels in neurons is not yet well understood. However, their wide distribution in CNS and their preferential localization in cell bodies and at the base of major dendrites (Westenbroek *et al.* 1990) suggest that they may be critically involved in initiating Ca^{2+}-dependent intracellular regulatory events (e.g. regulation of cellular signalling pathways and gene expression) in response to synaptic excitation (Ghosh and Greenberg 1995).

Despite the extremely large heterogeneity at the molecular and probably also functional level, most native L-type channels described so far have some common biophysical properties, namely a relatively high threshold voltage for activation (–40/–30 mV), a slow voltage-dependent inactivation and a steady state inactivation at relatively positive voltages (> -60 mV), and a single channel conductance of 22–27 pS (Bean 1989; Forti and Pietrobon 1993). Besides the sensitivity to dihydropyridine drugs that define them, L-type channels have in common also the resistance to all ω-toxins except ω-AgaIIIA and the sensitivity to calciseptine (Olivera *et al.* 1994).

N-type and P/Q-type Ca^{2+} channels play a major role in controlling neurotransmitter release at synaptic terminals in both peripheral and central nervous systems. In many synapses N- and P/Q-type channels coexist in individual nerve terminals and control exocytosis jointly (Olivera *et al.* 1994; Dunlap *et al.* 1995).

Even though both ω-CgTx-GVIA-sensitive and ω-AgaIVA-sensitive Ca^{2+} channels with quite different kinetics and voltage-dependent inactivation properties have been reported in different cells, N-type and P/Q-type Ca^{2+} channels have in common a high threshold voltage for activation at –30/–10 mV, which distinguishes them from R-type channels, which are characterized by a lower threshold for activation at –50/–30 mV (Mintz *et al.* 1992; Elmslie *et al.* 1994; Tottene *et al.* 1996; Randall and Tsien 1995, and compare, e.g., Stea *et al.* 1994 and Soong *et al.* 1993 for recombinant channels).

The function of R-type channels in neuronal physiology remains largely unknown, although both their functional properties and their prevailing localization in cell bodies and a subset of dendrites suggest a possible role in the generation of calcium-dependent action potentials and calcium transients in response to excitatory postsynaptic potentials at relatively negative voltages (Yokoyama *et al.* 1995).

LVA or T-type Ca^{2+} channels have a pharmacological profile similar to that of R-type channels with respect to resistance to the known selective antagonists and sensitivity to Ni^{2+} block, but they can be distinguished from R-type channels on the basis of their lower sensitivity to Cd^{2+} block, lower threshold of activation, higher rate of inactivation, and lower single channel conductance and current. T-type channels are present in most excitable cells. They are involved in generation of rhythmic pacemaker activity in cardiac muscle and neurons, and are thought to be responsible for neuronal oscillatory activity that is likely implicated in various brain functions such as wakefulness regulation and motor coordination (Bean 1989; Bertolino and Llinas 1992). The interesting recent demonstration of activation of T-type channels in dendrites of hippocampal neurons by subthreshold EPSPs, suggest a possible important role in synaptic integration and in some forms of plasticity (Magee and Johnston 1995).

■ References

Bean, B. P. (1989). Classes of Ca^{2+} channels in vertebrate cells. *Annu. Rev. Physiol.*, **51**, 367–84.

Bertolino, M. and LLinas, R. R. (1992). The central role of voltage-activated and receptor operated calcium channels in neuronal cells. *Annu. Rev. Pharmacol. Toxicol.*, **32**, 399–421.

Birnbaumer, L., Campbell, K. P., Catterall, W. A., Harpold, M. M., Hofmann, F., Horne, W. A., *et al.* (1994). The naming of voltage-gated calcium channels. *Neuron*, **13**, 505–6.

Dunlap, K., Luebke, J. I., and Turner, T. J. (1995). Exocytotic Ca^{2+} channels in mammalian central neurons. *Trends Neurosci.*, **18**, 89–98.

Elmslie, K. S., Kammermeier, P. J., and Jones, S. W. (1994). Reevalutation of Ca^{2+} channel types and their modulation in bullfrog sympathetic neurons. *Neuron*, **13**, 217–28.

Forti, L. and Pietrobon, D. (1993). Functional diversity of L-type calcium channels in rat cerebellar neurons. *Neuron*, **10**, 437–50.

Ghosh, A. and Greenberg, M. E. (1995). Calcium signaling in neurons: molecular mechanisms and cellular consequences. *Science*, **268**, 239–47.

Hille, B. (1992). *Ionic channels of excitable membranes*, Sinauer, Sutherland, MA.

Hofmann, F., Biel, M., and Flockerzi, V. (1994). Molecular basis for Ca²⁺ channel diversity. *Annu. Rev. Neurosci.*, **17**, 399–418.

Isom, L. L., De Jongh, K. S., and Catterall, W. A. (1994). Auxiliary subunits of voltage-gated ion channels. *Neuron*, **12**, 1183–94.

McCleskey, E. W. (1994). Calcium channels: cellular roles and molecular mechanisms. *Curr. Opin. Neurobiol.*, **4**, 304–12.

Magee, J. C. and Johnston, D. (1995). Synaptic activation of voltage-gated channels in the dendrites of hippocampal pyramidal neurons. *Science*, **268**, 301–7.

Mintz, I. M., Adams, M. E., and Bean, B. P. (1992). P-type calcium channels in rat central and peripheral neurons. *Neuron*, **9**, 85–95.

Olivera, B. M., Miljanich, G. P., Ramachandran, J., and Adams, M. E. (1994). Calcium channel diversity and neurotransmitter release: The ω-conotoxins and ω-agatoxins. *Annu. Rev. Biochem.*, **63**, 823–67.

Perez-Reyes, E. and Schneider, T. (1994). Calcium channels: structure, function, and classification. *Drug Develop. Res.*, **33**, 295–318.

Randall, A. and Tsien, R. W. (1995). Pharmacological dissection of multiple types of Ca²⁺ channel currents in rat cerebellar granule neurons. *J Neurosci.*, **15**, 2995–3012.

Sather, W. A., Yang, J., and Tsien, R. W. (1994). Structural basis of ion channel permeation and selectivity. *Curr. Opin. Neurobiol.*, **4**, 313–23.

Snutch, T. P. and Reiner, P. B. (1992). Ca²⁺ channels: diversity of form and function. *Curr. Opin. Neurobiol.*, **2**, 247–53.

Soong, T. W., Stea, A., Hodson, C. D., Dubel, S. F., Vincent, S. R., and Snutch, T. P. (1993). Structure and functional expression of a member of the low voltage-activated calcium channel family. *Science*, **260**, 1133–6.

Stea, A., Tomlinson, W. J., Wah Soong, T., Bourinet, E., Dubel, S. J., Vincent, S. R. *et al.* (1994). Localization and functional properties of a rat brain a₁A calcium channel reflect similarities to neuronal Q- and P-type channels. *Proc. Natl. Acad. Sci. USA*, **91**, 10576–80.

Tottene, A., Moretti, A., and Pietrobon, D. (1996). Functional diversity of P-type and R-type calcium channels in rat cerebellar neurons. *J. Neurosci.*, **16**, 6353–63.

Westenbroek, R. E., Ahlijanian, M. K., and Catterall, W. A. (1990). Clustering of L-type Ca²⁺ channels at the base of major dendrites in hippocampal pyramidal neurons. *Nature*, **347**, 281–4.

Yokoyama, C. T., Westenbroek, R. E., Hell, J. W., Soong, T. W., Snutch, T. P., and Catterall, W. A. (1995). Biochemical properties and subcellular distribution of the neuronal class E calcium channel α₁ subunit. *J. Neurosci.*, **15**, 6419–32.

■ *Daniela Pietrobon:*
Centro CNR Biomembrane and
Università di Padova,
Via Trieste, 75,
35121 Padova,
Italy

ω-Conotoxins (*Conus* spp.)

The ω-conotoxins are a family of peptide neurotoxins present in the venoms of many species of predatory cone snails (Conus) that inhibit voltage-gated Ca channels; the well-characterized ω-conotoxins come from three fish-hunting Conus species. All ω-conotoxins are 24–30 amino acids in length, with three disulfide bonds; the best defined are ω-conotoxin GVIA (ωGVIA) from Conus geographus and ω-conotoxins MVIIA, MVIIC, and MVIID from Conus magus venom (ωMVIA, ωMVIIC, and ωMVIID). In mammalian systems, ωGVIA and ωMVIIA are remarkably specific for voltage-gated calcium channels that contain the α₁B subunit.; a second group of ω-conotoxins, including ωMVIIC and ωMVIID have broader specificity in mammalian systems, and preferentially target calcium channel complexes containing α₁A subunits. Since calcium channels present at presynaptic termini generally belong to the classes above, ω-conotoxins have become widely used tools for blocking synaptic transmission and studying synapses.

The ω-conotoxins are a major family of paralytic neurotoxins produced in the venoms of various species of marine gastropods belonging to the genus *Conus*. At this time, the most widely known of these peptides is ω-conotoxin GVIA (ωGVIA), which has 27 amino acids and three disulfide linkages; in many scientific publications, the term ω-conotoxin (and sometimes the even more general 'conotoxin') is used to refer to ω-conotoxin GVIA. (For example, the widely used 'conotoxin-sensitive Ca channel' usually means the channel is sensitive to ωGVIA.) Several other ω-conotoxins have the same pharmacological specificity as ω-conotoxin GVIA in mammalian systems, notably ω-conotoxins MVIIA and SVIA. ωMVIIA is generally more reversible than ωGVIA, while ωSVIA has much lower affinity for mammalian Ca channels and is not widely used. ω-conotoxin SVIA is the smallest member of the family described so far (24 amino acids). The biochemistry, electrophysiology, and pharmacology of these peptides have been comprehensively reviewed (Olivera *et al.* 1994).

Purification and chemical synthesis

The ω-conotoxins were originally identified and purified from the venom of *Conus* (ω-conotoxin GVIA from *Conus geographus* venom, ω-conotoxin MVIIA from *Conus magus* venom). Venoms were collected by dissecting fresh *Conus* specimens, and the dissected venom ducts used as the source of venom. Venom can also be obtained from some *Conus* species by milking (Hopkins *et al.* 1995). The purification of ω-conotoxins from venom has been described (Olivera *et al.* 1984, 1990). More recently, the sequences of ω-conotoxins have been inferred by analysing cDNA clones derived from venom ducts (Hillyard *et al.* 1992; Monje *et al.* 1993).

Although purification from natural sources is always an option, almost all ω-conotoxins used for research, therapeutic, and diagnostic purposes have been chemically synthesized since the first synthesis of these peptides in 1987 (Rivier *et al.* 1987). Several different strategies have been employed to optimize synthesis and folding into the correct disulfide-bonded configuration (Olivera *et al.* 1994).

Toxicity; clinical potential

The α_{1B}-targeted ω-conotoxins (ωGVIA and ωMVIIA, shown in Fig. 1) cause shaking upon intracranial injection into mice, but not death even at concentrations several orders of magnitude above those necessary to give the shaking symptomatology. Indeed, one of these peptides, ω-conotoxin MVIIA is being developed as a potential therapeutic agent for intractable pain. This analgesic application is probably based on the interaction with α_{1B}-containing calcium channels, the channel subtype likely to be the target of opiate receptors. Another potential therapeutic application for this compound for which clinical trials are ongoing is as a neuroprotective agent during hypoxic/ischemic episodes. Patents for such clinical applications have been issued to Neurex Corporation, Menlo Park, California.

However, it should be noted that while the peptides are not toxic to mice, these peptides cause death in lower vertebrates (fish, amphibian, and avian systems). Some mammals may be susceptible following direct injection into the central nervous system (at high doses, lethality is observed in rats).

In contrast, the ω-conotoxins which also inhibit α_{1A}-containing voltage-gated calcium channels (i.e., ωMVIIC and ωMVIID) are lethal to mammals as well as to lower vertebrates. In mammals, lethality occurs only upon intracranial injection; a progressive respiratory distress is observed in intoxicated animals.

Genes

Complete coding sequences are available for ω-conotoxin GVIA (Genbank M84612) (Colledge *et al.* 1992). The precursor sequences of the ω-conotoxins are highly homologous to two other families of *Conus* peptides, the μO- and δ-conotoxins which, respectively, block and increase voltage-gated conductances of certain sodium channel subtypes (McIntosh *et al.* 1995; Shon *et al.* 1995).

Use in cell biology and neuroscience

ω-Conotoxins have become standard tools for inhibiting synaptic transmission; over 1000 publications in the neuroscience literature employed these agents, especially ω-conotoxin GVIA. The peptides have also been used in anatomical studies to localize calcium channels: radio-labelled derivatives for macroscopic mapping and fluores-

---

I. (Specific for Ca²⁺ channels containing α_{1B} subunits)

      ω-conotoxin GVIA   CKSOGSSCSOTSYNCC-RSCNOYTKRCY*

      ω-conotoxin MVIIA   CKGKGAKCSRLMYDCCTGSC--RSGKC*

II. (Prefer Ca²⁺ channels containing α_{1A} subunits)

      ω-conotoxin MVIIC   CKGKGAPCRKTMYDCCSGSCGRRGK-C*

      ω-conotoxin MVIID   CQGRGASCRKTMYNCCSGSC--NRGRC*

Disulfide Bonding of ω-Conotoxins

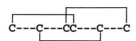

Figure 1. ω-Conotoxins.

cent ω-conotoxin derivatives for presynaptic termini. Antibodies to ω-conotoxins have also been made.

■ References

Colledge, C. J., Hunsperger, J. P., Imperial, J. S., and Hillyard, D. R. (1992). Precursor structure of omega-conotoxin GVIA determined from a cDNA clone. *Toxicon*, **30**, 1111–16.

Hillyard, D. R., Monje, V. D., Mintz, I. M., Bean, B. P., Nadasdi, L., Ramachandran, J., *et al.* (1992). A new *Conus* peptide ligand for mammalian presynaptic Ca²⁺ channels. *Neuron*, **9**, 69–77.

Hopkins, C., Grilley, M., Miller, C., Shon, K. -J., Cruz, L. J., Gray, W. R., *et al.* (1995). A new family of *Conus* peptides targeted to the nicotinic acetylcholine receptor. *J. Biol. Chem.*, **270**, 22361–7.

McIntosh, J. M., Hasson, A., Spira, M. E., Li, W., Marsh, M., Hillyard, D. R. *et al.* (1995). A new family of conotoxins that blocks voltage-gated sodium channels. *J. Biol. Chem.*, **270**, 16796–802.

Monje, V. D., Haack, J., Naisbitt, S., Miljanich, G., Ramachandran, J., Nasdasdi, L., *et al.* (1993). A new *Conus* peptide ligand for Ca channel subtypes. *Neuropharmacology*, **32**, 1141–9.

Olivera, B. M., McIntosh, J. M., Cruz, L. J., Luque, F. A., and Gray, W. R. (1984). Purification and a sequence of a presynaptic peptide toxin from *Conus geographus* venom. *Biochemistry*, **23**, 5087–90.

Olivera, B. M., Rivier, J., Clark, C., Ramilo, C. A., Corpuz, G. P., Abogadie, F. C., *et al.* (1990). Diversity of *Conus* neuropeptides. *Science*, **249**, 257–63.

Olivera, B. M., Miljanich, G., Ramachandran, J., and Adams, M. E. (1994). Calcium channel diversity and neurotransmitter release: the omega-conotxins and omega-agatoxins. *Ann. Rev. Biochem.*, **63**, 823–67.

Rivier, J., Galyean, R., Gray, W. R., Azimi-Zoonooz, A., McIntosh, J. M., Cruz, L. J., *et al.* (1987). *Neuron,*al calcium channel inhibitors. Synthesis of omega-conotoxin GVIA and effects on 45Ca uptake by synaptosomes. *J. Biol. Chem.*, **262**, 1194–8.

Shon, K., Grilley, M. M., Marsh, M., Yoshikami, D., Hall, A. R., Kurz, B., *et al.* (1995). Purification, characterization, synthesis, and cloning of the lockjaw peptide from *Conus purpurascens* venom. *Biochemistry*, **34**, 4913–18.

■ *Baldomero M. Olivera, Julita S. Imperial, and Doju Yoshikami:*
Department of Biology,
University of Utah,
Salt Lake City,
Utah 84112,
USA

ω-Agatoxins (*Agelenopsis aperta*)

ω-Agatoxins are a diverse group of polypeptide calcium channel antagonists from venom of the American funnel web spider, Agelenopsis aperta. *Four types of ω-agatoxins (Types I, II, III, and IV) ranging in molecular mass from 5–9 kDa are distinguished by amino acid sequence variation and differences in pharmacological specificity for calcium channel subtypes. Block of presynaptic calcium channels by the ω-agatoxins interferes with neurotransmitter release and synaptic transmission in a variety of animal groups.*

■ Type I

ω-Aga-IA (7791 Da) is a 69 amino acid (Table 1) heterodimeric peptide composed of a 66 amino acid major chain and a three amino acid minor chain connected by a disulfide bond (Adams *et al.* 1990; Santos *et al.* 1992). The major chain contains four internal disulfide bonds. N-terminal amino acid sequences of ω-Aga-IB and IC indicate that they have related structures (Adams *et al.* 1990). ω-Aga-IA blocks presynaptic calcium channels at the insect neuromuscular junction and calcium action potentials in insect neurosecretory neurons (Bindokas and Adams 1989; Bindokas *et al.* 1991). Calcium channel currents in rat dorsal root ganglion neurons are also blocked by ω-Aga-IA (Scott *et al.* 1990).

■ Type II

ω-Aga-IIA (1) is a ~9 kDa polypeptide (Table 1) which blocks insect (Bindokas and Adams 1991), avian (Venema *et al.* 1992), and mammalian (Adams *et al.* 1992) presynaptic calcium channels. A partial amino acid sequence of ω-Aga-IIA has been published (Adams *et al.* 1990).

■ Type III

ω-Aga-IIIA (8505 Da) is a monomeric peptide composed of 76 amino acids (Table 1) and six internal disulfide bonds (Venema *et al.* 1992). Several toxins closely related to ω-Aga-IIIA also are identified as ω-Aga-IIIB, IIIC, and

Table 1 ω-Agatoxin sequences

	(Major chain)	(Minor chain)
ω-Aga-IA	AKALPPGSV**C**DGNESD**C**K**C**YGKWHK**C**R**C**PWKWHFTGEGP**C**T**C**EKGMKHT**C**ITKLH**C**PNKAEWGLDW	SP**C**
ω-Aga-IIA	G**C**IEIGGD**C**DGYQEKSY**C**Q**CC**RNNGF**C**S... (partial sequence)	
ω-Aga-IIIA	S**C**IDIGGD**C**DGEKDD**C**Q**CC**RRNGY**C**S**C**YSLFGYLKSG**C**K**C**VVGTSAEFQGI**C**RRKARQ**C**YNSDPDK**C**ESHNKPKRR*	
ω-Aga-IVA	KKK**C**IAKDYGR**C**KWGGTP**CC**RGRG**C**I**C**SIMGTN**C**E**C**KPRLIMEGLGLA	
ω-Aga-IVB	EDN**C**IAEDYGK**C**TWGGTK**CC**RGRP**C**R**C**SMIGTN**C**E**C**TPRLIMEGLSFA	

Disulfide connectivity (IVA/IVB)

```
           ┌──────────────┐ ┌─┐ ┌──────┐ ┌──┐
--- C ------- C ------ CC ---- CXC ------ CEC -----------
               └──────────────────┘
```

*Indicates C-terminal amidation

IIID (Ertel *et al.* 1994*a*). ω-Aga-IIIA blocks avian preynaptic calcium channels (Venema *et al.* 1992) and mammalian N-type, L-type, and P-type channels with equal potency (Mintz *et al.* 1991; Mintz 1994) and thus may identify a conserved binding site on a broad spectrum of high threshold calcium channels. This toxin also blocks calcium channel currents in insect central neurons (Ertel *et al.* 1994*a*), but has no effect on presynaptic calcium channels at the insect neuromuscular junction (Bindokas *et al.* 1991). ω-Aga-IIIA blocks mammalian cardiac L-type calcium channel currents without affecting gating current (Ertel *et al.* 1994*b*), suggesting that the toxin probably physically occludes the channel pore. Although ω-Aga-IIIA completely inhibits L-type calcium channels (Mintz *et al.* 1991; Cohen *et al.* 1992), it only partially blocks neuronal N-type and P-type channels in neurons (Mintz *et al.* 1991; Mintz 1994). The toxin also blocks calcium channel α_{1A} (Sather *et al.* 1993) and α_{1E} (Kondo *et al.* 1994) subunits expressed in *Xenopus* oocytes.

ω-Aga-IIIA and the ω-conotoxins appear to have overlapping binding sites on multiple calcium channel subtypes. Evidence for this hypothesis comes from both radioligand binding and electrophysiological experiments. ω-Aga-IIIA prevents the binding of both ω-conotoxin GVIA (N-type-specific ligand) and ω-conotoxin MVIIC (N, P, and O-type ligand) to rat brain membranes (Adams *et al.* 1993*a*). This data is complemented by electrophysiological experiments showing that ω-Aga-IIIA prevents ω-conotoxin GVIA from blocking N-type channels (Mintz 1994) and MVIIC from blocking P-type channels (McDonough *et al.* 1995).

■ Type IV

ω-Aga-IVA (5203 Da) and ω-Aga-IVB (5274 Da) are 48 amino acid monomeric peptides (Table 1) with four internal disulfide bonds (Adams *et al.* 1993*b*; Mintz *et al.* 1992*b*). ω-Aga-IVB also has been referred to as ω-Aga-TK (Teramoto *et al.* 1993). Both toxins have been chemically synthesized (Nishio *et al.* 1993; Heck *et al.* 1994; Kuwada *et al.* 1994). A unique aspect of ω-Aga-IVB is its posttranslational modification of serine 46 from the *L*- to the *D*-configuration (Heck *et al.* 1994; Kuwada *et al.* 1994).

Data on the disulfide bonding pattern, three-dimensional structures, and structure–activity relationships for these peptide toxins are now available (Adams *et al.* 1993*b*; Nishio *et al.* 1993; Yu *et al.* 1993; Reily *et al.* 1994, 1995; Kim et al. 1995).

The type IV ω-agatoxins are specific, high affinity $K_d \approx 1 \, nM$ antagonists of P-type calcium channels in the mammalian brain. The binding site for Type IV ω-agatoxins on P-type calcium channels appears to be separate from that defined by the Type III ω-agatoxins (Adams *et al.* 1993*a*; Mintz *et al.* 1994). At higher concentrations (>100 nM), ω-Aga-IVA also blocks Q-type calcium currents in rat cerebellar granule neurons (Randall and Tsien 1995). ω-Aga-IVA blocks presynaptic calcium channels in the rat brain (Mintz *et al.* 1992*a, b*; Turner *et al.* 1992, 1993), resulting in suppression of synaptic transmission (Leubke *et al.* 1993; Takahashi and Momiyama 1993; Olivera *et al.* 1994; Wheeler *et al.* 1994), indicating that P- and/or Q-type channels are involved in the regulation of transmitter release at synaptic junctions.

ω-Aga-IVA also has been shown to block calcium channels in insect neurosecretory cells (Bickmeyer 1994) and at neuromuscular junctions of crayfish skeletal muscle (Araque *et al.* 1994). It therefore appears that P-type calcium channels or closely related forms are quite conserved evolutionarily.

■ Purification and sources

The ω-agatoxins are purified by reversed-phase high-performance liquid chromatography. Protocols for purification of each type have been published as follows: ω-Aga-IA and IIA, Adams *et al.* (1990); ω-Aga-IIIA, Venema *et al.* (1992*b*); ω-Aga-IIIB-D, Ertel *et al.* (1994*a*); ω-Aga-IVA, Mintz *et al.* (1992*b*); ω-Aga-IVB, Adams *et al.* (1993*b*).

ω-Aga-IVA is available from Latoxan or its US affiliate, Accurate Chemical & Scientific Corporation.

■ Toxicity

None of the ω-agatoxins have been reported to have significant oral or i.v. toxicity. Intracerebrocranial (ICV) injection of ω-Aga-IIIA into young mice causes convulsions and death (M. E. Adams, unpublished data). ICV injections of ω-Aga-IVA into young mice leads to respiratory failure and death (M. E. Adams, unpublished data).

■ Uses in cell biology and pharmacology

ω-Aga-IIIA binds to all known high-threshold calcium channels (L, N, O, P, Q, R) (Kondo *et al.* 1994; Mintz 1994). It has been used as a probe for mapping the distribution of these channels in the rat brain (McIntosh *et al.* 1992) and as a tool for revealing calcium channel gating currents (Ertel *et al.* 1994*b*).

ω-Aga-IVA and ω-Aga-IVB are potent and selective antagonists of P-type calcium channels in cerebellar Purkinje neurons, visual cortical neurons, spinal interneurons, and dorsal root ganglion neurons (Mintz *et al.* 1992*a*, *b*; Adams *et al.* 1993*b*). This toxin is useful in defining P-type currents in various types of mammalian neurons, and in determining the contribution of P-type calcium channels to neurotransmitter release in various parts of the nervous system (Turner *et al.* 1992, 1993; Leubke *et al.* 1993; Takahashi and Momiyama 1993; Regehr and Mintz 1994).

■ References

Adams, M. E., Bindokas, V. P., Hasegawa, L., and Venema, V. J. (1990). Omega-agatoxins: novel calcium channel antagonists of two subtypes from funnel web spider (*Agelenopsis aperta*) venom. *J. Biol. Chem.*, **265**(2), 861–7.

Adams, M. E., Bindokas, V. P., and Venema, V. J. (1992). Probing calcium channels with venom toxins. In *Neurotox '91 the molecular basis of drug and pesticide action* (ed. I. R. Duce), pp. 33–44, Elsevier, Amsterdam.

Adams, M. E., Myers, R. A., Imperial, J. S., and Olivera, B. M. (1993*a*). Toxityping rat brain calcium channels with omega-toxins from spider and cone snail venoms. *Biochemistry*, **32**(47), 12566–70.

Adams, M. E., Mintz, I. M., Reily, M. D., Thanabal, V., and Bean, B. P. (1993*b*). Structure and properties of ω-Aga-IVB, a new antagonist of P-type calcium channels. *Mol. Pharm.*, **44**(4), 681–8.

Araque, A., Clarac, F., and Buno, W. (1994). P-type Ca^{2+} channels mediate excitatory and inhibitory synaptic transmitter release in crayfish muscle. *Proc. Natl. Acad. Sci. USA*, **91**(10), 4224–8.

Bickmeyer, U., Rossler, W., and Wiegand, H. (1994). Omega AGA toxin IVA blocks high-voltage-activated calcium channel currents in cultured pars intercerebralis neurosecretory cells of adult locusta migratoria. *Neurosci. Lett.*, **181**(1–2), 113–16.

Bindokas, V. P. and Adams, M. E. (1989). omega-Aga-I: a presynaptic calcium channel antagonist from venom of the funnel web spider, *Agelenopsis aperta*. *J. Neurobiol.*, **20**(4), 171–88.

Bindokas, V. P., Venema, V. J., and Adams, M. E. (1991). Differential antagonism of transmitter release by subtypes of omega-agatoxins. *J. Neurophysiol.*, **66**(2), 590–601.

Cohen, C. J., Ertel, E. A., Smith, M. M., Venema, V. J., Adams, M. E., and Leibowitz, M. D. (1992). High affinity block of myocardial L-type calcium channels by the spider toxin omega-Aga-toxin IIIA: advantages over 1,4-dihydropyridines. *Mol. Pharmacol.*, **42**(6), 947–51.

Ertel, E. A., Warren, V. A., Adams, M. E., Griffin, P. R., Cohen, C. J., and Smith, M. M. (1994*a*). Type III omega-agatoxins: a family of probes for similar binding sites on L- and N-type calcium channels. *Biochemistry*, **33**(17), 5098–108.

Ertel, E. A., Smith, M. M., Leibowitz, M. D., and Cohen, C. J. (1994*b*). Isolation of myocardial L-type calcium channel gating currents with the spider toxin omega-Aga-IIIA. *J. Gen. Physiol.*, **103**(5), 731–53.

Heck, S. D., Kelbaugh, P. R., Kelly, M. E., and Thadeio, P. F. (1994). Disulfide bond assignment of omega-agatoxins IVB and IVC – Discovery of a d-serine residue in omega-agatoxin IVB. *J. Am. Chem. Soc.*, **116**, 10426–36.

Kim, J. I., Konishi, S., Iwai, H., Kohno, T., Gouda, H., Shimada, I., et al. (1995). Three-dimensional solution structure of the calcium channel antagonist omega-agatoxin IVA: consensus molecular folding of calcium channel blockers. *J. Mol. Biol.*, **250**(5), 659–71.

Kondo, A., Soong, T. W., Mbungu, D. N., Olivera, B. M., Snutch, T. P. and Adams, M. E. (1994). Pharmacological profile of the rat α_{1E} calcium channel subunit expressed in *Xenopus* oocytes. *Soc. Neurosci. Abstr.*, **20**, 72.

Kuwada, M., Teramoto, T., Kumagaye, K. Y., Nakajima, K., Watanabe, T., Kawai, T., et al. (1994). Omega-agatoxin-TK containing D-serine at position 46, but not synthetic omega-[I-Ser46]agatoxin-TK, exerts blockade of P-type calcium channels in cerebellar Purkinje neurons. *Mol. Pharmacol.*, **46**(4), 587–93.

Leubke, J. L., Dunlap, K., and Turner, T. J. (1993). Multiple calcium channel types control glutamatergic synaptic transmission in the hippocampus. *Neuron*, **11**, 1–20.

McDonough, S. I., Mintz, I. M., and Bean, B. P. (1995). ω-conotoxin MVIIC block of N-type and P-type calcium channels: interactions with other toxins. *Soc. Neurosci. Abstr.*, **21**, 339.

McIntosh, J. M., Adams, M. E., Olivera, B. M., and Filloux, F. (1992). Autoradiographic localization of the binding of calcium channel antagonist, [^{125}I]omega-agatoxin IIIA, in rat brain. *Brain Res.*, **594**(1), 109–14.

Mintz, I. M. (1994). Block of Ca channels in rat central neurons by the spider toxin omega-Aga-IIIA. *J. Neurosci.*, **14**(5), 2844–53.

Mintz, I. M., Venema, V. J., Adams, M. E., and Bean, B. P. (1991). Inhibition of N- and L-type Ca^{2+} channels by the spider venom toxin omega-Aga-IIIA. *Proc. Natl. Acad. Sci. USA*, **88**(15), 6628–31.

Mintz, I. M., Adams, M. E., and Bean, B. P. (1992*a*). P-type calcium channels in rat central and peripheral neurons. *Neuron*, **9**(1), 85–95.

Mintz, I. M., Venema, V. J., Swiderek, K. M., Lee, T. D., Bean, B. P., and Adams, M. E. (1992*b*). P-type calcium channels blocked by the spider toxin, ω-Aga-IVA. *Nature*, **355**, 827–9.

Nishio, H., Kumagaye, K. Y., Kubo, S., Chen, Y. N., Momiyama, A., Takahashi, T., et al. (1993). Synthesis of omega-agatoxin IVA and its related peptides. *Biochem. Biophys. Res. Commun.*, **196**(3), 1447–53.

Olivera, B. M., Miljanich, G., Ramachandran, J., and Adams, M. E. (1994). Calcium channel diversity and neurotransmitter release: The ω-conotoxins and ω-agatoxins. *Ann. Rev. Biochem.*, **63**, 823–67.

Randall, A. and Tsien, R. W. (1995). Pharmacological dissection of multiple types of Ca^{2+} channel currents in rat cerebellar granule neurons. *J. Neurosci.*, **15**(4), 2995–3012.

Regehr, W. G. and Mintz, I. M. (1994). Participation of multiple calcium channel types in transmission at single climbing fiber to Purkinje cell synapses. *Neuron*, **12**(3), 605–13.

Reily, M. D., Holub, K. E., Gray, W. R., Norris, T. M., and Adams, M. E. (1994). Structure–activity relationships for P-type calcium channel selective ω-agatoxins. *Nature Structural Biology*, **1**(12), 853–6.

Reily, M. D., Thanabal, V., and Adams, M. E. (1995). The solution structure of ω-Aga-IVB, a P-type calcium channel antagonist from venom of the funnel web spider, *Agelenopsis aperta*. *J. Biomol. NMR*, **5**, 122–32.

Santos, A. D., Imperial, J. S., Chaudhary, T., Beavis, R. C., Chait, B. T., Hunsperger, J. P., *et al.* (1992). Heterodimeric structure of the spider toxin omega-agatoxin IA revealed by precursor analysis and mass spectrometry. *J. Biol. Chem.*, **267**(29), 20701–5.

Sather, W., Tanabe, T., Zhang, J.-F., Mori, Y., Adams, M., and Tsien, R. (1993). Distinctive biophysical and pharmacological properties of class A (BI) calcium channel α₁ subunits. *Neuron*, **11**, 291–303.

Scott, R. H., Dolphin, A. C., Bindokas, V. P., and Adams, M. E. (1990). Inhibition of neuronal Ca²⁺ channel currents by the funnel web spider toxin omega-Aga-IA. *Mol. Pharmacol.*, **38**(5), 711–18.

Takahashi, T. and Momiyama, A. (1993). Different types of calcium channels mediate central synaptic transmission. *Nature*, **366**(6451), 156–8.

Teramoto, T., Kuwada, M., Niidome, T., Sawada, K., Nishizawa, Y., and Katayama, K. (1993). A novel peptide from funnel web spider venom, omega-Aga-TK, selectively blocks P-type calcium channels. *Biochem. Biophys. Res. Commun.*, **196**(1), 134–40.

Turner, T. J., Adams, M. E., and Dunlap, K. (1992). Calcium channels coupled to glutamate release identified by ω-Aga-IVA. *Science*, **258**, 310–13.

Turner, T. J., Adams, M. E., and Dunlap, K. (1993). Multiple calcium channel types coexist to regulate synaptosomal neurotransmitter release. *Proc. Natl. Acad. Sci. USA*, **90**, 9518–22.

Venema, V. J., Swiderek, K. M., Lee, T. D., Hathaway, G. M., and Adams, M. E. (1992). Antagonism of synaptosomal calcium channels by subtypes of omega-agatoxins. *J. Biol. Chem.*, **267**(4), 2610–15.

Wheeler, D. B., Randall, A., and Tsien, R. W. (1994). Roles of N-type and Q-type Ca²⁺ channels in supporting hippocampal synaptic transmission. *Science*, **264**(5155), 107–11.

Yu, H., Rosen, M. K., Saccomano, N. A., Phillips, D., Volkmann, R. A., and Schreiber, S. L. (1993). Sequential assignment and structure determination of spider toxin omega-Aga-IVB. *Biochemistry*, **32**(48), 13123–9.

■ *Timothy M. Norris and Michael E. Adams:*
Departments of Entomology and Neuroscience,
University of California,
5419 Boyce Hall,
Riverside, CA 92521,
USA

ω-Grammotoxin SIA (*Grammostola spatulata*/Chilean pink tarantula)

ω-Grammotoxin SIA, a structurally constrained peptide isolated from the venom of the tarantula species Grammostola spatulata, *inhibits several high threshold non-L-type voltage-dependent calcium channels. The toxin can reversibly inhibit multiple calcium-mediated processes, including neurotransmitter release and synaptic transmission, with high efficacy. The toxin's biological profile, confirmed with synthetic material, is similar to that of the* Conus magus *snail toxin MVIIC but its kinetic features and molecular site of action are distinct.*

ω-Grammotoxin SIA (ω-GsTx SIA) is a 36 amino acid, single chain peptide containing three disulfide bonds and an amidated carboxy terminus (Lampe *et al.* 1993). The average molecular weight of ω-GsTx SIA, determined by electrospray mass spectrometry (ES-MS), is 4109.2 Da in good agreement with the average theoretical molecular mass of 4109.7 Da. (Lampe *et al.* 1993). Reduction of the peptide results in the anticipated 6 amu shift with a corresponding ES-MS value of 4115.2 Da. Direct confirmation of the cysteine oxidation pattern has not been determined but is presumed to be the alternating Cys 1–4, Cys 2–5, and Cys 3–6 motif characteristic of the *Conus* snail toxins. The toxin is aqueous soluble, relatively temperature insensitive (extended storage as aqueous solution at 4 °C is routine), not readily susceptible to protease digestion and doesn't demonstrate a high propensity to stick to either glass or plastic. The peptide is enriched in basic residues (theoretical isoelectric point, pI, = 8.1) presumed to be necessary for its biological activity. Using F-moc chemistry and random oxidation schemes, synthetic peptide has been prepared, however yields have been low.

ω-GsTx SIA has been documented to inhibit calcium mediated biological responses that are sensitive to ω-conotoxin GVIA, ω-agatoxin IVA (ω-Aga-IVA), and ω-conotoxin MVIIC, but not those sensitive to dihydropyridines (Keith *et al.* 1992, 1995; Lampe *et al.* 1993; Piser *et al.* 1994, 1995, 1996; Turner *et al.* 1995). On the basis of the current classification scheme for high threshold, voltage-dependent calcium channels (VDCC), ω-GsTx SIA inhibits N-, P-, and Q-type but not L-type channels (Fig. 1). Evidence for ω-GsTx SIA inhibition of responses mediated

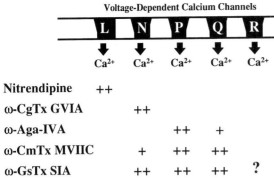

Figure 1. Pharmacological profile of selected inhibitors of high threshold voltage-dependent calcium channels. ++ Indicates effective and potent inhibition of indicated calcium channel subtype; + indicates effective, but somewhat less potent inhibition; ? indicates that pharmacologically unclassified calcium channel subtype(s) other than L-, N-, P-, or Q-type may be inhibited (see Turner *et al.* 1995; Smith and Cunnane 1995). ω-CgTx GVIA, ω-conotoxin GVIA; ω-Aga-IVA, ω-agatoxin IVA; ω-CmTx MVIIC, ω-conotoxin MVIIC; ω-GsTx SIA, ω-grammotoxin SIA.

by a resistant type (pharmacologically defined) of VDCC has also been reported (Smith and Cunnane 1995; Turner *et al.* 1995). Analysis against cloned VDCC indicates that ω-GsTx SIA inhibits 90 per cent of the peak inward current through α_{1A}–β_{2A} channels with minimal (10 per cent) or no effect on α_{1E}–β_{1B} or α_{1C} channels, respectively (McDonough *et al.* 1996). The block of VDCC by ω-GsTx SIA is reversible and this property is voltage-sensitive (Keith *et al.* 1992, 1995; Piser *et al.* 1994, 1995; McDonough *et al.* 1996). Inhibition of other voltage-dependent ion channels by ω-GsTx SIA has not been documented.

■ Purification and sources

ω-GsTx SIA is purified from the venom, supplied by Spider Pharm, Inc. (Feasterville, PA, USA), of the Chilean Pink/Rose tarantula species, *Grammostola spatulata,* using a series of reverse phaseHPLC binary gradient elutions composed of acetonitrile as the organic phase.(Keith *et al.* 1992; Lampe *et al.* 1993). Peptide purity, as defined by RP-HPLC, ES-MS, and capillary electrophoresis analyses, is greater than 98 per cent using this protocol. Venom concentration, reproducible across multiple milkings, is approx. 600–800 μM. Synthetic peptide has been prepared by a commercial vendor on a custom basis. Aliquots of either native or synthetic ω-GsTx SIA peptide are obtainable on a limited basis from the authors.

■ Toxicity

No formal toxicological evaluation of ω-GsTx SIA has been conducted. Preliminary observations within mice, at intrathecal doses of 0.1–1 μg, indicate that cumulative motor disturbances (including loss of righting reflex, hindlimb splaying, tremor/seizure) occur and at the highest dose are lethal. Additionally, similar seizure-prone phenomenon and lethal toxic effects have been observed within mice following i.c.v. dosing at levels exceeding 5–10 μg.

■ Uses in cell biology

Several features of ω-GsTx SIA inhibition of high threshold VDCC render it useful as a tool to study calcium mediated cell biological responses. These include its kinetic characteristics, its nonselectivity and its mode of action on channel gating. With respect to nonselectivity, ω-GsTx SIA is distinct from the *Agelenopsis aperta* toxin ω-Aga-IIIA in its lack of activity against L-type channels. The VDCC inhibitory profile of ω-GsTx SIA is similar to that of the *Conus magus* snail toxin ω-CmTx MVIIC, however ω-GsTx SIA has a considerably faster association rate (Piser *et al.* 1995; Turner *et al.* 1995), is reversible (Keith *et al.* 1992; Piser *et al.* 1994, 1995, 1996), and potentially inhibits responses in certain systems with greater efficacy than MVIIC (Smith and Cunnane 1996; Turner *et al.* 1995). Preliminary binding observations indicate that ω-GsTxm SIA is not capable of displacing any of the other toxin ligands (i.e. *Conus geographus* snail toxin ω-CgTx GVIA, *Conus magus* snail toxins ω-CmTx MVIIC or ω-CmTx MVIIA, *Agelenopsis aperta* spider toxin -Aga-IVA) used to define the VDCC types at which the peptide produces block. Binding of labelled ω-GsTx SIA has not been performed to determine if any of the functionally overlapping toxins would occlude this interaction. It is known that the Phe-substituted Tyr analogue of ω-GsTx SIA retains activity rendering it a more useful ligand for iodination studies.

Presumably due to its failure to inhibit L-type VDCC, ω-GsTx SIA has shown greater efficacy against calcium mediated responses involving pre-synaptic components/ processes (i.e. neurotransmitter release/synaptic transmission) versus isolated whole cell measurements. ω-GsTx SIA has been reported to completely inhibit calcium influx in rat and chick synaptosomes (Lampe *et al.* 1993; Keith *et al.* 1995). It will inhibit > 90 per cent of K⁺-stimulated release of aspartate/glutamate from rat hippocampal/cortical tissue (Lampe *et al.* 1993; Keith *et al.* 1995; Turner *et al.* 1995) or norepinephrine from either rat or chick tissue (Lampe *et al.* 1993). Potassium-evoked release of glutamate, as well as basal release of serotonin, was also completely abolished by ω-GsTx SIA when measured *in vivo* in rats (Keith *et al.* 1995). Conversely, whole cell measurements of calcium current or flux in cells possessing a significant L-type component have resulted in less than complete inhibition as expected (Keith *et al.* 1992, 1995; Piser *et al.* 1995).

■ References

Keith, R. A., DeFeo, P. A., Lampe, R. A., Spence, K. T., Lo, M. M. S., and ffrench-Mullen, J. M. H. (1992). Inhibition of neuronal calcium channels by a fraction from *Grammostola spatulata* venom. *Pharmacol. Commun.*, **1**, 19–25.

Keith, R. A., Mangano, T. J., Lampe, R. A., DeFeo, P. A., Hyde, M. J., and Donzanti, B. A. (1995). Comparative actions of synthetic ω-grammotoxin SIA and synthetic ω-Aga-IVA on neuronal calcium entry and evoked release of neurotransmitters *in vitro* and *in vivo*. *Neuropharmacol.*, **34**, 1515–28.

Lampe, R. A., DeFeo, P. A., Davison, M. D., Young, J., Herman, J. L., Spreen, R. C., *et al.* (1993). Isolation and pharmacological characterization of ω-grammotoxin SIA, a novel peptide inhibitor of neuronal voltage-sensitive calcium channel responses. *Mol. Pharmacol.*, **44**, 451–60.

McDonough, S. J., Noceti, F., Stefani, E., Lampe, R. A., and Bean, B. P. (1996). Alteration of voltage-dependent gating of P-type and α_{1A} calcium channels by ω-grammotoxin SIA. *Biophys. Soc. Abst.*, in press.

Piser, T. M., Lampe, R. A., Keith, R. A., and Thayer, S. A. (1994). ω-Grammotoxin SIA blocks action-potential-induced Ca^{2+} influx and whole-cell Ca^{2+} current in rat dorsal root ganglion neurons. *Pflügers Archiv*, **426**, 214–20.

Piser, T. M., Lampe, R. A., Keith, R. A., and Thayer, S. A. (1995). ω-Grammotoxin SIA blocks multiple, voltage-gated,

Ca^{2+} channel subtypes in cultured rat hippocampal neurons. *Mol. Pharmacol.*, **48**, 131–9.

Piser, T. M., Lampe, R. A., Keith, R. A., and Thayer, S. A. (1996). Complete and reversible block of glutamatergic synaptic transmission by ω-grammotoxin SIA. *Neurosci. Lett.*, in press.

Smith, A. B. and Cunnane, T. C. (1996). ω-Conotoxin GVIA-resistant neurotransmitter release in postganglionic sympathetic nerve terminals. *Neuroscience*, **70**(3), 817.

Turner, T. J., Lampe, R. A., and Dunlap, K. (1995). Characterization of presynaptic calcium channels with ω-conotoxin MVIIC and ω-grammotoxin SIA: Role for a resistant calcium channel type in neurosecretion. *Mol. Pharmacol.*, **47**, 348–53.

■ Richard A. Lampe and Richard A. Keith:
Department of Bioscience,
Zeneca Pharmaceuticals,
1800 Concord Pike,
Wilmington, DE 19850-5437,
USA

Hololena toxin (*Hololena curta*)

Hololena toxin is an irreversible calcium channel antagonist isolated from the venom of the funnel web spider, Hololena curta. It is specific for a subpopulation of neuronal calcium channels in Drosophila.

Hololena toxin was isolated because of its ability to produce a presynaptic block of neuromuscular transmission in *Drosophila* larvae (Bowers *et al.* 1987). The nature of the presynaptic block indicated that the toxin was blocking neuronal calcium channels; this hypothesis has been verified directly using intracellular electrophysiology in *Drosophila* neurons (Leung *et al.* 1989; Leung and Byerly 1991). Hololena toxin is not active on any of the major voltage-dependent currents in *Drosophila* muscle, nor is it active at frog neuromuscular junction (Bowers *et al.* 1987). The isolated activity is only one of several that have now been described from the venom of this funnel web spider (Stapleton *et al.* 1990; Quistad *et al.* 1991; Lundy and Frew 1993; Meinwald and Eisner 1995), making the simple designation, hololena toxin, unavoidably anachronistic.

■ Purification and sources

Venom of *Hololena curta* was obtained by electrophoretic milking with particular care in avoiding contamination from digestive fluids. Purification of the hololena toxin was achieved using routine size exclusion chromatography and C_{18} reverse phase HPLC (Bowers *et al.* 1987). On SDS–polyacrylamide gel electrophoresis

(SDS/PAGE), hololena toxin behaves as a disulfide-bonded heterodimer with an estimated molecular weight of 16 000 Daltons (subunits of 7000 and 9000 Daltons). These molecular weight estimates are based on the simplest interpretation of the reduced/non-reduced SDS/PAGE analysis and should be considered tentative until more definitive structural analysis is conducted (Bowers *et al.* 1987). Venom from *Hololena curta* can be purchased from Spider Pharm, Feasterville, PA 19053 USA.

■ Use in cell biology

Analysis of the activity of hololena toxin on cultured *Drosophila* neurons has verified the specificity of this toxin for a subset of neuronal calcium channels (Leung *et al.* 1989; Leung and Byerly 1991). In fact, because hololena toxin blocks only half of the calcium current and a subset of calcium channels in this system, the toxin provided the first compelling evidence for the presence of distinct subpopulations of calcium channels in *Drosophila* neurons (Leung *et al.* 1989; Leung and Byerly 1991). Whether the calcium channels that are blocked in cultured neurons are responsible for neuromuscular transmission has not been determined.

References

Bowers, C. W., Phillips, H. S., Lee, P., Jan, L. Y., and Jan, Y. N. (1987). The identification and purification of an irreversible presynaptic neurotoxin from the venom of the spider, *Hololena curta*. *Proc. Natl. Acad. Sci. USA*, **84**, 3506–10.

Leung, H.-T. and Byerly, L. (1991). Characterization of single calcium channels in *Drosophila* embryonic nerve and muscle cells. *J. Neurosci.*, **11**, 3047–59.

Leung, H.-T., Branton, W. D., Phillips, H. S., Jan, L., and Byerly, L. (1989). Spider toxins selectively block calcium currents in *Drosophila*. *Neuron*, **3**, 767–72.

Lin, J.-W., Rudy, B., and, Llinás, R. (1990). Funnel-web spider venom and a toxin fraction block calcium current expressed from rat brain mRNA in *Xenopus* oocytes. *Proc. Natl. Acad. Sci. USA*, **87**, 4538–42.

Lundy, P. M. and Frew, R. (1993). Pharmacological characterization of voltage-sensitive Ca^{2+} channels in autonomic nerves. *Eur. J. Pharmacol.*, **231**, 197–202.

Meinwald, J. and Eisner, T. (1995). The chemistry of phyletic dominance. *Proc. Natl. Acad. Sci. USA*, **92**, 14–18.

Quistad, G. B., Reuter, C. C., Skinner, W. S., Dennis, P. A., Suwanrumpha, S., and Fu, E. W. (1991). Paralytic and insecticidal toxins from the funnel web spider, *Hololena curta*. *Toxicon*, **29**, 329–36.

Stapleton, A., Blankenship, D. T., Ackermann, B. L., Chen, T. -M., Gorder, G. W., Manley, G. D., *et al.* (1990). Curtatoxins. *J. Biol. Chem.*, **265**, 2054–9.

■ *Chauncey W. Bowers:*
Division of Neurosciences,
Beckman Research Institute of the City of Hope,
1450 East Duarte Road,
Duarte, CA 91010,
USA

PLTXII *(Plectreurys tristes)*

PLTXII is a 44 amino acid proteolipid found in the venom of the spider Plectreurys tristes. *It specifically and irreversibly blocks voltage dependent Ca^{2+} channels in insect (*Drosophila*) neurons and results in inhibition of neurotransmitter release from presynaptic nerve terminals.*

PLTXII is one member of a family of *Plectreurys* toxins which are potent neurotoxins found in *Plectreurys* spider venom (Branton *et al.* 1987). The peptide chain of the toxin contains 44 amino acids including 10 cysteine residues that probably form five disulfide bonds (Branton *et al.* 1993a) (Swiss-Prot databank:P34079; NCBI Seq ID: 633835), as shown in Fig. 1. The peptide chain is quite polar in character, but the carboxy terminal threonine residue is carboxyamidated and O-palmitoylated, resulting in an amphipathic structure that is soluble in both aqueous and organic media.

All similar toxins in *Plectreurys* venom appear to be similarly acylated at C-terminal threonine or serine residues. The novel, O-palmitoyl moiety is absolutely required for biological activity (Branton *et al.* 1993a; Bodi *et al.* 1995). PLTXII is a potent and specific inhibitor of insect *(Drosophila)* neuronal voltage dependent Ca^{2+} channels. At nanomolar concentration, it rapidly and irreversibly blocks synaptic transmission in *Drosophila* by

blocking presynaptic Ca^{2+} channels (Branton *et al.* 1987; Leung *et al.* 1989).

■ Purification and sources

PLTXII is purified from electrically milked *Plectreurys tristes* venom (Spider Pharm, Feasterville, PA) by size exclusion chromatography followed by two steps of Cl8 reversed phase HPLC (Branton *et al.* 1987, 1993a). The proteolipid has a high affinity for Cl8 columns and elutes relatively late in a gradient of increasing organic solvent. The toxin is relatively stable when pure, but care must be taken to avoid loss by adsorption from dilute solution to both hydrophilic and hydrophobic surfaces. Exposure to base results in hydrolysis of the O-palmitoyl ester, loss of biological activity, and much earlier elution from Cl8 columns. Synthesis is challenging but has been achieved (Branton *et al.* 1993b; Bodi *et al.* 1995), and PLTXII is produced commercially by the Peptide Institute (Osaka).

Ala Asp Cys Ser Ala Thr Gly Asp Thr Cys Asp His
Thr Lys Lys Cys Cys Asp Asp Cys Tyr Thr Cys Arg
Cys Gly Thr Pro Trp Gly Ala Asn Cys Arg Cys Asp
Tyr Tyr Lys Ala Arg <u>Cys Asp Thr(Pal)amide</u>

Figure 1. The structure of PLTXII.

■ Toxicity

At this time, pure PLTXII has no known toxicity to vertebrates and human envenomaton by *Plectreurys tristes* itself produces only very minor symptoms (Carpenter et al. 1991). No LD$_{50}$ has been established. The use of PLTXII itself probably does not present a hazard to personnel. However, reasonable care is advised in handling large amounts of toxin and due caution should be exercised with modified analogues of PLTXII or significant amounts of vertebrate toxins which are present in the venom (Feigenbaum et al. 1988; Newman et al. 1992; Lundy and Frew 1993).

■ Use in cell biology

PLTXII is a potent blocker of calcium currents and neurotransmitter release in insects and is significant as a generally available calcium channel blocker that is specific for insect calcium channels verses vertebrate channels. It blocks almost all of the current in cultured embryonic Drosophila neurons which probably includes contributions from more than one class of voltage dependent calcium channel (Leung et al. 1989). The mechanism of action and specific site of action of PLTXII are not known. The novel proteolipid structure is unique among calcium channel toxins and has broad similarities to a variety of vertebrate intracellular regulatory proteins which are also fatty acylated (Branton et al. 1993a). It is possible that the mechanism of action of PLTXII and other toxins in the same family is unique relative to other calcium channel blockers. The possibility that PLTXII could act at an intracellular site has been suggested. Recent synthesis of PLTXII should allow exploration of these issues.

■ References

Bodi, J., Nishio, H., Zhou, Y., Branton, W. D., Kimura, T., and Sakakibara, S. (1995). Synthesis of an O-palmitoylated 44-residue peptide amide (PLTXII) blocking presynaptic calcium channels in Drosophila. Peptide Res., **8**, 228–35.

Branton, W. D., Kolton, L., Jan, Y. N., and Jan, L. Y. (1987). Neurotoxins from Plectreurys spider venoms are potent presynaptic blockers in Drosophila. J. Neurosci., **7**, 4195–200.

Branton, W. D., Rudnick, M. S., Zhou, Y., Eccleston, E. D., Fields, G. B., and Bowers, L. D. (1993a). Fatty acylated toxin structure. Nature, **365**, 496–7.

Branton, W. D., Fields, C. G., VanDrisse, V. L., and Fields, G. B. (1993b). Solid phase synthesis of O-palmitoylated peptides. Tetrahedron Lett., **34**, 4885–8.

Carpenter, T. L., Bernacky, B. J., and Stabell, E. E. (1991). Human envenimization by Plectreurys tristis Simon (Araneae: Plectreuridae): a case report. J. Med. Entomol., **28**, 477–8.

Feigenbaum, P., Garcia, M. L., and Kaczorowski, G. J. (1988). Evidence for distinct sites coupled to high affinity omega-cronotoxin receptors in rat brain synaptic plasma membrane vesicles. Biochem. Biophy. Res. Commun., **154**, 298–305.

Leung, H. T., Branton, W. D., Phillips, H. S., Jan, L., and Byerly, L. (1989). Spider toxins selectively block calcium currents in Drosophila. Neuron, **3**, 767–72.

Lundy, P. M. and Frew, R. (1993). Evidence of mammalian Ca^{2+} channel inhibitors in venom of the spider. Toxicon, **31**, 1249–56.

Newman, E. A., Zhou, Y., Rudnick, M. S., and Branton, W. D. (1992). Toxins in Plectreurys spider venom are potent blockers of vertebrate calcium channels. Soc. Neurosci., **409** (abstract).

■ W. Dale Branton:
Department of Physiology,
Medical School,
6–255 Millard Hall,
University of Minnesota,
Minneapolis, MN 55455,
USA

Calciseptine *(Dendroaspis polylepis)*

Calciseptine is a 60-amino acid polypeptide with four disulfide bridges, purified from Dendroaspis polylepis *snake (black mamba) venom. It is a smooth muscle relaxant and an inhibitor of cardiac contractions. It is a specific blocker of L-type calcium channel with a clearly tissue-dependent sensitivity.*

Calciseptine has been purified from the venom of the black mamba *Dendroaspis polylepis polylepis*. It is a single polypeptide chain of 7 kDa (60 amino acid residues with eight cysteines forming four disulfide bridges, sequence accession number to the Swiss Prot databank: P22947 TXCA-DENPO). Its primary structure is indicated below.

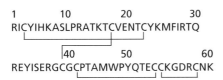

Its sequence and its structural organization have similarities with neurotoxins that block the nicotinic receptors and with snake cyto-cardiotoxins (Rees and Bilwes 1993). Calciseptine has been shown to selectively block L-type calcium channels in a variety of cells but with a clearly tissue-dependent sensitivity. Calciseptine blocks L-type calcium current in aortic smooth muscle cells, ventricular cardiac cells, dorsal root ganglion nervous cells, and insulinoma cells. In addition, calciseptine relaxes spontaneous or K^+-evoked smooth muscle contraction and has an acute hypotensive effect in rats (De Weille *et al.* 1991; Watanabe *et al.* 1995) and blocks Bay K 8644-induced cardiac contractions. In contrast to classical L-type calcium blockers, calciseptine neither affects L-type calcium channels nor contraction of skeletal muscle cells. This peptide is totally inactive on other voltage-dependent calcium channels such as N-type and T-type channels (De Weille *et al.* 1991). It has also been reported that calciseptine competitively inhibited the specific binding of [³H]nitrendipine to synaptosomal membranes whereas it enhanced the specific binding of [³H]diltiazem and had no effect on [³H]verapamil binding (Yasuda *et al.* 1993).

■ Purification and sources

Calciseptine was purified from the crude venom of the black mamba in three steps:

(1) gel filtration;

(2) ion exchange on TSK SP 5PW; and

(3) reverse-phase chromatography on RP18. Details can be found in Schweitz *et al.* (1990), which describes the isolation of all peptides from *Dendroaspis polylepis* venom. In this work, calciseptine is referred to as peptide E3. Purified calciseptine can be purchased from Latoxan, 05150 Rosans, France and Alomone Labs. Ltd. Headquarters, Shatner Center 3, P.O. Box 4287 (91042 Jerusalem, Israel). Synthetic calciseptine is available from Peptide Institute Inc., Terutushi Kimura, Protein Research Foundation 4-1-2 Ina, Minoh-shi (Osaka 562, Japan) (Kuroda *et al.* 1992).

■ Toxicity

Toxicity was tested on mice by intraperitoneal (ip), intracisternal (ic), or intravenous (iv) injections of different amounts of calciseptine. Toxicity was very weak since LD_{50} (ip) is > 18 mg/kg, LD_{50} (ic) is > 3 mg/kg, and LD_{50} (iv) is 5 mg/kg.

■ Use in cell biology

Voltage-dependent calcium channels play a central role in many processes of excitable cells such as excitation–contraction coupling, excitation–secretion coupling, activation of second messenger systems, gene expression, or cell death. Voltage-dependent calcium channels have been classified into high-threshold (L-, N-, P-, Q-, R-types) and low-threshold (T-type) voltage-gated channels and distinguished by their biophysical and pharmacological properties.

High-affinity polypeptide toxins blocking these channels are important tools for defining calcium channel subtypes, for visualizing their cellular distribution and understanding their functions.

■ References

De Weille, J. R., Schweitz, H., Maes, P., Tartar, A., and Lazdunski, M. (1991). Calciseptine, a peptide isolated from black mamba venom, is a specific blocker of the L-type calcium channel. *Proc. Natl. Acad. Sci. USA*, **88**, 2437–40.

Kuroda, H., Chen, Y.-N., Watanabe, T. X., Kimura, T., and Sakakibara, S. (1992). Solution synthesis of calciseptine, an L-type specific calcium channel blocker. *Peptide Res.*, **5**, 265–8.

Rees, B. and Bilwes, A. (1993). Three-dimensional structures of neurotoxins and cardiotoxins. *Chem. Res. Toxicol.*, **6**, 385–406.

Schweitz, H., Bidard, J. N., and Lazdunski, M. (1990). Purification and pharmacological characterization of peptide toxins from the black mamba (*Dendroaspis polylepis*) venom. *Toxicon*, **28**, 847–56.

Watanabe, T. X., Itahara, Y., Kuroda, H., Chen, Y. N., Kimura, T., and Sakakibara, S. (1995). Smooth muscle relaxing and hypotensive activities of synthetic calciseptine and the homologous snake venom peptide FS2. *Japan J. Pharmacol.*, **68**, 305–13.

Yasuda, O., Morimoto, S., Chen, Y., Jiang, B., Kimura, T., Sakakibara, T., *et al.* (1993). Calciseptine binding to 1,4-dihydropyridine recognition site of the L-type calcium channel of rat synaptosomal membranes. *Biochem. Biophys. Res. Commun.*, **194**, 587–94.

■ G. Romey, H. Schweitz, and M. Lazdunski:
*Institut de Pharmacologie Moléculaire et Cellulaire, CNRS,
660 Route des Lucioles,
Sophia Antipolis,
06560 Valbonne,
France*

Calcicludine (*Dendroaspis angusticeps*)

Calcicludine is a 60-amino acid polypeptide with three disulfide bridges purified from Dendroaspis angusticeps *snake (eastern green mamba) venom. It is structurally homologous to the Kunitz-type protease inhibitor family. It is a potent blocker of high-threshold calcium channels with the higher affinity for the L-type in cerebellar granule neurons.*

Calcicludine has been purified from the venom of the green mamba *Dendroaspis angusticeps*. It is a polypeptide of 7 kDa (60 amino acid residues with six cysteines forming three disulfide bridges, sequence accession number to PIR databank: A36989). Calcicludine is structurally homologous to Kunitz-type protease inhibitors. Homologies are 40 per cent with dendrotoxins, 29 per cent with the basic pancreatic trypsin inhibitor, and 39 per cent with the protease inhibitor domain of the amyloid b protein (APPI). Its primary structure is shown below.

Despite its structural homology with dendrotoxins, which selectively block a class of voltage-dependent potassium channels, calcicludine specifically blocks most of the high-threshold calcium channels (L-, N-, or P-type) in the 10–100 nM range of concentration (Schweitz *et al.* 1994). The sensitivity of L-, N-, and P-type channels to this toxin is clearly tissue- and species-dependent. For instance, a particular type of L-type Ca^{2+} channel in cerebellar granule cells is much more sensitive to calcicludine ($EC_{50} = 0.2$ nM) than cardiac L-type channels ($EC_{50} = 5$ nM) or DRG neuronal L-type channels ($EC_{50} = 60–80$ nM). A total insensitivity was found for rat skeletal muscle L-type channels. Chicken DRG N-type channels are more sensitive to calcicludine ($EC_{50} = 25$ nM) than rat DRG N-type channels ($EC_{50} = 60–80$ nM). Cerebellar granule cell N-type channels are almost insensitive to calcicludine ($EC_{50} > 100$ nM). P-type calcium current in cerebellar Purkinje neurons have a good sensitivity to calcicludine ($EC_{50} = 1–5$ nM). Calcicludine is the only toxin capable of blocking L-, N-, and P-type calcium channels. It appears also to be a very selective blocker of a sub-type of L-type calcium channel that is predominantly expressed in cerebellar granule cells.

Binding experiments on rat olfactory bulb membranes using [^{125}I]calcicludine have identified a single class of high affinity sites with a K_d of 15–36 pM without interactions with those of the classical classes of L- and N-type calcium blockers. In the rat brain, high densities of specific [^{125}I]calcicludine binding sites were found in the olfactory bulb, in the molecular layer of the dendate gyrus and the stratum oriens of the CA3 field in the hippocampal formation, and in the granular layer of the cerebellum.

■ Purification and sources

The crude venom of *Dendroaspis angusticeps* (Latoxan, Rosans, France) was dissolved in 1 per cent acetic acid and chromatographed onto a Sephadex G50 column. The peptidic fraction was loaded on a TSK SP5PW column. Peptidic fractions were then eluted with a linear gradient from 1 per cent acetic acid to 1 M ammonium acetate (fractions A to R). Fraction Q was loaded on a Lichrosorb RP18 column and eluted with a linear gradient from 10 per cent to 40 per cent of 0.5 per cent trifluoroacetic acid plus 0.9 per cent triethylamine in acetonitrile. Fraction Q1 is calcicludine. This toxin has been synthetized (Terutoshi Kimura) Peptide Institute Inc. Protein Research Foundation 4-1-2 Ina, Minoh-Shi, Osaka 562, Japan and is commercially available (Alomone Labs Ltd, Headquarters, Shatner Center 3, P.O. Box 4287, Jerusalem 91042, Israel).

■ Toxicity

Toxicity was tested on mice by intracisternal (ic) and intravenous (iv) injections of different amount of calcicludine. Toxicity was very weak since LD_{50} (ic) is > 1.8 mg/kg and LD_{50} (iv) is 2.5 mg/kg.

■ Use in cell biology

Voltage-dependent calcium channels play a central role in many processes of excitable cells such as excitation–contraction coupling, excitation–secretion coupling, activation of second messenger systems, gene expression, or cell death. Voltage-dependent calcium channels have been classified into high-threshold (L-, N-, P-, Q-, R-types) and low-threshold (T-type) voltage-gated channels and distinguished by their biophysical and pharmacological properties.

High-affinity polypeptide toxins blocking these channels are important tools for defining calcium channel subtypes, for visualizing their cellular distribution and understanding their functions.

■ References

Schweitz, H., Heurteaux, C., Bois, P., Moinier, D., Romey, G. and Lazdunski, M. (1994). Calcicludine, a venom peptide of the Kunitz-type protease inhibitor family, is a potent blocker of high-threshold Ca^{2+} channels with a high affinity for L-type channels in cerebellar granule neurons. *Proc. Natl. Acad. Sci. USA*, **91**, 878–82.

■ *G. Romey, H. Schweitz, and M. Lazdunski:*
Institut de Pharmacologie Moléculaire et Cellulaire,
660 Route des Lucioles,
Sophia Antipolis,
06560 Valbonne,
France

β-Leptinotarsin-h

Leptinotarsin, also known as leptinotoxin, is a protein secreted into the hemolymph of potato beetles of the genus Leptinotarsa. *Both β-leptinotarsin-h from* L. haldemani *and β-leptinotarsin-d from* L. decemlineata *have been shown to be lethal to insects and many different vertebrates on injection. The leptinotoxins cause the release of neurotransmitters from synapses in diverse neuronal preparations. The increase in frequency of miniature end-plate potentials (mepps) caused by leptinotarsin-h has been shown to be of a biphasic nature, the first phase of which is abolished by low Ca^{2+} concentration in the medium. The action of the toxin is saturable and closely resembles transmitter release due to K^+ depolarization. It is thus thought that leptinotarsin-h opens presynaptic voltage-gated Ca^{2+}-channels.*

β-Leptinotarsin-h is a toxic protein present in the hemolymph of the potato beetle, *Leptinotarsa haldemani*. The analogous protein, β-leptinotarsin-d, from *L. decemlineata*, the Colorado potato beetle, is also toxic, but to a lesser extent and so most studies have used the h-type. Purification and SDS–PAGE shows that the proteins have molecular weights of around 57 and 45 kiloDaltons, respectively. Bidimensional PAGE with isoelectric focusing indicate that the protein is slighty acidic (Crosland *et al.* 1984). Neither the protein nor the gene has been sequenced.

Intoxication can only occur when injected; oral ingestion causes no effect, thus it is probable that the protein does not play a defensive role for the potato beetle. Injection of the protein into the thorax of insects causes them to become sluggish, their limbs to become rigid and spread and finally causes death. In vertebrates, symptoms include partial paralysis, decrease in breathing rate, convulsions, and lethargy leading to death (Hsiao and Fraenkel 1969).

Release of neurotransmitter by β-leptinotarsin-h requires the presence of Ca^{2+}. The biphasic increase in miniature end plate potentials (mepps) caused by the toxin is tetrodotoxin insensitive, but the first phase can be abolished by low surrounding Ca^{2+} concentration (McClure *et al.* 1980). Later it was shown that leptinotarsin increases the permeability to Ca^{2+}. Thus it was hypothesized that the toxin acts by propping open voltage-gated Ca^{2+} channels (Crosland *et al.* 1984). Further studies suggested that these actions could be attributed to ionophore activity of leptinotarsin (Madeddu *et al.* 1985a,b). Finally, the leptinotarsin evoked-release of transmitter was shown to be saturable and very similar to that seen on depolarization with K^+. In addition, it was shown that Ca^{2+} is required for binding of the neurotoxin to its putative receptor and that its effects can not be blocked by the Ca^{2+} channel antagonist, omega-conotoxin. This is consistent with the initial idea of leptinotarsin acting as a presynaptic Ca^{2+} channel agonist, whilst not excluding the possibility that it may be a receptor mediated Ca^{2+} ionophore (Miljanich et al. 1988).

■ Purification and sources

β-Leptinotarsin-h is purified from the hemolymph of the larva of *L. haldemani* by precipitating with ammonium sulfate and then dialysing. The nondialysable protein is lyophilized, dissolved in a weak phosphate buffer, and centrifuged at 5000 g for 10 min at 4 °C. The supernatant is then submitted to a series of chromatography steps. Using a sequence of Sephadex G-150, DEAE-Sephacel, phosphocellulose, and Reactive Blue 2-agarose chromatography the toxin can be extracted to 1050 times purity (Crosland et al. 1984).

■ Toxicity

Leptinotarsin-h has been shown to be toxic to a wide variety of insects, except the potato beetle itself, when injected into the thorax. Also, injection of the hemolymph or the purified toxin is lethal to mice. Intoxication cannot occur orally suggesting that the protein does not have a defensive function and thus potato beetles present no public health risk. Toxicity is tested by injecting intraperitoneally into mice or into the thorax of house flies. The dose of pure toxin required to kill an adult Wilson strain house fly within 4 hours after injection was determined to be 0.6 μg (Hsiao and Fraenkel 1969).

■ Use in cell biology

The toxin has been shown to cause release of neurotransmitters from a variety of vertebrate nerve terminal preparations including rat (Yoshino et al. 1980; Crosland et al. 1984), guinea pig (Madeddu et al. 1985a), and the marine electric ray (Miljanich et al. 1988). Also, leptinotarsin has been successfully used with pheochromocytoma cells (Madeddu et al. 1985b) and the rat neuromuscular junction (McClure et al. 1980), but does not seem to be active in the frog (Hsiao and Fraenkel 1969) or in squid optic lobe synaptosomes. Application of the toxin to immobilized, ^{3}H-choline loaded synaptosomes causes release of radiolabelled acetylcholine (Crosland et al. 1984). Unfortunately, the exact location of action of β-leptinotarsin remains elusive and thus it has not successfully been used in dissecting the steps in neurotransmitter release following depolarization.

■ References

Crosland, R. D., Hsiao, T. H., and McClure, W. O. (1984). Purification and characterization of β-leptinotarsin-h, an activator of presynaptic calcium channels. *Biochemistry*, **23**, 734–41.

Hsiao, T. H. and Fraenkel, G. (1969). Properties of leptinotarsin, a toxic hemolymph protein from the Colorado potato beetle. *Toxicon*, **7**, 119–30.

McClure, W. O., Abbot, B. C., Baxter, D. E., Hsiao, T. H., Satin, L. S., Siger, A., et al. (1980). Leptinotarsin: A presynaptic neurotoxin that stimulates release of acetylcholine. *Proc. Natl. Acad. Sci. USA*, **77**(2), 1219–23.

Madeddu, L., Pozzan, T., Robello, M., Rolandi, R., Hsiao, T. H., and Meldolesi J. (1985a). Leptinotoxin-h action in synaptosomes, neurosecretory cells, and artificial membranes: Stimulation of ion fluxes. *J. Neurochem.*, **45**(6), 1708–18.

Madeddu, L., Saito, I., Hsiao, T. H., and Meldolesi, J. (1985b). Leptinotoxin-h action in synaptosomes and neurosecretory cells: Stimulation of neurotransmitter release. *J. Neurochem.*, **45**(6), 1719–30.

Miljanich, G. P., Yeager, R. E., and Hsiao, T. H. (1988). Leptinotarsin-d, a neurotoxic protein, evokes neurotransmitter release from, and calcium flux into, isolated electric organ nerve terminals. *J. Neurobiol.*, **19**(4), 373–86.

Yoshino, J. E., Baxter, D. E., Hsiao, T. H., and McClure, W. O. (1980). Release of acetylcholine from rat brain synaptosomes stimulated with leptinotarsin, a new neurotoxin. *J. Neurochem.*, **34**(3), 635–42.

■ *Philip Washbourne:*
Centro CNR Biomembrane and
Università di Padova,
Via Trieste, 75,
35121 Padova,
Italy

Taicatoxin (*Oxyuranus scutelatus scutelatus*)

Taicatoxin a complex oligomeric toxin isolated from the venom of the Australian snake Oxyuranus scutelatus scutelatus, *is constituted by three different subunits: an α-neurotoxin-like polypeptide, a neurotoxic phospholipase, and a serine protease inhibitor. It blocks the high threshold Ca²⁺-channel current of excitable cells in heart and does not affect the low threshold Ca²⁺-channel current.*

Taicatoxin (TCX) is a complex oligomeric toxin isolated from the venom of the Australian taipan snake *Oxyuranus scutelatus scutelatus*. It contains three different active components: an α-neurotoxin-like peptide with a mol. wt of 8 kDa, a phospholipase of mol. wt 16 kDa, and a serine protease inhibitor of mol. wt 7 kDa, joined by noncovalent bonds, at an approximate stoichiometry of 1:1:4, respectively. The most active form is composed of these three peptides, although the phospholipase and the neurotoxin-like peptides are toxic by themselves.

Purification and sources

Taicatoxin (TCX) can easily be purified from the venom of the Australian taipan snake *Oxyuranus scutelatus scutelatus* by ion exchange chromatography through DEAE-cellulose followed by two steps of CM-cellulose chromatography at pH 4.7 and 6.0, respectively. The phospholipase moiety can be separated by affinity column on a PC-Sepharose column or by Sephadex G-50 (superfine) gel filtration chromatography in the presence of a high salt concentration (1 M NaCl) and alkaline pH

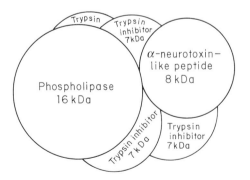

Figure 1. Schematic representation of the minimum subunit composition of TXC. It is composed of one molecule of a phospholipase (16 kDa), a neurotoxic peptide similar to alpha-toxins (8 kDa), and four identical peptides of a trypsin inhibitor (7 kDa).

(8.2). Specific questions on TCX can be addressed to Dr Lourival D. Possani (see address at the end of this entry).

Structure of taicatoxin

The N-terminal amino acid sequence of the three main components of TCX were determined. The full primary structure of the protease inhibitor moiety was obtained.

Toxicity

Intraperitoneal injection of TCX into mice is lethal within two hours in the range 50–100 ng of TCX/g of mouse (Possani *et al.* 1989, 1992).

Use in cell biology

TCX blocks the high threshold Ca²⁺-channel current of excitable cells in heart and does not affect the low threshold Ca²⁺-channel current. The toxin acts at a site that is only accessible extracellularly. The selective Ca²⁺-channel blockade is reversible and does not modify single channel conductance but only changes the gating mechanism. The binding of the toxin is voltage dependent with higher affinity for inactivated channels (Possani *et al.* 1992). Channel recognition and blockade seems to require at least two of the subunits (α-neurotoxin and protease inhibitor). TCX is not tissue restricted. It affects high threshold Ca²⁺ channels of a variety of muscle cells as well as neurosecretory cells (unpublished observations). TCX can be considered as a valuable probe for the study of the structure–function relationships of Ca²⁺ channels (Brown *et al.* 1987).

References

Brown, A. M., Yatani, A., Lacerda, A. E., Gurrola, G., and Possani, L. D. (1987). Neurotoxins that act selectively on voltage-dependent cardiac calcium channels. *Circulation Research*, **61**, 6–9.

Possani, L. D., Mochca-Morales, J., Martin, B., Yatani, A., and Brown, A. (1989). Taicatoxin, a complex oligomeric protein from Taipan snake venom, blocks specifically the Ca^{2+} channels of cardiac muscle (abstract). *Toxicon*, **27**, 71–2.

Possani, L. D., Martin, B. M., Yatani, A., Mochca-Morales, J., Zamudio, F. Z., Gurrola, G. B., *et al.* (1992). Isolation and physiological characterization of taicatoxin, a complex toxin with specific effects on calcium channels. *Toxicon*, **30**, 1343–64.

■ *Lourival D. Possani:*
Department of Molecular Recognition and Structural Biology,
Instituto de Biotecnologia,
Universidad Nacional Autonoma
de Mexico, Apdo 510–13,
Cuernavaca, Morelos. 62250,
Mexico

Acetylcholine receptor targeted toxins

10

Introduction

The nicotinic acetylcholine receptors (AChRs) are the target of the toxins described in this chapter, which bind to them with high affinity. These toxins were instrumental in AChRs purification experiments in the early 1970s and allowed a comprehensive understanding of their biophysical and functional properties.

AChRs are cationic ion channels whose probability of aperture is increased by acetylcholine (ACh). They belong to a super family of ligand-gated ion channels, which includes GABA$_A$, glycine, and serotonin 5HT$_3$ receptors (Stroud et al. 1990; Changeux 1993; Devillers-Thiéry et al. 1993; Ortells and Lunt 1995).

AChRs are key molecules in cholinergic transmission at the neuromuscular junction, the sympathetic ganglia, the retina, and various brain areas; they can be postsynaptic (muscle and ganglia) or presynaptic, as in a number of CNS nuclei (i.e. striatum).

On the basis of their molecular structure and functional properties, AChRs can be divided into three families: muscular, neuronal, and homomeric (Ortells and Lunt 1995).

◼ Subunits

AChRs are composed of five subunits that delimit a cationic channel. The biophysical and pharmacological properties of AChRs depend on their subunit composition and, so far, 16 subunits have been cloned in different animal species: nine α subunits ($\alpha 1$–$\alpha 9$), four β subunits ($\beta 1$–$\beta 4$) and one δ, ε, and γ subunit Fig. 1). Muscle AChRs are formed of $\alpha 1$ (Changeux 1993), $\beta 1$, δ and γ (embryonal), or ε (adult) subunits; neuronal AChRs are formed of two α ($\alpha 2$, $\alpha 3$ or $\alpha 4$) and three β ($\beta 2$ or $\beta 4$) subunits (Luetje and Patrick 1991); and homomeric receptors of five α ($\alpha 7$, $\alpha 8$ or $\alpha 9$) subunits (Gotti et al. 1994; Elgoyen et al. 1994). The agonist and toxin binding site is mainly located in the α subunits, but the contribution of adjacent subunits also affects its fine pharmacology. The different combination of subunits confers to each subtype a peculiar biophysical and pharmacological property (see Fig. 1). The function of $\alpha 5$, $\alpha 6$, and $\beta 3$ subunits still remains elusive. However, $\alpha 5$ expressed in heterologous systems with another α and β subunit modifies the pharmacological and biophysical properties of the ion channels (Ramirez-Latorre et al. 1996).

The different subunits have a putative similar molecular topology, with four transmembrane domains, a large extracellular hydrophilic N-terminus, and an intracellular C-terminus. Between transmembrane regions 3 and 4 there is a large intracellular loop. The amino acid sequence homology among the subunits is high in the transmembrane domains and very low in the large cytoplasmatic loop, which can be considered the molecular fingerprint of every subunit. This loop contains a number of phosphorylation sites that are important for receptor function and regulation.

◼ Binding sites

The ligand binding site is located at the N-terminus of α subunit in a region created by three loops: the AA sequences 188–201, 135–151, and 85–96 (Devillers-Thiéry et al. 1993). This site is characterized by a cysteine doublet (cys 192–193 in Torpedo AChR) that is essential for the binding of nicotinic agents, as their mutation or deletion drastically reduces ligand binding.

Toxins bind predominantly to the 189–200 site, but also bind to other sites that are less related to the specificity of the binding but important for its stabilization. Synthetic peptides with the same AA sequence as the Torpedo 188–201 toxin binding site, bind α-bungarotoxin, albeit with a lower affinity than the wild receptor (Gotti et al. 1988).

The subunits adjacent to the α subunit can influence the characteristics of the ligand binding site. The two α subunits of Torpedo and muscle AChR have different binding affinities and kinetics for nicotinic antagonists: it has been suggested that the γ subunit adjacent to the α subunit could be involved in a high affinity site, whereas the δ subunit adjacent to the other α subunit contributes to the low affinity site. In neuronal AChRs , β-subunits are very important in determining the pharmacology of the AChR subtype, for example $\alpha 3\beta 2$ is highly sensitive to DMPP and is blocked by n-bungarotoxin, and the $\alpha 3\beta 4$ is highly sensitive to cytisine and is not blocked by n-bungarotoxin (Luetje and Patrick 1991). The region of the β-subunits that contributes to the binding site also resides in the N-terminal domain, which also contains the AA sequences involved in subunit recognition and the correct packaging of AChRs.

A number of compounds can modulate the function of AChR by binding to allosteric sites other than the ACh binding site; the best examples are physostigmine and corticosteroids.

◼ Channel

The five AChR subunits delimit a channel that is wide on the extracellular side, narrow in the inner part of the plasmamembrane, and widens again at the mouth of the cytoplasmic site (Fig. 1). It is conceivable that the wide part of the channel on the extracellular side is important to concentrate cations; the narrow part is responsible for the ion selectivity that occurs by dimension and charge.

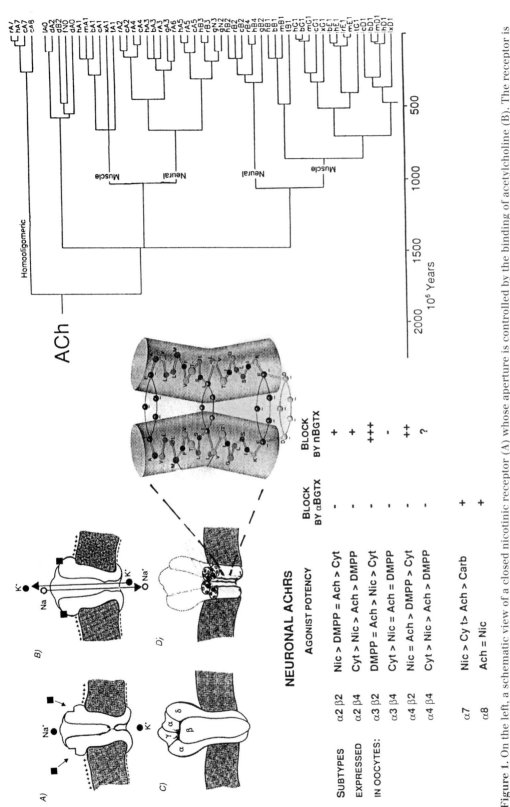

Figure 1. On the left, a schematic view of a closed nicotinic receptor (A) whose aperture is controlled by the binding of acetylcholine (B). The receptor is formed of five subunits whose M2 transmembrane regions delimit the channel (D). The inset shows the enlargement of the domain of two M2 regions that control the permeability of the channel, the charged rings and the leucine ring are also illustrated.

On the right, an evolutionary tree of nicotinic receptors, built on the basis of amino acid sequences of the cloned subunits of both muscular and neuronal receptors of different animal species, shows the different origin of the subunits composing muscle, neuronal, and homomeric receptors.

The table shows the potency of agonists and the effect of toxins on different subtypes of neuronal AChRs. Muscle and neuronal AChRs are more permeable to Na than to Ca ions, whereas the homomeric $\alpha 7$ and $\alpha 8$ subtypes are highly permeable to Ca^{2+} ions (see for details Luetje and Patrick 1991; Changeux 1993; Elogoyen et al. 1994; Gotti et al. 1994; Zhang et al. 1994; Ortells and Lunt 1995).

Crosslinking and mutation experiments have provided convincing evidence that the wall of the channel is formed by the M2 segments of the five subunits, although the M1 segment can also partially contribute to the wall of the channel. The M2 segment has an α-helical structure arranged in such a way that charged amino acids line the channels; in particular, they form at least three negatively charged rings that are responsible for drawing positive ions through the channel. In the central part of the narrow region, a leucine ring is probably the most important mechanism for controlling the aperture and selectivity of the channel (see Fig. 1). Using high resolution electron microscopy and quick freezing techniques, Unwin has recently been able to show part of the molecular mechanism that controls channel opening. First, ACh triggers distinct and localized disturbances of the binding sites of the two α subunits; second, these disturbances are communicated through small rotations of the subunits to the structure inside the membrane; and third, the M2 helices transmit the rotations to the gate-forming parts, drawing them apart from the central axis and thus opening the channel (Unwin 1995).

■ Assembly and location

The function of AChRs is best achieved when they are located in the proper site of the postsynaptic plasma-membrane. This is particularly clear in the neuromuscular junction, but experimental evidence suggests that this also happens in neuronal synapses. The proper location of AChRs is reached and maintained through strong interactions with the cytoskeleton that are mediated by specific proteins (43 K in the neuromuscular junction). The number of AChRs at the synapse is not fixed and can be modulated by pre- and postsynaptic factors, which mainly affect AChR turnover. The intracellular assembly of such a complex molecule with different subunits, and the correct selection of the subunits in the AChR subtypes are processes that are still not completely understood.

■ Pathology

In Myasthenia Gravis, an autoimmune disease characterized by the progressive failure of the functions of neuromuscular junctions, AChRs are the target of autoantibodies that induce a decrease in muscle AChRs by accelereting their degradation rate (Albuqureque and Eldefrawi 1983). α-Bungarotoxin binding to AChR has been exploited for a specific antibody assay, which is very useful for the clinical assessment of patients. In other diseases of the neuromuscular junction, it is suggested that mutations of AChR may be involved.

■ Tools

Labelled toxins, synthetic peptides mimicking defined regions of the receptor, monoclonal antibodies specific for single epitopes (Tzartos et al. 1995), and several oligonucleotide probes are now available for the study of AChRs.

■ References

Albuquerque, E. X. and Eldefrawi, A. T. (1983). *Myasthenia gravis*, Chapman and Hall, London.

Changeux, J. P. (1993). Chemical signaling in the brain. *Scientific American*, **58**, 62.

Devillers-Thiéry, A., Galzi, J. L., Eiselé, J. L., Bertrand, S., Bertrand, D., and Changeux, J. P. (1993). Functional architecture of the nicotinic acetylcholine receptor: a prototype of ligand-gated channel. *J. Membr. Biol.*, **136**, 97–112.

Elgoyen, A. B., Johnson, D. S., Boulter, J., Veltor, D. E., and Heinemann, S. (1994). α9: an acetylcholine receptor with novel pharmacological properties expressed in rat cochlear hair cells. *Cell*, **79**, 705–15.

Gotti, C., Frigerio, F., Bolognesi, M., Longhi, R., Racchetti, G., and Clementi, F. (1988). Nicotinic acetylcholine receptor: a structural model for α subunit peptide 188–201, the putative binding site for cholinergic agents. *FEBS Lett.*, **228**, 118–22.

Gotti, C., Hanke, W., Maury, K., Moretti, M., Ballivet, M., Clementi, F., et al. (1994). Pharmacology and biophysical properties of α7 and α7–α8 α-bungarotoxin receptor subtypes immunopurified from the chick optic lobe. *Eur. J. Neurosci.*, **6**, 1281–91.

Luetje, Ch. W. and Patrick, J. (1991). Both α- and β-subunits contribute to the agonist sensitivity of neuronal nicotinic acetylcholine receptors. *J. Neurosci.*, **11**, 837–45.

Ortells, M. and Lunt, G. G. (1995). Evolutionary history of the ligand-gated ion channel superfamily of receptors. *Trends Neurosci.*, **18**, 121–7.

Ramirez-Latorre, J., Yu, C., Qu, X., Perin, F., Karlin, A., and Role, L. (1996). Functional contributions of α5 subunit to neuronal acetylcholine receptor channels. *Nature*, **380**, 347–51.

Stroud, R. M., McCarthy, M. P., and Shuster, M. (1990) Nicotinic acetylcholine receptor superfamily of ligand gated ion channels. *Biochemistry*, **29**, 11009–23.

Tzartos, S. J., Kouvatsou, R., and Tzartos, E. (1995). Monoclonal antibodies as site-specific probes for the AChR δ subunit tyrosine and serine phosphorylationa sites. *Eur. J. Biochem.*, **228**, 463–72.

Unwin, N. (1995). Acetylcholine receptor channel imaged in the ioen state. *Nature*, **373**, 37–43.

Zhang, Z., Vijayaraghavan, S., and Berg, S. (1994). Neuronal acetylcholine receptors that bind α-bungarotoxin with high affinity functions ligand-gated ion channel. *Neuron*, **12**, 167–77.

■ *Francesco Clementi:*
   Department of Medical Pharmacology,
   University of Milan,
   CNR Cellular and Molecular Pharmacology Center,
   Via Vanvitelli, 32,
   20129 Milano,
   Italia

α-Bungarotoxin (*Bungarus multicinctus*)

α-Bungarotoxin (α-Bgtx) is an 8 kDa protein present in the venom of the banded krait Bungarus multicinctus. By binding with high affinity and specificity to the postsynaptic muscle nicotinic acetylcholine receptors (AChRs) and to some subtypes of neuronal AChRs, it prevents their activation by the acetylcholine (ACh) neurotransmitter.

α-Bgtx is a single polypeptide containing 74 amino acids cross-linked by five disulfide bridges (Fig. 1). Its complete amino acid sequence was reported in 1972 (Mebs *et al.* 1972) and is homologous to that of other α-toxins obtained from cobra and sea snakes; in fact on the basis of their amino acid sequences, more than 80 αneuro-toxins (or postsynaptic neurotoxins) have been identified (Endo and Tamiya 1987, 1991). These αneurotoxins have been classified into two distinct subclasses: the 'short'

toxins that all have four disulfide bridges and 60–62 amino acids, and the 'long' toxins with five disulfide bridges and 66–74 amino acids. In Fig. 1, the amino acids that are highly conserved in the long toxins are circled while those invariant among all αneurotoxins are enclosed by a square.

The X-ray crystal structure of the α-Bgtx has been described (Love and Stroud 1986) and two-dimensional NMR experiments have further refined our knowledge of its structure (Basus *et al.* 1988). This toxin has a three-loop structure and apart, from the COOH-terminal tail, it is a relatively flat molecule with the three main extended loops roughly in one plane and covering an area of about 40 × 30 Å with a depth of about 20 Å. In α-Bgtx, the clustering of the four disulfide bridges common to all αneurotoxins at one end of the molecule preserves its three-loop structure and allows considerable flexibility to the loops which contain many functionally important amino acids.

Numerous studies have established a number of residues that are important for the binding of α-Bgtx to muscle AChRs. These include all of the cysteines (with the exception of the extra disulfide 29–33), Trp 28, Arg 36, and Gly 37. The modification of a single amino acid does not eliminate the activity of the toxin but, as more modifications are made to critical residues, there is less binding affinity. This is consistent with the hypothesis that multi-point interactions take place between the toxin and the AChRs (Stroud *et al.* 1990; Endo and Tamiya 1991).

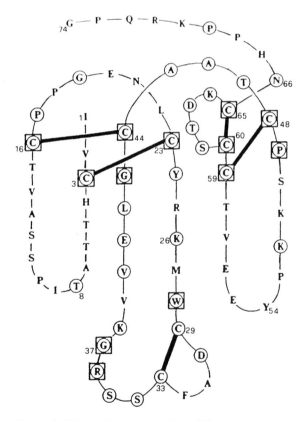

Figure 1. Schematic representation of the α-bungarotoxin structure. The residues that are highly conserved among long neurotoxins are circled, those invariant among all neurotoxins are enclosed by a square (from Love and Stroud 1986).

■ Purification and sources

α-Bungarotoxin is isolated from *Bungarus multicinctus* venom by means of sequential chromatography (Gotti *et al.* 1985). α-Bgtx can also be purchased from Sigma. The purity of the toxin at each stage of the toxin purification, as well as that of any purchased toxin, should be checked by means of SDS–PAGE.

The expression of a synthetic gene of α-Bgtx in *Escherichia coli* has recently been described (Rosenthal *et al.* 1994). The purified recombinant α-Bgtx is capable of binding AChRs with an affinity that is only 1.7 times less than that from that of authentic α-Bgtx (Rosenthal *et al.* 1994).

■ Toxicity

α-Bgtx represents 10 per cent of the dry weight of the venom and toxicity experiments involving the i.v administration of total venom have revealed that the LD_{50} in mouse, rabbit, and guinea pig is, respectively, 0.07, 0.2, and 0.005 mg/kg (Chang 1979).

The toxicity of the purified toxin has been tested by using nerve–muscle preparations obtained from various animal species, including mouse, frog, and rat. At a concentration of 0.1–1 μg/ml, the toxin blocks transmission between muscle and nerve (Chang 1979).

The use of the toxin is not dangerous but it should always be handled using gloves.

■ Use in cell biology and pharmacology

Due to its high affinity to the muscle AChRs (K_d 10^{-12}–10^{-9} M) α-Bgtx has been used as a ligand to identify, localize, quantify, and isolate AChRs present in detergent-solubilized Torpedo electric organs and mammalian muscle. These functionally reconstituted purified AChRs made it possible to obtain the partial amino acid sequence of the AChRs subunits, which subsequently were used as probes for cloning of the complete cDNA and genomic sequences of the muscle AChRs subunits (Stroud *et al.* 1990).

Using different approaches, a number of groups have mapped the major α-Bgtx binding site on the α-subunit of mammalian and Torpedo AChRs, which resides between residues 173–204 of the α-subunit (Stroud *et al.* 1990).

In addition to skeletal muscle AChRs, receptors that bind ^{125}I-α-Bgtx with nicotinic pharmacology are also present in the central and peripheral nervous system of vertebrates. By cloning and functionally expressing the α7, α8, and α9 subunits in oocytes (Sargent 1993; Elgoyhen *et al.* 1994), reconstituting affinity purified α-Bgtx receptors in artificial lipid bilayers (Gotti *et al.* 1991), and making electrophysiological recordings from neurons (Zhang *et al.* 1994) it has recently been clearly demonstrated that these neuronal α-Bgtx receptors are also ligand-gated cation channels.

■ References

Basus, V. J., Billeter, M., Love, R., Stroud, R., and Kuntz, I. (1988). Structural studies of α-bungarotoxin. 1. Sequence-specific ^{1}H NMR resonance assignments. *Biochemistry*, **27**, 2763–71.

Chang, C. C. (1979). The action of snake venoms on nerve and muscle. In *Snake venoms*, Handb. Exp. Pharm. Vol 52 (ed. C.-Y. Lee), pp. 309–76, Springer-Verlag, Berlin, Heidelberg, New York.

Elgoyhen, A. B., Johnson, D. S., Boulter, J., Vetter, D., and Heinemann, S. (1994). α9: an acetylcholine receptor with novel pharmacological properties expressed in rat cochlear hair cells. *Cell*, **79**, 705–15.

Endo, T. and Tamiya, N. (1987). Current view of the structure–function relationship of postsynaptic neurotoxins from snake venoms. *Pharmacol. Ther.*, **34**, 403–51.

Endo, T. and Tamiya, N. (1991). Structure–function relationships of postinaptic neurotoxins from snake venoms. In *Snake toxins* (ed. A. L. Harvey), pp. 165–222, Pergamon Press, New York.

Gotti, C., Omini, F., Berti, F., and Clementi, F. (1985). Isolation of a polypeptide from the venom of *Bungarus multicinctus* that binds to ganglia and blocks the ganglionic transmisssion in mammals. *Neuroscience*, **15**, 563–75.

Gotti, C., Esparis Ogando, A., Hanke, W., Sclue, R., Moretti, M., and Clementi, F. (1991). Purification and characterization of an α-bungarotoxin receptor that forms a functional nicotinic channel. *Proc. Natl. Acad. Sci. USA*, **88**, 3258–62.

Love, R. and Stroud, R. (1986). The crystal structure of α-bungarotoxin at 2. 5 Å resolution: relation to solution structure and binding to acetylcholine reeptor. *Protein Eng.*, **1**, 37–46.

Mebs, D., Narita, K., Iwanaga, S., Samejima, Y., and Lee, C.-Y. (1972). Purification, properties and amino acid sequences of α-bungarotoxin from the venom of *Bungarus multicinctus*. *Hoppe-Seyler's Z. Physiol. Chem.*, **353**, 243–62.

Rosenthal, J., Hsu, S., Schneider, D., Gentile, L., Messier, N., Vaslet, C. *et al.* (1994). Functional expression and site-directed mutagenesis of a synthetic gene for α-bungarotoxin. *J. Biol. Chem.*, **269**, 11178–85.

Sargent, P. (1993). The diversity of neuronal nicotinic acetylcholine receptors. *Annu. Rev. Neurosci.*, **16**, 403–43.

Stroud, R. M., McCarthy, M. P., and Shuster, M. (1990). Nicotinic acetylcholine receptor superfamily of ligand gated ion channels. *Biochemistry*, **29**, 11009–23.

Zhang, Z., Vijayaraghavan, S., and Berg, D. K. (1994). Neuronal acetylcholine that bind α-bungarotoxin with high affinity function as ligand-gated ion channel. *Neuron*, **12**, 167–77.

■ *Cecilia Gotti:*
CNR Cellular and Molecular Pharmacology Center,
Via Vanvitelli 32,
20129 Milano,
Italy

α-Cobratoxin (*Naja kaouthia*)

α-Cobratoxin is the major toxic component of the venom of the Asian snake Naja kaouthia. *It is a long-chain toxin of 71 amino acids including five disulfides. It binds to nicotinic acetylcholine receptors from various tissues with high affinity, causing flaccid paralysis and hence respiratory failure.*

The cobras (*Elapidae*) form a group of snakes that are wide-spread in Africa and Asia (Harding and Welsh 1980). Their venoms contain various types of toxins to subdue prey. These include toxins, called α-neurotoxins or curaremimetic toxins, that recognize the nicotinic acetylcholine receptors (AChRs), causing flaccid paralysis and hence respiratory failure. They are basic proteins classified as long-chain toxins with 66–72 amino acids and 4/5 disulfides, and short-chain toxins with 60–62 amino acids and four disulfides. The snake *Naja kaouthia*, previously named *Naja naja kaouthia* or *Naja naja siamensis*, is largely distributed in India, Bangladesh, Nepal, Burma, Thailand, Vietnam, and south-west China. Its main curaremimetic toxin is α-cobratoxin, initially called *siamensis* toxin or toxin *siamensis* 3 (Karlsson *et al.* 1971). It is a long-chain toxin of 71 amino acids which includes five disulfides (Endo and Tamiya 1991) and which binds to AChRs from *Torpedo marmorata* with a K_d value equal to 60 pM (Charpentier *et al.* 1990). The three-dimensional structure of α-cobratoxin has been elucidated by X-ray crystallography (Walkinshaw *et al.* 1980) and NMR spectroscopy (Le Goas *et al.* 1992), revealing the presence of three adjacent loops rich in β-sheet protruding from a small globular core with the four disulfides that are commonly shared by long-chain and short-chain toxins. As compared to short-chain toxins, α-cobratoxin has nine additional residues in its C-terminal region and a fifth disulfide at the tip of its central loop. Some of the residues by which α-cobratoxin recognizes AChR were identified on the basis of chemical modifications (Lobel *et al.* 1985; Johnson *et al.* 1990; and reviewed in Endo and Tamiya 1991). These include Lys-23, Trp-25, Arg-33, and Lys-49 which respectively correspond to Lys-27, Trp-29, Arg-33, and Lys-47 in erabutoxins. The complete AChR binding site of α-cobratoxin remains to be established. Various attempts were made to identify residues of AChR that are recognized by α-cobratoxin, using coated receptor fragments (Fulachier *et al.* 1994 and references quoted therein). In particular, α-subunit fragments 128–142 and 185–199 specifically bind the radioactive toxin. Furthermore, Lys-49 of the toxin is apparently involved in recognition of the fragment 128–142. Finally, immunological properties of α-cobratoxin as well as the molecular mechanisms associated with the neutralization of the toxin by toxin-specific monoclonal antibodies have been investigated (Ménez 1991).

The amino acid sequence of α-cobratoxin (Number in the Swiss Prot Databank PO1391 NXL1_NAJKA) is:

IRCFITPDITSKDCPNGHVCYTKTWCDAFCSIRGKRVDL GCAATCPTVKTGVDIQCCSTDNCNPFPTRKRP

The three-dimensional structure of the toxin is shown in Fig. 1.

■ Purification

α-Cobratoxin is readily purified from venom on cation-exchange chromatography (Karlsson *et al.* 1971). The venom (*N. kaouthia* or *N. n. siamensis*) can be purchased from Latoxan (A.P. 1724, O550, Rosans, France) and

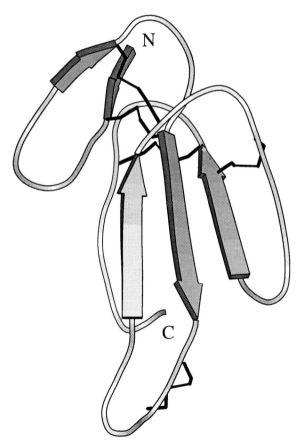

Figure 1. Three-dimensional structure of α-cobratoxin.

numerous serpentariums. A purified toxin can be purchased from Sigma. Due to a confusion in the nomenclature of toxins, users are recommended to proceed to simple but appropriate controls regarding the amino acid sequence of available purified toxins.

■ Toxicity

Upon intraveinous injection, the LD_{50} of α-cobratoxin is 0.1 μg/g mouse (Karlsson et al. 1971).

■ Use in cell biology

α-Cobratoxin, like other long-chain curaremimetic toxins constitutes an important tool for studying competitive inhibition of AChR from peripheral tissues and also of some AChRs from neuronal origin, like the homopentameric α7 receptor from chicken brain (unpublished). Little is know of the aspects dealing with biosynthesis and regulation of the genes that encode the toxin.

■ References

Charpentier, I., Pillet, L., Karlsson, E., Couderc, J., and Ménez, A. (1990). Recognition of the acetylcholine receptor binding site of a long-chain neurotoxin by toxin-specific monoclonal antibodies. J. Mol. Recognition, 3, 74–81.

Endo, T. and Tamiya, N. (1991). Current view on the structure–function relationships of postsynaptic neurotoxins from snake venoms. In Snake toxins (ed. A. L. Harvey), pp. 403–51, Pergamon Press, New York.

Fulachier, M.-H., Mourier, G., Cotton, J., Servent, D., and Ménez, A. (1994). Interaction of protein ligands with receptor fragments. On the residues of curaremimetic toxins that recognize fragments 128–142 and 185–199 of the α-subunit of the nicotinic acetylcholine receptor. FEBS Lett., 338, 331–8.

Harding, K. A. and Welsh, K. R. G. (1980). Venomous snakes of the world. A check list, Pergamon Press, New York.

Johnson, D. A., Cushman, R., and Malekzadeh, R. (1990). Orientation of cobra α-toxin on the nicotinic acetylcholine receptor. Fluorescence studies. J. Biol. Chem., 265, 7360–8.

Karlsson, E., Arnberg, H., and Eaker, D. (1971). Isolation of the principal neurotoxins of two Naja naja subspecies. Eur. J. Biochem., 21, 1–16.

Le Goas, R., Laplante, S. R., Mikou, A., Delsuc, M.-A., Guittet, E., Robin, M., et al. (1992). α-Cobratoxin: Proton NMR assignments and solution structure. Biochemistry, 31. 4867–75.

Lobel, P., Kao, P. N., Birken, S., and Karlin, A. (1985). Binding of a curaremimetic toxin from cobra venom to the nicotinic acetylcholine receptor. Interactions of six biotinyltoxin derivatives with receptor and avidin. J. Biol. Chem., 260, 10605–12.

Ménez, A. (1991). Immunology of snake toxins. In Snake toxins (ed. A. L. Harvey), pp. 35–78, Pergamon Press, New York.

Walkinshaw, M. D., Saenger, W., and Maelicke, A. (1980). Three-dimensional structure of the 'long' neurotoxin from cobra venom. Proc. Natl. Acad. Sci. USA, 77, 2400–4.

■ André Ménez and Denis Servent:
CEA Département d'Ingéniérie et d'Etudes des Protéines,
C.E Saclay, 91191 Gif/Yvette Cedex,
France

Erabutoxins (*Laticauda semifasciata*)

Erabutoxins are single chain proteins of 62 residues, including four disulfides, which adopt a 'three finger fold'. They specifically bind with high affinity to various nicotinic acetylcholine receptors including those from fish and rodents. They recognize their targets by a homogeneous 'toxic surface' comprising at least 10 residues.

Venomous sea snakes (*Hydrophiidae*) live in tropical waters from the western coast of America to the eastern coast of Africa, with a greatest species diversity in waters of southeastern Asia and Northern Australia. Venoms help sea snakes to subdue their prey, essentially fish. Most toxic components are small curaremimetic proteins which bind to nicotinic acetylcholine receptors (AChR) with high affinity (K_d values are in picomolar range), producing flaccid paralysis and causing death by respiratory failure. Snake curaremimetic toxins, also called α neurotoxins, are classified as long-chain toxins with 66–74 residues and 4/5 disulfides and short-chain toxins with 60–62 residues and four disulfides (Endo and Tamiya 1991), with no immunological crossreactivity (Ménez 1991). Erabutoxins a, b, and c (Ea, Eb, Ec) were isolated from venom of *Laticauda semifasciata*, collected in Japanese waters, by Tamiya and coworkers (Tamiya 1975). They are basic (pI = 9.5) short-chain isotoxins (62 residues), whose three-dimensional structures, as elucidated by X-ray crystallography (Low 1979) and NMR spectroscopy (Hatanaka et al. 1994), consist of three adjacent loops forming a flat β-pleated sheet which emerge from a globular core containing the four conserved disulfides. Cloning experiments revealed that each specific mRNA encodes a single copy of pre-erabutoxin (Ducancel *et al.* 1991). Genomic data on erabutoxins are available (Lajeunesse *et al.* 1994). As judged from a mutational analysis, the receptor binding site of Ea is composed of at least ten residues located on the concave face of the toxin (Pillet *et al.* 1993; Trémeau *et al.* 1995). A comprehensive bibliography on venomous sea snakes and their toxins is available (Culotta and Pickwell 1993).

The amino acid sequence of Ea (Accession number in the Swiss Prot databank PO1435 NXS1_LATSE) is:

R I C F N H Q S S Q P Q T T K T C S P G E S S C Y N K Q W S D F R G T
IIERGCGCPTVKPGIKLSCCESEVCNN

Figure 1 shows the folding of erabutoxin backbone and the residues that have been identified as being critical for the toxin function, on the basis of a mutational analysis.

■ Purification and sources

Erabutoxins are currently purified from crude venom by cation exchange chromatography (Tamiya 1975). Recombinant erabutoxins are purified on RP-HPLC (μbondapack) (Pillet *et al.* 1993; Trémeau *et al.* 1995). Erabutoxins can be purchased from Sigma (USA) and from Latoxan (A.P. 1724, 0550, Rosans, France).

■ Toxicity

Upon intramuscular injection to 20 g mouse, erabutoxins display LD_{50} values of 0.13–0.15 μg/g mouse (Tamiya 1975). Eb kills Japanese frogs, tortoise, chick, or mouse with LD_{50} values of 0.1–0.3 μg/g mouse whereas 300 μg/g fail to kill mangoose or snakes, presumably due to critical amino acid substitutions in AChRs of resistant animals (Barchan *et al.* 1992; Krienkamp *et al.* 1994; Keller *et al.* 1995).

■ Use in cell biology

Like other curaremimetic toxins, erabutoxins recognize AChRs from various sources, including *Torpedo marmorata* to which they bind with high affinity (K_d = 70 pM). They compete with agonists (acetylcholine) and antagonists (curare) for binding to AChR and produce nondepolarizing neuromuscular block (Tamiya 1975). Erabutoxins stimulated pioneering studies aiming at localizing AChRs in various tissues and at isolating them (Endo and Tamiya 1991; Tamiya 1975). Recently, 36 individual positions of Ea were individually mutated by genetic means. Functional analysis of the mutants showed that the site by which Ea binds to AChR from *T. marmorata* is composed of at least 10 residues. Some

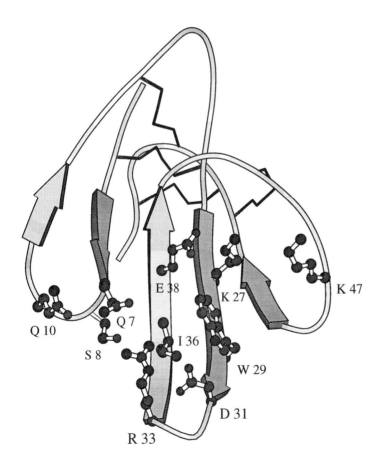

Figure 1. Schematic representation of erabutoxin

of these are common to most curaremimetic toxins whereas others are variable. Functionally variable residues might increase the selectivity of Ea for AChR of sea snake prey (Pillet *et al.* 1993; Trémeau *et al.* 1995).

■References

Barchan, D., Kachalsky, S., Neumann, D., Vogel, Z., Ovadia, M., Kochva, E., *et al.* (1992). How the mongoose can fight the snake. The binding site of the mongoose acetylcholine receptor. *Proc. Natl. Acad. Sci. USA*, **89**, 7717–21.

Culotta, W. A. and Pickwell, G. V. (1993). *The venomous sea snakes. A comprehensive bibliography*, Krieger publishing Cie, Malabar, Florida.

Ducancel, F., Bouchier, C., Tamiya, T., Boulain, J.-C., and Ménez, A. (1991). Cloning and expression of cDNAs encoding snake toxins. In *Snake toxins* (ed. A. L. Harvey), pp. 385–414, Pergamon Press, New York.

Endo, T. and Tamiya, N. (1991). Current view on the structure–function relationships of postsynaptic neurotoxins from snake venoms. In *Snake toxins* (ed. A. L. Harvey), pp. 403–51, Pergamon Press, New York.

Hatanaka, H., Oka, M., Kohda, D., Tate, S., Suda, A., Tamiya, N., *et al.* (1994). Tertiary structure of erabutoxin b in aqueous solution as elucidated by two-dimensional nuclear magnetic resonance. *J. Mol. Biol.*, **240**, 155–66.

Keller, S. H., Krienkamp, H. J., Kawanishi, C., and Taylor, P. (1995). Molecular determinants conferring α-toxin resistance in recombinant DNA-derived acetylcholine receptors. *J. Biol. Chem.*, **270**, 4165–71.

Krienkamp, H. J., Sine, S. M., Maeda, R. K., and Taylor, P. (1994). Glycosylation sites selectivity interfere with α-toxin binding to the nicotinic acetylcholine receptor. *J. Biol. Chem.*, **269**, 8108–14.

Lajeunesse, E., Ducancel, F., Gillet, D., Trémeau, O., Drevet, P., Boulain, J.-C., *et al.* (1994). Molecular biology of sea-snake toxins: Cloning, expression of cDNAs and analysis of gene organization. In *Sea snake toxinology* (ed. P. Gopalakrishnakone), pp. 66–92, Singapore University Press, Kent Ridge.

Low, B. W. (1979). The three-dimensional structure of postsynaptic snake toxins: consideration of structure and function. In *Snake venoms* (ed. C-Y Lee), pp. 213–57S, Springer-Verlag, Berlin, Heidelberg, New York.

Ménez, A. (1991). Immunology of snake toxins. In *Snake toxins* (ed. A. L. Harvey), pp. 35–78, Pergamon Press, New York.

Pillet, L., Trémeau, O., Ducancel, F., Drevet, P., Zinn-Justin, S., Pinkasfeld, S., *et al.* (1993). Genetic engineering of snake toxins. Role of invariant residues in the structural and functional properties of a curaremimetic toxin, as probed by site-directed mutagenesis. *J. Biol. Chem.*, **268**, 909–16.

Tamiya, N. (1975). Sea snake venoms and toxins. In *The biology of sea snakes* (ed. W. A. Dunson), pp. 385–415, University Park Press, Baltimore, London, Tokyo.

Trémeau, O., Lemaire, C., Drevet, P., Pinkasfeld, S., Ducancel, F., Boulain, J.-C., *et al.* (1995). Genetic engineering of snake toxins. The functional site of erabutoxin a, as delineated by site-directed mutagenesis includes variant residues. *J. Biol. Chem.*, **270**, 9362–9.

■ *André Ménez and Denis Servent:*
CEA Département d'Ingéniérie et d'Etudes des Protéines,
C.E Saclay, 91191 Gif/Yvette Cedex,
France

Toxin α ('*Naja nigricollis*')

Toxin α from venom of the African spitting cobra originally designed as 'Naja nigricollis', is a small protein of 61 amino acids including four disulfides and which adopts a 'three finger fold'. Toxin α binds to nicotinic acetylcholine receptors (AChRs) from various tissues with high affinity and great specificity. Its receptor binding site is anticipated to involve at least 10 residues, like erabutoxins. Immunological properties of toxin α have been extensively studied at the molecular level.

The cobra snakes of the species *Naja* (*Elapidae*) produce potent venoms with which they subdue their prey. Among the most toxic components are the curaremimetic toxins which provoke flaccid paralysis and death, as a result of respiratory failure. Detected by Boquet and coworkers (1966), Eaker and Porath showed, in 1967, that toxin α possesses a single chain of 61 amino acids with four disulfides. Toxin α is currently isolated from venom of an African spitting cobra originally named *Naja nigricollis* (Boquet *et al.* 1966). Further taxonomical studies suggested that the snake should be named *Naja mossambica pallida* (Fryklund and Eaker 1975) and more recently *Naja pallida* (B. Hughes, personal communication). Toxin α was radioactively labelled by replacing a proton of histidine 31 by an atom of tritium, using a procedure based on catalytic deshalogenation (Ménez *et al.* 1971). In pioneering studies Changeux and coworkers used [^{3}H]-labelled toxin α to localize and isolate the nicotinic acetylcholine receptor [AChR] from electric organs of electric fish (Changeux 1990). The toxin binds to AChR specifically and with high affinity (K_d = 20 pM). As judged from NMR and modelling studies (Zinn-Justin *et al.* 1992), the polypeptide chain of toxin α adopts a 'three finger fold' similar to that adopted by erabutoxins (see erabutoxins p. 195). The AChR binding site of toxin α includes multiple residues (Faure *et al.* 1983), presumably similar to those identified for erabutoxins (Trémeau *et al.* 1995). Toxin α is immunogenic in mice, rabbits, goats, and horse (Boquet 1979). It elicits neutralizing antisera which not only prevent binding of the toxin to AChR but also increase the dissociation rate of the toxin–AChR complex (Boulain and Ménez 1982). Antibodies that accelerate the dissociation kinetics of the toxin–AChR complex are anticipated to form a ternary complex with AChR-bound toxins (Ménez 1991). The epitopes associated with the capacity of toxin α to stimulate T cells in Balb/C mice are localized between residues 24 and 41 (Léonetti *et al.* 1990; Maillère *et al.* 1993). Injection of the cyclic fragment 24–41 in a free state, elicits antibodies that neutralize the toxin.

The amino acid sequence of toxin α (Accession number in the Swiss Prot Databank: PO1426 NXS1_NAJPA) is:

LECHNQQSSQPPTTKTCPGETNCYKKVWRDHRGTI IERGCGCPTVKPGIKLNCCTTDKCNN

The folding of toxin α is similar to that of erabutoxins.

■ Purification and sources

Venom of 'Naja nigricollis' can be obtained at the Institut Pasteur or Sigma. The venom is filtered through Sephadex G50 and the major fraction is submitted to cation-exchange chromatography to which a gradient of salt is applied (Changeux 1990). Pure toxin α can be purchased from Latoxan (Rosans, 0550, France).

■ Toxicity

Intravenous and subcutaneous injections of toxin α in mice are, respectively, characterized by LD_{100} of 0.09 $\mu g/g$ and LD_{50} of 0.036 $\mu g/g$ body weight.

■ Use in cell biology

Toxin α recognizes nicotinic acetylcholine receptors from various tissues, including from electric organs from *Torpedo marmorata*, with high affinity ($K_d = 20$ pM). The [^{3}H]-labelled toxin was extensively used in biochemical and histological studies of AChRs (Changeux 1990). It is also used in immunological studies which include a sensitive solution radio-immunoassay of toxin α (Boulain and Ménez 1982). Toxin α was submitted to chemical modifications at various individual residues, including Tyr, Trp, and Lys residues (Boulain and Ménez 1982). The molecular environment of toxin α bound to the high and low affinity sites of AChR was investigated using toxin derivatives having a photoactivatable group at single residues (Chatrenet *et al.* 1990). Finally, toxin α is now produced in high amounts either recombinantly in *E. coli* or by stepwise solid-phase synthesis (unpublished data).

■ References

Boquet, P. (1979). Immunological properties of snake venoms. In *Snake toxins*, (ed. A. L. Harvey), pp. 751–824, Pergamon Press, New York.

Boquet, P., Izard, Y., Jouannet, M., and Meaume, J. (1966). Etude de deux antigènes toxiques du venin de *Naja nigricollis*. C. R. Acad Sci. [D] (Paris), **262**, 1134–7.

Boulain, J.-C. and Ménez, A. (1982). Neurotoxin-specific immunoglobulins accelerate dissociation of the neurotoxin–acetylcholine receptor complex. *Science*, **217**, 732–3.

Changeux, J.-P. (1990). Functional architecture and dynamics of the nicotinic acetylcholine receptor: An allosteric ligand-gated ion channel. *Fidia Research Foundation Neuroscience Award Lectures*, **4**, pp. 21–168, Raven Press, New York.

Chatrenet, B., Trémeau, O., Bontems, F., Goeldner, M. P., Hirth, C. G., and Ménez, A. (1990). Topography of toxin–acetylcholine receptor complexes by using photoactivatable toxin derivatives. *Proc. Natl. Acad. Sci. USA*, **87**, 3378–82.

Eaker, D. and Porath, J. (1967). The amino acid sequence of a neurotoxin from *Naja nigricollis* venom. *Jap. J. Microbiol.*, **11**, 353–5.

Faure, G., Boulain, J.-C., Bouet, F., Montenay-Garestier, T., Fromageot, P., and Ménez, A. (1983). Role of indole and amino groups in the structure of *Naja nigricollis* toxin α. *Biochemistry*, **22**, 2068–76.

Fryklund, L. and Eaker, D. (1975) The complete covalent structure of a cardiotoxin from the venom of *Naja nigricollis* (African black-necked spitting cobra). *Biochemistry*, **14**, 2865–71.

Léonetti, M., Pillet, L., Maillère, B., Lamthanh, H., Frachon, P., Couderc, J., *et al.* (1990). Immunization with a peptide having both T-cell and conformationally restricted B-cell epitopes elicits neutralizing antisera against a snake neurotoxin. *J. Immunol.*, **145**, 4214–21.

Maillère, B., Cotton, J., Mourier, G., Léonetti, M., Leroy, S., and Ménez, A. (1993). Role of thiols in the presentation of a snake toxin to murine T cells. *J. Immunol.*, **150**, 5270–80.

Ménez, A. (1991). Immunology of snake toxins. In *Snake toxins* (ed. A. L. Harvey), pp. 35–78, Pergamon Press, New York.

Ménez, A., Morgat, J.-L., Fromageot, P., Ronseray, A. M., Boquet, P., and Changeux, J.-P. (1971). Tritium labelling of the α-neurotoxin of *Naja nigricollis*. *FEBS Lett.*, **17**, 333–5.

Trémeau, O., Lemaire, C., Drevet, P., Pinkasfeld, S., Ducancel, F., Boulain, J.-C., *et al.* (1995). Genetic engineering of snake toxins. The functional site of erabutoxin a, as delineated by site-directed mutagenesis includes variant residues. *J. Biol. Chem.*, **270**, 9362–9.

Zinn-Justin, S., Roumestand, C., Gilquin, B., Bontems, F., Ménez, A., and Toma, F. (1992). Three-dimensional solution structure of a curaremimetic toxin from *Naja nigricollis* venom. *Biochemistry*, **31**, 11335–47.

■ *André Ménez:*
CEA Département d'Ingénierie et d'Etudes des Protéine,
C.E Saclay, 91191 Gif/Yvette Cedex,
France

κ-Bungarotoxin *(Bungarus multicinctus)*

κ-Bungarotoxin (κ-Bgt) is a 7.3 kDa protein present in the venom of the banded krait, Bungarus multicinctus. *It is a potent antagonist at a subset of neuronal nicotinic acetylcholine receptors (AChRs) which contain one or more a3 or a4 subunits, and is much less effective at muscle AChRs. The major use is for functional and pharmacological studies of various neuronal AChRs, and for localization of these receptors in brain and autonomic ganglia.*

κ-Bgt is a 66 amino acid protein that shares considerable sequence homology with α-Bgt (Grant and Chiappinelli 1985; Fig. 1). It is the prototype of a family of neurotoxins that includes κ2-Bgt and κ3-Bgt (from *Bungarus multicinctus*; Chiappinelli *et al.* 1990) and κ-flavitoxin (from *Bungarus flaviceps*; Chiappinelli *et al.* 1987). All κ-neurotoxins exist as noncovalently bound dimers, which distinguishes them from the monomeric α-neurotoxins (Chiappinelli and Wolf 1989). Solution structure of the κ-Bgt dimer has been described using two-dimensional ^{1}H NMR spectroscopy (Oswald *et al.* 1991) and circular dichroism (Fiordalisi *et al.* 1994a). The crystal structure at 2.3-A resolution is closely related to that of the NMR study and predicts 10 β-strands in the dimer, including an extended six-stranded antiparallel β-sheet shared between the subunits, with residues Phe 49 and Leu 57 forming additional van der Waals interactions across the dimer interface (Dewan *et al.* 1994; Fig. 2). The crucial residue Arg 34 is at the tip of the central loop for each subunit.

An artificial gene for κ-Bgt has been expressed in *Escherichia coli* (Fiordalisi *et al.* 1991). About 5 per cent of the recombinant protein is correctly folded, dimeric, and biologically active with potency comparable to venom-derived κ-Bgt. Single-point recombinant mutants demonstrate that replacing the invariant Arg 34 with Ala 34, or Pro 36 with Lys 36 (but not with Ala 36) greatly reduces potency at both chick ciliary ganglion and skeletal muscle AChRs (Fiordalisi *et al.* 1994a,b). Replacing Gln 26 with Trp 26 (invariant in α-neurotoxins) has no effect on potency against neuronal receptors but enhances binding to muscle AChRs.

κ-Bgt has also been called Bungarotoxin 3.1, Toxin F, and neuronal bungarotoxin (Loring 1993).

■ Purification and sources

Purification of κ-Bgt from crude venom of *Bungarus multicinctus* is by sequential cation exchange columns, with

```
                  10          20          30          40          50          60
                   ↓           ↓           ↓           ↓           ↓           ↓
       κ-Neurotoxins
                                       ◇         # ▼             ★          ★
κ-Bgt      RTCL---ISPSSTPQT---CPNGQDICFLKAQCDKFCSIRGPVIEQGCVATCPQFRSNYRSLLCCTTDNCNH

κ2-Bgt     KTCL---KTPSSTPQT---CPQGQDICFLKVSCEQFCPIRGPVIEQGCAATCPEFRSNDRSLLCCTTDNCNH

κ3-Bgt     RTCL---ISPSSTPQT---CPNGQDICFRKAQCDNFCHSRGPVIEQGCVATCPQFRSNYRSLLCCRTDNCNH

κ-Fvt      RTCL---ISPSSTSQT---CPKGQDICFTKAFCDRWCSSRGPVIEQGCAATCPEFTSRYKSLLCCTTDNCNH

                              \------- loop 2 --------/
       α-Neurotoxins

α-Bgt      IVCHTTATSPIS-AVT---CPPGENLCYRKMWCDAFCSSRGKVVELGCAATCPSKKPYEEVT-CCSTDKCNPHPKQRPG

Toxin 3    IRCF---ITPDITSKD---CPNG-HVCYTKTWCDAFCSIRGKRVDLGCAATCPTVKTGVDIQ-CCSTDNCNPFPTRKRP

L.s.III    RECY---LNPHD-TQT---CPSGQEICYVKSWCNAWCSSRGKVLEFGCAATCPSVNTGTEIK-CCSADKCNTYP
```

Figure 1. Amino acid sequence homologies between κ-neurotoxins and α-neurotoxins. Numbering at top refers to residues in κ-Bgt. Underlined residues are important invariants in both families, and the position of the central loop (loop 2) containing several residues crucial for binding to AChRs is indicated. Highlighted residues include Arg 34 (#), Pro 36 (▼), and Gln 26 (◇) that have been modified in recombinant studies. Phe 49 and Leu 57 (★) are invariant in κ-neurotoxins and contribute to dimer formation in κ-Bgt. See Chiappinelli (1993) for sources of amino acid sequences.

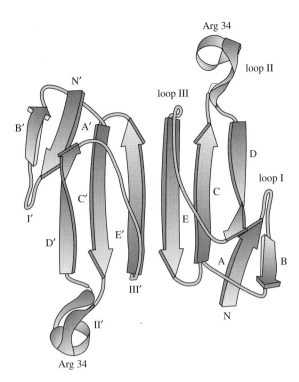

Figure 2. Diagram of the κ-Bgt dimer based on its crystal structure at 2.3 Å resolution. The six-stranded antiparallel β-sheet consists of the β-strands D–C–E–E′–C′–D′. The N-terminus (N) is indicated for each subunit, as are the three main loops (I–III). The approximate positions of the crucial Arg 34 residues are indicated for each subunit. These are separated from each other by 44 Å. (Reprinted in modified form with permission from Dewan *et al.* 1994. Copyright 1994 American Chemical Society.)

cation exchange HPLC or preparative isoelectric focusing as a final step (Chiappinelli 1983; Loring *et al.* 1986; Chiappinelli and Wolf 1989). Yields are small, and typically represent 2–5 per cent of total crude venom protein. Particularly troublesome is contamination with small amounts of co-purifying α-Bgt, which can produce erroneous results when examining α-Bgt-sensitive receptors (Fiordalisi *et al.* 1994b). Crude venom is available from a number of suppliers, but is becoming scarce due to the over-harvesting of the snake in Taiwan. Taiwanese snakes produce only κ-Bgt, whereas some snakes from mainland China produce κ2-Bgt and κ3-Bgt only (Chiappinelli *et al.* 1990). Recombinant κ-Bgt has been described (Fiordalisi *et al.* 1991). There is no commercial source for κ-Bgt, and supplies of the purified toxin worldwide are extremely limited. It is hoped that yields of recombinant κ-Bgt can be increased in the near future to provide a stable supply.

■ Toxicity

There is no available data on the toxicity of κ-Bgt after injection into animals. It should be handled with care.

■ Use in cell biology

AChRs are integral membrane proteins found on neurons and vertebrate muscle cells. These pentameric ligand-gated channels respond to acetylcholine with the brief opening of a cationic channel that is permeable to Na⁺, K⁺, and Ca²⁺ (Chiappinelli 1993). Receptors in muscle consist of four subunits (two α1 subunits in combination with β1 and δ plus either γ or ε). α-Neurotoxins bind with sub-nanomolar affinity to sites overlapping the two agonist recognition sites on the muscle receptors, while the structurally related κ-neurotoxins antagonize muscle receptors only at much higher concentrations (IC_{50} = 10 μM for recombinant κ-Bgt; Fiordalisi *et al.* 1994b). In contrast, κ-Bgt blocks certain neuronal nicotinic receptors in autonomic ganglia and central nervous system at 10–100 nM, while α-Bgt is without effect on these receptors (Chiappinelli 1993; Loring 1993). Neuronal AChRs consist of one or more α subunits (α2 through α9 are known) combined in homomeric (α7, α8, α9) or heteromeric (with β2–β4) pentamers. Heterologous expression studies indicate that κ-Bgt is most potent against α3/β2 receptors, while α4/β2 receptors are blocked at higher concentrations, and α2/β2 and α3/β4 receptors are not sensitive to κ-Bgt (Luetje *et al.* 1990; Wheeler *et al.* 1993). Studies with native AChRs confirm that κ-Bgt is potent at α3-containing receptors in the chick ciliary ganglion and other autonomic ganglia, as well as similar receptors in retina (Chiappinelli 1993; Loring 1993). The toxin is somewhat less potent at inhibiting presumed α4/β2 pre-synaptic receptors in the rat striatum, and does not block receptors exhibiting a high affinity for nicotine in the chick lateral spiriform nucleus (Chiappinelli 1993; Loring 1993). κ-Bgt appears to exhibit some low affinity binding to many subtypes of AChRs, including muscle receptors, but this effect is rapidly reversible in contrast to the prolonged action of the toxin (several hours) at ganglionic receptors (Papke *et al.* 1993). While vertebrate AChRs can readily be divided into κ-Bgt-sensitive (some but not all combinations of α3- and α4-containing AChRs) and α-Bgt-sensitive (α1, α7, α8, and α9) categories, invertebrate neuronal AChRs are blocked by both toxins at sub-micromolar concentrations (Loring 1993).

Both functional and binding studies indicate that κ-Bgt is a competitive antagonist at AChRs. The sites of interaction between κ-Bgt and the α3 subunit have been examined using synthetic α3 peptide fragments (McLane *et al.* 1993). κ-Bgt binds to two regions of this subunit, one near the N-terminus and the other near two vicinal cysteines that are found in all α subunits. This second site is known to be important for α-Bgt and agonist binding to muscle AChR. Studies with heterologously expressed chimeric AChRs confirm that the region of the α3 subunit near the vicinal cysteines determines whether κ-Bgt will block the receptor, but indicate that binding of the toxin to the site near the N-terminus of the subunit may not be critical for inhibition of the receptor (Luetje *et al.* 1993). Other chimeric studies demonstrate that the N-terminus region of the β subunit is important in determining potency of κ-Bgt, so that the binding site for κ-Bgt likely extends across at least two subunits of the AChR (Papke et al. 1993; Wheeler et al. 1993). Since the distance between the two agonist binding sites on the AChR is similar to the 44 Å separating the two crucial Arg 34 residues in the κ-Bgt dimer, it has been proposed that κ-Bgt can bind simultaneously to both agonist sites on AChRs (Dewan et al. 1994).

Localization of κ-Bgt-sensitive receptors in autonomic ganglia and the central nervous system has been done using radioiodinated toxin (Loring and Zigmond 1987; Chiappinelli 1993; Loring 1993). A photoaffinity derivative of the toxin has also been shown to bind to ganglionic AChRs (Halvorsen and Berg 1987). Antibodies against κ-Bgt have been prepared (Fiordalisi et al. 1991).

■ References

Chiappinelli, V. A. (1983). Kappa-bungarotoxin: a probe for the neuronal nicotinic receptor in the avian ciliary ganglion. Brain Res., 277, 9–22.

Chiappinelli, V. A. (1993). Neurotoxins acting on acetylcholine receptors. In Natural and synthetic neurotoxins (ed. A. L. Harvey), pp. 65–128, Academic Press, London.

Chiappinelli, V. A. and Wolf, K. M. (1989). Kappa-neurotoxins: heterodimer formation between different neuronal nicotinic receptor antagonists. Biochemistry, 28, 8543–7.

Chiappinelli, V. A., Wolf, K. M., DeBin, J. A., and Holt, I. L (1987). Kappa-flavitoxin: isolation of a new neuronal nicotinic receptor antagonist that is structurally related to kappa-bungarotoxin. Brain Res., 402, 21–9.

Chiappinelli, V. A., Wolf, K. M., Grant, G. A., and Chen, S.-J. (1990). Kappa₂-bungarotoxin and kappa₃-bungarotoxin: two new neuronal nicotinic receptor antagonists isolated from the venom of Bungarus multicinctus. Brain Res., 509, 237–48.

Dewan, J. C., Grant, G. A., and Sacchettini, J. C. (1994). Crystal structure of κ-bungarotoxin at 2. 3–A resolution. Biochemistry, 33, 13147–54.

Fiordalisi, J. J., Fetter, C. H., TenHarmsel, A., Gigowski, R., Chiappinelli, V. A., and Grant, G. A. (1991). Synthesis and expression in Escherichia coli of a gene for kappa-bungarotoxin. Biochemistry, 30, 10337–43.

Fiordalisi, J. J., Al-Rabiee, R., Chiappinelli, V. A., and Grant, G. A. (1994a). Site-directed mutagenesis of kappa-bungarotoxin: Implications for neuronal receptor specificity. Biochemistry, 33, 3872–7.

Fiordalisi, J. J., Al-Rabiee, R., Chiappinelli, V. A., and Grant, G. A. (1994b). Affinity of native kappa-bungarotoxin and site-directed mutants for the muscle nicotinic acetylcholine receptor. Biochemistry, 33, 12962–7.

Grant, G. A. and Chiappinelli, V. A. (1985). Kappa-bungarotoxin: complete amino acid sequence of a neuronal nicotinic receptor probe. Biochemistry, 24, 1532–7.

Halvorsen, S. W. and Berg, D. K. (1987). Affinity labeling of neuronal acetylcholine receptor subunits with an α-neurotoxin that blocks receptor function. J. Neurosci., 7, 2547–55.

Loring, R. H. (1993). The molecular basis of curaremimetic snake neurotoxin specificity for neuronal nicotinic receptor subtypes. J. Toxicol.-Toxin Reviews, 12, 105–53.

Loring, R. H. and Zigmond, R. E. (1987). Ultrastructural distribution of ¹²⁵I-toxin F binding sites on chick ciliary neurons: synaptic localization of a toxin that blocks ganglionic nicotinic receptors. J. Neurosci., 7, 2153–62.

Loring, R. H., Andrews, D., Lane, W., and Zigmond, R. E. (1986). Amino acid sequence of toxin F, a snake venom toxin that blocks neuronal nicotinic receptors. Brain Res., 385, 30–7.

Luetje, C. W., Wada, K., Rogers, S., Abramson, S. N., Tsuji, K., Heinemann, S., et al. (1990). Neurotoxins distinguish between different neuronal nicotinic acetylcholine receptor subunit combinations. J. Neurochem., 55, 632–40.

Luetje, C. W., Piattoni, M. and Patrick, J. (1993). Mapping of ligand binding sites of neuronal nicotinic acetylcholine receptors using chimeric α subunits. Mol. Pharmacol., 44, 657–66.

McLane, K. E., Weaver, W. R., Lei, S., Chiappinelli, V. A., and Conti-Tronconi, B. (1993). Homologous kappa-neurotoxins exhibit residue-specific interactions with the α3 subunit of the nicotinic acetylcholine receptor: a comparison of the structural requirements for kappa-bungarotoxin and kappa-flavitoxin binding. Biochemistry, 32, 6988–94.

Oswald, R. E., Sutcliffe, M. J., Bamberger, M., Loring, R. H., Braswell, E., and Dobson, C. M. (1991). Solution structure of neuronal bungarotoxin determined by two-dimensional NMR spectroscopy: sequence-specific assignments, secondary structure, and dimer formation. Biochemistry, 30, 4901–9.

Papke, R. L., Duvoisin, R. M., and Heinemann, S. F. (1993). The amino terminal half of the nicotinic β subunit extracellular domain regulates the kinetics of inhibition by neuronal-bungarotoxin. Proc. R. Soc. London, Ser. B, 252, 141–7.

Wheeler, S. V., Chad, J. E., and Foreman, R. (1993). Residues 1 to 80 of the N-terminal domain of the β subunit confer neuronal bungarotoxin sensitivity and agonist selectivity on neuronal nicotinic receptors. FEBS Lett., 332, 139–42.

■ Vincent A. Chiappinelli:
Department of Pharmacology,
George Washington University,
School of Medicine,
2300 Eye St, NW,
Washington DC 20037,
USA.

α-Conotoxins (*Conus* spp.)

The α-conotoxins are small, disulfide-rich peptides (most are 13–18 amino acids in length, with two disulfide bonds), which are competitive inhibitors of nicotinic acetylcholine receptors; this family of neurotoxins has been found in the venoms of all species of Conus *examined so far. The α-conotoxins first characterized were found to be specific inhibitors of the nicotinic acetylcholine receptor at the postsynaptic terminus of the neuromuscular junction (examples are α-conotoxins G_I, M_I, and S_I). More recent work has revealed that some α-conotoxins preferentially inhibit neuronal subtypes of nicotinic acetylcholine receptors (i.e., α-conotoxin IM_I).*

The α-conotoxins are probably the largest family of paralytic neurotoxins found in the venoms of cone snails (genus *Conus*), a very successful group of predatory molluscs comprising c. 500 species (Olivera *et al.* 1985; Myers *et al.* 1991). The first neurotoxin purified from *Conus* venoms was an α-conotoxin (α-conotoxin GI from *Conus geographus* venom); this peptide has 13 amino acids and two disulfide bonds (Gray *et al.* 1981). α-Conotoxins found in Indo-Pacific fish-hunting cone snails are among the major peptidic components used to paralyse fish prey, and have the consensus sequence shown in Fig. 1. Even the unusual α-conotoxin, S_{II}, which has three disulfide bonds, fits the consensus sequence (Ramilo *et al.* 1992).

However, there are clearly α-conotoxins which diverge from this group. α-Conotoxin E_T, a peptide from the Atlantic fish-hunting species *Conus ermineus* is an example (Martinez *et al.* 1995). In addition, several α-conotoxins from non-fish-hunting *Conus* species have been characterized. One of these peptides, α-conotoxin ImI, is of particular interest, not only because it was the first α-conotoxin from a worm-hunting *Conus* species, but because it preferentially inhibits mammalian neuronal nAChRs (vs. the muscle subtype) (McIntosh *et al.* 1994; Johnson *et al.* 1995).

Another family of peptides, the αA-conotoxins, appear to be independently evolved from the α-conotoxins, but target to the same ligand site on the nicotinic acetylcholine receptor. The first peptide of this type, αA-conotoxin P_{IVA} was purified from the Panamic fish-hunting species, *Conus purpurascens* (Hopkins *et al.* 1995).

Indopacific Fish-hunting Species

Conus geographus	α-conotoxin GI	ECC–NPACGRHYSC*
Conus magus	α-conotoxin MI	GRCC–HPACGKNYSC*
Conus striatus	α-conotoxin SI	ICC–NPACGPKYSC*
	α-conotoxin SIA	YCC–HPACGKNFDC*
	α-conotoxin SII	GCCCNPACGPNYGCGTSCS^
	Consenus	

Other Fish-hunters

C. ermineus	α-conotoxin EI	RDOCCYHPTCNMSNPQIC*

Non-fish-hunting *Conus*

Conus imperialis	α-conotoxin ImI	GCCSDPRCAWRC*
Conus pennaceus	α-conotoxin PnIA	GCCSLPPCAANNPDYC*

αA-Conotoxin Family

*Conus purpurascens*α	A-conotoxin PIVA	GCCGSYONAACHOCSCKDROSYCGQ*	**Figure 1.** α-Conotoxins.

■ Purification

α-Conotoxins historically have been isolated from acid extracts of dissected venom ducts from cone snails. More recently, a venom milking procedure has been used for some species (Hopkins *et al.* 1995; Martinez *et al.* 1995). Venom purification is accomplished via reversed phase HPLC (McIntosh *et al.* 1994).

■ Toxicity

Toxicity is tested by intraperitoneal and intracerebral injection into mice and rats. With intraperitoneal injection, death time is directly proportional to the amount of toxin injected. The specific activities of α-conotoxin E_I, G_I, and M_I are 0.36, 1.5, and 4.0 units/nmol toxin respectively (Gray *et al.* 1983; Martinez *et al.* 1995) where the unit of activity is defined as the quantity of material needed to kill a 20 g mouse in 20 min (Cruz *et al.* 1978).

■ Use in cell biology and neuroscience

The nicotinic acetylcholine receptor (nAChR) is a heteropentamer which has multiple molecular forms. In muscle, the nAChR is comprised of $(\alpha 1)2\beta\gamma\delta$ and is known to contain two ligand binding sites. In neuronal tissue the nAChR is made up of a combination of α and β subunits with each α/β combination forming a pharmacologically distinct receptor subtype. α-Conotoxins are used to selectively block different molecular forms of the nAChR (Johnson *et al.* 1995). In addition, α-conotoxins are used to distinguish between the agonist binding sites near the α/γ and α/δ subunit interface in muscle nAChRs. α-Conotoxins discriminate between the binding sites by up to four orders of magnitude with some conotoxins preferentially binding the α/γ site and other toxins targeting the α/δ site (Groebe *et al.* 1995; Hann *et al.* 1994; Kreienkamp *et al.* 1994; Utkin *et al.* 1994; Martinez *et al.* 1995).

■ References

Cruz, L. J., Gray, W. R., and Olivera, B. M. (1978). Purification and properties of a myotoxin from *Conus geographus* venom. *Arch. Biochem. Biophys.*, **190**, 539–48.

Gray, W. R., Luque, A., Olivera, B. M., Barrett, J., and Cruz, L. J. (1981). Peptide toxins from *Conus geographus* venom. *J. Biol. Chem.*, **256**, 4734–40.

Gray, W. R., Rivier, J. E., Galyean, R., Cruz, L. J., and Olivera, B. M. (1983). Conotoxin MI. Disulfide bonding and conformational states. *J. Biol. Chem.*, **258**, 12247–51.

Groebe, D. R., Dumm, J. M., Levitan, E. S.,and Abramson, S. N. (1995). Alpha-conotoxins selectively inhibit one of the two acetylcholine binding sites of nicotinic receptors. *Mol. Pharmacol.*, **48**(1), 105–11.

Hann, R. M., Pagan, O. R., and Eterovic, V. A. (1994). The alpha-conotoxins GI and MI distinguish between the nicotinic acetylcholine receptor agonist sites while SI does not. *Biochemistry*, **33**, 14058–63.

Hopkins, C., Grilley, M., Miller, C., Shon, K.-J., Cruz, L. J., Gray, W. R., *et al.* (1995). A new family of *Conus* peptides targeted to the nicotinic acetylcholine receptor. *J. Biol. Chem.*, **270**, 22361–7.

Johnson, D. S., Martinez, J., Elgoyhen, A. B., Heinemann, S. S., and McIntosh, J. M. (1995). Alpha-conotoxin ImI exhibits subtype-specific nioctinic acetylcholine receptor blockade: preferential inhibition of homomeric alpha 7 and alpha 9 receptors. *Mol. Pharmacol.*, **48**, 194–9.

Kreienkamp, H.-J., Sine, S. M., Maeda, R. K., and Taylor, P. (1994). Glycosylation sites selectively interfere with alpha-toxin binding to the nicotinic acetylcholine receptor. *J. Biol. Chem.*, **269**, 8108–14.

McIntosh, J. M., Yoshikami, D., Mahe, E., Nielsen, D. B., Rivier, J. E., Gray, W. R., *et al.* (1994). A nicotinic acetylcholine receptor ligand of unique specificity, alpha-conotoxin ImI. *J. Biol. Chem.*, **269**, 16733–9.

Martinez, J. S., Olivera, B. M., Gray, W. R., Craig, A. G., Groebe, D. R., Abramson, S. N., *et al.* (1995). Alpha-conotoxin EI, a new nicotonic acetylcholine receptor antagonist with novel selectivity. *Biochemistry*, **34**, 14519–26.

Myers, R. A., Zafaralla, G. C., Gray, W. R., Abbott, J., Cruz, L. J., and Olivera, B. M. (1991). Alpha-conotoxins, small peptide probes of nicotonic acetylcholine receptors. *Biochemistry*, **30**, 9370–7.

Olivera, B. M., Gray, W. R., Zeikus, R., McIntosh, J. M., Varga, J., Rivier, J., *et al.* (1985). Peptide nerutoxins from fish-hunting cone snails. *Science*, **230**, 1338–43.

Ramilo, C. A., Zafaralla, G. C., Nadasdi, L., Hammerland, L. G., Yoshikami, D., Gray, W. R., *et al.* (1992). Novel alpha-omega and omega-conotoxins from *Conus striatus* venom. *Biochemistry*, **31**, 9919–26.

Utkin, Y. N., Kobayashi, F. H., Hucho, F., and Tsetlin, V. I. (1994). Relationship between the binding sites for an alpha-conotoxin and snake venom neurotoxins in the nicotinic acetylcholine receptor from *Torpedo californica*. *Toxicon*, **32**, 1153–7.

■ *Baldomero M. Olivera and J. Michael McIntosh*,*
Departments of Biology and Psychiatry*,
University of Utah,
Salt Lake City,
Utah 84112,
USA

Snake toxins against muscarinic acetylcholine receptors

The mamba (Dendroaspis sp.) muscarinic toxins consist of a single peptide chain of 64 to 66 amino acid residues and contain four disulfide bonds. They bind to muscarinic acetylcholine receptors, often with a remarkable high degree of selectivity for one or two subtypes.

Muscarinic acetylcholine receptors participate in many physiological functions, such as reduction of heart rate, contraction of smooth muscles, glandular secretion, transmitter release and cognitive functions like learning and memory. There are five subtypes of receptors (m1–m5) and one organ or even a cell can express several subtypes. One exception is heart muscle which has only m2. Muscarinic receptors belong to a group of G-protein coupled receptors that consist of a single peptide chain which forms four extracellular, seven transmembrane and four intracellular domains (reviews: Hulme *et al.* 1990; Caulfield 1993: Wess 1993).

According to a model of muscarinic receptors the transmembrane parts are tightly packed and form a deep cleft with an invariant aspartic acid residue in the third transmembrane region. This residue is situated 15Å from the entrance of the cleft, next to a conserved hydrophobic pocket (Trumpp-Kallmeyer *et al.* 1992).

Acetylcholine binding was lost when the invariant Asp was changed to Asn by site-directed muta-genesis.

Antibodies against the various subtypes have been used to study their distribution in different organs, but other types of specific ligands better suited for functional studies are rare. A large number of low molecular weight ligands are known, but they bind to all five subtypes, often with slightly higher affinity for one or two of them. One of the more selective is pirenzepine, with six times higher affinity for m1 (K_i = 6 nM) than for m4 receptors and 14–35 times higher than for the other three subtypes (Dörje *et al.* 1991). However, this is often not sufficient for studies of m1 receptors especially in the presence of large amounts of m4 receptors.

Mambas, African snakes of genus *Dendroaspis*, have so called muscarinic toxins (Adem *et al.* 1988) that bind to muscarinic receptors. They consist of 64–66 amino acids and four disulfides, and several of them have been sequenced (Fig. 1).

Some of the toxins are the most selective ligands for m1 or m4 receptors known to date. m1-Toxin from *D. angusticeps* (Eastern green mamba) has about

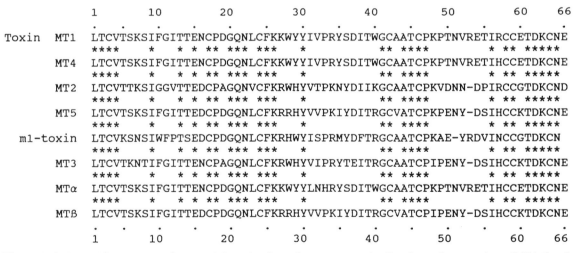

Figure 1. Amino acid sequences of muscarinic toxins from the green mamba *Dendroaspis angusticeps* (MT1–5 and m1-toxin) and from the black mamba *D. polylepis* (MTα and MTβ). Asterisks indicate invariant amino acids. Sequences are from: MT1, Jolkkonen *et al.* (1995); MT2, Ducancel *et al.* (1991); Karlsson *et al.* (1991); MT3, Jolkkonen *et al.* (1994); m1-toxin, Max *et al.* (1993); MT4, Vandermeers *et al.* (1995); MT5, unpublished MTα and MTβ, (Jolkkonen *et al.* (1995). A = Ala, C = Cys, D = Asp, E = Glu, F = Phe, G = Gly, H = His, I = Ile, K = Lys, L = Leu, M = Met, N = Asn, P = Pro, Q = Gln, R = Arg, S = Ser, T = Thr, Y = Tyr, V = Val, W = Trp.

100 times higher affinity for m1 than for m4 receptors (Fig. 11, Max *et al.* 1993). MT7 (muscarinic toxin 7) from the same venom is even more selective with a $K_i = 0.2$ nM for m1 and no or very low affinity for other subtypes (Table 1). The two toxins have a very similar amino acid composition, m1-toxin has one His and MT7 has instead one Glu or Gln. m1-Toxin seems to have about the same affinity as MT7 for m1 receptors. Toxin MT3 from *D. angusticeps* has high selectivity for m4 receptors; $K_i = 2$ nM for m4 and 80 nM for m1 and no or very low ($K_i > 1$ μM) affinity for m2, m3, and m5 (Jolkkonen *et al.* 1994) (Table 1).

Small changes in a sequence can change the specificity. MTβ and MT5 differ only in amino acid 48, Ile in MTβ and Lys in MT5. MTβ binds to m3, m4, and m5 with affinities (K_i) between 140 and 350 nM, while MT5 binds to m1 ($K_i = 180$ nM) and m4 ($K_i = 520$ nM). MTα and MT4 differ only in the sequence 31 – 33 which is Leu–Asn–His in MTα (Fig. 1) and Ile–Val–Pro in MT5. MTα has high affinity (K_i between 3 and 44 nM) for all subtypes and is the only toxin with high affinity for m3 and m5. MT4 binds only to m1 ($K_i = 62$ nM) and to m4 ($K_i = 87$ nM), but not to m2, m3, or m5. A point mutation with no effect on the specificity is Arg/His 57 in MT1/MT4.

Iodination can also change the specificity. ^{125}I-MT1 bound only to cloned m1 receptors (Waelbroeck, personal communication). Autoradiography with ^{125}I-MT1 and ^{125}I-MT2 showed that the toxins bind to the same or slightly smaller area in rat brain than ^{3}H-pirenzepine. A low concentration (2.5–5 nM) of pirenzepine was used to ensure binding predominantly to m1 receptors.

Table 1 Affinities (apparent K_i-values in nM) of muscarinic toxins for cloned human receptors expressed in Chinese hamster ovary cells

Toxin	Receptor				
	m1	m2	m3	m4	m5
D. angusticeps					
MT1	28	> 1000	> 1000	49	> 1000
MT2[a]	1500	> 2000	> 2000	750	> 2000
MT3	80	> 1000	> 1000	2	> 1000
MT4	62	> 1000	> 1000	87	> 1000
MT5	180	> 1000	> 1000	620	> 1000
MT7	0.2	> 2000	> 2000	> 2000	> 2000
m1-toxin	High[b]				
D. polylepis					
MTα	23	44	4	5	8
MTβ	> 1000	> 2000	140	120	350

[a] MT2 is an unstable molecule. This probably explains the low affinity of the toxin preparation assayed. Using an apparently fully active toxin, a K_d of 14 nM was obtained for the binding of ^{125}I-MT2 to synaptosomal membranes from bovine cerebral cortex (Jerusalinsky *et al.* 1992).

[b] About 100 times higher affinity for m1 than for m4 receptors and no binding to m2, m3, and m5. m1-toxin and MT7 probably have about the same affinity for m1.

Iodination (chloramine T method) was carried out for a short time (30–60 s) using a high excess of toxin and only the most reactive tyrosine should have been labelled (both toxins lack histidine). Since iodination had the same

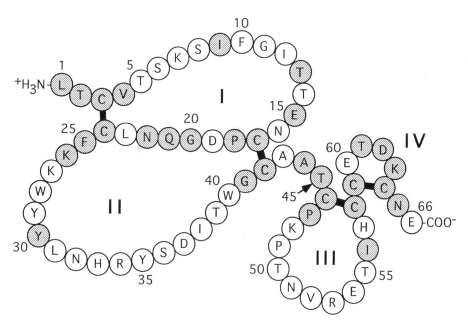

Figure 2. The sequence of the nonselective toxin MTα of *D. polylepis* (black mamba). MTα has high affinity for all subtypes of receptors. Amino acids invariant in muscarinic toxins are indicated by darker shade. The disulfide pairing is assumed to be the same as for toxin MT2, whose three-dimensional structure is known (Ségalas *et al.* 1995). Loop I, Cys 3 to Cys 24; II, Cys 24 to Cys 42; III, Cys 45 to Cys 58; and IV, Cys 59 to Cys 64.

effect on both toxins, probably the same tyrosine was labelled and MT1 and MT2 have only the invariant Tyr 30 in common (Table 1). This tyrosine should be very reactive, since it has a very exposed position (Ségalas et al. 1995).

Mutations or modifications that change the specificity are found in loop II (Fig. 2), LNH/IVP (31–33) in MTα/MT4 and the probable iodination site Tyr 30 in MT1 and MT2 (all tyrosines are also in loop II), or in loop III, Ile/Lys 48 in MTβ/MT5. The active site of these toxins should, therefore, include parts of these loops.

MTα binds with high affinity to all subtypes and probably to structurally similar sites on the various receptors. But the more selective toxins must recognize sites which are not identical in all subtypes. The active sites of toxins with different specificity must also be different, and if all toxins have their active sites in the same parts of the molecules, then these parts must be variable. 13 of 17 amino acids in the second loop and 8 of 11 in the third loop are variable.

Muscarinic toxins are homologous to a large number of other snake toxins, e.g. α-neurotoxins (block nicotinic acetylcholine receptors), cardiotoxins/cytotoxins (increase permeability of membranes), and fasciculins (inhibit acetylcholinesterase). The three-dimensional structure has been elucidated for several of these toxins, including MT2 (Ségalas et al. 1995). All have a three-finger structure, i.e. the loops I, II and III are extended like the three middle fingers of a hand with disulfides in the palm of the hand (review: Le Du et al. 1992; Rees and Bilwes 1993). Loop II in MT2 is very protruding with a narrow tip where Lys 34 is located. This position can also be occupied by arginine. Ségalas et al. (1995) suggested that loop II penetrates into the cleft of the muscarinic receptors and Lys 34 binds to the invariant Asp. The toxins have a cluster of hydrophobic amino acids near Lys/Arg 34 which may facilitate the penetration of the cationic group into the hydrophobic cleft and themselves bind to the hydrophobic pocket close to the invariant Asp. Many low molecular weight ligands are cationic molecules with a hydrophobic moiety. Because of their small size they will probably interact only with amino acids in the transmembrane regions of the receptors. With the exception of the first transmembrane region, which has only nine conserved amino acids out of 24, the transmembrane regions are rather similar in all subtypes (Caulfield 1993). This may be one reason why low molecular weight ligands have poor selectivity.

The better selectivity of the snake toxins probably depends on two factors. Firstly, they discriminate better between the differences in the clefts of the various subtypes. The amino acids 31–33 responsible for the different selectivity of MTα and MT4 are close to the cationic group at position 34, and the different selectivity should depend on different interactions of these three residues with amino acids in the cleft.

Secondly, the toxins should also interact with the extracellular domains, which are variable both in length and composition. If loop II penetrates into the cleft, loops I and III should remain outside and be able to interact with the extracellular parts of the receptors. The mutation Ile/Lys 48 in MTβ/MT5 that changes the specificity of the two toxins might depend on different interactions with an extracellular domain.

■ Purification

The toxins were isolated by gel filtration on Sephadex G-50, chromatography on the cation exchangers Bio-Rex 70 (carboxyl as ion-exchange group) and Sulphopropyl-Sephadex C-25, and for m1-toxin, reversed-phase HPLC instead of ion-exchange. So far toxins have been isolated only from two mambas, D. angusticeps (Eastern green mamba) and D. polylepis (black mamba), but similar toxins are also present in D. viridis (Western green mamba). The toxin content is variable, m1-toxin and MT7 are present in very low amounts (< 0.1 mg/g venom) while MT2 is the most abundant (up to 6–7 mg/g). The content of the other toxins is usually 0.5–2 mg/g.

■ Toxicity

The lethal doses are not known, but a toxin CM-3 from D. polylepis very similar to MTβ was nonlethal to mice at 49.5 μg/g body weight (Joubert 1985). The two toxins differ only at positions 62 (Glu in CM-3, Asp in MTβ) and 66 (Asn in CM-3 and Glu in MTβ). CM-3 is probably a muscarinic toxin, but its affinity for muscarinic acetylcholine receptors has not been assayed.

■ Use in cell biology

Specific toxins should be very valuable tools for studying subtypes of muscarinic receptors. So far, they have been used only sporadically. MT1 and MT2 act as agonists (review: Jerusalinsky and Harvey 1994) and m1-toxin is an antagonist (Max et al. 1993). ^{125}I-MT1 and ^{125}I-MT3 have been used to quantify m1 and m4 receptors in various regions of rat brain (Adem, personal communication).

■ References

Adem, A., Åsblom, A., Johansson, G., Mbugua, P. M., and Karlsson, E. (1988). Toxins from the venom of the green mamba Dendroaspis angusticeps that inhibit the binding of quinuclidinyl benzilate to muscarinic acetylcholine receptors. Biochim. Biophys. Acta, **968**, 340–5.

Caulfield, M. P. (1993). Muscarinic receptors – characterization, coupling and function. Pharmacol Ther., **58**, 319–79.

Dörje, F., Wess, J., Lambrecht, G., Tacke, R., Mutschler, E., and Brann, M. R. (1991). Antagonist binding profiles of five cloned muscarinic receptor subtypes. J. Pharm. Exp. Ther., **256**, 727– 33.

Ducancel, F., Rowan, E. G., Cassart, E., Harvey, A. L., Ménez, A., and Boulain, J. C. (1991). Amino acid sequence of a muscarinic toxin deduced from the cDNA sequence. Toxicon, **29**, 516–20.

Hulme, E. C., Birdsall, N. J. M., and Buckley, N. J. (1990). Muscarinic receptor subtypes. Annu. Rev. Pharmacol. Toxicol., **30**, 633–73.

Jerusalinsky, D. and Harvey, A. L. (1994). Toxins from mamba venoms: small proteins with selectivity for different subtypes of muscarinic receptors. *Trends Pharmacol. Sci.*, **15**, 424–30.

Jerusalinsky, D., Cerveñansky, C., Peña, C., Raskovsky, S., and Dajas, F. (1992). Two polypeptides from *Dendroaspis angusticeps* venom selectively inhibit the binding of central muscarinic cholinergic receptor ligands. *Neurochem. Int.*, **20**, 237–46.

Jolkkonen, M., van Giersbergen, P. L. M., Hellman, U., Wernstedt, C., and Karlsson, E. (1994). A toxin from the green mamba *Dendroaspis angusticeps*: amino acid sequence and selectivity for muscarinic m4 receptors. *FEBS Lett.*, **352**, 91–4.

Jolkkonen, M., van Giersbergen, P. L. M., Hellman, U., Wernstedt, C., Oras, A., Satyapan, N., Adem, A., and Karlsson, E. (1995). Muscarinic toxins from the black mamba *Dendroaspis polylepis*. *Eur. J. Biochem.*, **234**, 579–85.

Joubert, F. (1985). The amino acid sequence of protein CM-3 from *Dendroaspis polylepis* (black mamba). *Int. J. Biochem.*, **17**, 695–700.

Karlsson, E., Risinger, C., Jolkkonen, M., Wernstedt, C., and Adem, A. (1991). Amino acid sequence of a snake venom toxin that binds to the muscarinic acetylcholine receptor. *Toxicon*, **29**, 521–6.

Le Du, M. H., Marchot, P., Bougis, P., and Fontecilla-Camps, J. (1992). 1.9 Å resolution of fasciculin 1, an anticholinesterase toxin from the green mamba snake venom. *J. Biol. Chem.*, **267**, 22122–30.

Max, S. I., Liang, J. S., and Potter, L. T. (1993). Purification and properties of m1-toxin, a specific antagonist of m1 muscarinic receptors. *J. Neurosci.*, **13**, 4293–300.

Rees, B., and Bilwes, A. (1993). Three-dimensional structures of neurotoxins and cardiotoxins. *Chem. Res. Toxicol.*, **6**, 385–406.

Ségalas, I., Roumestand, C., Zinn-Justin, S., Gilquin, B., Ménez, R., Ménez, A., *et al.* (1995). Solution structure of a green mamba toxin that activates muscarinic acetylcholine receptors, as studied by nuclear magnetic resonance and molecular modeling. *Biochemistry*, **34**, 1248–60.

Trumpp-Kallmeyer, S., Hoflack, J., Bruinvels, A., and Hibert, M. (1992). Modelling of G-protein coupled receptors: Application to dopamine, adrenaline, serotonin, acetylcholine and opsin receptors. *J. Med. Chem.*, **35**, 3448–62.

Vandermeers, A., Vandermeers-Piret, M. C., Rathé, J., Waelbroeck, M., Jolkkonen, M., Oras, A., *et al.* (1995). Purification of a new muscarinic toxin from the venom of the green mamba (*Dendroaspis angusticeps*). *Toxicon*, **33**, 1171–9.

Wess, J. (1993). Mutational analysis of muscarinic acetylcholine receptors: Structural basis for ligand/receptor/G-protein interaction. *Life Sci.* **53**, 1447–63.

■ *Evert Karlsson, Mikael Jolkkonen, and Abdu Adem Department of Biochemistry, Biomedical Centre, Box 576, 751 23 Uppsala, Sweden*

11

Ryanodine receptor Ca²⁺ channel toxins

Introduction

- *Molecular and structural properties of the ryanodine receptor Ca²⁺ channel*
- *Regulation of the ryanodine receptor Ca²⁺ channel*
- *Topology of RYR regulatory binding sites*
- *Molecular pathology of the ryanodine receptor Ca²⁺ channel*
- *Pharmacological tools and peptide toxins*

■ Molecular and structural properties of the ryanodine receptor Ca²⁺ channel

Ca^{2+} release from intracellular stores plays an important role in the regulation of numerous cellular functions ranging from muscle contraction to cell division and neurotransmitter release. The intracellular Ca^{2+} stores of excitable and nonexcitable cells utilize one or two of the intracellular Ca^{2+} channels to release Ca^{2+} upon cell stimulation, namely the ryanodine and the inositol 1,4,5-trisphosphate receptors (Berridge 1993).

The mammalian ryanodine receptor (RYR) is a large tetrameric oligomer made up of four subunits of 560 kDa, which migrate as a single protein in SDS-polyacrylamide gel electrophoresis (Pessah *et al.* 1986; Imagawa *et al.* 1987; Lai *et al.* 1988). The purified RYR complex also contains the FK-506 binding protein, a protein of 12 kDa, which is tightly associated to the RYR promoter with a stoichiometric ratio of 1:1 (Jayaraman *et al.* 1992). Experimental evidence has demonstrated the existence of three distinct isoforms which are preferentially expressed in skeletal muscle, heart, and brain, respectively. Comparison of the primary structures of the skeletal, cardiac, and brain ryanodine receptors has established an overall homology at the amino acid level of approximately 60 per cent (Takeshima *et al.* 1989; Nakai *et al.* 1990; Otsu *et al.* 1990; Zorzato *et al.* 1990; Hakamata *et al.* 1992). Analysis of the primary sequence of the RYR led to the identification of potential domain boundaries (Fig. 1): the channel forming portion comprises transmembrane segments which are resctricted to the last 1000 COOH-terminal residues, while the remainig 4000 NH₂-terminal residues form the cytoplasmic portion of the RYR. The three-dimensional architecture of the RYR (approx. 3 nm resolution) has been deduced from image reconstruction analysis of negatively stained and frozen hydrated RYR complexes (Radermacher *et al.* 1994). According to such a three-dimensional model, the size of the hydrophobic portion (basal plate) of the ryanodine receptor is about $120 \times 120 \times 70$ Å. The basal plate presumably contains the transmembrane portion of the RYR and it may accomodate up to 100 helices of 11 Å in diameter. This is consistent with the RYR model which predicts up to 12 transmembrane segments per RYR protomer (Zorzato *et al.* 1990). The cytoplasmic portion

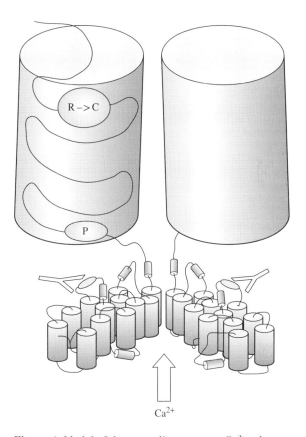

Figure 1. Model of the ryanodine receptor Ca^{2+} release channel. The cartoon depicts two protomers side by side (P, phosphorylation site; $R \rightarrow C$, mutation 615, associated with malignant hyperthermia). The transmembrane segments are represented by the bottom cylinders; the smaller central cylinders represent the calmodulin binding domains while the top large cylinders represent the large cytoplasmic NH₂-terminal portion. The figure also shows the region recognized by antibodies which affect Ca^{2+}-induced Ca^{2+} release. The arrow indicates the flow of Ca^{2+} from the lumen of the sarco(endo)plasmic reticulum to the cytoplasm.

results from the assembly of 10 domains which are formed by each of the four subunits (Radermacher et al. 1994). It has been estimated that over 50 per cent of the space delimited by the RYR cytoplasmic assembly is accessible to solvent. Such a peculiar three-dimensional conformation may facilitate the interaction of RYR agonists with potential binding sites distributed within the 4000 amino acid long sequence encompassing the RYR's cytoplasmic domain.

■ Regulation of the ryanodine receptor Ca^{2+} channel

Regulation of the mammalian Ca^{2+} channels is achieved by different mechanisms, depending on the RYR isform. The skeletal muscle RYR is under the control of (i) transverse tubule depolarization (Rios and Pizzaro 1991), and (ii) several putative physiological ligands including Ca^{2+}, ATP, Mg^{2+}, calmodulin, and cADP-ribose (for review see Coronado et al. 1994; Meissner 1994). The cardiac and brain RYR isoforms are mainly regulated by a mechanism involving the latter ligands. Because of the importance of Ca^{2+} in cell physiology, much attention has been devoted to the investigation of the Ca^{2+}-dependent regulation of the RYR Ca^{2+} channels. It has been clearly demostrated that the RYR contains two classes of Ca^{2+} binding sites having high (μM) and low (mM) affinity, which are involved in the activation and inhibition of channel activity, respectively. It should be mentioned that physiological concentration of both ATP and Mg^{2+} dramatically increase the cooperativity of Ca^{2+}-dependent activation of the RYR. In the presence of the latter modulators, Ca^{2+} activation of the skeletal muscle RYR channel occurs within a narrow range of Ca^{2+} concentrations (1 to 10 μM) (Meissner 1986), the optimal activating Ca^{2+} concentration being 10 μM.

Physiological regulation of the RYR Ca^{2+} channel also involves phosphorylation by cAMP-, cGMP, and calmodulin-dependent protein kinase (Witcher et al. 1992). Phosphorylation of Ser residue 2809 of the cardiac RYR by calmodulin-dependent kinase removes the inhibitory effect of calmodulin, as demonstrated by single-channel currents of cardiac RYR reconstituted in planar lipid bilayers (Witcher et al. 1991). In contrast, phosphorylation of the skeletal RYR in correspondence with the homologous Ser residue (2843), causes different effects. Some data point to a phosphorylation-dependent inactivation of the skeletal RYR (Wang and Best 1992), while others demonstrate an activating effect of cAMP-dependent phosphorylation of the RYR on single channel currents (Hain et al. 1994). Taken together, these experimental results clearly indicate that phosphorylation modulates the activity of the members of the RYR Ca^{2+} channel family, however, its exact mode of action remains to be determined.

Calmodulin is an intracellular Ca^{2+} transducer which regulates the activity of a variety of structurally distinct proteins (O'Neil and DeGrado 1990), including the members of the RYR Ca^{2+} channel family. Calmodulin has been shown to interact directly with the channel and down-regulate the Ca^{2+}-dependent activity of the channel (Smith et al. 1989; McPherson and Campbell 1993). The effect of calmodulin on RYR Ca^{2+} channel activity was recently investigated in more detail (Tripathy et al. 1995). These studies show that calmodulin can act both as an activator and as an inhibitor of the skeletal muscle RYR Ca^{2+} channel, depending upon the free Ca^{2+} concentration: it activates the RYR channel at submicromolar $[Ca^{2+}]$, while inhibition occurs at μM Ca^{2+}.

■ Topology of RYR regulatory binding sites

Though the putative binding regions of RYR modulators was predicted from the analysis of the deduced primary sequence, several experiments were designed to identify and characterize the binding region of such modulators. Using anti-RYR Ab it was shown that a region (residues 4425–4621) within the myoplasmic loop #2, between transmembrane segments M4 and M5 is involved in the Ca^{2+}-dependent activation of the skeletal muscle RYR (Fill et al. 1991; Treves et al. 1993). An amino acid sequence located in the myoplasmic loop #2 was also shown to be involved in the phenomenon of Ca^{2+}-induced Ca^{2+} release (Chen et al. 1993). Upon Ca^{2+} stimulation, the anti-RYR Ab decreased the open probability of the Ca^{2+} channel, while it did not affect the activation of the RYR by ATP (Fill et al. 1991), indicating that the ATP-activatory site is functionally separated from the Ca^{2+}-activatory site, and that the latter site is located next to the junctional sarcoplasmic reticulum membrane at the level of, or closely associated with, the putative myoplasmic loop #2. The region of the myoplasmic loop #2 implicated in the Ca^{2+}-dependent regulation of RYR also encompasses a calmodulin binding site (CaM#3, residues 4540–4557; Menegazzi et al. 1994). Other skeletal muscle RYR calmodulin binding sites defined by residues 3042–3057 (CaM#1) and 3617–3634 (CaM#2; Menegazzi et al. 1994) were also identified. Of interest, the calmodulin binding sites present in the skeletal muscle RYR were also found to be present in the homologous sequences of both cardiac and brain RYRs (Guerrini et al. 1995). As to other Ca^{2+}-release modulators such as ATP, Mg^{2+}, and cADP-ribose, data has yet to be obtained.

■ Molecular pathology of the ryanodine receptor Ca^{2+} channel

Malignant hyperthermia (MH) is a potentially lethal autosomal dominant disorder which causes muscle rigidity, rapid increase of body temperature (approx. 1 °C every 10 min) in response to inhalational anesthetics such as halothane enflurane (Mickelson and Louis 1996). Skeletal muscle RYRs from MH-susceptible pigs (the animal model for human MH), display significant differences in the Ca^{2+}-dependency of $[^3H]$-ryanodine binding and kinetics of single channel-activity when compared to those of MH-normal pigs (Mickelson et al. 1988). Such functional alterations are caused by an Arg to Cys mutation at position 615 in the primary structure of the skeletal muscle RYR promoter (Treves *et al.* 1994). In humans MH phenotype displays both allelic and nonallelic heterogeneity (Sudbrak *et al.* 1995).

■ Pharmacological tools and peptide toxin

The RYR Ca^{2+} channels are the target of many structurally unrelated drugs and peptides toxins (for review see Palade *et al.* 1989; Coronado *et al.* 1994). Needless to say that the most popular drug used to study the Ca^{2+}-release channel is ryanodine. However, though ryanodine is a specific agonist, its use to monitor the Ca^{2+}-release process has been hampered by its slow binding kinetics (several minutes). Recently, peptide toxins were purified to homogeneity from the scorpion venom of *Bothus hottentota* and *Pandidius imperator*, and used as specific agents to probe Ca^{2+} release via RYR (Valdivia *et al.* 1991, 1992). In particular, the venom of *Pandidius imperator* contains two peptides having a molecular weight of 8700 and 10500 Da which interfere with the gating of skeletal and cardiac RYR. The smaller toxin (IpTx$_a$) peptide appears to be an isoform specific activator of the RYR, since nM concentrations stimulate [^{3}H]-ryanodine binding and increase the open channel probability of the skeletal muscle RYR alone. While the larger 10.5 kDa toxin peptide (IpTx$_i$) does not appear to be isoform specific; it causes (i) inhibition of [^{3}H]-ryanodine binding and (ii) the decrease of the open probability of cardiac and skeletal muscle RYR (K_i of 10 nM). The IpTx$_i$ has been used to block Ca^{2+} release via RYR in Indo1 loaded ventricular myocyte. Data obtained on the effect of the 5–8 kDa toxin purified from *Bothus hottentota* venom, demonstrate that it increases ryanodine binding to both the skeletal and cardiac RYR in a Ca^{2+}-dependent manner.

■ References

Berridge, M. J. (1993). Inositol trisphosphate and calcium signalling. *Nature*, **361**, 315–25.

Chen, S. R. W., Zhang, L., and MacLennan, D. H. (1993). Characterization of a Ca^{2+} binding and regulatory site in the Ca^{2+} release channel (ryanodine receptor) of rabbit skeletal muscle sarcoplasmic reticulum. *J. Biol. Chem.*, **267**, 23318–26.

Coronado, R., Morrissette, J., Sukhareva, V., and Vaughan, D. M. (1994). Structure and function of ryanodine receptors. *Am. J. Physiol.*, **266**, C1485–504.

Fill, M., Meja-Alvarez, R., Zorzato, F., Volpe, P., and Stefani, E. (1991). Antibodies as probes for ligand gating of single sarcoplasmic reticulum Ca^{2+}-release channels. *Biochem. J.*, **273**, 449–57.

Guerrrini, R., Menegazzi, P., Anacardio, R., Marastoni, M., Tomatis, R., Zorzato, F., *et al.* (1995). Calmodulin binding sites of the skeletal, cardiac, and brain ryanodine Ca^{2+} channels modulation by the catalytic subunit of cAMP-dependent protein kinase? *Biochemistry*, **34**, 5120–9.

Hain, J., Nath, S., Mayrleitner, M., Fleisher, S., and Schindler, H. (1994). Phosphorylation modulates the function of the calcium release channel of sarcoplasmic reticulum from skeletal muscle. *Biophys. J.*, **67**, 1823–33.

Hakamata, Y., Nakai, J., Takeshima, H., and Imoto, K. (1992). Primary structure and distribution of a novel ryanodine receptor/calcium release channel from rabbit brain. *FEBS Lett.*, **312**, 229–35.

Imagawa, T., Smith, J. S., Coronado, R., and Campbell, K. (1987). Purified ryanodine receptor from skeletal muscle sarcoplasmic reticulum is the Ca^{2+} permeable pore of the calcium release channel. *J. Biol. Chem.*, **262**, 16636–43.

Jayaraman, T., Brillantes, A. M., Timmerman, A. P., Fleisher, S., Erdjument-Bromgel, H., Tempst, P., *et al.* (1992). FK506 binding protein associated with the calcium release channel (ryanodine receptor). *J. Biol. Chem.*, **267**, 9474–7.

Lai, F. A., Erickson, H. P., Rosseau, E., Liu, Q. Y., and Meissner, G. (1988). Purification and reconstitution of the calcium release channel from skeletal muscle. *Nature*, **331**, 315–19.

McPherson, P. S. and Campbell, K. P. (1993). Characterization of the major brain from of the ryanodine receptor/Ca^{2+} release channel. *J. Biol. Chem.*, **268**, 19785–90.

Meissner, G. (1986). Evidence of a role for calmodulin in the regulation of calcium release from skeletal muscle sarcoplasmic reticulum. *Biochemistry*, **25**, 244–51.

Meissner, G. (1994). Ryanodine receptor/Ca^{2+} release channels and their regulation by endogenous effectors. *Ann. Rev. Physiol.*, **56**, 485–508.

Menegazzi, P., Larini, F., Treves, S., Guerrini, R., Quadroni, M., and Zorzato, F. (1994). Identification and characterization of three calmodulin binding sites of the skeletal muscle ryanodine receptor. *Biochemistry*, **33**, 9078–84.

Mickelson, J. R., Gallant, E. M., Litterer, L. A., Jonhson, K. M., Rempel, W. E., and Louis, C. H. (1988). Abnormal sarcoplasmic reticulum ryanodine receptor in malignant hyperthermia. *J. Biol. Chem.*, **263**, 9310–15.

Mickelson, J. R. and Louis, C. F. (1996). Malignant hyperthermia: excitation–contraction coupling, Ca^{2+} release channel, and cell Ca^{2+} regulation. *Physiol. Rev.* **76**, 537–92.

Nakai, J., Imagawa, T., Hakamata, Y., Shigekawa, M., Takeshima, H., and Numa, S. (1990). Primary structure and functional expression from cDNA of the cardiac ryanodine receptor/calcium release channel. *FEBS Lett.*, **271**, 169–77.

O'Neil, K. T. and DeGrado, W. F. (1990). How calmodulin binds its targets: sequence independent recognition of amphiphilic alpha-helices. *Trends Biochem. Sci.*, **15**, 59–64.

Otsu, K., Willard, H. F., Khanna, V. J., Zorzato, F., Green, N. M., and MacLennan, D. H. (1990). Molecular cloning of cDNA encoding the Ca^{2+} release channel (ryanodine receptor) of rabbit cardiac muscle sarcoplasmic reticulum. *J. Biol. Chem.*, **265**, 13472–83.

Palade, P., Dettbarn, C., Brunder, D., Stein, P., and Hals, G. (1989). Pharmacology of calcium release from sarcoplasmic reticulum. *J. Bioenerg. Biomembr.*, **21**, 295–320.

Pessah, I. N., Francini, A. O., Scales, D. J., Waterhouse, A. L., and Casida, J. E. (1986). Calcium–ryanodine receptor complex. Solubilization and partial characterization from skeletal muscle junctional sarcoplasmic reticulum vesicles. *J. Biol. Chem.*, **261**, 8643–8.

Radermacher, M., Rao, V., Grassucci, R., Frank, J., Timmeran, A. P., Fleisher, S., *et al.* (1994). Cryo-electron microscopy and three-dimensional reconstruction of the calcium release channel/ryanodine receptor from skeletal muscle. *J. Cell Biol.*, **127**, 411–23.

Rios, E. and Pizarro, G. (1991). Voltage sensor of excitation–contraction coupling in skeleted muscle. *Physiol. Rev.*, **71**, 849–908.

Smith, J. S., Rousseau, E., and Meissner, G. (1989). Calmodulin modulation of single sarcoplasmic reticulum Ca^{2+} release channels from cardiac and skeletal muscle. *Circ. Res.*, **64**, 352–9.

Sudbrak, R., Procaccio, V., Klausnitzer, M., Curran, J. L., Monsieurs, K., VanBroeckhoven, C., *et al.* (1995). Mapping of a further malignant hyperthermia susceptibility locus to chromosome 3q13. 1. *Am. J. Genet.*, **56**, 684–91.

Takeshima, H., Nishimura, S., Matsumoto, H., Ishida, K., Kangawa, N., Minamino, H., *et al.* (1989). Primary structure and expression from complementary DNA of skeletal muscle ryanodine receptor. *Nature*, **339**, 439–45.

Treves, S., Chiozzi, P., and Zorzato, F. (1993). Identification of the domain recognized by anti-(ryanodine receptor) antibodies which affect Ca($^{2+}$)-induced Ca^{2+} release. *Biochem. J.*, **291**, 757–63.

Treves, S., Larini, F., Menegazzi, P., Steinbeg, T. H., Koval, M., Vilsen, B., *et al.* (1994). Alteration of intracellular Ca^{2+} transients in COS-7 cells transfected with the cDNA encoding skeletal-muscle ryanodine receptor carrying a mutation associated with malignant hyperthermia. *Biochem. J.*, **301**, 661–5.

Tripathy, A., Xu, I. L., Mann, G., and Meissner, G. (1995). Calmodulin activation and inhibition of sketetal muscle Ca^{2+} release channel (ryanodine receptor). *Biophys. J.*, 106–19.

Valdivia, H. H., Fuentes, O., El-Hayek, R., Morrissette, J., and Coronado, R. (1991). Activation of the ryanodine receptor Ca^{2+} release channel of sarcoplasmic reticulum by a novel scorpion venom. *J. Biol. Chem.*, **266**, 19135–8.

Valdivia, H. H., Kirby, M. S., Lederer, W. J., and Coronado, R. (1992). Scorpion toxins targeted against the sarcoplasmic reticulum Ca($^{2+}$)-release channel of skeletal and cardiac muscle. *Proc. Natl. Acd. Sci. USA*, **89**, 12185–9.

Wang, J. and Best, P. (1992). Inactivation of the sarcoplasmic reticulum calcium channel by protein kinase. *Nature*, **359**, 739–41.

Witcher, D. R., Kovacs, R. J., Schulman, H., Cefali, D. C., and Jones L. R. (1991). Unique phosphorylation site on the cardiac ryanodine receptor regulates calcium channel activity. *J. Biol. Chem.*, **206**, 11144–52.

Witcher, D. R., Strifler, B. A., and Jones, L. R. (1992). Cardiac-specific phosphorylation site for multifunctional Ca^{2+}/calmodulin-dependent protein kinase is conserved in the brain ryanodine receptor. *J. Biol. Chem.* **267**, 4963–7.

Zorzato, F., Fujii, J., Otsu, K., Phillips, M., Green, N. M., Lai, F. A., *et al.* (1990). Molecular cloning of cDNA encoding human and rabbit forms of the Ca^{2+} release channel (ryanodine receptor) of skeletal muscle sarcoplasmic reticulum. *J. Biol. Chem.*, **265**, 2244–56.

■ *Susan Treves and Francesco Zorzato:*
Istituto di Patologia Generale,
Università degli Studi di Ferrara,
Via Borsari 46,
44100 Ferrara,
Italy

Helothermine (*Heloderma horridum horridum*)

Helothermine, a 25.5 kDa toxin purified from the venom of Heloderma horridum horridum causes lethargy, partial paralysis ,and lowering of body temperature in mice. Previous studies showed no effect on voltage-dependent Na$^+$, K$^+$, or Ca^{2+} channels. Recent results suggest that physiological effects may be due to inhibition of the ryanodine sensitive Ca^{2+}-release channel and other Ca^{2+} channels of non-P type.

Helothermine (HLTX) is a toxin isolated from the venom of the Mexican beaded lizard *Heloderma horridum horridum* (Mochca-Morales *et al.* 1990). It is synthesized as a single chain polypeptide precursor of 242 amino acid residues including a signal peptide of 19 residues (Morrissette *et al.* 1995). One of its remarkable characteristics (mature toxin of 223 residues and a mol. wt of 25.5 kDa) is the high content of cysteine residues (16, with 10 of them located within the last 54 carboxy-terminal residues). It has an isoelectric point (pI) of 6.8, and among the observed effects in mice injected with this toxin are: lethargy, partial paralysis of rear limbs, and lowering of body temperature (Mochca-Morales *et al.* 1990). This hypothermic effect gave us the idea to call it helothermine, from Heloderma and hypothermic.

No structural similarities have been detected between compiled Na$^+$, K$^+$, or Ca^{2+} channel specific toxins (Adams and Swanson 1994) and helothermine (Morrissette *et al.* 1995). However, it showed an important homology with a family of cysteine-rich secretory proteins (CRISP) isolated from human and mouse testis, with which it shares its 16 cysteine residues, suggesting, a common pattern of disulfide bridges (Morrissette *et al.* 1995). It has been proposed that HLTX could be constituted by two domains: (1) an amino-terminus domain with 6 out of 16 cysteine residues and (2) a carboxy-terminus domain containing the other 10 cysteine residues included in the last 54 amino acid residues.

■ Purification and sources

Helothermine (HLTX) is isolated from the venom of the Mexican beaded lizard *Heloderma horridum horridum* (Mochca-Morales *et al.* 1990) by gel filtration (Sephadex G-75) and ion exchange chromatography into both DEAE-cellulose and CM-cellulose. Specific questions can be addressed to Dr Lourival D. Possani (see authors' address at the end of this entry). Helothermine can easily be purified from commercially available venom of *Heloderma horridum* by the procedure described.

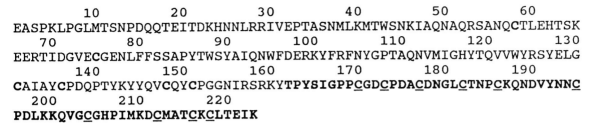

```
         10        20        30        40        50        60
EASPKLPGLMTSNPDQQTEITDKHNNLRRIVEPTASNMLKMTWSNKIAQNAQRSANQCTLEHTSK
        70        80        90       100       110       120      130
EERTIDGVECGENLFFSSAPYTWSYAIQNWFDERKYFRFNYGPTAQNVMIGHYTQVVWYRSYELG
       140       150       160       170       180       190
CAIAYCPDQPTYKYYQVCQYCPGGNIRSRKYTPYSIGPPCGDCPDACDNGLCTNPCKQNDVYNNC
      200       210       220
PDLKKQVGCGHPIMKDCMATCKCLTEIK
```

Figure 1. Amino acid sequence of helothermine. Based on the distribution of cysteine residues, the sequence has been divided arbitrarily into two putative domains: the amino-terminus domain (residues 1–161; shown in regular face characters) containing 6 of the total 16 cysteine residues (shown in bold), and the carboxy-terminus domain (residues 162–223; in bold face characters) with 10 cysteine residues (bold and underlined) clustered within this domain.

■ Toxicity

Toxicity was tested by intraperitoneal injection of different amounts of toxin. Mouse LD_{50} was between 1.25–2.50 μg/g (Mochca-Morales *et al.* 1990). From the data reported, this LD_{50} can be estimated as 1.9 μg/g.

■ Use in cell biology

HLTX inhibits ryanodine binding to cardiac and skeletal sarcoplasmic reticulum from rabbit (Morrissette *et al.* 1994, 1995). It blocks cardiac and skeletal ryanodine receptor channels (Morrissette *et al.* 1994, 1995) incorporated into planar bilayers (Coronado *et al.* 1992) and blocks Ca^{2+}-induced Ca^{2+} release activated by photolysis of nitr-5 in saponin-permeabilized trabeculae from rat ventricle (Morrissette *et al.* 1995). HLTX also inhibits Ca^{2+}-channels (distinct from P type) (Nobile *et al.* 1994a) and K^+ currents in cerebellar granule cells of new born rats (Nobile *et al.* 1994b). These data suggest that HLTX could be used as a molecular probe to study Ca^{2+}-channels (ryanodine sensitive and non-P type Ca^{2+}-channels), and K^+ channels of the type present in cerebellar granule cells. Due to the apparent dual specificity of HLTX, it is currently being investigated if the effects observed are mediated by another protein, or if there is a close relationship between these two types of channels.

■ Genes

The cDNA encoding HLTX was isolated using a specific oligonucleotide as a probe from a venom gland library (Morrissette *et al.* 1995). The characterized cDNA consists of 1104 nucleotides (GenBank accession number U13619), containing an open reading frame for a 242 amino acid precursor including a signal peptide of 19 residues (223 residues for mature toxin). A cDNA clone from a similar preparation was also isolated, but screened by means of polyclonal antibodies against pure native toxin, and essentially the same sequence was found except that the clone was truncated at the 5′ region. It contained only the sequence encoding the last seven residues of the signal peptide, and ends exactly at the same point as the full length cDNA (L. Pardo, B. Becerril, and L.D. Possani, unpublished results).

■ References

Adams, M. E. and Swanson, G. (1994). Neurotoxins. Trends Neurosci., **17**, (supplement), 1–28.

Coronado, R., Kawano, S., Lee, J. C., Valdivia, C., and Valdivia, H. H. (1992). Planar bilayer recording of ryanodine receptors of sarcoplasmic reticulum. *Meth. Enzymol.*, **207**, 699–707.

Mochca-Morales, J., Martin, B. M., and Possani, L. D. (1990). Isolation and characterization of helothermine a novel toxin from *Heloderma horridum horridum* (Mexican beaded lizard) venom. *Toxicon*, **28**, 299–309.

Morrissette, J., El-Hayek, R., Possani, L. D., and Coronado, R. (1994). *Biophys. J.*, **66**, A415 (abstract 330).

Morrissette, J., Kratzschmar, J., Haendler, B., El-Hayek, R., Mochca-Morales, J., Martin, B. M., *et al.* (1995). Primary structure and properties of helothermine, a peptide toxin that blocks ryanodine receptors. *Biophys. J.*, **68**, 2280–8.

Nobile, M., Possani, L. D., Spadavecchia, L., and Prestipino, G. (1994a). *Biophys. J.*, **66**, A422 (abstract 371).

Nobile, M., Magnelli, V., Lagostena, L., Mochca-Morales, J., Possani, L. D., and Prestipino, G. (1994b). The toxin helothermine affects potassium currents in new born rat cerebellar granule cells. *J. Membr. Biol.*, **139**, 49–55.

■ *Baltazar Becerril, Liliana Pardo, and Lourival D. Possani:*
Department of Molecular Recognition and Structural Biology,
Instituto de Biotecnologia,
Universidad Nacional Autonoma de Mexico,
Apdo 510–3,
Cuernavaca, Morelos 62250,
Mexico

12

Presynaptic toxins

Introduction

The synapse is a privileged site of communication of messages within the animal body. Synapses show different anatomical specializations depending on the type of cells involved: the main difference is between nerve–nerve and nerve–muscle synapses. The majority of synapses of vertebrates are present within the central nervous system. They are well protected from the rest of the body by anatomical barriers and are not easily reachable by toxins. Animal movement and behaviour strictly depends on the correct and timely function of central synapses and peripheral. The latter type of synapses are rapidly and easily accessible to a variety of molecules that enter body fluids. On this basis, it is not surprising that hundreds of protein toxins have been elaborated by many different animal species to block the transmission of nerve impulses to muscles. This result can be obtained by acting on the nerve terminal, i.e. presynaptically, or on the muscle cells, i.e. post-synaptically. This section focuses on those toxins blocking synaptic functions by binding to the presynaptic membrane. Several toxins acting on channels of the presynaptic membrane have been considered in previous parts. Apart from pardaxin, the mechanism of action of the toxins grouped here is unknown at the molecular level. This limits, but does not prevent, their use in cell biology. In fact, their cellular effects are well documented and hence the consequences of their application to cells are well defined. As such, these toxins are already widely used, and it can be anticipated that the uncovering of their mode of action will provide novel information on synapse function, thus widening their usefulness.

■ Cesare Montecucco:
*Centro CNR Biomembrane and
Università di Padova,
Via Trieste, 75,
35121 Padova,
Italy*

β-Bungarotoxin (*Bungarus multicinctus*)

β-Bungarotoxin is a two-chain phospholipase A_2-neurotoxin from snake venom (Bungarus multicinctus) acting at the presynaptic site of motor nerve terminals by blocking transmitter release. It binds with high affinity to a subtype of voltage-dependent K^+ channels competing with other neurotoxins such as dendrotoxins.

β-Bungarotoxin (β-Bgt) is a presynaptically acting phospholipase A_2 (PLA_2) -neurotoxin present in the venom of the snake *Bungarus multicinctus,* the Chinese banded krait. It consists of two polypeptide chains, A- and B-chain, crosslinked by one interchain disulfide bond. The A-chain is structurally homologous to PLA_2 enzymes (13.5 kDa, 120 amino acid residues, sequence accession number to the GenEMBL databank: X53406, the nucleotide sequence encoding the A-chain has been elucidated by Danse *et al.* 1990). The B-chain (7 kDa, 60 amino acid residues, sequence accession number: X53407) has close sequence homology with trypsin inhibitors (Kunitz-type) and dendrotoxins from mamba *(Dendroaspis* sp.) venoms. Cleavage of the interchain disulfide bond leads to the complete inactivation of lethal toxicity as well as of PLA_2 enzymatic activity. Recombination of the two chains (A and B) fails to restore the biological properties (Tzeng 1993). β-Bgt exists in various isotoxin-forms (more than 16; Chu *et al.* 1995); β_1-Bgt seems to be the most active.

At motor nerve terminals β-Bgt induces a triphasic change in neurotransmitter release, which varies with animal models and experimental conditions: an initial reduction in meep frequency, e.g. decrease in transmitter release, is followed by a phase of an increase and, finally, by a complete inhibition of release (Harris 1991; Hawgood and Bon 1991). Although PLA_2-activity has been supposed to be related to the neuromuscular blockade by the toxin, the specific and effective binding to a membrane receptor (or acceptor), most probably through the molecule's B-chain, is essential for its neurotoxic effect. Studies on brain synaptosomes using ^{125}I-labelled β-Bgt revealed that the toxin binds with high affinity to neuron-specific proteins in the plasma membrane of the

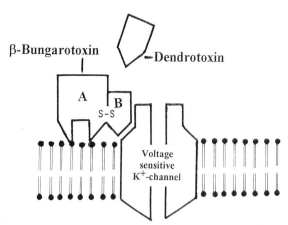

β-Bungarotoxin   Dendrotoxin

A B
S-S

Voltage
sensitive
K⁺-channel

Figure 1. Mechanism of action of β-bungarotoxin. The toxin's B-chain binds to a site of a subtype of voltage-sensitive K⁺ channels, where it competes with dendrotoxin. Site-directed hydrolysis of membrane phospholipids by PLA₂ (A-chain) may disturb membrane permeability affecting transmitter release.

synaptosomes. A subtype of voltage-dependent K⁺ channels, which also binds dendrotoxins, charybdotoxin, and the mast-cell degranulating (MCD) peptide, serves as membrane receptor. However, inhibition of dendrotoxin-binding by β-Bgt is noncompetitive. Site directed hydrolysis of membrane phospholipids may lead to disturbance of the exocytotic release sites followed by degenerative processes at the nerve terminal membrane ('omega'-lesions). On the other hand, β-Bgt is not myotoxic like other PLA₂-neurotoxins (Harris 1991).

Purification and sources

β-Bgt and its isotoxins are isolated from the crude venom of *Bungarus multicinctus* by ion exchange chromatography on CM-Sephadex C-25 (Kondo *et al.* 1978, 1982) or by gel filtration followed by various steps of HPLC ion exchange chromatography for separating the various isotoxins (Chu *et al.* 1995). β-Bgt can be purchased from Calbiochem, La Jolla, CA and from Sigma Chemical Co., St.Louis, MO, USA.

Toxicity

Mouse LD_{50} (i.p. injection) values of the major five β-Bgt isotoxins vary from 0.019 mg/kg for $β_1$-Bgt to 0.13 mg/kg for $β_5$-Bgt. Toxicity does not correlate with the PLA₂ enzymatic activity of the toxins (Rosenberg 1990). The use of the toxins does not require exceptional precautions.

Use in cell biology

A voltage-dependent K⁺ channel provides a binding site for β-Bgt (Rehm 1991; Tzeng 1993). Identification, solub-

ilization, and purification of the receptor from rat brain have been accomplished using affinity chromatography on β-Bgt and dendrotoxin gels. The purified receptor proteins have been reconstituted into functional K⁺ channels. Among other toxins (dendrotoxins, MCD-peptide, charybdotoxin) β-Bgt proved to be a valuable tool to distinguish and characterize K⁺ channel subtypes, which exhibit diverse kinetic and conductance properties. Using recombinant DNA-techniques shaker K⁺-channels have been expressed, which are sensitive to dendrotoxin or charybdotoxin, however, the expression of β-Bgt-sensitive channels has still to be performed.

By light-microscopic autoradiography differences in the distribution of β-Bgt- and of dendrotoxin-binding sites in the rat central nervous system have been demonstrated (Pelchen-Matthews and Dolly 1989). Both toxins are enriched in the grey matter and synapse-rich areas of hippocampus and the cerebellum. β-Bgt competes with the majority of dendrotoxin-binding sites in the grey, but less efficaciously in the white matter. Applying these and similar techniques the toxin may be useful to localize K⁺ channel sites in tissues.

References

Chu, C. C., Li, S. H., and Chen, Y. H. (1995). Resolution of isotoxins in the β-bungarotoxin family. *J.Chromatogr.*, A **694**, 492–7.

Danse, J. M., Toussaint, J. L., and Kempf, J. (1990). Nucleotide sequence encoding β-bungarotoxin A₂-chain from the venom glands of *Bungarus multicinctus. Nucleic Acid Res.*,**18**, 4609.

Harris, J. B. (1991). Phospholipases in snake venoms and their effects on nerve and muscle. In *Snake toxins* (ed. A. L. Harvey), pp. 91–129, Pergamon Press, Oxford.

Hawgood, B. and Bon, C. (1991). Snake venom presynaptic toxins. In Handbook of natural toxins, Vol. 5, Reptile venoms and toxins (ed. A. T. Tu) pp. 3–52, Marcel Dekker, New York.

Kondo, K., Narita, K., and Lee, C. Y. (1978) Amino acid sequences of the two polypeptide chains in β-bungarotoxin from the venom of *Bungarus multicinctus. J. Biochem.*, **83**, 101–15.

Kondo, K., Toda, H., Narita, K., and Lee, C. Y. (1982). Amino acid sequences of three β-bungarotoxins (β3-, β4- and β5-bungarotoxins) from *Bungarus multicinctus* venom. Amino acid substitutions in the A-chain. *J. Biochem.*, **91**, 1531–48.

Pelchen-Matthews, A. and Dolly, J. O. (1989). Distribution in the rat central nervous system of acceptor sub-types for dendrotoxin, a K⁺ channel probe. *Neuroscience*, **29**, 347–61.

Rehm, H. (1991). Molecular aspects of neuronal voltage-dependent K⁺ channels. *Eur. J. Biochem.*, **202**, 701–13.

Rosenberg, P. (1990). Phospholipases. In *Handbook of toxinology* (ed. W. T. Shier and D. Mebs), pp. 67–277, Marcel Dekker, New York.

Tzeng, M. C. (1993). Interaction of presynaptically toxic phospholipases A2 with membrane receptors and other binding sites. *J. Toxicol.–Toxin Rev.*, **12**, 1–62.

■ *Dietrich Mebs:*
Zentrum der Rechtsmedizin,
University of Frankfurt,
Kennedyallee 104,
D-60596 Frankfurt,
Germany

Rattlesnake venom neurotoxins: crotoxin-related proteins (crotoxin from *Crotalus durissus terrificus*, Mojave toxin from *C. s. scutulatus*, concolor toxin from *C. v. concolor*, vergrandis toxin from *C. vegrandis*, and canebrake toxin from *C. h. atricaudatus*)

Crotoxin-related proteins from Crotalus *venoms are heterodimeric phospholipase A₂ neurotoxins. The primary cause of death after systemic intoxication by crotoxin-related proteins is respiratory failure. The proteins appear to bind to specific protein receptors on presynaptic membranes, alter release of neurotransmitters from synaptosomes, and inhibit the release of acetylcholine from peripheral cholinergic synapses. They also inhibit the postsynaptic response of acetylcholine receptor and exhibit myotoxic effects on muscle tissues.*

Only two of the neurotoxins from rattlesnake venoms, crotoxin and Mojave toxin, have been characterized to any appreciable extent. These two toxins have very similar structures, comparable activities, and are immunologically crossreactive. Briefly, the toxins are noncovalent heterodimeric protein complexes with isoelectric points in the pH range of 5 to 6 and molecular masses near 24 kDa. The complexes can be dissociated into distinct separable subunits (Rübsamen *et al.* 1971; Cate and Bieber 1978): one a basic phospholipase, the other an acidic protein without any known biological activity in the absence of the basic subunit. The sequences for both subunits of crotoxin (Aird *et al.* 1986; 1990a) and of Mojave toxin (Aird *et al.* 1990b; Bieber *et al.* 1990a) have been published. The data indicate that the two distinct subunits are related to one another and that both show sequence similarity to secretory phospholipases A₂. A high degree of sequence similarity is also apparent when the sequences of subunits from *C. d. terrificus* and *C. s. scutulatus* are compared to one another.

Variants or isoforms have been isolated in the case of crotoxin (Faure and Bon 1988). Two isoforms of the basic subunit and four acidic subunit isoforms have been purified and sequenced (Faure and Bon 1988; Faure *et al.* 1991). As shown in Fig. 1, the acidic subunit consists of three distinct polypeptide chains (α, β, and γ) which correspond to three different regions of a phospholipase A₂-like precursor, whose the cDNA has been cloned (EMBL Data bank accession number: CA X12606) (Bouchier *et al.* 1991). The polypeptide sequences of mature CA isoforms indicate that they are generated by different post-translational processings of the precursor (Faure *et al.* 1991). Two cDNAs encoding isoforms of cro-

toxin basic subunit have also been cloned (EMBL data bank accession number: CB1 X12603 and CB2 X16100), indicating that the isoforms of the basic subunit result from different mRNAs (Bouchier *et al.* 1991). Genomic sequences encoding the acidic and basic subunits of Mojave toxin have been isolated and similar observations have been made (John *et al.* 1994).

■ Purification and sources

Purification and partial characterization of native toxins and the individual subunits have been described on several occasions (Cate and Bieber 1978; Faure and Bon 1988; Aird *et al.* 1990a; Faure *et al.* 1991). Typically, purification is accomplished by a variety of chromatography procedures. The purity is usually assessed by gel electrophoresis, isoelectric focusing, and/or high performance liquid chromatography. Mojave toxin can be purchased from CALBIOCHEM (San Diego, California, USA).

■ Toxicity

The lethal potency of crotoxin related proteins is usually determined on mice. It is defined as the toxin quantity which causes the death of 50 per cent of the injected mice (LD_{50}). Mice (18–20 g) are injected intravenously or subcutaneously (0.2 ml or 0.1 ml of the tested solution per 20 g body weight, respectively) with toxin doses that differ by a factor of 1.414 ($\sqrt{2}$). The LD_{50} value and its fiducial limits are calculated by the statistical method of Sperman-Kärber, as recommended by the World Health

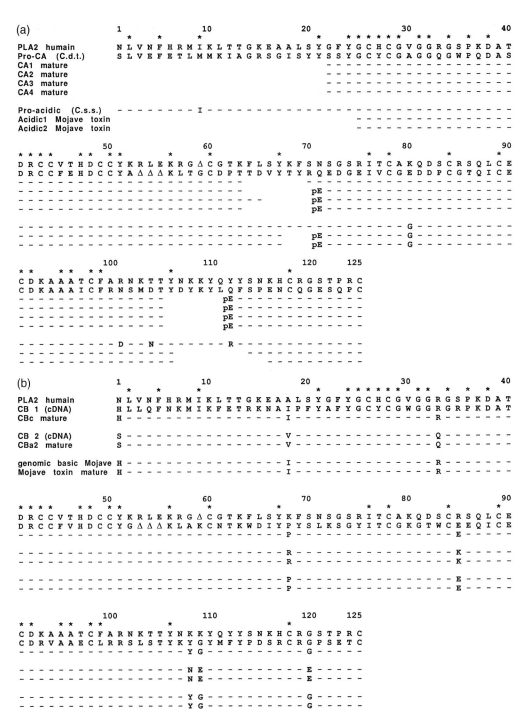

Figure 1. (a) Sequence alignment of human phospholipase A$_2$ (PLA$_2$) (Kramer *et al.* 1989), Pro-CA from *Crotalus durissus terrificus* (C.d.t.) (Bouchier *et al.* 1991), mature CA isoforms (Faure *et al.* 1991), pro-acidic subunit from *Crotalus s. scutulatus* (C.s.s.) (John *et al.* 1994), and mature acidic Mojave isoforms (Bieber *et al.* 1990*a*).
(b) Sequence alignment of human phospholipase A$_2$ (Kramer *et al.* 1989), CB1 and CB2 cDNAs (Bouchier *et al.* 1991), mature CB*a$_2$* and CBc isoforms (Faure *et al.* 1994), genomic basic Mojave (John *et al.* 1994), and mature basic Mojave toxin (Aird *et al.* 1990*b*). The amino acid residues which are absent in the mature proteins are indicated by a blank; ( ) indicates deletion; –, indicates identical amino acid. The amino acid residues conserved in all phospholipase A$_2$ are indicated by asterisks.

Organization (1981). In the absence of acidic subunit, there is no significant difference in toxicity between the various basic subunit isoforms (i.v. LD$_{50}$ = 540 ± 100 μg/kg). In the presence of acidic subunit isoforms, however, two classes of crotoxin complexes can be distinguished: class 1 (i.v. LD$_{50}$ = 93 ± 20 μg/kg) and class 2 (i.v. LD$_{50}$ = 435 ± 65 μg/kg) (Faure et al. 1993). Crotoxin toxicity varies in different animal species (Hawgood and Bon 1991). Crotoxin is considered nontoxic by ingestion.

■ Use in cell biology

Physiological studies showed that crotoxin and related proteins block neuromuscular transmission of skeletal muscle, acting primarily at the presynaptic level altering the transmitter release, but inhibiting also the postsynaptic response of muscular receptors to acetylcholine. In addition, crotoxin related neurotoxins possess significant myotoxic activity (Hawgood and Bon 1991). Electrophysiological studies showed that crotoxin, along with several other neurotoxic phospholipases, significantly reduce K$^+$ current of motor nerve terminals (Harvey et al. 1992), while studies with isolated brain synapotosomes indicated that Mojave toxin alters uptake and release of several neurotransmitters (Bieber et al. 1990b) and may interfer with a Ca^{2+} channel (Valdes et al. 1989). Native Mojave toxin and its basic subunit prevented the fusion of myoblasts to myotubes and destroyed existing myotubes without altering the myoblast proliferation, whereas the acidic subunit alone had no effect (Bieber 1992). The presence of high affinity specific binding sites for crotoxin, Mojave toxin, and several other neurotoxic phospholipases from snake venoms has been demonstrated on guinea pig brain synaptosomes (Degn et al. 1991). The interaction of crotoxin with biological membranes and phospholipid vesicles resulted in the dissociation of the native toxin complex. The acidic subunit was released into solution while the basic subunit remained bound (Bon et al. 1979; Radvanyi et al. 1989). The kinetics of binding of radio-labelled crotoxin to presynaptic membranes suggests the acidic subunit is involved in the formation of a transient complex between native toxin and its specific receptor site which will dissociate, leaving the basic subunit at the specific binding site (Délot and Bon 1993). Negatively charged phospholipids may play a role in the design of the target for these toxins, but membrane proteins are likely to be involved in high affinity binding (Radvanyi et al. 1989; Degn et al. 1991; Délot and Bon 1993; Križaj et al. 1996). The specific presynaptic receptor for crotoxin and related proteins remains, however, to be purified.

■ References

Aird, S. D, Kaiser I. I., Lewis, R. V., and Kruggel, W. G. (1986). A complete amino acid sequence for the basic subunit of crotoxin. Arch. Biochem. Biophys., **249**, 296–300.

Aird, S. D., Yates, J. R. III, Marino, P. A., Shabanowitz, J., Hunt, D. F., and Kaiser, I. I. (1990a). The amino acid sequence of the acidic subunit β-chain of crotoxin. Biochim. Biophys. Acta, **1040**, 217–24.

Aird, S. D., Kruggel, W. G., and Kaiser, I. I. (1990b). Amino acid sequence of the basic subunit of Mojave toxin from the venom of the Mojave rattlesnake (Crotalus scutulatus scutulatus). Toxicon, **28**, 669–74.

Bieber, A. L. (1992). Recent studies of Mojave toxin and its constituent subunits on cells in culture. In Neuroreceptors, Ion Channels and the Brain (ed. N. Kawai, T. Nakajima, and E. Barnard), pp. 43–53, Elsevier, .

Bieber, A. L., Becker, R. R., McParland, R., Hunt, D. F., Shabanowitz, J.,Yates, J. R. III, et al. (1990a). The complete sequence of the acidic subunit from Mojave toxin determined by Edman degradation and mass spectrometry. Biochim. Biophys. Acta, **1037**, 413–21.

Bieber, A. L., Mills, J. P., Ziolkowski, Jr, C., and Harris, J. (1990b). Rattlesnake neurotoxins: Biochemical and biological aspects. J. Toxicol. – Toxin Rev., **9**, 285–306.

Bon, C., Changeux, J. P., Jeng, T. W., and Fraenkel-Conrat, H. (1979). Postsynaptic effects of crotoxin and of its isolated subunits. Eur. J. Biochem., **99**, 471–81.

Bouchier, C., Boulain, J. C., Bon, C., and Ménez, A. (1991). Analysis of cDNAs encoding the two subunits of crotoxin, a phospholipase A$_2$ neurotoxin from rattlesnake venom: the acidic non enzymatic subunit derives from a phospholipase A$_2$-like precursor. Biochim. Biophys. Acta, **1088**, 401–8.

Cate, R. L. and Bieber, A. L. (1978). Purification and characterization of Mojave (Crotalus scutulatus scutulatus) toxin and its subunits. Arch. Biochem. Biophys., **189**, 397–408.

Degn, L. L. Seebart, C. C., and Kaiser, I. I. (1991). Specific binding of crotoxin to brain synaptosomes and synaptosomal membranes. Toxicon, **29**, 973–88.

Délot, E. and Bon, C. (1993). Model for the interaction of crotoxin, a phospholipase A$_2$ neurotoxin, with presynaptic membranes. Biochemistry, **32**, 10708–13.

Faure, G. and Bon, C. (1988). Crotoxin, a phospholipase A$_2$ neurotoxin from the South American rattlesnake, Crotalus durissus terrificus: purification of several isoforms and comparison of their molecular structure and of their biological activities. Biochemistry, **27**, 730–8.

Faure, G., Guillaume, J. L., Camoin, L., and Bon, C. (1991). Multiplicity of acidic subunit isoforms of crotoxin, the phospholipase A$_2$ neurotoxin from Crotalus durissus terrificus venom, results from posttranslational modifications. Biochemistry, **30**, 8074–83.

Faure, G., Harvey, A. L., Thomson, E., Saliou, B., Radvanyi, F., and Bon, C. (1993). Comparison of crotoxin isoforms reveals that stability of the complex plays a major role in its pharmacological action. Eur. J. Biochem., **214**, 491–6.

Faure, G., Choumet, V., Bouchier, C., Camoin, L., Guillaume, J. L., Monegier, B., et al. (1994). The origin of the diversity of crotoxin isoforms in the venom of Crotalus durissus terrificus. Eur. J. Biochem., **223**, 161–4.

Harvey, A. L., Anderson, A. J., and Rowan, E. G. (1992). Potassium channel-blocking toxins from snake venoms and neuromuscular transmission. Meth. Neurosci., **8**, 396–407.

Hawgood, B. and Bon, C. (1991). Snake venom presynaptic toxins. In Handbook of natural toxins, reptile and amphibian venoms, Vol. 5, Reptile and amphibian venoms (ed. A. T. Tu), pp. 3–52, Marcel Dekker, New York.

John, T. R., Smith, L. A., and Kaiser, I. I. (1994). Genomic sequences encoding the acidic and basic subunits of Mojave toxin: unusually high sequence identity on non-coding regions. Gene, **139**, 229–34.

Kramer, R. M., Hession, C., Johansen, B., Hayes, G., McGray, P., Chow, E. P., et al. (1989). Structure and properties of human non-pancreatic phospholipase A$_2$. J. Biol. Chem., **264**, 5768–75.

Križaj, I. Faure, G., Gubenšek, F. and Bon, C. (1996). Re-examination of crotoxin-membrane interactions. *Toxicon*, **34**, 1003–9.

Radvanyi, F., Saliou, B., Lembezat, M. P., and Bon, C. (1989). Binding of crotoxin, a presynaptic phospholipase A₂ neurotoxin, to negatively charged phospholipid vesicles. *J. Neurochem.*, **53**, 1252–9.

Rübsamen, K., Breithaupt, H., and Habermann, E. (1971). *Biochemistry*, and pharmacology of the crotoxin complex. I. Subfractionation and recombination of the crotoxin complex. *Naunyn. Schmiedeberg's Arch. Pharmacol.*, **270**, 274–88.

Valdes, J. J., Thompson, R. G., Wolff, V. L., Menking, D. E., Rael, E. D., and Chambers, J. P. (1989). Inhibition of calcium channel dihydropyridine receptor binding by purified Mojave toxin. *Neurotoxicol. and Teratol.*, **11**, 129–33.

World Health Organization Bulletin (1981). Offset publication no. 58, pp. 1, 5–27.

■ Allan L. Bieber:
Department of Chemistry and Biochemistry,
Arizona State University,
Tempe, Arizona 85287-1604,
USA

■ Cassian Bon and Grazyna Faure:
Unité des Venins,
Institut Pasteur,
25 rue du Dr. Roux,
75724 Paris,
France

Ammodytoxins *(Vipera ammodytes ammodytes)*

*Western sand viper (*Vipera ammodytes ammodytes*) venom contains considerable amounts of phospholipase A₂-related toxins, among them ammodytoxins A, B, and C, which exhibit presynaptic neurotoxicity, and ammodytin L, which is myotoxic. Ammodytoxins act specifically at peripheral nerve endings in motor end plates, and all these four bind to acceptors in bovine and* Torpedo *synaptosomal membranes. Their binding sites overlap to different extent with binding sites of some other phospholipase A₂-based presynaptic neurotoxins and related non-neurotoxic proteins. The acceptor protein has been partially characterized and is proposed to be a subunit of one of the subtypes of the K⁺ channels.*

Ammodytoxins (atx) A, B, and C (PIR accession numbers A00768, A25806, and S06853) and ammodytin (atn) L (PIR, S19570) are group II secretory phospholipases A₂ (PLA₂), having 122 amino acids and molecular weights around 13 800 Da. The protein (Ritonja and Gubenšek 1985; Ritonja *et al.* 1986; Križaj *et al.* 1989) and cDNA sequences (Pungerčar *et al.* 1991) of atx A, B, and C (EMBL accession numbers: X53471, X52241, and X15138) exhibit over 97 and 99 per cent indentity, respectively. Atn L (EMBL accession number: X53036) being less similar to atx A, exhibits only 74 per cent identity on the protein and 90 per cent identity on the DNA level (Križaj *et al.* 1991; Pungerčar *et al.* 1991). It is enzymatically inactive since Asp 49, essential for binding of Ca²⁺, is substituted by Ser. An additional mutation (G32N) in the highly conserved Ca²⁺ binding loop might also interfere with the binding of Ca²⁺. The low enzymatic activity of this protein reported earlier (Thouin *et al.* 1982) was apparently a consequence of the presence of small amounts of other venom PLA₂s. The lethality of atx A, B, and C varies due to mutations Y115H, R119M, and N119Y in atx B (Ritonja *et al.* 1986) and F124I and K12SE in atx C (Križaj *et al.* 1989), underlining the importance of these residues for presynaptic neurotoxicity. An antibody which binds to the surface region between Phel06 and Tyr113 (common numbering system as in Renetseder *et al.* 1985) completely blocks the toxicity, indicating that this part of the molecule must be exposed to exert its full toxicity (Čurin-Šerbec *et al.* 1991; Gubenšek and Čurin-Šerbec 1994). Atx A is one of the most lethal single chain presynaptically active PLA₂s (Thouin *et al.* 1982; Lee *et al.* 1984).

All four isotoxins bind specifically to bovine and *Torpedo marmorata* synaptic membranes, although with different affinities. In the equilibrium binding of radio-iodinated atx A and C to bovine brain synaptosomal membranes the following binding parameters were obtained: for atx A, K_d = 4.1 nM, B_{max} = 6.7 pmol/mg membr. prot. and for atx C, K_d = 6 nM, B_{max} = 5.7 pmole/mg membr. prot. (Križaj *et al.* 1994, 1995). In addition to the high-affinity binding sites, low-affinity sites having dissociation constants about two orders of magnitude higher were also observed but not further characterized.

Atx high-affinity binding sites in bovine brains are proteins but certain lipid structures are probably also involved in the specific binding (Križaj *et al.* 1994, 1995). A model of interaction of atx with the neuronal membrane, shown in Fig. 1, was proposed (Križaj, Ph.D. Thesis, University of Ljubljana, 1994). Binding studies using radioiodinated atx C performed on *Torpedo marmorata* synaptosomal membranes (Križaj *et al.* manuscript in

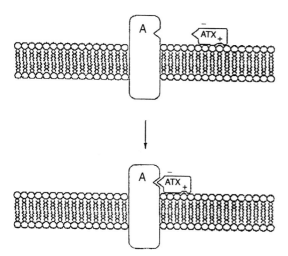

Figure 1. Model of ammodytoxin interaction with presynaptic membrane indicating high- (A) and low-affinity binding sites Note that membrane surface is negatively charged.

preparation) confimed the proposed model. The low-affinity binding site was common to all PLA_2 while the high-affinity binding site was specific only for neurotoxic PLA_2.

Specific binding and crosslinking of atx to bovine brain synaptosomal membranes was strongly inhibited by CB, a basic subunit of crotoxin from *Crotalus durissus terrificus*. *Vipera berus berus* PLA_2 was a weaker inhibitor, while nontoxic PLA_2, atn I_2, and myotoxic atn L, both from the *V. ammodytes* venom, were poor inhibitors. α-DTX, a presynaptic toxin from green mamba venom (*Dendroaspis angusticeps*), β-BuTX from *Bungarus multicinctus* venom, and crotoxin acidic subunit, CA, did not compete with the atx C binding. Tetraethylammonium chloride ($\leqslant$ 10 mM) and 4-aminopyridine ($\leqslant$ 10 mM), both K^+ channel blockers, were also without effect on the specific binding of ^{125}I-atx C to synaptic membranes. The influence of atx A on the perineural waveform measured on mouse triangularis sterni preparations, suggested action on K^+ currents (Križaj et al. 1995). Specific binding of atx A or atx C to bovine synaptic membranes was not affected by K^+ and Na^+ ions but was very sensitive to divalent ions. Specific binding was high only in the presence of Ca^{2+}. Slight conformational changes, which were noticed by CD measurements upon substitution of Ca^{2+} for Sr^{2+} in the molecule of atx C, could affect the binding (Križaj et al. 1994).

On the other hand, in *Torpedo marmorata* synaptosomal membranes, high specific binding was observed when Sr^{2+} and EGTA were present in the bind buffer. All PLA_2 tested, except β-BuTX, were able to inhibit atx C-specific binding to the low-affinity binding site, whereas atx C high-affinity binding was inhibited to different extents, only by neurotoxic PLA_2s and, surprisingly, by myotoxic atn L. Atx A, CB, and atn L inhibited high-affinity binding completely. Notexin *(Notechis scutellatus scutellatus)*, OS_2 *(Oxyuranus scutellatus scutellatus)*, and agkistrodotoxin *(Agkistrodon blomhoffii brevicaudus)* were partial inhibitors, while crotoxin did not inhibit atx C high-affinity binding at all. In the reverse inhibition assay, atx C did not inhibit ^{125}I-crotoxin crosslinking to *Torpedo* membranes, which means that atx and crotoxin do not share high-affinity binding sites in *Torpedo* neuronal preparation (Križaj et al., manuscript in preparation).

■ Purification and sources

Atx A, B, C, and atn L were purified using CM cellulose and Sephadex G-100 chromatography as described (Ritonja et al. 1978). Currently, FPLC on mono S column seems the method of choice. RP HPLC can also be used although the losses due to irreversible adsorption are not unexpected. The isoelectric points of atx A, B, C, and atn L are 10.2, 10.0, 9.5, and about 10.5, respectively (Lee et al. 1984). The content of atx can vary considerably in venoms from different locations. Atx is also available from Latoxan, Rosans, France.

■ Toxicity

Lethalities (LD_{50}) of presynaptically neurotoxic atx A, B, and C (previously designated as venom fractions 'k2', 'kl', and 'j'), determined by i.v. injections in white mice are: 0.021, 0.58, and 0.36 mg/kg (Thouin et al. 1982; Lee et al. 1984). The myotoxic atn L (Thouin et al. 1982; Križaj et al. 1991) is considerably less toxic, with LD_{50} = 3.6 mg/kg. The deleterious effect of atn L on muscles (Thouin et al. 1982) was confirmed by studies of liposome content leakage, which is suggested to be responsible for its myotoxicity (Rufini et al. 1992). This myotoxin can presumably covalently bind fatty acids by an apparently autocatalytic mechanism (Pedersen et al. 1995). The toxicity of atx A could be completely blocked by site-specific antibodies raised against peptide L2 Phe106–Tyr113 and partially by antibodies against peptides L1 (Tyr113–Pro122) and by one of the monoclonal antibodies L3 (Thr70–Glu78) indicating the importance of these surface regions for the toxicity of atx A (Gubenšek and Čurin-Šerbec 1994). These antibodies were also able to protect mice against the lethal potency of crotoxin basic subunit CB, whereas in the case of crotoxin the onset of the lethal effect was only delayed (Čurin-Šerbec et al. 1994).

■ Use in cell biology

Ammodytoxins could be used in studies of synaptosomal acceptors, presumably K^+ channel subunit, in combination with other presynaptically toxic PLA_2 toxins of similar or different specificities. Atn L promises, due to its moderate binding affinity, to be a suitable ligand for affinity chromatography of PLA_2 neuronal acceptors.

Genes

Complete gene structures are available for atx C (EMBL accession number X76731) (Kordiš and Gubenšek, 1996) and atn L (EMBL accession number X84017) (Kordiš and Gubenšek, manuscript in preparation). In the proximal part of the promoter region of both genes, a number of putative binding sites for transcription factors were detected. Many of them occupy identical positions in both genes, the functional analysis was, however, not performed. The role of highly conserved intron sequences, also observed in other known venom PLA$_2$ genes, remains obscure. The fourth intron of both acres contains an artiodactyla ART-2 retroposon (Kordiš and Gubenšek 1995), which may serve as a convenient evolutionary marker.

References

Čurin-Šerbec, V., Novak, Dj., Babnik, I., Turk, D., and Gubenšek, F. (1991). Immunological studies of the toxic site ammodytoxin A. *FEBS Lett.*, **280**, 175–8.

Čurin-Šerbec, V., Delot, E., Faure, G., Saliou, B., Gubenšek, F., Bon, C., *et al.* (1994). Antipeptide antibodies directed to the C-terminal part of amrnodytoxin A react with the PLA$_2$ subunit of crotoxin and neutralize its pharmacological activity. *Toxicon*, **32**, 1237–42.

Gubenšek, F. and Čurin-Šerbec, V. (1994) Immunological approach to the study of the structure–function relationship in neurotoxic phospholipase A$_2$ from *Vipera ammodytes* venom. In *Supramolecular structure and function* (ed. G. Pifat), pp. 123–32, Balaban and Ordentlich, Rehovoth.

Kordiš, D. and Gubenšek, F. (1995). Horizontal transfer of a SINE between vertebrate classes. *Nature Genetics*, **10**, 131–2.

Kordiš, D. and Gubenšek, F. (1996). Ammodytoxin C gene helps to elucidate the irregular structure of crotalinae group II phospholipase A$_2$ genes. *Eur. J. Biochem.*, **240**, 83–90.

Križaj, I., Turk, D., Ritonja, A., and Gubenšek, F. (1989). Primary structure of arnmodytoxin C further reveals the toxic site of ammodytoxin. *Biochim. Biophys. Acta*, **999**, 198–202.

Križaj, L., Bieber, A. L., Ritonja, A., and Gubenšek, F. (1991). The primary structure of ammodytin L, a myotoxin, phospholipase A$_2$ homologue from *Vipera ammodytes* venom. *Eur. J. Biochem.*, **202**, 1165–8.

Križaj, L., Dolly, J. O., and Gubenšek, F. (1994). Identification of the neuronal acceptor in bovine cortex for ammodytoxin C, a presynaptically neurotoxic pbospholipase A$_2$. *Biochemistry*, **33**, 13919–45.

Križaj, I., Rowan, E. G., and Gubenšek, F. (1995). Ammodytoxin A acceptor in bovine brain synaptic membranes. *Toxicon*, **33**, 437–49.

Lee, C. Y., Tsai, M. C., Chen, Y. M., Ritonja, A., and Gubenšek, F. (1984). Mode of neuromuscular blocking action of toxic phospholipase A$_2$ from *Vlipera ammodytes* venom. *Arch. Int. Pharmacodyn. Therap.*, **268**, 313–24.

Pedersen, I. Z., Lomonte, B., Massoud, R., Gubenšek, F., Gutierrez, I. M., and Rufini, S. (1995). Autocatalytic acylation of phospholipase-like myotoxins. *Biochemistry*, **34**, 4670–5.

Pungerčar, J., Kordiš., D., Štrukelj, B., Liang, N. S., and Gubenšek, F. (1991). Cloning and nucleotide sequence of a cDNA encoding ammodytoxin A, the most toxic phospholipase A$_2$ from the venom of long-nosed viper (*Vipera ammodytes*). *Toxicon*, **29**, 269–73.

Renetseder, R., Brunie, S., Dijkstra, B. W., Drenth, J., and Sigler, P. B. (1985). A comparison of the crystal structure of phospholipase A$_2$ from bovine pancreas and *Crotalus atrox* venom. *J. Biol. Chem.*, **260**, 11627–34.

Ritonja, A. and Gubenšek, V. (1985), Ammodytoxin A, a highly lethal phospholipase A$_2$ from *Vipera ammodytes* venom. *Biochim. Biophys. Acta*, **828**, 306–12.

Ritonja, A., Ferlan, I., and Gubenšek, F. (1978). Initial studies of the primary structure of lethal phospholipase A from *Vipera ammodytes* venom. *Period. Biol.*, **80** (Suppl. 1), 37–43.

Ritonja, A., Machleidt, W., Turk, V., and Gubenšek, F. (1986). Amino acid sequence of ammodytoxin B partially reveals the location of the site of toxicity of ammodytoxins. *Biol. Chem. Hoppe-Seyler*, **367**, 919–23.

Rufini, S., Cesaroni, P., Desideri, A, Farias, R., Gubenšek, F., Gutierrez, J. M., *et al.* (1992). Calcium ion independent membrane leakage induced by phospholipase myotoxins. *Biochemistry*, **31**, 12424–50.

Thouin, L. G., Ritonja, A., Gubenšek, F., and Russell, F. E. (1982). Neuromuscular and lethal effects of phospholipase A from *Vipera ammodytes* venom. *Toxicon*, **20**, 1051–8.

■ *Franc Gubenšek and Igor Križaj:*
Department of Biochemistry and Molecular Biology, Jožef Stefan Institute, P. O. Box 3000, 1001 Ljubljana, Slovenia

Notexins (*Notechis scutatus scutatus*)

Notexins Np and Ns are two phospholipases A₂ (PLA₂s) isoforms which, in addition to their enzymatic activity, possess both myotoxic and presynaptic neurotoxic activities. The relationship between all these activities as well as the putative target(s) of notexins remain to be identified.

The tiger snake *Notechis scutatus scutatus* is the world's fourth most venomous snake. Its venom contains curaremimetic neurotoxins and several PLA₂s homologues which display various activities. Among the latter, notexins Np and Ns (Karlsson *et al.* 1972; Chwetzoff *et al.* 1990) which are frequently mixed in current preparations called 'notexin', are the most potent homologues. They are basic monomeric enzymatically active PLA₂s which differ from each other by one residue (Halper and Eaker 1975; Chwetzoff *et al.* 1990). As judged from their primary (Halper and Eaker 1975; Chwetzoff *et al.* 1990) (see below) and tertiary (Westerlund *et al.* 1992) structures (Fig. 1), they belong to the PLA₂s group I.

Notexins inhibit the release of acetylcholine, causing paralysis of skeletal muscles (Harris 1991). Injection in mice of notexins (10 μg) causes, in phrenic nerve–diaphragm preparations, a decrease of the frequency but not of the amplitude of miniature end plate potentials (mepp), which is accompanied by a reduction of evoked transmitter release (Harris 1991). This is not due to a lack of depolarization propagation since addition of K⁺ does not increase mepp frequency. Notexins also block neurogenic contractions in guinea pig vas deferens preparations by reducing the amplitude of evoked but not of spontaneous excitatory junctional potentials.

Regarding their myotoxic activity, notexins are more potent toward rats and chickens than toward mice. They cause skeletal muscle degeneration but leave the basal lamina intact so that subsequent muscle fibre regeneration can proceed. The mechanisms by which notexins exert their toxic activities are still unknown. Chemical modifications of notexins suggest a dissociation of enzymatic activity and lethal toxicity (Mollier *et al.* 1989; Rosenberg *et al.* 1989; Yang and Chang 1991).

The amino acid sequence of notexin Np (Accession number to the SwissProt databank: PA22_NOTSC) is:

NLVQFSYLIQCANHGKRPTWHYMDYGCYCGAGGSG
TPVDELDRCCKIHDDCYDEAGKKGCFPKMSAYDYYCGENG
PYCRNIKKKCLRFVCDCDVEAAFCFAKAPYNNAN
WNIDTKKRCQ

Notexin Ns has an Arg in position 16 instead of a Lys as in Np.

The venom of *Notechis scutatus scutatus* contains additional PLA₂s that are similar to notexins in terms of structure. These are notechis II-5 (PA23_NOTSC) which is neurotoxic and myotoxic (Harris 1991), notechis 11-2 (PA20_NOTSC) which is only myotoxic (Bouchier *et al.* 1991), and notechis II-1 (PA21_NOTSC) which has neither enzymatic nor toxic activities (Harris 1991).

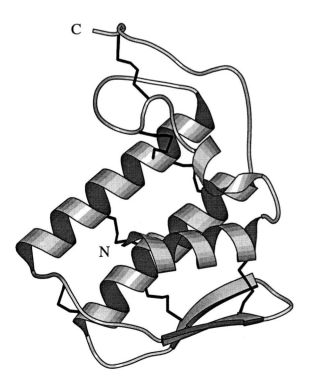

Figure 1. Schematic representation of notexin.

■ Purification

'Notexin' was first purified by a gel filtration step followed by cation-exchange chromatography (Karlsson *et al.* 1972). An additional RP-HPLC step further resolved 'notexin' in the two isoforms Np and Ns (Chwetzoff *et al.* 1990). They represent 6 per cent of the total protein content of the venom.

■ Toxicity

Intraveinous injection of notexins induces death by causing respiratory paralysis. LD_{50} values of Np and Ns are equal to 0.34 ± 0.02 μg per 20 ± 2 μg female BALB/c mouse (Chwetzoff et al. 1990).

■ Use in cell biology

Notexins are inducers of muscle regeneration for fundamental studies (Grubb et al. 1991) or transplantation of myoblasts (Huard et al. 1994; Kinoshita et al. 1994). Notechis scutatus scutatus venom also increases the yield of proliferating muscle cells from biopsies of normal and distrophic dogs (Dux et al. 1993).

■ References

Bouchier, C., Boyot, P., Tesson, F., Trémeau, O., Bouet, F., Hogdson, D., et al. (1991). Notechis 11'2, a non toxic phospholipase A$_2$ from the venom of Notechis scutatus scutatus. Eur. J. Biochem., **202**, 493–500.

Chwetzoff, S., Mollier, P., Bouet, F., Rowan, E. G., Harvey, A. L., and Ménez, A. (1990). On the purification of notexin. FEBS Lett., **261**, 226–30.

Dux, L., Cooper, B. J., Sewry, C. A., and Dubowitz, V. (1993) Notechis scutatus venom increases the yield of proliferating muscle cells from biopsies of normal and dystrophic canine muscle. A possible source for myoblast transfer studies. Neuromuscul. Disord., **3**, 23–9.

Grubb, B. D., Harris, J. B., and Schofield, I. S. (1991). Neuromuscular transmission at newly formed neuromuscular junctions in the regenerating soleus muscle of the rat. J. Physiol. Lond., **441**, 405–21.

Halper, J. and Eaker, D. (1975). Amino acid sequence of a presynaptic neurotoxin from the venom of Notechis scutatus scutatus (Australian tiger snake). J. Biol. Chem., **250**, 6990–7.

Harris, J. B. (1991). Phospholipases in snake venoms and their effects on nerve and muscle. In Snake toxins, pp. 91–129, Pergamon Press, New York.

Huard, J., Acsadi, G., Jani, A., Massie, B., and Karpati, G. (1994). Gene transfer into skeletal muscles by isogenic myoblasts. Hum. Gene Ther., **5**, 949–58.

Karlsson, E., Eaker, D., and Ryden, L. (1972). Purification of a presynaptic neurotoxin from the venom of the Australian tiger snake Notechis scutatus scutatus. Toxicon, **10**, 405–13.

Kinoshita, I., Vilquin, J. T., Guerette, B., Asselin, I., Roy, R., and Tremblay, J. P. (1994). Very efficient myoblast allotransplantation in mice under FK506 immunosuppression. Muscle-Nerve, **17**, 1407–15.

Mollier, P., Chwetzoff, S., Bouet, F., Harvey, A. L., and Ménez, A. (1989). Tryptophan 110, a residue involved in the toxic activity but not in the enzymatic activity of notexin. Eur. J. Biochem., **185**, 263–70.

Rosenberg, P., Ghassemi, A., Condrea, E., Dhillon, D., and Yang, C.-C. (1989). Do chemical modifications dissociate between the enzymatic and pharmacological activities of β-bungarotoxin and notexin? Toxicon, **27**, 137–59.

Westerlund, B., Nordlund, P., Uhlin, U., Eaker, D., and Eklund, H. (1992). The three-dimensional structure of notexin, a presynaptic neurotoxic phospholipase A$_2$ at 2.0 Å resolution. FEBS Lett., **301**, 159–64.

Yang, C.-C. and Chang, L.-S. (1991). Dissociation of lethal toxicity and enzymatic activity of notexin from Notechis scutatus scutatus (Australian tiger snake) venom by modification of tyrosine residues. Biochem. J., **280**, 739–44.

■ S. Gasparini and A. Ménez:
CEA Département d'Ingéniérie et d'Etudes des Protéines, C.E Saclay,
91191 Gif/Yvette Cedex,
France

Textilotoxin (Pseudonaja textilis textilis)

Textilotoxin is a protein neurotoxin of M_r 70 551 found in the venom of the Australian Eastern or common brown snake, Pseudonaja textilis textilis. It is the most lethal and structurally the most complex of all known snake venom toxins. Textilotoxin produces a presynaptic blockade of neuromuscular transmission involving a disruption of the regulatory mechanism that controls acetylcholine release.

Textilotoxin is the main neurotoxin responsible for the high lethality of the venom of P. textilis textilis. This elapid snake was the cause of nine snake bite fatalities in Australia in the period 1981 to 1991 (Sutherland 1992). The toxin possesses phospholipase A$_2$ (PLA$_2$) activity, like other β-neurotoxins from elapid, crotalid, and viperid snakes. Studies on the mechanism of action using electromyography in the mouse demonstrated a use-dependent rate of develop-

ment of neuromuscular blockade (Lloyd et al. 1991), in which the development of such blockade in vivo was accelerated by increasing rates of nerve stimulation. The neuromuscular blockade in the mouse phrenic-hemidiaphragm nerve muscle preparation revealed a triphasic nature, and 'coated omega figures' were present in the presynaptic plasmalemma following incubation with textilotoxin (Nicholson et al. 1992). This was held to be an indication

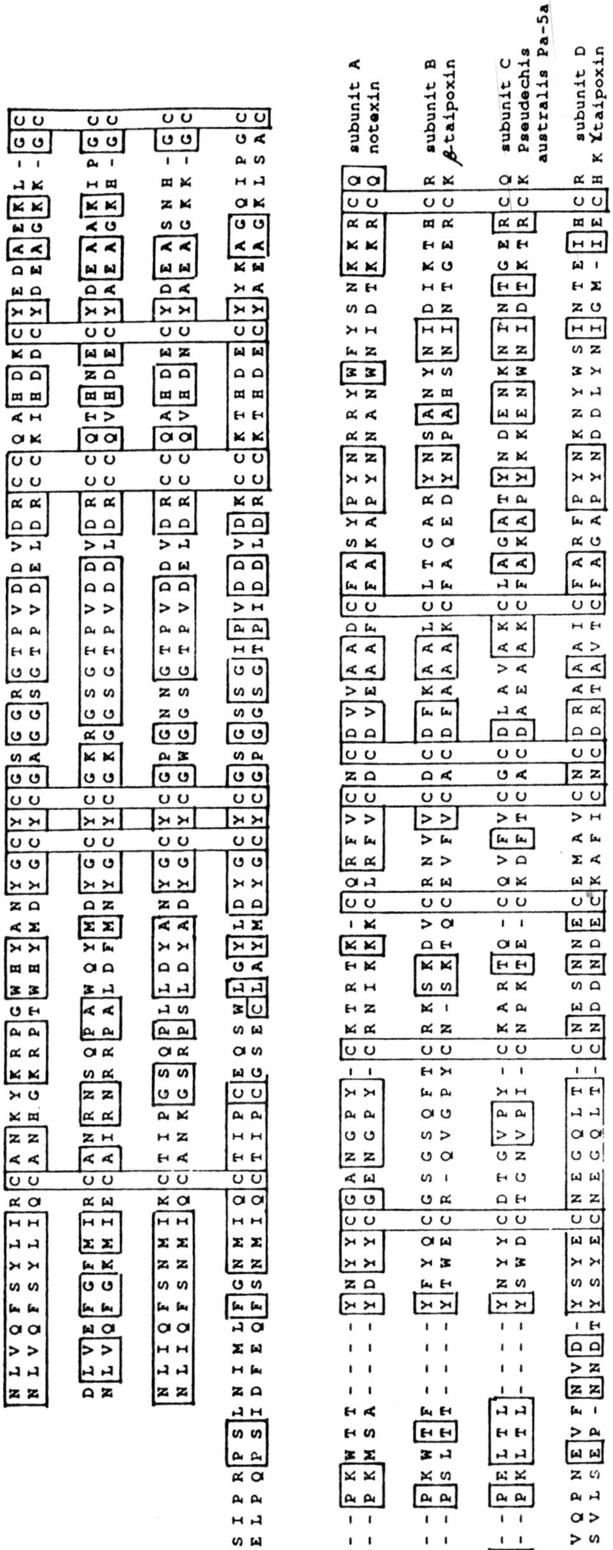

Figure 1. Alignment at the Cys residues of each textilotoxin subunit with the snake venom PLA$_2$ with which it has considerable homology. Identical residues in each pair of sequences are boxed.

that the toxin prevented acetylcholine release by inhibiting vesicle recycling, in a manner analogous to that proposed for β-neurotoxins (Hamilton *et al.* 1980).

Textilotoxin is composed of 623 amino acid residues arranged in five subunits (subunit A, 118 residues; subunit B, 121 residues; subunit C, 118 residues; subunit D, two identical chains of 133 residues each, which are covalently linked) (Pearson *et al.* 1991a; 1993). Subunit A is a basic polypeptide (pI 9.2) and has the highest PLA_2 activity of any of the subunits. However, the PLA_2 activity of textilotoxin itself is much less than that of subunit A (Tyler *et al.* 1987), presumably due to the masking of the PLA_2 active site in A by the other subunits in the toxin complex. All subunits contain the putative PLA_2 active site. The complete amino acid sequences of all of the subunits have been determined (Pearson *et al.* 1993). These show considerable homology with each other and with other snake venom PLA_2 β-neurotoxins, as shown in Fig. 1. Modification of histidine residues in textilotoxin with *p*-bromophenacyl bromide occurred preferentially in subunit A, indicating that A is exposed on the surface of the complex (Tyler *et al.*, unpublished data).

◼ Purification and sources

P. textilis textilis venom may be purchased from Sigma Chemical Company. Textilotoxin was isolated from crude venom by repeated gel filtration chromatography (Tyler *et al.* 1987). The subunits of textilotoxin were readily separated and purified by reverse phase HPLC (Tyler *et al.* 1987; Pearson *et al.* 1993).

◼ Toxicity

The venom of *P. textilis textilis* is lethal to humans (Sutherland 1992) under conditions of snake bite. Textilotoxin is potentially lethal to humans by injection. LD_{50} in mice is 1 μg/kg by intraperitoneal injection (Tyler *et al.* 1987) and 0.6 μg/kg by intravenous injection (Coulter *et al.* 1979). This is the highest lethality of any known snake venom toxin. Subunit A was the only subunit lethal to mice, but at doses 1000-fold greater than for textilotoxin (Pearson *et al.* 1991b). Separation of textilotoxin into its subunits by chromatography was reversible, and reformed toxin had the same M_r and lethality in mice as the native toxin (Tyler *et al.* 1987). All subunits were necessary for maximum lethality. Only combinations which contained three or more subunits were lethal to mice, and both A and D were required (Tyler *et al.* 1987). Great care should be exercised to avoid accidental injection by textilotoxin. An antivenom is available from the Commonwealth Serum Laboratories, Melbourne.

◼ Use in cell biology

The actions of textilotoxin at the amphibian neuromuscular junction were confirmed to be presynaptic in nature, leading to a triphasic alteration of acetylcholine release from the terminal, and an eventual complete neu-

romuscular blockade. An analysis of miniature end-plate potential (MEPP) amplitude showed no change in the post-synaptic sensitivity, but demonstrated clear disruptions in the presynaptic control of MEPP amplitude with the appearance of increasing numbers of large amplitude and 'giant' MEPPs. These features are characteristic of the actions of other β-neurotoxins. These included the triphasic nature of the development of neuromuscular blockade, the irreversible nature of the blockade after a critical binding period, and the many changes in MEPPs release characteristics (Wilson *et al.* 1995). Textilotoxin, with its complex molecular architecture and high potency, has potential for use in investigating the mechanisms of presynaptic neuromuscular blockade, including the relationship between PLA_2 activity and toxicity. Its subunits may act as protective chaperones, assisting in transporting subunit A to the site of activity at the nerve synapses and, thus, enabling more efficient blocking of the release of acetylcholine than happens with a single chain PLA_2 toxin (Pearson *et al.* 1993).

◼ References

Coulter, A. R., Broad, A. J., and Sutherland, S. K. (1979). Isolation and properties of a high molecular weight neurotoxin from the Eastern brown snake (*Pseudonaja textilis*). In *Neurotoxins, fundamental and clinical advances* (ed. I. Chubb and L. Geffen), p. 260, Adelaide University Union Press, Adelaide.

Hamilton, R. C., Broad, A. J., and Sutherland, S. K. (1980). Effects of Australian Eastern brown snake (*Pseudonaja textilis*) venom on the ultrastructure of nerve terminals on the rat diaphragm. *Neurosci. Lett.*, **19**, 45–50.

Lloyd, D. R., Nicholson, G. M., Spence, I., Connor, M., Tyler, M. I., and Howden, M. E. H. (1991). Frequency-dependent neuromuscular blockade by textilotoxin *in vivo*. *Toxicon*, **29**, 1266–9.

Nicholson, G. M., Spence, I., Lloyd, D. R., Wilson, H. I., Harrison, B. M., Tyler, M. I., *et al.* (1992). Presynaptic actions of textilotoxin, a neurotoxin from the Australian common brown snake (*Pseudonaja textilis*). In *Recent advances in toxinology research* (Proceedings of 10th World Congress on Animal, Plant and Microbial Toxins) (ed. P. Gopalakrishnakone and C. K. Tan), pp. 540–8, National University of Singapore Press, Singapore.

Pearson, J. A., Tyler, M. I., Retson, K. V., and Howden, M. E. H. (1991a). Studies on the subunit structure of textilotoxin, a potent presynaptic neurotoxin from the venom of the Australian common brown snake (*Pseudonaja textilis*). 2. The amino acid sequence and toxicity studies of subunit D. *Biochim. Biophys. Acta*, **1077**, 147–50.

Pearson, J. A., Tyler, M. I., and Howden, M. E. H. (1991b). Immunological relationships between the subunits of textilotoxin and rabbit antisera raised against textilotoxin and some snake venoms. *Toxicon*, **29**, 375–8.

Pearson, J. A., Tyler, M. I., Retson, K. V., and Howden, M. E. H. (1993). Studies on the subunit structure of textilotoxin, a potent presynaptic neurotoxin from the venom of the Australian common brown snake (*Psuedonaja textilis*). 3. The complete amino-acid sequences of all the subunits. *Biochim. Biophys. Acta*, **1161**, 223–9.

Sutherland, S. K. (1992). Deaths from snake bite in Australia, 1981–1991. *Med. J. Aust.*, **157**, 740–6.

Tyler, M. I., Barnett, D., Nicholson, P., Spence, I., and Howden, M. E. H. (1987). Studies on the subunit structure of textilotoxin, a potent neurotoxin from the venom of the Australian common brown snake (*Pseudonaja textilis*). *Biochim. Biophys. Acta*, **915**, 210–16.

Tyler, M. I., Pearson, J. A., Retson, K. V., Comis, A., and Howden, M. E. H., unpublished data.

Wilson, H. I., Nicholson, G. M., Tyler, M. I., and Howden, M. E. H. (1995). Induction of giant miniature end-plate potentials during blockade of neuromuscular transmission by textilotoxin. *Naunyn-Scheideberg's Arch. Pharmacol.*, **352**, 79–87.

■ J. A. Pearson, D. Barnett, A. Comis, M. Connor, B. M. Harrison, D. R. Lloyd, G. M. Nicholson, P. Nicholson, K. V. Retson, I. Spence, M. I. Tyler, H. I. Wilson, and M. E. H. Howden: *School of Biological and Chemical Sciences, Deakin University, Geelong, Victoria 3217, Australia*

Taipoxin

Taipoxin, isolated from the crude venom of the Australian taipan Oxyuranus scutellatus scutellatus, is a complex of three subunits each of which is an homologue of mammalian pancreatic phospholipase A$_2$. The complex consists of a 1:1:1 molar ratio of the sub-units. It has hydrolytic activity, it blocks the release of transmitter from the nerve terminals of the motor nerve of skeletal muscle, and it is a potent myotoxin.

Taipoxin is a presynaptically active, myotoxic phospholipase A$_2$. It is a complex of three polypeptide subunits noncovalently assembled in a 1:1:1 molar ratio. The subunits can be dissociated in media of high ionic strength and low pH or in 6 M guanidine at neutral pH. Dissociation in guanidine is readily reversible. The three subunits are designated, respectively, α, β, and γ (Fohlman *et al.* 1976, 1979).

The α-subunit, is strongly basic (pI ~ 10), consists of 120 amino acid residues, and is homologous with mammalian pancreatic phospholipase A$_2$. It is crosslinked by seven disulfide bridges. It has phospholipase A$_2$ activity, and is myotoxic and neurotoxic (LD$_{50}$ ~ 300 μg kg^{-1} i.p. mouse).

The β-subunit is neutral, and also consists of 120 amino acid residues crosslinked with seven disulfide bridges. It is neither hydrolytic nor toxic. Two isoforms of the β-subunit are known, differing slightly in primary composition.

The γ-subunit is acidic (pI ~ 2.5) and consists of 135 amino acid residues crosslinked by eight disulfide bridges. It also contains a large carbohydrate moiety with four sialic acid residues. The γ-subunit is hydrolytic but nontoxic.

The complex of three subunits is much more toxic than its component parts (LD$_{50}$ of the complex ~ 2 μg kg^{-1} i.p. mouse), an enhancement probably due to the interaction (as yet undefined in molecular terms) between the α and β subunits (see Fig. 1 for example).

The toxicity of taipoxin derives primarily from its ability to block neuromuscular transmission at the neuromuscular junction by inhibiting transmitter release from the nerve terminals (Kamenskaya and Thesleff 1974). There may be several phases to this primary neurotoxicity – initial inhibition of transmitter release, followed by temporary enhancement, and then progressive failure – but the precise pattern of events varies with the nature of the neuromuscular preparation and the species from

which the neuromuscular preparation is derived (Harris 1991; Hawgood and Bon 1991). Hydrolytic activity is an essential requirement for the expression of toxicity, but its precise role is not yet known. Taipoxin is also a potent myotoxin, destroying mammalian skeletal muscle rapidly

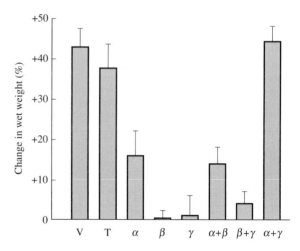

Figure 1. Oedema, leading to an increase in wet weight, is characteristically associated with muscle damage caused by the toxic phospholipases A$_2$. This figure illustrates the change in wet weight in the soleus muscles of rats inoculated with the venom (V) of the taipan or with taipoxin (T; dose equivalent to that found in the dose of venom used), or with individual doses or combinations of the subunits α-, β-, and γ-taipoxin. Each point is the mean ± s.e.m. of six experiments (Harris and Maltin, unpublished).

and completely (Harris and Maltin 1982). In terms of molecular structure taipoxin is rather more complex than most other toxic phospholipases A₂ derived from snake venoms, but toxins composed of multiple (i.e. > 2) homologous subunits have been identified in a few other Australian elapids (Su et al. 1983). Such toxins appear to be unique to the Australian elapids, since none have been found in the venoms of either Asian or African elapids or in viperid or crotalid venoms.

There is good evidence from biochemical and immunological studies on structurally related toxic phospholipases A₂ that distinct regions on these toxins are responsible for hydrolytic, neurotoxic, and myotoxic activity respectively, but they have not yet been identified (see Tzeng (1993) and Rosenberg (1986) for detailed discussions of this topic).

The molecular mechanism of action of the toxin, with respect to both its neurotoxicity and its myotoxicity is not known. Work on related toxins suggest that neurotoxicity involves a number of events, not necessarily directly related, including changes in membrane fluidity resulting from hydrolysis of membrane lipids and the release of lysophosphatides and free fatty acids; loss of ionic homeostasis; inhibition of a slowly activating K⁺ channel in the nerve terminal; inhibition of transmitter synthesis; inhibition of synaptic vesicle recycling and filling; destruction of synaptic vesicles (see Harris and Maltin 1982; Harris 1991). It has been suggested on numerous occasions that taipoxin and related toxins are internalized at the motor nerve terminal, but there is, as yet, no definitive evidence in favour of the suggestion.

Myotoxicity probably results from the direct disruption of the plasma membrane (Dixon and Harris 1995).

■ Purification and sources

Taipoxin was originally isolated from the crude venom of *Oxyuranus scutellatus scutellatus* by gel filtration of a solution of 0.1 g ml⁻¹ in 0.1 M sodium acetate on Sephadex G-75 equilibrated with 0.1 M ammonium acetate. Fractions were eluted, screened for toxicity, and lyophilized twice. Further purification utilized column zone electrophoresis (Fohlman et al. 1976, 1979). The toxin is not widely available, but can be obtained in limited quantity from Venom Supplies, P.O. Box 547, Tanunda, South Australia 4352.

■ Toxicity

Toxicity is typically defined by the LD_{50}, defined as the dose causing 50 per cent mortality in mice 24 h after intraperitoneal injection. The LD_{50} should ideally be calculated using the techniques defined by the WHO to ensure statistical accuracy and comparison between sets of data (WHO 1981). The toxic phospholipases A₂ should he handled with great care. The eyes are particularly sensitive and any contact of toxin with the eyes requires immediate medical care. Workers should note that small polypeptides are potent antigens.

■ Use in cell biology

The cellular receptor on neuronal and muscle cells is not yet known. Neurotoxicity may require the uptake and internalization of the toxin, but the possible mechanisms of uptake remain unknown. Less complex toxic phospholipases A₂ (e.g. notexin, crotoxin) tend to be used to study synaptic function. Taipoxin has been used to study some aspects of muscle degeneration and regeneration (Maltin et al. 1983).

■ References

Dixon, R. and Harris, J. B. (1995). The early expression of mytoxicity and localization of the binding sites of notexin in the soleus muscle of the rat. In *Advances in experimental biology and medicine* Vol. 391 (ed. B. R. Singh and A. L. Tu), pp. 233–30, Plenum Press, New York.

Fohlman J., Eaker, D., Karlsson, E., and Thesleff, S. (1976). Taipoxin, an extremely potent presynaptic neurotoxin from the venom of the Australian snake taipan (*Oxyuranus s. scutellatus*). Isolation, characterization, quaternary structure and pharmacological properties. *Eur. J. Biochem.*, **681**, 457–69.

Fohlman, J., Eaker, D., Dowdall, M. J., Lullman-Rauch, R., Sjodin, I., and Leander, S. (1979). Chemical modification of taipoxin and the consequences for phospholipase activity, pathophysiology, and inhibition of high-affinity choline uptake. *Eur. J. Biochem.*, **94**, 531–40.

Harris, J. B. (1991). Phospholipases in snake venoms and their effects on nerve and muscle. In *Snake toxins* (ed. A. L. Harvey), pp. 91–124, Pergamon, Oxford.

Harris, J. B. and Maltin, C. A. (1982). Myotoxic activity of the crude venom and the principal neurotoxin, taipoxin, of the Australian taipan, *Oxyuranus scutellatus*. *Br. J. Pharmacol.*, **76**, 61–75.

Hawgood, B. and Bon, C. (1991). Snake venom presynaptic toxins. In *Handbook of natural toxins*, Vol. 5 (ed. A. T. Tu), pp. 3–52, Marcel Dekker, New York.

Kamenskaya, M. A. and Thesleff, S. (1974). The neuromuscular blocking action of an isolated toxin from the *Oxyuranus scutellatus*. *Acta Physiol. Scand.*, **90**, 716–24.

Maltin, C., Harris, J. B., and Cullen, M. J. (1983). Regeneration of mammalian skeletal muscle following the injection of the snake venom toxin, taipoxin. *Cell Tiss. Res.*, **232**, 565–77.

Rosenberg, P. (1986). The relationship between enzymatic activity and pharmacological properties of phospholipases in natural poisons. In *Natural toxins* (ed. J. B. Harris), pp. 129–74, Oxford University Press, Oxford.

Su, M. J., Coulter, A. R., Sutherland, S. K., and Chang, C. C. (1983). The presynaptic neuromuscular blocking effect and phospholipase A₂ activity of texilotoxin, a potent toxin isolated from the venom of the Australian brown snake. *Toxicon*, **21**, 143–51.

Tzeng, M. C. (1993). Interaction of presynaptically active toxic phospholipases A₂ with membrane receptors and other binding sites. *J. Toxicol.–Toxin Rev.*, **12**, 1–62.

World Health Organisation (1981). Offset Publication 58, World Health Organization, Geneva.

■ *John B. Harris:*
   Muscular Dystrophy Labs,
   Regional Neurosciences Centre,
   Newcastle General Hospital,
   Newcastle-upon-Tyne,
   United Kingdom

α-Latrotoxin (black widow spider)

α-Latrotoxin (α-LTx), the major high M_r *protein toxin secreted by the salivary glands of* Latrodectus *spiders (the black widows), binds to membrane protein receptors specifically expressed at all vertebrate synaptic terminals, and triggers massive quantal neurotransmitter release up to exhaustion of synaptic vesicles.*

α-LTx is a single chain, slightly acidic (pI 5.2–5.5), non-glycosylated protein composed of 1401 amino acids (Kiyatkin et al. 1990). The structure includes an N-terminal region of ~500 amino acids free of repeats, whereas the remaining region is of high intrinsic homology with short repeats occurring up to 19 times. α-LTx is homologous to α-latroinsectotoxin, and not to other proteins, including Ca^{2+} channels of any type (GenBank accession number: X55009). The site of receptor binding has not been identified. α-LTx causes massive stimulation of transmitter release from all investigated neurons (Rosenthal and Meldolesi 1989). Other cell types are insensitive to the toxin (Scheer and Meldolesi 1985; Rosenthal and Meldolesi 1989) with the exception of nerve cell lines (e.g. PC12). Sensitivity is due to expression of neuron-specific receptors localized in the presynaptic membrane of central and peripheral synapses (Malgaroli et al. 1989). The receptors included high M_r (160–200 kDa) glycopeptides which have been identified as neurexin Ia (Petrenko 1993; Petrenko et al. 1993), i.e. the members of a large, neuron-specific protein family (63 forms due to alternative splicing), characterized by a voluminous extracellular domain, a single membrane spanning region, and a short (40 amino acid) cytoplasmic sequence (Ushkaryov et al. 1992; Ullrich et al. 1995). Neurexin, however, cannot be the only receptor because its α-LTx binding is strictly Ca^{2+} dependent (Davietov et al. 1995), whereas considerable binding (Meldolesi et al. 1983) and important effects of the toxin (see below) take place in Ca^{2+}-free media. These events appear to be due to another, recently identified receptor named synaptophilin (Davletov et al. 1996).

■ Purification and sources

α-LTx has been isolated from the venom or, most often, from salivary gland homogenates of the European spider, *Latrodectus mactans tredecimguttatus*, collected in the wild, as breeding has not been successful so far. Decades ago these spiders were widespread, whereas now they are found only in restricted areas (Sardinian islands as well as areas in Bosnia, Israel desert, and Uzbekistan among others). Whether and to what extent the presynaptic stimulatory neurotoxins produced by other *Latrodectus* subspecies (*L. mactans mactans*, present in the USA, and *L. geometricus*, which is cosmotropic) differ from α-LTx is still unclear. A high degree of purification

of α-LTx from other *L. tredecimguttatus* venom components (some of which are also toxins, see in this volume the entry on α-latroinsectotoxin, p. 235) can be obtained by simple procedures of column chromatography (Frontali et al. 1976) or, more quickly, by HPLC (Grebinozhko and Nikolaenko 1987). Electrophoresis has revealed coexistence in purified preparations of a small (70 amino acids) protein homologous to hyperglycemic hormones, which, however, has no role in neurotoxicity (Gasparini et al. 1994). Until recently no commercial source of α-LTx was available, whereas now the toxin can be purchased from Alomone, Jerusalem. When kept at –80 °C (neutral pH) α-LTx is stable indefinitely.

■ Toxicity

Data are available only for the crude homogenate of venom glands. For *L. tredecimguttatus* the LD_{50} is 0.15 μg protein/kg body weight (mouse) (Hurlburt and Ceccarelli 1979). The clinical picture (lactrodectism) is characterized by acute pain; muscle twitches, fibrillations, cramps, and even tetanus; anxiety, mental excitation, sweating, oliguria, sinus bradycardia, and hypertension (Maretic 1983). The hypertension and arrhythmias, caused by massive release of catecholamines (both adrenaline and noradrenaline) from ganglia and adrenal glands, may evolve into collapse and pulmonary oedema.

■ Use in cell biology

The mechanisms of action of α-LTx are not completely understood, yet this toxin represents a valuable tool for cell biologists interested in gaining information on synaptic quantal release. α-LTx causes massive release of classical neurotransmitters (Hurlbut and Ceccarelli 1979), whereas release of peptides, contained within large dense core vesicles, seems to be less affected (Matteoli et al. 1988). Among the synaptic mechanisms underlying these effects the following have been demonstrated:

(1) stimulation of synaptic vesicle exocytosis, even in the absence of external Ca^{2+} (Hurlbut et al. 1990);

(2) presynaptic Ca^{2+} rise (Nicholls et al. 1982);

(3) plasma membrane depolarization (Nicholls et al. 1982);

(4) impairment of synaptic vesicle retrieval, better revealed in the absence of external Ca^{2+}.

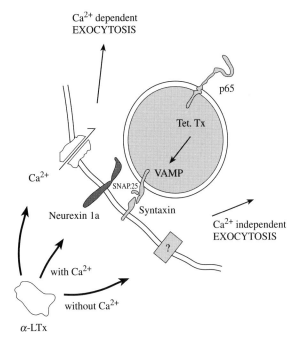

Figure 1. Schematic view of the interaction of α-LTx with its receptors located at the presynaptic active region. Neurexin Ia has been recognized as the receptor component responsible for Ca^{2+}-dependent binding of the α-LTx. The receptor complex however includes an additional, component, synaptophilin (?), that may account for Ca^{2+}-independent α-Ltx binding and the ensuing initiation of transmitter release. Other presynaptic membrane proteins which are supposed to interact, directly or indirectly, with the α-LTx receptors have also been included in this scheme: synaptotagmin (P65), synaptobrevin (VAMP), syntaxin, and SNAP-25.

The combination of increased exocytosis with block of retrieval leads to synaptic vesicle depletion (Ceccarelli and Hurlbut 1980). The Ca^{2+}-independent exocytosis triggered by α-LTx points towards an action downstream Ca^{2+} entry, at one of the late post-docking stages of secretion, which, however, remains to be identified (see Fig. 1). The latter view is strengthened by the finding that tetanus toxin, an agent known to cleave the vSNARE protein, synaptobrevin (otherwise referred to as VAMP, see entry p. 100 is known to suppress α-LTx-induced transmitter release (Dreyer *et al.* 1987).

■ References

Ceccarelli, B. and Hurlbut, W. P. (1980). Ca^{2+} dependent recycling of synaptic vesicles at the frog neuromuscular junction. *J. Cell. Biol.*, **87**, 297–303.

Davletov, B. A., Krasnoperov, V., Petrenko, A. G., and Sudhof, T. C. (1995). High affinity binding of α-latrotoxin to recombinant neurexin 1-α. *J. Biol. Chem.*, **270**, 23903–5.

Davletov, B. A., Shamotienko, O. G., Lelianova, V. G., Grishin, E. V., and Ushkaryov, V. A. (1996). Isolation and biochemical characterization of a Ca^{2+}-independent α-latrotoxin-binding protein. *J. Biol. Chem.*, **271**, 23239–45.

Dreyer, F., Rosenberg, F., Becker, C., Bigalke, H., and Penner, R. (1987). Differential effects of various secretagogues on quantal transmitter release from mouse motor nerve terminals treated with botulinum A and tetanus toxin. *Arch. Pharmacol.*, **335**, 1–7.

Frontali, N., Ceccarelli, B., Gorio, A., Mauro, A., Siekevitz, P., Tzeng, M. C., *et al.* (1976). Purification from the black widow spider venom of a protein factor causing the depletion of synaptic vesicles at neuromuscular junction. *J. Cell. Biol.*, **68**, 462–79.

Gasparini, S., Kiyatkin, N., Drevet, P., Boulain, J., Tacnet, F., Ripoche, P., *et al.* (1994). The low molecular weight protein which co-purifies with α-latrotoxin is structurally related to crustacean hyperglicemic hormones. *J. Biol. Chem.*, **269**, 19803–9.

Grebinozhko, E. L. and Nikolaenko, A. N. (1987). Isolation of α-latrotoxin using HPLC chromatography. *Ukrainskii Biok. Zhurnal*, **59**, 93–7.

Hurlbut, W. P. and Ceccarelli, B. (1979). Use of black widow spider venom to study the release of neurotransmitters. *Adv. Cytopharmacol.*, **3**, 87–115.

Hurlbut, W. P., Iezzi, N., Fesce, R., and Ceccarelli, B. (1990). Correlation between quantal secretion and vesicle loss at the frog neuromuscular junction. *J. Physiol. London*, **425**, 501–26.

Kiyatkin, N. I., Dulubova, I. A., Chekhovskaya, I. N., and Grishin E. V. (1990). Cloning and structure of cDNA encoding α-latrotoxin from black vidow spider venom. *FEBS Lett.*, **270**, 127–31.

Malgaroli, A., DeCamilli, P., and Meldolesi, J. (1989). Distribution of α-latrotoxin receptor in the rat brain by quantitative autoradiography: comparison with the nerve terminal protein, synapsin I. *Neuroscience*, **32**, 393–404.

Maretic, Z. (1983). Latrodectism: variations in clinical manifestations provoked by latrodectus species of spiders. *Toxicon*, **21**, 457–66.

Matteoli, M., Haimann, C., Torri-Tarelli, F., Polak, J. M., Ceccarelli, B., and DeCamilli, P. (1988). Differential effects of α-latrotoxin on exocytosis from small synaptic vesicles and large dense-core vesicles containing calcitonin gene-related peptide at the frog neuromuscular junction. *Proc. Natl. Acad. Sci. USA*, **85**, 7366–70.

Meldolesi, J., Madeddu, L., Torda, M., Gatti, G., and Niutta, E. (1983). The effect of α-latrotoxin on the neurosecretory PC12 cell line: studies on toxin binding and stimulation of transmitter release. *Neuroscience*, **3**, 997–1009.

Nicholls, D. G., Rugolo, M., Scott, I. G., and Meldolesi, J. (1982). α-Latrotoxin of black widow spider venom depolarizes the plasma membrane, induces massive Ca^{2+} influx and stimulates transmitter release in guinea pig brain synaptosomes. *Proc. Natl. Acad. Sci. USA*, **79**, 7924–8.

Petrenko, A. G. (1993). α-Latrotoxin receptor. Implications in nerve terminal function. *FEBS Lett.*, **325**, 81–5.

Petrenko, A. G., Lazaryeva, V. D., Geppert, M., Tarasyuk, T. A., Moomaw, C., Khokhlatchev, A. V., *et al.* (1993). Polypeptide composition of the α-latrotoxin receptor. *J. Biol. Chem.*, **268**, 1860–7.

Rosenthal, L. and Meldolesi, J. (1989). Alfpha-latrotoxin and related toxins. *Pharmac. Ther.*, **42**, 115–34.

Scheer, H. and Meldolesi, J. (1985). Purification of the putative α-latrotoxin receptor from bovine synaptosomal membranes in an active binding form. *EMBO J.*, **4**, 323–7.

Ullrich, B., Ushkaryov, Y. A., and Sudhof, T. C. (1995). Cartography of neurexins: more than 1000 isoforms generated by alternative splicing and expressed in distinct subsets of neurons. *Neuron*, **14**, 497–507.

Ushkaryov, Y. A., Petrenko, A. G., Geppert, M., and Sudhof, T. C. (1992). Neurexins: synaptic cell surface proteins related to the α-LTx receptor and laminin. *Science*, **257**, 50–6.

■ Antonio Malgaroli and Jacopo Meldolesi:
DIBIT, Scientific Institute San Raffaele,
Via Olgettina 58,
20132 Milano,
Italy

α-Latroinsectotoxin *(Latrodectus mactans tredecimguttatus)*

α-Latroinsectotoxin is a high molecular weight (~120 kDa) protein purified from black widow spider venom and is a major insect-specific neurotoxin of the venom. It binds with high affinity to presynaptic receptor of insect nerve endings and causes massive and exhausting release of neurotransmitters resulting in blockade of synapse transmission.

α-Latroinsectotoxin (α-LIT) is a most potent and abundant IS-specific neurotoxin found in black widow spider venom (Krasnoperov *et al.* 1992). It is synthesized as a precursor (1411 amino acid residues, GenBank EMBL Z14086) and processing is required both in N- and C-termini to produce mature toxin (Kiyatkin *et al.* 1993). α-LIT shares similar protein organization with vertebrate-specific α-latrotoxin (Kiyatkin *et al.* 1990) and δ-latroinsectotoxin (Dulubova *et al.* 1996). As presented in Fig. 1, the N-terminal part of α-LIT contains two predicted membrane-spanning segments which are conserved among other studied latrotoxins. A most striking feature of α-LIT is an abundance of Ank repeats (Michaely and Bennett 1992) that entirely make up the central part of the toxin molecule. The C-terminal part of the repeated domain contains unusual clustering of seven cysteine residues, and is found to be the most divergent region in latrotoxins (Grishin 1994). The C-terminal domain of α-LIT precursor, which is cleaved during maturation of the toxin, contains multiple copies of microbodies targeting signal (Dehoop and Ab 1992) and is likely to be responsible for the protein transport.

At nanomolar concentrations α-LIT causes a substantial increase in frequency of spontaneous quantal transmitter release from the motor nerve endings of blowfly (Magazanik *et al.* 1992). Radioactively labelled α-LIT binds almost irreversibly ($K_d \approx 0.38$ nM) to insect membrane preparations. α-LIT also forms cation-selective channels in artificial lipid bilayers (Shatursky *et al.* 1995). These effects strongly resemble those of α-latrotoxin. Thus, α-LIT can be considered an insect-specific analogue of α-latrotoxin.

■ Purification and sources

α-LIT is purified to homogeneity from total venom or venom glands of black widow spider by three rounds of

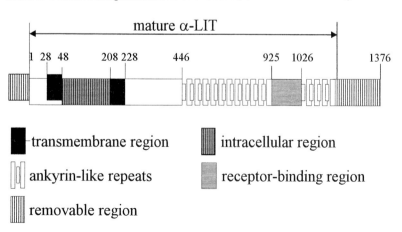

transmembrane region

intracellular region

ankyrin-like repeats

receptor-binding region

removable region

Figure 1. Schematic representation of the α-LIT molecule.

column chromatography (Kovalevskaia *et al.* 1990; Krasnoperov *et al.* 1990). α-LIT can be purchased from Latoxan. Commercial preparations of the toxin should be tested for toxicity towards insects and for purity by SDS-PAGE.

■ Toxicity

Toxicity towards insects can be measured by injection of varying doses of the toxin into perinotum of different species larvae. *Galleria mellonella* larvae LD_{50} is 15 μg/kg (Krasnoperov *et al.* 1990). α-LIT is shown to be toxic to different insect species, e.g. *Musca domestica* larvae and *Periplaneta americana*. The toxin is not active after intraperitonal injections in mice even at 5 mg/kg. High insectospecificity of α-LIT suggests that work with the toxin is safe although reasonable precautions are required because of allergenic properties of latrotoxins.

■ Use in cell biology

The presynaptic receptor of α-LIT is not identified. Studies of the α-latrotoxin receptor reveal the functional importance of a new class of synapse-specific proteins, the neurexins (Petrenko, 1993). Characterization of the α-LIT receptor, which is likely to be an insect analogue of neurexins, will provide a useful model to study their role in maintenance and development of the nervous system. Of great interest is the nature of the tight and specific coupling of α-LIT to its receptor. This interaction can be mediated by Ank repeats that form a prominent motif of protein recognition. α-LIT can also be used as a selective marker of the active zone in insect presynaptic membranes.

■ References

Dehoop, M. J. and Ab, G. (1992). Import of proteins into peroxisomes and other microbodies. *Biochem. J.*, **286**, 657–69.

Dulubova, I. E., Krasnoperov, V. G., Khvotchev, M. V., Pluzhnikov, K. A., Volkova, T. M., Grishin, E. V., Vais, H., Bell, D. R., and Usherwood, P. N. R. (1996). Cloning and structure of δ-latroinsectotoxin, a novel insect-specific member of the latrotoxin family. Functional expression requires C-terminal truncation. *J. Biol. Chem.* **271**, 7535–43.

Grishin, E. (1994). Spider neurotoxins and their neuronal receptors. *Pure Appl. Chem.*, **66**, 783–90.

Kiyatkin, N., Dulubova, I. E., Chekhovskaya, I. A., and Grishin, E. V. (1990). Cloning and structure of cDNA encoding alpha-latrotoxin from black widow spider venom. *FEBS Lett.*, **270**, 127–31.

Kiyatkin, N., Dulubova, I., and Grishin, E. (1993). Cloning and structural analysis of alpha-latroinsectotoxin cDNA. Abundance of ankyrin-like repeats. *Eur. J. Biochem.*, **213**, 121–7.

Kovalevskaia, G. I., Pashkov, V. N., Bulgakov, O. V., Fedorova, I. M., and Magazanik, L. G. (1990). Identification and isolation of the protein insect toxin (alpha-latroinsectotoxin) from venom of the spider *Latrodectus mactans tredecimguttatus*. *Bioorgan. Khimiya*, **16**, 1013–18.

Krasnoperov, V. G., Shamotienko, O. G., and Grishin, E. V. (1990). Isolation and properties of insect-specific neurotoxins from venoms of the spider *Lactodectus mactans tredecimguttatus*. *Bioorgan. Khimiya*, **16**, 1138–40.

Krasnoperov, V. G., Shamotienko, O. G., and Grishin, E. V. (1992). Isolation and properties of insect and crustacean-specific neurotoxins from the venom of the black widow spider (*Latrodectus mactans tredecimguttatus*). *J. Natural Toxins*, **1**, 17–23.

Magazanik, L. G., Fedorova, I. M., Kovalevskaya, G. I., Pashkov, V. N., and Bulgakov, O. V. (1992). Selective presynaptic insectotoxin (alpha-latroinsectotoxin) isolated from black widow spider venom. *Neuroscience*, **46**, 181–8.

Michaely, P. and Bennett, V. (1992). The ANK repeat: a ubiquitous motif involved in macromolecular recognition. *Trends Cell Biol.*, **2**, 127–9.

Petrenko, A. G. (1993). alpha-Latrotoxin receptor. Implications in nerve terminal function. *FEBS Lett.*, **325**, 81–5.

Shatursky, O. Y., Pashkov, V. N., Bulgakov, O. V., and Grishin, E. V. (1995). Interaction of alpha-latroinsectotoxin from *Latrodectus mactans* venom with bilayer lipid membranes. *Biochim. Biophys. Acta–Biomembranes*, **1233**, 14–20.

■ *Eugene V. Grishin and Mikhail V. Khvotchev: Laboratory of Neuroreceptors and Neuroregulators, Shemyakin and Ovchinnikov Institute of Bioorganic Chemistry of Russian Academy of Sciences, Ul. Miklukho-Maklaya, 16/10, 117871 GSP-7, Moscow V-437, Russia*

Pardaxin (*Pardachirus marmoratus*)

Pardaxin, *a toxin isolated from the gland's secretion of the red sea flatfish* Pardachirus marmoratus, *is used as a pharmacological tool to investigate mechanisms of neurotransmitter release. In different neuronal preparations pardaxin induced massive release of neurotransmitters by both calcium-dependent and calcium-independent signal transduction pathways. Pardaxin forms voltage-dependent pores which are involved in pardaxin-induced elevations in intracellular calcium and calcium-dependent exocytosis. Calcium-independent, pardaxin-induced neurotransmitter release does not involve intracellular calcium stores, protein kinase C activation, or pertussis-toxin sensitive G proteins but is attributed to certain, not yet identified arachidonic acid and/or lipooxygenase(s) metabolite(s). This specific and complex mechanism of action makes pardaxin an attractive ionophore tool in cell biology for the investigation of the fine regulation of neurotransmitter release, in particular, and exocytosis, in general.*

Pardaxin is an acidic, amphipathic, and hydrophobic polypeptide, of a 3500 daltons molecular weight, composed of 33 common amino acids (Fig. 1). The toxin is secreted together with aminoglycosteroides (Lazarovici *et al.* 1986) into the sea water causing toxicity and/or repellency of marine organisms (Lazarovici *et al.* 1990). Pardaxin has a neurotoxic excitatory action on neurons expressed in a massive exocytosis of a variety of neurotransmitters: acetylcholine at the neuromuscular junction (Renner *et al.* 1987) and *Torpedo* electric organ synaptosomes (Arribas *et al.* 1993); 5-HT and norepinephrine from rat cortical brain slices (Wang and Friedman 1986); dopamine from chromaffin cells (Lazarovici and Lelkes 1992) and PC12 cells (Bloch-Shilderman *et al.* 1995); glutamate from rat brain slices (Lazarovici, unpublished data) etc. This excitatory effect might explain pardaxin toxicity to marine organisms and provide pardaxin as a new pharmacological tool to study the process of neurotransmitter exocytosis. Pardaxin has been sequenced and synthesized (Loew *et al.* 1985) and shown to be biologically active, similar to the native toxin (Shai *et al.* 1988). In lyposomes and planar bilayers, pardaxin formed voltage-dependent pores (Loew *et al.* 1985; Lazarovici *et al.* 1988). These pores behave as hydrated pores for permeant cations and show only a modest selectivity for charge (Shi *et al.* 1995). Modelling of pardaxin pores suggests they are composed of a cylinder of eight parallel monomers in which eight stranded β-barrels are surrounded by eight amphipathic α-helices (Fig. 1 and Lazarovici *et al.* (1992). Charge considerations predict that this cylinder will be inserted into the membrane only if the potential on the exoplasmic face of the membrane is positive (Lazarovici *et al.* 1992).

■ Purification and sources

Pardaxin is isolated from the fish secretion by several successive steps of liquid chromatography including: gel permeation on Sephadex G-25, ion-exchange on QAE-Sephadex, chromatofocusing on PBE-94 gel, and reverse

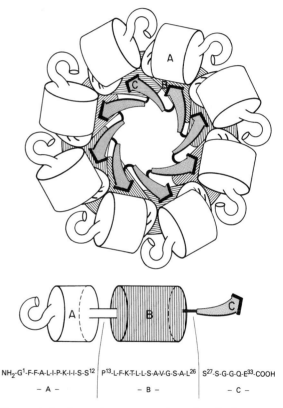

NH_2-G^1-F-F-A-L-I-P-K-I-I-S-S-S^{12} | P^{13}-L-F-K-T-L-L-S-A-V-G-S-A-L^{26} | S^{27}-S-G-G-Q-E^{33}-COOH

— A — | — B — | — C —

Figure 1. A schematic representation of pardaxin pore based on computer graphic models (Shi *et al.* 1995). Eight parallel pardaxin monomers form the channel (top). The primary and secondary structure of an individual pardaxin monomer is presented (bottom). A, α-helix hydrophilic residues organization; B, amphipathic residues α-helix; C, β-barrel organization.

phase high pressure liquid chromatography on Spherisorb ODSz columns (Lazarovici *et al.* 1986). During this procedure an additional pardaxin isoform is obtained. The major concern of this purification protocol is the complete separation between pardaxin polypeptides and interacting sterols (Lazarovici *et al.* 1986). The pure toxin is thermolabile and self aggregates in aqueous buffers. Pardaxin is stored as a lyophilized powder. The toxin is not commercially available and is provided upon request from the author or Prof. E. Zlotkin (The Institute of Life Sciences, Hebrew University, Jerusalem, Israel), Prof. Tachibana (Department of Chemistry, University of Tokyo, Japan), or Dr I. Shai (Department of Membrane Research, Weizmann Institute of Science, Rehovot, Israel).

■ Toxicity

Pardaxin is toxic to marine organisms (10^{-6}–10^{-8} M) but not toxic (up to 10 mg/kg body weight) to mice or rats (Primor and Lazarovici 1981) upon i.v. injection. Pardaxin is toxic only upon direct injection into the brain (1 mg/kg body weight). *In vitro*, pardaxin is toxic to cell cultures and cellular preparations at relative high concentration (10^{-3}–10^{-5} M), therefore this toxin is not dangerous to humans and does not require special safety protection. The toxin is inactivated by 0.1 N HCl or 0.1% glutaraldehyde or heating.

■ Use in cell biology

Pardaxin is an useful toxin in neurosciences to investigate neuronal excitability and neurotransmitter release. Pardaxin may be used as a voltage-dependent ionophore to affect intracellular ionic composition in studies aimed to clarify the relationships between neuronal depolarization and ion-mediated signal transduction pathways (Lazarovici and Lelkes 1992). Since pardaxin-induced exocytosis of neurotransmitter involved both calcium-dependent and calcium-independent mechanisms (Lazarovici 1994), pardaxin may be used in neurochemical studies to investigate calcium-dependent and calcium-independent enzymes/proteins of the exocytosis secretory machinery of the cell (Arribas *et al.* 1993). In biophysical studies, pardaxin pores characterization may provide clues towards a better understanding of the structure and function of eukaryotic cells' ionic channels (Nikodijevic *et al.* 1992). Pardaxin, selectively activates the arachidonic acid cascade of the cells providing a pharmacological tool to search and develop specific inhibitors of PLA_2, cyclooxygenase, and lypooxygenase (Bloch-Shilderman *et al.* 1995). The ionophore properties of pardaxin may be exploited for transient permeabilization of cells in order to introduce cytotoxic drugs such as taxol (Dr I. Ringel, personal communication) and other molecules. Finally, the pore-forming property of pardaxin may be considered in designing a variety of chemical toxins to be used in cancer research.

■ References

Arribas, M., Blasi, J., Lazarovici, P., and Marsal, J. (1993). Calcium-dependent and independent acetylcholine release from electric organ synaptosomes by pardaxin: Evidence of a biphasic action of an excitatory neurotoxin. *J. Neurochem.*, **60**, 552–8.

Bloch-Shilderman, E., Abu-Raya, S., Rasouly, D., Furman, O., Trembovler, V., Shavit, D., *et al.* (1996). The role of calcium, protein kinase C, Pertussis toxin substrates and eicosanoids on pardaxin-induced dopamine release from pheochromocytoma PC12 cell. In *Biochemical aspects of marine pharmacology* (ed. P. Lazarovici, M. Spira, and E. Zlotkin), pp. 158–74. Alaken Press. Fort Collins, Co., USA.

Lazarovici, P. (1994). Challenging catecholamine exocytosis with pardaxin, an excitatory ionophore fish toxin. *J. Toxicol Toxin Rev.*, **13**, 45–63.

Lazarovici, P. and Lelkes, P. I. (1992). Pardaxin induces exocytosis in bovine adrenal medullary chromatin cells independent of calcium. *J. Pharmacol. Exp. Therap.*, **263**, 1317–26.

Lazarovici, P., Primor, N., and Loew, L. M. (1986). Purification and pore form activity of two hydrophobic polypeptides from the secretion of the red sea Moses sole (*Pardachirus marmoratus*). *J. Biol. Chem.*, **261**, 16704–13.

Lazarovici, P., Primor, N., Caratsch, C. G., Munz, K., Lelkes P. I., Loew, L. M., *et al.* (1988) Action on artificial and neuronal membranes of pardaxin, a new presynaptic excitatory polypeptide neurotoxin with ionophore activity. In *Neurotoxins in neurochemistry* (ed. J. O. Dolly), pp. 219–70, Ellis Horwood, Chichester.

Lazarovici, P., Primor, N., Gennaro, J., Fox, J., Shai, Y., Lelkes, P. I., *et al.* (1990). Origin, chemistry and mechanisms of action of a repellent, presynaptic excitatory, ionophore polypeptide. In *Marine toxins: Origin, structure and molecular pharmacology* (ed. S. Hall and G. Strichartz), pp. 347–65, American Chemical Society, Washington, DC.

Lazarovici, P., Edwards, C., Raghunathan, G., and Guy, H. R. (1992). Secondary structure, permeability and molecular modeling of pardaxin pores. *J. Natural Toxins*, **1**, 1–15.

Loew, L. M., Benson, L., Lazarovici, P., and Rosenberg, I. (1985). Fluorometric analysis of transferable membrane pores. *Biochemistry*, **24**, 2101–4.

Nikodijevic, B., Nikodijevic, D., and Lazarovici, P. (1992). Pardaxin-stimulated calcium uptake in PC12 cells is blocked by cadmium and is not mediated by L-type calcium channels. *J. Basic Clin. Physiol. Pharmacol.*, **3**, 359–70.

Primor, N. and Lazarovici, P. (1981). *Pardachirus marmoratus* (Red Sea flatfish) secretion and its isolated toxic fraction pardaxin: the relationship between hemolysis and ATPase inhibition. *Toxicon*, **19**, 573–8.

Renner, P., Caratsch, C. G., Waser, P. G., Lazarovici, P., and Primor, N. (1987). Presynaptic effects of the pardaxins, polypeptides isolated from the gland secretion of the flatfish *Pardachirus marmoratus*. *Neuroscience*, **23**, 319–25.

Shai, Y., Fox, J., Caratsch, C. G., Shih, Y. L., Edwards, C., and Lazarovici, P. (1988). Sequencing and synthesis of pardaxin, a polypeptide from the red sea moses sole with ionophore activity. *FEBS Lett.*, **242**, 161–6.

Shi, Y., Eduards, C., and Lazarovici, P. (1995). Ion selectivity of the channels formed by pardaxin, an ionophore, in bilayer membranes. *Natural Toxins*, **3**, 151–5.

T. Wang, H. Y. and Friedman, E. (1986). Increased 5-hydroxtryptamine and norepinephrine release from rat brain slices by the red sea flatfish toxin pardaxin. *J. Neurochem.*, **47**, 656–8.

■ Eugenia Bloch-Shilderman, Salah Abu-Raya, and
Philip Lazarovici:
Department of Pharmacology,
School of Pharmacy,

Faculty of Medicine,
The Adolph Weinberger Building,
P.O.B. 12065 Jerusalem,
Israel

Palytoxin (corals of the spp. *Palythoa*)

Palytoxin, a linear peptide composed of a large polyhydroxy ω-amino acid and dehydro-β-alanine amidated with aminopropanol, is the most potent animal toxin. It binds with high affinity to Na⁺, K⁺-ATPase in an ouabain-sensitive manner and converts the pump into a channel permselective for alkali ions. Palytoxin serves as a tool to assess the function of the pump and its localization.

Palytoxin (MW about 2670) occurs in several *Palythoa* species. It is unknown whether they produce the toxin or acquire it from symbiotic organisms. The heat-resistant toxin is also found in crabs and fish, which possibly take it up with their food. Its unique structure (Cha *et al.* 1982) has been synthesized (Armstrong *et al.* 1989) and its stereochemistry (Moore *et al.* 1982) determined (Fig.1). A long hydrophobic stretch spanning C_{21} and C_{40} markedly

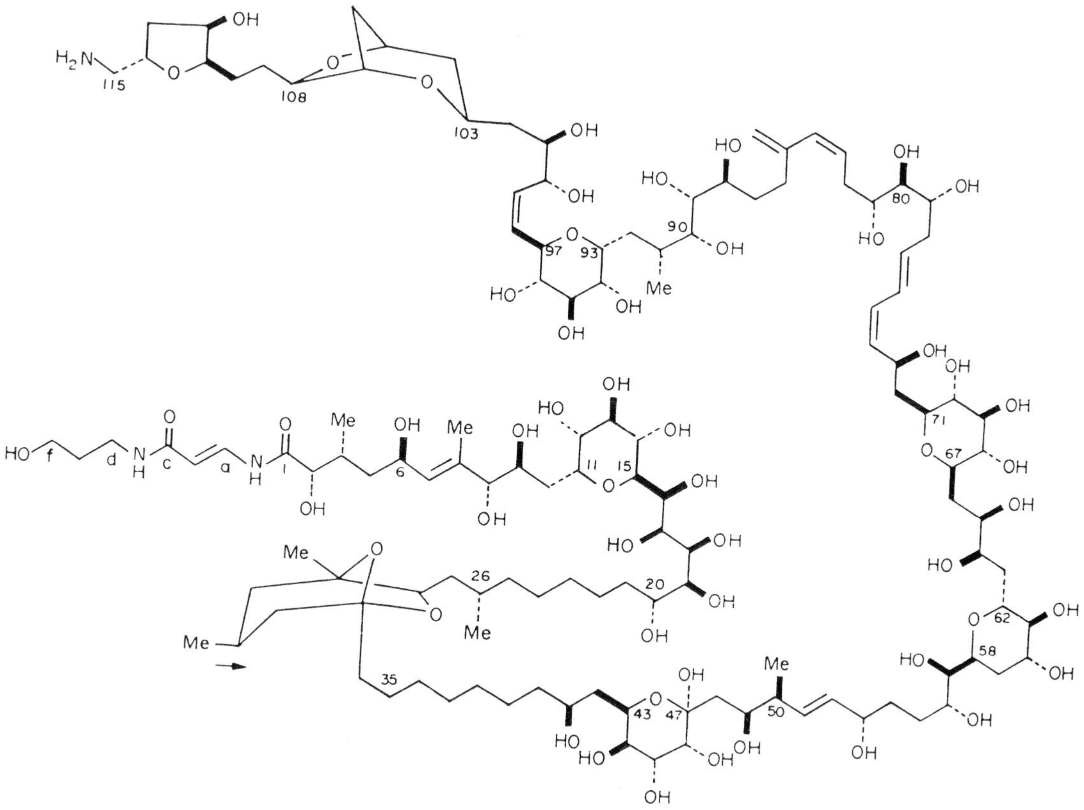

Figure 1. The structure of palytoxin (Cha *et al.* 1982)

contrasts with the otherwise hydrophilic structure, and may be responsible for the moderate surface activity. Substitutions at the N- or C-terminus cause dramatic losses in potency (Tosteson *et al.* 1995). Specific iodination is useful for radioimmunoassays (Levine *et al.* 1988) only; however, some pharmacological activity survives shotgun iodination (Böttinger *et al.* 1986).

Palytoxin acts through Na⁺, K⁺-ATPase (Habermann 1989). This is the only enzyme equipped with an ouabain receptor. The binding sites for ouabain and for palytoxin overlap, however the kinetics of the respective interactions differ considerably. For instance, the affinity of the rat enzyme is low to ouabain, but in the picomolar range to palytoxin. Binding of palytoxin is promoted by Ca^{2+}, whereas binding of ouabain is promoted by Mg^{2+} and P_i. Both ouabain and palytoxin (Ishida *et al.* 1983; Böttinger and Habermann 1984; Tosteson *et al.* 1991) inhibit the hydrolysis of ATP. However, whereas ouabain arrests the pump in the closed state, palytoxin keeps it in the open state. Thus the pump becomes a receptor-operated channel with bidirectional permeability for alkali cations, which are normally transported unidirectionally through and by the enzyme. Excitable cells respond to their ensuing depolarization by voltage-dependent Ca^{2+}-entry, leading to contraction or exocytosis. Acute death due to palytoxin in rodents is accompanied by massive hyperkalemia and by pulmonary vasoconstriction (Habermann 1989). The actions of palytoxin and ouabain are compared in Fig. 2.

Yeast is devoid of Na⁺, K⁺-ATPase. Its natural resistance to palytoxin is overcome by simultaneous transformation with vectors for the α and β subunits of the Na^{2+} pump, whereas single subunits are insufficient (Scheiner-Bobis *et al.* 1994). The palytoxin channels are small 10 ps) and display typical on/off kinetics under patch clamp con-

ditions. As whole cell permeabilities in erythrocytes, the single-channel activities are inhibited by ouabain and vanadate but promoted by ATP. Palytoxin channels can be formed in lipid bilayers incorporated with kidney ATPase. Under appropriate conditions such channels can be observed in Na⁺, K⁺-ATPase in the absence of palytoxin (Kim *et al.* 1995).

◼ Purification and sources

Palytoxin (Fig.1), together with some derivatives (Hirata *et al.* 1979), can be extracted from frozen palythoa tuberculosa (Hirata *et al.* 1979) or from lyophilized *P. caribaeorum* (Béress *et al.* 1983) with ethanol and purified by column chromatography. It can be purchased from L. Beress, Institute of Toxicology, University of Kiel, Germany, and from some chemical companies, e.g. Sigma. Purity can be controlled by thin layer chromatography.

◼ Toxicity and biological activity

In vivo toxicity in laboratory mammals is between 25 (rabbits) and 450 (mouse) ng/kg upon parenteral application. However, *in vitro* comparison with a reference sample for K⁺ release from human erythrocytes (Böttinger *et al.* 1986; Habermann 1989; Tosteson *et al.* 1991, 1995) is elegant, precise, and saves animals. The test can be rendered very specific by inclusion of ouabain (for references see Habermann 1989). A radioimmunoassay is available too (Levine *et al.* 1988).

Although oral compared to parenteral toxicity is lower, palytoxin is a potentially lethal food poison for man and domestic animals. Aerosolization, for instance by homogenization of corals, and preparative work in general, requires special precautions as severe mucosal damages resembling influenza have occurred in such work. Palytoxin should be kept in solution, if possible. Residues may be destroyed by heating in alkaline solution.

◼ Use in cell biology

The sodium pump is the specific and in our view unique target of palytoxin. Therefore, the toxin can be used for analysing the function of genuine and the genetically modified pumps. Biochemical and electrophysiological signals may be registered. Target systems from rats should be avoided, if possible, because the rat sodium pump displays a high affinity to palytoxin but not to ouabain, which prevents the use of the cardenolide as a specific palytoxin inhibitor.

Promotion of neurotransmitter, particularly catecholamine release (see Habermann 1989) is a secondary phenomenon, resulting from the primary sodium entry through the palytoxin pores which then triggers the opening of voltage-dependent Ca^{2+} channels. Thus palytoxin is not a specific presynaptic toxin. Palytoxin can also be used for localization of the sodium pump and its rele-

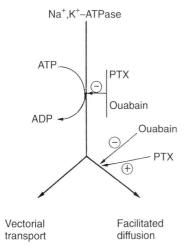

Figure 2. Convergent and divergent actions of palytoxin and ouabain on Na⁺, K⁺-ATPase (from Habermann 1989). Both palytoxin (PTX) and ouabain inhibit the enzyme, but facilitated diffusion through the enzyme is inhibited by ouabain and promoted by palytoxin.

vance, for instance in basolateral vs. apical regions of polar cell layers (Mullin *et al.* 1991).

■ References

Armstrong, R. W., Beaù, J. M., Cheon, S. H., Christ, W. J., Fujoka, H., and Horn, W. H. (1989). Total synthesis of palytoxin carboxylic acid and palytoxin amide. *J. Am. Chem. Soc.*, **111**, 7530–3.

Béress, L., Zwick, J., Kolkenbrock, H. J., Kaul, P. N., and Wassermann, O. (1983). A method for the isolation of the carribean palytoxin (C-PTX) from the coelenterate (zooanthid) *Palythoa caribaeorum. Toxicon*, **21**, 285–90.

Böttinger, H. and Habermann, E. (1984). Palytoxin binds to and inhibits kidney and erythrocyte Na+,K+-ATPase. N*aunyn-Schmiedeberg's Arch. Pharmacol.*, **325**, 85–7.

Böttinger, H., Béress, L., and Habermann, E. (1986). Involvement of Na+, K+-ATPase in binding and actions of palytoxin on human erythrocytes. *Biochim. Biophys. Acta*, **861**, 165–76.

Cha, J. K., Christ, W. J., Finan, J. M., Fuijoka, M., Kishi, Y., Klein, L. L., *et al.* (1982). Stereochemistry of palytoxin. 4. Complete structure. *J. Am. Chem. Soc.*, **104**, 7369.

Habermann, E. (1989). Palytoxin acts through Na+, K+-ATPase. *Toxicon*, **27**, 1171–87.

Hirata, Y., Uemura, D., Ueda, K., and Takano, S. (1979). Several compounds from palythoa tuberculosa (coelenterata). *Pure Appl. Chem.* **51**, 1875–83.

Ishida, A., Takagi, K. Takahashi, M., Satake, N., and Shibata, S. (1983). Palytoxin isolated from marine coelenterates. The inhibitory action on (Na, K) ATPase. *J. Biol. Chem.*, **258**, 7900–2.

Kim, S. Y., Marx, K. A., and Wu, C. H. (1995). Involvement of Na,K-ATPase in the induction of ion channels by palytoxin. *Naunyn-Schmiedeberg's Arch. Pharmacol.*, **351**, 542–54.

Levine, L., Fujiki, H., Gjäka, H. B., and Van Vunakis, H. (1988). A radioimmunoassay for palytoxin. *Toxicon*, **26**, 1115–21.

Moore, R. E., Bartolini, G. J., and Bachi, J. (1982). Absolute stereochemistry of palytoxin. *J. Am. Chem. Soc.*, **104**, 3776–9.

Mullin, J. M., Snock, K. V., and McGinn, M. T. (1991). Effects of apical vs. basolateral palytoxin on LLC-PK1 renal epithelia. *Am. J. Physiol.*, **260**, C1201–11.

Scheiner-Bobis, G., Meyer zu Heringdorf, D., Christ, M., and Habermann, E. (1994). Palytoxin induces K+ efflux from yeast cells expressing the mammalian sodium pump. *Mol. Pharmacol.*, **45**, 1132–6.

Tosteson, M. T., Halperin, J. A., Kishi, Y., and Tosteson, D. C. (1991). Palytoxin induces an increase in the cation conductance of red cells. *J. Gen. Physiol.*, **98**, 969–85.

Tosteson, M., Scriven, R. L., Bharadway, A. K., Kishi, Y., and Tosteson, D. C. (1995). Interaction of palytoxin with red cells: Structure function studies. *Toxicon*, **33**, 1799–807.

■ Ernst Habermann:
Clinical Pharmacology,
University Hospital,
D-35385 Giessen,
Germany

Equinatoxins (*Actinia equina* L., sea anemone)

Equinatoxins I, II, and III are 19 kDa, basic polypeptides isolated from the sea anemone Actinia equina *L. They form cation-selective pores ≈1.1 nm in diameter in artificial lipid and cell membranes. Sphingomyelin and some other ceramide lipids are acceptor molecules which promote toxin insertion into the lipid phase.*

Equinatoxins I, II, and III (EqTx) are lethal and cytolytic 19 kDa polypeptides (Maček and Lebez 1988) belonging to a larger family of pore-forming toxins from sea anemones (*Actiniaria*) (see reviews Kem 1988; Turk 1991; Maček 1992). The most abundant isoform, equinatoxin II (synonym: equinatoxin; Ferlan and Lebez 1974), is a single chain, 179 amino acids long, without cysteine (Belmonte *et al.* 1994). EqTx II is nearly identical to tenebrosin-C from *A. tenebrosa* (Simpson *et al.* 1990; Norton *et al.* 1992) (sequences in Swiss Prot Databank: P17723 TENC_ACTTEX; Genbank: U41661).

Cytolytic activity of EqTx II is enhanced by Ca^{2+} and a pH above 7 (Maček and Lebez 1981, 1988; Belmonte *et al.* 1993), and it is antagonized by lipoproteins (Turk *et al.* 1989; Batista *et al.* 1990), sphingomyelin, and ganglioside GM1 (Belmonte *et al.* 1994; Maček *et al.* 1994). The activity has been ascribed to formation of pores in natural and artificial lipid membranes (Zorec *et al.* 1990; Belmonte *et al.* 1993). No particular membrane receptor has been identified but low-affinity acceptors with a ceramide moiety have been proven (Belmonte *et al.* 1993, 1994; Maček *et al.* 1994). Toxin monomer insertion and oligomerization of 3–4 molecules in a lipid bilayer has been suggested to build up an approx. 1.1 nm wide cation-selective pore readily permeable by monovalent cations, Ca^{2+}, water, and neutral solutes (Zorec *et al.* 1990; Belmonte *et al.* 1993). The amphiphilic N-terminus segment, analogous to melittin and virus fusion peptides (Belmonte *et al.* 1994), and an $\alpha\alpha$-hairpin have been predicted to anchor the toxin monomer into a lipid bilayer

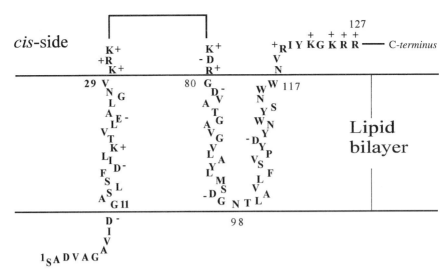

Figure 1. Putative model of EqTx II insertion into a lipid bilayer from the *cis*-side. Three or four already inserted molecules may form a pore.

(see model in Fig. 1), and to form pore walls upon monomer association.

■ Purification and sources

EqTx II is isolated from fresh animal exudates, while whole body macerates contain additionally EqTx I and III. Toxins are purified by cold acetone precipitation (50–80 per cent fraction), Sephadex G-50 size-exclusion permeation, and CM-cellulose ion exchange chromatography (Maček and Lebez 1988). The purity of EqTx II and III is over 97 per cent. EqTx I should be repurified on a CM-Sephadex column at a higher pH or by a reversed phase HPLC. Native and recombinant toxins are available from P. Maček, University of Ljubljana.

■ Toxicity

Acute toxicity was determined in rats (Ferlan and Lebez 1974) and mice (Maček and Lebez 1988) by intravenous injection. Mouse LD_{50}s for EqTx I, II, and III are 23, 35, and 83 μg/kg, respectively. An 'all-or-none' lethal effect is characteristic. Animals die within 5–10 min but survivors do not suffer from any evident symptoms. No chronic toxicity has been observed. An intraperitoneal LD_{50} is ~100x larger. No precautions by operators are needed for toxin handling.

■ Use in cell biology

In mammals, EqTx II is highly cardiotoxic, producing severe coronary vasospasm and disappearance of EKG QRS-waves (Budihna *et al.* 1992), positive and negative inotropy, and fibrillation (Ho *et al.* 1987). EqTx II, 10^{-11}–

10^{-12} M, is cytotoxic to isolated guinea pig cardiocytes (Maček *et al.* 1994), and cytolytic to a variety of cells (Maček 1992; Maček *et al.* 1994). At sublytic concentrations, i.e. $\leqslant$1 nM, the toxin induces platelet aggregation (Teng *et al.* 1988), leukocyte degranulation (Bunc *et al.* 1994), and it inhibits synaptosomal GABA and choline uptake as was also reported for a *Heteractis magnifica* cytolysin (Khoo *et al.* 1995).

There have been attempts to use EqTx II, and *Stichodactyla helianthus* cytolysin III as a toxic part of a mitotoxin (Pederzolli *et al.* 1995) or immunotoxin (Avila *et al.* 1988). Long-lived pores in cell membranes produced by EqTxs may make these toxins useful as cell permeabilizing agents. Still, some activities of EqTx at sublytic concentrations and their underlying mechanisms, are not fully understood.

■ References

Avila, A. D., Mateo de Acosta, C., and Lage, A. (1988). A new immunotoxin built by linking a hemolytic toxin to a monoclonal antibody specific for immature T lymphocytes. *Int. J. Cancer*, **142**, 568–71.

Batista, U., Maček, P., and Sedmak, B. (1990). The cytotoxic and cytolytic activity of equinatoxin II from the sea anemone *Actinia equina*. *Cell Biol. Int. Rep.*, **14**, 1013–24.

Belmonte, G., Pederzolli, C., Maček, P., and Menestrina, G. (1993). Pore formation by the sea anemone cytolysin equinatoxin II in red blood cells and model lipid membranes. *J. Membrane Biol.*, **131**, 11–22.

Belmonte, G., Menestrina, G., Pederzolli, C., Križaj, I., Gubensek, F., Turk, T., *et al.* (1994). Primary and secondary structure of a pore-forming toxin from the sea anemone, *Actinia equina* L., and its association with lipid vesicles. *Biochim. Biophys. Acta*, **1192**, 197–204.

Budihna, M. V., Maček, P., and Šuput, D. (1992). Some possible mechanisms involved in the cardiotoxicity of equinatoxin II. In

Recent advances in toxinology research (ed. P. Gopalakrishnakone and C. K. Tan), pp. 402–7, National University of Singapore, Singapore.

Bunc, M., Frangeš, R., Horvat, I., Turk, T., and Šuput, D. (1994). Effects of equinatoxins *in vivo*. Possible role of degranulation of thrombocytes and granulocytes. *Ann. N. Y. Acad. Sci.*, **710**, 162–7.

Ferlan, I. and Lebez, D. (1974). Equinatoxin, a lethal protein from *Actinia equina*. – I. Purification and characterization. *Toxicon*, **12**, 57–61.

Ho, C. L., Ko, J. L., Lue, H. M., Lee, C. Y., and Ferlan, I. (1987). Effects of equinatoxin on the guinea-pig atrium. *Toxicon*, **25**, 659–64.

Kem, W. R. (1988). Sea anemone toxins: Structure and function. In *The biology of nematocysts* (ed. D. A. Hessinger and H. M. Lenhoff), pp. 375–405, Academic Press, New York.

Khoo, H. E., Lim, J. P. C., and Tan, C. H. (1995). Effect of sea anemone (*H. magnifica* and *A. equina*) cytolysins on synaptosomal uptake of GABA and choline. *Toxicon*, in press.

Maček, P. (1992). Polypeptide cytolytic toxins from sea anemones (*Actiniaria*). *FEMS Microbiol. Immunol.*, **105**, 121–30.

Maček, P. and Lebez, D. (1981). Kinetics of hemolysis induced by equinatoxin, a cytolytic toxin from the sea anemone *Actinia equina*. Effect of some ions and pH. *Toxicon*, **19**, 233–40.

Maček, P. and Lebez, D. (1988). Isolation and characterization of three lethal and hemolytic toxins from the sea anemone *Actinia equina* L. *Toxicon*, **26**, 441–51.

Maček, P., Belmonte, G., Pederzolli, C., and Menestrina, G. (1994). Mechanism of action of equinatoxin II, a cytolysin from the sea anemone *Actinia equina* L. belonging to the family of actinoporins. *Toxicology*, **87**, 205–27.

Norton, R. S., Maček, P., Reid, G. E., and Simpson, R. J. (1992). Relationship between the cytolysins tenebrosin-C from *Actinia tenebrosa* and equinatoxin II from *Actinia equina*. *Toxicon*, **30**, 13–23.

Pederzolli, C., Belmonte, G., Dalla Sera, M., Maček, P., and Menestrina, G. (1995). Biochemical and cytotoxic properties of conjugates of transferrin with equinatoxin II, a cytolysin from a sea anemone. *Bioconjugate Chem.*, **6**, 166–73.

Simpson, R. J., Reid, G. E., Moritz, R. L., Morton, C., and Norton, R. S. (1990). Complete amino acid sequence of tenebrosin-C, a cardiac stimulatory and haemolytic protein from the sea anemone *Actinia tenebrosa*. *Eur. J. Biochem.*, **190**, 319–28.

Teng, C. M., Lee, L. G., Lee, C. Y., and Ferlan, I. (1988). Platelet aggregation induced by equinatoxin. *Thromb. Res.*, **52**, 401–11.

Turk, T. (1991). Cytolytic toxins from sea anemones. *J. Toxicol.–Toxin Rev.*, **10**, 223–62.

Turk, T., Maček, P., and Gubenöek, F. (1989). Chemical modification of equinatoxin II, a lethal and cytolytic toxin from the sea anemone *Actinia equina* L. *Toxicon*, **27**, 375–84.

Zorec, R., Tester, M., Maček, P., and Mason, W. T. (1990). Cytotoxicity of equinatoxin II from the sea anemone *Actinia equina* involves ion channel formation and an increase in intracellular calcium activity. *J. Membrane Biol.*, **118**, 243–9.

■ *Peter Maček:*
Department of Biology,
University of Ljubljana,
Ve`cna pot 111,
1000 Ljubljana,
Slovenia

13

Glutamate receptor targeted toxins

Introduction

In the central nervous system L-glutamate is the major excitatory neurotransmitter utilized by neurons. Glutamate acts as a neurotransmitter through different receptors, which can be divided into two major categories: ionotropic and metabotropic. The ionotropic receptors are ligand-gated ion channels, whereas the metabotropic receptors are coupled to second messenger systems through the G-proteins (Nakanishi 1992).

Ionotropic receptors are further subdivided into three receptor subtypes based on different agonist affinity, namely N-methyl-D-aspartate (NMDA), (α-amino-3-hydroxy-5-methyl-4–isoxazolepropionic acid (AMPA), and kainate (Monaghan et al. 1989).

The NMDA receptor–channel complex is highly permeable to Ca^{2+} as well as to Na^+ and K^+. These receptors have several characteristic features, including modulation by glycine on a strychnine-insensitive site, polyamine activation, and Zn^{2+} inhibition (Hollmann and Heinemann 1994). Similarly to nicotinic receptors, they are supposed to be pentameric transmembrane proteins composed of two different types of homologous subunits named NMDARI and NMDAR2A-D. All NMDA subunits are postulated to possess four transmembrane segments following a large NH_2-terminal domain. These subunits would be arranged around a central cation-permeating pore. To date, the molar stoichiometry in which the NMDA receptor subunits are assembled is unknown.

For AMPA and kainate receptors a large number of subunits have also been cloned and described (Sommer and Seeburg 1992). All subunits have approximately 900 amino acid residues, and share a common transmembrane topology and channel architecture with other members of ligand-gated ion channels, with four putative membrane-spanning segments such as the NMDA subunits. The synthesis of the AMPA subunits GluRI to GluR4 (also termed GluRA–D) involves alternative splicing mechanisms, thereby generating two versions of each subunit differing in a 38 amino acid residue sequence. These derivatives have been named flip and flop, they display different regional expression patterns in the brain and different pharmacological profiles (Monyer et al. 1991). Further diversity in AMPA receptor subunits is generated by a post-transcriptional event called RNA editing (Sommer et al. 1991). This mechanism influences the permeability characteristics of the AMPA receptors.

At present, five subunits GluR 5 to 7 and KA1–KA2 displaying kainate binding activity have been cloned, and the pharmacological properties have been described (Sommer and Seeburg 1992). Alternative splicing and RNA editing occurs also among kainate receptor subunits, however, in contrast to AMPA subunits which are expressed in only the edited version, both the edited and unedited versions of GluR5 and 6 are expressed.

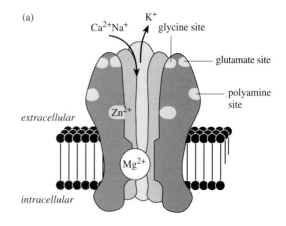

(a)

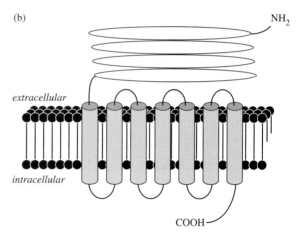

(b)

Figure 1. (a) Schematic representation of the NMDA receptor. (b) Schematic representation of the mGlu receptor.

Molecular cloning has revealed the existence of eight subtypes of metabotropic glutamate receptor mGluRs, which are larger than the other members of the G-protein coupled receptor superfamily, in that they show a common structural architecture with a large extracellular NH_2-terminal domain preceding the seven transmembrane segments (Pin and Duvoisin 1995). These receptors are largely present in the central nervous system, although each shows a particular pattern of distribution.

Glutamate ionotropic receptor activation increases membrane permeability to both monovalent ions and Ca^{2+}, through opening of the receptor channel. These receptors mediate fast synaptic events as well as persistent changes in membrane potential (e.g. long-term potentiation). For NMDA receptors the opening probability under physiological conditions depends upon membrane potential. The NMDA-gated channel is, in fact, blocked by Mg^{2+} at resting membrane potential. The activation of non-NMDA subtypes, by changing the membrane potential, removes the Mg^{2+} blockade.

AMPA-kainate receptors generally conduct monovalent cations, however, glutamate in certain neuronal cells can trigger the activation of Ca^{2+}-permeable AMPA-kainate receptors. The different ionic selectivity depends on the combination of different subunits, and in particular on the presence of the GluR2 subunit. This subunit contains an arginine residue within the second transmembrane segment, whereas the other three subunits carry a glutamine residue at the corresponding position. This difference confers a very weak Ca^{2+} permeability thus determining the channel conductance and Ca^{2+} permeation (Verdoorn et al. 1991).

■ Activities

Ionotropic glutamate receptors are widely distributed both in the central and in the peripheral nervous system and are involved in different brain functions requiring synaptic activity and plasticity. In particular, they appear to play a major role during central nervous system development, in cognitive functions, and in the integration between sensory transmission and motor outputs (Hollmann and Heinemann 1994). The AMPA-kainate receptors evoke fast, voltage-independent synaptic responses, and in turn promote the activation of voltage-dependent NMDA receptors (Nakanishi 1992). The mGluR subtypes, on the other hand, exert long-lasting actions through the activation and inhibition of intracellular signals. The physiological role of mGluRs is not well understood but recent evidence has underlined many potential regulatory actions in the central nervous system (Conquet et al. 1994; Pin and Duvoisin 1995).

Some neuropathological conditions are characterized by an over-activation of glutamate receptors, namely ionotropic, leading to excitotoxicity and permanent changes in neuronal structure and function.

■ Genes

Complete coding sequences are available for glutamate receptors in rat and most of them also in human and mouse. Accession numbers for rat NMDARs are: NMDAR1 (Emm U08259/U08260/U08261/U08262/U08263/U08264/U08265/U08266/U0S267/U08268); NMDAR2A (Emm M91561); NMDAR2B (Emm M91562); NMDAR2C (Emm M91563); NNDAR2D (Emm D13213).

Accession numbers for rat AMPA-kainate receptors are: GluR2 (Emm. M85035); GluR3 (Emm. M85036); GluR4 (Emm. M85037); GluR5 (Emm. M83560–M83561); GluR6 (Emm. ZI 1548); GluR7 (Emm. M83552); KA1 (Emm. X59996); KA2 (Emm. ZI 1581).

Accession numbers for rat mGluRs are: mGluR1 (Emm M61099); mGiuR2 (Emm. M92075); mGluR3 (Emm .M92076); mGluR4 (Emm M92077); mGluR5 (Emm. D1089); mGluR (Emm. D13963); mGluR7 (Emm. U06832); mGluRS (GB U17252).

The murine NMDA receptor subunit genes NMDARI, NMDAR2A, NMDAR2B, NMDAR2C, and NMDAR2D have been assigned to chromosomes 3, 10, 4, 10, and 1, respectively. The metabotropic receptor subtype genes mGluRI, mGluR2, mGluR3, mGluR4, mGluR5, and mGluR6 have been mapped and assigned to chromosomes 1, 8, 4, 20, 1 and 10, respectively (Kuramoto et al. 1994).

■ References

Conquet, F., Bashir, Z. I., Davies, C.H., Daniel, H., Ferraguti, F., Bordi, F., et al. (1994). Motor deficit and impairment of synaptic plasticity in mice lacking mGluR1 [see comments]. Nature, **372**, 237–43.

Hollmann, M. and Heinemann, S. (1994). Cloned glutamate receptors. Ann. Rev. Neurosci., **17**, 31–108.

Kuramoto, T., Maihara, T., Masu, M., Nakanishi, S., and Serikawa, T. (1994). Gene mapping of NMDA receptors and metabotropic glutamate receptors in the rat (Rattus norvegicus). Genomics, **195**, 358–61.

Monaghan, D. T., Bridges, R. J., and Cotman, C. W. (1989). Ann. Rev. Pharmacol. Toxicol., **29**, 365.

Monyer, H., Seeburg, P., and Wisden, W. (1991). Glutamate-operated channels: developmentally early and mature forms arise by alternative splicing. Neuron, **6**, 799–810.

Nakanishi, S. (1992). Molecular diversity of glutamate receptors and implications for brain function. Science, **258**, 597–603.

Pin, J. P. and Duvoisin, R. (1995). The metabotropic glutamate receptors: strucutre and functions. Neuropharmacology, **34**, 1–26.

Sommer, B. and Seeburg, P. (1992). Glutamate receptor channels: novel properties and new clones. TIPS, **13**, 291–6.

Sommer, B., Kohler, M., Sprengel, R., and Seeburg, P. (1991). RNA editing in brain controls a determinant of ion flow in glutamate-gated channels. Cell, **67**, 11–19.

Verdoorn, T. A., Bumashev, N., Monyer, H., Seeburg, P., and Sakmann, B. (1991). Structural deteminants of ion flow through recombinant glutamate receptor channels. Science, **252**, 1715–18.

■ Cristian Chiamulera and Francesco Ferraguti:
Department of Pharmacology,
Glaxo Wellcome Sp.A.,
Medicines Research Centre,
37100 Verona,
Italy

Conantokins (*Conus* spp.)

The conantokins are a class of 17–21 AA peptides which have been isolated from fish-hunting cone snails. They are the only natural peptides known to inhibit glutamate receptors of the N-methyl-D-aspartate (NMDA) class. Unlike most other peptides found in Conus venoms, the conantokins do not have multiple disulfide bonds, but 4–5 residues of the unusual post-translationally modified amino acid γ-carboxyglutamate, which is derived from glutamate via a vitamin K-dependent carboxylation reaction. An unusual feature of these peptides is that the in vivo symptoms they induce in mammals following central administration are developmentally dependent. A sleep-like state is induced in mice under two weeks of age, but in mice over three weeks of age, a hyperactivity characterized by climbing and running from corner to corner is found. It is not yet certain whether these age-dependent effects are the result of differential subunit composition of the receptor.

The conantokins are peptides from the venom of fish-hunting cone snails which interact with and inhibit the N-methyl-D-aspartate (NMDA) receptor, a subset of the glutamate receptor family (Olivera *et al.* 1990). Two conantokins have been described (Table 1), conantokin-G from *Conus geographus* venom (Rivier *et al.* 1987) and conantokin-T from *Conus tulipa* venom (Haack *et al.* 1990). The sequences of the two peptides are highly divergent from one another, but certain sequence features are conserved, notably four out of the five γ-carboxyglutamate residues. In contrast to other *Conus* venom peptides which contain two to three internal disulfide bridges that are believed to contribute to their structural rigidity, the conantokins contain few or no cysteine residues. It has been suggested that the γ-carboxyglutamate groups assume a structural role in the absence of disulfide bridges. In the presence of calcium ions, the carboxyl groups of γ-carboxyglutamate chelate the metal ion, resulting in stabilization of an α-helical structure for the peptide (Myers *et al.* 1990a, b). The interpretation of an α-helical structure for conantokin-G has recently been disputed, however (Chandler *et al.* 1993).

There is substantial evidence from different experimental models that conantokins interact selectively with NMDA receptors:

1. Conantokin-G specifically inhibits NMDA receptors expressed in *Xenopus* oocytes following injection of mouse brain mRNA (Hammerland *et al.* 1992).

2. The peptide blocks the NMDA-induced increase in intracellular calcium in fura2-loaded cerebellar granule cells in culture (Haack *et al.* 1990).

3. Conantokin-G antagonizes NMDA-elicited increases in cerebellar cGMP (Mena *et al.* 1990).

In each of these cases, conantokin did not affect kainate or quisqualate-evoked responses.

Several lines of evidence suggest that the conantokins may have subtype specificity for NMDA receptors. First, NMDA receptors from different sources have widely varying affinities for the same conantokin. Second, the symptomatologies induced by conantokins are unusual in that they are developmentally dependent in mammals. Both conantokin-G and conantokin-T elicit a sleep-like state in mice under two weeks of age, but a hyperactive climbing syndrome in mice over three weeks of age. Since the spectrum of NMDA receptor subunits expressed changes during this time period, the difference in the symptomatology elicited may be due to the appearance and disappearance of conantokin high-affinity target subtypes (Haack *et al.* 1993a).

The physiological target of conantokins is unknown at present. However, the involvement of the NMDA receptor complex in diverse CNS functions including excitatory neurotransmission, induction of long-term potentiation in learning and memory, and mediation of post-hypoxic stress reactions suggest a number of possible neuroregulatory roles (Mena *et al.* 1990; Hammerland *et al.* 1992; Haack *et al.* 1993b; Scatton 1993).

◼ Purification and chemical synthesis

The conantokins have been purified from *Conus geographus* and *Conus tulipa* venoms by standard high

Table 1 Conantokins

Conus species	Peptide	Structure[a]
C. geographus	conantokin-G	GEγγLQγNQγLIRγKSN*
C. tulipa	conantokin-T	GEγγYQKMLγNLRγAEVKKNA*

[a] γ = γ-carboxyglutamate, also abbreviated Gla; * = C-terminal amide.

performance liquid chromatography (HPLC) techniques. In contrast to the paralytic conotoxins which tend to be highly polymorphic, there appears to be only one major conantokin found in each venom. The peptides available for use in cell biology and neuroscience are synthetic. Chemical synthesis of these peptides has special requirements because of the presence of the γ-carboxyglutamate residues; however, successful chemical synthesis is routine for both conantokin-G and conantokin-T (Rivier et al. 1987).

■ Potency

Intracerebroventricular administration of either native or synthetic conantokin-G induced sleep in 10-day-old mice at doses between 4 and 600 pmoles per gram body weight, with the duration of sleep ranging from 1–15 hours in proportion to the dose. Animals older than two weeks exhibited hyperactivity at the low dose and 'sleepy climbing' activity at the higher end of the range (Rivier et al. 1987). In in vitro assays, 1 μM conantokin-G was able to antagonize NMDA-mediated currents in Xenopus oocytes and NMDA-evoked intracellular calcium release; the IC50 for antagonism of NMDA-stimulated cerebellar cGMP was 171 nM (Mena et al. 1990).

■ Uses in cell biology

Since the conantokins are the only known peptides which target NMDA receptors, they have unusual potential to serve as both functional and biochemical probes for these important complexes in the nervous system. In addition, the presence of γ-carboxyglutamate residues has led to a number of hypotheses about how these ligands might be structurally constrained, and be able to specifically target particular NMDA receptor subtypes with high affinity.

It is known that the mammalian NMDA receptor is composed of a heteromeric assembly of subunits consisting of NMDAR 1A/B and NMDAR 2A/B/C/D elements. These and other accessory proteins can directly or allosterically modulate the conductance of the integral ion channel. Known modulators include PCP, glycine, zinc, and polyamines (Scatton 1993). The precise mechanism of conantokin interaction with the receptor complex is not known. Studies of NMDA currents in mouse brain mRNA-injected Xenopus oocytes are consistent with a component of competitive inhibition at the NMDA binding site (Hammerland et al. 1992). Other studies have provided evidence of noncompetitive allosteric inhibition at the polyamine binding site (Skolnick et al. 1992; Chandler et al. 1993).

■ References

Chandler, P., Pennington, M., Maccecchini, M. L., Nasheda, N. T., and Skolnick, P. (1993). Polyamine-like actions of peptides derived from conantokin-G, an N-methyl-D-aspartate (NMDA) antagonist. J. Biol. Chem., **268**, 17173–8.

Haack, J. A., Rivier, J., Parks, T. N., Mena, E. E., Cruz, L. J., and Olivera, B. M. (1990). Conantokin-T. A gamma-carboxyglutamate containing peptide with N-methyl-D-asparate antagonist activity. J. Biol. Chem., **265**, 6025–9.

Haack, J. A., Parks, T. N., and Olivera, B. M. (1993a). Conantokin-G antagonism of the NMDA receptor subtype expressed in cultured cerebellar granule cells. Neurosci. Lett., **163**, 63–6.

Haack, J., Kinser, P., Yoshikami, D., and Olivera, B. M. (1993b). Biotinylated derivatives of omega-conotoxins GVIA and MVIID: probes for neuronal calcium channels. Neuropharmacology, **32**, 1151–9.

Hammerland, L. G., Olivera, B. M., and Yoshikami, D. (1992). Conantokin-G selectively inhibits N-methyl-D-aspartate-induced currents in Xenopus oocytes injected with mouse brain mRNA. Eur. J. Pharmacol., **226**, 239–44.

Mena, E. E., Gullak, M. F., Pagnozzi, M. J., Richter, K. E., Rivier, J., Cruz, L. J., et al. (1990). Conantokin-G: a novel peptide antagonist to the N-methyl-D-aspartic acid (NMDA) receptor. Neurosci. Lett., **118**, 241–4.

Myers, R. A., McIntosh, J. M., Imperial, J., Williams, R. W., Oas, T., Haack, J. A., et al. (1990a). Peptides from Conus venoms which affect Ca++ entry into neurons. J. Toxin–Toxin Rev., **9**, 179–202.

Myers, R. A., River, J., and Olivera, B. M. (1990b). Conantokins: Peptide probes of the NMDA receptor. Soc. Neurosci. Abstr., 16, 958.

Olivera, B. M., Rivier, J., Clark, C., Ramilo, C. A., Corpuz, G. P., Abogadie, F. C., et al. (1990). Diversity of Conus neuropeptides. Science, **249**, 257–63.

Rivier, J., Galyean, R., Simon, L., Cruz, L. J., Olivera, B. M., and Gray, W. R. (1987). Total synthesis and further characterization of the gamma-carboxyglutamate-containing 'sleeper' peptide from Conus geographus venom. Biochemistry, **26**, 8508–12.

Scatton, B. (1993). The NMDA receptor complex. Fundam. Clin. Pharmacol., **7**, 389–400.

Skolnick, P., Boje, K., Miller, R., Pennington, M., and Maccecchini, M.-L. (1992). Noncompetitive inhibition of N-methyl-D-asparate by conantokin-G: evidence for an allosteric interaction at polyamine sites. J. Neurochem., **59**, 1516–21.

■ Baldomero M. Olivera and Douglas J. Steel:
Department of Biology,
University of Utah,
Salt Lake City,
Utah 84112,
USA

Index